Schweres Raumschiff der Okefenokees

Allgemeines:

Dieses Raumschiff wird von den in der Galaxis M 87 lebenden Okefenokees (auch Zentrumskonstrukteure genannt) verwendet. Die 5000- bis 7000köpfige Besatzung besteht vorwiegend aus dem Volk der Dumfries. Mit Hilfe des im Raumschiff eingebauten Dimetranstriebwerkes kann das Schiff auch Fernflüge zwischen den Galaxien unternehmen.

Technische Daten:

Länge: 3000 m; Rumpfdurchmesser: 500 m; Durchmesser des trichterförmigen Hecks: 1000 m; Höchstbeschleunigung: 750 km/sek^2.

Perry Rhodan

Die Konstrukteure des Zentrums

Perry Rhodan

Die Konstrukteure des Zentrums

Zum Inhalt dieses Buches:

Um aus der 32 Millionen Lichtjahre entfernten Kugelgalaxis M 87 in die heimatliche Milchstraße zurückkehren zu können, riskieren Perry Rhodan und seine rund 5000 Begleiter an Bord der CREST IV alles. Sie entdecken den Kristallplaneten Monol und das Geheimnis der Biophysikalischen Hyperregenerierung der Okefenokees. Mit ihrem sensationellen neuen Wissen beginnen sie ein gefährliches Psychospiel mit den unnahbaren Beherrschern von M 87, an dessen Ende nur die Heimkehr stehen kann – oder der Untergang. Doch schon vor der alles entscheidenden Konfrontation riskieren die Terraner das Verderben, denn sie bekommen es mit den Bestien der Kugelgalaxis zu tun und geraten in einen Weltuntergang, dessen furchtbare Gewalten sie nicht mehr kontrollieren können. Unvorstellbare Elementarkräfte setzen das Universum in Flammen, und die CREST und ihre drei Begeleitschiffe sind nichts weiter als nur mehr Spielbälle des Infernos . . .

[redacted]

Perry Rhodan

Die Konstrukteure des Zentrums

Verlagsunion Erich Pabel-
Arthur Moewig KG, Rastatt

[redacted]

Redaktion: Horst Hoffmann
Druck und Bindung: Mohndruck
Graphische Betriebe GmbH, Gütersloh
Printed in Germany 1992
ISBN 3-8118-2057-5

Vorwort

Allzu vieles läßt sich an dieser Stelle über den Inhalt des vorliegenden 41. Bandes der PERRY RHODAN-Bibliothek nicht schreiben, die folgenden über 400 Seiten sprechen für sich. Daß dem Redakteur und Buchbearbeiter nach Manuskriptablieferung tagtäglich Morddrohungen von den Leuten im Pabel/Moewig-Verlag ins Haus flattern, die unter anderem einen viel zu umfangreichen Stoff ins – leider begrenzte – Format bringen müssen, interessiert sicherlich nur am Rande. Selten gab es ein Buch, in dem soviel an kompakter Handlung unter einen Hut zu bringen war. Die Verzweiflung der Hersteller ist sehr gut zu verstehen – auf der anderen Seite steht aber hoffentlich die Freude der Leser über ein Buch, das die Antworten auf viele Fragen enthält, die in den vorangegangenen Bänden aufgebaut wurden.

Hier tun wir einen ganz großen Schritt nach vorne im M 87-Zyklus, der allerdings erst im Buch 44 seinen endgültigen und überraschenden Abschluß finden wird. Bis dahin kann ich zwei Bände versprechen (oder androhen, je nachdem, wer sich da angesprochen fühlt), die inhaltlich ebenso „schwer" und dramatisch sein werden wie der vorliegende, in dem diesmal die folgenden Hefte enthalten sind, ungeachtet notwendiger Kürzungen:

Der Turm des Ewigen Lebens und *Das Rätsel der Biostation* von *Clark Darlton, Der Irre und der Tote* von *William Voltz, Nacht zwischen den Sonnen* und *Die grüne Bestie* von *H.G.Ewers, Das strahlende Netz* von *Hans Kneifel*, und schließlich *Im Zentrum der Riesensonne* von *K.H.Scheer*.

Ich bedanke mich herzlich bei allen, die durch Kritiken, Hinweise und Anregungen mir eine wertvolle Hilfe waren und sicherlich zum Gelingen dieses Buches beigetragen haben.

Bergheim, im Frühjahr 1991 — Horst Hoffmann

Zeittafel

1971 Perry Rhodan erreicht mit der STARDUST den Mond und trifft auf die Arkoniden Thora und Crest

1972 Mit Hilfe der arkonidischen Technik Aufbau der Dritten Macht und Einigung der Menschheit.

1976 Das Geistwesen ES gewährt Perry Rhodan und seinen engsten Wegbegleitern die relative Unsterblichkeit.

1984 Galaktische Großmächte (Springer, Aras, Robotregent von Arkon, Akonen) versuchen, die aufstrebende Menschheit zu unterwerfen.

2040 Das Solare Imperium ist entstanden und stellt einen galaktischen Wirtschafts- und Machtfaktor dar. Während der weiteren Expansion Kontakte mit bislang unbekannten Zivilisationen. Nach Kämpfen und Mißverständnissen Freundschaft und Verträge u.a. mit den Blues und den Posbis.

2400 Entdeckung der Transmitterstraße nach Andromeda; Abwehr von Invasionsversuchen von dort und Befreiung der Andromeda-Völker vom Terror-Regime der Meister der Insel.

2435 Mächte aus der Großen Magellanschen Wolke versuchen, den Riesenroboter OLD MAN zum Werkzeug einer Bestrafungsaktion wegen angeblicher Zeitverbrechen der Terraner zu machen.

2436 Die Zweitkonditionierten erscheinen mit ihren Dolans. Perry Rhodan wird mit seinem Flaggschiff CREST IV in die 32 Millionen Lichtjahre entfernte Galaxis M 87 verschlagen und kämpft verzweifelt um die Rückkehr, während im Solsystem eine Großoffensive der Dolans nur knapp zurückgeschlagen werden kann.

Prolog

Als das solare Flaggschiff CREST IV und Icho Tolots Raumer am 12. Januar 2436 durch unbekannte Energien in die 32 Millionen Lichtjahre entfernte Kugelgalaxis M 87 geschleudert werden, müssen Reginald Bull und die anderen Zurückgebliebenen annehmen, das Schiff sei mit Perry Rhodan und der fünftausendköpfigen Besatzung, darunter Atlan und die fähigsten Mutanten, verloren. Kurz nach dem Verschwinden der CREST greift der Gigantroboter OLD MAN mit seinen rund 15 000 Ultraschlachtschiffen das Solsystem an. Der Trägerrobot, ursprünglich als Geschenk für die Menschheit erbaut, befindet sich unter der Kontrolle der „Zeitpolizei", die die Menschen für ein nie begangenes Zeitverbrechen bestrafen will. Erst der Einsatz einer neuen Waffe, des sogenannten FpF-Geräts, bringt eine Wende zugunsten Terras. Zwei Oxtorner sind es schließlich, die OLD MAN seiner Bestimmung und somit der Menschheit zuführen, was die Lage im Solsystem weiter stabilisiert. Von eminenter Bedeutung sind die Aufschlüsse, die über die Zweitkonditionierten oder Schwingungswächter, wie sich die Zeitpolizisten nennen, gewonnen werden. Die haluterähnlichen Riesen werden demnach von ihren Symboflex-Partnern versklavt und geistig beherrscht. Mit der Zerstörung der Brutstation im Pararaum ist der Nachschub an den Parasitenwesen zwar gestoppt, doch besteht die Gefahr durch die Zeitpolizei weiter. Die Zweitkonditionierten mit ihren lebenden Dolan-Raumschiffen rüsten zum bange erwarteten Großangriff auf das Solsystem – und von der CREST IV gibt es nach wie vor keine Nachricht. Tro Khon, ein „desertierter" Zeitpolizist, gibt allerdings einen Hinweis auf M 87 und ermöglicht so indirekt das waghalsige Unternehmen eines zweiten Haluterschiffes und eines Fragmentraumers, mit Nachschubgütern den gleichen Weg zu gehen, den unfreiwillig die CREST beschritten haben muß. Es gibt plötzlich wieder Hoffnung, wenn auch geringe.

Perry Rhodan und seine Gefährten haben inzwischen eine wahre Odyssee durch M 87 hinter sich, die sie mit den verschiedensten Völkern des kastenähnlichen Systems der Riesengalaxis zusammen-

führte. Daß ihnen jede Hilfe seitens der unbekannten Beherrscher versagt bleibt, die als „Konstrukteure des Zentrums" bezeichnet werden, liegt vor allem an Icho Tolot und Fancan Teik, den Halutern. Wie inzwischen bekannt ist, sind die Haluter die Nachfahren der sogenannten Bestien, die vor rund 70000 Jahren M 87 verwüsteten und nur mit Mühe vertrieben werden konnten. Seither herrscht eine panische Angst vor einer Rückkehr der Bestien und allen Wesen, die ihnen gleichen. Alle Beteuerungen Rhodans, daß die Haluter vollkommen friedfertige Freunde sind, nützen nichts. Statt der verzweifelt gesuchten Unterstützung im Bemühen, in die Milchstraße zurückkehren zu können, erfahren die Terraner nur Feindseligkeiten. Nach vielen Abenteuern treffen die Verschollenen mit dem Posbi- und dem Haluterschiff zusammen, die erfolgreich in M 87 materialisiert sind. Es wird Kontakt zu den noch in M 87 versteckt lebenden Bestien aufgenommen, um die KdZ unter Druck zu setzen. Diese Kreaturen erweisen sich tatsächlich als skrupellos und brutal. Sie rüsten zum Kampf um die Macht in der Kugelgalaxis.

Vielversprechender als die Bestien erscheint den Terranern ein Volk von Zwergen, das in M 87 die Rolle der Philosophen einnimmt. Die Okefenokees geben ebenfalls viele Rätsel auf. Doch sie halten den Schlüssel zu den Konstrukteuren des Zentrums in ihren Händen – und zur Heimkehr in die Milchstraße. Perry Rhodan und – vor allem – Atlan sind nicht länger gewillt, sich von den KdZ ignorieren zu lassen. Sie beginnen ein Psychospiel, an dessen Ende entweder die Heimkehr steht, oder der Untergang . . .

1.

Zwei Planeten umliefen die gelbe Sonne vom G-Typ, die fast vierzigtausend Lichtjahre vom Zentrum der Kugelgalaxis M 87 entfernt war. Das System war die Heimat der Okefenokees, der Philosophen. Sie wohnten auf dem ersten Planeten, den sie Pompeo Posar nannten. Der zweite Planet, Kliban, war etwa hundertvierzig Millionen Kilometer von seiner Muttersonne entfernt. Er galt als die Industriewelt der Okefenokees.

Die Mooghs, die sogenannten Bestien, hatten das System angegriffen. Sie waren von den Zwergen mit den großen Köpfen – und mit Hilfe der Terraner – nicht nur zurückgeschlagen, sondern fast völlig aufgerieben worden. Diese Schlacht hatte die Okefenokees davon überzeugt, daß Perry Rhodan nicht ihr Feind, sondern ihr Freund war. Das Mißtrauen der seltsamen Wesen war beseitigt worden, und nun konnte Perry Rhodan darangehen, den ersten Kontakt weiter auszubauen, um so vielleicht endlich Verbündete zu finden, die ihm den Weg zu der mehr als dreißig Millionen Lichtjahre entfernten Milchstraße wiesen.

Mit einigen seiner Gefährten war Perry Rhodan mit der Korvette KC-31 auf Kliban gelandet. Noch war nicht daran zu denken, mit den Okefenokees zu verhandeln. Bei dem Abwehrkampf gegen die Mooghs waren zweiunddreißig der galaktischen Philosophen getötet worden. Nach dem seltsamen Ritual dieses Volkes sollten die Toten bestattet werden. Perry Rhodan wurde eingeladen, dieser Totenfeier beizuwohnen.

Inzwischen umkreisten vier Schiffe den Planeten Kliban. Es handelte sich um Rhodans Flaggschiff, die gewaltige CREST IV. In ihrer Begleitung befanden sich zwei schwarze Haluter-Kugelraumer mit einem Durchmesser von je einhundertdreißig Metern. Gegen die zweitausendfünfhundert Meter durchmessende CREST wirkten sie wie Zwerge. Noch größer aber war der Fragmentraumer, ein unregelmäßiger Kubus mit abstrakten Auswüchsen, dessen Kantenlänge dreitausend Meter betrug. Solange sich Rhodan auf Kliban befand, hatte Atlan, der unsterbliche Arkonide, das Kommando über die kleine Flotte übernommen.

In einem feierlichen Zeremoniell wurden die zweiunddreißig im Kampf getöteten Okefenokees in eine riesige Halle gebracht, wo sie von der gleichen Anzahl sargähnlicher Behälter erwartet wurden. Es war der Anblick dieser Särge, der in Atlan die Erinnerung an ein Ereignis wachrief, das schon mehr als ein halbes Jahr zurücklag. Damals, als die CREST in die Kugelgalaxis M 87 verschlagen wurde, begegnete sie einer Flotte von rund zweitausend durchsichtigen Behältern, die, von geheimnisvollen Kräften gesteuert, auf das Zentrum des blauen Leuchtens zustrebten. Daß es Särge waren, konnten die Terraner damals daran erkennen, daß in ihnen die scheinbar leblosen Gestalten von zwergenhaften Geschöpfen lagen. Diese Zwerge waren identisch mit den Okefenokees. Die Särge waren insgesamt sechs Meter lang. Zur Hälfte bestanden sie aus einer sechskantigen Säule von einem Meter Durchmesser, in der sich der Spürtransmitter und der Antrieb befanden. Diese Särge, jeder einzelne ein selbständig fliegendes Raumschiff, konnten Transitionen bis zu einer Entfernung von fünf Lichtjahren durchführen.

In dem Augenblick, in dem die zweiunddreißig Körper der toten Okefenokees in den Särgen untergebracht waren und diese vom Boden abhoben, mit hoher Beschleunigung in den Himmel stiegen und im Weltall verschwanden, wußte Atlan, der alles von Bord der CREST aus verfolgte, daß er sich entscheiden mußte. Sein sechster Sinn sagte ihm, daß er eine einmalige Gelegenheit verpassen würde, unternähme er jetzt nichts. Es war ihm nicht möglich, Verbindung mit Rhodan aufzunehmen, und er atmete erleichtert auf, als ihm ein Offizier meldete, daß die beiden Haluter Icho Tolot und Fancan Teik über den Bordtransmitter auf die CREST gekommen waren und ihn zu sprechen wünschten.

Atlan sprang auf und ging den beiden Halutern entgegen, als sie die Kommandozentrale betraten.

„Ich bin sehr froh, daß Sie gekommen sind. Sicherlich hat das einen besonderen Grund und ich würde mich nicht sehr wundern, wenn es derselbe ist, der auch mich beunruhigt."

Icho Tolot deutete auf die kleine Konferenzecke, die ungestörte Besprechungen auch innerhalb der Kommandozentrale erlaubte. Sie setzten sich.

„Sie werden den Start der Särge genauso beobachtet haben wie wir", begann er. „Wir haben bisher angenommen, daß es sich um eine Bestattungszeremonie handelt. Wir glaubten, es sei der Wunsch jedes Okefenokees, nach seinem Tod im blauen Zentrumsleuchten der Galaxis unterzugehen. Mir scheint nun, daß dieser Schluß falsch war. Wir wissen nicht, ob die Okefenokees von sich aus und freiwillig dieses seltsame Zeremoniell abhalten. Aber wir wissen mit Sicherheit, daß es einen ganz bestimmten Zweck verfolgt. Wir halten es für äußerst wichtig, diesen Zweck herauszufinden, und vielleicht führt er uns ein Stückchen weiter auf dem Weg zur Rückkehr in die heimatliche Milchstraße. Wir schlagen also vor, daß wir die Särge verfolgen."

Über Atlans Gesicht huschte ein befriedigtes Lächeln.

„Ich freue mich, daß wir in unseren Ansichten übereinstimmen. Aber wenn wir handeln, dann muß das sehr schnell geschehen. Zwar können die Särge bei jeder Transition nur fünf Lichtjahre zurücklegen, und unsere Halbraumspürer haben eine ziemlich große Reichweite, aber wir wissen nicht, in welchem Zeitraum sie diese Transitionen wiederholen können."

Icho Tolot beruhigte den Lordadmiral. „Keine Sorge, unser Spürer im Schiff ist auf Automatik geschaltet und zeichnet alle Transitionen der Sargflotte auf. Wir können sie bis zu einer Reichweite von mehr als tausend Lichtjahren verfolgen. Wir haben also Zeit genug, unsere Maßnahmen in aller Ruhe durchzusprechen und vorzubereiten. Ich schlage vor, daß Sie eine Korvette mit einem Spezialkommando ausrüsten und starten lassen. Bei diesem Vorschlag ist es uns klar, daß wir die Besatzung dieser Korvette mit großer Wahrscheinlichkeit nie mehr wiedersehen werden, aber das müssen wir riskieren. Es hängt zu viel davon ab."

Sie bemerkten, daß sich die Tür zur Kommandozentrale öffnete. Dann trat Dr. Armond Bysiphere ein. Er sah sich suchend um, bis er Atlan entdeckte. Der Arkonide winkte ihn heran. Bysiphere, der plophosische Physiker, war ein genialer Wissenschaftler mit einem Schuß Abenteuerblut in den Adern. Er nickte den beiden Halutern zu und setzte sich.

Icho Tolot berichtete, daß in einem Halbmesser von zwanzig Lichtjahren kein einziges Raumschiff der Dumfries geortet werden konnte. Da aber gerade die Dumfries jede Gelegenheit nutzten, die Mooghs anzugreifen und zu vernichten, mußte es einen besonderen Grund dafür geben, daß sie diesmal nicht aufgetaucht waren. Atlan lächelte grimmig, als er daran dachte.

„Damit dürfte weiter erwiesen sein, daß die Okefenokees bei den Konstrukteuren des Zentrums eine ganz besondere Rolle spielen. Sie nehmen eine Sonderstellung ein, daran kann kein Zweifel bestehen. Außerdem müßten auch die Dumfries wissen, daß die Okefenokees mit ihren eigenen Waffen durchaus in der Lage sind, die Mooghs abzuwehren und jeden Versuch einer Invasion im Keim zu ersticken. Anders erkläre ich mir das Ausbleiben einer Hilfsflotte der Konstrukteure nicht."

„Wir haben die gleiche Schlußfolgerung gezogen", stimmte Icho Tolot zu. „Zwischen den Konstrukteuren des Zentrums und den Okefenokees muß ein Zusammenhang bestehen, von dem wir noch nichts wissen. Es erhebt sich sogar die Frage, ob die Okefenokees von diesem Zusammenhang eine Ahnung haben. Ich glaube nämlich, daß sie ihre Toten auf die Reise schicken, ohne zu wissen, was mit ihnen geschieht. Und das ist es, was wir herausfinden müssen."

„Worauf warten wir dann noch?"

Atlan lehnte sich zurück.

„Nur noch auf Ihren Befehl, Atlan", sagte Icho Tolot.

„Eine Korvette und Freiwillige – oder wir werden niemals in unsere Heimatgalaxis zurückkehren können. Die Okefenokees sind sicherlich gewillt, uns zu helfen. Aber ich bin fest davon überzeugt, daß sie dazu nicht in der Lage sind. Vielleicht sind sie es erst dann, wenn sie tot sind. Aber das müssen wir noch herausfinden."

Atlan zögerte nur eine Sekunde, dann drückte er auf einen Knopf. Auf dem winzigen Bildschirm, der in der Tischplatte eingelassen war, erschien das Gesicht eines Offiziers.

„Schicken Sie mir den Chef der Ersten Korvettenflottille, Major Hole Hohle. Er soll sich beeilen."

Damit war der Einsatz beschlossen.

Mausbiber Gucky hatte auf eigene Faust einen kurzen Ausflug auf den Planeten Kliban unternommen, und kehrte, nicht viel schlauer als vorher, in die CREST zurück. In seiner Kabine legte er sich aufs Bett und schloß die Augen. Entweder war ihm das Klima auf dem Planeten nicht bekommen, oder er hatte sich überanstrengt. Jedenfalls fühlte er sich nicht wohl und war froh, die letzte Teleportation von Kliban in die CREST gut überstanden zu haben.

„Ich glaube, ich werde langsam alt", murmelte er vor sich hin. Gott sei Dank konnte ihn niemand hören. „Iltu meint zwar, es sei das überflüssige Fett, aber das kann ich mir nicht vorstellen. Jemand, der so lebt wie ich, wird nicht zu fett. Es muß schon das Alter sein."

Es war reiner Zufall, daß er telepathisch in die Unterhaltung Atlans mit den Halutern geriet. Plötzlich wurde er wieder sehr lebendig. Die momentane Schwäche war vergessen, als er von dem bevorstehenden Einsatz erfuhr. Es war ihm klar, mit welcher Gefahr dieser Einsatz verbunden war. Aber das störte ihn nicht weiter. Im Gegenteil: Es reizte ihn.

Er peilte Atlan an, teleportierte – und landete mitten auf dem Tisch zwischen Atlan, den beiden Halutern und Dr. Bysiphere.

„So, da wäre ich", sagte Gucky.

Atlan seufzte.

„Du hast ein unglaubliches Talent, immer dann zu erscheinen, wenn man dich am wenigsten braucht. Wo bist du übrigens gewesen?"

„Auf Kliban", gab Gucky bereitwillig Auskunft. „Ich fliege selbstverständlich mit Major Hohle."

Atlan schüttelte den Kopf.

„Du fliegst natürlich *nicht* mit!"

Aber so schnell war Gucky nicht zu erschüttern. Er grinste und zeigte seinen inzwischen schon ganz gelb gewordenen Nagezahn.

Doch bevor er etwas erwidern konnte, betrat Major Hole Hohle den Konferenzraum. Atlan nickte ihm zu und bat ihn, sich zu setzen. „Freut mich, Major, daß Sie so schnell gekommen sind. Ich möchte Sie bitten, die KC-1 sofort startbereit zu machen. Sorgen Sie für eine Besatzung von zwanzig Mann – alles Freiwillige. Es geht um einen Sondereinsatz mit großem Risiko. Sie werden ganz auf sich selbst angewiesen sein. Nehmen Sie dreißig Kampfroboter mit. Und natürlich die neuen terranischen Kampfanzüge. Bewaffnung ansonsten wie üblich. Ein kleines Spezialkommando wird Sie begleiten. Die Namen werde ich Ihnen bekanntgeben. Können Sie in einer halben Stunde startbereit sein?"

Major Hohle, der sich gerade gesetzt hatte, stand wieder auf.

„In fünfundzwanzig Minuten", versicherte er.

Gucky sah hinter ihm her.

„Nerven hat er, dieser Eskimohäuptling! Ich werde gut mit ihm auskommen."

Atlan seufzte wieder.

„Also gut, du darfst ihn begleiten. Und ich meine, daß auch Goratschin mit von der Partie sein muß. Als Zünder leistet er wertvolle Dienste. Wenn ich nur wüßte, ob Major Harl Dephin inzwischen auf die CREST zurückgekehrt ist. Ich würde ihn bitten, mit seinem Roboter Paladin . . .“

„Paladin ist bereits an Bord der CREST“, unterbrach ihn Gucky triumphierend. „Ach ja, fast hätte ich es vergessen: Harl Dephin hat in den letzten Minuten der Schlacht eine Bestie lebend gefangen. Er hat Rhodan den Moogh ausgeliefert, und die Verhöre sind bereits im Gange. Mehr kann ich dazu noch nicht sagen, weil ich nicht mehr weiß. Außerdem beginnen sofort nach der Bestattungszeremonie die Verhandlungen zwischen Rhodan und den Okefenokees. Es wird also besser sein, wenn er nichts von unserem Vorhaben erfährt. Es würde ihn nur belasten.“

„Es war ohnehin nicht meine Absicht, Perry Rhodan zu unterrichten.“ Atlan war sich im klaren darüber, daß er damit alle Verantwortung für die Geschehnisse übernahm. „Ich bin aber davon überzeugt, daß unsere Maßnahmen richtig sind.“

Der siganesische Wunderroboter Paladin wartete bereits im Hangar. Äußerlich ähnelte er einem Haluter und wog dreieinhalb Tonnen. Seine Hülle bestand aus einer Speziallegierung, die erst bei einundachtzigtausend Grad Celsius zu schmelzen begann. In dem halbkugelförmigen Kopf waren die Waffenleitzentrale und die Hauptsteuerzentrale untergebracht. Der Siganese Major Harl Dephin, knapp sechzehneinhalb Zentimeter groß, befehligte von hier aus dieses Wunderwerk der Technik. Fünf weitere Siganesen, alles Offiziere, hatten innerhalb des Roboters ihre Spezialfunktionen.

Die unbeschreiblich schnelle Reaktionsfähigkeit Paladins war der Tatsache zu verdanken, daß Harl Dephin ein sogenannter Gefühlsmechaniker war. Er beherrschte die simultane Emotio- und Reflex-Transmission. Mit Hilfe einer Abnehmvorrichtung, der sogenannten SERT-Haube, war er fähig, eine vollmechanische Maschinerie mit der gleichen blitzartigen Schnelligkeit zu bewegen und zu beherrschen, wie seinen eigenen Körper. So kam es, daß sich der Roboter Paladin unter Umständen so schnell bewegen konnte, daß menschliche Augen kaum noch in der Lage waren, diesen Bewegungen zu folgen. In Verbindung mit der ausgezeichneten Bewaffnung des Roboters war es daher in erster Linie seine ungeheure Schnelligkeit, die ihn zu einer hervorragenden Kampfmaschine werden ließ.

Über die Lautsprecheranlage Paladins sagte Harl Dephin:

„Worauf warten wir noch?"

Der Doppelkopfmutant Iwan-Iwanowitsch Goratschin kam nicht mehr dazu, dem Siganesen zu antworten. Dr. Armond Bysiphere, Gucky und Atlan betraten den Hangar. Sie nickten dem Roboter und Goratschin zu und grüßten Major Hole Hohle, der die Startvorbereitungen der KC-1 überwacht hatte.

„Alles fertig?" erkundigte sich Atlan.

„Wir sind startbereit, Sir. Spezialbewaffnung und dreißig Kampfroboter wurden eingeschleust. Die Besatzung, zwanzig Mann, sind Freiwillige. Wir haben die zweiunddreißig Särge bereits im Strukturorter. Sie haben das System verlassen und Kurs auf das Zentrum der Kugelgalaxis genommen."

Atlans Gesicht war ausdruckslos, als er sich von dem Einsatzkommando verabschiedete. Aber ihm blieb keine andere Wahl. Es war ihm unmöglich, von Rhodan die Erlaubnis zu diesem Sonderunternehmen einzuholen. Aber für sie alle konnte es lebensentscheidend sein, endlich die Zusammenhänge zwischen den Okefenokees und den Konstrukteuren des Zentrums herauszufinden.

„Wir haben keine Zeit mehr zu verlieren. Major Hohle ist der Kommandant des Unternehmens. Dr. Bysiphere der wissenschaftliche Berater der Expedition. Finden Sie heraus, was mit den Särgen und den roten Zwergen geschieht. Das ist Ihre Aufgabe. Ich glaube kaum, daß wir über Hyperfunk in Verbindung bleiben können, da zu viele Störungsquellen vorhanden sind. Besonders in der Nähe des Zentrums. Wenn Sie wissen, was Sie wissen müssen, kehren Sie um. Einen besseren Rat kann ich Ihnen nicht geben. Und nun wünsche ich Ihnen viel, viel Glück."

Gucky machte eine lässige Handbewegung.

„Wir kommen schon wieder, darauf kannst du dich verlassen – und wenn Goratschin den Konstrukteuren das Zentrum unter dem Hinterteil wegsprengen müßte. Außerdem – was soll uns schon passieren? Ich habe mir mal angesehen, was unser guter Doktor so alles an Bord bringen ließ. Ich weiß zwar nicht, wozu das Zeug gut sein soll, aber ich kann mir vorstellen, daß sich allerhand damit anfangen läßt.

Ich habe sogar den heimlichen Verdacht, daß sich aus dem Zeug im Notfall eine ganz neue Korvette zusammenbauen läßt. Du siehst also, Atlan, es kann uns wirklich nichts passieren."

„Ich würde an deiner Stelle nicht so zuversichtlich sein", entgegnete Atlan ernst. „Wir wollen uns nichts vormachen, Kleiner. Sobald ich Rhodan unterrichtet habe, wird er mich mit Vorwürfen überhäufen. Dabei würde er in meiner Lage genauso entschieden haben."

Dr. Bysiphere wandte sich an Atlan und reichte ihm die Hand.

„Auf Wiedersehen, Lordadmiral. Passen Sie gut auf Ihre vier Schiffe auf. Wenn ich auch annehme, daß uns die Okefenokees freundlich gesinnt sind und uns helfen wollen, ist es fraglich, ob sie es auch können. Ihnen ebenfalls alles Gute. Auf Wiedersehen."

„Bis bald", dröhnte Paladins Stimme, der sich in Richtung der KC-1 in Bewegung setzte. Dr. Bysiphere folgte ihm. Auch Goratschin und Major Hole Hohle verabschiedeten sich. Als letzter ging Gucky.

Die beiden Haluter Icho Tolot und Fancan Teik waren in ihr Kugelraumschiff zurückgekehrt. Es war ihre Aufgabe, für die Fernsicherung des kleinen terranischen Verbandes zu sorgen. Dazu gehörte in erster Linie die Beobachtung der näheren Umgebung mit den Strukturtastern und Ortern. Es konnten noch immer keine Kampfschiffe der Dumfries ausgemacht werden.

„Irgend etwas ist mit Gucky los", sagte Icho Tolot, als er wieder im Kontrollsessel in der Zentrale des schwarzen Raumschiffes saß. „Er kommt mir schon die ganze Zeit so merkwürdig vor."

Fancan Teik justierte die Feineinstellung der Orter.

„Das ist mir auch aufgefallen. Er scheint mir nicht mehr so lebendig zu sein wie früher. Er macht den Eindruck, als sei er müde. Müde – und vielleicht ein wenig alt."

„Das lasse ihn nur nicht hören. Natürlich ist er nicht mehr der jüngste, doch niemand kennt die Lebenserwartung eines Mausbibers. Aber, um ganz ehrlich zu sein, ich hatte schon den gleichen Verdacht. Offensichtlich altert er doch. Vielleicht ist das auch der Grund, warum er in letzter Zeit einen so niedergeschlagenen Eindruck machte."

Icho Tolot sah auf die Bildschirme.

„Die Korvette hat sich eben von der CREST gelöst. Ihr Kurs

stimmt. Wir werden sie bald aus den Ortern verlieren. Sie ist zu klein, um ein deutliches Echo zu produzieren. Wir können also ihren Flug nicht lange beobachten, aber das wird auch nicht nötig sein. Sollte die KC-1 jemals zurückkehren, werden wir mehr wissen. Inzwischen liegt es an Rhodan, die Okefenokees auf unsere Seite zu bringen. Der gemeinsame Kampf gegen die Mooghs wird die Zwerge überzeugt haben, daß wir keine unehrlichen Ziele verfolgen."

Atlan saß inzwischen wieder vor den Bildschirmen in der Zentrale der CREST. Nachdem die kleine Flotte der Särge gestartet war, hatten sich Rhodan und Roi Danton wieder mit den Okefenokees in die Verhandlungsräume begeben. Vorerst kam von ihnen keine Nachricht.

Die CREST, die beiden schwarzen Kugelraumer der Haluter und der riesige Fragmentraumer umkreisten weiterhin das Scintilla-System. Streng gesehen, handelte es sich um eine Umlaufbahn, die auf den zweiten Planeten Kliban ausgerichtet war.

Vorerst geschah nichts.

Das große Warten wurde fortgesetzt . . .

2.

Seit einiger Zeit fühlte Gucky sich wirklich nicht mehr wohl. Das mochte zum Teil darauf zurückzuführen sein, daß die vergangenen Monate alles andere als eine Erholung gewesen waren. Und so war es auch kein Wunder, daß Gucky sich immer wieder sagte, die merkwürdigen Ermüdungserscheinungen hätten nichts mit seinem Alter zu tun.

Denn Gucky *war* alt. Wenn er sich recht entsann, lebte er bereits rund sechshundert terranische Jahre. Und die durchschnittliche Lebenserwartung eines Mausbibers lag kaum höher als sechshundert Jahre. Immer hatte Gucky eine Zelldusche und später einen lebensverlängernden Zellaktivator mit dem Hinweis abgelehnt, daß er derartige Hilfsmittel nicht benötige. Er hatte immer wieder betont, daß ihm das Alter nichts ausmache. Das hatte zu den erstaunlichsten Spekulationen hinsichtlich seiner Lebensdauer geführt. Es gab Wissenschaftler, die allen Ernstes annahmen, ein Ilt sei unsterblich. Wenn Gucky derartige Gerüchte zu Ohren kamen, grinste er nur still vor sich hin. Er weigerte sich aber, exakte Angaben zu machen.

Aber nun sah Gucky ein, daß dieses Verhalten ein Fehler gewesen war. Die Schwindelgefühle, die er in letzter Zeit hatte, waren eindeutig auf Altersschwäche zurückzuführen.

Altersschwäche! Er, der einmalige und wunderbare Gucky – und Altersschwäche! Es war nicht auszudenken.

Und es gab nur eine Alternative: Er mußte den Weg zurück in die heimatliche Milchstraße finden und dort einen Zellaktivator besorgen. Es gab noch einige, und es würde sehr schwer sein, sie zu finden. Immerhin waren diese Sorgen für Gucky der Anlaß gewesen, sich freiwillig zu dem gefährlichen Unternehmen zu melden. Je schneller ein Weg in die Heimat gefunden wurde, desto besser auch für ihn.

Gucky wußte also ganz genau, warum er sein Leben riskierte.

Auch Dr. Armond Bysiphere hatte seine Gründe, wenn sie auch ganz anderer Natur waren. Bei ihm waren es Forschung und Wissenschaft, für die er Kopf und Kragen riskierte. Er wollte wissen, was mit den Zwergen geschah. Er wollte ganz genau wissen, warum man für die Toten eine so kostspielige Bestattung veranstaltete. Die Gründe dafür konnten nicht nur ritueller Natur sein, sondern mußten einen sehr realen Hintergrund haben. Jeder Sarg war ein hervorragend ausgerüstetes Kleinraumschiff. Man baute solche Schiffe nicht, um Leichen in sie zu packen und in die nächste Sonne zu jagen. Irgend jemand legte großen Wert auf die Leichen in den Särgen – und das sicher nicht ohne Grund. Dr. Armond Bysiphere hatte sich für das Unternehmen gemeldet, um herauszufinden, was mit den Leichen geschah.

Bei Major Hole Hohle, dem Eskimo, waren die Motive weniger tiefgründig. Er war ein Mann, der den Kampf liebte. Und damit liebte er auch die Gefahr und ein abenteuerliches Leben. Als er von Atlan erfuhr, worum es ging, war er Feuer und Flamme – anders war seine Begeisterung nicht zu beschreiben. Und für ihn war es ein leichtes gewesen, gleichgesinnte Männer unter den Besatzungen der Korvetten zu finden, die ihn begleiten würden.

So kam es, daß die Korvette KC-1 mit einer Mannschaft startete, die weder Tod noch Teufel fürchtete. Alle wußten, daß Atlan sie bereits aufgegeben hatte, noch bevor sie die CREST verließen. Und sie alle waren fest entschlossen, zur CREST zurückzukehren – schon um dem Arkoniden zu beweisen, daß selbst aussichtslose Unternehmungen von Erfolg gekrönt sein können. Es gab auch niemand an Bord der KC-1, der Atlans Beweggründe nicht verstanden hätte. Der alte Arkonide plante nach rein militärischen Gesichtspunkten, und dazu gehörte es nun einmal, auch Opfer zu bringen, wenn der Erfolg diese Opfer rechtfertigte.

Die Impulstriebwerke der zweiunddreißig in Richtung Zentrum fliegenden Särge strahlten eine so hohe Energiewoge aus, daß es einfach war, sie zu verfolgen. Mühelos konnte die schnelle Korvette die Fahrtbeschleunigung halten, die nur bei knapp einhundert Kilometern pro Sekundenquadrat lag.

Längst war die gelbe Sonne des Scintilla-Systems zu einem kleinen Stern geworden – zu einem Stern unter Tausenden von anderen Sternen. Wenn man aber in die andere Richtung blickte, dorthin, wohin die Särge flogen, waren es nicht nur Tausende, sondern Zehntausende von Sternen. In der Nähe des Zentrums mußten sie so dicht stehen, daß sie oft nur Lichtstunden voneinander entfernt waren.

Hole Hohle saß im Kommandosessel und beobachtete die Instrumente. Noch war es nicht notwendig geworden, den Linearantrieb einzuschalten. Erst als ein Zehntel der Lichtgeschwindigkeit erreicht worden war, deuteten verschiedene Energieechos darauf hin, daß in den drei Meter durchmessenden Kopfkugeln der Sarg-Raumschiffe die Spürtransmitter anliefen.

Das war die erste Veränderung seit dem Start der kleinen Flotte. Major Hohle wurde von einer fieberhaften Spannung erfaßt, die sich auf seine Offiziere in der Kommandozentrale übertrug. Die Strukturtaster der Korvette liefen auf Hochtouren. Sie waren genau auf das Intervallecho der eigenartigen Spürtransmitter der Särge einjustiert worden. Die normale Transitions-Sprungweite eines Transmittersarges betrug fünf Lichtjahre – das war auch Major Hohle bekannt. Das hatte dazu geführt, daß Dr. Bysiphere einige Berechnungen angestellt hatte. Als er die Zentrale betrat, sah sein Gesicht sehr sorgenvoll aus.

„Störe ich Sie, Major?“

Major Hohle deutete auf den freien Sessel neben sich.

„Sie stören nicht, Doktor. Wir können im Augenblick nichts anderes tun, als den Särgen zu folgen. Es deutet alles darauf hin, daß sie bald ihren ersten Sprung durchführen werden. Aber sie können uns nicht entkommen.“

Der Wissenschaftler nickte.

„Das ist mir klar, aber trotzdem wird es Schwierigkeiten geben. Schwierigkeiten hinsichtlich der uns zur Verfügung stehenden Zeit. Schon von Natur aus haben Tote mehr Zeit als die Lebenden. Rechnen Sie nach, Major. Das Ziel der makabren Flotte ist zweifellos das Zentrum dieser Galaxis. Dieses Zentrum ist mehr als achtunddreißigtausend Lichtjahre von uns entfernt. Nun können aber die Särge nur Sprünge von fünf Lichtjahren ausführen. Und das können sie auch nicht in ununterbrochener Folge. Es werden immer wieder kleinere Ruhepausen notwendig sein. Rechnen Sie sich selbst aus, wie lange es dauern wird, bis wir die achtunddreißigtausend Lichtjahre überwunden haben werden."

Major Hohle nickte langsam.

„Ich habe schon darüber nachgedacht. Es können unter Umständen Wochen, wenn nicht sogar Monate vergehen, bis wir unser Ziel erreichen. Aber das wußten wir schon, als wir starteten. Es ist eines der vielen Risiken, die wir auf uns genommen haben. Vielleicht ist es aber auch so, daß das Ziel der Sargflotte viel näher liegt, als wir annehmen. Es kann reiner Zufall sein, daß die Verlängerung der Linie von dem Planeten Kliban zu diesem Ziel ins Zentrum führt. Dann kann es also genausogut hundert wie achtunddreißigtausend Lichtjahre entfernt sein. Wir werden ja sehen."

Dr. Bysiphere war nicht so leicht zu überzeugen.

„Ich glaube nicht daran. Ich glaube vielmehr, daß das Ziel der Flotte der absolute Zentrumskern ist. Dort, im Gewimmel der Sterne, sind die Konstrukteure zu Hause. Und sie sind es ohne Zweifel, die auf den Inhalt der Särge Wert legen." Er beobachtete die kleinen Bildschirme der Ortergeräte. „Wir sind ihnen ganz schön dicht auf den Fersen, nicht wahr?"

„Das sind wir. Wir verlieren sie nicht. Die erste Transition wird gleich stattfinden."

„Wenn Sie gestatten, Major Hohle, möchte ich mir das ansehen. Vielleicht stelle ich etwas fest, das sich später gut verwerten läßt."

„Ich habe nichts dagegen, Doktor. Ich glaube im übrigen, daß es gerade unsere Zusammenarbeit ist, die uns unser Ziel erreichen lassen wird. Jeder von uns ist auf seinem Gebiet ein Spezialist, und wenn wir unser Wissen und unsere Fähigkeiten zusammenlegen, könnte eigentlich nichts schiefgehen. Was machen die anderen?"

„Sie meinen Goratschin und Gucky? Oder Paladin?" Bysiphere

zuckte die Schultern. „Sie sind in ihren Kabinen. Ich hege sogar den Verdacht, daß sich der Mausbiber ins Bett gelegt hat und schläft. Harl Dephin und seine Siganesen haben sich in ihren speziellen Aufenthaltsraum eingeschlossen. Wie ich die kleinen Brüder kenne, genehmigen sie sich einen. Ein lustiges Völkchen, diese kleinen Kerle. Und was Goratschin angeht – nun, ich nehme an, daß sich die beiden Köpfe wieder einmal streiten. Sie kennen ja Iwan und Iwanowitsch."

Major Hohle grinste kurz.

„Und ob ich sie kenne! Unsere Mutanten . . .! Ich bin übrigens sehr beruhigt, daß wir sie bei uns haben. Man kommt sich nicht so allein und verlassen vor. Wenn Atlan sie mitfliegen ließ, dann hat er nicht wirklich die Hoffnung aufgegeben, uns wiederzusehen. Man wird also weder Gucky noch Goratschin, noch Paladin sinnlos opfern wollen. Das stärkt ein wenig mein Selbstbewußtsein, denn ich weiß, daß man auch Sie, Doktor, und mich nicht sinnlos opfern würde."

„Sie werden doch nicht schon jetzt trübe Gedanken bekommen?" erkundigte sich Bysiphere etwas sarkastisch. „Wir sind gerade erst gestartet."

Major Hohle gab keine Antwort. Er ließ die Instrumente der Strukturtaster, die eine Transition der Särge sofort anzeigen würden, nicht aus den Augen. Und nach dem Eintreffen des Intervallechos zu urteilen, mußte das bald der Fall sein.

„Wie werden sie es schaffen, bei diesen automatischen und daher zwangsläufig etwas ungenauen Transitionssprüngen nicht in eine der zahllosen Riesensonnen zu geraten?" erkundigte sich Dr. Bysiphere und deutete auf die Orterschirme. „Die Sterne stehen schon hier relativ dicht."

„Ich nehme an, daß die Spürtransmitter der fliegenden Särge darauf geeicht sind. Alle Sterne senden Energiewellen aus, und die werden aufgefangen, gespeichert und ausgewertet. Im Prinzip, so nehme ich an, sind es diese Energieechos, die den Kurs bestimmen. Nur so ist es möglich, daß keiner der Särge in einer Sonne rematerialisiert. Übrigens ein uraltes Prinzip."

Ein plötzlicher Transitionsschock erschütterte die Strukturtaster der KC-1.

Zweiunddreißig Särge waren von einer Sekunde zur anderen im Hyperraum verschwunden.

Jetzt, da es geschehen war, wurde Major Hohle wieder ganz ruhig.

Die technischen Daten der kleinen Schiffe waren genau bekannt, außerdem war es den Strukturtastern der Korvette möglich, auch das Eintauchecho der winzigen Raumschiffe auf große Entfernungen hinweg wahrzunehmen und die Koordinaten zu bestimmen. Major Hohles Taktik bestand darin, auf dieses Eintauchecho zu warten, den Standort der rematerialisierten Flotte zu bestimmen und im Linearflug dorthin zu eilen.

Das Warten dauerte kaum eine Sekunde.

Auf der Instrumententafel war abzulesen, daß die Särge in der Tat nur fünf Lichtjahre zurückgelegt hatten.

Das Linearmanöver der Korvette war längst eingeleitet worden. Die letzten Berechnungen und Einfütterungen in die Positronik nahmen nur wenige Sekunden in Anspruch. Dann gab Major Hohle Kontakt.

Die KC-1 ging sofort in den Linearraum und erreichte wenige Sekunden später den Wiedereintauchpunkt der Sargflotte. Alle zweiunddreißig Särge hatten sich zu einem dichten Pulk zusammengeschlossen, der klar und deutlich auf den überlichtschnellen Echotastern der KC-1 zu erkennen war.

Dr. Bysiphere konnte seine Bewunderung nicht mehr länger zurückhalten.

„Das hat ausgezeichnet geklappt! Ich hätte nie gedacht, daß wir es so fehlerfrei schaffen würden. Über fünf Lichtjahre hinweg! Das ist doch eine Leistung!"

Major Hohle winkte ab.

„Ich glaube, die Verfolgung der Sargflotte ist der einfachste Abschnitt unseres Abenteuers. Ich habe nur Angst vor dem, was danach geschieht."

Nun war es Dr. Bysiphere, der abwinkte.

„Nun, das wird dann meine Sorge sein, weil es in mein Ressort fällt. Achten Sie darauf, daß wir die Flotte nicht verlieren. Ich werde später dafür sorgen, daß wir mit der auftretenden Situation fertig werden. Wie lange wird es übrigens noch dauern, bis sie die nächste Transition vornehmen?"

„Nicht sehr lange, nehme ich an, außerdem beschleunigen sie während der Zeit, die sie im Normalraum zubringen. Diese Beschleunigung wird so lange weitergehen, bis sie die einfache Lichtgeschwindigkeit erreicht haben. Bei der gigantischen Entfernung, die wir wahrscheinlich zurücklegen müssen, spielt das keine große Rolle.

Es erschwert auch keineswegs die Verfolgung."
Major Hohle sollte recht behalten.
Bereits fünf Minuten später gingen die fliegenden Särge erneut in die Transition und tauchten fünf Lichtjahre weiter weg wieder auf.
Die KC-1 folgte ihnen unbeirrt.

„Dreißig Transitionen – das sind genau einhundertfünfzig Lichtjahre. Wenn das so weitergeht, sind wir in einem Monat noch nicht da."
Der Kommandant der KC-1 lehnte sich zurück und gähnte.
„Beruhigen Sie sich, Doktor, ich werde auch müde. Immerhin haben wir inzwischen fast Lichtgeschwindigkeit erreicht. So kommen wir wenigstens während der Ruhepausen im Normalraum voran."
Nach einer Weile erhob sich Dr. Bysiphere und ging in den Computerraum der Korvette. Major Hohle sah ihm nach, dann gab er seinen ursprünglichen Plan auf, das Kommando für eine Weile Captain Fleming zu überlassen. Er war ziemlich sicher, daß Bysiphere wieder Berechnungen anstellte, und das Ergebnis wollte er noch abwarten. Er sah wieder auf den halbrund geformten Panoramaschirm, in dessen Mitte der Pulk der Sargschiffe als heller, verschwommener Fleck zu erkennen war. Dieser Fleck wurde immer undeutlicher, je dichter die Sonnen beieinander standen.
Der Hintergrund bestand aus einem matt schimmernden Blau, das zum Rand des Schirms hin schwächer wurde. Dazwischen funkelten Zehntausende von Sternen.
Wieder eine Transition. Und wieder nur fünf Lichtjahre.
Dr. Bysiphere kam in die Kommandozentrale zurück. Er setzte sich wieder neben Major Hohle.
„Wir haben darüber gesprochen, wie lange es dauern wird, bis wir den Zentrumskern erreichen. Ich bin aber nun davon überzeugt, daß es doch nicht so lange dauern wird. Die Konstrukteure des Zentrums besitzen Mittel und Wege, die Särge viel schneller an ihr Ziel zu bringen. Wir müssen also damit rechnen, daß sehr bald etwas geschieht – und zwar etwas sehr Entscheidendes. Ich würde Ihnen raten, Major, sich nicht in Ihre Kabine zu begeben, um zu schlafen, sondern lieber eine Wachhaltetablette zu nehmen. Auch ich werde hierbleiben. Vielleicht wird es noch dreißig Transitionen geben, vielleicht auch fünfzig, vielleicht aber nur noch zwei."

Der Major holte tief Luft, dann blies er sie enttäuscht wieder aus. „Ich weiß ja nicht, was Sie drüben im Computerraum gemacht haben, aber ich finde Ihre Theorie sehr vage und unwahrscheinlich. Was soll denn geschehen? Können Sie sich nicht deutlicher ausdrücken?"

Dr. Bysiphere schüttelte verwundert den Kopf.

„Noch deutlicher? Irgend etwas wird geschehen – ich weiß natürlich nicht, was, aber es *wird* etwas geschehen. Denken Sie doch nur einmal zurück. Haben Sie nicht schon einmal etwas erlebt, das als ‚Absolute Bewegung' bezeichnet wurde? Erinnern Sie sich nicht, wie die CREST von dieser Absoluten Bewegung erfaßt und mit sehr hoher Überlichtgeschwindigkeit davongerissen wurde? Damals legte sie eine sehr große Strecke zurück, und zwar ohne Transitionserscheinungen, ohne eingeschalteten Linearantrieb. Es ist den Konstrukteuren des Zentrums also möglich, jeden beliebigen Gegenstand über jede beliebige Strecke zu versetzen. Warum sollten sie das nicht auch mit den Särgen tun?"

Major Hohle sah ihn forschend an.

„Da haben Sie recht. Ich muß Ihnen zustimmen. Aber warum geschieht das nicht von Anfang an? Warum erst dieser umständliche Start und die noch umständlicheren Transitionen?"

„Auch dafür gäbe es eine logische Erklärung. Die Konstrukteure des Zentrums wollen nicht, daß die Okefenokees auch nur die geringste Ahnung davon haben, daß die Leichen nach der merkwürdigen Bestattung noch gebraucht werden. Wir wissen selbst nicht, welchen Zweck diese ganze Maßnahme verfolgt. Also geschieht am Anfang alles recht umständlich und so, daß kein Verdacht erregt wird. Erst später, tief im Weltraum, können diese Konstrukteure des Zentrums Besitz von den Verstorbenen ergreifen und sie dorthin bringen, wohin sie gelangen sollen. Und ich nehme an, daß das mit Hilfe der Absoluten Bewegung geschieht. Ich habe die Positronik befragt, und die ist der gleichen Meinung wie ich. Leider kenne ich den Zwischenfall mit der Absoluten Bewegung nur aus den Berichten, denn ich war damals ja nicht dabei. Aber ich kann mir vorstellen, um was es sich handelt – nämlich um nichts anderes als um einen gewaltigen Traktorstrahl, der, von unbekannten Mächten gesteuert, aus dem Innern des Zentrumskerns kommt."

Major Hohle hatte aufmerksam zugehört, ließ aber dabei den Panoramaschirm nicht aus den Augen. Das blaue Leuchten, das in der Nähe des Zentrums am intensivsten war, hatte sich nicht verändert.

„Ein Traktorstrahl, der über Tausende von Lichtjahren hinweg wirksam ist – technisch gesehen ein heller Wahnsinn, aber schließlich habe ich es damals selbst miterlebt. Hier in dieser Galaxis ist alles möglich. Im übrigen könnten Sie recht haben, Dr. Bysiphere. Die Konstrukteure des Zentrums wollen etwas von den Toten – also werden sie nicht monatelang warten, bis sie sich ihrer bemächtigen können. Schlagen Sie irgendwelche Maßnahmen vor?"

„Sie meinen, wenn mein Verdacht sich bestätigt?" Dr. Bysiphere nickte. „Wenn die Särge von dem Traktorstrahl erfaßt werden, können sie über viele tausend Lichtjahre versetzt werden. Wir müssen also dafür sorgen, daß wir ebenfalls in den Bereich der Absoluten Bewegung geraten – was immer auch dann geschehen mag. Ich würde vorschlagen, daß Sie der Besatzung das Anlegen der Raumanzüge und das Schließen der Helme befehlen, sobald die Geschichte ihren Anfang nimmt. Man weiß nicht, was dabei alles passieren kann. Und nun entschuldigen Sie mich bitte, Major, ich möchte den Leuten mit gutem Beispiel vorangehen . . ."

Major Hohle sah hinter ihm her. Über Interkom befahl er der Mannschaft das Anlegen der Raumanzüge und weckte auch die Mutanten. Dann nahm er die von Dr. Bysiphere empfohlene Tablette und widmete sich erneut seiner Aufgabe als Pilot der Korvette.

Als er den Panoramaschirm betrachtete, glaubte er eine gewisse Veränderung in dem blauen Leuchten bemerken zu können. Es schien ihm greller geworden zu sein, und noch ehe ihm richtig klar wurde, was sich wirklich verändert hatte, schoß eine ungeheure, blauleuchtende Energieflut auf die Flotte der Särge und die KC-1 zu. Der Vorgang wurde nicht nur auf dem Bildschirm sichtbar, er wurde auch von allen Instrumenten der Korvette registriert.

Dann war das ganze Universum blau, und die Sterne schimmerten nur noch schwach durch den Farbvorhang. Über Interkom befahl Major Hohle das Schließen der Raumhelme und das Anschnallen an die Spezialsessel.

Major Hohle rührte sich nicht von seinem Platz. Er starrte auf die Bildschirme und die Instrumententafel. Unter seinen Füßen spürte er eine gewaltige Erschütterung, als das blaue Leuchten die KC-1 einhüllte. Auf den Orterschirmen waren die fliegenden Särge deutlich zu erkennen. Die Entfernung zur Korvette betrug nur wenige Lichtsekunden.

Ein unbeschreibliches Tosen und Klirren erfüllte alle Räume der KC-1. Die Außenmikrophone der Raumanzüge reagierten sehr empfindlich auf den Lärm, und Major Hohle konnte die aufgeregten Stimmen der Besatzung deutlich hören. Dann drang Bysipheres Stimme energisch durch den Krach. Der Wissenschaftler erklärte über Helmfunk, daß sich die Schiffsmasse der Korvette in das hyperenergetische Gefüge der Absoluten Bewegung einordne, was natürlich nicht ohne Komplikationen vor sich gehe.

Damit konnte Major Hohle nicht viel anfangen. Für ihn war es keine Erklärung, sondern eine ihm unverständliche Feststellung, und zum Glück für ihn war es vorerst Bysipheres letzte Erklärung.

Denn die KC-1 wurde mit fürchterlicher Gewalt und von einer Sekunde zur anderen in den Hyperraum geschleudert.

Mit allen Menschen an Bord entmaterialisierte das Schiff und verschwand aus dem normalen Raum-Zeit-Gefüge.

Wenn man den Uhren in der KC-1 glauben konnte, waren nur Sekunden vergangen. Es war kein Transitionsschmerz aufgetreten, und auch die Rematerialisation erfolgte ohne Nachwirkungen. Major Hohles erster Blick galt den Bildschirmen. Das ganze Universum war in ein ungeheures, blaues Wabern getaucht und die Korvette schwebte mitten darin. Das Blau war intensiver geworden, und die Sterne standen nun so dicht, daß man kaum noch Zwischenräume erkennen konnte. Man befand sich also in unmittelbarer Nähe des Zentrumskerns von M 87.

Der zweite Blick des Majors galt den Orterschirmen. Er entdeckte den dichten Pulk der Särge unmittelbar vor der KC-1. Die Geschwindigkeit hatte sich nicht verändert; sie lag immer noch unter der des Lichtes.

Captain Fleming, der Erste Offizier, betrat die Zentrale.

„Im Schiff ist alles in Ordnung, Sir. Wenn ich mir eine Frage gestatten darf . . .?“

Major Hohle nickte.

„Fragen Sie nur, Captain. Es ist genug geschehen, um jede Frage zu rechtfertigen.“

„Sie warnten über Interkom vor einer bevorstehenden Transition. Sie hat stattgefunden, wenn ich mich nicht irre. Hat sie etwas mit dieser Absoluten Bewegung zu tun, die wir schon einmal erlebten?“

„Ja, das hat sie, Captain. Wir gerieten in den Zugstrahl der Konstrukteure des Zentrums - zusammen mit den Särgen, die wir verfolgen. Wir haben eine Strecke zurückgelegt, die ich bisher noch nicht genau bestimmen konnte. Die Berechnungen laufen bereits.“

„Danke, Sir. Soll ich Sie jetzt ablösen?“

Hohle schüttelte den Kopf.

„Noch nicht, Captain. Sie können aber trotzdem in der Zentrale bleiben. Ich möchte erst die Ergebnisse der Berechnungen abwarten. Sobald ich unseren Standort kenne, gönne ich mir eine kleine Pause. Vorher aber plane ich noch ein kleines Manöver. Sehen Sie dort die Särge?“

„Ja, Sir. Ich würde den Abstand auf eine knappe Lichtsekunde schätzen.“

„Gut geschätzt, Captain. Ich möchte aber den Abstand noch verringern. Ich glaube nämlich, daß wir kurz vor einer entscheidenden Phase des Unternehmens stehen. Und wenn diese Phase anläuft, möchte ich nicht sehr weit von den Sargschiffen entfernt sein.“

Dr. Bysiphere kam in die Kommandozentrale. Er sah ein wenig erschöpft aus, schien sich aber sonst ganz wohl zu fühlen.

„Das hätten wir hinter uns, Major. Zumindest brauchen wir uns nicht mehr den Kopf zu zerbrechen, wie lange wir für den Flug bis zum Zentrum dieser Galaxis benötigen. Wir haben ihn bereits hinter uns, und er hat kaum eine Sekunde gedauert. Aber so ist das immer. Man schafft sich die Probleme selbst und vergißt immer wieder dabei, daß sich alle Probleme mit der Zeit von selbst lösen. Dafür gibt es dann allerdings andere.“

„Damit haben Sie vollkommen recht, Doktor. Wie geht es den Mutanten?“

„Ich komme eben von ihnen. Der Mausbiber zeigt nur wenig Interesse und hat mir aufgetragen, ihn zu wecken, wenn wir ihn benötigen. Bis dahin will er sich ausruhen. Goratschin hingegen war äußerst munter. Harl Dephin und seine Siganesen spielen Schach. Sie haben ihren Roboter Paladin verlassen und sitzen auf dem Boden der Kabine. Auch der Mannschaft geht es gut. Sie hat die Transition glänzend überstanden. Ich habe mir erlaubt, ihnen die Anweisung zu geben, die Helme wieder zu öffnen.“

Major Hohle nickte zufrieden und starrte auf die Bildschirme. Er wartete immer noch auf die Resultate der Berechnungen. Captain Fleming brachte sie kurz darauf. Der Major warf einen kurzen Blick auf die Nachricht und sah Dr. Bysiphere an.

„Unsere Vermutungen stimmen, Doktor. Zwar lassen sich die Koordinaten nicht genau bestimmen, aber es ist sicher, daß wir uns im Zentrumskern befinden. Mit dem bloßen Auge dürften etwa zweihundert Sonnen zu erkennen sein, die nicht weiter als ein Lichtjahr von uns entfernt sind. Es können ein paar mehr oder weniger sein – wir können es nur abschätzen. Und irgendwo hier ist das Ziel der Särge. Ich möchte sie jetzt auf keinen Fall verlieren und werde dafür sorgen, daß sie uns nicht im letzten Augenblick durch die Lappen gehen."

Dr. Bysiphere setzte sich.

„Was haben Sie vor?" erkundigte er sich mißtrauisch.

„Das werden Sie dann schon sehen", vertröstete ihn der Kommandant.

Er ließ von Captain Fleming einige Berechnungen durchführen und programmierte die Positronik des Linearantriebs. Dann, als die Zeit mit den entsprechenden Berechnungen übereinstimmte, gab er Kontakt.

Für den Bruchteil einer Sekunde ging die KC-1 in den Linearraum, und als sie wieder in das Normaluniversum zurückkehrte, hatte sie sich vor den Pulk der Särge gesetzt. Nun führte die Korvette, und die Särge folgten ihr. Aber Major Hohle verringerte die Geschwindigkeit, so daß die Särge langsam aufholten.

Dr. Bysiphere sagte nichts. Er beobachtete das Manöver auf den Bildschirmen und war allem Anschein nach damit einverstanden. Auch als Major Hohle die Zugstrahler einsetzte, die zweiunddreißig Särge damit einfing und magnetisch an der Außenhülle der Korvette verankerte, machte er keine Einwände. Die winzigen Schiffe wurden über eine große Entfernung hinweg automatisch gesteuert. Es war kaum anzunehmen, daß die Kommandostelle einen so kleinen Fremdkörper wie die Korvette ortete, denn über viele Lichtjahre hinweg war eine Echoortung so gut wie unmöglich. Eine Ortung konnte in diesem Fall nur auf hyperenergetischer Grundlage erfolgen. Und in dieser Hinsicht war Major Hohle klug genug, keine hyperenergetischen Echos zu erzeugen.

Endlich machte Dr. Bysiphere den Mund auf:

„Und was nun?“

Ehe der Major antworten konnte, materialisierte Gucky mitten in der Kommandozentrale. Er war etwas zu hoch teleportiert und fiel etwa einen halben Meter, ehe er sicher auf dem Boden stand. Es kam öfter vor, daß er sich bei Teleportationen verkalkulierte, aber diesmal schien er selbst überrascht zu sein. Immerhin fing er sich ab und ging zu den beiden Männern.

„Wenn ihr *mich* fragt, so könnte ich euch ja einen guten Rat geben. Aber ich werde mich hüten. Schließlich sind wir ja hier, um herauszufinden, was mit den Särgen und ihrem Inhalt geschieht. Übrigens kann ich jetzt zum erstenmal Individualimpulse auffangen. Sie kommen ohne Zweifel aus den Särgen. Wenn die Zwerge wirklich tot waren, dann sind sie wieder zum Leben erwacht. Ich halte das für eine ziemlich beunruhigende Tatsache, wenn sie auch unsere Theorie zu bestätigen scheint. Was sollen wir denn davon halten, mein lieber Doktor?“

„Was wir davon halten? Nun, wenn ich ehrlich sein soll, so muß ich gestehen, daß ich so etwas Ähnliches erwartet habe. Sicher, die Okefenokees haben in dem Kampf tödliche Verwundungen erlitten und starben. Trotzdem sind sie nicht tot, wie wir jetzt wissen. Hast du einige der Individualimpulse identifizieren können? Mit anderen Worten: Weißt du, was die toten Zwerge denken?“

„Leider nicht, Doktor. Die Gedankenimpulse waren völlig unverständlich, aber sie waren da. Ich konnte sie feststellen und orten, mehr nicht.“

Major Hohle nickte seinem Ersten Offizier zu.

„Jetzt können Sie übernehmen, Captain. Ich lege mich ein wenig hin. Aber benachrichtigen Sie mich sofort, wenn sich hier nur das geringste ändert. Doktor, vielleicht bleiben Sie hier in der Zentrale, es wäre eine große Beruhigung für mich.“

Dr. Bysiphere nickte und sah zu, wie sich Captain Fleming auf Hohles Platz setzte und die Überwachung der Instrumente übernahm. Mit knapper Lichtgeschwindigkeit raste die KC-1 durch den Weltraum, immer weiter auf den Zentrumskern zu. Die zweiunddreißig Särge blieben fest mit ihr verbunden. Schließlich sagte Bysiphere:

„Ich glaube, Gucky, das ist alles eingeplant. Ich bin davon überzeugt, daß die Okefenokees wirklich tot waren. Mit uns unbekannten Mitteln wurden sie jetzt wieder zum Leben erweckt. Auch die Gedankenimpulse, die du auffangen konntest, haben einen ganz bestimmten Zweck. Sie dienen der Ortung. Unser Major hat vollkommen recht, wenn er sich jetzt ausruht. Er wird seine Kräfte sehr bald brauchen können."

Gucky marschierte einige Male in der Zentrale auf und ab und blieb dann vor dem Wissenschaftler stehen.

„So, wird er? Dann ist es wohl besser, ich lege mich auch wieder hin." Er schüttelte den Kopf. In seinen Augen lag plötzlich etwas, das Dr. Bysiphere stutzig machte. „Ich bin überhaupt in letzter Zeit immer so müde. Nun komm mir nur nicht und sage, das wäre Altersschwäche, Doc. So schlimm ist es nun auch wieder nicht. Vielleicht bekommt mir dieses blaue Leuchten nicht."

Bysiphere betrachtete ihn nachdenklich.

„Vielleicht hast du recht, vielleicht auch nicht. Wenn das Leuchten einen Einfluß auf unseren Organismus hätte, würden wir das spüren. Ich finde es merkwürdig, daß es nur auf dich einen Einfluß haben sollte, nicht aber auf uns. Wie alt bist du eigentlich?"

Gucky watschelte zur Konferenzecke und ließ sich in einem der Sessel nieder. Dr. Bysiphere folgte ihm und nahm ebenfalls Platz.

„Sechshundert Jahre – so ungefähr. Das ist ein ziemlich hohes Alter für einen Ilt. Falls wir in die Milchstraße zurückkehren, werde ich eine Verjüngungskur machen. Vielleicht wird es dann besser."

„Weiß Rhodan davon?"

Gucky schüttelte den Kopf.

„Er hat schon Sorgen genug, warum sollte ich ihm da auch noch meine aufhalsen? Ich muß allein damit fertig werden." Er reckte und streckte sich und sah gleich wieder ganz fröhlich aus. „Ich fühle mich schon wohler, Doc. War nur eine momentane Schwäche, nehme ich an. Die Geschichte mit den Särgen macht mich restlos fertig. Da ziehen wir mit zweiunddreißig halbtoten Zwergen durch die Gegend – so eine Art Bestattungskommando. Weißt du, Doc, welcher Gedanke mich nicht mehr losläßt?" Bysiphere schüttelte den Kopf. „Wenn diese Konstrukteure des Zentrums so an den Leichen interessiert sind, sind sie es vielleicht an unseren auch. Sie könnten doch schon längst bemerkt haben, daß wir hier sind. Sie lassen uns ganz nah herankommen, dann machen sie genau dasselbe, was sie mit den Zwergen getan haben. Kein angenehmer Gedanke, was . . .?"

Ehe Dr. Bysiphere etwas erwidern konnte, rief Captain Fleming:

„Das blaue Leuchten – es ist wieder stärker geworden! Hoffentlich hat das nichts zu bedeuten."

Dr. Bysiphere stand auf und ging zu ihm. Gucky blieb sitzen.

„Sie haben recht, Captain", sagte Dr. Bysiphere, nachdem er die Bildschirme studiert hatte. „Es wird wirklich intensiver. Das bedeutet, daß wir bald wieder von der Absoluten Bewegung erfaßt werden. Aber es leuchtet nicht so stark wie vorhin. Man könnte vielleicht daraus schließen, daß die Strecke, die wir bei dieser Transition zurücklegen werden, nicht so groß ist. Geben Sie eine kurze Warnung an die Mannschaft."

Die Transition erfolgte genau fünf Minuten später, und abermals verschwanden die KC-1 und die zweiunddreißig Särge im Hyperraum.

Die Meßautomatik gab das Ergebnis bekannt. Der Traktorstrahl hatte die KC-1 und die gläsernen Särge um weitere einhundertzwanzig Lichtjahre in das Zentrum von M 87 hineingezogen. Als die Bildschirme wieder zu leuchten begannen, stand das kleine Raumschiff inmitten eines ungeheuren Sonnenmeeres. Das blaue Leuchten hatte sich in Billionen von Spendern aufgelöst, in dreißig Zentimeter durchmessende Leuchtkugeln, die mit irrsinniger Geschwindigkeit vorbeirasten. Nicht nur sie waren es, die eine Navigation völlig unmöglich machten. Auch die Sonnen standen so dicht, daß sie zum Teil nur einige Lichtstunden voneinander entfernt waren. Die Strukturtaster zeigten unaufhörlich Energiestöße an, die nur von Ausbrüchen auf den nahen Sonnen stammen konnten.

Bis auf einige Besatzungsmitglieder hatten sich alle in der Kommandozentrale versammelt. Staunend betrachteten sie das Wunder der Sternendichte auf den Bildschirmen und die merkwürdigen blauen Leuchtkugeln, die auf unerklärliche Weise dem Hindernis auswichen und es nie berührten. Der Siganese Harl Dephin, der auf dem Kommandotisch stand, meinte:

„Es ist schrecklich und schön zugleich. Ich habe so etwas noch nie gesehen."

Dr. Armond Bysiphere nickte.

„Sie haben recht, Major. Aber ich beginne mir ernsthaft darüber Gedanken zu machen, wie wir jemals wieder zur CREST zurückfinden sollen. Aus eigener Kraft werden wir es niemals schaffen. Was meinen Sie, Major Hohle?"

Major Hohle strich sich die Haare aus dem Gesicht. Er sah müde aus.

„Ich muß Ihnen leider zustimmen, Doc. Zumindest würden wir sehr viel Zeit benötigen, denn selbst kurze Linearflüge wären lebensgefährlich. Aber wir sollten uns darüber noch nicht den Kopf zerbrechen. Ich nehme an, daß wir bald unser Ziel erreicht haben werden."

Gucky benahm sich wieder auffällig ruhig. Er stand im Hintergrund und unterhielt sich mit Goratschin, seinem speziellen Freund. Plötzlich sagte er: „Ich kann wieder die Gedankenimpulse der Zwerge empfangen. Sie sind stärker geworden, aber nicht deutlicher. Ich gehe mal zu Bysiphere und sage es ihm."

Er watschelte davon, langsam und schwerfällig, wie man es von ihm nicht gewohnt war. Bysiphere sah ihn kommen, und ein Lächeln überzog sein Gesicht.

„Nun, Kleiner, was gibt es? Ich sehe es an deinem Gesicht, daß du uns etwas zu erzählen hast."

„Du hättest Gedankenleser werden sollen, mein lieber Doc. Natürlich habe ich etwas zu sagen – und zwar über diese Zwerge. Die Zwerge denken zwar wieder, aber ich kann ihre Gedanken noch immer nicht verstehen. Sie senden einfach Impulse aus, scheinbar völlig sinnlos und nicht koordiniert. Irgend jemand wird sie anpeilen."

„Das haben wir auch schon vermutet, Gucky. Wir werden ja sehen, was noch alles passiert."

Damit wandte sich Dr. Bysiphere wieder den Instrumenten zu, die von Major Hohle, Captain Fleming und den anderen Offizieren beobachtet wurden. Einige Zeiger der Instrumententafel schlugen aus. Die energetischen und magnetischen Stürme waren stärker geworden. Da jedoch die KC-1 in freiem Fall flog und nicht auf den eigenen Antrieb angewiesen war, konnten ihr diese Stürme nichts anhaben. Sie wurden lediglich registriert – das war alles.

„Auf dem einen Orterschirm ist etwas", sagte Captain Fleming plötzlich. „Ein Echo, und zwar ein ziemlich großes. Hoffentlich ist es nicht schon das Empfangskomitee." Er beugte sich vor, um das Echo besser erkennen zu können. Er justierte die Feineinstellung, damit das Objekt, das die überlichtschnellen Orterechos zurückwarf, besser zu erkennen war. Der Körper mußte noch ziemlich weit entfernt sein, denn es gelang Fleming nicht, ihn auf die Bildschirme zu bringen. Es war nur klar, daß er rund sein mußte.

„Vielleicht ein Planet", meinte einer der Männer. Major Hohle betrachtete den runden Fleck, der die Sterne verdeckte. Er war seiner Sache nicht ganz sicher und schüttelte zögernd den Kopf.

„Es muß nicht unbedingt ein Planet sein. Es kann sich auch um ein riesiges Raumschiff in Kugelform handeln – aber der Durchmesser müßte dann mindestens hundert Kilometer betragen. Vielleicht doch ein Planet. Aber wenn es einer ist, so hat er keine Sonne. Zumindest die müßten wir sehen. Warten Sie mal – wie weit ist er denn entfernt?" Er beugte sich noch weiter vor, um die Instrumente besser ablesen zu können. Als er sich wieder zurücklehnte, sah er den Mann an, der gemeint hatte, daß es ein Planet sein könnte. „Ich glaube, Sie haben recht. Der Gegenstand ist größer als die Erde und mehr als eine Million Kilometer entfernt. Aber das ist es nicht, was mich so in Erstaunen versetzt. Es ist vielmehr unsere Geschwindigkeit. Sie ist auf wenige hundert Kilometer pro Sekunde gesunken. Wir haben nichts davon bemerkt."

Alle Lichter in der Zentrale waren erloschen. Das blaue Leuchten des großen Panoramaschirms war hell genug. In seiner Mitte stand ein besonders hell strahlender Punkt. Als Major Hohle ihn entdeckte, wußte er, daß er einen Fehler gemacht hatte. Der rätselhafte Gegenstand, der von den Ortern längst erfaßt worden war, stand schon lange auf dem Panoramaschirm. Er war ihm nur deswegen nicht aufgefallen, weil er genauso strahlte wie ein Stern – nur ein wenig heller.

Ein Planet, der heller strahlte als die Sterne . . .?

Ein Vergrößerungsschirm zeigte einen Ausschnitt. Auf ihm war der strahlende Planet deutlicher zu erkennen. Die Spektralanalyse zeigte, daß es sich nicht um eine Sonne handelte, sondern um eine Welt, die um keine Sonne kreiste. Unter normalen Umständen hätte man sie als Dunkelplaneten bezeichnen können, aber er war das genaue Gegenteil.

„Alle Farben des Spektrums", murmelte Major Hohle fassungslos. „Das ist bei einer einfachen Albedo so gut wie ausgeschlossen. Wenn das Licht einfach reflektiert wird, und es wird dabei nicht zerlegt, so erscheint es weiß. Jener Lichtpunkt aber schimmert in allen Farben. Das bedeutet, daß das Licht vorher in den Planeten eindringt, dort zerlegt und später wieder reflektiert wird. Ich kann mir keinen solchen Planeten vorstellen – aber zweifellos gibt es ihn. Dort vorn – keine Million Kilometer mehr entfernt."

Dr. Bysiphere schien die gläsernen Särge vergessen zu haben. Er interessierte sich nur noch für den geheimnisvollen Planeten, auf den die KC-1 mit unverminderter Geschwindigkeit zuflog. Er stand auf dem direkten Anflugkurs, und sie würden mit ihm kollidieren, wenn die Geschwindigkeit nicht gänzlich aufgehoben oder der Kurs verändert wurde.

„Wie ein Diamant, ein gigantischer Diamant", murmelte Dr. Bysiphere erschüttert. „Er leuchtet tatsächlich in allen Farben des Spektrums. Ich nehme an, er formt das blaue Zentrumsleuchten um und strahlt es in den Raum zurück. Wir müssen nur noch herausfinden, warum er das tut. Seine Oberfläche muß aus einem durchsichtigen Material bestehen, das ähnliche Eigenschaften wie Glas besitzt. Anders ist die Brechung des Lichtes und seine Umformung nicht zu erklären."

Major Hohle machte eine ungeduldige Bewegung.

„Ich würde vorschlagen, Doc, daß wir uns nicht jetzt den Kopf darüber zerbrechen. Wir nähern uns dem Planeten, und ich meine, Sie werden bald Gelegenheit haben, ihn in aller Ruhe zu studieren. Vielleicht für den Rest Ihres Lebens. Natürlich wäre es jetzt noch möglich, den Antrieb einzuschalten und zu verschwinden. Aber dann wäre alles umsonst gewesen. Ich schlage daher vor, daß wir uns auch weiterhin der Willkür jener Mächte überlassen, die uns hierher gebracht haben. Wenn der gläserne Planet dort vorne unser Ziel ist, so werden wir auch auf ihm landen. Und mit uns die Särge. Dann werden wir sehen, was weiter geschieht."

Dr. Bysiphere reagierte nicht auf die Worte des Kommandanten. Er starrte immer noch auf den buntschillernden Fleck auf dem Bildschirm.

Major Hohle, der inzwischen wieder die Instrumente eingehender beobachtet hatte, sagte plötzlich:

„Jetzt weiß ich auch, warum wir die Verzögerung nicht bemerkten. Es sind die Triebwerke der Särge. Sie arbeiten schon seit längerer Zeit und verringern unsere Geschwindigkeit mit einem gemeinsamen Bremsschub. Unsere Instrumente hatten diesen Bremsschub nicht registrieren können, weil sie zu sehr damit beschäftigt waren, die Energieschocks der magnetischen Stürme aufzufangen. Die Ortung der Impulswellen der Sargtriebwerke ging dabei verloren."

„Wenn wir langsamer werden, dann ist auch offensichtlich der Diamantenplanet unser Ziel", stellte Dr. Bysiphere fest. „Hoffentlich ist die Verzögerung so stark, daß wir nicht auf der Oberfläche dieses sonderbaren Planeten zerschellen. Können Sie notfalls den eigenen Antrieb einschalten?"

„Selbstverständlich", versicherte Major Hohle. „Das könnten wir jederzeit, aber ich möchte darauf verzichten. Zwar glaube ich nicht, daß jemand eine Abstrahlung unserer Triebwerke registrieren könnte, aber wir müssen vorsichtig sein. Jeder Fehler könnte unser Verhängnis sein. Ehe wir Gefahr laufen, auf der Oberfläche des Planeten zu zerschellen, werde ich natürlich etwas unternehmen. Aber vorerst möchte ich Sie bitten, Doc, abzuwarten."

Obwohl die Geschwindigkeit stark abgesunken war, kam der planetengroße Diamant rasend schnell auf die KC-1 zu. Die Triebwerke der mit der Korvette verbundenen Sargraumschiffe arbeiteten noch immer. Sie waren jedoch nicht in der Lage, sich selbst und die Korvette genügend abzubremsen. Major Hohle entschloß sich, die eigenen Triebwerke zu Hilfe zu nehmen.

Der Planet selbst war in der Zwischenzeit auf den Panoramaschirmen immer größer geworden. Trotz der fehlenden Sonne leuchtete er intensiver als zuvor. Er wirkte wie ein gigantisches Prisma, das alle einfallenden Lichtstrahlen in sich aufnahm, sie zerlegte und so in veränderter Form wieder abstrahlte.

Dr. Bysiphere deutete auf den Bildschirm.

„Ein Planet ohne Sonne – eigentlich ist das nicht richtig. Wenn man die Entfernungen bedenkt, in der sich die nächsten Sonnen befinden, so könnte man wohl sagen, daß er eigentlich viele Sonnen hat. Die Sache ist nur so, daß er keine einzige von ihnen umkreist. Er steht einfach mitten im Raum, ganz für sich allein und ohne jeden Bezugspunkt. Viele der Sterne sind kaum eine Lichtstunde entfernt, und doch gehört er nicht zu ihnen. Er hat tausend Sonnen, Major Hohle, doch keine für sich allein. Ich habe noch nie gehört, daß es so etwas gibt."

„Nur eine Frage der Relativität", erklärte der Kommandant. „Ich würde sagen: Rein astronomisch gesehen, hat er keine Sonne. Aber haben Sie sich schon einmal überlegt, Doc, woraus er besteht? Das mit dem Diamanten ist doch Unsinn. Wie sollte er entstanden sein? Aber zweifellos bricht und zerlegt er das Licht. In der Hauptsache blaues Licht – und das finde ich besonders bemerkenswert. Ich habe die Positronik so programmiert, daß sie alle Daten über den Planeten sammelt. Wir werden, noch bevor wir gelandet sind, die Resultate erhalten – *wenn* wir landen."

„Daran kann kein Zweifel mehr bestehen", sagte Dr. Bysiphere.

Als sie noch fünfhunderttausend Kilometer von dem Planeten entfernt waren, wurden sie erneut von einem blauen Zugstrahl erfaßt. Diesmal jedoch gab es keine Transition. Trotz der eingeschalteten Bremstriebwerke beschleunigte die Korvette, um dann plötzlich wieder abzubremsen. Sie standen etwa tausend Kilometer über den obersten Schichten der Atmosphäre.

„Daß wir von einer unbekannten Macht gelenkt werden, ist mir bewußt, aber daß dieser Planet eine Atmosphäre besitzt, kann ich nicht verstehen." Dr. Bysiphere schüttelte fassungslos den Kopf und setzte sich. „Alles wird immer geheimnisvoller, unerklärlicher. Wir begegnen einer physikalischen Unmöglichkeit nach der anderen. Und das alles nur, um zu erfahren, was mit zweiunddreißig getöteten Okefenokees geschieht."

Die KC-1 begann erneut der Oberfläche des Planeten entgegenzufallen. Sehr bald betrug die Fallgeschwindigkeit etwa drei Kilometer in der Sekunde, und sie stieg nicht weiter. Dann registrierten die Geräte einen Energieschirm, der den geheimnisvollen Planeten wie eine Schale umgab. Darunter erst begann die Atmosphäre.

Längst hatte Major Hohle die Triebwerke ausgeschaltet. Instinktiv wollte er sie wieder aktivieren, als sie auf den Energieschirm zustürzten. Aber dann hielt er mitten in der Bewegung inne, überlegte einen Augenblick – und zog die Hände zurück. Er wußte, daß jeder Widerstand gegen die unbekannte Macht zwecklos war.

Weich durchstieß die Korvette den Energieschirm, der sich Sekunden später wieder über dem Schiff schloß. Wenige Sekunden später tauchte die KC-1 in die sauerstoffhaltige Atmosphäre ein und fiel weiter der Oberfläche entgegen.

Die Positronik hatte inzwischen alle verfügbaren Daten gesammelt und gab sie zur Zentrale durch.

Der Durchmesser des Planeten, den Major Hohle inzwischen auf den Namen „Monol" getauft hatte, betrug achtzehntausendsiebenhundertdreizehn Kilometer. Er besaß keinerlei Rotation, aber auf jeder Stelle seiner Oberfläche herrschte eine konstante Temperatur von minus vierzehn Grad Celsius. Die Wärmestrahlen der relativ weit entfernten Sonnen, die ihn kreisförmig umgaben, genügten vollauf, diese Temperaturen zu halten. Es wurde aber niemals wärmer. Die Oberfläche selbst bestand aus fluoreszierenden Kristallen unbekannter Zusammensetzung. Die Schwerkraft betrug eins Komma einundzwanzig Gravos.

„Keinerlei Vegetation", murmelte Captain Fleming, der neben dem Kommandanten stand. „Wahrscheinlich auch kein tierisches Leben. Wieso gibt es diesen Planeten überhaupt?"

„Es gibt ihn, Captain, und damit müssen wir uns abfinden. Wahrscheinlich ein künstlicher Planet, von den Konstrukteuren des Zentrums geschaffen."

Bysiphere studierte die Folie, auf der die Daten aufgezeichnet waren. Er zuckte die Achseln.

„Wenigstens begreife ich jetzt, warum er das Licht so eigenartig reflektiert. Es ist nicht nur die Oberfläche, die aus Kristallen besteht, es ist der ganze Planet. Eine Kristallkugel mit mehr als achtzehntausend Kilometern Durchmesser! Das ist ungeheuerlich! Ein Kristallplanet."

„Und wir landen auf ihm", stellte Major Hohle fest.

Über der langsam fallenden Korvette, die noch immer mit den zweiunddreißig Särgen verbunden war, wölbte sich ein dunkelblauer Himmel. Er war absolut wolkenlos, und man konnte die Sterne sehen. Sie standen so dicht, daß sie mehr Platz einnahmen, als das eigentliche Blau der Sauerstoffatmosphäre. Und je tiefer die Korvette sank, desto heller und durchscheinender wurde das Blau. Auf der Oberfläche wurden erste Einzelheiten sichtbar. Kegelförmige Turmbauten ragten bis zu einer Höhe von fünftausend Meter in den Himmel. Es war nicht festzustellen, ob es sich um künstliche Gebilde oder um natürliche Formationen handelte. Von den Spitzen dieser eigenartigen Türme ging ein goldenes Flimmern aus. Auf keinen Fall schien es sich um Reflexionen des Sternenlichts zu handeln. Goldschimmernde Ringgebilde überlagerten den gesamten Horizont des Planeten. Wie die Turmspitzen pulsierten sie und schienen miteinander zu verschmelzen. Es gab keine festen Formen, alles war vage und unbestimmt. Kaum war es dem Auge gelungen, einen Punkt der Oberfläche fest zu fixieren, da schien er zu verschwimmen und weiterzuwandern. Es war unmöglich, sich optisch zu konzentrieren.

„Ein verdammter Planet, wenn Sie mich fragen", murmelte einer der Männer, Sergeant Dozier. „Ein ganz verdammter Planet!"

Major Hohle warf ihm einen schnellen Blick zu, schwieg aber. Er hatte genug damit zu tun, sich um die Kontrollen der Korvette zu kümmern. Die Fallgeschwindigkeit stieg wieder. Bis zur Oberfläche waren es noch etwa hundertfünfzig Kilometer.

Und die Korvette begann noch schneller zu fallen. Die Triebwerke der gläsernen Särge waren viel zu schwach, um das Gewicht der Korvette zu halten.

„Ich fürchte, Major, wir sind außer Kontrolle", rief Dr. Bysiphere erregt. „Wir haben doch einen Energieschirm durchbrochen, nicht wahr? Wahrscheinlich dient er nicht nur dazu, die Atmosphäre zu halten, sondern er hat auch noch die Aufgabe, den Planeten vor den in diesem Sektor der Galaxis tobenden Energiestürmen zu schützen. In einem solchen Fall wäre es durchaus möglich, daß die Fernkontrolle der Konstrukteure des Zentrums uns nicht mehr genügend erfaßt. Sie müssen etwas unternehmen, Major, sonst zerschellen wir auf der kristallenen Oberfläche des Planeten."

Major Hohles eigene Vermutungen wurden durch die Worte des Wissenschaftlers bestätigt. Er zögerte keine Sekunde mehr. Mit einer entschlossenen Handbewegung schaltete er die Triebwerke auf volle Bremsleistung.

Sie waren bis zur Höhe der kegelförmigen Turmbauten gesunken. Die Oberfläche des Kristallplaneten Monol lag fünftausend Meter unter dem Schiff, während der nächste Turm vierzig bis fünfzig Kilometer entfernt sein mochte. Trotz der eingeschalteten Triebwerke fiel die Korvette immer noch zu schnell. Die Oberfläche kam rasend schnell näher. Major Hohle hatte gerade noch Zeit, die Landestützen auszufahren, da erfolgte auch schon der Aufprall. Der Stoß erschütterte das ganze Schiff, und einige der Männer, die nicht für einen festen Halt gesorgt hatten, stürzten zu Boden. Zum Glück wurde jedoch niemand verletzt.

Mit einem schnellen Griff schaltete Hohle die Triebwerke aus. In der plötzlichen Stille war nur noch das Atmen der Männer zu hören. Der Boden der Zentrale war ein wenig geneigt – die KC-1 stand schief. Auf einen Wink des Kommandanten machte sich Captain Fleming daran, mit Hilfe der Prüfinstrumente sämtliche Maschinenanlagen zu kontrollieren. Es lag durchaus im Bereich des Möglichen, daß bei der harten Landung einige Aggregate beschädigt worden waren. Die Überprüfung ergab jedoch, daß die Anlagen einwandfrei arbeiteten.

Bis auf ein Aggregat.

„Die Gravitationsneutralisatoren . . .“, murmelte Captain Fleming verstört. „Sie sprechen nicht mehr an. Es muß etwas mit ihnen passiert sein.“

Dr. Bysiphere, der sich vorsichtshalber in einen Sessel gesetzt hatte, stand auf. Er ging zu den beiden Offizieren und lehnte sich mit dem Rücken gegen die Kontrolltafel. Langsam sagte er:

„Ich glaube nicht, daß die Gravitationsneutralisatoren beschädigt wurden. Soweit ich etwas davon verstehe, sind sie besonders widerstandsfähig. Wenn sie also der harten Landung wegen ausfielen, müßten wenigstens noch die Hälfte aller anderen Anlagen ausgefallen sein. Wir müssen also nach einem anderen Grund suchen. Dieser Planet ist ein einziger gigantischer Kristall. Er wird von hyperphysikalischen Energiegesetzen beherrscht, deren Natur uns zum Teil unbekannt sein dürfte. Die Gravitation selbst ist eine fünfdimensionale Energieeinheit, das wissen wir. Ich bin davon überzeugt, daß sie im bekannten Anwendungssinn keine Gültigkeit mehr besitzt. Das erklärt auch den Ausfall der Gravitationsneutralisatoren, deren Wirkungsweise auf den uns bekannten Naturgesetzen beruht. Ich wäre Ihnen dankbar, Major, wenn Sie meine Erklärung vorerst akzeptieren würden. Wir haben keine Möglichkeit, jetzt etwas gegen den Ausfall dieser Anlagen zu tun.“

Der Interkom summte. Als Major Hohle den Kontakt herstellte, erschien auf einem kleinen Bildschirm das Gesicht Guckys. Unbemerkt war er mit Goratschin aus der Kommandozentrale verschwunden, als die Korvette gelandet war.

„Wir sind in der Beobachtungskuppel. Man kann hier alles viel besser sehen. Die Bildschirme geben einen falschen Eindruck wieder. Es ist phantastisch.“

„Kannst du irgend etwas erkennen . . .? Ich meine, gibt es Leben da draußen?“

„Nein. Alles ist tot und leer. Aber die ganze Welt schimmert in allen Farben. Blau überwiegt. Werden wir rausgehen?“

Major Hohle machte eine abwehrende Handbewegung.

„Untersteh dich, Kleiner! Vorläufig verläßt niemand das Schiff. Bleibt, wo ihr seid. Bysiphere und ich werden zu euch kommen.“

„Da wäre noch etwas“, sagte Gucky, bevor Major Hohle die Verbindung unterbrechen konnte. „Die zweiunddreißig Särge – sie sind weg.“

Major Hohle starrte ihn an.

„Was sagst du da? Was soll das bedeuten?"

„Es soll bedeuten, daß sie weg sind. Sie kleben nicht mehr auf unserer Hülle. Wahrscheinlich haben sie sich bei unserem Absturz selbständig gemacht."

Das war eine überraschende und niederschmetternde Nachricht. Der Särge wegen hatten sie die lange und gefährliche Reise unternommen, und nun waren die Särge mit ihrem Inhalt verschwunden. Sie mußten irgendwo auf diesem Planeten sein, das stand fest.

Aber wo?

„Eigentlich war das zu erwarten", stellte Dr. Bysiphere fest. „Es muß auch auf diesem Planeten eine Kontrollstation für die Särge geben. Wahrscheinlich hat sich die Magnetverankerung bei der Landung einen Augenblick gelöst, und die Särge kamen frei. Sie wurden von dieser Fernkontrolle erfaßt und zum Ziel gebracht. Es geht nun darum, daß wir ihren jetzigen Aufenthaltsort finden. Das dürfte nicht allzu schwer sein, wenn wir uns mit den Verhältnissen hier vertraut gemacht haben."

Major Hohle nickte langsam.

„Wahrscheinlich haben Sie recht, Doc. Kommen Sie, wir gehen in die Beobachtungskuppel. Ich möchte wissen, wo wir gelandet sind."

Er gab Captain Fleming den Auftrag, noch einmal sämtliche Anlagen genauestens zu prüfen und ihm das Ergebnis so bald wie möglich mitzuteilen. Dann verließ er zusammen mit dem Wissenschaftler die Kommandozentrale und erreichte wenige Minuten später die Beobachtungskuppel, von der aus man einen ungehinderten Blick über die Oberfläche des Planeten hatte. Das Bild, das sich ihnen bot, war phantastisch.

Die Landschaft des Planeten irrlichterte – anders konnte man die Reflexe des blauen Lichts in allen Variationen nicht bezeichnen. Wenn auch andere Farben zu erkennen waren, so überwog doch Blau. Lediglich am Horizont, wo die geheimnisvollen Türme standen, dominierte das goldene Leuchten. Es schien aber keine Reflexion zu sein, sondern kam aus den Turmspitzen. Das Licht der Sterne, die Monol wie eine Kugelschale umgaben, war kaum sichtbar. Das blaue Leuchten überstrahlte es und lag über allem. Ein solcher Planet benötigte keine Rotation, keine Tages- und Nachtunterschiede, um die konstante Temperatur von minus vierzehn Grad Celsius zu halten. Trotz dieser Kälte gab es keinen Schnee.

Noch niemals hatten Menschen einen Planeten gefunden, der ausschließlich aus Kristallen bestand. Überall erhoben sich gigantische Kristallmonolithe. Dazwischen in den Ebenen, waren regelrechte Kristallwälder zu erkennen, bizarr geformte und manchmal fast transparente Gewächse. Sie glänzten in allen Farben des Regenbogens und spiegelten das blaue Leuchten tausendfach wider.

Major Hohle starrte hinaus in die fremde Landschaft, dann sagte er:

„Die Untersuchungen der Labors laufen. Ich habe die Techniker und Wissenschaftler angewiesen, auf allen bekannten Frequenzen des fünfdimensionalen Raumes die verschiedenartigsten Strahlungen und Schwingungen zu messen. Soweit ich ihre Arbeit bis jetzt verfolgen konnte und die Ergebnisse kenne, ist mir folgendes klar: Auf dem Planeten Monol laufen unglaubliche energetische Prozesse ab, die sich jedoch noch nicht genau identifizieren lassen."

„Energetische Prozesse?" vergewisserte sich Dr. Bysiphere. Major Hole nickte.

„Ganz richtig – energetische Prozesse, und zwar in der Hauptsache auf fünfdimensionaler Basis. Hyperenergetik, das ist doch Ihr Spezialgebiet, Doc. Sie müßten also an den Resultaten, auf die wir warten, ganz besonders interessiert sein. Ich würde mich sehr freuen, wenn Sie die Arbeit der anderen Wissenschaftler weitgehend unterstützen würden. Ich bin davon überzeugt, daß man Ihnen für Ihren Rat dankbar sein wird."

Bysiphere nickte langsam.

„Soweit ich das feststellen kann, hat sich auf dieser Welt alles in die Praxis verwandelt, was ich bisher nur theoretisch behandelt habe. Wir sind hier so etwas wie zweidimensionale Lebewesen in einer dreidimensionalen Welt. Das Unvorstellbare ist nur, daß es sich nun um eine fünfdimensionale Welt handelt. Und wir sind dreidimensionale Wesen. Das bedeutet, rein mathematisch gesehen, daß uns von der außerhalb des Schiffes befindlichen Realität nicht nur eine, sondern gleich zwei Dimensionen trennen. Ich weiß nicht, ob wir diese Differenzen überwinden können."

Der Interkom summte. Captain Fleming teilte mit, daß die ersten Ergebnisse aus den Labors in der Kommandozentrale eingetroffen waren. Er fragte, ob er sie übermitteln solle. Major Hohle teilte ihm mit, daß er sofort kommen würde, und unterbrach die Verbindung.

„Ich nehme an, Sie möchten mich begleiten, Doc. Wenn wir das

Material gesichtet haben, werden wir unsere Entscheidungen treffen. Gucky und Goratschin – ihr bleibt hier. Sobald ihr da draußen etwas Verdächtiges bemerkt, gebt mir Bescheid. Aber unternehmt nichts. Ich werde Major Dephin bitten, Paladin einsatzbereit zu machen. Er wird sich in der Hauptschleuse aufhalten. Wenn wir ein Landekommando aus dem Schiff lassen, dann wird Paladin es anführen."

Der Mausbiber nickte. Major Hohle und Dr. Bysiphere verließen die Beobachtungskuppel und begaben sich in die Kommandozentrale.

3.

Der vier Meter hohe Spezialroboter Paladin, durch Harl Dephin und seine Siganesen von innen gesteuert, bewegte sich langsam vom Schiff fort. In seiner Begleitung befanden sich einige Wissenschaftler unter Dr. Bysipheres Führung. Sie trugen Meßgeräte, die sie hundert Meter von der KC-1 entfernt aufstellten, und begannen mit ihrer Arbeit. Im ersten Augenblick deckten sich die Ergebnisse mit jenen, die man schon vom Schiff aus erarbeitet hatte. Aber dann erlebte Dr. Bysiphere eine Überraschung, die ihm für einige Minuten die Rede verschlug. Er las die Resultate noch einmal ab, um sich davon zu überzeugen, daß er sich nicht geirrt hatte.

Ein wenig verwirrt bat er seine Kollegen, sich in der Nähe von Paladin aufzuhalten und sich nicht weiter vom Schiff zu entfernen. Er selbst wolle zu Major Hohle, um Bericht zu erstatten.

Während die Männer unter Paladins beruhigendem Schutz versuchten, Proben von den Kristallgewächsen abzuschlagen und zu untersuchen, marschierte Dr. Bysiphere zum Schiff zurück. Dort wurde er bereits vom Kommandanten erwartet.

„Nun, Doc, was gibt es?" erkundigte sich Major Hohle.

Dr. Bysiphere setzte sich. Er biß sich in die Unterlippe, ehe er antwortete:

„Ich weiß nicht, ob Sie sich noch an die Ereignisse in der großen Magellanschen Wolke erinnern. Auch dort wurde ein Kristallplanet entdeckt. Sie kennen doch die Geschichte mit den denkenden Hypnokristallen, die uns ziemliche Schwierigkeiten bereiteten? Zum Glück wurden wir mit ihnen fertig. Und als der Schwingungsalarm in der Magellanschen Wolke ausgelöst wurde, verwandelten sich alle Hypnokristalle in ein fünfdimensional strahlendes Element, das wir Howalgonium nennen."

Major Hohle starrte den Gelehrten fassungslos an.

„Howalgonium? Das ist doch ein äußerst wertvolles Element. Ein fünfdimensional strahlender Stoff – eine ungeheure Seltenheit. Was hat dieser Planet damit zu tun?"

„Das wollte ich gerade zu erklären versuchen. Monol besteht aus Kristallen, und soweit wir bisher feststellen konnten, nicht nur an der Oberfläche, sondern bis zum Kern hinein. Diese Kristallmengen sind jedoch nichts anderes als modifiziertes Howalgonium. Und dieses Neo-Howalgonium, wie ich es nennen möchte, scheint sich von dem der Magellanschen Wolke durch eine andere Schwingungsfrequenz zu unterscheiden. Wir sind auf dieser Welt, die ganz und gar fünfdimensionalen Einflüssen ausgesetzt ist, Fremdkörper. Bis jetzt wurden wir geduldet. Ich bin jedoch davon überzeugt, daß sich das bald ändern wird. Auch die Korvette ist ein Fremdkörper, genauso wie auf der Erde ein sechzig Meter durchmessender Klumpen Howalgonium ein Fremdkörper wäre. Es kann nur eine Frage der Zeit sein, bis wir angegriffen werden."

Major Hohle schüttelte den Kopf.

„Das verstehe ich nicht ganz. Mag sein, daß wir Fremdkörper sind, aber wer sollte uns deshalb angreifen?"

„Die Natur selbst, deren Gesetze hier gelten. Es müssen nicht unbedingt intelligente Mächte sein, die uns von hier zu vertreiben versuchen und uns vernichten wollen. Es ist die Natur selbst. Wir sind für sie Fremdkörper. Und Fremdkörper werden niemals geduldet. Meiner Ansicht nach ist der Planet Monol nichts anderes als eine völlig abstrakte Trafostation zur Umwandlung normalenergetischer Kräfte in hyperenergetische Energieeinheiten. Das hört sich sehr kompliziert an, Major, und es ist auch kompliziert. Aber es ist wiederum nicht so kompliziert, daß man es nicht verstünde. Nicht umsonst herrscht die Farbe Blau auf diesem Planeten vor, denn Monol steht in innigem Zusammenhang zu dem blauen Zentrumsleuchten. So phantastisch die Tatsache auch sein mag, daß die zweiunddreißig Särge ihren Weg hierherfanden, so natürlich ist sie auch. Die ganze Angelegenheit erscheint uns nur deshalb so phantastisch und geheimnisvoll, weil wir die Zusammenhänge noch nicht kennen. Wenn wir sie erst einmal herausgefunden haben, werden die letzten Schleier fallen."

Major Hohle legte beide Hände auf einige Kontrollen, die vor ihm auf dem Tisch angebracht waren. Dr. Bysiphere konnte feststellen, daß diese Hände zitterten. Er beugte sich vor.

„Sie machen sich Gedanken wegen des Schiffes, nehme ich an. Ich bin davon überzeugt, daß Ihre Befürchtungen unnötig sind. Aber überzeugen Sie sich selbst. Lassen Sie die Maschinen probeweise anlaufen. Ich bin ganz sicher, daß Sie eine erfreuliche Überraschung erleben werden."

Major Hohle drehte sich um und sah den Wissenschaftler an.

„Sie glauben, daß wir starten könnten, wenn wir wollten? Sind Sie wirklich davon überzeugt, daß unsere Maschinen stark genug sind, um den Schiffskörper abzuheben und in den freien Raum hinaufzubringen?"

Dr. Bysiphere nickte.

„Ja, das glaube ich. Aber Sie sollten es auf alle Fälle ausprobieren."

Major Hohle befolgte den Rat. Dr. Bysiphere hatte recht gehabt. Ein Start würde keinerlei Schwierigkeiten bereiten.

Damit stand der Fluchtweg noch immer offen.

Inzwischen waren die Wissenschaftler, die unter dem Schutz Paladins ihre Untersuchungen außerhalb des Schiffes abgeschlossen hatten, in die KC-1 zurückgekehrt. Die Ergebnisse ihrer Arbeiten bestätigten die Behauptungen Dr. Bysipheres. Die Zusammenhänge zwischen dem Planeten Monol und dem ehemaligen Kristallplaneten der Großen Magellanschen Wolke zeichneten sich immer deutlicher ab.

Das konnte kein Zufall sein. Um ganz sicherzugehen und keinem Irrtum zum Opfer zu fallen, ordnete Dr. Bysiphere eine Logikberechnung an. Alle verfügbaren Daten wurden in eine Positronik gefüttert, die speziell für eine solche Aufgabe konstruiert worden war.

Sie bestätigte seinen Verdacht.

Allein das Vorhandensein von zwei Planeten, von denen jeder für sich eine physikalische Unmöglichkeit darstellte, dazu noch in zwei verschiedenen Galaxien, deutete zweifellos auf einen Zusammenhang hin. Hinzu kam die Tatsache, daß die sogenannten Bestien der Kugelgalaxis M 87, die Mooghs, und auf der anderen Seite die

Haluter, schon rein äußerlich eine verwandte Lebensform darstellten. Die Logikberechnung stellte fest, daß diese Parallelen eindeutig darauf hinwiesen, daß die Vorfahren der Haluter in der Form der Bestien aus der Kugelgalaxis M 87 zur Magellanschen Wolke gelangt waren. Das war durchaus keine neue und sensationelle Erkenntnis, aber die Existenz des Planeten Monol bestätigte alle Vermutungen.

Ein weiterer Hinweis betraf den Kristallplaneten selbst. Mit neunzigprozentiger Wahrscheinlichkeit, so besagte die Berechnung, hatte Monol vor seiner technischen Umformung zum Neo-Howalgonium aus denkenden, suggestiv-begabten Hypnokristallen bestanden. Vor unbekannten Zeiträumen, vor Zehntausenden von Jahren, wurden sie von hier aus in die Große Magellansche Wolke gebracht.

Damit zeichneten sich so ungeheuerliche Aspekte und Zusammenhänge ab, daß selbst Dr. Bysipheres Gehirn sich weigerte, die Schlußfolgerungen zu ziehen. Immerhin wurde ihm klar, daß bereits vor mehr als fünfzigtausend Jahren eine regelmäßige Verbindung zwischen den beiden Galaxien bestanden haben mußte. Zu einer Zeit also, da Menschen vielleicht gerade dabei waren, das Feuer zu benutzen. Schon damals waren die Geschehnisse eingeleitet worden, die heute zum Untergang ganzer Sternenreiche führen konnten.

Immer mehr begann Dr. Armond Bysiphere zu ahnen, daß der Schlüssel zur Heimkehr in die heimatliche Galaxis auf diesem Planeten verborgen war.

Es war seine Aufgabe, ihn zu finden.

Bevor er das Schiff verließ, setzte er sich noch einmal mit dem Kommandanten in Verbindung.

„Major, sorgen Sie bitte dafür, daß die Kampfroboter programmiert und zum Ausschleusen klargemacht werden. Ich kann Ihnen nicht sagen, welcher Art der erwartete Angriff sein wird – vielleicht wird es eine Art Energieüberfall. Notfalls werden wir sogar das Schiff verlassen müssen. Es ist der größte Fremdkörper, und man wird es am heftigsten angreifen. Wir hingegen sind nur kleine, unbedeutende dreidimensionale Organismen, die man vielleicht übersehen wird. Mit Sicherheit läßt sich das jedoch nicht voraussagen. Ich werde jetzt mit drei Männern und Goratschin und Gucky das Schiff verlassen, um mich draußen etwas umzusehen. Paladin wartet dort schon. Wir bleiben in Funkverbindung, solange das möglich ist. Lassen Sie die Kommandozentrale besetzt und beobachten Sie uns, Major. Sollte etwas Außergewöhnliches geschehen, so zögern Sie nicht zu starten."

„Machen Sie sich keine Sorgen, Doc – selbst wenn wir starten, so werden wir niemals ohne Sie und die Mutanten den Planeten verlassen. Viel Glück."

Alle Männer, die das Schiff verließen, trugen die neuen Spezialkampfanzüge. Der automatische Temperaturregler schützte vor der Kälte. Sauerstoff war in der Atmosphäre genügend vorhanden, so daß eine künstliche Luftzufuhr unnötig war.

Gucky hatte auf den Kampfanzug verzichtet und dafür eine warme Pelzkombination angelegt.

Der haluterähnliche Roboter Paladin setzte sich in Bewegung und übernahm die Spitze. Ihm folgten die beiden Mutanten und dann Dr. Bysiphere mit drei Männern. Sergeant Dozier trug die Meßinstrumente.

„Mich interessiert der Kristallwald", sagte Dr. Bysiphere. „Achten Sie auf jeden Ausschlag der Instrumente, Sergeant. Es ist sehr wichtig, festzustellen, ob bei Annäherung an den Wald eine Veränderung eintritt. Natürlich ist es kein Wald im üblichen Sinn, sondern nur eine Ansammlung besonders geformter Kristalle. Mich erinnern sie mehr an die Stalagmiten einer Tropfsteinhöhle."

Überall war das blaue Leuchten. Die Sterne waren verschwunden, helle Flecken in diesem intensiven Blau, das von vereinzelten Punkten der kristallinen Oberfläche in tausendfacher Farbenpracht reflektiert wurde. Der Boden war hart, aber an einigen Stellen, besonders in Mulden, hatte sich die kristalline Struktur aufgelöst und erinnerte an Salz.

Sie erreichten den Waldrand. Die seltsamen Gebilde, die man Kristallbäume getauft hatte, waren bis zu zehn Meter hoch. Vom Schiff aus hatten sie transparent gewirkt, aber jetzt war festzustellen, daß sie vollkommen undurchsichtig waren. Die Stämme verjüngten sich nicht nach oben, sondern sie behielten ihre ursprüngliche Dicke bis zur Spitze bei. Die seitlichen Verästelungen hingegen waren sehr unregelmäßig und erinnerten an Korallen.

Gucky trat näher und brach einen der dünneren Äste ab.

„Ziemlich schwer, das Ding«, meinte er und wog das etwa fingerdicke Stück in der Hand. „War aber leicht abzubrechen. Haltbar ist das Zeug also nicht."

Dr. Bysiphere nahm Gucky die Probe ab und hielt sie Sergeant Dozier hin.

„Können Sie etwas feststellen, Sergeant?"

Dozier beobachtete die Instrumente. Einige Zeiger schlugen aus.

„Eine eigentliche Strahlung geht von der Probe nicht aus. Aber wenn man will, kann man von einem kleinen Energieausbruch sprechen. Es handelt sich aber ausschließlich um fünfdimensionale Energie, wie Sie es ja wohl nennen."

„Hyperenergetische Reflexionen", murmelte Dr. Bysiphere erstaunt. „Das scheinen die Eigenschaften jedes einzelnen Kristalls auf dieser Welt zu sein. Merkwürdig, sehr merkwürdig."

Er reichte die Probe einem der beiden Männer, die entsprechende Behälter bei sich trugen.

Bevor sie sich erneut in Bewegung setzen konnten, sagte Sergeant Dozier plötzlich:

„Vom Horizont her fällt eine starke Strahlung ein. Sie muß von den goldenen Türmen kommen. Obwohl die Gesamtstrecke bis dorthin mehr als fünfzig Kilometer beträgt, machen sich bereits die wenigen Meter bemerkbar, die wir bis jetzt zurückgelegt haben. Glauben Sie, Doktor, daß das etwas zu bedeuten hat?"

Dr. Bysiphere sah zum Horizont, der immer noch von dem goldenen Leuchten überlagert war. Er nickte.

„Ich glaube schon. Ich zerbreche mir schon die ganze Zeit den Kopf über diese Türme, besonders das goldene Leuchten interessiert mich."

„Kann es sich auch da um eine Reflexion handeln?"

„Auf keinen Fall, Sergeant. Die Turmspitzen selbst sind es, die das Leuchten ausstrahlen. Meine Theorie geht dahin, daß es sich bei dem Leuchten um eine sichtbar gewordene Energiestrahlung handelt. Es ist mir völlig unmöglich, nähere Erklärungen abzugeben. Ich kann Ihnen höchstens mit einem Beispiel dienen. Wärmestrahlung ist unter normalen Umständen unsichtbar. Unter gewissen Bedingungen aber, etwa über einer Asphaltstraße, wird sie durch die Bewegung der Luft sichtbar. So ähnlich muß es in diesem Fall auch sein. Es handelt sich um eine hyperenergetische Energiestrahlung, die von fünfdimensional eingerichteten Organismen nicht gesehen werden könnte. Wir aber sind dreidimensional, Sergeant. Wir sehen diese Energiestrahlung, und wir sehen sie in Gold. Aber das alles werden wir noch herausfinden, wenn wir länger hierbleiben."

Gucky deutete auf eine Kristallbaumgruppe, die etwa zwanzig Meter entfernt war.

„Ich muß doch mal probieren, ob ich noch teleportieren kann."

Er ließ seinen Worten die Ausführung seines Vorhabens so schnell folgen, daß Dr. Bysiphere nicht mehr protestieren konnte. Kaum hatte Gucky das letzte Wort gesprochen, da entmaterialisierte er bereits. Für einen Augenblick sah man ihn bei der Baumgruppe auftauchen, dann war er wieder zurück.

Dr. Bysiphere drohte mit der Faust.

„Das nächste Mal fragst du mich gefälligst um Erlaubnis, Kleiner. Es hätte gefährlich für dich werden können. Aber nun bin ich doch froh, zu wissen, daß du auf dieser Welt teleportieren kannst. Anders wird es bei Goratschin sein. Ich befürchte, Kohlenstoff oder Kalzium gibt es in diesen Kristallen nicht. Wie wäre es mit einem Versuch, Goratschin?"

Der Doppelkopfmutant gab keine Antwort. Mit seinen wuchtigen Beinen marschierte er einige Meter abseits, blieb stehen und fixierte einen besonders starken Kristallbaum, der etwa einhundert Meter entfernt stand. Gespannt sahen alle zu.

Aber es geschah nichts.

Goratschin wandte sich um. Der rechte Kopf, Iwan, sagte:

„Sie haben recht, Doktor, es geht nicht. Ich kann das Zeug nicht zu einer atomaren Explosion bringen. Da bin ich leider umsonst mitgekommen. Ich bin hier zu nichts nütze."

„Sagen Sie das nicht", tröstete ihn Dr. Bysiphere. „Einen Planeten, auf dem es keine Spur Kohlenstoff oder Kalzium gibt, kann ich mir nicht vorstellen. Außerdem haben wir ja noch Paladin. Ich bin fest davon überzeugt, daß er mit seinem Waffenarsenal den halben Kristallplaneten in die Luft sprengen kann. Aber das ist durchaus nicht unsere Absicht. Dieser Planet ist für die Konstrukteure des Zentrums äußerst wichtig. Wenn wir ihn auch nur beschädigen, zerstören wir uns selbst jede Chance, mit den Herrschern der Kugelgalaxis eine Verständigung zu erzielen. Im Augenblick möchte ich nur eines wissen: Wo sind unsere zweiunddreißig Särge geblieben?"

Ehe sich jemand dazu äußern konnte, wurden sie über Interkom von Major Hohle angerufen:

„Was haben Sie bisher feststellen können, Dr. Bysiphere? Etwas Neues?"

Bysiphere gab einen kurzen Bericht, dann stellte er die Gegenfrage:

„Ich hoffe, die Kampfroboter sind einsatzbereit. Zwar habe ich noch keinen Anhaltspunkt dafür, daß uns jemand angreifen könnte, und ich glaube auch nicht, daß es auf Veranlassung der Konstrukteure des Zentrums geschehen wird. Es sind einfach die reinen Naturbedingungen, die einen solchen Angriff wahrscheinlich machen. Wenn Eis und Feuer zusammenkommen, ergeben sich auch Komplikationen. Hier ist es ein Kampf der Energien, aber er erfolgt nicht spontan, sondern bereitet sich ganz allmählich vor. Wir müssen damit rechnen, Major, daß wir entweder starten, oder das Schiff für eine Weile verlassen müssen. Je geringer die Masse des Fremdkörpers ist, desto schwächer wird der Einsatz gegen ihn sein."

„Wir sind gerade dabei, die Roboter auszurüsten. Jeder von ihnen kann einen Lebensmittelvorrat für mehrere Wochen bei sich tragen und einem Mann als Fahrzeug dienen. Wenn wir das Schiff verlassen, müssen wir noch längst nicht zu Fuß gehen."

„Sehr gut, Major. Im übrigen machen wir uns jetzt auf den Rückweg. Beobachten Sie unsere Umgebung und geben Sie sofort Alarm, wenn Sie etwas Außergewöhnliches bemerken."

Einer der beiden Männer, die Sergeant Dozier begleiteten, sagte plötzlich:

„Ich meine, dort drüben im Wald habe ich eine Bewegung gesehen."

Dr. Bysiphere war stehengeblieben und sah in die Richtung, in die der Mann deutete. Dann schüttelte er den Kopf.

„Ich kann nichts bemerken . . . Sie werden sich wohl getäuscht haben."

Der Mann gab keine Antwort. Seinem Gesicht war aber anzusehen, daß er mit Dr. Bysipheres Erklärung nicht zufrieden war. Er sah sich immer wieder um, während sie zum Schiff zurückgingen.

Sie erreichten es ohne jeden Zwischenfall.

Die Kampfroboter waren programmiert und zum Einsatz klargemacht worden. Alle Besatzungsmitglieder hatten ihre Kampfanzüge angelegt. In den Spezialbehältern, die von den Robotern getragen wurden, befanden sich Nahrungsmittel, Medikamente, Ersatzteile und Funkgeräte. Eine Art Sattel sorgte dafür, daß auf jedem Roboter ein Mann Platz fand. Ein Schalthebel ermöglichte es, daß der betreffende Reiter jederzeit den Roboter nach seinem Willen lenken und bedienen konnte.

Nach der Rückkehr hatte sich Dr. Bysiphere kurz in der Kommandozentrale umgesehen und sich mit Major Hohle besprochen. Dann war er in den Labors verschwunden und ließ eine Stunde lang nichts von sich hören. Als er zurückkam, zeichnete sich auf seinem Gesicht Besorgnis ab.

„Es ist gegen jede Logik, daß man uns bisher auf diese Weise geduldet hat. Entweder reagieren die Kristalle nur sehr langsam, oder sie sind es gewohnt, daß dreidimensionale Fremdkörper mit ebenfalls fremder Energieausstrahlung hier landen. Das allerdings ist meiner Meinung nach unwahrscheinlich. Auch die Särge, in denen die Leichen der Zwerge hierher gebracht werden, sind bis zu einem gewissen Grad dreidimensionaler Natur. Ich nehme jedoch an, daß sie eine fünfdimensionale Energieausstrahlung haben, die sie als artverwandt mit dieser Umgebung identifiziert. Das allein schützt sie vor jedem Angriff. Ich habe übrigens noch immer keine Ahnung, wo sie geblieben sind."

Gucky saß träge in einem der Sessel. Langsam drehte er sich um und sah Dr. Bysiphere an.

„Es ließe sich eventuell feststellen. Hat noch niemand daran gedacht, daß vielleicht die goldenen Türme etwas damit zu tun haben? Sie sind die einzigen Gebilde, die nicht hierher passen. Ich habe das Gefühl, daß sie nicht natürlichen Ursprungs sind – so wie die Kristallbäume etwa. Und dann dieses Leuchten, das von innen heraus zu kommen scheint. Ich würde vorschlagen, wir sehen uns die Türme einmal an."

Dr. Bysiphere nickte.

„Daran habe ich auch schon gedacht. Es wäre aber ziemlich gefährlich, wenn wir eine ganze Expedition dorthin entsenden, oder gar mit der KC-1 fliegen. Ich bin froh, daß wir hier geduldet werden." Er sah Gucky forschend an. „Wie fühlst du dich übrigens? Bist du immer noch müde?"

Gucky versuchte, ein empörtes Gesicht zu machen, aber es gelang ihm nicht ganz. Es wurde nur ein müdes Grinsen daraus.

„Ich und müde? Eigentlich nicht. Ich fühle mich ein wenig zerschlagen, das ist alles. Vielleicht hat es etwas mit dieser Energiestrahlung zu tun. Kann aber auch sein, daß ich in letzter Zeit zu wenig geschlafen habe. Warum fragst du?"

Dr. Bysiphere suchte nach den richtigen Worten, dann meinte er: „Ich hätte sonst vielleicht vorgeschlagen, daß du einmal nachsiehst. Schließlich haben wir festgestellt, daß du noch teleportieren kannst. Es wäre also für dich eine Leichtigkeit, zu den Türmen zu springen. Du brauchtest dich nur kurz umzusehen und kannst dann gleich wieder zurückkehren. Ich gäbe dir einige kleine Meßinstrumente mit, die den höchsten Ausschlag registrieren und festhalten. Du brauchtest sie also nur bei dir zu tragen und dich nicht um sie zu kümmern. Bei deiner Rückkehr können wir dann genau feststellen, welcher Art die Strahlung und ihre Stärke ist. Würdest du das für uns tun?"

„Dumme Frage", knurrte Gucky. „Natürlich tue ich das. Ich habe sogar das komische Gefühl, daß ich unbedingt etwas tun muß, damit die Lethargie von mir abfällt. Und die goldenen Türme scheinen mir genau das Richtige zu sein. Also – wann geht's los?"

Diese Zusage schien Dr. Bysiphere erwartet zu haben. Ohne weiteren Kommentar verließ er eiligst die Kommandozentrale, und als er wieder zurückkehrte, brachte er einige kleinere Instrumente mit. Er befestigte sie an Guckys Armgelenken und klopfte dann dem Mausbiber auf die Schulter.

„Es kann losgehen, Kleiner. Wir wünschen dir viel Glück. Geh kein Risiko ein und kehre sofort zurück, wenn du angegriffen werden solltest. Bedenke aber, daß es sich wahrscheinlich um keinen gewöhnlichen Angriff handeln wird, sondern vielleicht nur um einen ungewöhnlich starken Energieeinfall. Du wirst ihn spüren. Ich glaube aber nicht, daß derartiges geschehen wird. Durch deine Teleporterbegabung bist du in gewissem Sinn auch ein fünfdimensionales Lebewesen. Man wird dich hier anerkennen und dir nichts tun. Das ist auch der einzige Grund, warum ich dich mit ziemlich reinem Gewissen in den Einsatz schicke."

„Besten Dank für den Trost, Doc." Gucky stand auf und watschelte zum Ausgang. „Ihr habt doch nichts dagegen, wenn ich von draußen springe. Dort kann ich mich besser konzentrieren und gleichzeitig den Wärmeregler richtig einstellen. Ich habe keine Lust, mir einen Schnupfen zu holen."

Er wartete keine Antwort ab und verschwand.

Major Hohle sah auf den großen Panoramaschirm.

„Hoffentlich geht das gut", murmelte er besorgt.

Gucky entfernte sich etwa hundert Meter vom Schiff und blieb dann stehen. Das goldene Leuchten der Türme überlagerte etwa ein Viertel des gesamten Horizonts. Damit wurde ihm die Entscheidung abgenommen, in welche Richtung er teleportieren sollte. Die Entfernung war ziemlich leicht abzuschätzen. Trotzdem entschloß sich Gucky, die Strecke nicht mit einem einzigen Sprung zu überwinden. Er konzentrierte sich also auf eine etwa dreißig Kilometer entfernte Stelle, dann sprang er.

Es ging alles glatt.

Er materialisierte auf einem Hügel, von dem aus er sowohl die KC-1 als auch die näher gerückten Türme betrachten konnte. Fast hätte er das Luftholen vergessen, so phantastisch war der Anblick.

Es waren etwa zwanzig Türme, die er sehen konnte. Ihre Höhe betrug durchschnittlich fünftausend Meter, und das goldene Leuchten war in der Spitzenregion am intensivsten. Darunter wurden die Farben neutraler und gingen schließlich in Blau über. Aber das allein war es nicht, was Gucky faszinierte. Es war vielmehr eine undefinierbare und unbegreifliche Verlockung, die von den Türmen ausging. Er spürte sie tief im Unterbewußtsein, ohne sie genauer definieren zu können. Es war, als riefe ihn etwas – oder jemand. Außerdem vermeinte der Mausbiber, sich plötzlich wieder wohler zu fühlen. Ihm war, als strahle das goldene Leuchten ungeheuere Energien aus, von denen er einen kleinen Teil in sich aufnehmen konnte. Energien, die ihm neue Lebenskraft gaben, neuen Mut und neue Initiative. Energien, die seine fünfdimensionale Mutantenfähigkeiten erneut aktivierten.

Gucky war sich darüber klar, daß das alles eine Falle sein konnte. Eine raffinierte, unwiderstehliche Energiefalle. Aber er dachte an seinen Auftrag und daran, daß wieder einmal eine ganze Menge von ihm und dem Erfolg seines Einsatzes abhängen konnte. Vor einer halben Stunde noch wäre ihm das völlig egal gewesen. Jetzt aber war alles anders. Er fühlte sich wieder frisch und jung. Vergessen war die Müdigkeit, die ihn schon seit Wochen und Monaten quälte. Seine alte Munterkeit war wieder zurückgekehrt, und ihm tat es richtig leid, jetzt allein zu sein.

Er warf einen Blick zu der KC-1. Sie war als heller Punkt in der Ebene zu erkennen; sie reflektierte alle Lichtstrahlen, und zwar in Weiß. Er betrachtete sie eine Weile, dann drehte er sich wieder um und fixierte den nächsten Turm.

Er war etwa zwölf Kilometer entfernt.

Fast gegen seinen Willen teleportierte er.

Schon vor der endgültigen Rematerialisierung seines Körpers spürte Gucky, daß ihm diesmal die Teleportation überraschend leichtgefallen war. Er hatte sich vor dem Sprung auf eine Stelle konzentriert, die unmittelbar am Fuß des Turmes lag. Ihm war, als würde er plötzlich von magischen Kräften angezogen – gewissermaßen willkommen geheißen. Er hatte nicht mehr viel Zeit, darüber nachzudenken, aber instinktiv wußte er, daß er einer stark artverwandten Energieeinheit gegenüberstand, in der er ohne große Anstrengungen aufgehen konnte.

Und genau das geschah auch.

Sein Verweilen im fünfdimensionalen Raum konnte nur den Bruchteil einer Sekunde gedauert haben. Als er wieder rematerialisierte, mußte er erkennen, daß er nicht mehr seine ursprüngliche Körperform besaß. Er fühlte sich gefangen und von furchtbaren Fesseln eingeengt. Und dann war noch etwas anderes, ein akustischer Eindruck, der ihn an die Särge erinnerte.

Und dann wußte er es.

Als er kurz vor der Landung auf dem Kristallplaneten die Gedankenimpulse der Zwerge aufgefangen hatte, waren diese Impulse nicht zu identifizieren gewesen. Sie hatten ihn aber an Babygeschrei erinnert, an das hilflose Gestammel Neugeborener. Es waren nur Impulse gewesen, die er hatte auffangen können, aber sie hatten ihm dieses Babygeschrei vermittelt. Und genau das glaubte er nun auch wieder zu hören. Er wußte natürlich, daß es weniger akustische als telepathische Eindrücke waren, die er vernahm. Aber diese Eindrücke waren so plastisch und deutlich, daß er sie fast zu hören vermeinte.

Obwohl rematerialisiert und wieder in die dritte Dimension zurückgekehrt, erlangte Gucky seine ursprüngliche Körperform nicht mehr zurück. Noch ehe es ihm gelingen konnte, mit Hilfe seiner Parakräfte die Flucht zu ergreifen, wurde er abermals und gegen seinen Willen in seine atomaren Bestandteile aufgelöst. Es war eine Verflüchtigung, gegen die er nichts unternehmen konnte.

Sein Bewußtsein hingegen verflüchtigte sich nicht. Ihm war, als hinge er körperlos im Raum und beobachte sich selbst. Aber da gab es nicht mehr viel zu beobachten. Er konnte nur feststellen, daß er sich inmitten einer riesigen Kristallhalle befand, die ganz und gar von einem matten goldenen Leuchten ausgefüllt war. Von allen Seiten drangen seltsame Geräusche auf ihn ein – oder waren es nur telepathische Impulse? Es war ein Wispern und zärtliches Flüstern, das er nicht zu deuten vermochte. Er wollte sich dagegen wehren, aber es war vergeblich. Noch nie in seinem Leben war er so hilflos gewesen wie jetzt.

Er wurde zu einem Nichts.

In der Mitte der Kristallhalle stand scheinbar bewegungslos eine flirrende Energiespirale. Sie rotierte so schnell, daß sie fast wie ein Lichtbogen wirkte. Von ihr kam das Wispern, das Gucky fast völlig einzulullen drohte. Noch ahnte er nicht, wer diese Energiespirale war, aber dann konnte er plötzlich das Wispern und Flüstern deuten – und fast hätte er das Bewußtsein verloren.

Er selbst war die flirrende Energiespirale.

Sein Körper und sein Geist hatten sich getrennt.

Dr. Bysipheres Vermutungen stimmten nur zum Teil. Er bezeichnete das Raumschiff als „überlappende Kontaktmasse mit einer Bezugspunktsymbolik". Major Hohle konnte damit nicht viel anfangen, aber er akzeptierte die Vermutung, daß eine solche, für diesen Planeten fremde Kontaktmasse nicht mehr lange unbehelligt bleiben konnte. Auf Anraten Dr. Bysipheres versetzte er das Schiff in den Alarmzustand. Die dreißig einsatzbereiten Kampfroboter wurden ausgeschleust. Ihnen folgten die Männer.

Bysiphere versuchte, seine Theorie noch einmal kurz zu erläutern, da Major Hohle noch immer der Meinung war, man könne sich vom Schiff aus besser verteidigen.

„Es ist so, daß die KC-1 als Kontaktmasse zu groß ist, um für längere Zeit unbemerkt zu bleiben. Auf der anderen Seite jedoch vermute ich, daß gerade die Anwesenheit biologischer Lebensformen innerhalb des Schiffes stört. Man wird also das Schiff in erster Linie deshalb angreifen, um uns anzugreifen. Wir dürfen aber unter keinen Umständen den totalen Verlust des Schiffes riskieren, weil es unsere einzige Möglichkeit zur Flucht darstellt. Aus diesem Grund müssen wir es verlassen und versuchen, uns außerhalb des Schiffes zu verteidigen, falls wir angegriffen werden.«

Das sah Major Hohle ein.

Der Angriff erfolgte eine halbe Stunde nach Guckys Verschwinden.

In den Kristallwäldern formten sich plötzlich gigantische Ungeheuer, deren Substanz ebenfalls kristalliner Natur sein mußte. Zuerst schien es so, als stiegen sie einfach aus dem Boden, aus dem Nichts. Doch schon nach kurzer Zeit stellte sich das als eine optische Täuschung heraus. Es waren die Kristallbäume, die sich verwandelten und zu den Monstren wurden. Sie veränderten ihre Form und wurden beweglich. Jedes für sich, unabhängig voneinander und scheinbar ohne jede Koordination, kamen sie langsam auf die KC-1 zu.

Major Hohle befand sich noch in der Kommandozentrale der Korvette. Obwohl Dr. Bysiphere ihn gewarnt hatte, konnte er sich nicht sofort zum Verlassen des Schiffes entschließen, als der Angriff begann. Vielmehr aktivierte er die Feuerleitzentrale. Ein wenig bleich und zu allem entschlossen, saß er hinter den Kontrollen und starrte auf den Zielbildschirm des großen Impulsgeschützes, der die Ungeheuer in übernatürlicher Klarheit widergab.

Es waren Gebilde, die nur eine entfernte Ähnlichkeit mit dem hatten, was Major Hohle sich unter „unglaublich und phantastisch" vorstellte. Einmal glaubte er einen riesigen Saurier zu erkennen, aber noch während er hinsah, veränderte die Erscheinung ihre äußere Form. Sie wurde zu einer Walze mit unbeschreiblichen Auswüchsen und Tentakeln, die sich langsam und drohend auf die KC-1 zu bewegte.

Das große Polgeschütz war feuerbereit. Major Hohle visierte den sich heranschiebenden Kristallberg an und eröffnete das Feuer. Und zu seinem Entsetzen geschah genau das, was Dr. Bysiphere vorausgesagt hatte.

Die Kristalle des Monstrums verfärbten sich schwärzlich, verschluckten die ungeheuren Energien der Impulsstrahlung – und erhielten ihre ursprüngliche Farbe wieder zurück. Das war alles, was passierte. Dabei war das Energiebündel des Impulsstrahlers stark genug, ein Schiff von der Größe der KC-1 in seine Atome zu verwandeln.

Die Walze rollte unbeirrt weiter.

Wie erstarrt blieb Major Hohle noch einige Sekunden hinter den nutzlos gewordenen Feuerkontrollen sitzen. Er wirkte zusammengefallen und müde. Er wußte, was die Waffe anzurichten vermochte, und er wußte auch, daß sie jede Materie vernichten konnte.

Jede dreidimensionale Materie wenigstens. Aber die Monstren aus Kristall waren in ihrer Struktur fünfdimensional – das hatte Bysiphere oft genug betont. Diese Erkenntnis wiederum bedeutete, daß es gegen die Angreifer keine wirksame Waffe gab.

Major Hohle blieb noch einen Augenblick sitzen, dann kam Bewegung in ihn. Er sprang auf und rannte aus der Kommandozentrale. Nachdem er die KC-1 verlassen hatte, sicherte er den Einstieg mit Hilfe des Funkcodeschlüssels.

Die Mannschaft hatte bereits auf den Kampfrobotern Platz genommen und wartete auf die Befehle ihres Kommandanten. Sowohl Iwan als auch Iwanowitsch Goratschin fluchten ununterbrochen. Der Doppelkopfzünder versuchte vergeblich, die Ungeheuer mit seinen Parakräften zu vernichten.

Die Flucht vom Schiff weg begann.

Und je weiter sie sich von der KC-1 entfernten, desto langsamer und unkontrollierter wurden die Bewegungen ihrer Verfolger. Außerdem konnte Major Hohle mit Erleichterung feststellen, daß nicht das Schiff das Angriffsziel der Ungeheuer war. Sie hatten es vielmehr auf die Kampfroboter abgesehen, auf denen die Terraner ritten.

Dr. Bysiphere sagte:

„Erinnert mich ein wenig an die Kössener Roßkur, falls Ihnen das ein Begriff sein sollte. Das Rezept ist ganz einfach: Man setzt Anfänger auf ganz normale Reitpferde und führt sie über gefährliche Abgründe zum Ziel. Wer überlebt, hat die Prüfung bestanden. So komme ich mir auf diesen Robotern vor. Außerdem hat die Sache einen nicht zu unterschätzenden Vorteil, obwohl ich nicht viel davon halte, auf einem Gaul oder einem Roboter zu sitzen. Ich glaube nämlich, daß eine zu enge Berührung mit dem Kristallboden für uns auf die Dauer gefährlich werden kann. Da helfen auch die isolierten Kampfanzüge nicht viel. Das ist eine Möglichkeit, die ich bisher außer acht ließ. Ich will nicht behaupten, daß eine Schädigung organischer Natur möglich ist, ich vermute vielmehr, daß wir den unbekannten Gegner dadurch lediglich herausfordern. Sie sehen ja selbst, Major, daß sich die Verfolger nicht mehr um das Schiff kümmern, seit Sie es verlassen haben. Sie sind also in erster Linie daran interessiert, dreidimensionale organische Materie von hier zu vertreiben. Um dreidimensionale anorganische Materie kümmern sie sich nicht. Das kann vielleicht unsere Rettung sein."

Diese Vermutung bestätigte sich auch hinsichtlich Paladins. Die eigentliche Körpermasse der Siganesen war so gering, daß sie von den Kristallmonolithen allem Anschein nach nicht bemerkt wurden. Der große Robot konnte sich dem Gegner bis auf wenige Meter nähern, ohne von ihm belästigt zu werden.

Harl Dephin war klug genug, das Impulsgeschütz seines kampfstarken Spezialroboters nicht einzusetzen und die Aufmerksamkeit der Ungeheuer auf sich zu lenken. Er übernahm die Rückendeckung der Truppe und sorgte dafür, daß keiner der Kampfroboter und Terraner zurückblieb.

Je weiter sie sich vom Schiff entfernten, desto geringer wurde die Gefahr eines direkten Überfalls. Das aber bedeutete noch lange nicht, daß sie nun in Sicherheit waren. Immer wieder entstanden neue und phantastisch geformte Gebilde aus den Kristallbäumen und versuchten mit langsamen, unbeholfenen Bewegungen den Fliehenden den Weg abzuschneiden. Wenn auch alle Waffen der Terraner ausfielen, so besaßen sie doch noch immer die größere Beweglichkeit und die Möglichkeit einer blitzschnellen Richtungsänderung. Keinem der fremdartigen Verfolger gelang es, auch nur einen der Kampfroboter einzuholen.

Vor ihnen, in Fluchtrichtung, lag der golden strahlende Horizont, und dann wurden auch die Spitzen der Kristalltürme sichtbar.

Major Harl Dephin saß im Kommandodeck seines Roboters Paladin. Er steuerte den Metallriesen nur mit Hilfe seiner Gedankenbefehle. Dabei versäumte er es jedoch nicht, die Kontrollinstrumente im Auge zu behalten. Und plötzlich bemerkte er, daß der Individual-Orter Paladins ansprach. Es konnte sich nur um eine besonders starke Gedankensendung handeln, die von dem Spezialorter aufgefangen wurde. Er aktivierte den Erinnerungsspeicher des Orters, und schon Sekunden später erhielt er das Ergebnis.

Das Gedankenmuster gehörte dem Mausbiber Gucky.

„Gucky!“ murmelte Harl Dephin. „Fast hätte ich ihn vergessen. Er ist zu den Türmen gesprungen, und wir bewegen uns genau auf sie zu. Ich muß versuchen herauszufinden, in welchem er sich aufhält.“

Mit Hilfe der Peilortung gelang es dem siganesischen Major, die fächerartig einfallenden Gedankenbündel derart einzuengen, daß er die Ausgangsposition bestimmen konnte. Auf dem kleinen Bildschirm mit dem Zielkreuz wurde einer der goldenen Kristalltürme sichtbar.

Das konnte nur der Turm sein, in dem Gucky war.

Über die Lautsprecheranlage informierte Harl Dephin die anderen. Der Trupp änderte geringfügig die Richtung und hielt auf den bezeichneten Turm zu.

Noch ahnte niemand, welche Überraschung ihnen bevorstand.

4.

Noch immer schwebte Gucky körperlos in der goldenen Strahlung der Turmhalle, aber allmählich wurden die Eindrücke deutlicher, intensiver. Einmal glaubte Gucky sogar, sich selbst zu erkennen, aber ehe er diesen Eindruck registrieren konnte, tanzte die Spirale auf und ab. Auch ihre Farbe war einem Wechsel unterworfen, was aber daran liegen mochte, daß das Licht in der Halle selbst in verschiedenartigen Farbtönen pulsierte.

Alles ging völlig geräuschlos vor sich, und auch das leise Babywimmern war verschwunden, das Gucky zuvor vernommen hatte. Es hatte ihn an die toten Zwerge erinnert, und plötzlich begann er einen Zusammenhang zu ahnen, ohne ihn begreifen zu können.

Gleichzeitig setzte eine Art von Erinnerungsprozeß ein, halb unbewußt und traumhaft, tief aus dem Dunkel der Vergangenheit heraus-dämmernd und an einen Taucher erinnernd, der aus großer Tiefe langsam zur hellstrahlenden Oberfläche eines Meeres emporsteigt. Es war die Erinnerung an etwas, das Gucky zwar selbst erlebt hatte, aber tief im Unterbewußtsein und ohne bleibenden Eindruck. Aber jetzt, da er alles noch einmal erlebte, kehrten die Empfindungen und Wahrnehmungen von damals wieder zurück.

Es begann mit einem unfaßbaren Dunkel und einer unfaßbaren Furcht vor dem Unbekannten. Gucky sah die Spirale – das war die Gegenwart. Sie war unheimlich genug. Aber die Impulse, die von der wirbelnden Spirale ausgingen, waren Vergangenheit. Und diese Impulse drangen in Guckys Bewußtsein, wurden Gegenwart und Wirklichkeit. Sie machten ihn zu einem Teil der Spirale, ohne daß er mit ihr schon vereinigt wurde.

Zu dem Dunkel gesellte sich Wärme, wohltuende und Geborgenheit versprechende Wärme, die das Dunkel mit seiner Angst und Furcht zu verdrängen suchte. Guckys körperlose Augen nahmen das Dunkel auf, und sein körperloses Ich spürte auch die Wärme. Er schwebte in dem riesigen, nun finsteren Saal, und die vorher so leuchtende Energiespirale verlor immer mehr ihres früheren Glanzes, schrumpfte sichtbar zusammen, und sendete hilflose Angstimpulse aus.

Dunkel und Wärme . . .

. . . und dann kam noch die Bewegung hinzu, vibrierende, pulsierende, lebendige Bewegung, die weder Angst noch Geborgenheit, sondern nur Leben verriet. Leben, das Leben gab.

Zuerst war es ein wilder Schmerz, der Gucky durchzuckte, aber dann verwandelte sich dieser Schmerz in glückhaftes Suchen und Finden, ein Sichvereinen mit dem, was er gesucht hatte, solange er vorher auch existierte.

Dunkel, Wärme und Bewegung, pulsierende Bewegung.

Das blieb.

Guckys Bewußtsein aber war von dieser Sekunde an gespalten, und er konnte Vergangenheit und Zukunft zugleich und nebeneinander wahrnehmen und erleben. Er wußte, daß er soeben die ersten Sekunden seines Lebens noch einmal durchmachte, wenn auch im Zeitraffertempo und in einer Art holographischer Erinnerung. Er wußte aber auch, was in der Gegenwart geschah, denn alle seine Empfindungen kehrten zurück, und damit auch die Angst um seine Freunde, die bei der KC-1 zurückgeblieben waren.

Die Wärme wurde intensiver, das Pulsieren regelmäßiger und schutzverheißender. Das Dunkel verlor seine Schrecken und wurde zur Gewohnheit. Gucky fühlte sich plötzlich geborgen wie noch nie in seinem Leben, und er wußte, daß ihn etwas umhüllte, das alle Gefahren von ihm abzuhalten vermochte, und wenn es selbst das eigene Leben dafür hergeben mußte. Bei allen Lebewesen des Universums aber gab es immer nur ein einziges Individuum, das sein Leben für ein anderes zu opfern bereit war:

Die Mutter.

Die Erkenntnis traf Gucky wie ein Schlag. Aber dann sagte er sich, daß er den Verstand noch nicht verloren hatte und sich auf keinen Fall durch Tricks der Beherrscher dieses Planeten verrückt machen lassen wollte. Denn nur das konnte ihre Absicht sein. Jede andere wäre mehr als unlogisch.

In Wirklichkeit geschah etwas ganz anderes, aber das konnte der Mausbiber nicht wissen. Es gab Gedankenimpulse – außer seinen eigenen, embryonalen Gedankenimpulsen, die ihm die Wahrheit verraten hätten.

Der Hyperphysiker, Dr. Bysiphere, nannte den Vorgang später eine „biophysikalische Hyperregenerierung", worunter vorerst nur er selbst sich etwas vorzustellen vermochte. In der Kristallhalle wurde Guckys atomares Körpergefüge von der goldenen Strahlung in den Urzustand zurückversetzt. Er wurde, ohne es verhindern zu können, abermals zum Embryo, behielt aber nach einer kurzzeitigen Trennung von Geist und Körper alle seine Merkmale, die sein späteres Leben formen sollten.

Oder formten . . .?

Bei vollem Bewußtsein erlebte er seine Wiedergeburt.

Als er das begriff, wenn auch nicht in vollem Ausmaß, begann er sich verzweifelt gegen das phantastische Geschehen zu wehren. Er wollte teleportieren, aber noch besaß er keinen Körper. Das, was er einmal gewesen war, hing in der Form einer ausglühenden Energiespirale im Raum und sog bereits wieder seinen Geist auf. Erneut fiel die unbeschreibliche Angst über ihn her und drohte ihn ins Dunkel des Vergessens sinken zu lassen.

Sekunden vergingen, aber für ihn waren es Wochen und Monate. In ihnen erlebte er sein Heranwachsen, sein Reifen, sein Größerwerden – und die allmähliche Zusammenziehung und Verstofflichung der Spirale. Er spürte, wie er seine geistige Freiheit verlor und wieder an einen Körper gefesselt wurde.

Aber was war das für ein Körper . . .?

Auf dem Boden der Kristallhalle, die sich allmählich mit Flüstern und Singen als akustische Begleiterscheinung mit Licht füllte, lag ein winziges, kaum fingerlanges Etwas von rotbrauner Färbung und mit einem Pelz bekleidet. Es besaß die Form einer Maus, die sich mit einem Biber gepaart hatte.

Dieses Etwas war Gucky, kaum fünf Minuten nach seiner Geburt.

Er konnte denken, richtig denken, aber die Furcht vor dem, was mit ihm geschehen war, war stärker als alle Vernunft. Er begann, nach seiner Mutter zu rufen, die schon viele hundert Jahre tot war und ihn doch gerade erst geboren hatte. Er wälzte sich auf dem fluoreszierenden Kristallboden, dessen Wärme ihm guttat. Aber das geheimnisvolle Flüstern und Singen, das in der Luft hing, störte ihn.

Er begann zu wimmern und den Namen der Mutter zu rufen, aber er bekam keine Antwort. Dafür begann sein Verstand zu arbeiten und versuchte, das Geschehene zu erklären. Aber er konnte nur die Tatsachen feststellen, mehr nicht.

Die Konstrukteure des Zentrums beherrschten die biophysikalische Hyperregenerierung eines alten Körpers. Ihnen hatte es nicht genügt, den Alterungsprozeß eines Lebewesens einfach anzuhalten. Vielmehr waren sie in der Lage, einen Körper, dessen atomare Struktur für alle Zeiten unveränderlich war, aufzulösen und erneut geboren werden zu lassen. Damit wurden alle Alterserscheinungen weggewischt, so wie auch einmal erhaltene Verwundungen und Narben für immer verschwanden. Krankheiten wurden durch dieses System annulliert – und auch der Tod war für sie nur eine Krankheit.

Der Geist aber, das Bewußtsein, blieb erhalten.

Im Prinzip, und das erfuhren die Terraner erst später, wurde das atomare Skelett eines Lebewesens aus der biologischen Schale herausgelöst und neu zusammengefügt. Dann erst erfolgte die Nachbildung des Fleisches, des gesamten Zellgewebes. Das war nach dem einmal Erreichten nicht schwer, denn alle Faktoren waren im atomaren Strukturskelett unverbrüchlich verankert.

Der neugeborene Körper behielt sein Bewußtsein, seinen Geistesinhalt. Gucky, wenn auch erst zehn Zentimeter groß, dachte und fühlte wie vorher, als er noch der erwachsene und alte Mausbiber war.

Sein Körper aber war jung, unendlich jung geworden.

Das ganze Leben lag noch einmal vor ihm.

Und Gucky fühlte, daß der rasende Ablauf der Zeit sich plötzlich zu verlangsamen begann . . .

Am Fuße des Kristallturms fanden sie Schutz.

Fünftausend Meter über ihnen waberte der goldene Schein, der mit dem Goldhalo des Nachbarturms verschmolz. Dazwischen schimmerte das Blau, das Kennzeichen der Kugelgalaxis M 87, das selbst zweiunddreißig Millionen Lichtjahre entfernt noch zu erkennen war und den irdischen Astronomen schon seit Jahrhunderten genug Kopfzerbrechen bereitet hatte. Die Sterne waren unsichtbar geworden.

Der Turm selbst war, obwohl auch er zweifellos aus Kristallen bestand, undurchsichtig. Er besaß Vorsprünge, die im ersten Augenblick auf eine natürliche Entstehung des Gebildes schließen ließen, aber die Regelmäßigkeit des ganzen Baus und die verblüffende Ähnlichkeit der Anlage mit den anderen Türmen gab der Theorie den Vorzug, daß es sich um ein künstlich errichtetes Gebilde handeln mußte. In einer Höhe von fünfzig Metern umgab ein etwa zehn Meter breiter Rand den Turm, der Schutz nach oben bot.

Die verfolgenden Kristallungeheuer hatten sich verflüchtigt, regelrecht in Luft aufgelöst. Über die Telekomkontrolle überzeugte sich Major Hohle davon, daß die KC-1 noch unbeschädigt an ihrem Platz stand. Damit wurde Dr. Bysipheres These wahrscheinlich, daß die Kristalle nur dreidimensionale Materie angriffen, wenn sich organische Lebewesen in ihr oder in ihrer Nähe aufhielten.

Die heimliche Befürchtung des Majors, daß auch der Turm sich in ein fürchterliches Ungeheuer verwandeln könnte, bewahrheitete sich zum Glück nicht. So hatte er nichts dagegen, daß seine Männer von den Kampfrobotern stiegen und sich die Beine vertraten. Mehr war im Augenblick nicht zu tun, denn es hatte wenig Sinn, sich auf eine Verteidigung gegen eventuelle Angreifer vorzubereiten, weil es gegen diese einfach keine Möglichkeit der Verteidigung gab. Trotzdem fühlten sich die Terraner in der Nähe des Turms relativ sicher. Zumindest hinsichtlich der Fluchtgeschwindigkeit waren sie den unheimlichen Kristallwesen dieser Welt überlegen.

Major Harl Dephin nutzte die Pause.

Er saß festgeschnallt in seinem Kommandosessel und betrachtete aufmerksam die Bildschirmgalerie der Erfassungsoptik. Er sah die Umwelt dreidimensional und farbig. Dicht daneben war der Zielbildschirm der Spezialortung. Auf ihm waren nur geometrische Figuren erkennbar, aber sie verrieten, wo sich die Quelle der stärker gewordenen Individualimpulse befand, die zweifellos von Gucky stammten.

Sie kamen nun von oben, direkt aus dem Turm.

Oberleutnant Drof Retekin, Chef der Rechenzentrale Paladins und verantwortlich für die Orteranlage, meldete sich aus Deck III, im obersten Teil des Rumpfes:

„Sir, Ortung wird stärker. Entfernung zweitausend Meter."

Harl Dephin bestätigte kurz. Seine Leute, das Thunderbolt-Team, waren auf Draht. Er konnte sich auf sie verlassen. Aber die Verantwortung lag allein bei ihm. In den Augen der Terraner waren sie nur Zwerge, aber jeder wußte, was ein Siganese zu leisten vermochte.

Was Harl Dephin in die Sert-Haube dachte, führte Paladin aus.

Er betrachtete den kristallinen Boden vor dem Turm, blauschimmernd und körnig, das Licht tausendfach reflektierend. Und er dachte, daß Paladin einmal die Festigkeit und Widerstandskraft dieses Bodens prüfen sollte.

Major Hohle wich unwillkürlich einen Schritt zurück, als die mächtigen Säulenbeine des Roboters zu stampfen und zu scharren begannen, daß die Kristallsplitter nur so flogen. In weniger als fünf Sekunden entstand im Boden ein Loch, das groß genug war, zwei Menschen aufzunehmen.

Harl Dephin war zufrieden, entschuldigte sich über die Lautsprecheranlage bei Major Hohle und sah erneut in Richtung des nahen Turms. Es war klar, daß sich Gucky in höchster Gefahr befand. Erstens verrieten das die unverständlichen und wirren Gedankenimpulse des Mausbibers, und zweitens wäre er sicherlich teleportiert, wenn er das gekonnt hätte.

Zwischen den Siganesen und Gucky bestand eine seltsame Freundschaft, die auf gegenseitiger Achtung und dem Bewußtsein beruhte, daß man sich in jeder Lebenslage gegenseitig helfen könne. Und sie hatten sich schon mehrmals gegenseitig geholfen. In diese Freundschaft wurde Paladin unwillkürlich eingeschlossen, obwohl er nichts als eine komplizierte Maschine war, die dem Willen ihres Kommandanten „auf den Gedanken" gehorchte.

„Wenn Sie nichts dagegen haben, Major Hohle, werde ich mich jetzt um Gucky kümmern. Er ist genau zwei Kilometer von unserem jetzigen Standpunkt entfernt und zwar genau über uns. Irgendwo in dem Turm. Ich werde ihn holen."

Dr. Bysiphere hatte die Worte des siganesischen USO-Majors gehört. Er kam zu der Gruppe und stellte sich neben Major Hohle.

„Ich warne Sie, Harl Dephin", sagte er ernst. „Wir wissen nicht, was mit dem Turm ist. Wenn Sie gewaltsam einzudringen versuchen, kann dadurch eine Gegenreaktion ausgelöst werden, die im Vergleich zu dem bisher Geschehenen eine Katastrophe bedeutet. Auf der anderen Seite dürfen wir Gucky nicht im Stich lassen, wenn er sich in Gefahr befindet."

„Danke, Doktor. Haben wir Ihre Erlaubnis, Major Hohle?"

„Ich kann sie Ihnen kaum verweigern, und wenn ich es täte,

würden Sie wahrscheinlich trotzdem nach eigenem Ermessen handeln – wenigstens in diesem speziellen Fall."

„Erraten", bestätigte Harl Dephin trocken.

Die Männer hatten sich neben ihren Kampfrobotern auf dem Boden ausgestreckt, obwohl Dr. Bysiphere vor einer längeren Berührung mit den Kristallen warnte. Eine halbe Stunde allerdings, so meinte er, sei relativ ungefährlich.

Paladin ging bis zu dem Turm vor und berührte ihn mit seinen mächtigen Greifklauen. Das Kristall zerbröckelte, aber so tief das Loch auch wurde, es war nicht tief genug, die Wand zu durchbrechen. Paladin wurde bald in seinen Bewegungen gehindert.

Das veranlaßte Harl Dephin dazu, es mit roher Gewalt zu versuchen, denn ein Einsatz des Impulsstrahlers war sinnlos.

Er nahm einen Anlauf von einigen hundert Metern, und dann raste der vier Meter hohe Paladin wie ein Geschoß auf den Fuß des Turms zu, prallte mit voller Wucht gegen die Mauer – und verschwand darin.

Eine Wolke zu Staub gewordener Kristalle entwich mit der hinausgepreßten Luft und nahm Major Hohle für einige Sekunden die Sicht. Als er wieder etwas erkennen konnte, sah er in der Turmwand ein Loch, das fast viereinhalb Meter hoch und mehr als drei Meter breit war. Einen Augenblick dachte er daran, Paladin zu folgen, aber dann gab er den Gedanken wieder auf. Wenn der Robot es nicht schaffte, Gucky zu finden und in Sicherheit zu bringen, dann schaffte es niemand.

Inzwischen war Paladin fünf Meter tief in der Kristallmauer vorerst steckengeblieben. Harl Dephin erkannte auf seinen Bildschirmen die schimmernde, transparente und doch undurchsichtige Welt der Kristalle. Es gab Hohlräume in ihr, aber sie waren viel zu klein, auch nur einem Siganesen einen Durchschlupf zu gewähren. Wenn er nicht schon jetzt aufgeben wollte, mußte er weitermachen.

Er gab Paladin den Befehl.

Mit seinen inzwischen ausgewechselten Hackklauen bearbeitete der Roboter die vor ihm liegende Kristallmauer, und als er noch die kräftigen Beine zu Hilfe nahm, zerbrach das Hindernis Stück für Stück. Mit den Füßen räumte Paladin den Schutt beiseite und stieß ihn nach hinten aus. Langsam und sicher kam er voran, bis er schließlich den letzten Widerstand brach und fast in die gewaltige Rundhalle gestürzt wäre, die hinter der Mauer lag.

Harl Dephin saß still und gespannt in seinem Kommandosessel und ließ die Bildschirme nicht aus den Augen. Vor ihm tat sich eine Wunderwelt auf, wie er sie noch nie gesehen hatte. Es waren nicht allein die Farben, die ihn in Erstaunen versetzten, sondern auch die bizarren Formen der Säulen und Nischen, aus denen diffuses Licht aller Farbtöne in die Halle drang und sie hell erleuchtete. Der Boden war glatt und vollkommen eben, als sei er abgeschliffen worden – allein das schon deutete darauf hin, daß man der Natur nachgeholfen hatte. Dann gab es breite Farbbänder, die sich plastisch von dem glatten Boden abhoben – zweifellos Gehwege oder Gleitbänder, die durch einen noch unbekannten Mechanismus in Bewegung gesetzt werden konnten. Die hohe Decke selbst war kuppelartig gewölbt und strahlte wie ein Diamant.

Guckys Gedankenmuster kamen nun senkrecht von oben. Aus der Decke.

Aber die Entfernung betrug noch immer zweitausend Meter.

Ganz vorsichtig ließ Harl Dephin den Roboter einen Schritt nach vorn machen. Die Hände der Handlungsarme waren wieder ausgewechselt worden.

Sie waren abermals zu Greifklauen geworden. Kaum hatte der rechte Fuß Paladins eins der farbigen Bänder betreten, da setzte sich dieses langsam und allmählich schneller werdend in Bewegung. Es war somit das Gewicht, das den Mechanismus auslöste – ein ebenso einfaches wie wirksames System.

Das Gleitband näherte sich der glatten Wand, in der keine Öffnung zu erkennen war. Schon machte sich Harl Dephin auf einen harten Zusammenstoß gefaßt, da glitt ein Spalt auf, wurde breiter und ließ Paladin ungehindert durch. Wie es schien, war der Roboter noch nicht als Gegner identifiziert worden. In dieser Hinsicht haperte es zum Glück bei dem unbekannten Feind.

In der zweiten Halle endete das Förderband auf einem Verteiler, einer runden Scheibe, in die ein Dutzend weitere Bänder mündeten. Paladin kam zum Stillstand.

Harl Dephin sah sich aufmerksam um, und da er sein Ziel so ungefähr kannte, fiel ihm die Wahl des nächsten Bandes nicht schwer. Er nahm die Gleitrampe, die schräg nach oben führte, hinein in die Decke des Verteilerraums.

Wieder entstand eine Öffnung, und diesmal ging es gleich weiter, immer höher hinauf in den Turm, spiralförmig und ungefährlich.

Der Individual-Orter schlug kräftig aus, ein untrügliches Zeichen dafür, daß sie sich der Quelle der Impulse näherten. Harl Dephin schätzte, daß sie bereits tausend Meter gestiegen waren, als eine Verzögerung eintrat.

Es war die erste Verteilerstelle, auf die sie während des Aufstiegs trafen. Sie ähnelte der auf der untersten Etage. Die Gleitrampe endete im Verteilerkreis und hörte auf, sich zu bewegen. Ehe Harl Dephin Paladin den Befehl erteilen konnte, die nächste Aufstiegsrampe zu betreten, erschien urplötzlich und ohne Vorwarnung ein kristallines Lebewesen aus der gegenüberliegenden Wand und versperrte ihnen den Weg.

Zweifellos war es eben erst entstanden, und man hätte fast den Eindruck haben können, sein Schöpfer habe nicht mehr genügend Zeit zur Verfügung gehabt, es ganz fertigzustellen. Es besaß nahezu humanoide Körperformen, war fünf Meter hoch und hatte mehrere Arme und Beine, die jedoch eher als Auswüchse bezeichnet werden konnten. Das Licht der Halle schien an mehreren Körperstellen durchzuscheinen, oder es wurde so reflektiert, daß es diesen Eindruck erwecken mußte. Ein Gesicht besaß das Monstrum nicht, und darüber war Harl Dephin besonders froh.

Es stellte sich Paladin in den Weg.

Der siganesische Kommandant dachte nur, und schon begann Paladin zu handeln. Im Gegensatz zu seiner sonstigen Gewohnheit setzte er sich nur langsam in Bewegung und schritt auf das Kristallungeheuer zu, das erstaunlicherweise sofort mit der gleichen Geschwindigkeit zurückwich. bis es eine Art Geländer erreichte, das den Saal von einem zehn Meter durchmessenden Schacht trennte, der senkrecht nach unten führte. Wahrscheinlich handelte es sich um einen Gravitationslift, der außer Betrieb war.

Mit dem rechten Handlungsarm vollführte er eine blitzschnelle Bewegung, auf die der Gegner unmöglich vorbereitet sein konnte. Der Schlag traf das Ungeheuer in der Brustgegend, und er war mit solcher Wucht geführt worden, daß es auseinanderbrach.

Beide Stücke stürzten in die Tiefe, fielen fast tausend Meter und zerbrachen unten in der Grundhalle in Millionen Einzelkristalle.

Jetzt erst fiel es Harl Dephin auf, daß der Schacht vorher nicht vorhanden gewesen war. Er hätte ihn schon unten bei der ersten Verteilerstelle entdecken müssen. Der Turm war also ebenfalls in der Lage, sich selbst zu verändern und Ungeheuer zu erzeugen.

„Weiter!" befahl er sich selbst und Paladin.

Ohne weiteren Zwischenfall erreichten sie die nächste Verteilerhalle, zweitausend Meter über der Oberfläche. Und die Orter bestätigten, daß Guckys Impulse nun genau waagerecht einfielen. Die Richtung war kein Problem mehr. Die Entfernung betrug noch fünfzig Meter.

Paladin änderte den Kurs und setzte sich bedächtig in Bewegung. Ungehindert glitt er auf einem Transportband durch verschiedene Räume, bis Drof Retekin sich meldete:

„Sir, wir bewegen uns von den Impulsen fort. Wir müssen mehr nach rechts, wenn ich mir die Bemerkung erlauben darf."

„Sie dürfen, Drof. Und vielen Dank."

Harl Dephin kontrollierte die Richtung. Paladin verließ das Band und stand vor einer Wand, in die kein weiteres Transportband hineinführte. Eine Tür war nicht erkennbar.

„Durchbruch!" befahl Harl Dephin.

Paladin handelte so schnell, daß die Wand durchbrochen war, ehe der siganesische Major den Gedanken ganz zu Ende gedacht hatte. Die Kristalle zerbrachen wie sprödes Glas, und dann stand Paladin in einer hellstrahlenden Halle, in deren Mitte auf dem glatten, schimmernden Boden ein Lebewesen lag, das noch kleiner als ein normaler Siganese war.

Aber die Form war unverkennbar.

Es handelte sich um den stark verkleinerten Gucky, dessen Länge gerade zehn Zentimeter betrug.

Harl Dephin war so verdutzt, daß er lange Sekunden benötigte, bis er wieder einen klaren Gedanken fassen konnte. Der Individualorter bestätigte einwandfrei, daß die Gedankenimpulse von dem winzigen Lebewesen stammten, das hilflos und wimmernd vor ihm auf dem Boden lag und wie Gucky aussah.

„Gucky!"

Das handlange Etwas auf dem Boden hörte auf zu wimmern, richtete sich ein wenig auf und starrte den Riesen an, den es erst jetzt zu bemerken schien. Für einen Augenblick zeigte sich panisches Entsetzen auf seinem Gesicht, aber dann erschien das wohlbekannte Grinsen – wenn auch nur für eine Sekunde.

„Harl . . .!"

Das Wort war so leise gesprochen, daß Harl Dephin es unter normalen Umständen kaum verstanden hätte, aber die automatische

Lautstärkeregelung der akustischen Anlage nahm es auf, verstärkte es und leitete es in die Kommandozentrale Paladins weiter.

„Mein Gott, was ist passiert?"

Der vor Minuten geborene Mausbiber versuchte, sich ganz aufzurichten. Es gelang ihm nicht. Er blieb hilflos auf dem Boden sitzen.

„Ich weiß es nicht – ich weiß es wirklich nicht. Ich muß in eine Art Zeitfeld geraten sein, das mich in die Vergangenheit zurückversetzte, nicht nur geistig, sondern auch körperlich. Aber ich *bin* doch in der Gegenwart . . .?" Er kroch auf Paladin zu. „Ich bin in der Gegenwart, habe meinen Kinderkörper, aber ich kann denken. Und ich habe noch alle meine Erinnerungen. Eine Verjüngungskur . . ."

Harl Dephin begann das Unbegreifliche zu ahnen, aber sein Verstand weigerte sich, daraus die Konsequenzen zu ziehen. Allzu lange durfte er sich hier nicht aufhalten.

„Wir werden später versuchen, das Rätsel zu lösen, Gucky. Komm, du kannst zu mir herein. Klein genug bist du jetzt – kleiner als wir Siganesen."

„Aber ich wachse, langsamer zwar als vorher, aber immerhin . . ."

„Ich werde dich rechtzeitig wieder hinauslassen. Doch zur Flucht ist es besser, du bist in Sicherheit. Die Rachenschleuse ist groß genug."

Paladin bückte sich und nahm Gucky in die Hand. Der Mausbiber hatte bequem Platz darauf. Dann öffnete sich die Rachenschleuse, und für einen fremden Beobachter hätte es so ausgesehen, als würde das metallene Ungeheuer den neugeborenen Ilt verschlingen. In Wirklichkeit jedoch rutschte Gucky direkt in die Kommandozentrale des Roboters und fand sich vor Harl Dephins Kontrollsessel wieder.

Der Siganese war fast doppelt so groß wie er.

„Nun macht es sich für dich bezahlt", sagte Harl Dephin in einer Anwandlung trockenen Humors, „daß du immer nett zu uns warst, als du noch deine ursprüngliche Größe hattest. Bleibe dort liegen und halte sich fest. Wir treten jetzt den Rückzug an. Ich will versuchen, alle Erschütterungen zu vermeiden – wir kennen ja den Weg."

Die Transportbänder funktionierten in umgekehrter Richtung, wenn man sie entsprechend betrat. Sicher und geräuschlos brachten sie Paladin wieder zu der unteren Verteilerhalle hinab, wo sich das Einstiegsloch in der Wand nicht verändert hatte. Etwas mühsam kroch der Roboter hinaus ins Freie, wo er von den wartenden Terranern mit Erleichterung begrüßt wurde.

„Alles in Ordnung? Haben Sie Gucky gefunden?"

Paladin stellte sich mit dem Rücken gegen die Turmwand. Harl Dephin antwortete:

„Ja, wir haben ihn gefunden. Bereiten Sie sich auf eine Überraschung vor. Der Mausbiber wurde durch die geheimnisvollen Kräfte der Konstrukteure des Zentrums verjüngt. Er ist bei mir, zehn Zentimeter lang. Nein, es sind bereits elf geworden. Vielleicht findet Dr. Bysiphere eine vernünftige Erklärung für das Phänomen."

Der Wissenschaftler hatte atemlos zugehört. Dann, immer noch fassungslos, nickte er langsam. Er deutete nach oben, hinauf in das goldene Leuchten der Turmspitze.

„Die goldene Strahlung . . .", murmelte er. „Das also ist es!"

5.

Es blieb keine Zeit für Dr. Bysiphere, das Problem zu erörtern.

Die Kristalle griffen erneut an.

Diesmal hatten sie ihre Taktik geändert. Was sie vorher nicht in Form riesiger Ungeheuer geschafft hatten, versuchten sie nun auf andere Art zu erreichen. Wie ein unübersehbarer Lavastrom wälzte sich etwas auf den Turm zu und drohte, der Einsatzgruppe den Rückzug abzuschneiden. Es war Paladin, der auf Befehl des Kommandanten den Angreifern entgegenging, um ihre Natur erkennen zu können.

Was Harl Dephin erblickte, überstieg seine Vorstellungskraft.

Milliarden und aber Milliarden winziger Kristallkäfer, jeder kaum größer als einen Zentimeter, hatten sich aus dem Boden herausgebildet und zu einer einzigen Masse vereinigt, die koordiniert und zielbewußt angriff. Der Siganese konnte nicht feststellen, welchen Schaden sie anzurichten vermochten, aber er wollte es auch nicht auf einen Versuch ankommen lassen. Schnell kehrte er zu den wartenden Terranern zurück und berichtete.

Dr. Bysiphere, der es sichtlich bedauerte, sich im Augenblick nicht mit Guckys erstaunlicher Verjüngung befassen zu können, war auf einen flachen Hügel gestiegen. Nun kehrte er zurück.

„In westlicher Richtung liegt ein schimmerndes Gebirge. In seiner symmetrischen Form läßt es darauf schließen, daß es künstlich bearbeitet wurde. Vielleicht gibt es dort weitere Hinweise."

„Die Richtung ist so gut wie jede andere", stimmte Major Hohle dem Vorschlag zu. Er wandte sich an die Männer. „Aufsitzen!"

Die Kristallflut hatte sich bis auf wenige hundert Meter genähert. Die Terraner ließen sich Zeit, ihre Flucht vorzubereiten, und als sie sich in Bewegung setzten, war die Lücke, die ihnen geblieben war, noch immer einen Kilometer breit. Unangefochten erreichten sie die freie Ebene, auf der vereinzelte Kristallwälder kaum ein Hindernis bildeten.

Ganz am Horizont lag das riesige Kristallgebirge, silbern schimmernd und von Süd bis Nord reichend. Davor behinderte ein langgestreckter Hügelrücken die Sicht. Er war noch zehn Kilometer entfernt.

Die Luft war kalt, konstant vierzehn Grad unter Null. Es gab keinen Wind, kein Wetter. Es gab kein Wasser, das hätte verdunsten können. Es war eine Welt, die ausschließlich aus Kristallen bestand – und aus einer Atmosphäre, die für Menschen atembar war.

Allein das blieb unerklärlich.

Unbeirrbar, wenn auch langsamer, folgte die Flut der Kristallkäfer. Allem Anschein nach entstanden keine neuen Verfolger, aber die Bedrohung der existierenden genügte, die Terraner ständig in Bewegung zu halten.

Paladin hielt sich wieder am Schluß der Kolonne.

Inzwischen war Gucky weiter gewachsen. Er hatte nun fast die Größe Harl Dephins erreicht. Seine Stimme war lauter geworden, und er schien den ersten Schrecken seiner Verwandlung überwunden zu haben.

„Es ist erst zwei Stunden her, aber vom Standpunkt der Ilts bin ich nun etwa zehn Jahre alt. Harl, du kannst dir nicht vorstellen, was ich in dem Turm erlebte. Ich wurde ein zweites Mal geboren, richtig geboren. Ich habe alles noch einmal mitgemacht, was ich schon erlebte. Damals unbewußt, diesmal bewußt. Wie ist das zu erklären?"

Der Siganese, der sich bereits mit Dr. Bysiphere flüchtig unterhalten hatte, erwiderte:

„Eine Art Zelldusche, nur viel vollkommener und wirkungsvoller. Es muß die goldene Strahlung sein. Ich nehme an, daß sie sogar Tote wieder zum Leben erweckt. Und sie vermag einen alten Körper in den ursprünglichen Embryo zurückzuverwandeln. Das bedeutet, daß du dein ganzes Leben, biologisch gesehen, noch einmal leben wirst. Es werden naturgemäß andere Erlebnisse sein, die du haben wirst, ein anderes Leben, die Fortsetzung des bisherigen. Aber du beginnst biologisch neu. Ich weiß nicht, und Bysiphere weiß es auch nicht, wann dein körperlicher Wachstumsprozeß sich so verlangsamt, daß er wieder in der normalen Zeit stattfindet. Aber zweifellos wird das geschehen. Damit dürfte klar sein, daß du in den nächsten fünf- oder sechshundert Jahren nicht nach einem Zellaktivator zu suchen brauchst. Übrigens haben wir gleich den Hügel erreicht. Vielleicht sollten wir das Tempo ein wenig erhöhen."

Er machte Major Hohle einen entsprechenden Vorschlag. Die Flut der Kristallkäfer war drei Kilometer hinter ihnen. Unbeirrbar folgten sie den Terranern.

„Gut, einverstanden. Wir werden auf dem Hügel eine Pause einlegen. Von dort aus können wir die uns verfolgenden Käfer genau beobachten und rechtzeitig wieder aufbrechen."

Dr. Bysiphere, der neben ihm „ritt", meinte:

„Das, was mit Gucky geschehen ist, läßt mich vermuten, warum die toten Zwerge hierhergebracht werden. Fragen Sie mich jetzt nicht, wie ich das meine. Seien Sie mit der Andeutung zufrieden. Eine biophysikalische Hyperregenerierung – das ist alles. Ich werde versuchen, Ihnen später alles zu erklären."

Mehr war aus ihm nicht herauszubekommen.

Inzwischen stieß Gucky mit dem Kopf gegen die Decke der Kommandozentrale Paladins. Er machte Harl Dephin darauf aufmerksam. Der Siganese betrachtete ihn abschätzend.

„Noch weitere fünf Zentimeter, dann mußt du Paladin verlassen. Sonst kommst du nicht mehr hinaus. Aber ich glaube, wir können bis zur Pause noch warten."

Sie erreichten den Hügel, als die Flut der Kristallkäfer etwa vier Kilometer zurückgeblieben war. Das bedeutete eine Ruhepause von zwei Stunden, wenn sie ihr bisheriges Tempo beibehielten.

Hinter dem Hügel lag eine in blauem Licht strahlende Ebene.

Sie hielten an und stiegen von den Robotern. Major Hohle trat mit Dr. Bysiphere an den Rand des Hügels, dessen Rücken kaum breiter als fünfzig Meter war. Sie sahen hinab auf den flachen Hang und in die Ebene, die sich bis zum Gebirge am Horizont erstreckte. Erst jetzt konnten sie erkennen, daß sich das blaue Flimmern nicht gleichmäßig über die ganze Fläche verteilte, sondern an einigen Stellen schwächer und an anderen wieder stärker leuchtete.

Major Hohle griff nach dem Glas und hielt es vor die Augen.

„Merkwürdig", murmelte er. „Wirklich sehr merkwürdig. Wenn mich nicht alles täuscht, ist die ganze Ebene mit blauen Steinen übersät. Sie erinnern mich an die Steine, die von den Stützpunktingenieuren getragen werden. Aber wenn das so ist, warum liegen die wertvollen Stücke, die ja bekanntlich besondere Fähigkeiten verleihen, so einfach hier herum?"

Dr. Bysiphere nahm das Glas und schaute durch. Als er es wieder absetzte, war sein Gesicht sehr nachdenklich.

„Sie haben recht, Major. Es *sind* die blauen Zentrumssteine! Sie werden also hier geerntet. Ein weiterer Beweis dafür, daß wir auf dem wichtigsten Planeten dieser Galaxis gelandet sind, auch wenn er unbewohnt zu sein scheint. Vielleicht ist er es sogar – bis auf die Kristalle, die ja ohne Zweifel als eine Art von Leben bezeichnet werden können. Ich betonte bereits, daß wir Fremdkörper sind, und daher muß es nicht unbedingt ein feindlicher Akt der Konstrukteure sein, wenn die Kristalle versuchen, uns zu vertreiben. Es kann eine ganz natürliche Abwehrreaktion sein, die nichts mit Böswilligkeit zu tun haben muß."

„Sehr beruhigt mich das nicht", gab Major Hohle zu, ohne die Ebene aus den Augen zu lassen. „Glauben Sie, daß wir hier sicher sind?"

„Mindestens für einige Stunden."

Paladin öffnete die Rachenschleuse, und wenig später setzte er den nun fünfzig Zentimeter großen Gucky behutsam auf den Boden. Der Mausbiber war nur mit seinem eigenen Fell bekleidet und begann sofort jämmerlich zu frieren. Aus den mitgenommenen Vorräten erhielt er einen Pelz, der ihm viel zu groß war. Aber mit einer Handbewegung ging er darüber hinweg.

„Keine Sorge, Freunde, in einer weiteren Stunde wachse ich bestimmt hinein. Ich wachse nämlich noch. Aber glaubt nur nicht, daß ich so dumm wie klein bin. Mein Verstand hat nicht gelitten. Grinse nicht so dämlich, Iwan! Du beneidest mich nur meiner strahlenden Schönheit, meiner wunderbaren Jugend wegen. Du gönnst mir die Verjüngung nicht. Ich fühle mich so wohl wie nie zuvor. Soll mir nur einer kommen und auf die Zehen treten . . ."

„Kannst du denn noch Gedanken lesen?“ erkundigte sich Iwanowitsch.

„Natürlich, Großer. Eben hast du dich gerade wieder darüber geärgert, daß du mit deinen Fähigkeiten hier nichts anfangen kannst. Aber beruhige dich. Es wird schon wieder werden. Ich kann sicherlich auch noch teleportieren, aber *eine* Verjüngungskur reicht mir für heute.“

„Wir müssen eine Pause einlegen“, schlug Bysiphere vor. „Ich habe beobachten können, daß eine Gasse durch das Feld führt. Sie ist zweihundert Meter breit. Wir werden uns in ihrer Mitte halten und zu dem Gebirge marschieren. Ich habe das untrügliche Gefühl, daß wir dort der Lösung des Geheimnisses einen weiteren Schritt näher kommen.“

Major Hohle nickte den Männern zu. „Ruhen Sie sich aus. Major Dephin, darf ich Sie bitten, die Wache zu übernehmen? Ich glaube, daß Ihnen am wenigsten passieren kann. Außerdem sind Sie relativ ausgeruht.“

Paladin postierte sich auf dem Hügelrücken, von wo aus er nach allen Seiten freie Sicht hatte. Gucky blieb bei Goratschin und beschäftigte sich in der Hauptsache damit, das eigene Wachstum gründlich zu studieren.

Er war inzwischen sechzig Zentimeter groß geworden und fühlte sich so wohl wie nie zuvor in seinem Leben. Obwohl etwas Unerklärliches und wahrlich Phantastisches mit ihm geschehen war, trug er es mit Fassung. Wenigstens tat er ganz so. Das einzige Beruhigende an der ganzen Geschichte, die Verjüngung, trug sichtlich dazu bei, daß Gucky sich mit seinem Schicksal abfand. Immer mehr verblaßte die Kindheitserinnerung, um dem normalen Bewußtseinsinhalt Platz zu machen.

„Sogar deine grauen Barthaare sind verschwunden“, stellte Iwan Goratschin neiderfüllt fest. „Und wenn ich mich nicht irre, schimmert dein Nagezahn beneidenswert weiß. Dabei hast du solche Sorge um ihn gehabt. Alles umsonst, Kleiner. Da hat jemand deine Atome zusammengequetscht und neu zusammengesetzt. Tolle Methode. Hoffentlich bist du inzwischen soweit erwachsen, daß du nicht mehr in die Hosen machst.“ Er wurde wieder ernst. „Paladin winkt. Er muß etwas gesehen haben.“

Major Hohle verzichtete auf den Telekom und lief aus der Mulde, in die sie sich zurückgezogen hatte, den Abhang hinauf zu dem

Roboter. Neben ihm blieb er stehen und sah in die angedeutete Richtung. Einen Augenblick wußte er nicht, was Paladin ihm zeigen wollte, aber dann sah er es.

Der Horitzont schien in Bewegung geraten zu sein und sich wie eine riesige Flutwelle, aber im Zeitlupentempo, auf sie zuzubewegen. Noch eine knappe Stunde, schätzte Major Hohle, dann waren die Kristallkäfer hier.

Er überlegte, ob sie wohl vor der Ebene der blauen Steine haltmachen würden, aber dann sah er ein, daß sie auf keinen Fall so lange warten konnten, um das festzustellen. Die Schneise durch das Feld bot die einzige Möglichkeit für sie.

Er kehrte zu den anderen zurück und sagte:

„In einer halben Stunde brechen wir auf. Die Käfer sind im Anmarsch. Zum Glück haben sich die Kristalle in unserer näheren Umgebung bisher neutral verhalten. Selbst die Bäume – wir wollen sie mal so nennen – haben die Gestalt nicht verändert und nicht angegriffen. Aber die Käfer geben nicht auf. Wir werden also durch das Diamantfeld hindurch müssen, und vielleicht hält das die Käfer zurück."

„Und die KC-1? Sind Sie sicher, daß man das Schiff unbehelligt läßt?" fragte Bysiphere.

„Unbedingt, Doc. Nur organische Materie wird angegriffen, das steht fest. Anorganische dreidimensionale Materie wird geduldet, das betonten Sie selbst bereits. Machen Sie sich keine Sorgen um das Schiff. Wir werden es unbeschädigt wieder vorfinden, wenn wir jemals zurückkehren."

Mit Interesse hatten Iwan und Iwanowitsch inzwischen den Wachstumsprozeß des Mausbibers beobachtet, als gäbe es kein anderes Problem.

„Wieder fünf Zentimeter. Jetzt hast du schon siebzig erreicht, Gucky. Welchem realen Alter eines Ilts entspricht das?"

Der Mausbiber stolzierte hin und her und bedauerte sichtlich, keinen großen Spiegel dabei zu haben. Seine Bewegungen waren elastisch und tatendurstig. Mit einem Ruck blieb er vor dem Zünder stehen.

„Zehn oder zwanzig Jahre etwa. So genau weiß das niemand. Aber ich schätze, ich bin knapp hundert Jahre alt, wenn ich die hundert Zentimeter erreicht habe. Man hat mich dann um fünfhundert Jahre verjüngt. Ich werde den Konstrukteuren des Zentrums ein Dankschreiben senden, sobald ich die Adresse weiß. Feine Burschen. Habe nun eine bessere Meinung von ihnen."

Sie brachen auf.

Von rechts war ein Ausläufer der heranflutenden Kristallkäfer schneller herangelangt und drohte, den Weg zur Schneise durch das Feld der blauen Steine abzuschneiden.

Harl Dephin sagte über seine Sprechanlage:

„Gucky, du kannst auf Paladin Platz nehmen. In Verbindung mit meinen Spezialortern, denen du übrigens zu verdanken hast, daß wir dich so schnell fanden, stellen wir vielleicht etwas fest. Achte du ständig auf Gedankenimpulse. Wenn die Zwerge noch leben und denken, werden wir sie finden."

Gucky ließ sich aufnehmen und machte es sich bequem. Sie übernahmen die Spitze und marschierten auf die Schneise zu. Es war nun klar ersichtlich, daß sie den Käfern zuvorkommen würden.

„Irgend etwas denkt, Harl", murmelte Gucky unsicher. „Es sind unverständliche Gedankensymbole, wie bei den Zwergen, als sie in ihren Särgen zu neuem Leben erwachten. Babygewimmer – vielleicht. Weinendes Leben. Und es kommt vom Gebirge her."

Dr. Bysiphere und Major Hohle waren unmittelbar hinter Paladin. Dann folgten die Männer auf ihren Robotern. Goratschin bildete den Abschluß, und beiden Köpfen sah man die Unzufriedenheit darüber an, plötzlich überflüssig geworden zu sein.

„Die Käfer folgen uns nicht. Sie meiden die blauen Steine."

Bysiphere war von der Mitteilung nicht überrascht.

„Hier hat alles seine uns vorerst noch rätselhafte Bedeutung und Ordnung. Nichts hier ist sinnlos, aber wir kennen weder die Grenze noch die Regeln dieser Welt. Daher erscheint sie uns fremd, geheimnisvoll und fast chaotisch. Aber es kann die wichtigste Welt der Konstrukteure des Zentrums sein und damit der Schlüssel zur Milchstraße. Daß Gucky auf uns unerklärliche Weise verjüngt wurde, mag wie ein Wunder erscheinen, aber ich beginne zu ahnen, daß gerade dieser Vorgang der entscheidende Hinweis auf die Natur der Konstrukteure ist."

„Wie meinen Sie das?"

Aber darauf erhielt Major Hohle von Bysiphere in diesem Moment keine Antwort.

Das Kristallgebirge lag zum Greifen nahe vor ihnen.

Rechts und links schimmerten die blauen Steine. Verstreut und ohne jede Ordnung bedeckten sie die Ebene bis zu den Horizonten.

Hinter der Gruppe der Männer leuchteten die goldenen Türme, von denen einer Gucky das gesamte Leben zurückgegeben hatte.

Schweigend ritten sie weiter auf den Robotern, dem Kristallgebirge entgegen.

6

Der Zwerg kam aus dem Eingang der Halle. Unter anderen Umständen hätten seine Bewegungen auf Menschen lächerlich gewirkt, aber jetzt verlieh ihm seine Traurigkeit eine gewisse Würde.

Perry Rhodan, der neben Atlan auf der Warterampe der Klinik stand, senkte den Kopf.

„Da kommt Screecher“, sagte er. „Offenbar bringt er schlechte Nachrichten.“

„Es sieht so aus, als hätte sich das Befinden Scanlon Ocachees weiter verschlechtert“, antwortete Atlan.

Screecher kletterte schwerfällig auf die Rampe hinauf, auf der es von Okefenokees wimmelte. Die meisten Zwerge warteten darauf, etwas über den Gesundheitszustand ihrer Angehörigen in der Klinik zu erfahren. Beim Angriff der Bestien auf das Scintilla-System waren viele Zwerge verletzt worden.

Ein wenig atemlos kam Screecher neben Rhodan und Atlan an. Sein häßliches Gesicht verriet innere Bewegung.

„Scanlon Ocachee ist tot“, sagte er.

Rhodan blickte den Okefenokee betroffen an. Er hatte damit gerechnet, daß Ocachee sich von seinen Verwundungen erholen würde.

Rhodan gab sich keinen Illusionen hin. Mit Ocachee war jener Okefenokee gestorben, der für die Schwierigkeiten der Terraner das größte Verständnis hatte. Die anderen Zwerge anerkannten zwar die Haltung der Fremden, aber sie zeigten auch oft genug, daß sie einen engeren Kontakt ablehnten.

„Es tut mir leid“, sagte Rhodan.

Screecher, der seit Ocachees Verletzung als Verbindungsmann

fungierte, wackelte mit seinem großen Kopf. Er besaß nicht Ocachees Intelligenz, aber seine Haltung zeugte von einer unbestechlichen Objektivität, und er behandelte die Terraner mit einer Sachlichkeit, die von keinerlei Emotionen getrübt war.

Vielleicht, überlegte sich Rhodan, würde sich das jetzt ändern. Viele Okefenokees würden den Terranern indirekt die Schuld am Tod des Dreidenkers geben.

„Durch das bedauerliche Schicksal des Zwerges kommen wir in eine schlechte Position", sagte Atlan und bewies damit, daß er ähnlich dachte wie Perry Rhodan.

„Ich weiß", stimmte Rhodan zu. „Trotzdem müssen wir weiter mit den Okefenokees verhandeln. Vielleicht erklären sie sich irgendwann doch noch zu aktiver Hilfe bereit."

Atlan lehnte sich auf das Geländer der Warterampe. Er blickte über die Klinik hinweg, hinter der sich das Industriegebiet ausdehnte. Weit im Hintergrund ragte die CREST IV über die Gebäude hinaus. Rhodan hatte sich zu einer Landung auf Kliban entschlossen, weil er sich davon eine psychologische Wirkung versprach. Die BOX-13111 und die beiden halutischen Raumschiffe standen dagegen weiterhin im Raum und flogen Ortungsschutz, um im Falle eines erneuten Angriffs von Bestien sofort Alarm geben zu können.

Perry Rhodans Hoffnung konzentrierte sich jetzt auf die Männer, die an Bord der KC-1 aufgebrochen waren, um den fliegenden Särgen der Okefenokees zu folgen. Er hatte Atlan deswegen keinerlei Vorwürfe gemacht.

Screechers Stimme unterbrach Rhodans Gedanken.

„Wir haben die Lage nach Ocachees Tod besprochen", sagte der Zwerg. „Es liegt uns daran, die Freundschaft zwischen unseren Völkern zu erhalten."

„Das freut mich", entgegnete Rhodan. „Ich hoffe, daß wir jetzt die Gespräche über unsere Heimkehr fortsetzen können. Alles, was wir auf Pompeo Posar und Kliban gesehen haben, läßt uns hoffen, daß uns die Okefenokees einen Heimflug ermöglichen können."

Screechers nächste Worte ließen erkennen, daß die Zwerge nicht daran dachten, etwas zur Unterstützung der Terraner zu unternehmen.

„Es gibt noch zu viele Bedenken", sagte der Okefenokee. „Wir kommen Ihnen jedoch entgegen und laden Sie ein, für immer bei uns zu leben."

Rhodan unterdrückte eine heftige Entgegnung. Er fing einen warnenden Blick Atlans auf.

„Wir bedanken uns für die angebotene Gastfreundschaft", sagte der Arkonide. „Wir werden uns überlegen, ob wir das Angebot annehmen."

Screecher deutete zur Klinik hinüber.

„Ocachee wird heute abend in eine Totenhalle gebracht", sagte er. „Wir hoffen, daß Sie eine Abordnung schicken, um den Toten zu ehren."

„Das tun wir bestimmt", versprach Rhodan.

Screecher ging zu den anderen Zwergen auf der Rampe und übermittelte ihnen neue Nachrichten.

Rhodan zuckte mit den Schultern.

„Im Augenblick sind wir hier überflüssig", sagte er. „Fahren wir zurück zum Schiff."

„Was hältst du vom Angebot der Zwerge?" fragte Atlan.

„Es handelt sich um eine mehr oder weniger diplomatische Weigerung, uns zu helfen", erklärte Rhodan.

Sie stiegen die Spiraltreppe hinab. Von der Klinik klang Totenmusik zu ihnen herüber. An den Bäumen vor dem Eingang hingen ein paar Zwerge in ihrer charakteristischen Meditationsstellung. Auf Kliban gab es nur wenige solcher Bäume. Wer von den Okefenokees Lust zum Meditieren verspürte, begab sich über die Paraportscheiben nach Pompeo Posar. Seit dem Angriff der Bestien waren die Gewohnheiten der Zwerge jedoch etwas durcheinander geraten.

Rhodan und Atlan bestiegen den kleinen Spezialwagen, den sie aus der CREST IV ausgeschleust hatten. Er war gleichermaßen für Fahrten auf glattem Boden und unwegsamem Gelände geeignet.

„Die Techniker werden das Angebot der Zwerge zum Anlaß nehmen, um erneut vorzuschlagen, mit Hilfe der Ersatzkalups des Posbi-Schiffs in die Galaxis zurückzukehren", bemerkte Atlan, als das Fahrzeug anruckte.

Rhodan nickte grimmig. Er wußte, daß sich wegen der unterschiedlichen Auffassung über die sicherste Methode der Heimkehr bereits zwei Parteien unter der Besatzung der CREST gebildet hatten. Rhodan vertrat nach wie vor die Meinung, daß es sicherer war, von den Völkern in M 87 ein Dimetranstriebwerk zu erstehen, als sich auf das Risiko eines Linearflugs über 30 Millionen Lichtjahre hinweg einzulassen.

Sie fuhren auf einer Hochstraße durch das Industriegebiet. Die Fabriken waren bis auf wenige Ausnahmen vollautomatisiert, so daß die Okefenokees genügend Zeit hatten, sich mit philosophischen Problemen auseinanderzusetzen. In den letzten Tagen hatte Perry Rhodan wiederholt versucht, mit den Zwergen über die Konstrukteure des Zentrums ins Gespräch zu kommen. Die Okefenokees hatten jedoch nur gelächelt, als Rhodan behauptet hatte, zwischen ihnen und den KdZ bestünde ein besonderes Verhältnis. Aus Mangel an Informationen blieb Rhodan auf Vermutungen angewiesen.

Rhodan fuhr langsamer, weil am Straßenrand ein paar Zwerge standen und miteinander diskutierten. Die Okefenokees beachteten den Wagen nicht. Innerhalb kürzester Zeit waren die Terraner auf Kliban zu einem Teil des Gesamtbilds geworden, so daß sich niemand darum kümmerte, wenn sie irgendwo auftauchten. Es war schwer zu sagen, ob die Interesselosigkeit der Zwerge echt oder gespielt war.

Das Fahrzeug erreichte den Landeplatz der CREST. Das große Schiff stand auf einem freien Gelände zwischen zwei ausgedehnten Industrieanlagen. Mit Hilfe seiner Antigravprojektoren war es gelandet, ohne den geringsten Schaden anzurichten.

Rhodan fuhr bis zum unteren Ende der Gangway, wo drei Besatzungsmitglieder Wache hielten.

„Besondere Vorkommnisse?“ erkundigte sich Rhodan.

„Alles in Ordnung, Sir“, antwortete der junge Mann. „Wir haben keinen Okefenokee in der Nähe des Schiffes gesehen.“

„Damit war auch nicht zu rechnen“, entgegnete Rhodan.

„Soll ich das Fahrzeug einschleusen lassen, Sir?“

Rhodan schüttelte den Kopf.

„Wir brauchen es heute abend wieder, wenn Scanlon Ocachee bestattet wird.“

Die Totenhalle, in der die Trauerfeier für Scanlon Ocachee stattfand, war nur einen knappen Kilometer vom Landeplatz der CREST IV entfernt. Kurz vor Anbruch der Dunkelheit erschien Screecher an der Gangway der CREST, um die terranische Abordnung abzuholen. Perry Rhodan wurde vom Zweiten Offizier, Major Drave Hegman, und von Leutnant Mark Berliter begleitet.

Rhodan lud Screecher ein, im Wagen mitzufahren, aber der Okefenokee zog es vor, die kurze Strecke mit einem Teleportersprung zurückzulegen. Er erwartete die drei Terraner am Rande der Trauerhalle. Das Gebäude, in dem die Feierlichkeiten stattfinden sollten, war kuppelförmig und ruhte auf drei Sockeln. Aus den ovalen Eingängen drang Licht ins Freie. Fremdartige Musik klang über den freien Platz vor der Halle.

Rhodan und die beiden Offiziere stiegen aus.

Screecher kam heran und winkte den drei Männern zu.

„Bitte schweigen Sie während der Feier“, sagte er, „wenn Sie dem toten Dreidenker die letzte Ehre erweisen wollen.“

Screecher führte seine drei Begleiter auf den Haupteingang der Halle zu.

„Wo sind die anderen Trauergäste?“ fragte Hegmar leise.

„Wahrscheinlich bereits in der Halle“, antwortete Rhodan.

Seine Vermutung bestätigte sich. Die Halle war überfüllt. Die dichtgedrängt stehenden Okefenokees boten ein beeindruckendes Bild. Ungefähr in der Mitte der Halle schwebte, von Energiefeldern gehalten, ein grünblau leuchtender Riesenkristall. Er war rund und durchmaß etwa drei Meter. Seine Leuchtkraft reichte aus, um das Halleninnere zu erhellen. Die Blicke der Okefenokees waren auf den Kristall gerichtet. Unmittelbar unter dem Kristall stand ein Sockel.

Von irgendwoher kam gedämpfte Musik, die trotz ihrer Fremdartigkeit ergreifend war. Sie erinnerte entfernt an Orgelspiel, obwohl sie wahrscheinlich von völlig anderen Instrumenten erzeugt wurde.

Screecher ging bis zum leeren Sockel voraus. Dort blieb er stehen und reckte beide Ärmchen in die Luft. Rhodan nahm an, daß er und seine Begleiter aufgefordert waren, es Screecher gleichzutun. Das Licht des Kristalls tat seinen Augen weh, als er zur Mitte der Halle schritt. Er war sich der Blicke einiger hundert Okefenokees bewußt, als er vor dem Sockel stand und beide Arme hob. Dann waren Hegmar und Berliter an der Reihe.

Screecher schaute zu und nickte beifällig. Dann deutete er auf einen freien Platz auf der anderen Seite der Halle. Rhodan begab sich mit den beiden Offizieren dorthin, um zu warten. Die Okefenokees blieben vollkommen still. Niemand bewegte sich, so daß sich den Terranern ein unheimliches Bild bot.

Jedesmal, wenn die Musik anschwoll, verstärkte der Kristall seine Leuchtkraft. Die Zeitabstände, in denen der Kristall heller wurde und wieder verblaßte, wurden immer kürzer, so daß er bald heftig pulsierte.

Dann öffnete sich eine kleine Seitentür. Die Musik brach abrupt ab. Der Kristall wurde dunkel. Im ungewissen Licht erkannte Rhodan vier Okefenokees, die einen Transmittersarg hereintrugen. Der Deckel des Sarges war offen. Scanlon Ocachee lag im Sarg. Er war so gekleidet, daß man nichts von seinen Verletzungen sehen konnte. Im Halbdunkel ähnelte sein häßliches Gesicht einer Maske.

Die vier Zwerge blieben einen Augenblick vor dem Sockel stehen. Die Stille wirkte fast schmerzhaft. Rhodan glaubte zu spüren, wie sich die Gedanken der Zwerge auf dieses tote Wesen im Sarg konzentrierten. Während eines kurzen Zeitraums bildeten die Versammelten eine geistige Einheit, aus der nur Rhodan und seine beiden Begleiter ausgeschlossen blieben.

Unvermittelt setzte die Musik wieder ein, und der Kristall flammte auf.

Rhodan zuckte zusammen.

Die vier Träger setzten den Sarg auf dem Sockel ab. Sie verharrten einen Augenblick und hoben die Arme.

Die Trauerfeier, die man für Ocachee abhielt, unterschied sich erheblich von jener, die man für die im Kampf gegen die Moogh-Bestien gefallenen Zwerge inszeniert hatte. Das bewies die hohe Wertschätzung, die man auf Kliban und Pompeo Posar für den Dreidenker empfunden hatte.

Wie auf ein geheimes Signal verließen die Trauernden plötzlich ihre Plätze und strömten den Ausgängen entgegen. Rhodan blickte sich unschlüssig um. Er wußte nicht, was er jetzt tun sollte.

Screecher erlöste ihn aus seiner Unsicherheit.

„Die Feier ist beendet“, sagte der Zwerg. „Sie können jetzt sprechen.“

„Eine kurze Feier“, bemerkte Major Hegmar.

„Ja“, stimmte Screecher zu, der offenbar nicht gewillt war, das Zeremoniell irgendwie zu kommentieren.

Die drei Männer folgten Screecher zum Ausgang. Bevor er die Halle verließ, blieb Rhodan stehen und blickte zurück. Verlassen stand der Transmittersarg auf dem Sockel. Seine blanken Teile reflektierten das Licht des Kristalls. Der Deckel war jetzt geschlossen. Bald würde Scanlon Ocachee seine geheimnisvolle Reise antreten.

Wohin flogen die Zwerge?
Rhodan hoffte, daß er darauf von den Besatzungsmitgliedern der KC-1 eine Antwort erhalten würde.
„Kommen Sie“, sagte Screecher ruhig. „Wir müssen die Halle jetzt verlassen.“
„Wann fliegt er los?“ fragte Rhodan.
Der Zwerg verstand sofort, was Rhodan meinte.
„Noch in dieser Nacht“, antwortete er.
Vor der Halle blieb Screecher noch einmal stehen.
„Haben Sie sich überlegt, ob Sie unser Angebot annehmen und auf Kliban und Pompeo Posar leben wollen?“ fragte er.
„Eine solche Entscheidung kann man nicht in wenigen Stunden treffen“, antwortete Rhodan ausweichend. „Dazu braucht man Tage.“
Screecher war mit dieser Antwort offenbar zufrieden, denn er verabschiedete sich und verschwand mit einem Teleportersprung. Rhodan und die beiden Offiziere gingen zum Wagen. Als Rhodan losfuhr, blickte er zur Totenhalle hinüber. Aus den Eingängen drang das grünblaue Leuchten des Riesenkristalls, und die Luft war erfüllt von schwermütiger Musik.
„An diesen Planeten könnte ich mich nie gewöhnen“, sagte Major Drave Hegmar.

Dr. Jean Beriot.
Das war sein Name, aber er erinnerte sich nicht daran.
Chefphysiker der CREST.
Das war sein Beruf, aber er erinnerte sich nicht daran. Er wußte nicht, daß er seit dem Paraverhör wahnsinnig war und sich ständig in psychiatrischer Behandlung befand. Nach übereinstimmender Meinung der Bordärzte war ihm nicht mehr zu helfen. Er lag apathisch in seinem Bett und mußte gefüttert werden. Auch körperlich war er ein Krüppel.
Er erinnerte sich an nichts. Die Denkvorgänge in seinem Gehirn, dem Gehirn eines Genies, waren von erschreckender Primitivität. Er war Empfindungen ausgesetzt, über die er früher, hätte er sie an anderen Menschen beobachtet, gelächelt hätte.
Jetzt konnte er nicht einmal mehr lächeln.

Er ähnelte einem stumpfsinnigen Tier. Und doch war auch er in einem gewissen Bereich äußeren Einflüssen ausgesetzt. Nicht nur das: Sein Gehirn reagierte anders als ein normales Gehirn. Es empfing Impulse, die ein normales Gehirn ignorierte.

Dr. Jean Beriot war in seinem augenblicklichen Zustand ein Tiermensch mit einer scheinbar völlig sinnlosen Fähigkeit. Er nahm hyperenergetische Strahlungen wahr. Sie erregten ihn. Sein von den Aphaneus beim Paraverhör auf dem Planeten Dwellion zerstörtes Gehirn reagierte auf Hyperstrahlungen. Impulse dieser Art übten einen so starken Reiz auf Beriots Gehirn aus, daß er körperlich aktiv wurde. Es war eine unbewußte Aktivität.

Zum gleichen Zeitpunkt, da Perry Rhodan von der Trauerfeier für Scanlon Ocachee zurückkehrte, war Beriots krankes Gehirn bereits so erregt, daß es den eineinhalb Meter großen und buckligen Körper zum Aufstehen zwang.

Beriot bewegte heftig die Beine; er strampelte wie ein Säugling und befreite sich auf diese Weise von der Decke.

Dann erhob er sich. Unfähig zu erkennen, daß das Bett auf einem räumlich höheren Niveau als der Boden lag, machte er ein paar Schritte, trat über den Bettrand hinaus und stürzte. Er schlug schwer auf und wimmerte vor Schmerzen.

Angelockt durch den Lärm, kamen Dr. Myteren, der diensthabende Arzt, und sein Assistent herein, um nachzusehen, was passiert war.

Dr. Beriot lag neben dem Bett am Boden. Er blutete. Seine Beine zuckten. Seine Hände waren wie zu Klauen verformt.

„Sehen Sie sich das an, Doc“, sagte der junge Arzt.

Dr. Myteren sagte mit Nachdruck: „Er ist aus dem Bett gefallen. Wir werden ihn anschnallen müssen.“

Der Assistent betrachtete die blutende Wunde an Beriots Stirn. Undenkbar, daß der Kranke sie sich bei einem normalen Sturz zugezogen hatte. Er mußte vorher aufgestanden sein. Was immer passiert war: Beriots Aktivität war erschreckend und paßte nicht zum Krankheitsbild.

„Holen Sie Gurte!“ befahl Dr. Myteren.

Zögernd verließ der junge Arzt das Krankenzimmer. Dr. Myteren bückte sich, um Beriot aufzuheben. Zu seinem Erstaunen sträubte sich der Kranke. Dr. Myteren griff energischer zu.

Da kam Dr. Beriot auf die Beine. Seine Augen waren verdreht. Er gab unartikulierte Laute von sich.

Myteren ergriff Beriot an den Schultern und wollte ihn aufs Bett zurückdrücken.

Da schlug Beriot zu. Er besaß die Kräfte eines Wahnsinnigen, und bereits der erste Hieb zwang Dr. Myteren in die Knie. Beriot sprang auf ihn und bearbeitete ihn mit Füßen und Fäusten. Der Arzt brach stöhnend zusammen.

Gleich darauf kam der Assistent Myterens mit den Gurten. Er öffnete die Tür. Jean Beriot hockte wie eine Kröte auf Dr. Myteren. Der Arzt lag mit dem Gesicht nach unten am Boden. Der junge Mann erschrak.

„Was ist denn los?“ fragte er mit unsicherer Stimme. „Was machen Sie da?“

Beriot blieb sitzen und knurrte wie ein Raubtier, das seine Beute verteidigen wollte.

„Dr. Myteren!“ rief der junge Arzt zaghaft.

Allmählich begriff er, daß etwas Ungewöhnliches geschehen war. Er mußte sofort einen Offizier benachrichtigen.

Als er sich umdrehte, um die Kabine zu verlassen, sprang Beriot ihn von hinten an. Der junge Raumfahrer wurde gegen die Wand geschleudert und ließ die Gurte fallen. Beriot umklammerte seinen Hals mit beiden Händen und drückte zu. Der Angreifer schien sich nicht bewußt zu sein, daß er ein Leben gefährdete. Verzweifelt versuchte der Jüngere, sich aus der Umklammerung zu befreien, aber Beriots Hände waren wie Schraubstöcke.

Als sein Gegner sich nicht mehr bewegte, ließ Beriot ihn los. Er packte ihn und schleifte ihn zu der Stelle, wo bereits Dr. Myteren lag.

Was Beriot jetzt tat, entsprang Überlegungen seines Unterbewußtseins. Er arbeitete planvoll, obwohl ein Teil seines Gehirns nicht funktionierte. Er erlebte die Geschehnisse wie einen Traum.

Er griff nach den Gurten und fesselte die beiden Ärzte, die noch immer ohne Bewußtsein waren. Dann ging er in den Nebenraum und holte zwei Kompressen, die er als Knebel benutzte. Seine Bewegungen wirkten hektisch und ähnelten mehr denen eines Tieres als denen eines Menschen. Manchmal hüpfte er erregt hin und her.

Die Reizimpulse, die Beriots Reaktionen bestimmten, verstärkten sich. Die Energiequelle war nicht weit von Beriots Standort entfernt.

Der ehemalige Wissenschaftler starrte mit brennenden Augen auf seine beiden Opfer. Er kannte nur ein Ziel: Er mußte dorthin, von wo die hyperenergetischen Reizwellen kamen. Sein Entschluß, das

Schiff heimlich zu verlassen, war keine Folge logischer Überlegungen, er entsprang vielmehr einer instinktiven Sehnsucht.

In geduckter Haltung schlich sich Dr. Jean Beriot aus der Krankenstation.

Die Totenhalle lag unterdessen ruhig und verlassen. Im Innern stand Scanlon Ocachees Sarg auf dem Sockel und wartete auf den Beginn der langen Reise. Mit jeder Minute, die verstrich, verstärkte sich das Leuchten des Riesenkristalls.

Dr. Beriot bewegte sich lautlos.

Er besaß die Vorsicht eines gejagten Tieres. Es kam seinem Vorhaben entgegen, daß der größte Teil der Besatzung dienstfrei hatte. Der Gang, der von der Krankenstation zum nächsten Antigravschacht führte, war verlassen. Sekundenlang blieb der Physiker vor dem Schachteingang stehen. Sein Instinkt riet ihm, den Antigrav nicht zu benutzen. Auch die Steigleitern und hydraulischen Lifte waren zu gefährlich. Am sichersten war, wenn er sich durch eine Fluchtröhre in den unteren Teil des Schiffes begab. Die Fluchtröhren wurden unter normalen Umständen nur benutzt, wenn dem Schiff Zerstörung drohte.

Beriot hörte ein Geräusch und glitt blitzschnell in eine Nische.

Eng gegen die Wand gepreßt, wartete er, bis die Schritte draußen im Gang verstummten. Er verließ sein Versteck und rannte in komisch wirkenden Sätzen zum Einstieg des Fluchtröhrensystems. Mit gespreizten Armen und Beinen ließ er sich in eine Fallröhre gleiten. Er bremste die Abwärtsbewegung mit Füßen, Knien und Ellenbogen ab. Es machte ihm nichts aus, daß er sich dabei die Haut abschürfte.

Im großen Laderaum der unteren Polkuppel verließ er die Röhre. Er verlor keine Zeit, sondern begab sich zur nächsten Mannschleuse, wo er sich mit einem Antigravaggregat ausrüstete. Er öffnete sie und blickte hinaus.

In keiner Sekunde wurde er sich seines Tuns bewußt. Sein Gehirn stand völlig unter dem Einfluß einer hyperenergetischen Strahlung.

Beriot schaltete den Antigravprojektor ein und schwang sich aus der Schleuse. Er machte nicht den Fehler, sich nach unten sinken zu lassen, denn das hätte zu seiner sofortigen Entdeckung geführt. Statt dessen flog er am Rumpf der CREST IV empor, bis er den Ringwulst erreichte. Dort landete er.

Überall im Industriegebiet brannten Lichter.

Sie interessierten den Hyperphysiker nicht. Sein Ziel lag woanders. Es war nur einen knappen Kilometer von der CREST IV entfernt, in der noch niemand die beiden gefangenen Ärzte entdeckt hatte.

Von seinem Platz aus konnte Dr. Jean Beriot das grünblaue Leuchten sehen, das von der Totenhalle ausging.

Der Sarg, in dem Scanlon Ocachee lag, schien in Flammen zu stehen. Der leuchtende Kristall hatte sich herabgesenkt. Er strahlte gleichmäßig. Aus unsichtbaren Lautsprechern kam leise Musik. Der Beginn von Scanlon Ocachees großer Reise stand bevor.

Jean Beriot landete an der Außenwand eines Fabrikgebäudes. Die gleiche Macht, die ihn bisher geleitet hatte, ließ ihn vorsichtig nach allen Seiten blicken. Er hätte mit dem Antigravprojektor bis zur Trauerhalle fliegen können, aber dabei hätte er sich der Gefahr einer Entdeckung durch die Okefenokees ausgesetzt. Es war sicherer, wenn er die kurze Strecke zu Fuß zurücklegte und dabei jede Dekkung ausnutzte.

Er legte den Projektor in eine Bodenvertiefung. Das Gerät war jetzt nutzlos für ihn. Langsam bewegte er sich an der Wand entlang. Er erreichte das Ende des Gebäudes und spähte um die Ecke. Mit wenigen Schritten überwand er den freien Platz zwischen den Hallen. Wenn er wirklich ab und zu ein Geräusch verursachte, wurde es vom Lärm übertönt, der aus den Fabriken kam. Auf Kliban liefen die automatischen Fertigungsanlagen Tag und Nacht.

Beriot bewegte sich parallel zur Straße. In der Dunkelheit ähnelte er einem Affen. Ab und zu blieb er stehen und stöhnte. In solchen Augenblicken verlor die hyperenergetische Strahlung ihren Einfluß, und Beriot wurde wieder zu einem vom Wahnsinn befallenen Menschen, der unter fürchterlichen Vorstellungen litt.

Bevor er das letzte Gebäude vor dem freien Platz erreichte, brach

Beriot zusammen und blieb eine Zeitlang bewegungslos liegen. Wäre jetzt ein Okefenokee in seine Nähe gekommen, hätte er nicht fliehen können. Aber kein Zwerg schien sich in der Nähe der Trauerhalle aufzuhalten. Nach wenigen Minuten erhob sich der Kranke und taumelte weiter. Jedesmal, wenn sein Gehirn von der hyperenergetischen Strahlung gesteuert wurde, handelte Beriot folgerichtig. Zwar wirkten seine Bewegungen etwas unkoordiniert, aber sie ließen erkennen, daß er ein bestimmtes Ziel vor sich hatte.

Beriot überblickte den freien Platz, den er auf jeden Fall überqueren mußte, wenn er die Trauerhalle erreichen wollte. Niemand war zu sehen. Beriot war nicht fähig, darüber nachzudenken, ob sich vielleicht ein paar Zwerge im Innern der Halle aufhielten. Mit grotesk wirkenden Sprüngen überquerte er den Platz. Er wurde nicht angerufen. Heftig atmend kam er vor einem Nebeneingang an. Grünblaues Licht drang aus der Halle. Der Wissenschaftler knurrte erregt. Seine Hände zuckten. Er war jetzt in unmittelbarer Nähe jener geheimnisvollen Kraft, die sein krankes Gehirn aktiviert hatte.

Seine bisherige Vorsicht vergessend, stürzte Beriot auf den Eingang zu und drang in die Halle ein.

Geblendet vom Licht des Riesenkristalls blieb er stehen. Hier war die geheimnisvolle Energiequelle, auf die das kranke Gehirn des Physikers angesprochen hatte. Angelockt von den Impulsen des Kristalls war Beriot in die Trauerhalle der Okefenokees gekommen.

Beriot war das einzige lebende Wesen innerhalb der Halle. In seinen Augen spiegelte sich das Licht des Kristalls. Sein Gesicht glänzte vom Schweiß, der seinen gesamten Körper bedeckte.

Mit tänzelnden Schritten, als paßte er sich der seltsamen Musik an, näherte sich Jean Beriot dem Sockel mit dem Sarg. Die Strahlen, die von dem Kristall ausgingen, waren jetzt so stark, daß der bucklige Mann fast durchsichtig wirkte. Beriot befand sich jetzt in vollkommener Trance. Berauscht von der fremden Musik umrundete er ein paarmal den Sockel. Animalische Geräusche kamen über seine Lippen.

Dann hob er den Kopf.

Unmittelbar über ihm, im Dach der Trauerhalle, war eine Öffnung entstanden, durch die Beriot den sternenübersäten Himmel sehen konnte. Der Sarg mit Scanlon Ocachee würde in wenigen Augenblikken vom Sockel abheben, langsam zur Decke und durch diese Öffnung ins Freie schweben.

Jean Beriot legte beide Hände auf den Sargdeckel.

In dieser Stellung verharrte er.

Zwischen seinen Fingerspitzen und dem harten Metall des Sarges floß ein gleichmäßiger Energiestrom hin und zurück. Wäre Beriots Gehirn gesund gewesen, hätte er nicht bemerkt, daß der Sarg unter seinen Händen wie lebendig war.

Im grellen Licht, bekleidet mit dem weißen Umhang, den alle Raumfahrer in der Krankenstation der CREST trugen, wirkte Jean Beriot wie ein Gespenst. Seine körperlichen Mißbildungen verstärkten diesen Eindruck.

Die Musik in der Halle brach plötzlich ab. Nur Beriots keuchender Atem war zu hören.

Da sprang der Sargdeckel auf.

Beriot fuhr mit einem erschreckten Grunzen zurück.

Das Licht des Kristalls fiel in den Sarg und beleuchtete Scanlon Ocachees wächsernes Gesicht. Obwohl Ocachee nach menschlichen Begriffen häßlich war, drückte sein Gesicht noch im Tode Würde und Intelligenz aus.

Behutsam kam Beriot wieder an den Sarg heran. Er kletterte auf die seitliche Erhöhung des Sockels und starrte in den Sarg hinein. Es schien, als würde er mit dem Toten stumme Zwiesprache halten. Nach einiger Zeit strich er mit zitternden Fingern über Ocachees Gewänder. Sie fühlten sich weich an, während der Körper darunter hart wie ein Brett war.

Beriots Griffe wurden entschlossener. Er ging auf die andere Seite des Sockels, weil er von dort besser an den Sarg herankam. Mit beiden Händen packte er zu und zog Ocachee an den Beinen. Gleich darauf ließ er sie wieder fallen. Das wiederholte sich ein paarmal. Schließlich hingen Ocachees Beine über den Sargrand.

Beriot knurrte verwundert.

Mit der hohlen Hand strich er über das Gesicht des Zwerges und zog ihn an den verkümmerten Ohren.

Plötzlich packte Beriot den Zwerg am Kopf und an den Beinen und hob ihn aus dem Sarg. Sekundenlang stand er mit seiner Last wie versteinert neben dem Sockel. Dann trottete er zur Hallenwand und legte Scanlon Ocachees Leiche in eine kleine Nische. Als er sich aufrichtete, blickte er lauernd nach allen Seiten. Sein Gesicht war vor Erregung verzerrt. Beriot hatte jetzt nichts mehr mit einem Menschen gemein. Mit schwingenden Armen kehrte er zum Sockel zurück. Seine Blicke richteten sich auf den leeren Sarg, als könnte er nicht fassen, daß niemand mehr darin lag.

Seine Hände griffen nach dem Sargrand. Er zog sich daran hoch.

Obwohl Dr. Jean Beriot nur eineinhalb Meter groß war, mußte er seine Beine anziehen, um innerhalb des Sarges Platz zu finden.

7.

Dr. Treiber betrat die Krankenstation der CREST IV mit der Überzeugung, daß ihn eine ruhige Nacht erwartete. Der zweite Teil einer Nachtwache verlief immer ruhiger als der erste. Wenn sich jemand unpäßlich fühlte, ging er noch abends zur Behandlung. Die stationären Fälle würden Dr. Treiber wenig Kummer bereiten, denn sie wurden nur in größeren Zeitabständen untersucht.

Dr. Treiber runzelte die Stirn, als er feststellte, daß weder Dr. Myteren noch sein Assistent auf der Station waren. Der Arzt konnte sich schlecht vorstellen, daß seine Kollegen ihren Platz bereits vor der Ablösung verlassen hatten.

Vielleicht, überlegte Treiber, waren Myteren und der junge Mann in der Kabine Beriots. Der Chefphysiker wurde isoliert gehalten.

Treiber durchquerte die Krankenstation und öffnete die Tür zu Beriots Kabine.

Vor ihm am Boden lagen Dr. Myteren und sein Assistent. Sie waren mit Sicherheitsgurten aneinandergebunden. Man hatte ihnen Kompressen in den Mund gesteckt. Myteren war bei Bewußtsein und starrte mit hilfloser Wut zu Dr. Treiber empor.

Dr. Treiber beeilte sich, seinem Kollegen den Knebel aus dem Mund zu ziehen.

„Benachrichtigen Sie sofort Perry Rhodan!“ sprudelte Myteren mit rauher Stimme hervor. „Beriot ist geflohen.“

Treiber zögerte, dann entschloß er sich, zunächst die beiden Männer zu befreien.

Dann ging Myteren zum Interkomanschluß und gab Alarm.

Fünfzehn Minuten später stand fest, daß Dr. Jean Beriot sich nicht mehr an Bord der CREST IV aufhielt.

In der Zentrale des großen Schiffes saßen die Verantwortlichen beisammen und berieten, was sie tun konnten, um Zwischenfälle zu vermeiden.

„Für das Verhalten des Kranken gibt es keine Erklärung“, betonte Dr. Myteren zum wiederholtenmal.

„Niemand macht Ihnen einen Vorwurf, Doc“, sagte Rhodan. „Aber es ist nun einmal passiert. Sie und Ihr Assistent sind das beste Beispiel für die Gewalttätigkeit des Kranken. Was geschieht, wenn er einen Okefenokee anfällt und verletzt oder tötet?“

„Wir müssen Suchmannschaften ausschicken“, sagte Atlan.

Rhodan warf dem Arkoniden einen Blick zu.

„Was werden die Okefenokees sagen, wenn mitten in der Nacht Männer das Schiff verlassen und das gesamte Industriegebiet absuchen?“ fragte Rhodan. „Sie werden fragen, was passiert ist.“

„Dann müssen wir ihnen die Wahrheit sagen“, schlug Atlan vor. „Noch ist nichts passiert, aber mit jeder Minute, die wir ungenutzt verstreichen lassen, erhöht sich die Wahrscheinlichkeit, daß Beriot irgendeine Untat begeht. Auf jeden Fall sollten wir Screecher benachrichtigen.“

„Screecher“, wiederholte Rhodan nachdenklich. „Es fragt sich nur, ob er uns die Geschichte abkauft, die wir zu berichten haben.“

„Warum lassen wir die Zwerge nicht nach Beriot suchen?“ erkundigte sich Oberstleutnant Ische Moghu. „Dann braucht keiner von uns das Schiff zu verlassen.“

Myteren hob beschwörend beide Arme.

„Beriot besitzt in seinem jetzigen Zustand außergewöhnliche Kräfte“, warnte er. „Er schlägt ein paar Okefenokees zusammen, bevor sie ihn festhalten können.“

„Nicht, wenn wir die Zwerge vorher von der Gefährlichkeit dieses Mannes unterrichten“, wandte Oberst Akran ein.

Rhodan erhob sich. Er hatte einen Entschluß gefaßt.

„Nun gut“, sagte er. „Benachrichtigen wir Screecher. Wir werden ihn fragen, was wir tun sollen.“

Kurz darauf erwies sich, daß die Entscheidung Rhodans überflüssig war, denn bevor jemand gehen konnte, um Screecher zu holen, kam der Zwerg an Bord der CREST.

Der Sargdeckel schlug mit einem dumpfen Knall zu.

Mit angezogenen Beinen lag Dr. Jean Beriot im Innern des Metallbehälters. Als er sich aufrichten wollte, stieß er mit dem Kopf gegen hartes Material. Er begann zu toben, aber der Sarg widerstand seinen Bemühungen. Der Deckel öffnete sich nicht mehr.

Beriot schrie, aber kein Laut drang durch den Sarg nach außen. Nach einiger Zeit vernahm Beriot wieder Musik, und seine Bewegungen erlahmten. Ruhig lag er da. Sein krankhaftes Vorstellungsvermögen gaukelte ihm phantastische Geschehnisse vor. Von irgendwoher kam ein leises Wispern. Beriot erblickte unheimliche Gestalten. Produkte des Wahnsinns, die einen wilden Tanz um ihn herum aufführten. Wieder versuchte er, aus dem Sarg zu entkommen. Dann gewann der Einfluß des Riesenkristalls die Oberhand, und Beriot ergab sich in sein Schicksal.

Bisher war er sich seines Ichs nicht bewußt geworden. Er war auch nicht in der Lage, die Geschehnisse auf sich zu beziehen. Er war ein auf Impulse reagierender Körper ohne Eigenbewußtsein.

Wäre seine Erinnerung nicht völlig ausgelöscht gewesen, hätte er vielleicht in diesen Augenblicken seine Überlegung zurückgewonnen.

Beriot wurde wieder unruhig, als der Sarg vom Sockel abhob. Das geschah langsam und ohne jeden Ruck. Beriot nahm die Bewegung nicht wahr. Da sich der Sarg jedoch von dem leuchtenden Kristall entfernte, reagierte Beriot auf die sich verändernde Stärke der hyperenergetischen Impulse.

Lautlos und langsam schwebte der Sarg in die Höhe. Der Kristall blieb zurück und verlor schnell an Leuchtkraft. Der Sarg mit Beriot gewann an Höhe. Er verließ die Halle durch die Deckenöffnung und raste mit zunehmender Geschwindigkeit aus der Atmosphäre des Planeten Kliban hinaus. Mindestens dreißig Okefenokees beobachteten, wie der Sarg aus der Trauerhalle glitt und am dunklen Himmel verschwand. Die Zuschauer schlossen ihre Augen und senkten demutsvoll die Köpfe.

Dort flog Scanlon Ocachee, der Dreidenker, überlegten sie. Er hatte viel Gutes für sein Volk getan und wurde nun dafür belohnt.

Screecher erwachte. Draußen war es noch immer dunkel. Die Unruhe, die den Okefenokee schon einmal veranlaßt hatte, sein Lager zu verlassen, war noch stärker geworden. Screecher war ärgerlich über sich selbst. Im allgemeinen war er nicht so sensibel.

Er verließ seinen Ruheplatz und trat an eine Sichtöffnung. Die Nacht war bald vorüber. Screechers Zeitgefühl sagte ihm, daß Scanlon Ocachee inzwischen seine letzte Reise angetreten hatte. Das bedeutete, daß die Trauerhalle wieder betreten werden durfte.

Screecher verließ das Gebäude. Er war sicher, daß er vor Anbruch des Morgens keine Ruhe mehr finden würde. Er konnte also ebensogut spazierengehen.

Ohne ein bestimmtes Ziel bewegte sich Screecher auf der schmalen Straße zwischen den Fabrikgebäuden entlang. Niemand zwang ihn zur Schnelligkeit, und trotzdem waren seine Schritte schneller als bei einem geruhsamen Spaziergang.

Screecher hatte die Richtung zur Trauerhalle eingeschlagen. Ein Blick dorthin zeigte ihm, daß der Kristall inzwischen erloschen war. Also stand der Sarg mit Scanlon Ocachee nicht mehr an seinem Platz.

Als Screecher die Trauerhalle fast erreicht hatte, hörte er einen klagenden Laut, der ihn erschauern ließ. Er kam aus dem Innern der Halle. Screecher beschleunigte seine Gangart.

Da sah er einen Okefenokee aus dem Haupteingang des Gebäudes treten. Es war ein alter Mann, der unter dem Eindruck eines schrecklichen Erlebnisses heftig zitterte.

Screecher legte die kurze Strecke bis zum Eingang mit einem Teleportersprung zurück. Der Alte klammerte sich an ihm fest, als er materialisierte.

„Was ist los?“ fragte Screecher. „Was hat dich so erschreckt?“

Der Alte starrte ihn an, als würde er ihn nicht erkennen. Dann deutete er auf den Eingang der Halle. Screecher begriff, daß es keinen Sinn hatte, mit dem Okefenokee zu sprechen.

Screecher stürmte in die Halle. Alles sah aus, wie er es erwartet hatte. Über dem leeren Sockel schwebte der jetzt völlig dunkle Kristall. Durch die Deckenöffnung fiel gerade genügend Licht, um Screecher die Gegenstände im Innern der Halle erkennen zu lassen.

Er hörte, wie der Alte hinter ihm hereinkam.

„Was hat dich so erschreckt?“ fragte Screecher noch einmal.

Der alte Zwerg deutete zu der dem Eingang gegenüberliegenden Wand. „Dort!“ krächzte er.

Screecher fragte sich, ob der andere geistig verwirrt war. Er durchquerte die Halle. Direkt neben der Wand lag ein dunkles Etwas am Boden.

Screecher bückte sich, um zu sehen, was es war.

Er stieß einen Schrei des Entsetzens aus, als er es sah.

Das Bündel an der Wand war der tote Scanlon Ocachee!

Es dauerte kurze Zeit, bis Screecher sich von seinem Schock erholt hatte. Allmählich gewann die ruhige Überlegung in ihm die Oberhand. Der Sarg war ohne Ocachee losgeflogen. Jemand mußte den Dreidenker vor Beginn des Fluges aus dem Sarg genommen haben.

Screecher wußte, daß kein Okefenokee zu so etwas fähig war.

Es gab nur eine vernünftige Erklärung: Die Fremden hatten die Zwerge aus unerfindlichen Gründen mit dieser Tat gedemütigt.

Während er die Trauerhalle verließ, um das Schiff der Terraner aufzusuchen, verwandelte sich Screechers Ärger allmählich in Haß.

Als Screecher inmitten der Zentrale der CREST IV materialisierte, ahnte Perry Rhodan, daß es bereits zu einem ernsten Zwischenfall gekommen war. Die Haltung des Okefenokees bewies, daß er nicht gekommen war, um mit den Terranern über irgendwelche unwichtigen Probleme zu sprechen. Die Männer, die sich in der Zentrale aufhielten, schienen das auch zu erkennen, denn sie blickten Screecher erwartungsvoll an.

Der Okefenokee war sichtlich erregt. Seine sachliche Höflichkeit, mit der er die Terraner zu behandeln pflegte, war zorniger Aggressivität gewichen.

„Jemand von Ihren Männern war in der Totenhalle“, stieß er an Rhodan gewandt hervor.

„Wir wollten Sie gerade davon unterrichten, daß einer unserer Kranken das Schiff heimlich verlassen hat“, sagte Rhodan. „Wir bitten um die Erlaubnis, das gesamte Industriegebiet nach diesem Mann absuchen zu dürfen.“

Screecher schien überhaupt nicht zuzuhören.

„Scanlon Ocachee wurde aus dem Sarg genommen und in einer Ecke der Halle niedergelegt“, sagte er mit schriller Stimme. Erst jetzt kam ihm die volle Tragweite dieser Tat zu Bewußtsein, und seine Blicke verschleierten sich.

Rhodan zweifelte keinen Augenblick daran, daß Dr. Jean Beriot für diese Tat verantwortlich war.

„Der Sarg ist ohne Ocachee abgeflogen“, fuhr Screecher anklagend fort.

„Haben Sie den Täter gefangen?“ fragte Rhodan.

„Nein“, sagte Screecher. „Ich habe darauf verzichtet, meine Freunde zu alarmieren. Sie werden noch früh genug von dieser Schandtat erfahren.“

„Der Mann, der Ocachee aus dem Sarg geholt hat, ist krank“, erklärte Rhodan. „Geistig krank. Wir können ihn nicht für seine Handlungen verantwortlich machen.“

Screecher schüttelte erbittert den Kopf.

„Wenn Sie wissen, daß dieser Mann krank ist, warum haben Sie ihn dann nicht besser bewacht?“ fragte er. „Warum haben Sie nicht verhindert, daß er das Schiff verlassen konnte?“

Rhodan hatte mit diesem Vorwurf gerechnet, und er konnte ihn nicht entkräften. Er spürte, daß Screecher kein Verständnis für das aufbrachte, was in dieser Nacht geschehen war. Das konnte man von dem Okefenokee auch nicht verlangen. Nichts war den Zwergen so heilig wie das Zeremoniell für ihre Toten. Nun hatten die Terraner, die den Okefenokees bisher nur Ärger bereitet hatten, die Feierlichkeiten in den Schmutz gezogen.

„Geben Sie uns Gelegenheit, nach diesem Mann zu suchen, bevor er weiteres Unheil anrichten kann“, sagte Atlan. „Wir werden versuchen, den angerichteten Schaden wiedergutzumachen.“

„Es wäre mir lieber, wenn niemand von Ihnen das Schiff verläßt“, sagte Screecher unfreundlich. „Wir werden selbst nach diesem Mann suchen und ihn bestrafen, sobald wir ihn gefunden haben.“

„Warten Sie!“ rief Rhodan. „Wir wollen doch . . .“

Er unterbrach sich, als Screecher entmaterialisierte. Rhodan blickte auf die Stelle, wo der Okefenokee gerade noch gestanden hatte.

„Jetzt wissen wir wenigstens, woran wir sind“, sagte Atlan gelassen. „Beriots Tat hat die Okefenokees aufgebracht. Wenn wir Pech haben, werden sie zu unseren Feinden!“

Rhodan hoffte, daß sich das Verhältnis nicht so sehr verschlechtern würde, daß sie das Scintilla-System verlassen mußten. Sicher gab es eine Möglichkeit, die Zwerge zu besänftigen und ihnen den guten Willen der Terraner zu beweisen.

„Wenn ich daran denke, daß der Wahnsinnige noch immer in Freiheit ist, muß ich das Schlimmste befürchten", sagte Dr. Myteren. „Beriot scheint jetzt in einem Stadium zu sein, wo er wie ein wildes Tier handelt."

Atlan erhob sich von seinem Platz und trat an die Kontrollen. Ein Teil der Bildschirme war eingeschaltet und zeigte die nähere Umgebung der CREST IV.

„Seit wir Dwellion verlassen haben, hat Beriot sich so verhalten, wie man es von einem Mann mit seiner Krankheit erwarten konnte", sagte Atlan bedächtig. „Warum ist er ausgerechnet heute nacht aus der CREST IV geflohen und zur Trauerhalle der Okefenokees gegangen?"

Rhodan verstand, worauf Atlan hinauswollte.

„Du glaubst, daß Beriot äußeren Einflüssen unterlag?" fragte er seinen arkonidischen Freund.

„Ja", sagte Atlan. „Beriots krankes Gehirn, das zu normalen Reaktionen nicht fähig ist, hat auf etwas angesprochen, das wir nicht wahrnehmen können, weil wir ‚normal' sind."

Rhodan überlegte angestrengt. Vielleicht war Beriot von der seltsamen Musik angelockt worden, obwohl es mehr als unwahrscheinlich war, daß der Physiker sie gehört hatte.

Der Kristall! durchzuckte es Rhodans Gedanken. Die Ortungs- und Tastergeräte der CREST IV hatten deutlich gezeigt, daß der Kristall in der Totenhalle seltsame Hyperimpulse ausstrahlte, wenn er zu leuchten begann. Sollten zwischen dem Verschwinden Beriots und dem Verhalten des Kristalls in der Trauerhalle Zusammenhänge bestehen?

Warum nicht? fragte sich Rhodan. Beriot war schließlich direkt zur Totenhalle gegangen.

Aber warum hatte der Kranke den Dreidenker aus dem Sarg genommen?

Rhodans Augen weiteten sich. Er glaubte, die richtige Antwort gefunden zu haben.

Der Transmittersarg war nicht leer in den Weltraum gestartet.

Dr. Jean Beriot hatte darin gelegen.

Beriot war dorthin unterwegs, wo das Paradies der Okefenokees lag. Irgendwo im Zentrum von M 87 würde er ankommen. Leider konnte ein Verrückter nichts über eine solche Reise berichten. Außerdem war es fraglich, ob sie Beriot jemals wiedersehen würden.

„Ich glaube, daß Beriot in dem Sarg liegt, der für Ocachee gedacht war", sprach Rhodan seinen Verdacht aus. „Er ist anstelle des Dreidenkers losgeflogen. Da er nicht groß war, paßte er ohne weiteres in den Sarg."

„Das wäre eine Möglichkeit", meinte Atlan.

„Sollen wir Screecher darüber informieren?" fragte Oberst Akran.

Nach kurzem Nachdenken schüttelte Rhodan den Kopf.

„Besser nicht", lehnte er ab. „Das würde den Ärger der Okefenokees nur erhöhen. Sie sollen jetzt nach Beriot suchen. Wenn sie ihn nicht finden, wissen wir, daß er mit dem Sarg losgeflogen ist. Bis dahin dürfte auch der Zorn der Zwerge nachgelassen haben."

Rhodan wußte, daß dies eine Hinhaltetaktik war. Er hatte es mit zwei ungeduldigen Gruppen zu tun. Da waren einmal die Okefenokees, die nach dem jüngsten Vorfall die Terraner wahrscheinlich los sein wollten. Die zweite Gruppe rekrutierte sich aus den Technikern der CREST IV, die immer nachdrücklicher dafür eintraten, einen Linearflug in die heimatliche Galaxis zu wagen.

Rhodan war entschlossen, eine Entscheidung zumindest so lange hinauszuzögern, bis die KC-1 zurückgekehrt war.

Die erste Transition brachte Beriot fast um.

Er ertrug die Entstofflichung überraschend gut, aber als der Sarg fünf Lichtjahre zurückgelegt hatte und ins Normaluniversum zurückkehrte, kratzte sich Beriot am Sargdeckel die Fingernägel blutig und hielt den Atem an. Sein Hals schwoll an. Sein Gesicht rötete sich. In einer unheimlichen Vision sah er ein gepanzertes Monstrum auf seiner Brust kauern, dessen Schwanz geteilt war und in Köpfen endete. Das Untier peitschte mit dem Schwanz hin und her, und die Köpfe prallten gegen Beriots Körper, wo sie zerbrachen und eine dunkelrote Flüssigkeit verströmten.

Beriot bäumte sich im Sarg auf. Noch immer hielt er den Atem an. Dann griff er mit den blutigen Händen nach seinem Hals. Er versuchte, sich selbst zu erwürgen. Der Wahnsinn hatte ihn wieder in den Klauen.

Der Anfall ging vorüber, als der Sarg die nächste Transition einleitete. Beriot beruhigte sich, seine Arme wurden schlaff. Er lauschte auf das Raunen und Wispern, das von überall herzukommen schien.

Die nächsten Transitionen überstand er ungefährdet. Zwar erlebte er in unregelmäßigen Abständen heftige Halluzinationen, in deren Verlauf er von den verschiedensten Ungeheuern angegriffen wurde, aber er reagierte jedesmal weniger heftig auf solche Erscheinungen.

In gewisser Weise überstand Dr. Beriot die Reise besser, als es einem vollkommen gesunden Menschen gelungen wäre. Er wurde sich seines engen Gefängnisses nicht bewußt, und er begriff auch nicht, daß er durch den Weltraum raste. Seine Vorstellungen waren mehr oder weniger abstrakt und hatten mit der Realität wenig gemeinsam.

Nach vierzig Transitionen strahlte der Spürtransmitter des Sarges einen Impuls ab, der im Zentrum von M 87 registriert wurde. Kurz darauf wurde der Sarg von der Absoluten Bewegung erfaßt und näherte sich mit irrsinniger Geschwindigkeit seinem Ziel.

Auf Kliban brach der neue Tag an.

Für die Männer an Bord der CREST bot sich ein seltsames Bild. Die Zwerge waren damit beschäftigt, die Trauerhalle abzureißen, in der Scanlon Ocachee gelegen hatte. Große Maschinen transportierten die Trümmer davon.

„Beriot hat die Halle entweiht", sagte Atlan zu Perry Rhodan. „Die Okefenokees können sie nicht mehr benutzen."

Auf anderen Bildschirmen in der Zentrale war zu sehen, wie Hunderte von Zwergen die Industrieanlage absuchten. Bisher hatten sie Beriot nicht gefunden.

„Ihre Mühe ist wahrscheinlich vergeblich", sagte Perry Rhodan und deutete auf einen Bildschirm, wo eine Suchmannschaft der Okefenokees zu sehen war.

Zwei Stunden später erschien Screecher wieder an Bord des Schiffes. Er brachte einen Antigravprojektor.

„Das ist alles, was wir gefunden haben", sagte er. „Es lag neben einem Fabrikgebäude in der Nähe der Trauerhalle."

Atlan und Rhodan wechselten einen schnellen Blick. Jetzt wußten sie, wie Beriot aus dem Schiff entkommen war.

Screecher ging mit finsteren Blicken in der Zentrale auf und ab.

„Wie groß war dieser kranke Mann?" fragte er nach einer Weile.

„So groß wie ich", sagte Rhodan schnell. Er mußte lügen, wenn er verhindern wollte, daß Screecher die Wahrheit erkannte. Wenn die Okefenokees erfuhren, daß ein wahnsinniger Terraner in einem ihrer Transmittersärge lag, würden sie endgültig ihre Beziehungen zu den Fremden abbrechen.

„Der Mann wird auf ganz Kliban gesucht", sagte Screecher schließlich. „Wenn wir ihn nicht finden, gibt es nur zwei Möglichkeiten. Entweder verstecken Sie den Kranken an Bord dieses Schiffes . . ."

„Oder?" drängte Atlan.

„Oder der Mann ist mit dem Sarg losgeflogen, nachdem er Ocachee daraus entfernt hatte."

Screecher war tatsächlich auf die gleiche Vermutung wie Rhodan gekommen.

„Würden Sie uns gestatten, dieses Schiff zu durchsuchen?" fragte er.

Rhodan hatte keine Wahl. Wenn er ablehnte, würden die Zwerge ihn verdächtigen, daß er Beriot deckte. Stimmte er zu, würden sie wenig später sicher sein, daß Beriot mit dem Sarg unterwegs war.

Trotzdem nickte Rhodan.

„Durchsuchen Sie das Schiff", forderte er den Zwerg auf.

Die Suche nach Beriot würde einige Zeit dauern.

Für Rhodan war jede gewonnene Minute kostbar.

Von unsichtbaren Energien getragen, sank der Sarg mit Dr. Jean Beriot der Oberfläche des Planeten Monol entgegen. Er war in einen Kristallregenschauer, auf einer Welt, die eigentlich gar keinen Regen kennen sollte, geraten und von einer dünnen leuchtenden Schicht bedeckt.

Beriot verhielt sich ruhig. Er wußte nicht, daß sich der Sarg nicht mehr im Weltraum befand. Im Gesicht des Wissenschaftlers war eine Änderung vor sich gegangen. Zwar drückte es Erschöpfung aus, aber es war nicht mehr so verzerrt. Den letzten Teil des Fluges hatte Beriot ohne Anfälle überstanden. Er lag da und lauschte auf die eigenartige Musik. Nach wie vor war sein Gehirn nicht in der Lage, ein Eigenbewußtsein zu entwickeln. Auch die hyperenergetische Strahlung des Zentrums von M 87 konnte Beriot nicht in einen bewußt handelnden Menschen verwandeln. Jene Teile seines

Gehirns, die bei dem Verhör durch die Aphaneus Schaden erlitten hatten, nahmen ihre Tätigkeit nicht wieder auf.

Der Sarg sank tiefer. Er wurde von Strahlen unter Kontrolle gehalten, deren Energiequellen sich tief im Innern des Kristallgebirges befanden. Zweimal hatte das kleine Steuergehirn des Sargtransmitters bereits eine kurze Nachricht zur Planetenoberfläche abgestrahlt. Da es sich um die gleichen Impulse handelte, die jeder Sarg beim Eintritt in die Atmosphäre von Monol sendete, gab es für die Bodenstation keinen Grund, etwas zu unternehmen.

Hundert Meter über den Bergen kam der Sarg zum Stillstand. Ein Energiefinger griff von der Planetenoberfläche herauf und umhüllte ihn. Die Kristalle, die den Sarg bedeckten, lösten sich auf. Wieder rasten Botschaften von einer automatischen Kontrollstation zur anderen. Es waren reine Routineuntersuchungen, und sie genügten nicht, um die Bodenstation erkennen zu lassen, daß sich in diesem Sarg kein Okefenokee befand.

Eingehüllt in bläuliches Licht nahm der Sarg seinen Flug wieder auf. Er näherte sich dem Mittelpunkt des Gebirges. Die Berge waren abgeflacht. Von oben gesehen bildeten sie eine hufeisenförmige Gruppe, in deren Mitte der höchste Berg stand.

Hätte Beriot eine Möglichkeit besessen, aus dem Sarg zu blicken, hätte er jetzt eine große Anzahl von Öffnungen auf den einzelnen Bergplateaus erkannt. Aus verschiedenen Öffnungen drang grünblaues Licht, andere waren dunkel. Das gesamte Gebirge schien eine leichte Eigenstrahlung zu besitzen.

Der Sarg mit Beriot hielt auf den großen Berg inmitten der hufeisenförmigen Gruppe zu. Seine Geschwindigkeit hatte sich zusehends verringert, als bestünde keine Notwendigkeit, ihn schnell an sein Ziel zu bringen.

Über einem ovalen Einschnitt im Kristallberg kam der Sarg wieder zum Stillstand. Die Öffnung, über der er verhielt, war dunkel.

Im Innern des Sarges öffnete und schloß Beriot schnell hintereinander die Augen. Unverständliche Geräusche kamen aus seinem Mund. Etwas machte ihn unruhig, aber diesmal war es nicht die wilde Unruhe des Wahnsinnigen, die ihn beherrschte. Vielleicht fühlte er, daß er am Ziel seiner Reise angekommen war.

Weit hinten in der Ebene regnete es Kristalle. Von den Bergen sah es aus, als hätte jemand in großer Entfernung einen leuchtenden Riesenvorhang zugezogen. Nur die leuchtenden Ringe, die über den

Himmel jagten, um dann hinter dem Horizont zu verschwinden, besaßen genügend Leuchtkraft, um diesen Regenvorhang zu durchdringen.

Der Sarg bewegte sich.

Er glitt in die ovale Öffnung und befand sich innerhalb eines Schachtes, dessen Wände aus glattgeschliffenen Kristallen bestand. Sie schimmerten schwach im Licht, das durch die Öffnung hereinkam. Der riesige Berg schien vollkommen aus Kristallen zu bestehen, wenngleich es unvorstellbar war, auf welche Weise sie sich hier angehäuft hatten. Die Form des Gebirges ließ darauf schließen, daß es nicht natürlichen Ursprungs war, aber diese Tatsache machte das Rätsel seiner Entstehung noch schwieriger.

Der Schacht mündete in eine riesige im Halbdunkel liegende Halle. Der Sarg flog in die Halle hinein. Unter ihm standen Hunderte von Quarzsockeln, von denen jeder eine andere Farbe besaß. Auf den Sockeln standen Särge. Sie waren leer. Im Innern der Halle war es vollkommen still. Durch die aufgeklappten Deckel der Särge entstand der Eindruck, als hätten die Insassen die Halle soeben erst verlassen.

Der Sarg mit Beriot kreiste über den Sockeln. Schließlich landete er auf einem freien Quarzblock von hellroter Farbe mit schwarzen Punkten.

Geräuschlos sprang der Sargdeckel auf. Ein Raunen ging durch die Halle, als hätten Tausende von Kindern zu flüstern begonnen.

Zwei Hände erschienen am Sargrand und klammerten sich fest. Dann wurde Beriots Kopf sichtbar. Der Chefphysiker zog sich hoch und saß aufrecht im Sarg. Er blickte sich um.

Im Augenblick unterlag er nicht seinem Wahnsinn, aber er war auch nicht in der Lage, seine Lage zu begreifen. Sein Kopf bewegte sich hin und her. Um ihn herum standen die Sockel mit den zahlreichen Särgen. Mit jedem dieser Behälter war ein Okefenokee nach Monol gekommen. Aber auch das begriff Beriot nicht. Er war nicht in der Lage, solche logischen Schlüsse zu ziehen. Ähnlich einem Tier, das man plötzlich in eine andere Umgebung bringt, starrte Beriot auf die Quarzsockel, die im Halbdunkel geheimnisvoll leuchteten.

Umständlich kletterte er aus dem Sarg. Die Wunden, die er sich während des Fluges beigebracht hatte, waren verheilt, aber seine Haut und sein Umhang waren mit getrocknetem Blut verschmutzt.

Unschlüssig stand Beriot vor dem Sarg.

Irgendwann in weit zurückliegender Vergangenheit hatte die Zusammenballung der Kristalle einen kritischen Punkt erreicht, und sie hatten angefangen, kollektive Intelligenz zu entwickeln. Jahrhunderte waren verstrichen, bevor diese latente Fähigkeit den ersten Nutzen gebracht hatte. Es war schwer zu sagen, ob die Schöpfer des Kristallgebirges diesen Effekt geplant hatten. Auf jeden Fall hatten sie ihn, nachdem er offenbar geworden war, für ihre Zwecke ausgenutzt.

Anfangs war die Intelligenz der kristallinen Zusammenballung nutzlos gewesen, denn sie war zu keiner Reaktion fähig und erschöpfte sich im Sammeln von sparsamen Erkenntnissen.

Dann jedoch begannen die Schöpfer des Kristallgebirges zu manipulieren. Sie hatten die Fähigkeit der Kristalle erkannt und lernten schnell, wie man diese Fähigkeit steigern konnte.

So wurde das Kristallgebirge von Monol allmählich zu einem Gebilde, das man am ehesten mit einer vollrobotischen Kommandostation vergleichen konnte. Die Kristalle lernten zu unterscheiden und abzuwägen. Sie erfuhren von der Staffelung der Dimensionen und von der Gesetzmäßigkeit aller Ereignisse im Mikro- und Makrokosmos. Bald darauf beherrschten sie dreidimensionales Denken.

Ihre Lehrmeister gaben sich damit nicht zufrieden und schufen neue Lehrschemata. Neben angesammeltem Wissen und der Fähigkeit, Erkenntnisse aufzunehmen, erhielt die kristalline Zusammenballung die Möglichkeit zur Reaktion. Sie konnte beliebig viele Teile von sich abspalten und ihrem Wissen entsprechend einsetzen.

Das Kristallgebirge dachte und lebte. Sein Denken und Leben waren im menschlichen Sinne abstrakt und daher nicht vergleichbar.

Die kristalline Kommandostation von Monol hatte den Anflug des mit Beriot besetzten Transmittersarges verfolgt. Es war ihr entgangen, daß ein Fremder im Sarg lag. Die durchgeführten Kontrollen hatten nicht genügt, um die wahre Identität des Passagiers festzustellen.

Jetzt registrierte die Kontrollstation die Impulse eines fremdartigen Wesens und gab den Befehl zu seiner Vernichtung.

Noch immer stand Dr. Jean Beriot neben dem Sarg, mit dem er angekommen war. Er ahnte nicht, daß sein Leben bedroht war. In seinem Gehirn jedoch ließ der beruhigende Einfluß der hyperenergetischen Strahlung allmählich nach.

Beriots Hände verkrampften sich. Seine Lippen wurden schmal. In seinen Augen erschien jenes Leuchten, das einen Anfall ankündigte. Mit ungelenken Schritten entfernte sich der Terraner von dem Sockel, auf dem der Sarg gelandet war. Wie ein Betrunkener torkelte er auf den nächsten Sockel zu. Sein durchdringendes Kichern klang durch die Halle.

Beriot packte den vor ihm stehenden Sarg mit beiden Händen und riß ihn vom Sockel. Mit einem Aufschrei sprang er hoch und trampelte darauf herum. Nun wurde er von einem wahren Rausch gepackt. Besessen raste er auf den nächsten Sockel zu und stieß den Sarg herunter. Innerhalb weniger Augenblicke zerstörte er auf diese Weise sieben Särge.

Erstaunlicherweise rettete ihm dieser Anfall das Leben.

Die Kommandostation widerrief ihre Entscheidung in letzter Sekunde.

Sie hatte die Mentalimpulse des Wahnsinnigen empfangen, als dieser begonnen hatte, in der Halle zu toben. Hatte die kristalline Zusammenbildung zunächst angenommen, daß ein Fremder eingedrungen war, folgerte sie nach den letzten Ereignissen, daß es sich um einen Okefenokee handeln mußte, der während des Fluges zum Zentrum geistigen Schaden erlitten hatte.

Die von den Kristallen gespeicherten Daten sagten nichts darüber aus, ob sich ein solches Ereignis schon einmal ereignet hatte. Die Kommandostation schloß bei einer scharfen Überlegung jedoch nicht aus, daß sich ein solcher Zwischenfall ereignen konnte.

Die Kristallkäfer, die unterwegs waren, um Beriot zu töten, kehrten in ihre Schlupfwinkel zurück.

Der Kristallberg faßte einen neuen Entschluß. Der zuletzt angekommene Okefenokee war krank. Das schloß nicht aus, daß er der gleichen Behandlung wie alle anderen Ankömmlinge unterzogen wurde.

Die Kommandostation gab neue Befehle. Ein zur Reaktion fähiger Teil des Gebirges brach auf, um den kranken Zwerg zu holen.

Völlig erschöpft lag Beriot zwischen zwei von ihren Sockeln gestürzten Särgen. Als ihn die körperliche Kraft verlassen hatte, war seine geistige Verwirrung rasch abgeklungen. Jetzt lag er am Boden, und sein Körper sehnte sich nach Ruhe.

Er kroch auf einen Sockel zu und lehnte sich dagegen. Während seines Tobens hatte er sich neue Verletzungen zugefügt, und die kaum verheilten Wunden an seinen Fingern hatten sich wieder geöffnet.

Beriot überblickte die Verwüstung, die er angerichtet hatte. In seinen Augen glomm jedoch kein Verständnis auf. Für ihn bestand zwischen den umgestürzten Särgen und jenem nur seinen Instinkten nachgehenden Wesen, das Beriot hieß, keinerlei Zusammenhang.

Der Physiker sehnte sich nach Licht und Wärme. Seine Blicke richteten sich zur Decke empor, wo er einen Ausschnitt des leuchtenden Himmels durch die ovale Öffnung erblickte. Er stöhnte leise, als könnte er begreifen, daß dieser Ausgang für ihn unerreichbar war.

Beruhigende Musik, wie Beriot sie in den letzten Stunden oft vernommen hatte, klang durch die Halle. Der Kranke richtete sich auf und lauschte.

Plötzlich begannen die Hallenwände zu leuchten. Sie schienen durchsichtig zu werden. In ihrem Inneren bewegten sich schattenhafte Gebilde. Die Musik schwoll an, ohne ihre Wirkung zu verlieren. Die Wände verstrahlten jetzt so viel Licht, daß Beriot jede Einzelheit in der Halle wahrnehmen konnte. Jetzt wurde offenbar, daß die meisten Särge schon sehr lange hier standen. Ihre Oberfläche war verblaßt, und sie waren von kristallinem Staub bedeckt, der wie blauer Puderzucker aussah.

Beriot zog sich an dem Sockel hoch. In diesem Augenblick ähnelte er einem Kind im Märchenland, das mit aufgerissenen Augen all die Wunder in seiner Umgebung betrachtete.

Durch die Wand, die Beriot anblickte, kam ein Ungeheuer auf ihn zu. Es war fast sechs Meter groß und bestand aus leuchtenden Kristallen. Seine Gestalt war entfernt menschenähnlich. Es ging lautlos, obwohl man hätte annehmen müssen, daß es sich nur klirrend und knirschend fortbewegen konnte. Der Kopf des Monstrums war eine leuchtende Sechskantsäule, in der weder Augen noch Mund angedeutet waren. Diese Säule steckte in einem gewaltigen Brustkorb, der aus Millionen von winzigen Kristallen zusammengefügt war. Die Kristallbrust verjüngte sich bis zur Mitte des Körpers und ging dort in die Hüfte über. Zu beiden Seiten ragten Säulenkristalle aus den Hüften, auf denen sich die Gestalt bewegte. Weder Arme noch Beine des Kristallwesens waren biegsam, so daß sich seine Bewegungen am ehesten mit denen einer aufziehbaren Puppe vergleichen ließen.

Beriot ließ den Kristallriesen nicht aus den Augen. In instinktiver Furcht humpelte er davon, als das Ungeheuer auf ihn zukam. Er besaß keine Chance, dem Abgesandten des Kristallgebirges zu entkommen, einem Etwas, das sich am ehesten als Roboter der Kommandostation bezeichnen ließ. Als einer unter unzähligen, die je nach Erfordernis vom Gebirge abgesplittert und gestaltet wurden – auch die Käfer waren nichts anderes.

Hilflos kauerte Beriot zwischen zwei Sockeln auf dem Boden.

Der Kristallroboter beugte sich über Beriot. Zwei eiskalte Arme schoben sich unter den Rücken und die Beine des Terraners, dann wurde er hochgehoben.

Beriot schrie und wehrte sich verzweifelt, aber er konnte seinen Gegner weder durch Lärm noch durch seine Körperkraft beeindrukken. Der Kristallriese achtete darauf, daß der kleine Mann sich nicht verletzte. Behutsam stieg er über die umgestürzten Särge und näherte sich der Wand, durch die er gekommen war.

Jetzt wurde offenbar, daß sich an der Stelle, wo der Roboter hereingekommen war, eine Öffnung befand. Mit Beriot auf den Armen trat die kristalline Gestalt hindurch. Unwillkürlich schloß Beriot die Augen. Er befand sich in einem Gang, der sich vor ihm scheinbar bis ins Unendliche erstreckte. Vor ihm floß ein Strom dunkelblauer Kristalle.

Ohne zu zögern, trat der Kristallriese auf die dahinfließenden Kristalle. Er versank nicht darin, sondern wurde von ihnen davongetragen. Die Kristalle bildeten eine Transportstraße. Unbekannte Energien verliehen ihnen Stabilität. Der Roboter, der es offenbar gewohnt war, sich auf diese Weise transportieren zu lassen, stand sicher auf den Kristallen.

Die Fahrt wurde schneller. Um Beriot schien sich alles zu drehen. Längst hatte er den Widerstand gegen seinen Entführer aufgegeben.

Die Energiestraße führte quer durch das Kristallgebirge.

Sie endete in einer kuppelförmigen Halle von riesigen Ausmaßen. Die Kristalle kamen zur Ruhe, und der Roboter trat von dem leuchtenden Transportband herunter.

Inmitten der Halle lag ein gewaltiger Kristall am Boden. Durch eine Deckenöffnung fiel Licht herein und ließ ihn aufleuchten.

Der Kristallroboter löste sich vor Beriots Augen in mehrere Teile auf. Es entstanden sechs kleinere Gestalten, die sich in ihrer Form nur wenig von ihrem riesenhaften Vorgänger unterschieden. Beriot beobachtete diese Entwicklung mit gleichgültigen Blicken. Er blieb auch apathisch, als ihm einer der sechs Roboter den Krankenumhang abriß.

Danach wurde Beriot von kalten Kristallarmstümpfen betastet. Er zuckte unter den Berührungen zusammen, wehrte sich jedoch nicht.

Die Roboter hoben Beriot gemeinsam hoch und trugen ihn zu dem großen Kristall inmitten der Halle. Auf der Oberfläche des angestrahlten Monoliths gab es eine muldenförmige Vertiefung. Dort wurde Beriot abgelegt. Energetische Kräfte verhinderten, daß Beriot sich bewegen konnte. Fünfdimensionale Schwingungen stürmten auf ihn ein.

Einen Augenblick erlangte er die Fähigkeit klaren Denkens zurück. Er wurde sich seiner selbst bewußt und nahm Einzelheiten seiner Umgebung in sich auf. Er erschrak zutiefst, als er sah, wo er sich befand. Langsam kroch die Erinnerung in sein Gehirn zurück. Bevor er jedoch dazu kam, Überlegungen anzustellen, setzte sein Gehirn wieder aus, und er bekam jenen abwesenden Blick, der für Irre charakteristisch ist.

Es war anders als bei Gucky. Auch der Ort war verschieden. Doch der Prozeß, der nun ablief, war der gleiche.

Es war an vielen Stellen von Monol möglich, nicht nur in den Türmen. Jean Beriots biophysikalische Hyperregenerierung begann.

8.

Screecher war nur selten in Begleitung anderer Okefenokees zu sehen. Auch diesmal kam er allein in die Zentrale des großen Kugelschiffs. Rhodan saß vor den Kontrollen und beobachtete die Bildschirme, auf denen einige Zwerge zu erkennen waren, die die CREST IV in diesem Augenblick verließen.

Die Suche nach Dr. Beriot war abgeschlossen.

Screecher faltete seine losen Gewänder zusammen und starrte Rhodan an.

„Wir sind fertig“, sagte er. „Der Mann, der Scanlon Ocachee aus dem Sarg geholt hat, befindet sich nicht an Bord dieses Schiffes.“

Rhodan blickte den Okefenokee an. Screecher war klug. Wahrscheinlich wußte er schon, wo Beriot sich befand.

„Wir haben das Industriegebiet abgesucht und haben in diesem Schiff nachgesehen“, sagte Screecher. Er sprach jetzt langsam, als bestünde die Gefahr, daß die fremden Raumfahrer seinen Worten nicht folgen könnten. „Dieser kranke Mann befindet sich nicht mehr auf dem Planeten Kliban.“

„Ich weiß, was Sie vermuten“, sagte Rhodan. „Sie glauben, daß Jean Beriot mit dem Sarg losgeflogen ist, der eigentlich für Scanlon Ocachee bestimmt war.“

Screecher nickte nur. Offenbar erwartete er, daß Perry Rhodan sprechen würde.

„Dieser Mann war krank“, sagte Rhodan. „Er ist durch hyperenergetische Strahlung beeinflußt worden. Wahrscheinlich durch den Kristall in der Trauerhalle. Der Kristall hat ihn angelockt. Im Zustand geistiger Verwirrung hat Beriot dann den Dreidenker aus dem Sarg gehoben und sich selbst hineingelegt.“

Screecher schien sich mit einemmal der Tragweite, die die Ereignisse für sein Volk besaßen, bewußt zu werden, denn er ließ den Kopf sinken und stieß einen klagenden Laut aus. Es war ihm offenbar unmöglich, seine Trauer zu überwinden.

„Ich bedauere diesen Zwischenfall“, sagte Rhodan. Seine Worte kamen ihm gequält vor, und er bezweifelte, daß sie bei Screecher Eindruck hinterließen.

Screecher fragte: „Wissen Sie überhaupt, was das alles für uns bedeutet?“

„Ich kann es mir denken“, erwiderte Rhodan vorsichtig. „Aber ich bin nicht in der Lage, alle Konsequenzen zu erkennen.“

„Der Platz, der für Scanlon Ocachee bestimmt war, wird nun von einem Ihrer Männer eingenommen“, sagte Screecher. „Wir können Ocachee nicht ohne weiteres mit einem anderen Sarg losschicken, denn wir wissen nicht, ob er angenommen wird.“

Rhodan lauschte gespannt. Zum erstenmal sprach Screecher über das geheimnisvolle Ziel jener Transmittersärge.

„Wir können mit unseren Schiffen losfliegen und den Sarg suchen", schlug Rhodan vor.

Er wußte, daß sie überhaupt keine Chancen hatten, ein so kleines Objekt wie den Sarg im Sternengewimmel des Zentrums von M 87 zu finden. Er wollte dem Okefenokee jedoch seinen guten Willen beweisen.

„Wir können nichts mehr tun", sagte Screecher müde. „Einer Ihrer Männer hat großes Leid über mein Volk gebracht. Außerdem hat er verhindert, daß der Dreidenker Scanlon Ocachee seinen verdienten Platz erhält."

„Wollen Sie Ocachee tatsächlich nicht mit einem anderen Sarg losschicken?" fragte Atlan erstaunt.

Screecher hob den Kopf und blickte den Arkoniden an.

„Wir versuchen es", sagte er. „Aber ich befürchte, daß der Versuch mißlingen wird."

9.

Beriot wurde aufgelöst.

Der Vorgang unterschied sich nur wenig von dem, der sich während eines Transmittersprungs ereignete. Der einzige Unterschied bestand darin, daß Beriot nicht abgestrahlt wurde, sondern daß sein atomares Strukturmodell als Energiewolke über dem Riesenkristall in der Halle der Entstehung schwebte. Beriots atomare Zellstruktur blieb in ihrer Urform erhalten. Die Atome jeder einzelnen Zelle wurden durch die biophysikalische Hyperstrahlung der Kristalle einer Regenerierung unterzogen. Gesundheitliche Schäden, die sich Beriot im Laufe seiner sechsunddreißig Lebensjahre zugezogen hatte, wurden behoben. Abnutzungserscheinungen wurden mühelos beseitigt.

Da Beriots Buckel keine Verwachsung war, die durch die Erbgene seiner Eltern, sondern durch einen Schaden, den Beriot als Embryo im Mutterleib erlitten hatte, entstanden war, normalisierten sich auch die Atome dieser Zellen.

Auch mit den Atomgruppen, die zu Beriots Gehirn gehörten, ging eine Veränderung vor sich. Im Atommodell von Beriots Körper war jene Beschädigung des Gehirns, die die Aphaneus auf Dwellion verursacht hatten, nicht vorgesehen. Im Fegefeuer einer gewaltigen Energieentfaltung nahmen alle Atome, die zum funktionsunfähigen Teil von Beriots Gehirn gehörten, wieder ihren ursprünglichen Platz ein.

Die Energiewolke über dem Monolith sank langsam nach unten. Es waren erst ein paar Minuten seit Beriots Auflösung verstrichen.

Die Leuchterscheinung legte sich auf den Kristall und hüllte ihn ein.

Dann zog sich das Gebilde zusammen und verlor an Strahlkraft.

Eine Sekunde später lag in der Mulde des Kristalls ein schreiendes Baby mit runzliger Haut und geschlossenen Augen. Es wuchs schnell, schlug die Augen auf und hörte auf zu schreien. Der Kristall hatte sich erwärmt, so daß das nackte Kind nicht frieren konnte. Nach drei Sekunden bekam das Kind seine ersten Zähne, und es schrie vor Schmerzen. Es strampelte und schlug mit den Ärmchen um sich.

Und es wuchs weiter.

Ein paar Minuten später war es so groß, daß es sich aufrichten konnte. Etwas später fielen die Milchzähne aus. Allmählich verlor das Gesicht seine kindliche Form, der Körper straffte sich, wurde muskulöser.

Schließlich, nach einer knappen halben Stunde, lag ein junger Mann auf dem Kristall.

Er war fast 1,80 Meter groß, schlank und normal gewachsen. Man konnte ihn auf 35 Jahre schätzen.

Der Mann hatte das Gesicht von Dr. Jean Beriot.

Beriot erinnerte sich an alles. Er wußte, wie er hierher kam. Alles, was er in den letzten Stunden getan hatte, waren die Handlungen eines Wahnsinnigen gewesen.

Beriot ahnte, daß er auf Kliban durch die hyperenergetische Strahlung des Riesenkristalls in die Trauerhalle gelockt worden war. In seiner geistigen Verwirrung hatte er den Dreidenker Scanlon Ocachee aus dem Sarg genommen und sich selbst hineingelegt.

Beriot war sicher, daß der Sarg mit Ocachee den gleichen Kurs eingeschlagen hätte. Der Zwerg wäre also nach seinem Tod ebenfalls wiedererweckt worden. Die Okefenokees lebten demnach zwei verschiedene Leben. Beriot fragte sich, ob die Zwerge auf Kliban und Pompeo Posar wußten, was mit ihnen nach dem Tode geschah. Das

Zeremoniell der Trauerfeierlichkeiten ließ vermuten, daß die Okefenokees nur ahnten, was sie hier erwartete.

Beriot richtete sich auf. Der Kristall leuchtete nur noch schwach, aber in der Mulde war es angenehm warm.

In der Halle, in der sich der Wissenschaftler befand, war es dagegen unangenehm kühl.

Beriot zweifelte nicht daran, daß er mit dem Sarg auf einem anderen Planeten gelandet war. Da er nach seiner Ankunft leere Särge gesehen hatte, mußte es auf dieser Welt zum Leben erweckte Okefenokees geben.

Beriot blickte an sich hinab. Er besaß einen durchtrainiert wirkenden Körper. Der Buckel, der ihn früher verunstaltet hatte, war verschwunden.

Unwillkürlich dachte Beriot an die häßlichen Okefenokees. Womöglich veränderten auch sie sich während ihrer Wiedererweckung. Vielleicht so sehr, daß er sie nicht mehr erkannte, wenn er ihnen begegnete.

Der neue Körper verlieh Beriot ein nie gekanntes Hochgefühl. Er schwang sich elastisch von dem Kristall und prüfte die Kraft seiner Arme und Beine. Er konnte sich so bewegen, wie er es sich schon immer vorgestellt hatte. Er bedauerte, daß er keinen Spiegel zur Verfügung hatte, um sein Gesicht zu betrachten. Zweifellos hatte er sich nicht verändert. Beriot durchforschte sein Gedächtnis nach Kindheitserinnerungen. Er hatte nichts vergessen. Auch sein Wissen und seine Intelligenz waren nicht verlorengegangen.

Erst jetzt widmete Beriot seine Aufmerksamkeit der Umgebung. Die Kristallroboter, die ihn auf den Monolith gehoben hatten, waren verschwunden. Durch die Deckenöffnung fiel blaues Licht. Beriot erinnerte sich, daß die gleiche Stelle bei seiner Ankunft in dieser Halle golden geleuchtet hatte.

Wohin sollte er sich wenden? Er wußte nicht, was außerhalb dieser Halle lag.

Wie konnte er mit den Okefenokees Verbindung aufnehmen?

Beriot bezweifelte nicht, daß er sich auf einer Welt mit einer Sauerstoffatmosphäre befand, denn die Zwerge waren Sauerstoffatmer, und in dieser Halle befand sich atembare Luft. Der Planet schien sehr kalt zu sein. Beriot, der völlig nackt war, begann zu frieren. Er erwärmte sich, indem er seine Arme um die Schultern schlug.

Dann faßte er den Entschluß, einen Kontaktversuch zu unternehmen.

„Ist jemand in meiner Nähe?“ rief er im Zentrums-Idiom.

Seine Stimme klang hohl. Er erhielt keine Antwort. Schulterzukkend ging er zu dem Kristall zurück, um sich zu erwärmen. Zu seiner Enttäuschung war das Gebilde bereits völlig erkaltet. Trotzdem unterzog er es einer näheren Untersuchung.

„Seltsam“, murmelte er. „Es ähnelt Howalgonium.“

Leider besaß er keine Geräte, um die Schwingungsfrequenz der seltsamen Materie zu messen. Beriot fragte sich, ob zwischen den Kristallen, die er auf dieser Welt gesehen hatte, und den Kristallagenten der Großen Magellanschen Wolke eine Verbindung bestand. Er schüttelte den Kopf. Wahrscheinlich war die Ähnlichkeit zufällig. Jede andere Überlegung gehörte vorläufig noch ins Reich der Phantasie.

Beriot erinnerte sich, daß an Bord der CREST darüber diskutiert worden war, ob die Okefenokees ein besonderes Verhältnis zu den Konstrukteuren des Zentrums haben könnten. Der Physiker hatte gehört, wie sich Dr. Myteren und Dr. Treiber über diese Möglichkeit unterhalten hatten.

Beriot wußte, daß der Planet, auf dem er sich jetzt befand, irgendwo im Zentrumsgebiet von M 87 lag. Die Flotte der Särge, die sie kurz nach ihrem Auftauchen in der Virgo-Wolke getroffen hatten, war zum Zentrum unterwegs gewesen.

Warum flogen die Okefenokees vom Scintilla-System aus hierher, um sich regenerieren zu lassen? Taten sie es bewußt oder unbewußt? Welches Interesse hatten die KdZ daran, die Zwerge einer solchen Behandlung zu unterziehen?

Oder wußten die KdZ überhaupt nichts von den Vorgängen?

Beriot stellte keine weiteren Überlegungen an. Wahrscheinlich kam keine seiner Theorien der Wirklichkeit nahe. Er mußte sich auf diesem Planeten umsehen, wenn er mehr erfahren wollte.

Zum erstenmal dachte er daran, daß er auf dieser Welt ein unerwünschter Gast sein könnte. Er wußte nicht, was ihn außerhalb der Halle erwartete. Vielleicht lauerten dort schon seine Gegner, um ihn zu töten.

„Ich wurde nur zufällig regeneriert“, sagte Beriot leise. „Vielleicht hat jemand etwas dagegen.“

Er blickte sich um und suchte nach einem Ausgang.

Die Kontrollstation von Monol ortete die Mentalimpulse, die aus der Halle der Erweckung kamen. Sie waren jetzt geordnet und klar zu verstehen. Aber sie waren fremd. Das, was die Kontrollstation zunächst für einen kranken Okefenokee gehalten und zur Regenerierung freigegeben hatte, war in Wirklichkeit ein fremdes Wesen, das sich eingeschmuggelt hatte.

Noch nie war so etwas passiert.

Die Kontrollstation begriff sofort, daß dieses Ereignis zu großen Schwierigkeiten führen konnte. Es gab schon genügend Probleme zu lösen.

Die zu logischem Denken fähige Kristallmasse erkannte in völliger Klarheit, daß zwischen den Fremden, die mit einem Raumschiff gelandet waren, und dem Wesen in der Halle der Erweckung ein Zusammenhang bestand.

Alles deutete auf eine Bedrohung des Planeten hin.

Das konnte die Kontrollstation nicht hinnehmen.

Sie schickte eine Gruppe reaktionsfähiger Kristallableger los, die den Fremden in der Halle der Erweckung töten sollten.

Im seltsamen Licht, das innerhalb der Halle herrschte, war kein Ausgang zu erkennen. Beriot ging auf die nächstliegende Wand zu. Er war hereingetragen worden, also mußte es auch einen Ausgang geben.

Hinter ihm entstand ein Geräusch. Er drehte sich um und sah ein Kristallgeschöpf auf sich zukommen. Das unheimliche Wesen besaß nichts, was mit einem Kopf verglichen werden konnte, sondern bestand nur aus einem Rumpf, aus dem Arme und Beine ragten. Der Kristallroboter bewegte sich unbeholfen, aber schneller als ein Mensch.

Beriot rannte zum Kristall in der Mitte der Halle zurück. Weil er geschickter war als sein Verfolger, konnte er seinen Vorsprung halten, in dem er ständig den Kristall umrundete.

Seine Blicke suchten jene Stelle der Wand ab, von wo der Kristallroboter gekommen war. Er schätzte die Entfernung und sagte sich, daß er eine gute Chance hatte, vor seinem Gegner dort zu sein.

Dann stürmte er quer durch die Halle. Das Kristallwesen warf sich herum und stakste auf seinen Beinstümpfen hinter Beriot her. Der

Terraner blickte sich nicht um. Als er kurz vor der Wand war, sah er, daß sie keine Öffnung besaß. Beriot duckte sich und entkam dadurch einem Schlag mit einem Kristallarm. Beriot ahnte, daß ein einziger Schlag, der seinen Kopf traf, ihn töten konnte.

Er rannte an der Wand entlang. Sein Widersacher war gegen die Wand geprallt, hatte aber jetzt das Gleichgewicht wiedergefunden und die Verfolgung aufgenommen.

Da fand Beriot den Ausgang. Er schlüpfte aus der Halle und fand sich in einem schwach beleuchteten Gang wieder, dessen Decke aus leuchtenden Kristallen bestand. Der Boden des Ganges war auf einer Seite wie poliert, auf der anderen Seite strömte ein Kristallfluß. Beriot erinnerte sich, daß die Kristallroboter diesen Fluß als Transportband benutzten, und sprang mit einem Satz darauf. Sofort versank er bis zu den Knien in erbsengroßen Kristallen. Der Fluß kam zum Stillstand. Beriot bemühte sich, seine Beine freizubekommen. Als er aufblickte, sah er in wenigen Metern Entfernung den Kristallroboter heranstampfen. Die winzigen Kristalle klirrten, als Beriot sich freistrampelte. Bevor er sich aufrichten konnte, war sein Verfolger heran. Das fast drei Meter hohe Monstrum holte mit einem Bein aus. Beriot wurde an der Hüfte getroffen und zwei Meter davongeschleudert. Er landete unsanft auf den Kristallen.

Fast im gleichen Augenblick stabilisierte sich die Oberfläche des Transportbandes, und Beriot wurde mit zunehmender Geschwindigkeit davongetragen. Ein paar Meter hinter ihm stand der Kristallroboter wankend auf dem Band. Er war bei dieser Geschwindigkeit offenbar nicht in der Lage, etwas gegen Beriot zu unternehmen.

Der Physiker gab sich keinen Illusionen hin. Wahrscheinlich konnte dieses eigenartige Beförderungsmittel kontrolliert werden, und so mußte er damit rechnen, an eine Stelle gebracht zu werden, wo man ihn leicht überwältigen konnte.

Beriot spannte sich und rollte seitwärts vom Band. Von der Geschwindigkeit mitgerissen, prallte Beriot heftig gegen die Gangwand und blieb einen Augenblick wie betäubt liegen.

In einer voreiligen Reaktion versuchte sein riesiger Feind das Band ebenfalls zu verlassen. Er verlor das Gleichgewicht und wurde mit voller Wucht gegen die Wand geschleudert. Mit ohrenbetäubendem Lärm zersprang er in Tausende von kleinen Kristallen.

Heftig atmend richtete Beriot sich auf. Im Augenblick drohte ihm keine Gefahr. Trotzdem mußte er einen Ausweg suchen. Es kam darauf an, daß er ins Freie gelangte, wo er sich der Kontrolle der Kristalle leichter entziehen konnte. Er hoffte, daß nicht der ganze Planet von unterirdischen Räumen und Gängen durchzogen war.

Beriots Nachteil war, daß er nicht wußte, in welche Richtung er sich wenden mußte. Wenn er Pech hatte, verirrte er sich immer tiefer in einem Labyrinth unter der Oberfläche eines fremden Planeten. Zum Glück schienen die Abwehranlagen auf dieser Welt keine große Variationsmöglichkeit zu besitzen, so daß er es immer mit den gleichen Gegnern zu tun haben würde.

Beriot hoffte auf ein Eingreifen der regenerierten Okefenokees. Die Zwerge mußten sich irgendwo aufhalten. Auf Kliban und Pompeo Posar hatten sie sich als friedliebende Wesen gezeigt, und Beriot wollte nicht daran glauben, daß das nach ihrer Wiedererweckung anders sein könnte.

Plötzlich setzte sich das Kristallband wieder in Bewegung. Es lief schneller als zuvor, und Beriot ahnte, daß es neue Gegner herantrug. Er mußte sich beeilen, einen Ausweg aus diesem Gang zu finden. Das Band war viel zu schnell, als daß er es hätte betreten können.

Beriot begann zu rennen. Er wunderte sich über seine körperliche Kondition. Die Regenerierung hatte ihm offenbar nicht nur einen besseren Körper, sondern auch größere Kraftreserven verliehen. Obwohl er längere Zeit keine Nahrung zu sich genommen und einen Kampf hinter sich hatte, fühlte er sich nicht erschöpft.

Beriot erreichte einen seitlichen Ausgang und blieb stehen. Er blickte zurück und sah weiter hinter sich einige Kristallroboter auf dem Band herankommen. Bei der augenblicklichen Geschwindigkeit des Bandes würden sie die Stelle, an der Beriot sich jetzt befand, in wenigen Sekunden erreicht haben.

Was immer ihn in anderen Räumen erwartete: Hier konnte er auf keinen Fall bleiben. Ohne Zögern betrat Beriot den Durchgang. Er gelangte in eine Halle, die von zahlreichen am Boden liegenden Kristallbrocken beleuchtet wurde. Im Mittelpunkt der Halle sah Beriot etwas, das auf den ersten Blick wie ein Springbrunnen aussah, sich aber beim Näherkommen als ein großes Gestell mit rundem Querschnitt entpuppte, das aus nichtleuchtenden Kristallen bestand.

Von irgendwoher kam eiskalte Luft. Beriot erschauerte. Er bewegte sich auf das Gestell zu und untersuchte es. Im schüsselförmigen Mittelteil entdeckte er einige Gewänder, die aus einem ihm unbekannten Material bestanden und leicht fluoreszierten. Anhand ihrer Größe ließ sich nicht erraten, wer ihre Träger waren, denn für einen Okefenokee waren sie zu groß, während sie Beriot für seinen eigenen Bedarf zu klein erschienen. Trotzdem nahm er den größten Umhang heraus und schlüpfte hinein. Das Kleidungsstück reichte ihm bis zu den Knien, aber er empfand sofort wohlige Wärme am gesamten Körper, und sogar seine Füße erwärmten sich.

Bevor er das Gestell weiter untersuchen konnte, wankten drei Kristallungeheuer in die Halle und kamen auf ihn zu.

Beriot, der sich in dem fremdartigen Kleidungsstück sofort besser fühlte, stieß eine Verwünschung aus und ergriff die Flucht.

Vor sich glaubte er eine Bewegung zu erkennen. Ein dunkler Schatten schien gerade noch wegzuhuschen, als Beriot auf ihn zukam. Der Wissenschaftler nahm an, daß er sich getäuscht hatte, denn im Licht der Kristalle sahen alle Gegenstände unwirklich und gespenstisch aus. Er hatte jetzt auch keine Zeit, sich um geheimnisvolle Schattengebilde zu kümmern, denn seine Verfolger waren dicht hinter ihm.

Beriot spürte keine Furcht, obwohl ihm sein nüchtern arbeitender Verstand sagte, daß seine Lage immer bedrohlicher wurde.

Vor ihm am Boden tauchte eine runde Öffnung auf, und Beriot sprang hinein. Er schlug hart auf, dann begann er in die Tiefe zu gleiten. Er versuchte sich festzuhalten, aber seine Hände fanden keinen Halt. Es war inzwischen vollkommen dunkel um ihn herum geworden. Er bezweifelte, daß die Kristallriesen, die ihn verfolgt hatten, den gleichen Weg wie er nehmen würden, denn ihre Körper waren zu hart und unbeweglich, um ohne Schaden hier durchzukommen.

Die rasende Abwärtsbewegung verlangsamte sich, und Beriot schloß daraus, daß es nun nicht mehr so steil nach unten ging. Schließlich landete er in einer Mulde. Sein fremdartiges Kleidungsstück hatte den Weg nach unten unbeschadet überstanden. Es schien nicht nur Wärme zu spenden, sondern auch gleichzeitig regulierend auf die organische Tätigkeit des gesamten Körpers zu wirken.

Er richtete sich auf und lauschte in die Dunkelheit.

Es war unheimlich still.

Er kletterte aus der Mulde. Der Gang, in dem er sich jetzt befand, war so niedrig, daß er nur in gebückter Haltung weitergehen konnte. Er zählte seine Schritte, um sich ein ungefähres Bild davon machen zu können, welche Entfernungen er zurücklegte.

Nach einer Weile tauchte vor ihm ein heller Fleck auf, und Beriot vermutete, daß der Gang dort in einen beleuchteten Raum mündete. Er ging schneller, und der Lichtfleck wurde größer. Bald darauf erreichte der Physiker das Ende des Ganges, und er blickte in eine weitere Halle. Die der Öffnung gegenüberliegende Wand bestand aus strahlenden Kristallen. Beriot sah, daß sich pausenlos Hunderte von winzigen Kristallen von dieser Wand lösten und über den Boden davonhuschten.

Beriot gab sich einen Ruck und begann nach einem anderen Ausgang zu suchen. Noch immer gab es keine Anzeichen für die Anwesenheit neuer Gegner. Der Physiker entdeckte einen mannshohen Durchgang. Er gelangte in einen Gang, wo sich wieder eines jener rätselhaften Kristallbänder befand. Mit geringer Geschwindigkeit floß es an Beriot vorbei.

Beriot beschloß ein Risiko einzugehen, und betrat die Transportstraße. Er wurde den Eindruck nicht los, daß der Gang nach oben führte. Aus den Wänden ragten schillernde Kristallsäulen. Beriot wurde immer sicherer, daß das Material, aus dem der gesamte Planet zu bestehen schien, eine starke Ähnlichkeit mit dem wertvollen Howalgonium hatte, das die Terraner aus der Großen Magellanschen Wolke kannten. Beriot erinnerte sich daran, daß die Kristallagenten der Perlians in größerer Zusammenballung zu logischem Denken fähig gewesen waren. Dies schien auch auf die Kristalle dieser Welt zuzutreffen.

Der Physiker wurde den Eindruck nicht los, daß die Kälte an Intensität gewann. Sein Umhang verhinderte, daß er fror. Er schätzte, daß etwa eine Stunde vergangen war, als er das Ende der Transportstraße erreichte.

Beriot stand in einer halbrunden Öffnung und sah ins Freie. Er begriff sofort, daß er sich an einem Berghang befand und in eine riesige Ebene blickte, die von Kristallen übersät war. Über den Himmel spannten sich goldene Ringe, die langsam zum Horizont wanderten und dann verschwanden. Es gab noch eine Reihe anderer Leuchterscheinungen.

Beriot trat einen Schritt näher an den Abhang heran. Jetzt erkannte er, daß er sich in einem riesigen Gebirge aufgehalten hatte, das auf Grund seiner Form niemals natürlichen Ursprungs sein konnte.

Neben Beriot ergoß sich das Kristallband wie ein Wasserfall in die

Tiefe. Als der Physiker sich über den Abhang beugte, konnte er sehen, daß die kleinen Kristalle tief unter ihm aufsprangen und in alle Richtungen verstreut wurden.

Das vorherrschende Licht war blau. Beriot bezweifelte nicht länger, daß er sich im Zentrumsgebiet von M 87 befand. Der Planet war in das bekannte blaue Leuchten eingehüllt.

Beriot konnte keine Sonne entdecken, und er vermutete, daß sie vielleicht auf der anderen Seite der Berge lag. Er befand sich auf einer ungewöhnlichen Welt. Hier besaßen andere Gesetze Gültigkeit als auf den meisten anderen Planeten. Der größte Teil der Leuchteffekte, die er beobachten konnte, wurde wahrscheinlich von hyperenergetischer Strahlung ausgelöst. Beriot bedauerte, daß er sich als Flüchtling auf diesem Planeten befand. Wenn er eine entsprechende Ausrüstung und viel Zeit gehabt hätte, wäre hier der ideale Platz für die Untersuchung von hyperenergetisch beeinflußter Materie gewesen. Gerade das war ein Gebiet, auf dem die terranischen Forscher nicht weiterkamen, weil ihnen einfach bestimmte Grundlagen fehlten.

Beriot straffte sich. Er durfte keinen Augenblick vergessen, daß sein Leben bedroht war.

Er blickte den Abhang hinab. Er wußte nicht, ob er bei der herrschenden Kälte den Abstieg schaffen würde, aber er wollte es wenigstens versuchen. Sein Gefühl sagte ihm, daß er unten in der Ebene sicherer war als hier im Kristallgebirge.

Der Kristallstrom neben ihm kam zum Stillstand. Beriot kümmerte sich nicht darum. Er ließ sich auf den Boden sinken und schob sich langsam über den Rand des Ganges auf den Abhang hinaus.

Bevor er jedoch mit dem Abstieg beginnen konnte, materialisierte unmittelbar vor ihm der Fremde.

Sie waren am Fuß des geheimnisvollen Kristallgebirges angekommen. Obwohl die Männer des Einsatzkommandos von den Robotern getragen wurden, zeigten sie Erschöpfungserscheinungen. Kaum jemand fand während der kurzen Ruhepausen Schlaf. Zu groß war die Furcht vor plötzlich auftauchenden Kristallungeheuern.

Major Hole Hohle ließ sich vom Energietornister seines Trägerrobots herabgleiten und blickte zu den Bergen hinauf.

„Wir müssen uns darüber klarwerden, wie wir jetzt vorgehen", sagte er. „Wir können entweder den gesamten Gebirgszug umrunden, oder sofort mit einem Aufstieg beginnen."

„Wenn wir das Gebirge umgehen, verlieren wir ein paar Tage, Sir", warf einer der Männer ein.

Hohle nickte zustimmend.

„Wir sind bereits seit drei Tagen unterwegs", sagte er. „Unsere Nahrungskonzentrate sind stark reduziert. Es sieht nicht danach aus, als könnten wir auf dieser Welt unsere Vorräte ergänzen."

„Was schlagen Sie vor, Major?" fragten die beiden Köpfe des Mutanten Iwan-Iwanowitsch Goratschin.

Hohle deutete zu den nahen Bergen.

„Da dieses Gebirge zweifellos künstlich angelegt wurde, können wir annehmen, daß wir im Innern eine Kontrollstation finden", sagte er. „Zumindest werden von hier aus bestimmte Vorgänge gesteuert."

„Ich habe eine Neuigkeit für euch", mischte sich Gucky ein. „Ich nehme seit einiger Zeit Gedankenimpulse wahr."

„Warum sagst du uns das erst jetzt?" erkundigte sich Harl Dephin.

„Ich wollte mir zunächst über die Bedeutung der Sendungen klarwerden", sagte Gucky.

„Ist dir das gelungen?" wollte Hole Hohle wissen.

Der Mausbiber antwortete nur zögernd.

„Ich bin sicher, daß die mentalen Strömungen von den Okefenokees kommen, die in ihren Särgen vom Scintilla-System aus hierher geflogen sind."

„Es ist so, wie ich behauptete", klang Bysipheres Stimme auf. „Die Zwerge werden auf Monol einer biophysikalischen Hyperregenerierung unterzogen. Daß Gucky als Folge eines Teleportersprungs die gleiche Behandlung erfuhr, war Zufall."

Hohle hatte ungeduldig zugehört. An wissenschaftlichen Erläuterungen hatte er jetzt kein Interesse.

„Kannst du bestimmte Gedanken identifizieren?" fragte er Gucky. „Ich meine damit, ob du in der Lage bist, einzelne Gedanken aufzufangen, so daß wir Informationen erlangen könnten?"

Der Mausbiber schüttelte bedauernd den Kopf.

„Es ist ein kollektives Gedankenbild", versuchte er zu erklären. „Die Zwerge jubilieren."

„Sie jubilieren?" wiederholte Hohle verblüfft.

„Ja, ja", sagte Gucky hastig. Wieder konzentrierte er sich.

Täuschte er sich, oder wurde die freudige Erregung der wiedererweckten Okefenokees von einem einzelnen Impuls überlagert?

Bysiphere wollte den Ilt etwas fragen, doch Hohle gab dem Hyperphysiker ein Zeichen. Der Major erkannte, daß Gucky mit seinen telepathischen Sinnen angestrengt lauschte.

„Ich täusche mich nicht", sagte der Mausbiber nach einer Weile. „Von den Bergen kommen die Gedankenimpulse eines Menschen."

Hohles Mund öffnete sich, aber er blieb stumm.

„Du mußt dich täuschen", sagte Bysiphere zu Gucky. „Außer uns hält sich niemand auf dieser Welt auf."

„Wenn ich meiner Sache nicht sicher wäre, hätte ich geschwiegen", erwiderte Gucky herablassend.

Die Männer blickten sich an. Sie wußten alle, daß Gucky ein starker Telepath war. Er würde nicht ohne Grund eine so bedeutungsvolle Behauptung aufstellen.

„Ich nehme an, es handelt sich um eine Falle", bemerkte Iwan Goratschin.

Wie immer bei solchen Anlässen widersprach der andere Kopf des Mutanten heftig.

„Wie kommst du darauf, daß es sich um eine Falle handeln könnte?" ereiferte sich Iwanowitsch. „Das ist vollkommener Unsinn."

„Ruhe!" befahl Hohle gereizt. Er ging zu Guckys Roboter. „Von wo kommen die Impulse?"

„Ich könnte sie leicht lokalisieren, wenn das Jubilieren der Okefenokees keinen Störeffekt bilden würde", sagte Gucky. „Trotzdem bin ich fast sicher, daß der Unbekannte irgendwo am Abhang des Berges sein muß, an dessen Fuß wir stehen."

Bysiphere hob beschwörend einen Arm.

„Major, ich appelliere an Ihre Einsicht", sagte er zu Hohle. „Sie wissen ebenso wie jeder von uns, daß sich dort oben kein Mensch aufhalten *kann*. Wir müssen uns mit dem Gedanken vertraut machen, daß man uns in eine Falle locken will."

„Sie könnten recht haben", schränkte Hohle ein. „Deshalb werden wir nicht alle losmarschieren, sondern Dephin und die Thunderbolts mit ihrem Paladin vorausschicken. Die Siganesen können den Ursprungsort der geheimnisvollen Impulse am schnellsten erreichen. Außerdem ist der Paladin am besten gegen etwaige Angriffe gerüstet."

„Wir erledigen das, Major“, sagte Dephin trocken, und der Roboter setzte sich in Bewegung.

„Gehen Sie keinerlei Risiken ein“, warnte Hole Hohle. „Sobald Sie merken, daß eine Gefahr droht, kehren Sie um.“

„Ja“, sagte Dephin wortkarg.

Die Männer sahen zu, wie der Paladin scheinbar mühelos mit dem Aufstieg begann.

Hohle wandte sich an den Mausbiber.

„Hoffentlich hast du dich nicht getäuscht“, sagte er.

„Wir werden ja sehen“, meinte Gucky.

Zunächst glaubte Beriot, er hätte einen Okefenokee vor sich, doch dann erkannte er, daß der Fremde vielleicht 1,60 Meter groß war und sich auch sonst beträchtlich von einem der im Scintilla- System lebenden Zwerge unterschied. Das Wesen besaß keine faltige Haut und keine aufgestülpten Nasenflügel. Sein großer Kopf war von rotbraunen Haaren bewachsen.

Beriot zog sich wieder in den Gang zurück und erhob sich. Er musterte den so plötzlich aufgetauchten Fremden voller Argwohn. Das Wesen trug einen fluoreszierenden Umhang, der wie Beriots Kleidungsstück aussah.

Beriot konnte nicht erkennen, ob der Unbekannte eine Waffe trug, aber das war auf dieser Welt mehr oder weniger bedeutungslos. Hier konnte jeder harmlos aussehende Kristall zur Waffe werden, wenn seine hyperenergetische Eigenstrahlung verstärkt wurde.

Die beiden so verschiedenartigen Wesen blickten sich abschätzend an.

Beriot erkannte in den Augen des anderen keine Feindschaft. Trotzdem fühlte er sich dem Fremden instinktiv unterlegen. Er wehrte sich gegen dieses Gefühl, weil es ihn seiner Ansicht nach in eine ungünstige Situation brachte. Das Schweigen wurde allmählich zu einer Belastung. Beriot ertappte sich dabei, wie er seine Augen senkte und auf den erstarrten Kristallstrom blickte.

„Mein Name war Quam Penzabyne“, sagte das Wesen plötzlich im Zentrums-Idiom.

Seine Worte wirkten wie eine Explosion, und Beriot zuckte zusammen.

Mein Name war Quam Penzabyne, wiederholte Beriot in Gedanken.

Die Betonung lag auf *war*.

Beriot blinzelte verwirrt.

„Ich bin Beriot“, sagte er mit unsicherer Stimme.

„Ich brauche jetzt keinen Namen mehr“, sagte Quam Penzabyne. „Ein fünfdimensionaler Schwingungsindex genügt.“

Beriot verstand mit einem Schlag alles. „Sie sind einer der wiedererweckten Okefenokees“, sagte er.

„Ja“, sagte Penzabyne.

„Verändern sich alle Zwerge so wie Sie?“

„Natürlich.“

„Können Sie mir eine Erklärung für diese Geschehnisse geben?“ fragte Beriot. „Welche Rolle übernehmen Sie in Ihrer zweiten Daseinsform?“

„Ein Toter braucht keine Erklärungen“, sagte Quam Penzabyne, dessen neuer Name ein fünfdimensionaler Schwingungsindex und daher unaussprechlich war.

Beriot verstand die unverhüllte Drohung. Er nahm sie jedoch gelassen hin, denn seit seiner Regenerierung hatte sein Leben pausenlos in Gefahr geschwebt, und die Tatsache, daß er zum erstenmal einem Gegner von Fleisch und Blut gegenüberstand, wirkte, nachdem er die Überraschung überwunden hatte, eher ermunternd als niederschmetternd.

„Warum sollte ich sterben?“ fragte Beriot. „Ich bin nicht mit böser Absicht hierher gekommen. Ich war geisteskrank, als ich den Sarg von Scanlon Ocachee benutzte.“

„Ocachee ist also seinen Verletzungen erlegen“, sagte Penzabyne bedauernd.

„Ja“, bestätigte Beriot.

„Ocachees Tod ist nicht tragisch“, sagte Penzabyne. „Viel schlimmer ist, daß er nicht den Weg zu uns gefunden hat. Daran sind Sie schuld.“

Beriot schüttelte den Kopf.

„Eine so einfache Darstellung macht Ihrer Klugheit keine Ehre“, sagte er. „Zwischen Schwarz und Weiß gibt es genauso viele Schattierungen wie zwischen Gut und Böse. Und ich bin nicht allein deshalb schlecht, weil ich im Zustand geistiger Verwirrung auf diesen Planeten gekommen bin.“

„Sie mißverstehen mich“, sagte Penzabyne. „Nicht ich werde Sie töten, sondern die hyperphysikalischen Vorgänge auf dieser Welt. Ich werde jetzt dafür sorgen, daß ein bestimmter hyperphysikalischer Vorgang eingeleitet wird. Ich hätte den Befehl dazu in jedem Fall gegeben. Das sage ich nur, damit Sie nicht glauben, wir würden irgendwelche Anstrengungen machen, um Sie zu töten.“

Erstaunt begriff Beriot, daß der Fremde sich halbwegs entschuldigte. Das änderte aber nichts daran, daß er jetzt gehen und alle entscheidenden Maßnahmen treffen würde.

Beriot, sich seiner Ohnmacht bewußt, verlor die Beherrschung und schlug zu.

Er traf den anderen am Kopf.

Quam Penzabyne stieß einen spitzen Schrei aus und fiel rückwärts auf das stillstehende Kristallband.

Bevor Beriot sich bücken und sich um den Wiedererweckten kümmern konnte, setzte sich das Band in Bewegung. Zu Beriots Erstaunen glitt es in Richtung des Berginneren. Es war also keineswegs so, daß die seltsamen Straßen nur in eine Richtung fließen konnten, wie Beriot voreilig angenommen hatte.

Der Physiker mußte zusehen, wie Quam Penzabyne davongetragen wurde. Der Schlag konnte ihn auf keinen Fall getötet haben, wahrscheinlich war er noch nicht einmal bewußtlos.

Den Worten des Wiedererweckten konnte man entnehmen, daß sich auf dem gesamten Planeten ein hyperphysikalischer Vorgang abspielen würde, bei dem Beriot den Tod finden mußte.

Eine Flucht schien als völlig sinnlos. Der Mensch ist jedoch nicht dazu geboren, sein Ende widerstandslos hinzunehmen. Also begann Beriot erneut mit dem Abstieg.

Als er sich ungefähr vierzig Meter unterhalb der Öffnung befand, begann es.

Plötzlich schien sich der gesamte Berg aufzublähen. Beriot hielt an und blickte sich um. Auch das Leuchten der verschiedenen Kristalle hatte sich für einen Augenblick verstärkt.

Beriot ahnte, was diese Erscheinungen zu bedeuten hatten, aber erst, als er weiter abwärts kletterte und der Effekt sich ständig wiederholte, war Beriot sicher, daß der gesamte Planet zu pulsieren begann.

Die SERT-Haube lastete schwer auf Harl Dephins Kopf. Wie immer, wenn der riesige Paladin sich im Einsatz befand, handelte der siganesische Gefühlsmechaniker so, als sei er mit dem Roboter identisch. Bewegungslos hockte Dephin auf seinem Platz im zweiten Kopfdeck des Paladins. Er war mit gekreuzten Anschnallgurten an seinem Sessel befestigt.

Durch die Bildschirm-Rundumgalerie konnte Dephin die Außenwelt so beobachten, als würde er sich selbst im Freien befinden.

Da Dephin im Augenblick nur die Kletterbewegungen des Paladin kontrollierte, war er in der Lage, sich gleichzeitig mit den Thunderbolts zu unterhalten.

„Retekin!" rief Dephin in die Sprechanlage. „Hören Sie mich?"

Oberleutnant Drof Retekin, der Chef der Rechenzentrale und gleichzeitig verantwortlich für die Ortungsanlage des Roboters, meldete sich sofort.

„Ich höre Sie, Sir."

„Behalten Sie die Berghänge im Auge", befahl Dephin. „Ich möchte nicht, daß wir überrascht werden."

„Ich halte die Augen offen", versprach Retekin und meinte damit die ihm zur Verfügung stehenden Ortungsanlagen.

Im Laufe der Zeit war Dephin innerlich so mit dem Paladin verwachsen, daß er sich bei Einsätzen aller Art mit ihm identifizierte.

Dephin war intelligent genug, um zu erkennen, welche Gefahr ihm drohte. Es war durchaus möglich, daß er eines Tages die SERT-Haube absetzte und nicht mehr in die Wirklichkeit zurückfand. Dann würde er sich trotz seiner geringen Körpergröße für einen vier Meter großen Riesen halten und entsprechend handeln.

Zwar wurde Dephin ständig von einem siganesischen Galakto-Psychologen getestet und psychologisch vorbereitet, aber ob das ausreichte, um ihn auf die Dauer vor geistigen Schäden zu bewahren, würde erst die Zukunft zeigen.

Diese Gefahr war mit ein Grund für Dephins respektloses und zeitweise ungebührliches Benehmen. Er brauchte Ablenkung.

„Dort oben ist tatsächlich ein Mensch!" schrie Retekin plötzlich. „Ich habe ihn auf dem Bildschirm der Fernoptik. Ein Mann in fremdartiger Kleidung. Seine Beine sind nackt."

Dephin spürte die Aufregung, die sich der vier anderen bemächtigte, und er griff sofort ein, um einer allgemeinen Unruhe vorzubeugen.

„Es kann sich um eine Kristallnachbildung handeln, mit deren Hilfe man uns anlocken will“, sagte er.

Die anderen verstummten.

Dephin beschleunigte die Gangart des Paladins.

Da leuchtete das Gebirge auf. Dephin hatte den Eindruck, als würde sich der Boden unter seinen Füßen bewegen. Das mußte jedoch eine Täuschung sein.

„Was war das?“ schrie Leutnant-Spezialist Cool Aracan entsetzt.

„Ruhe!“ befahl Dephin streng. „Wir kümmern uns nicht um diese Naturerscheinungen. Unsere Aufgabe besteht darin, festzustellen, wer dieser Mann ist, und ihn nötigenfalls zu retten.“

„Tut mir leid, Sir“, sagte Cool Aracan. „Das war keine Naturerscheinung, sondern eine bewußt hervorgerufene Energieentfaltung auf Hyperbasis. Wenn sie sich häufig wiederholt, ist unser aller Leben bedroht.“

Dephin preßte die Lippen zusammen. Er verstand Aracans Worte genau. Der Kybernetiker schlug indirekt vor, daß sie sofort umkehren sollten.

Wieder schien der Berg sich ausdehnen zu wollen. Dephin, der auch die Ebene überblicken konnte, sah, daß das gesamte Land aufleuchtete.

„Der Planet beginnt zu pulsieren“, stellte Aracan fest.

„Schon gut“, versetzte Dephin mit erzwungener Ruhe. „Wir gehen weiter.“

Dephin begann über Cool Aracans Worte nachzudenken. Es war sinnlos, sich vor der Wirklichkeit zu verschließen. Aracan hatte behauptet, daß der Planet zu pulsieren begann, und Dephin begriff allmählich, was der Chef der positronischen Anlagen damit gemeint hatte.

Auf Monol entstand eine hyperenergetische Stoßwellenfront nach der anderen. Die Kristalle gaben Energie ab. Die goldenen Ringe am Himmel glitten jetzt schneller dem Horizont zu. Sie waren aufgebläht wie gewaltige Würste und schienen sich in ihren Randzonen zu berühren.

Dephin überblickte die Kontrollen. Die Strahlung war für menschliche Wesen gefährlich. Zweifellos konnten die eingeschalteten Schutzschirme einen Teil der Strahlung absorbieren, aber das Pulsieren hatte erst begonnen. Sobald es sich verstärkte, nutzte auch der beste Schirm nichts mehr.

Gegen sein besseres Wissen ließ Dephin den Paladin weiter bergauf marschieren. Er merkte nicht, daß sich sein Gesicht unter der SERT- Haube verzerrt hatte.

Dann sah er das menschliche Wesen, dem all ihre Bemühungen galten. Es stand zwischen steil aufragenden Kristallfelsen.

In diesem Augenblick begann der einsame Mann oben am Berg zu winken. Er hatte offenbar begriffen, daß ihm geholfen werden sollte, und verfolgte voller Begeisterung die Aktionen des Paladins.

Dephin runzelte die Stirn.

Wer war dieser Fremde?

Jetzt, da sie nur noch ungefähr hundert Meter von der kritischen Stelle entfernt waren, kostete es Dephin große Überwindung, die Aktionen des Paladins bewußt zu verlangsamen.

Zwischen den Kristallfelsen rannte der Fremde auf den Paladin zu. Wenige Meter vor ihm glitt er aus und überschlug sich mehrmals. Dephin stieß einen bestürzten Ruf aus. Der Paladin warf sich herum und rannte auf den Gestürzten zu.

Als der Paladin über dem Fremden stand, kümmerte sich Dephin nicht um die Phänomene. Er atmete erleichtert auf, als er sah, daß sich der Mann bewegte. Abgesehen von seiner eigenartigen Kleidung, die ihm viel zu eng zu sein schien, unterschied sich der Flüchtling in nichts von einem Terraner.

Der Gestürzte drehte sich um und blickte zu dem Paladin auf.

Gleich darauf erlebte Dephin eine große Überraschung.

Der Mann bewegte die Lippen.

„Harl Dephin!“ sagte er in einwandfreiem Interkosmo. „Sie kamen noch rechtzeitig.“

In seiner begreiflichen Erregung hatte Dr. Jean Beriot völlig vergessen, daß er sich äußerlich verändert hatte. Deshalb kam er nicht auf den Gedanken, daß die Siganesen ihn nicht erkennen konnten. Als der Paladin aufgetaucht war, hatte Beriot sofort begriffen, daß die KC-1 unter dem Kommando von Major Hole Hohle ihren Flug erfolgreich beendet und jene Welt erreicht hatte, auf der die Särge der Okefenokees landeten.

Das Erscheinen des Paladins hatte Beriot neuen Mut verliehen, obwohl er sich darüber im klaren war, daß die Eigenstrahlung des modifizierten Howalgoniums ständig zunahm und ihn in absehbarer Zeit töten würde. Unter diesem Aspekt erschienen ihm seine Verletzungen, die er sich bei seinem Sturz zugezogen hatte, ohne jede Bedeutung. Er hatte seinen Arm verstaucht und mehrere Rippen gebrochen; wahrscheinlich war es auch nicht ohne innere Verletzungen abgegangen. Solche Verwundungen konnte man an Bord eines terranischen Raumschiffs sofort beheben, aber Beriot wagte nicht zu hoffen, daß er jemals wieder das Innere eines Schiffes sehen würde.

Die KC-1 war noch nicht einmal in der Nähe, denn nur die Ebene kam als Landeplatz in Frage, und soweit Beriot blicken konnte, war kein Schiff zu sehen.

Beriot wurde aus seinen Gedanken gerissen, als Harl Dephin über die Sprechanlage des Paladins eine Frage an ihn richtete.

„Wer sind Sie?“ wollte der Siganese wissen.

Beriot mußte lachen, als ihm einfiel, daß die Thunderbolts ihn nicht erkennen konnten.

„Ich bin Jean Beriot“, sagte er.

Einen Augenblick blieb es still, dann kam ein erstauntes Zischen aus dem Kopf des Roboters.

„Sie haben Beriots Gesicht und Beriots Augen“, sagte Dephin. „Aber Sie haben nicht Beriots . . .“, er brach verlegen ab und bewies damit, daß er weitaus mehr Gefühl besaß, als man ihm im allgemeinen zuerkannte.

Beriot lächelte. Er wußte, was Dephin hatte sagen wollen.

„Die Okefenokees werden auf dieser Welt regeneriert“, sagte er. „Ich bin mit einem ihrer Särge von Kliban aus geflüchtet und wurde hier der gleichen Behandlung wie die toten Zwerge unterzogen.“

„Wir haben keine Zeit“, antwortete Dephin. „Später können Sie das alles erzählen.“

Er hob Beriot hoch.

„Halten Sie sich fest!“ rief er. „Der Weg in die Ebene wird kein reines Vergnügen.“

„Wir müssen uns beeilen“, antwortete Beriot. „Der gesamte Planet hat zu pulsieren begonnen. Die Eigenstrahlung der kristallinen Materie verstärkt sich ständig. Ich befürchte, daß unser Leben bedroht ist.“

Dephin antwortete nicht. Paladin hatte sich herumgeworfen und raste jetzt mit atemberaubender Geschwindigkeit bergab. Beriot klammerte sich an den Gurten des dunkelgrünen Kampfanzugs fest.

Einige Kristallwesen, die sich dem Roboter entgegenstellten, wurden mit blitzschnellen Armschlägen zerschmettert.

Beriot überblickte die Ebene, die immer näher kam.

„Ich kann das Schiff nirgends erkennen“, sagte er. „Wo steht die KC- Eins?“

Als Dephin nicht antwortete, erwachte ein wenig erfreulicher Verdacht in Beriot.

„Wurde das Beiboot zerstört?“ fragte er.

„Nein“, sagte Dephin.

„Aber es kann nur unten in der Ebene niedergegangen sein“, beharrte Beriot. „Warum kann ich es nicht sehen?“

„Die Ebene ist sehr groß“, erwiderte Dephin. „Wir sind drei Tage terranischer Zeitrechnung marschiert, um hierher zu gelangen.“

Beriot schluckte. Er wußte jetzt, warum er die KC-1 nicht sehen konnte. Sie war zu weit entfernt.

Unter diesen Umständen hatten sie keine Chance, das Schiff lebend zu erreichen. Die Hyperstrahlung würde sie vorher töten. Auch wenn die anderen Männer Schutzanzüge trugen, konnten sie nicht auf Rettung hoffen.

Dephin umging eine Horde von Kristallwesen, die sich vor ihnen aufgebaut hatten. Im Vergleich zu dem Paladin wirkten die Kreaturen geradezu unbeweglich.

Am Fuß des Berges konnte Beriot jetzt ein paar dunkle Punkte sehen. Das mußten die anderen Mitglieder des Einsatzkommandos sein. Wenn Beriot sich nicht täuschte, bewegte sich eine Gruppe von Kristallrobotern auf die Korvettenbesatzung zu.

Beriot war so aufgeregt, daß seine Handflächen feucht wurden. Unwillkürlich fürchtete er dieses Zusammentreffen.

Paladin zerstampfte ein paar hundert Kristallkäfer, die aus einem Loch im Boden hervorquollen und angriffen.

Das Gelände wurde flacher, und Dephin beschleunigte seine Gangart.

Gleich darauf konnte Beriot einen der Männer unten im Tal winken sehen. Er nahm an, daß Dephin und die Thunderbolts mit der Gruppe im Tal in Sprechfunkverbindung standen und Hohles Männer bereits unterrichtet hatten, wer der geheimnisvolle Fremde war.

Paladin erreichte sein Ziel. Beriot sah, daß die meisten Männer wie bereift aussahen. Er nahm an, daß sie in einen Kristallregen geraten waren.

„Das ist Doktor Beriot“, sagte Dephin ohne Umschweife.

„Sicher interessiert Sie, wie ich auf diesen Planeten gekommen bin“, sagte der Chefphysiker der CREST IV. „Ich war . . .“

„Warten Sie“, unterbrach ihn Dr. Armond Bysiphere. „Lassen Sie mich schnell eine Frage stellen. Was halten Sie von den seltsamen Erscheinungen, die die Kristalle immer stärker strahlen lassen?“

„Die Kristallmaterie auf diesem Planeten hat starke Ähnlichkeit mit Howalgonium.“ Beriot sah, wie Bysiphere bei diesen Worten triumphierend nickte. Er schien eine ähnliche Behauptung aufgestellt zu haben. „Der gesamte Planet scheint zu pulsieren“, fuhr Beriot fort. „Ich möchte keine Unruhe auslösen, aber wenn wir nicht schnell genug verschwinden, wird uns die Hyperstrahlung töten.“

Bysiphere sagte: „Das befürchte ich auch. Deshalb sollten wir uns nicht mit Diskussionen aufhalten, sondern möglichst schnell zum Schiff zurückkehren.“

Beriot blieb stehen. Einer der Roboter hatte ihm einen Reserveanzug überreicht, den er nun anzulegen begann.

„Dephin sagte mir, daß die KC-Eins drei Tagesmärsche von hier entfernt steht“, sagte er. „Bis wir sie erreicht haben, ist die Strahlung so stark geworden, daß sie uns töten wird.“

Er überlegte einen Augenblick.

„Warum teleportiert Gucky nicht zur Korvette und fliegt sie hierher?“ erkundigte er sich. „Dazu müßte der Kleine doch in der Lage sein.“

„Natürlich“, antwortete Gucky. „Aber ein Teleportersprung würde mich überall hinbringen, nur nicht an Bord unseres Schiffes.“ Er berichtete in knappen Worten, was sich bei seinem ersten Teleportersprung ereignet hatte. Beriot erfuhr, daß Gucky ebenfalls einen Verjüngungsprozeß durchgemacht hatte. Allerdings hatte die Regenerierung des Mausbibers wesentlich länger gedauert. Das lag wahrscheinlich an den parapsychischen Fähigkeiten Guckys.

„Gucky scheidet also als möglicher Retter aus“, stellte Beriot fest.

„Sie haben mich trotzdem auf eine Idee gebracht, Doc“, sagte Hole Hohle. „Es ist sinnlos, wenn wir alle losmarschieren. Einen Drei-Tage-Marsch würden wir nicht überstehen. Deshalb wird sich der schnellste Teilnehmer des Kommandos auf den Weg machen.“

„In Ordnung“, sagte Dephin, der sofort verstanden hatte.

„Der Paladin erreicht eine Stundengeschwindigkeit von einhundertzweiundsechzig Kilometern“, sagte Hole Hohle. „Dr. Beriot, Sie und Armond Bysiphere können uns vielleicht sagen, ob das schnell genug ist, um uns zu retten."

„Wir wissen nicht, wie schnell sich die Strahlung verstärkt", sagte Bysiphere. „Vielleicht ist der Paladin unsere Chance."

„Seien Sie nicht zu optimistisch", warnte Iwan Goratschin. „Niemand von uns weiß, was sich im Augenblick in der Nähe des Schiffes abspielt. Es ist möglich, daß Dephin überhaupt nicht an die KC-Eins herankommt."

„Hinzu kommt noch, daß die Antigravprojektoren der Korvette ausgefallen sind – genau wie die in unseren Kampfanzügen", sagte Bysiphere. „Wir wissen nicht, ob Dephin in der Lage ist, mit den Impulstriebwerken zu starten und hier zu landen."

Paladin raste los und war bald darauf den Blicken der Männer entschwunden.

Beriot erkannte, daß die Kristallungeheuer sie inzwischen fast eingekreist hatten und schnell näher kamen.

„Ich schlage vor, daß wir uns inzwischen in Richtung des Schiffes bewegen", sagte Hole Hohle ruhig. „Dadurch gewinnen wir Zeit und entfernen uns außerdem von unseren Gegnern."

Beriot verschloß den Schutzanzug, den er bekommen hatte. Sein verletzter Arm bereitete ihm Schwierigkeiten, und jeder Atemzug löste stechende Schmerzen in seiner Brust aus. Darüber machte er sich jedoch keine Sorgen. Schließlich war es gleichgültig, ob er mit einem gesunden oder mit einem verletzten Arm von der Strahlung getötet wurde. Wenn sie gerettet wurden, konnte ihm an Bord des Schiffes schnell geholfen werden.

Sie marschierten los.

Bysiphere dirigierte seinen Träger in Beriots Nähe.

„Ich habe mit unseren mitgeführten Geräten ein paar Untersuchungen gemacht", berichtete er. „Sie haben mit Ihrer Vermutung, bei den Kristallen könnte es sich um eine dem Howalgonium ähnliche Materie handeln, recht. Ich habe den Begriff Neo-Howalgonium geprägt."

Beriot nickte.

„Wahrscheinlich haben Sie auch schon an eventuelle Zusammenhänge mit den Kristallen in der Großen Magellanschen Wolke gedacht", vermutete er.

„Das war einer meiner ersten Gedanken, als ich die Kristalle sah", stimmte Bysiphere zu. „Aber Sie haben sicher viel interessantere

Dinge zu berichten. Immerhin haben Sie sich innerhalb des Kristallgebirges aufgehalten und wurden regeneriert."

Beriot gab einen kurzen Bericht über seine Erlebnisse, und Bysiphere hörte interessiert zu. Ab und zu warfen beide Männer Blicke zurück, und jedesmal waren die verfolgenden Kristallroboter ein paar Meter näher gekommen.

„Sie werden uns bald einholen", bemerkte Beriot.

„Ja", sagte Bysiphere, der mit seinen Gedanken offenbar woanders war.

„Was halten Sie von den Okefenokees?" fragte Bysiphere, nachdem sie einige Zeit über die Regenerierung Guckys und Beriots gesprochen hatten.

„Ich habe einen regenerierten Zwerg getroffen", erinnerte sich Beriot. „Er gehörte zu jenen Okefenokees, die beim Kampf gegen die Bestien ums Leben gekommen sind. Sein Name war Quam Penzabyne. Er machte mich darauf aufmerksam, daß dieser Name für ihn keine Gültigkeit mehr besitzt, sondern daß seine Identität von einem fünfdimensionalen Schwingungsindex geprägt wird."

Bysiphere setzte sich auf dem Rücken seines Trägerrobots zurecht. „Die regenerierten Zwerge scheinen eng mit den Geschehnissen auf Monol verbunden zu sein."

„Ja", bestätigte Beriot. „Penzabyne hat das Zunehmen der Strahlung angekündigt. Er schien auch überzeugt davon zu sein, daß ich dabei den Tod finden würde. Ich habe die Nerven verloren und ihn niedergeschlagen." Er lächelte bedauernd. „Das war zweifellos ein Fehler, denn Penzabyne hätte sich vielleicht zu Zugeständnissen bereiterklärt, wenn ich ihn lange genug gedrängt hätte. Zumindest hätte ich wertvolle Informationen von ihm erhalten können."

Eine Weile hing jeder der beiden Wissenschaftler seinen eigenen Gedanken nach. Unterdessen waren die Kristallungeheuer in bedrohliche Nähe gekommen. Ein Blick zurück zeigte Beriot, daß ihnen mindestens dreißig dieser unheimlichen Kreaturen folgten. Das war eine Streitmacht, der die kleine Gruppe ohne die Hilfe Paladins auf die Dauer nicht widerstehen konnte. Das schien auch Hole Hohle zu erkennen, denn er trieb die Roboter zu größerer Eile an.

„Die Okefenokees leben zwei Leben", nahm Bysiphere sein unterbrochenes Gespräch mit Beriot wieder auf. „Ich bin fast sicher, daß die Zwerge im Scintilla-System nicht wissen, was sie hier erwartet."

„Aber jemand muß doch dafür sorgen, daß die Okefenokees hierher kommen“, wandte Beriot ein.

„Die Konstrukteure des Zentrums“, sagte Bysiphere. „Ich bin überzeugt davon, daß dieser Planet einen Schlüsselpunkt in M Siebenundachtzig darstellt. Wahrscheinlich haben die KdZ diese Welt unter Kontrolle.“

„Das ist keine ausreichende Erklärung für die Regenerierung der Zwerge“, meinte Beriot. „Die KdZ müssen ein Motiv haben, wenn sie die Okefenokees wiedererwecken.“

Bysiphere blickte Beriot nachdenklich an.

„Ich bin sicher, daß jeder von uns die gleiche Theorie entwickelt hat“, sagte er gedehnt. „Nur fürchten wir, sie offen auszusprechen.“

Beriot wollte tief Luft holen, aber die stechenden Schmerzen in seiner Brust ließen ihn diesen Versuch rasch wieder aufgeben.

„Die wiedererweckten Okefenokees sind identisch mit den Konstrukteuren des Zentrums“, sagte er stoßweise. „Wollten Sie das hören?“

„Das wollte ich auch sagen“, murmelte Bysiphere. „Die vorliegenden Informationen lassen keinen anderen Schluß zu. Außerdem deutet nichts auf das Vorhandensein einer anderen intelligenten Gruppe im Zentrum dieser Galaxis hin.“

Ihr Gespräch wurde von Hole Hohle unterbrochen, der stehengeblieben war und vom Rücken seines Trägerrobots herabglitt.

„Alles von den Robotern herunter!“ rief der untersetzte Eskimo.

Der Befehl erschien Beriot widersinnig, aber er hatte keine andere Wahl, als der großen Kampferfahrung des Flottillenchefs zu vertrauen. Hohle mußte wissen, was er tat.

Der Major wartete, bis alle Roboter frei waren. Dann versammelte er die Männer um sich.

„Wir bleiben dicht zusammen“, sagte er. „Die Roboter bleiben zurück und versuchen, unsere Verfolger aufzuhalten.“

„Das gibt uns keinen großen Vorsprung“, meinte Goratschin. „Lange können sich die Roboter nicht halten. Sie besitzen nur Energiewaffen, die den Kristallen nicht schaden.“

„Haben Sie einen besseren Vorschlag?“ fragte Hohle.

Die beiden Köpfe des Mutanten unterhielten sich leise miteinander, aber sie mußten schließlich dem Plan des Majors zustimmen. Inzwischen hatten die Roboter eine Abwehrkette zwischen den Raumfahrern und den Kristallen gebildet.

Als sich die kleine Gruppe wieder in Bewegung setzte, prallten die Roboter mit den kristallinen Wesen zusammen. Die Männer hörten das Klirren, wenn Kristallarme auf Terkonitstahl prallten.

Gucky, der zu Fuß nur schlecht vorankam, wurde von Goratschin auf den Arm genommen. Stellenweise war der Boden so dicht mit kleinen Kristallen bedeckt, daß die Männer bis zu den Knien versanken und nur langsam vorankamen. Beriot fragte sich, wo Paladin inzwischen sein mochte. Die Funkverständigung zwischen Hole Hohle und Leutnant-Spezialist Cool Aracan, dem Funker der Thunderbolts, funktionierte nur schlecht, weil die zunehmende Strahlung mit zahlreichen Störeffekten verbunden war.

Das Pulsieren der Kristalle war inzwischen so stark geworden, daß die Helligkeit bei jeder Stoßwelle den Augen der Männer weh tat.

Beriot überlegte, ob ihre Körper bereits so strahlenverseucht waren, daß sie früher oder später sterben mußten.

Der Chefphysiker stapfte an der Seite Armond Bysipheres durch die Kristalle. Beriot kannte den Assistenten Dr. Waringers von einigen kurzen Begegnungen in der heimatlichen Galaxis. In M 87 sah Beriot Bysiphere jetzt zum erstenmal, denn als der Hyperphysiker in M 87 eingetroffen war, hatte Beriot schon als Wahnsinniger in der Krankenstation gelegen.

Beriot kannte viele Ereignisse der letzten Wochen nur aus den Gesprächen seiner Ärzte, deshalb mußte es Bysiphere, der alle wichtigen Ereignisse selbst beobachtet hatte, viel leichterfallen, die einzelnen Zusammenhänge zu begreifen.

„Wenn die wiedererweckten Zwerge tatsächlich mit den Konstrukteuren des Zentrums identisch sind, haben wir noch ein paar Rätsel zu lösen“, sagte Beriot. „Vor allem erhebt sich in einem solchen Fall die uralte Frage, wer eher da war: Henne oder Ei?“

„Wahrscheinlich machen die Zwerge auf Kliban und Pompeo Posar eine geistige Reife durch“, sagte Bysiphere. „Erst wenn sie alt und vernünftig genug sind, erhalten sie einen zweiten und besseren Körper.“

„Mir ist inzwischen klargeworden, warum die Okefenokees offenbar eine bevorzugte Stellung in dieser Galaxis einnehmen“, sagte Beriot. „Es ist verständlich, daß die KdZ das Volk, aus dem sie wahrscheinlich entstanden sind, vor jeder Gefahr schützen. Ich nehme an, daß die Zwerge ihre erstaunlichen Waffen nicht selbst erfunden haben, sondern daß sie sie von den KdZ erhielten.“

Hole Hohle, der an der Spitze der Gruppe ging, kam zu den beiden Wissenschaftlern zurück.

„Sie sprechen zuviel", sagte er. „Sparen Sie Ihren Atem. Es kann sein, daß wir rennen müssen."

Er unterstrich seine Worte mit einer unmißverständlichen Geste in Richtung der zurückgebliebenen Roboter.

Beriot konnte sehen, daß es einigen Kristallungeheuern bereits gelungen war, die Absperrkette zu durchbrechen. Für die Roboter bedeutete das den Anfang vom Ende. Jetzt, da ihr Widerstand gebrochen war, hatten die Kristalle leichtes Spiel.

„Wir müssen schneller gehen", sagte Hohle. Er eilte davon, um wieder die Führung zu übernehmen. Einer der Männer in der Nähe der Wissenschaftler stieß eine Verwünschung aus. Die Besatzungsmitglieder der KC-1 waren erschöpft, aber Hohle trieb sie immer wieder an. Wahrscheinlich glaubte der Eskimo, daß sie gute Aussichten hatten, noch gerettet zu werden.

Inzwischen hatten sich die goldenen Ringe am Himmel so erweitert, daß sie ineinander zu fließen schienen. Ihre Strahlkraft schien im gleichen Maße zuzunehmen wie die des gesamten Planeten. Das Kristallgebirge bot ebenfalls einen imposanten Anblick. Es schien in Flammen zu stehen. Seine Konturen hatten sich verwischt.

Beriot schlang einen Nahrungswürfel hinab. Erst jetzt bemerkte er, daß er ausgehungert war. Die ständigen Aufregungen hatten ihn seinen knurrenden Magen vergessen lassen.

Plötzlich begann es wieder zu regnen. Die kleinen Kristalle prasselten auf die Männer herab und blieben an ihren Schutzanzügen hängen. Innerhalb weniger Augenblicke glichen sie in ihrem Aussehen ihren Verfolgern. Der Boden schwankte immer heftiger. Der gesamte Planet war in Aufruhr geraten. Für Beriot war es schwer vorstellbar, daß diese Entwicklung von den Okefenokees gewollt war. Was wollten sie mit dem Pulsieren aller Kristalle erreichen?

„Wir müssen weiter zu den vorn gehenden Männern aufrücken, damit wir sie nicht aus den Augen verlieren", sagte Bysiphere.

Beriot taumelte vorwärts. Der Kristallregen nahm ihm die Sicht. Er blickte zurück und erkannte in geringer Entfernung einige schwankende Gestalten, die immer dann aufleuchteten, wenn der Boden unter Beriots Füßen sich zu bewegen schien.

Der Chefphysiker der CREST IV erkannte, daß ihre Gegner sie in wenigen Augenblicken eingeholt haben würden.

Die Ebene schien zu kochen. Die am Boden liegenden Kristalle brodelten. Der Himmel hatte sich in flüssiges Feuer verwandelt. Eine wahre Sturzflut von Mikrokristallen ergoß sich über das Land und erschwerte Harl Dephin die Orientierung. Die Sicht betrug im Höchstfall noch zehn Meter, und Dephin mußte sich jetzt weitgehend auf die Ortungsanlagen des Paladins verlassen. Durch seine Bildschirm-Rundumgalerie war kaum noch etwas zu erkennen.

Dephin wußte, daß sie nichts mehr zu verlieren hatten. Trotz der damit verbundenen Gefahr ließ er deshalb Paladin mit Höchstgeschwindigkeit über die Ebene rennen. Links von ihnen lag das Meer der blauen Steine.

Die Funkverbindung mit Hohles Gruppe war vollkommen abgerissen, und Dephin hatte die entsprechenden Anlagen ausschalten lassen, um Beschädigungen zu vermeiden. Fast alle Geräte Paladins waren höchsten Belastungen ausgesetzt. Im Augenblick war Dephins größte Furcht, daß die SERT-Haube unter dem Einfluß fremdartiger Energie falsch oder überhaupt nicht mehr arbeiten würde. Das hätte das Ende der Siganesen bedeutet.

Die Sprechanlage knackte, und Dephin vernahm die Stimme von Captain-Spezialist Amos Rigeler.

„Wenn wir Paladin weiter so schnell rennen lassen, fällt einer der Servomechanismen im linken Wadenbein aus“, sagte der Maschinenbauingenieur. „Die Belastung ist zu groß, Sir. Vergessen Sie nicht, daß der Boden mit Kristallen bedeckt ist, die bei dieser Geschwindigkeit einen beträchtlichen Widerstand bilden.“

Dephin verzog das Gesicht.

„Ich dachte, die Servos seien unzerstörbar“, sagte er.

„Das sind sie auch, Sir!“ rief Rigeler. „Aber kein Siganese hat daran gedacht, daß Paladin auf einem Planeten wie Monol eingesetzt werden könnte.“

„Wie lange hält das gefährdete Stück noch?“ fragte Dephin.

„Ich weiß es nicht“, bekannte Rigeler. „Wenn wir unsere Geschwindigkeit verlangsamen, ist die Chance, daß der Servomechanismus durchhält, auf jeden Fall größer.“

Dephin schürzte die Lippen. Er konnte jetzt die Geschwindigkeit nicht herabsetzen. Das wäre einem Todesurteil für die KC-1-Besatzung gleichgekommen. Rigelers Bedenken waren zweifellos berechtigt, aber jetzt mußten sie einfach darauf vertrauen, daß die beschädigten Servos durchhielten.

Dephins Gedanken wurden abgelenkt, als vor ihnen einige leuchtende Kristallroboter auftauchten. Das bewies dem Siganesen, daß sie dem Schiff sehr nahe waren. Die Kristalle bildeten wahrscheinlich einen Wall um die Korvette.

„Dart, Sie müssen uns eine Bahn durch unsere Feinde schießen!" befahl Dephin. „Benutzen Sie wieder den Raketenwerfer. Was uns dann noch im Weg steht, wird von mir erledigt."

Rigeler murmelte einen Protest und prophezeite das baldige Ende des Paladins, aber Dephin achtete nicht darauf.

Die kleinen Raketen rasten durch den Kristallregen auf die fremdartigen Roboter zu und detonierten. Die Wesen aus Kristall wurden zurückgeworfen.

Dephin breitete seine Arme aus. In Wirklichkeit waren es die Arme des Paladins, die er bewegte, aber wie immer in solchen Augenblicken identifizierte er sich vollkommen mit dem Robotkörper. Knirschende Geräusche wurden hörbar, als Paladin mit den ersten Gegnern zusammenprallte. Den in ihren Spezialsesseln festgeschnallten Siganesen machte diese Erschütterung nichts aus.

Dart Hulos pfiff vor Erregung, aber seine Hände, die den Raketenwerfer mit Projektilen fütterten, blieben vollkommen ruhig.

Seit sie sich auf Monol befanden, hatte Harl Dephin niemals so viele Kristallroboter zusammen gesehen. Dephin fuhr die langen Haumesser aus Atrinotal-Stahl aus „seinen" Armen aus. Mit diesen Waffen stiftete er unter den Gegnern große Verwirrung. Die Hiebe Paladins kamen so schnell, daß den Kristallen keine Abwehrmöglichkeit blieb. Die breiten Stahlklingen durchschnitten die leuchtenden Körper.

„Rechts halten, Sir!" schrie Oberleutnant Retekin. „Wenn wir diese Richtung beibehalten, verfehlen wir das Schiff."

Trotz seiner unvergleichlichen Kampfkraft war Paladin von den Kristallmonstren abgedrängt worden. Retekin hatte das auf seinen Ortungsgeräten festgestellt.

Dephin, der die Stimme des Mathelogikers nur im Unterbewußtsein vernahm, reagierte blitzschnell. Paladin warf sich herum und bahnte sich eine Gasse durch die kristallinen Körper, die sich ihm entgegenwarfen.

Es war ein unheimlicher Kampf in einer noch unheimlicheren Umgebung. Dephin wurde den Eindruck nicht los, daß Paladin früher oder später in den Kristallen steckenbleiben würde. Er war zusehends langsamer geworden, aber der einzige, der sich darüber vermutlich freute, war Amos Rigeler. Dephin dagegen sah die Gefahr, von der sie jetzt bedroht wurden, sobald der Paladin vollkommen eingekeilt sein würde. Nicht nur das: Die Kristalle waren beweglich genug, um über ihre bestehenden Artgenossen hinwegzuklettern und sich auf Paladin zu werfen.

Sie werden uns einfach ersticken, dachte Dephin entsetzt.

Noch konnte er mit „seinen" Armen weit ausholen und die Haumesser verwenden, aber die Laufgeschwindigkeit Paladins ließ nach, und sobald er stehenblieb, würde es der gegnerischen Übermacht gelingen, die Arme des Riesen zum Stillstand zu bringen.

Der Gedanke, unter einigen Tonnen kristalliner Materie begraben zu werden, stieß Dephin ab. Wie alle kleinen Intelligenzen hatte er unbeschreibliche Furcht, unter irgend etwas zu liegen zu kommen. Auch die Tatsache, daß der Panzer des Paladins praktisch jedem Druck standhalten konnte, änderte nichts an der Tatsache, daß die Thunderbolts mit ihrem Roboter untergehen würden.

Sie würden noch so lange leben, wie ihre Sauerstoff- und Nahrungsmittelvorräte ausreichten.

Unter solchen Gesichtspunkten erschien es Dephin fast wünschenswert, von der hyperenergetischen Strahlung getötet zu werden.

„Wir werden immer langsamer, Sir!" rief Aracan alarmiert.

Er weiß, was uns bevorsteht! dachte Dephin.

Er antwortete nicht, sondern konzentrierte sich auf die anstürmenden Kristalle. Dephin ging jetzt dazu über, plötzlich stehenzubleiben, um dann mit verstärkter Wucht gegen die Gegner anzurennen. Auf diese Weise verschaffte er sich immer wieder Luft.

„Das Schiff!" schrie Hulos plötzlich. „Ich sehe das Schiff!"

Die Stimme des Waffenwarts drohte sich zu überschlagen. Dephin nahm sich Zeit für einen Blick über die Angreifer hinweg, und er sah den dunklen Schatten der Korvette vor sich im leuchtenden Kristallregen.

Dieser Anblick verlieh ihm neue Zuversicht. Er stürzte sich auf die Kristalle. Die Haumesser wirbelten so schnell durch die Luft, daß es aussah, als würden die Kristallwesen von einer Säge durchschnitten.

Trotzdem schien die Zahl der Gegner immer noch zuzunehmen.

„Stellen Sie das Feuer ein, Dart!" befahl Dephin.

„Warum?" schrie Hulos hitzig.

„Wollen Sie, daß wir Schwierigkeiten durch unsere eigenen Waffen bekommen?“ erkundigte sich Dephin.

Hulos sah ein, daß der Major recht hatte. Der Raketenwerfer verschwand im Schädel Paladins.

Dephin ließ Paladin nach vorn sinken. Wie ein Geschoß sprang er auf die Kristalle los, die zersplitterten und über ihm zusammenbrachen.

Dephin atmete auf, als die erste Landestütze der KC-1 unmittelbar vor ihm auftauchte. Meterweise kämpfte er sich bis zur Gangway vor und stürmte zur Mannschleuse hinauf. Er öffnete die Schleuse mit einem Funkimpuls. Hinter ihm kamen die Kristallroboter zu Hunderten die Gangway herauf. Dephin wußte, daß er sie nicht ins Schiff lassen durfte.

Mit einem gewaltigen Satz warf er sich die Gangway hinab. Sein Schwung riß die kristallinen Wesen um. Sie überschlugen sich und prallten gegen die nachfolgenden Angreifer.

Dephin hastete in die Schleusenkammer zurück und ließ die Öffnung zugleiten. Jetzt war er in Sicherheit.

„Geschafft!“ stieß Amos Rigeler hervor.

„Jetzt schnell in die Zentrale“, sagte Aracan.

Dephin mußte an sich halten, um nicht mit beiden Händen nach der SERT-Haube zu greifen. Er hatte sich in den letzten Stunden überanstrengt. Er unterdrückte einen Seufzer. Die anderen brauchten nicht zu wissen, daß er nicht in allerbester Verfassung war.

Dephin wußte, daß ihm noch eine schwere Aufgabe bevorstand. Er mußte die Korvette ohne Schwerkraftneutralisatoren starten. Wenn er bei diesem Manöver nicht vorsichtig war, konnte er die KC-1 in ein Wrack verwandeln.

Als er die Zentrale betrat, war er vollkommen ruhig. Er merkte, daß er „sein“ linkes Bein nachzog. Rigeler hatte sich nicht getäuscht. Einer der Servomechanismen war beschädigt und mußte baldmöglichst ausgetauscht werden. Doch dazu war jetzt keine Zeit.

Dephins Gedanken beschäftigten sich einen Augenblick mit den Männern, die in der Ebene auf ihn warteten. Wahrscheinlich hatten sie einen noch schwereren Stand als er. Glücklicherweise war Hole Hohle ein Mann mit großer Kampferfahrung. Ihm konnte es gelingen, die Männer bis zum Eintreffen des Beibootes der CREST IV am Leben zu erhalten.

Dephin stand vor den Hauptkontrollen der KC-1. Die Haumesser glitten in die Armlager zurück. Mit einer Zartheit, die man dem Koloß nicht zugetraut hätte, griff der Paladin nach den Kontrollhebeln.

Die Thunderbolts verhielten sich vollkommen still. Sie wußten, daß sich in den nächsten Sekunden entscheiden würde, ob Harl Dephin den Paladin gut genug beherrschte, um mit den Armen des Roboters ein Beiboot zu fliegen, an dessen Bord es keinen einsatzbereiten Antigravprojektor gab.

Sie lassen sich Zeit! dachte Armond Bysiphere wütend, als er sah, daß die Kristallroboter nur langsam vorrückten.

Die Männer waren jetzt vollkommen eingekreist. Hole Hohle hatte deshalb befohlen, den Marsch zu unterbrechen. Schräg hinter ihnen schien der Ring der Verfolger eine Lücke aufzuweisen, aber um sie zu erreichen, hätten sich die Männer wieder dem Kristallgebirge nähern müssen, und eine solche Aktion hielt Hohle für wenig erfolgversprechend.

„Sie kommen nur langsam näher", sagte ein Raumfahrer an Bysipheres Seite.

„Ja", bestätigte Hohle. „Wahrscheinlich sind sie durch die Kampfkraft Paladins gewarnt. Sie wissen, daß sie uns in der Falle haben. Ich nehme an, daß die Kontrollstation ihnen den Befehl gegeben hat, sich auf nichts mehr einzulassen. Schließlich wird uns die Strahlung früher oder später auf jeden Fall töten."

Bysiphere wollte etwas sagen, doch da entstand über den Kristallbergen ein intensives goldenes Leuchten, das seine gesamte Aufmerksamkeit in Anspruch nahm. Auch die anderen stellten die Veränderung fest und machten sich gegenseitig durch laute Rufe darauf aufmerksam.

Beriot kam langsam heran und blieb neben Bysiphere stehen.

„Eigenartig", sagte er. „Bisher war die vorherrschende Farbe auf Monol das intensive Blau des Zentrums. Seit sich die Strahlung verstärkt hat, gewinnt das Gold an Intensität."

Über dem mittleren Gebirgsmassiv bildete sich jetzt eine fast senkrecht in den Himmel ragende Kristallstraße. Der Regen schien sich an diesen Stellen zu verdichten.

Beriot stieß einen erstaunten Ruf aus.

„Unglaublich!“ brachte Bysiphere hervor. „Die Hyperenergie gestattet ihren Beherrschern sogar Manipulationen mit der Schwerkraft.“

„Wozu wird dieses Kristallband errichtet?“ fragte Major Hohle.

Niemand konnte das erklären. Beriot erinnerte sich an die Kristallbänder im Innern der Berge, aber er konnte nicht glauben, daß es sich bei dem Gebilde, das sich bis zu den goldenen Ringen am Himmel zu erstrecken schien, um eine ähnliche Einrichtung handelte.

Gleich darauf wurde er eines Besseren belehrt. Aus nicht sichtbaren Öffnungen in den Bergen betraten wiedererweckte Okefenokees die Straße aus Kristall und wurden schnell nach oben getragen. Sie alle hatten sich verändert.

„So sah auch Quam Penzabyne aus“, bemerkte Beriot.

„Ich möchte wissen, wohin die Straße führt“, murmelte Bysiphere.

Die ehemaligen Zwerge verschwanden nacheinander in den goldenen Ringen, die sich quer über den Himmel erstreckten. Die Straße verschwand. Beinahe gleichzeitig schlugen die mitgeführten Strukturtaster der Raumfahrer aus.

Bysiphere klopfte mit einer Hand auf sein Armbandgerät.

„Eine Strukturerschütterung“, sagte er.

„Irgendwo arbeitet ein Transmitter oder ein gigantisches Triebwerk“, vermutete Hole Hohle.

Bysiphere deutete nach oben.

„Nicht irgendwo, sondern direkt über uns“, sagte er. „Ich bin überzeugt davon, daß die geheimnisvollen goldenen Ringe nichts anderes sind als große Transmitter, die vom Zentrumsleuchten mit Energie versorgt werden.“

Hohle blickte den Wissenschaftler von der Seite her an und wandte sich an Beriot.

„Sind Sie ebenfalls der Ansicht?“ fragte er.

„Es gibt im Augenblick keine bessere Erklärung“, sagte Beriot vorsichtig. Er stand noch ganz unter dem Eindruck des Geschehens und hielt es für besser, wenn er sich nicht festlegte.

Wenn Bysiphere recht hatte, war der Planet Monol für die Okefenokees nur eine Zwischenstation. Nach ihrer Regenerierung verschwanden sie über eine phantastische Transmitterstraße.

Aber wohin wurden sie gebracht?

„Die Hyperstrahlung nimmt an Stärke zu!“ rief Bysiphere.

Beriot blickte sich um und erkannte, daß alle Kristalle heftig zu leuchten begannen.

Hole Hohle trat vor Beriot und sah ihn fragend an. Der Wissenschaftler wich dem Blick Hohles aus. Er brachte es nicht fertig, dem Major die Wahrheit zu sagen. Aber das war auch nicht nötig, denn Hohle war klug genug, um die Antwort an der Haltung des Chefphysikers zu erkennen.

Die Strahlung würde sie bei zunehmender Stärke in kurzer Zeit töten.

Ein Zittern durchlief die KC-1. Das sechzig Meter durchmessende Schiff schien sich aufzubäumen.

Keiner der Sitze an den Kontrollen war groß genug, um Paladin Platz zu bieten. Der Gigant stand an den Kontrollen und nahm alle notwendigen Schaltungen vor.

Im Innern des Robotkörpers blieb es still. Voll atemloser Spannung verfolgten die Thunderbolts das Manöver ihres Chefs. Dephin wußte, daß die ersten Sekunden nach dem Start über das Schicksal des Schiffes entschieden. Wenn er das Schiff der ungestümen Kraft der Impulstriebwerke überließ, konnte es am Boden zerschmettert werden.

Unter diesen Umständen hielt Dephin es für sicherer, wenn er die KC-1 zunächst in große Höhe steigen ließ und erst dann Kurs auf die Berge nahm. Die Triebwerke röhrten, und die Flammen, die aus den Düsen des Äquatorwulstes schlugen, wirbelten die am Boden liegenden Kristalle auf und färbten sie dunkel.

Die Landestützen hoben sich vom Boden ab. Das Schiff reagierte störrisch und kippte nach einer Seite.

Dephin biß sich so fest auf die Unterlippe, daß sie zu bluten begann.

„Seine“ Hände umklammerten die Steueranlage.

Er bekam das Schiff unter Kontrolle. Die geringe Anfangsbeschleunigung vergrößerte sich. Die Korvette stieg schräg nach oben. Dephin starrte wie benommen auf die Kontrollen.

Mit wenigen Handgriffen regulierte er Geschwindigkeit und Kurs. Im Augenblick bestand keine Gefahr. Lediglich bei der Landung mußte er noch einmal aufpassen. Vor dem zweiten Start hatte er keine Angst, denn er glaubte jetzt zu wissen, worauf es bei einem Ausfall der Antigravanlage ankam.

Die Korvette raste den Bergen entgegen. Dephin schaltete die Ortungsanlagen und alle Bildschirme ein. Dann ging er tiefer. Er wollte Hohles Gruppe auf keinen Fall verfehlen.

Auf Monol war eine entscheidende Veränderung vor sich gegangen. Dephin beobachtete, daß das Aufleuchten jetzt nicht mehr in Intervallen geschah. Die Strahlung blieb und wurde ständig stärker.

Dephin hatte keine Gelegenheit gehabt, das Verschwinden der wiedererweckten Okefenokees zu beobachten. Lediglich sein Strukturtaster war ausgeschlagen und hatte ihm angezeigt, daß etwas Ungewöhnliches geschehen war. Er hatte jedoch keine Zeit, sich darüber viele Gedanken zu machen. Er mußte die Männer retten, denen allerhöchste Gefahr drohte.

Auf der Oberfläche des Planeten taumelten einige Kristallwesen herum. Sie strahlten stark, und Dephin fragte sich, ob sie von den Vorgängen auf Monol ebenfalls beeinflußt wurden.

Dann tauchte Hohles Gruppe unter ihm auf. Die Männer waren fast nicht von den Kristallmonstren zu unterscheiden, von denen sie eingekreist waren. Sie waren über und über mit kleinen Kristallen bedeckt. Dephin machte nicht den Versuch, sich mit Hohle über Funk zu verständigen. Er verlor keine Zeit, sondern setzte in unmittelbarer Nähe der Männer zur Landung an. Es klappte besser, als er erwartet hatte, obwohl ein so heftiger Ruck durch das Schiff ging, daß sogar die Siganesen in ihren Sesseln die Auswirkungen zu spüren bekamen.

Dephin ließ die Kontrollen eingeschaltet, weil er hoffte, in wenigen Minuten hierher zurückkehren zu können. Es blieb ihm keine andere Wahl, als das Schiff wieder zu verlassen, denn Hohle und seine Begleiter konnten aus eigener Kraft den Ring der Gegner nicht durchbrechen.

Der Siganese warf einen letzten Blick auf die Beobachtungsschirme der KC-1. Er sah, daß einige der Männer aufgeregt winkten. Wahrscheinlich wollten sie Dephin auf diese Weise klarmachen, daß sie nicht an Bord konnten, weil ihnen der Weg abgeschnitten war.

„Wir müssen noch mal raus!“ rief Dephin den Thunderbolts zu.

Jetzt, da sie bereits in Sicherheit waren, behagte den Siganesen der gefährliche Ausflug bestimmt nicht. Sie protestierten jedoch nicht, als Dephin die Korvette durch die Mannschleuse verließ.

Er sah, daß die Kristallungeheuer zum Angriff auf die Raumfahrer übergegangen waren. Das bedeutete, daß sie die Konsequenzen, die sich aus der Landung des Schiffes ergaben, richtig eingeschätzt hatten und entsprechend handelten.

Dephin raste die Gangway hinab und durchbrach mit voller Wucht den Ring der Gegner. Sein Bremsmanöver wirbelte Kristalle auf und warf drei von Hohles Männern von den Beinen.

„Folgt mir!“ rief Dephin den anderen zu. „Ich bahne eine Gasse. Bleibt dicht beieinander.“

Er setzte sich wieder in Richtung der Korvette in Bewegung. Seine Haumesser schossen heraus und sausten auf die Angreifer herab. Über die Trümmer der Kristallriesen kletterten die nachfolgenden Raumfahrer.

Ab und zu blickte Dephin zurück, um sich davon zu überzeugen, ob er niemand verloren hatte. Der Planet Monol leuchtete jetzt so stark, daß Dephin den Eindruck hatte, durch blaues und goldenes Feuer zu marschieren. Bedrückt dachte er an die möglichen Folgen dieser Strahlung. Seit ein paar Minuten spürte er Übelkeit, und er bezweifelte nicht, daß dies auf die Hyperstrahlung zurückzuführen war.

Er erreichte die Gangway und wich zur Seite, um die Männer vorbeizulassen. Während die erschöpften Raumfahrer zur Schleuse hinauftorkelten, hielt Dephin die Kristalle zurück.

Sekunden später schlug die Schleuse hinter ihm zu. Obwohl sie noch immer von den Strahlen bedroht wurden, nahm Dephin sich Zeit für ein paar tiefe Atemzüge.

Als er weitergehen wollte, vernahm er ein heftiges Dröhnen. Er lächelte.

Major Hole Hohle hatte schnell geschaltet. Dephin war sicher, daß der Eskimo im Kommandosessel saß und die KC-1 startete.

Als Dephin die Zentrale erreichte, raste die KC-1 bereits aus der leuchtenden Atmosphäre des Planeten Monol hinaus.

10.

„Da!“ sagte Icho Tolot und deutete auf den Bildschirm des halutischen Kampfraumschiffs, auf dem sich deutlich ein Ortungsimpuls abzeichnete.

Das Schiff der beiden Haluter befand sich vierhundert Millionen Kilometer vom Scintilla-System entfernt.

„Die KC-Eins!“ stieß Fancan Teik hervor, nachdem er die Fernoptik eingeschaltet hatte. „Wir werden Perry Rhodan von der Rückkehr des Schiffes berichten.“

Perry Rhodan blickte auf die Datenaufzeichnungen und Filmaufnahmen, die Major Hole Hohle ihm überreicht hatte. Zusammen mit den Berichten der beiden Wissenschaftler Beriot und Bysiphere bildeten sie wertvolle Unterlagen über die Okefenokees und den Planeten Monol.

„Wir hatten Glück, daß die Positronik der KC-Eins unseren Kurs aufzeichnete, als wir nach Monol flogen“, sagte Hohle, der sich offenbar bereits gut erholt hatte. „So konnten wir relativ schnell ins Scintilla-System zurückfliegen.“

„Ich bin froh, daß Sie durch die Strahlung nicht zu Schaden gekommen sind“, sagte Perry Rhodan. „Vor allem möchte ich Dr. Beriot zu seiner Wiedergeburt – wenn ich mich so ausdrücken darf – gratulieren.“

Beriot lächelte und nickte Rhodan zu.

„Die Lage auf Kliban ist gespannt“, sagte Rhodan. „Vielleicht hilft uns dieses Material weiter. Vor allem müssen wir den endgültigen Beweis erlangen, daß die wiedererweckten Okefenokees mit den Konstrukteuren des Zentrums identisch sind.“

Rhodan blickte die Männer des Einsatzkommandos an.

„Ich danke Ihnen“, sagte er. „Sie können sich jetzt ausruhen.“

Beriot bezweifelte, daß er trotz seiner Erschöpfung sofort Schlaf finden würde. Zu viele Dinge waren geschehen, über die er nachdenken mußte. Vor allem mußte er daran denken, ein völlig neues Leben zu beginnen. Als Krüppel hatte er sich stets im Hintergrund gehalten. Diese Zeit war jetzt vorüber.

Ein Schauer überlief Beriot, wenn er an die Zukunft dachte.

11.

Es war eine der zahllosen Geheimkonferenzen, die seit der unfreiwilligen Ankunft in der Kugelgalaxis M 87 einander gejagt hatten.

Perry Rhodan, Atlan, Danton, die Mutanten und die Angehörigen des engeren Zirkels saßen zwanglos in den bequemen Drehsesseln des luxuriös ausgestatteten Konferenzraumes.

Als die massigen Gestalten Icho Tolots und Fancan Teiks sich durch das Schott schoben, verstummten die Unterhaltungen. Perry Rhodan erhob sich und begrüßte die Haluter.

Tolot und Teik nahmen in den eigens für sie gefertigten Spezialsesseln Platz. Normale Sitzgestelle wären unter ihrem Körpergewicht zusammengebrochen. Die übrigen Sessel drehten sich, so daß die Blicke der Anwesenden auf den Großadministrator und die Haluter gerichtet waren.

„Wir alle wissen“, begann Rhodan ohne Umschweife, „daß die Entdeckung des Planeten Monol durch das Einsatzkommando unter Major Hohle den Konstrukteuren des Zentrums nicht verborgen bleiben kann. Die Kristallwelt dürfte in M 87 einmalig sein, und wir können die Bedeutung für die KdZ gar nicht hoch genug einschätzen.“

„Sehr verehrter Rhodanos, liebe Freunde!“ Tolots Stimme klang gedämpft und marterte die Trommelfelle der Menschen nur mäßig. „Die Berechnungen meines Freundes Teikos ergaben ebenso wie die meinigen, daß die Konstrukteure des Zentrums von M 87 alle Mitwisser ihres Kristallweltgeheimnisses als Todfeinde betrachten müssen. Ihr Geheimnis ist zu groß, als daß sie es mit jemandem teilen dürften.“

Er streckte die Handlungsarme zu einer beschwörenden Geste aus.

„Versetzen Sie sich in ihre Lage! Die Herrscher über M 87 halten uns für Verbündete ihrer Erbfeinde, der Bestien. Was bleibt ihnen weiter übrig als anzunehmen, daß wir die galaktische Position von Monol an diese Bestien weitergeben werden, sobald wir erneut Kontakt mit ihnen aufnehmen! Das können sie nur dann verhindern, wenn wir nicht mehr dazu kommen, die Position Monols zu verraten. Folglich werden sie ihre Flotten in Marsch setzen und uns zu vernichten trachten."

Da er offenbar nichts weiter zu sagen hatte, machte Roi Danton einen Einwand.

„Nach allem, was wir wissen und was wir daraus ableiten, stammen die Zentrumskonstrukteure mit großer Wahrscheinlichkeit von den Okefenokees ab, die nach ihrem Tode auf Monol biophysikalisch regeneriert werden. Glauben Sie wirklich, die Konstrukteure würden uns angreifen, solange wir uns auf Kliban oder überhaupt im Heimatsystem ihrer ‚Vorfahren' befinden . . .?"

„Wir müssen es auf jeden Fall einkalkulieren", widersprach Atlan. „Falls die KdZ tatsächlich an unser vorgetäuschtes Bündnis mit den Bestien glauben sollten, besteht die einzige Alternative zum Verlust ihres Kristallplaneten in unserer schnellen Auslöschung – selbst auf die Gefahr hin, daß ihr eigentliches Heimatsystem und die Okefenokees dabei untergehen."

„Es war ein schwerer Fehler, den Konstrukteuren mit der Verbrüderung zwischen uns und den Bestien zu drohen", warf John Marshall ein. „Ein noch schwererer Fehler ist es, daß wir uns bisher nicht öffentlich von den Bestien distanziert haben."

Atlan lächelte kalt. Der ehemalige Arkonidenadmiral und derzeitige Chef der United Stars Organisation dachte noch in den Schablonen seiner Vorfahren, die in Intrigen und Ränken wahre Meister gewesen waren.

„Sie werden staunen, Marshall, wenn Sie meinen neuen Vorschlag hören", sagte er voller Zynismus. „Wie Sie alle wissen, gelang es den Zwergen während der letzten Kämpfe, eine Bestie lebend in ihre Hände zu bekommen. Ich schlage vor, diesen Olukh unter dem Vorwand zu befreien, wir wären von den Okefenokees verraten worden . . ."

John Marshall benötigte einige Sekunden, um Atlans Worte in ihrer ganzen Bedeutung zu erfassen. Dann jedoch stieg die Zornröte in sein Gesicht.

„Das wäre eine Gemeinheit!“ stieß er hervor. „Die Okefenokees sind Intelligenzen, die eine ehrliche Zusammenarbeit verdient haben. Ganz davon abgesehen, daß ich Verleumdungen allgemein ablehne. Außerdem können wir Olukh, wenn überhaupt, dann nur gewaltsam befreien. Wollen Sie etwa das Blut unschuldiger Wesen vergießen, Herr Lordadmiral . . .?“

Atlan zuckte die Schultern. Marshalls Vorwürfe schienen an ihm abzuprallen. Dennoch preßte er die Lippen zusammen, als aus dem Gremium beifälliges Gemurmel zu Marshalls Erwiderung ertönte.

In diesem Augenblick öffnete sich das Eingangsschott erneut. Zusammen mit Professor Tschu, dem Chefpsychologen der CREST, und Dr. Beriot betrat Dr. Armond Bysiphere den Konferenzraum. Die Aufmerksamkeit der Anwesenden wandte sich kurz von Atlan ab und den neu Angekommenen zu.

Dann räusperte sich der Arkonide und fuhr fort:

„Ich beabsichtige keineswegs, den Okefenokees zu schaden“, erklärte er mit fester Stimme. „Im Gegenteil, sie sollen vor Schaden bewahrt werden, indem wir glaubwürdige Beweise für die Dumfries zurücklassen, daß zwischen uns und den Zwergen keine Freundschaft besteht. Der Druisant Kibosh Baiwoff, der zweifellos erscheinen wird, muß sicher sein, daß wir die Daten von Monol nicht an die Okefenokees weitergegeben haben.

Zusätzlich dazu schlage ich vor, unseren Gefangenen, den Stützpunktingenieur Agen Thrumb, mit Beweismaterial auf Kliban zurückzulassen. Er wird keine Sehnsucht nach seinem Vorgesetzten verspüren. Das sollte uns aber gleichgültig lassen. Was seine eigenen Leute mit ihm machen, bedrückt uns nicht. Auf jeden Fall aber wird er ihnen an Hand des Beweismaterials erklären können, wie es zur Entdeckung von Monol und zum Eindringen von Dr. Beriot kam. Das wird ihm um so leichter fallen, als Baiwoff genau weiß, daß er die Schuld an der damaligen geistigen Verwirrung Beriots trägt.“

John Marshall erhob sich erneut und hob die Hand. Das Gemurmel verstummte.

„Eine Frage, Lordadmiral: Wenn ich Sie recht verstehe, so möchten Sie sich nach beiden Seiten absichern. Sind Sie davon überzeugt, daß dieses Doppelspiel uns nicht letzten Endes schaden wird?“

Das Lächeln um Atlans Mundwinkel erlosch. Der Arkonide wirkte plötzlich unendlich müde. Die starke Absonderung von Augensekret bewies, wie erregt er war.

„Mein lieber John“, flüsterte er kaum verständlich, „ich wollte, jemand könnte uns einen besseren Vorschlag unterbreiten – einen Vorschlag, dessen Ausführung uns weder schadet noch in Gewissenskonflikte stürzt. Sehen Sie, wir wollen doch nicht nur nach Hause . . .“, er lächelte wehmütig, „. . . sondern wir müssen nach Hause. Nicht nur die Menschheit, sondern die gesamte Galaxis ist durch die Angriffe der Zweitkonditionierten bedroht. Aber, wie Perry Rhodan bereits vor einiger Zeit betonte, wir dürfen hinter uns keine potentielle Bedrohung zurücklassen.“

Er tupfte sich das Augensekret von den Wangen.

„Die Bestie soll uns die Gelegenheit verschaffen, seine Artgenossen entscheidend zu schwächen. Nur das kann den KdZ beweisen, daß wir eine ehrliche Verständigung mit ihnen suchen und ihnen keinesfalls schaden möchten.“

Erschöpft ließ er sich in seinen Drehsessel sinken.

„Ich bitte um Abstimmung, damit wir die Details erörtern können“, murmelte er.

Marshall schloß die Augen. Er schien in sich hineinzulauschen. Allmählich entspannten sich seine Züge. Als er die Augen öffnete, sagte er:

„Ich sehe keine bessere Möglichkeit als die, die Atlan uns aufzeigte. Deshalb befürworte ich seinen Plan.“

„Sie überraschen mich immer wieder, Eileen“, erklärte Roi Danton geziert und hob das Glas aus geschliffenem Kristall. „Auf den weiblichen Charme und die weibliche Schönheit ohne den das Leben trist und sinnlos wäre!“

Eileen Dacran blinzelte ihm über den Rand ihres Glases hinweg spöttisch zu. Nachdem sie einen kleinen Schluck des vorzüglichen Rotweins genommen hatte, setzte sie das Glas mit heftiger Gebärde ab.

„Für mich als Psychologin sind und bleiben Sie ein Phänomen, Roi. Wie heißen Sie wirklich?“ Die Frage kam blitzschnell und ohne Vorwarnung.

Danton öffnete den Mund, als wollte er antworten, dann schloß er ihn wieder. Überrascht blickte er in die unergründlichen Augen der Kosmopsychologin.

„Beinahe hätten Sie mich hereingelegt, Demoiselle Eileen." Er schüttelte vorwurfsvoll den Kopf. Eine kleine Puderwolke löste sich aus seiner weißen Perücke und senkte sich auf die Tischplatte aus golden marmoriertem Glassit.

„Sie sollten endlich begreifen, daß ein Mann sehr wohl seine Geheimnisse haben kann."

Tschus bildschöne, langhaarige Assistentin mit den ausdrucksvollen grauen Augen erhob sich und schritt mit wiegenden Hüften zum Tonschrank.

Sie schaltete an einer Skala, und gleich darauf erklang ein zärtliches, verspieltes Menuett. Mit dem Rücken an den Schrank gelehnt, betrachtete Eileen versonnen die Trümmerwüste jenseits des Landeplatzes der CREST.

„Woran denken Sie?" fragte der Freihändler leise und erhob sich ebenfalls.

Eileen Dacran schloß die Augen.

„Daran, wie großartig unsere Zeit ist, Roi. Wir dürfen ein uraltes terranisches Menuett anhören und blicken gleichzeitig auf die verwüstete Stätte eines Planeten, der mehr als dreißig Millionen Lichtjahre von der Welt entfernt ist, auf dem diese Musik entstand . . ."

Roi Danton stand dicht vor ihr. Sein Atem ging plötzlich schwer. Impulsiv riß er Eileen in seine Arme und küßte sie. Ihre halb geöffneten Lippen kamen ihm entgegen. Für lange Sekunden versank die Wirklichkeit . . .

Abrupt befreite sich die Psychologin aus der Umarmung. Atemlos stieß sie Danton zurück.

„Ich nehme an, das war die terranische Abart der halutischen Drangwäsche, Monsieur Danton. Wir sollten es nicht anders sehen als so. In unserer Situation ist kein Platz für verspielte Romanzen."

Roi nickte bedächtig. Galant führte er Eileen Dacran auf ihren Platz zurück und setzte sich ihr gegenüber.

Doch bevor der Freihändler das Gespräch fortführen konnte, riß das gellende Geheul der Alarmsirenen die beiden jungen Menschen aus ihrer kurzlebigen Oase friedlichen Beisammenseins in die harte Wirklichkeit zurück.

Roi Danton war bei den ersten Sirenenklängen aufgesprungen. Sein Gesicht erstarrte. Ohne ein Wort zu sagen, stürmte er aus Eileens Kabine.

Die Psychologin achtete nicht darauf. Auch für sie war Danton in dem Augenblick einfach nicht mehr vorhanden, in dem die Sirenen erschollen. Sie riß sich die Freizeitkombi vom Leib. Aus dem getarnten Bereitschaftsspind nahm sie ihren leichten Kampfanzug, schnallte sich den Waffengurt um, zog die weichen Überstiefel an und verließ die Kabine.

Perry Rhodan stand neben dem leicht geschwungenen Kommandopult der Hauptzentrale und verfolgte die Befehle des Kommandanten und die Klarmeldungen der einzelnen Schiffssektionen.

Er wandte nicht den Kopf, als Atlan sich ihm näherte. Er erkannte den Freund an seinem Schritt.

„Tolot hat vor zwei Minuten mit den Ortungsgeräten seines Schiffes die erwartete Dumfrie-Flotte angemessen“, erklärte er ohne die geringste Spur von Erregung. Ein grimmiges Lächeln huschte über sein Gesicht. „Die Auswertung von Energieemissionen, Kurs und Geschwindigkeit führten zu dem Schluß, daß die Flotte schon seit Tagen in der Nähe des Scintilla-Systems Bereitstellung bezog, aber noch abwartete. Nach den Vorfällen auf Monol hat sie offenbar Angriffsorder erhalten.“

Der Lordadmiral trat neben ihn und nickte lediglich zu Rhodans Bericht.

„Ich habe Agen Thrumb in dein Arbeitszimmer bringen lassen, Perry. Es wäre gut, wenn wir beide ihn verabschiedeten und ihm die Situation verdeutlichten.“

Agen Thrumb hatte einen Großteil seiner bisherigen Überheblichkeit eingebüßt. Offensichtlich fürchtete er sich, und die beiden hochgewachsenen, bullig aussehenden Raumsoldaten, die ihn bewachten, hielten ständig ihre Kombistrahler auf ihn gerichtet.

Atlan schickte sie hinaus.

Thrumb kam einen Schritt auf Rhodan zu. Seine gelblichen Augen flackerten. Die zwanzig blauen Steine auf seiner Brust spiegelten seine Gefühle wider: Sie schimmerten nur trübe.

„Ich bitte um Asyl, Sir!“ beschwor Agen Thrumb Perry Rhodan. „Sie dürfen mich nicht aussetzen und der Rache des Druisanten überlassen!“

„Sie werden überhaupt nicht gefragt!“ fuhr Atlan ihn zornig an.

Perry Rhodan winkte ab.

„Hören Sie mich an, Druis! Sie und ich, wir denken annähernd in gleichen Bahnen – trotz aller Unterschiede, die zwischen uns bestehen. Folglich sollten Sie schnell verstehen, weshalb ich Sie auf Kliban von Bord schicke.“

„Nein!“ schrie Thrumb. „Sie schicken mich in den Tod. Bei Baiwoff gelte ich als Verräter. Begreifen Sie das nicht?“

„Doch, ich begreife es sehr gut.“ Rhodan sandte Atlan einen verweisenden Blick und verhinderte dadurch, daß der Arkonide erneut eingriff. Mit großer Eindringlichkeit berichtete er dem Stützpunktingenieur über Hole Hohles Einsatz, die Entdeckung der Kristallwelt Monol und über die Verwirrung, die Dr. Beriot dort angerichtet hatte.

Agen Thrumbs Furcht steigerte sich zum Entsetzen, als er davon hörte. Er beschwor Rhodan erneut, ihn nicht der Rache Kibosh Baiwoffs auszuliefern, sondern ihm an Bord der CREST IV Asyl zu gewähren.

„Wenn es nur um uns Terraner ginge, würde ich Ihren Wunsch erfüllen“, sagte Rhodan. „Aber es geht um viel mehr, nämlich um die Existenz von M 87. Unseren Berechnungen zufolge kommt der Vernichtung der Mooghs und ihrer Welt längst nicht die Bedeutung zu, die wir anfänglich vermuteten. Es muß bedeutend wichtigere Planeten der Bestien geben. Wir werden sie finden. Deshalb dürfen wir keine Rücksicht auf Einzelschicksale nehmen. Sie erhalten ausreichend Material, um Kibosh Baiwoff über unsere wahren Absichten und Beriots Unschuld aufzuklären. Sie selbst wissen ja, daß die Aphaneus-Psychologen für seinen Wahnsinn verantwortlich sind. Erklären Sie Baiwoff ruhig, wir legten großen Wert darauf, später wieder mit Ihnen als unserer Kontaktperson zu verhandeln. Ich nehme an, das wird Sie vor einer Hinrichtung bewahren.“

„Gib dir keine Mühe, Freund“, flüsterte Atlan. „Er ist nicht zu überzeugen.“

Rhodan preßte die Lippen zusammen. Er erkannte ebenfalls, daß Agen Thrumbs Furcht seinen Verstand gegenüber jeder Argumentation verschloß.

„Kommen Sie jetzt!“ befahl er scharf.

Man hatte Agen Thrumb soweit vom Landeplatz der CREST entfernen müssen, daß er vor ihrem Start nicht zurückkehren konnte.

Unterdessen waren die Maschinen des Schiffes angelaufen. In den Gefechtsständen warteten die Bedienungsmannschaften auf den bevorstehenden Kampf. Die beiden Kugelschiffe der Haluter kreisten über Kliban, und das Posbischiff BOX-13111 beobachtete vom Rand des Scintilla-Systems die anrückende Flotte der Dumfries.

„Wie ist die Lage?“ fragte Rhodan den Kommandanten.

Oberst Akran wiegte bedenklich den mächtigen Schädel.

„Die Dumfries kreisen das System systematisch ein. Wenn wir länger als eine Stunde warten, bekommen wir Schwierigkeiten, Sir.“

Atlan führte sein Telekomarmband zum Mund und rief nach Harl Dephin.

Der siganesische USO-Spezialist meldete sich augenblicklich.

„Alles klar für Operation Happening?“ fragte der Arkonide schnell.

„Alles klar, Sir!“ wisperte Dephins Stimme aus dem Empfänger.

„Grünes Licht, Dephin!“ befahl Atlan.

Perry Rhodan wölbte die Brauen.

„Habe ich recht gehört? Aktion Happening . . .? Welches Satansei wird unter dieser vieldeutigen Tarnbezeichnung ausgebrütet?“

„Das Ei des Kolumbus“, gab der Arkonide sarkastisch zurück. „Komm, verfolgen wir Paladins Einsatz von einer Isolierkabine aus.“ Während sie zu einer der schalldichten Kabinen eilten, klärte Atlan den Freund über die Aktion Happening auf.

„Du warst ja ebenfalls dafür, daß wir die Bestie Olukh unter einem Vorwand befreien. Nun, Harl Dephin hat alles vorbereitet. Gleich werden wir die Thunderbolts in Aktion sehen.“

Er schob Rhodan in einen Sessel und schaltete die Bildübertragung ein. Das Aufnahmegerät mußte sich in dem stählernen Schädel des Roboters befinden, nach der Bildwiedergabe zu urteilen.

Paladin befand sich bereits außerhalb der CREST. Er raste auf den stählernen Bunker am entgegengesetzten Ende des Raumhafens zu. Dort war die Bestie untergebracht worden, die man bei den Kämpfen auf Kliban gefangengenommen hatte. Die beiden Okefenokees, die gemeinsam mit einem terranischen Kommando Olukhs Gefängnis bewachten, ergriffen bei Paladins Annäherung die Flucht. Anscheinend war ihnen die Erinnerung an das Wüten des Roboters unter den Bestien noch lebhaft im Gedächtnis.

Paladin beachtete sie nicht. Dafür eröffnete er das Feuer auf die terranischen Soldaten. Drei Männer brachen zusammen.

„Bist du wahnsinnig!“ schrie Rhodan. „Das geht zu weit. Sofort rufst du Dephin zurück!“

Der Arkonide lächelte.

„Warum so aufgeregt? Glaubst du im Ernst, ich würde den Befehl zur Tötung unserer eigenen Leute erteilen? Für die Zwerge wird es aber nur so realistisch genug wirken.“

Perry Rhodan begriff. Gespannt beobachtete er auf dem großen Bildschirm, wie der Paladin-Roboter die Panzerschotte des Gefängnisses zertrümmerte. Zolldicke Stahlplatten wurden wie dünne Alufolie zerknüllt, zerfetzt und zur Seite geschleudert. Unablässig zuckten die Entladungsblitze aus den Projektoren der automatischen Energiesperren und hüllten Paladin in ein tödliches Gewitter. Doch unberührt davon stampfte der Gigant weiter.

Unwillkürlich hielt Rhodan den Atem an, als auf dem Bildschirm die gefangene Bestie erschien. Olukh war ein Monstrum von vier Metern Höhe, bedeckt von bräunlich-schwarzen sechseckigen Hornplatten und mit drei rotglühenden Augen. Ansonsten glich er einem Haluter.

Er riß den gewaltigen Rachenmund auf und wich brüllend vor Paladin zurück.

„Aha!“ machte Atlan. „Er erkennt Paladin wieder.“

„Und er hält ihn noch immer für ein artverwandtes Monstrum“, ergänzte Rhodan.

Blitzartig schossen die vier Arme des Roboters vor. Olukh kam nicht mehr dazu, ihnen auszuweichen. Er wurde ergriffen und hochgehoben. Anschließend drehte Paladin sich gleich einem Gleiskettenfahrzeug auf der Stelle. Auf dem Bildschirm wurden hinter dem Körper der Bestie die zertrümmerten Schotte des Gefängnisses sichtbar. Dann tauchte die Ebene des Raumhafens auf. Die Kugel der CREST schien sich aufzublähen – und verdeckte schließlich das Blickfeld völlig.

„Das war's!“ sagte Atlan und erhob sich. Als Perry Rhodan sitzen blieb, sah er ihn verwundert an.

„Willst du die Bestie nicht willkommen heißen, Freund?“

„Alles zu seiner Zeit“, entgegnete Rhodan hart. „Erst will ich Gewißheit haben, daß die ‚getöteten‘ Wachtposten wohlauf und an Bord sind.“

Rhodan aktivierte sein Armbandgerät und befahl Gucky, zusammen mit Ras Tschubai aus der CREST zu teleportieren und die Männer schnellstens an Bord zu bringen.

Fünf Minuten später meldete der Mausbiber, daß die Männer in Sicherheit sind.

Perry Rhodan und Atlan hielten kurz bei Paladin an, der die Bestie von hinten umklammert hielt. Olukh bäumte sich vergeblich gegen den stählernen Griff des Roboters auf. Roter Schaum stand vor seinem Rachenmund und flog bei jedem Atemzug in Flocken davon.

„Verhalten Sie sich friedlich, Olukh, dann wird Ihnen nichts geschehen!“ schrie Rhodan der Bestie zu. „Wir haben Sie lediglich befreit, verstehen Sie?“

Olukh bekam sekundenlang ein Bein frei. Er trat mit Wucht nach dem Terraner, und hätte er getroffen, wäre Rhodan auf der Stelle tot gewesen. Glücklicherweise war Gucky zur Stelle. Der Mausbiber schleuderte Rhodan telekinetisch aus der Gefahrenzone und in einen leeren Kontursessel hinein. Danach verdrehte er mit seinen Parakräften das Bein der Bestie, bis Olukh um Erbarmen flehte. Er richtete sein Flehen an Paladin; den im Vergleich zu ihm winzigen Mausbiber sah er nicht einmal.

Gucky verdroß diese Nichtbeachtung. Er teleportierte drei Meter in die Höhe und hielt sich telekinetisch vor Olukhs Gesicht in der Schwebe. Anschließend zwang er die drei Stielaugen der Bestie, bis an die Grenze ihrer Belastbarkeit herauszuschnellen und sich vor seinem Gesicht zu vereinen.

„Sieh mich an, du Rohling!“ kreischte er. „Ich bin der beste Gucky, den es je gab. Soll ich dir einen Knoten in . . .“

„Schluß damit, Kleiner!“ befahl Perry Rhodan. „Ihnen, Olukh, will ich nur noch sagen, daß wir Sie befreiten, weil die Okefenokees uns an die Konstrukteure des Zentrums verrieten. Wir starten jetzt und brechen aus dem Kessel aus, den die Flotte der Dumfries um das Scintilla-System gebildet hat. Verhalten Sie sich ruhig, oder Gucky wird Ihnen zeigen, was er alles kann.“

Schroff wandte er sich ab. Harl Dephins Roboter führte die Bestie ab. Er würde sie in eine ausbruchsichere Zelle sperren, bis Zeit für eine ausführliche Unterhaltung war.

Kommandant Akran wandte den Kopf und sah Rhodan fragend an. Perry nickte ihm zu. Da gab Merlin Akran das Startkommando.

Die Triebwerke des Ultraschlachtschiffes brüllten auf, gleich einem urweltlichen Ungeheuer. Eine gigantische Staubwelle fegte über die Fläche des Raumhafens, erreichte das anschließende Trümmerfeld und brachte mit seiner Kraft die letzten Ruinen zum Einsturz. Das Licht der gelben Sonne Scintilla wurde schlagartig abgeblendet. Nur ein trüber kreisrunder Fleck blinkte durch die Mauer aus Staub.

Träge hob die CREST IV ab. Die starken Antigravprojektoren kompensierten die Anziehungskraft Klibans, und nachdem der Triebwerksschub die gewaltige Masse des Raumschiffs erst einmal in Bewegung gesetzt hatte, stieg es schneller und schneller in den Himmel, durchstieß die spärlichen Wolkenfetzen und tauchte Sekunden später bereits in die Schwärze des freien Raums ein.

Perry Rhodan beobachtete die Tasterechos der beiden Haluterschiffe. Sie eskortierten die CREST mit geringer Überhöhung an den Flanken und hielten mühelos das Tempo.

„Meldung von BOX-13111!" erscholl es aus Rhodans Funkhelm. „Erste Feindberührung mit Aufklärungsschiffen. Gegner wurde mit normalen Impulsgeschützen vertrieben."

„Gut so!" erwiderte Rhodan. „Niemand braucht zu wissen, welche Feuerkraft in dem Fragmentschiff steckt."

„Wie verhält sich das Gros der Flotte?" vernahm er Atlans Stimme.

„Vorläufig passiv. Aber ständig treffen neue Verbände ein. Das Scintilla-System ist bereits lückenlos umzingelt. Der Gegner hat sich zu einer Kugelschale formiert. Durchbruch ohne Feindberührung unmöglich."

Am Rand des Scintilla-Systems stieß die BOX-13111 zur CREST und den Haluterschiffen. Auf Rhodans Befehl rückten die vier Raumschiffe so dicht auf, daß sich ihre Schutzschirme fast berührten.

Eine halbe Stunde später näherte sich die Phalanx der vier Schiffe den Dumfrie-Verbänden auf Schußweite. Die Kugelschale der Belagerer war unterdessen in Bewegung geraten. Von allen Seiten schossen die Dumfrie-Schiffe auf den Koordinatenpunkt zu, an dem der Durchbruch erfolgen würde. Ihre Kommandanten brauchten nicht zu befürchten, daß die Fliehenden noch im letzten Augenblick den Kurs ändern könnten. Bei einer Geschwindigkeit von rund achtzig Prozent LG war das unmöglich.

Ein dichtes Netz feiner Schweißperlen bildete sich auf Rhodans Stirn, als er den Befehl zur Feuereröffnung erteilte. Die Geschützführer kannten seinen Plan, nach Möglichkeit gegnerisches Feuer nur bei harter Bedrängnis zu erwidern und die Dumfries lediglich auf Distanz zu halten. Ob sie in der Hitze des Gefechts strikt danach handeln würden, war eine andere Sache. Seit ihrer Ausbildung in den Raumakademien war ihnen schließlich immer wieder eingehämmert worden, daß gegen Gewalt nur Gewalt zu setzen sei.

Die ersten Transformgeschosse explodierten zwischen dem Punktortungsmuster der Dumfrie-Schiffe. Gespannt beobachtete Perry Rhodan das erste grelle Aufblitzen, dem unmittelbar und davon zeitlich kaum zu trennen, die eruptive Ausdehnung blauweiß strahlender Glutbälle folgte.

Von „oben“ und „unten“ stießen gleichzeitig die Angriffsspitzen der Verstärkungen auf den dichten Pulk der vier Schiffe herab. Ihnen setzten die Kanoniere der CREST und des Posbischiffes undurchdringliche Sperriegel von Tausend-Gigatonnen-Explosionen entgegen. Das Sperrfeuer wurde allmählich zurückverlegt, um den Dumfries die Zeit zu lassen, die sie zum Verzögern und Abschwenken benötigten.

Auch in Fahrtrichtung zeigte sich eine Wirkung des „Aufsprengungsfeuers“. Die mächtigen Raumschiffe der galaktischen Soldaten von M 87 wichen vor dem nach außen wandernden Ring tödlicher Kunstsonnen zurück. Ein Loch von mehr als hunderttausend Kilometern Durchmesser bildete sich in der Front.

„Wir schaffen es!“ sagte Rhodan erleichtert. „Unsere Feuerleitoffiziere leisten wirklich Maßarbeit. Diesmal wird unser Sieg unblutig sein, Atlan!“

„Freu dich nicht zu früh, Perry“, entgegnete der Arkonide mit verkniffenem Gesicht. Er justierte den elektronischen Leuchtstab auf den schwarzen Raum hinter dem Aufsprengungsring.

Rhodan hielt den Atem an. Teilweise von den heftigen Energieemissionen der Gigaexplosionen überlagert, zeichneten sich verwaschene Tasterechos ab. Ein kleiner Verband der Dumfries legte sich vor die Lücke, die die Phalanx der vier Schiffe in den Sperriegel gezwungen hatte.

Perry Rhodan verspürte plötzlich ohnmächtigen Zorn auf den Dumfrie-Kommandanten, der seinen Untergebenen diesen Wahnsinnsbefehl gegeben hatte.

„Können wir ihnen irgendwie ausweichen, Oberst?“ wandte er sich an den Kommandanten.

„Nein, Sir!“ gab Merlin Akran lakonisch zurück.

Rhodan schaltete sich in die Frequenz des Ersten Feuerleitoffiziers ein.

„Konzentriertes Punktfeuer zwischen die Schiffe, die uns den Weg versperren!“ befahl er. „Nach Möglichkeit Schutzschirme der Gegner überlasten. Ansonsten kein Wirkungsfeuer!“

Atlan gab den gleichen Befehl an den Posbikommandanten und die Haluter weiter.

Doch beide Männer ahnten, daß ihr Bemühen um einen unblutigen Sieg teilweise bereits gescheitert war.

Sekunden später erbebte die CREST unter dem konzentrierten Wirkungsfeuer der gewaltigen Dumfrie-Schlachtschiffe. Der HÜ-Schirm verhinderte zwar, daß die Vernichtung bis zum Schiff vordrang, aber er machte durch die heftigen Energieentladungen in seinem Innern eine genaue Ortung und ein sicheres Zielen unmöglich.

Rhodan spielte mit dem Gedanken, das Feuer ganz einstellen zu lassen. Aber da war bereits alles vorüber. Auch der zweite, notdürftige Sperriegel der Dumfries hatte sie nicht aufhalten können. Drei expandierende, zerflatternde Wolken glühenden Gases zeugten vom Untergang dreier todesmutiger Schiffsbesatzungen. Sie hatten entweder bei dem Inferno keine Möglichkeit mehr gefunden, dem terranischen Auflösungsfeuer auszuweichen, oder sie waren Opfer ihres eigenen Feuers geworden, das den Geschützbedienungen der beschossenen Schiffe ein exaktes Zielen unmöglich gemacht hatte.

„Das Schiff geht in den Zwischenraum!“ ertönte Merlin Akrans dröhnende Stimme. „Erbitte dringend Zielkurskoordinaten!“

Atlan sprang auf.

„Jetzt wird es sich zeigen, ob Olukhs ‚Befreiung‘ uns ein Stück weiterbringen kann. Tut mir leid. Aber vorerst muß ich weiterhin mit gezinkten Karten spielen – zumindest unserem bestialischen ‚Freund“ gegenüber.‘

12.

Vor Olukh stand ein Translatorgerät, das auf die Verkehrssprachen von M 87 und M 0 justiert war. Unter M Null war die Heimatgalaxis der Menschheit in den Katalog eingeordnet worden, da alle bisherigen Bezeichnungen für Bewohner extragalaktischer Systeme irreführend gewesen waren.

Olukh saß in einem Spezialsessel. Neben ihm stand Paladin und ließ die Bestie nicht aus den Augen.

Atlan und Tschu ließen sich in sicherer Entfernung auf zwei normalen Sitzgelegenheiten nieder.

„Sie brauchen mir nichts mehr zu erklären“, sagte Olukh, und der Translator übersetzte seine Worte ins Interkosmo. „Ich konnte verfolgen, wie Sie die Belagerungsglocke der Dumfries durchbrachen.“

„Das freut mich“, erklärte Atlan. „Sehen Sie, Olukh, als Ihre acht Schiffe über der Welt der Okefenokees auftauchten, brachte uns das in eine unangenehme Lage. Unser Oberkommandierender wurde zusammen mit anderen Leuten von den Zwergen überwältigt, da sie glaubten, wir hätten Ihre Raumschiffe absichtlich ins Scintilla-System gelockt.“

Olukh brach in dröhnendes Gelächter aus. Überrascht starrte der Arkonide ihn an. Nur Tschu Piao-Teh lächelte, als hätte er nichts anderes erwartet.

„Ich weiß!“ sagte die Bestie. „Sie mußten sich gegen uns stellen, um sich selbst zu retten. Das ist auch gar nicht wichtig. Ja, es interessiert mich jetzt überhaupt nicht mehr.“

„Argtz hatte aber den Schwingungspeiler an Bord der CREST ‚vergessen‘. Nur dadurch gerieten wir in diese Lage“, erwiderte Atlan.

„Ich will Ihnen verraten, was die wahre Absicht der Bestien war“, warf der Kosmopsychologe ein. „Mit acht Schiffen würden sie niemals einen ernstgemeinten Angriff auf das Scintilla-System unternommen haben. Ich denke, sie flogen lediglich den Peilsignalen nach, um erneut Kontakt mit uns aufzunehmen.“

„Woher wissen Sie das?“ fragte die Bestie verblüfft.

Tschu lachte nur trocken und deutete mit dem Zeigefinger auf seinen Kopf.

„So war das also . . .!“ meinte der Arkonide.

„Ja, es stimmt“, bestätigte Olukh. „Kliban wurde nur deshalb von uns angegriffen, weil die Bodenabwehr uns an der Kontaktaufnahme mit Ihnen hinderte. Leider ließen sich meine Truppen nicht mehr bändigen, nachdem der Kampf einmal begonnen hatte. Sie landeten ohne meinen ausdrücklichen Befehl.“ Er lachte erneut. „Nun, sie erhielten die verdiente Quittung.“

Lordadmiral Atlan erschauerte angesichts der Kaltschnäuzigkeit der Bestie. Auch er hatte oft genug kompromißlos und nur nach taktischen, weniger nach menschlichen Erwägungen gehandelt, aber niemals wäre es ihm in den Sinn gekommen, seine eigenen Soldaten nach ihrem Tod auch noch zu verspotten.

Olukh beugte sich vor. Seine drei Augen glühten in drohendem Feuer.

„Bei einem ernstgemeinten Angriff auf Kliban wäre der Planet selbstverständlich in kurzer Zeit vernichtet worden. Oder zweifeln Sie etwa daran?“

„Nein, jetzt nicht mehr“, entgegnete Atlan mit belegter Stimme. „Mich wundert nur, daß Sie offenbar gar nicht unter den Auswirkungen des Verlustes von Molak I leiden.“

„Ach, was!“ sagte Olukh geringschätzig. „Die Mooghs haben ihre Rolle selber überschätzt und Sie dadurch irregeführt. Dabei waren ihre Produktionsstätten nur ein winziger Stein im Mosaik unserer Kriegsvorbereitungen. Ohne Molak I sieht die Situation nicht viel anders aus. Ich bin übrigens über alles informiert, was im Molak-System geschah. Niemand nimmt es Ihnen übel, daß Sie sich gewaltsam aus der Gefangenschaft der Mooghs befreiten und ihnen nicht halfen, als die Dumfries angriffen.“

Der Arkonide begriff, daß Olukh anscheinend eine viel bedeutendere Persönlichkeit seines Volkes war, als er bisher vermutet hatte. Normalerweise hätte eine Bestie nur mit Haß und Drohungen reagiert, wenn ihre Flotte vernichtet und auch ansonsten ihrem Volk Schaden zugefügt worden wäre.

„Sie wollten also mit uns Verbindung aufnehmen“, sagte Tschu Piao-Teh. „Gut, das ist geschehen. Inzwischen kennen Sie den Rang Atlans und Perry Rhodans. Es ist an der Zeit, daß Sie nun ebenfalls

Ihren Rang offenbaren und uns Einzelheiten Ihres Auftrages nennen!“

Die Bestie riß ihren gewaltigen Rachenmund auf. Es sah aus, als ob sie lächelte.

„Mein Rang ist der eines Pewl, was soviel bedeutet, daß ich das Verbindungsglied zwischen unserer Legislative und der Exekutive bin.“

„Wäre es richtig, Sie als Planungsrat der Exekutive zu bezeichnen?“ fragte der Professor Tschu.

„Ja, so könnte man es nennen“, antwortete Olukh nach kurzem Zögern. „Sie wollen mich zu einseitigen Leistungen veranlassen.“

Tschu Piao-Teh lachte. Er zog seine gestopfte Pfeife hervor und setzte sie in Brand.

„Von meinem Gesichtspunkt aus betrachtet, müssen Sie zuerst etwas bieten, damit Ihre Kontaktaufnahme überhaupt einen Sinn erhält. Kurz gesagt, wir benötigen kosmonautische Unterlagen über zumindest einen Ihrer wichtigsten Planeten.“

„Nicht so direkt!“ flüsterte Atlan. „Wollen Sie ihn erschrecken?“

Der Kosmopsychologe schüttelte den Kopf.

„Nun, Olukh . . .?“

Die Bestie zögerte ganz offensichtlich. Das war allerdings zu erwarten gewesen, denn Intelligenzen mit derartig negativen Charaktereigenschaften wie Brutalität, Skrupellosigkeit und krankhaftem Egoismus können nicht anders, als jedem anderen Wesen Argwohn entgegenzubringen.

„Olukh!“ rief Tschu scharf. Die Bestie zuckte zusammen. Das rötliche Flackern ihrer drei Augen drückte Wut und Angst zugleich aus. Aber der Psychologe lächelte. „Die Mooghs sind ausgelöscht. Von der Flotte blieben nur Sie allein übrig, denn das Schiff, das aus dem System der Zwerge entfliehen konnte, ist sicherlich von den wartenden Dumfrie-Flotten vernichtet worden. Wie aber wollen Sie uns beweisen, daß es sich überhaupt lohnt, den Kontakt mit Ihrem Volk zu halten! Sie vertreten augenblicklich eine Macht, von der nichts zu hören oder zu sehen ist.“

Er erhob sich und trat furchtlos an die Bestie heran. Sein Blick bohrte sich in die Augen Olukhs.

„Sie lügen!“ erklärte er kategorisch und wandte sich ab.

„Nein!“ schrie Olukh hinter ihm her. „Warten Sie!“

„Worauf? Auf weitere Lügen?“

„Ich . . . ich werde Ihnen die galaktischen Koordinaten unseres Zentralsystems nennen. Dort können Sie sich von der Macht meines Volkes überzeugen. – Aber ich warne Sie! Im Zentralsystem sind Sie und Ihre Raumschiffe nichts als unbedeutende Staubkörnchen. Falls Sie Verrat planen, hüten Sie sich davor, es anzufliegen. Das wäre Ihr Untergang."

Tschu Piao-Teh nickte bedächtig.

„Das klingt schon besser, Olukh. Nun sollen Sie sich überzeugen können, daß wir Terraner nicht mit leeren Händen kommen.

Lordadmiral, ich schlage vor, Olukh alle Beweismittel über die Entdeckung der Kristallwelt vorzuführen!"

„Eine beeindruckende Vorführung", sagte der Pewl, nachdem die Projektoren erloschen waren. „Ich vermute, Sie haben durch Zufall den wichtigsten Planeten der Konstrukteure des Zentrums entdeckt. Seit langem drangen immer wieder Berichte unserer Agenten zu uns, in denen von einer geheimnisvollen Welt lebender Hyperkristalle die Rede war. Aber sämtliche Nachforschungen blieben vergebens."

Atlan räusperte sich. „Sie sehen also, Olukh, daß wir nicht mit leeren Händen kommen. Es wird Zeit, daß Sie uns ebenfalls Informationen geben."

Der Pewl stimmte sofort zu. Er schien endgültig die letzten Hemmungen zu verlieren. „Besitzen Sie kosmonautisches Material über diese Galaxis?" fragte er.

„Wir befinden uns im Besitz älterer Sternkarten der Skoars", antwortete Atlan.

„Das ist gut. Denn ohne solche Karten würden Ihnen meine Koordinaten nichts nützen. Aber da Sie über die galaktische Nomenklatur verfügen . . ."

Unvermittelt nannte er einige Koordinaten. Sie waren äußerst umfangreich und kompliziert. Doch Atlan schien sie mit seinem „photographischen Gedächtnis" erfaßt zu haben. Er nickte befriedigt.

„Dies waren die Positionsdaten einer sehr dichten Dunkelwolke, innerhalb der das Zentralsystem meines Volkes steht. Sie brauchen allerdings noch eine große Menge Zusatzangaben, um die Zentralwelt zu finden. Doch dazu müßte ich eine dreidimensionale Sternkartenprojektion vor mir haben."

„Gehen wir zur Kosmonautischen Sektion", erklärte Atlan. „Dort finden wir alles, was wir brauchen."

Als sie die kosmonautische Sektion der CREST betraten, hatte sich Perry Rhodan ebenfalls dort eingefunden. Er war über Telekom von Atlan benachrichtigt worden.

Die Kosmonautiker umringten die Bestie gleich nach ihrem Eintreten und überschütteten sie mit Fragen.

„Treten Sie bitte etwas zurück, meine Herren!" erscholl Major Dephins lautsprecherverstärkte Stimme aus dem Paladin-Roboter. „Olukh ist schließlich kein zahmes Kätzchen!"

„Mir ist er sympathischer als ein größenwahnsinniger Siganese", gab ein wissenschaftlicher Offizier zurück. Brüllendes Gelächter folgte, und aus Paladins Lautsprecher erschollen dumpfe Laute.

Die Bestie selbst verfolgte den Vorfall ohne sonderliches Interesse. Vermutlich begriff sie nicht einmal, was die einzelnen Bemerkungen und das Gelächter zu bedeuten hatten. Besondere Feinfühligkeit konnte man von einem solchen Wesen auch kaum erwarten, geschweige denn Sinn für Humor.

Ein Kosmonautiker schob die Hauptkarte der Skoars in den Aufnahmeschlitz des kombinierten Transform- und Projektionsgeräts. Ein Laie hätte mit der glitzernden Metallfolie gar nichts anzufangen gewußt, denn optisch war sie nichts anderes als ein leeres Stück dünngewalzten Metalls. Der Transformsektor mußte die vielfältigen unsichtbaren Strukturmuster erst in Lichtimpulse, danach in positronische Symbole und anschließend in energetische Schwingungen verwandeln. Der Projektionssektor verwandelte die Schwingungen dann in eine dreidimensionale leuchtende Abbildung des in der Karte gespeicherten Raumsektors.

Das Ganze dauerte ungefähr zwei Sekunden, dann baute sich die Projektion über dem feinmaschigen Gitterrost auf. Das Bild war kugelförmig und stellte eine naturgetreue verkleinerte Wiedergabe von M 87 dar. Auf einem separaten rechteckigen Bildschirm erschienen die Koordinaten und sonstigen Daten jener Punkte, die man mit einem Elektronenjustierer auf der Projektion anzeigte.

Olukh bewies, daß er ein ausgezeichneter Kosmonautiker war. Kein Wunder, denn er besaß das gleiche Planhirn wie ein Haluter oder Zweitkonditionierter. Was darin einmal gespeichert worden war, konnte nicht mehr verlorengehen, es sei denn, weil es dem Individuum unwichtig erschien.

Der Justierer wies auf eine schwarze Ballungszone. Sie war laut Bildschirmanzeige 38 717 Lichtjahre vom galaktischen Zentrum entfernt.

„Gut, daß wir die erbeuteten Sternkarten schon auf unser Maßsystem umgestellt haben", flüsterte Dr. Bysiphere neben Tschu.

Der Kosmopsychologe nickte. Plötzlich beugte er sich etwas vor. Soeben hatte der Bildschirm den Durchmesser der dunklen Ballung mit 812 Lichtjahren ausgeworfen sowie die geschätzte Anzahl von 82 Sonnen, die sich in dieser Dunkelwolke befinden sollten. Nun erschien ein Schriftbild . . .

„Die Dunkelwolke Lethara erhielt die Zusatzbenennung ‚Todeswolke'", las Tschu Piao-Teh ab, „da bisher alle Raumschiffe, die in sie eingedrungen waren, verschollen sind. Es wird dringend davor gewarnt, in die Todeswolke einzufliegen. Messungen von den Randzonen aus ergaben, daß Lethara in vieler Beziehung nicht als normale Anhäufung nichtleuchtender interstellarer Mikromaterie anzusehen ist. Allein das Licht der etwa zweiundachtzig Sonnen in ihrem Innern müßte die Materie zum Leuchten anregen. Da dies nicht geschieht, wird auf energieabsorbierende Eigenschaften des Materienebels geschlossen, was jede Navigation erheblich erschwert, wenn nicht weiter im Innern sogar verhindert. Die Dichte der Staubpartikel und die Partikel selbst haben im Innern von Lethara eine fremdartige Zustandsform."

Gemurmel klang unter den Kosmonautikern auf. Die Worte „Todesfalle" und „Schwindel" waren vereinzelt herauszuhören.

Lordadmiral Atlan bahnte sich einen Weg durch die Wissenschaftler und fixierte die Datenangabe. Danach wandte er sich zu der Bestie um.

„Ich nehme an, der Translator, den man Ihnen gegeben hat, vermittelte Ihnen die Informationen über Lethara." Seine Stimme klang zornig. „Wollen Sie noch immer behaupten, das Zentralsystem Ihres Volkes befände sich in dieser Todeswolke . . .?"

Olukh hob aufbrausend die Faust zum Schlag. Doch Paladin war wachsam und schob sich zwischen Atlan und die Bestie.

„Er soll uns den genauen Kurs zu seiner Zentralwelt beschreiben!" rief Professor Tschu. „Ich zweifle nicht an Olukhs Angaben."

„Einverstanden", gab Atlan zurück.

Grollend schaltete die Bestie erneut am Einweiser.

„Das Zentralsystem", erklärte er, „steht hier . . ." Die Leuchtanzeige wanderte vom Zentrum der Dunkelwolke und verharrte etwa hundert Lichtjahre seitlich davon. „Von hier bis zum Rand der Wolke sind es noch 287 Lichtjahre“, übersetzte der Translator. „Die Angaben der Skoars stimmen übrigens . . .“, er verzog seinen Rachenmund zu einem lautlosen Lachen, „ . . . bis auf die Einzelheiten. Tatsächlich finden nur Eingeweihte den Weg. Ich gebe Ihnen jetzt die genauen Anflugdaten bekannt. Achten Sie besonders auf die exakten Lichtstärkemessungen der Orientierungssonnen.“

Atlan schaltete das Mikrofon eines Speichergehirns ein und bat um äußerste Ruhe. Gleich danach machte Olukh fließend eine ungeheure Fülle kosmonautischer Angaben, die ein Mensch sich niemals auf Anhieb hätte merken können.

Nachdem er geendet hatte, trat er von der Projektion zurück und bedeutete dem Arkoniden, die Karte würde nicht mehr benötigt. Ein Wissenschaftler schaltete den Projektor aus.

„Mit diesen Daten sollten Sie es schaffen“, meinte Olukh. „Dennoch benötigen Sie weitere Angaben über die Zustandsform der Staubpartikel im Innern der Wolke. Sie sind . . .“

Er stockte, aber nur die wenigsten wurden darauf aufmerksam. Auch Tschu Piao-Teh dachte zuerst, der Pewl würde wegen der Formulierung seiner nächsten Worte eine Überlegungspause einschalten – bis ihm siedendheiß klar wurde, daß ein Intelligenzwesen mit Planhirn seine Formulierungen nicht erst zusammenzusuchen brauchte.

„Macht Platz!“ schrie er. „Zurück von Olukh!“

Er stieß diejenigen beiseite, die ihm im Weg standen, und arbeitete sich mit Hilfe der Ellenbogen zu der Bestie durch.

Der Pewl stand regungslos da; seine Arme hingen schlaff herab. Der große Rachenmund öffnete und schloß sich lautlos, und die drei Augen des Monstrums waren wie in stummem Entsetzen weit aufgerissen.

„Was ist mit Ihnen, Olukh?“ schrie der Psychologe die Bestie an.

Er erhielt keine Antwort.

„Alarmieren Sie die Haluter!“ wandte Tschu sich an Atlan. „Irgend etwas geht im Innern Olukhs vor. Vielleicht braucht er ärztliche Hilfe, und nur die Haluter kennen sich mit seinem Metabolismus aus.“

Atlan holte tief Luft. Er wirkte nachdenklich und verstört. Langsam hob er die Hand mit dem Telekom-Armband zum Mund.

Doch bevor er Icho Tolot anrufen konnte, stürzte die Bestie wie ein gefällter Baum zu Boden.

Professor Tschu beglückwünschte sich dazu, daß er die unmittelbare Umgebung des Pewl hatte räumen lassen, sonst wären garantiert ein oder zwei Männer erschlagen worden.

Olukh stieß einen gellenden Schrei aus. Er wälzte sich herum und hämmerte mit den Füßen ein grausiges Stakkato auf den Boden. Seine Augen erloschen in kurzen Intervallen, und aus dem Rachenmund drangen Töne hervor, die an das Todesstöhnen eines urweltlichen Giganten erinnerten.

Der Arkonide hatte für kurze Zeit die Hand sinken lassen. Nun hob er das Telekom-Armband erneut.

Tschu Piao-Teh winkte resignierend ab.

„Zwecklos. Er stirbt. Sehen Sie, wie er von Sekunde zu Sekunde mehr verfällt!"

„Aber . . .!" rief Armond Bysiphere bestürzt. „Man kann ihn doch nicht vergiftet haben! Eine Bestie ist gegen Gifte ebenso immun wie ein Haluter."

„Es handelt sich nicht um Gift", erklärte Atlan tonlos. „Die Wirkung ähnelt eher der eines okefenokeeschen Etatstoppers. Nun werden wir keine Aufklärung mehr über die Verhältnisse in Lethara erhalten . . ."

„Typisch!" murmelte Tschu.

Er kniete neben Olukh nieder, als die Bewegungen der Bestie aufgehört hatten. Wie gebannt verfolgte er den rasch fortschreitenden Alterungsprozeß des titanenhaften Körpers. Längst waren die Augen Olukhs erloschen. Sie schrumpften in den Höhlen zusammen. Die Hornplatten wurden brüchig, zerfielen und enthüllten einen staubgefüllten Hohlraum, der vor kaum einer Minute noch ein vitaler, nahezu unangreifbarer Körper gewesen war . . .

Während zwei Roboter das untersuchten, was von dem Pewl namens Olukh übriggeblieben war, drängte Perry Rhodan sich dichter an den Leichnam heran. Er musterte den kleinen Gegenstand, der entfernt einem flachen Kodegeber ähnelte.

„Es handelt sich um eine Mikroausführung des Etatstoppers", sagte er tonlos. „Anscheinend haben die Zwerge es fertiggebracht, das Gerät in einem unbewachten Augenblick in Olukhs Kombination zu schmuggeln."

„Das hätte die Bestie bestimmt gemerkt!" protestierte Atlan.

Rhodan wandte den Kopf und sah den Freund nachdenklich an.

„Dann würde Olukh noch leben. Du unterschätzt die Fähigkeiten und Möglichkeiten der Okefenokees offenbar noch immer."

Er erschauerte, ging zum Bildschirm des Interkoms und sagte:

„Rhodan an Kommandant! Oberst Akran: Die Kampfkombinationen und Ausrüstungsgegenstände aller Männer, die auf dem Planeten Kliban gewesen sind, müssen schnellstens untersucht werden. Sie erhalten ein Muster des Geräts, das gesucht wird. Aber keine Panik, bitte! Ich glaube nicht an eine Gefahr, sondern will nur sichergehen."

Atlans Gesicht verzerrte sich.

„Meinst du, es könnte . . .?" Er sprach den Satz nicht aus, aber die Andeutung hing gleich einem Damoklesschwert über allen Anwesenden.

Rhodans Lippen kräuselten sich spöttisch.

„Angst . . .? Es wäre interessant zu erfahren, wie ein Zellaktivator auf die biophysikalische Alterungsstrahlung des Etatstoppers wirkt. Wahrscheinlich würden sich beide Wirkungen aufheben."

Der Lordadmiral ließ sich erschöpft in einen Sessel fallen. Er schloß die Augen, als wolle er sich von seiner Umwelt abkapseln.

Perry Rhodan wandte sich an die Kosmonautiker.

„Fertigen Sie bitte eine Studie über die Schwierigkeiten an, die uns in Olukhs Dunkelwolke erwarten, meine Herren. Ich erwarte das Dokument in einer Stunde."

Er winkte knapp und steuerte auf den Ausgang zu.

13.

Perry Rhodan verkündete über die Rundrufanlage der CREST seinen Entschluß, das Zentralsystem der Bestien anzufliegen.

Atlan stand dabei neben ihm und machte ein finsteres Gesicht. Nachdem Rhodan seine Bekanntmachung abgeschlossen hatte, sagte der Arkonide:

„Du spielst wieder einmal mit dem höchsten Einsatz, Perry. Warum unterrichtest du nicht die Konstrukteure des Zentrums über die Koordinaten der Bestienwelt? Sollen sie sich doch in Gefahr begeben. Schließlich liegt es in ihrem Interesse, die Hauptwelt der Bestien auszuschalten."

Rhodan lächelte schwach und verfolgte die Arbeit des Kommandanten. Oberst Merlin Akran gab seine Befehle so ruhig und gelassen, als leite er lediglich einen Routineflug ein. Auch die Reaktionen der Posbikommandanten und der Haluter waren positiv. Der Verband zog sich allmählich auseinander, während die Impulstriebwerke auf Vollast liefen, um die für Linearflüge günstigste Anfangsgeschwindigkeit zu erreichen.

Erst, nachdem alle vier Schiffe gleichzeitig im Zwischenraum verschwunden waren, wandte Perry Rhodan sich um.

„Wir beide kennen inzwischen die Art und Weise, in der die KdZ, beziehungsweise ihre Hilfstruppen, vorgehen. Glaubst du im Ernst, sie würden auch nur ein Raumschiff in die Todeswolke schicken? Sie sind ebenso im Intrigendenken befangen wie du, mein Freund. Folglich würden sie unsere Informationen für einen Versuch halten, einen großen Teil ihrer Schlachtflotte ins Verderben zu schicken. Nein, mein Lieber. Wir haben in den letzten Monaten viel zu sehr taktiert, als daß man unserem bloßen Wort noch vertrauen würde. Wir müssen vorläufig ganz allein arbeiten und Beweise beibringen, die uns rehabilitieren. So sieht es aus, Atlan."

Der Arkonide preßte die Lippen aufeinander. Sein Blick wanderte über die zur Zeit schwarze Panoramagalerie und blieb auf dem Reliefschirm hängen, der die Zielsonne der ersten Linearetappe zeigte.

„Leider kann ich deinen Argumenten nicht viel entgegensetzen, Perry", sagte er mit Bitterkeit. „Wenn wenigstens Olukh noch lebte! So wissen wir außer dem genauen Zielkurs fast nichts über die Todeswolke. Ich frage mich, was die Karte der Skoars mit den veränderten Zustandsformen der Materie im Innern der Wolke gemeint haben könnte."

„Wir werden es früh genug herausbekommen", erwiderte Rhodan kaltblütig.

Atlan zuckte die Schultern.

Die CREST IV nahm immer mehr Fahrt auf, und bald würde sie die erste Linearflugetappe hinter sich gebracht haben . . .

Es vergingen dennoch insgesamt zwei Tage, bevor die riesige Dunkelwolke nach Beendigung der letzten Linearetappe wenige Lichtwochen vor dem Ultraschlachtschiff stand.

Wegen der großen Nähe füllte sie die vordere Hälfte der Panoramagalerie völlig aus. Die andere Hälfte wurde von einem strahlenden Sonnenmeer eingenommen. Hier, nur 38 000 Lichtjahre vom Zentrum der riesigen Kugelgalaxis entfernt, standen die Sterne nur wenige Lichtwochen oder -monate voneinander entfernt in einem Raum, dessen Mikromaterie eine Dichte besaß, wie sie in der heimatlichen Galaxis nur innerhalb von Wasserstoffnebeln erreicht wurde. Leuchtende Schlieren ionisierten Gases kennzeichneten sowohl Materiedichte als auch die unerhörte Dichte der Strahlung.

Oberst Akran schnallte sich los und kam auf Perry Rhodan und John Marshall zu, die sich gerade unterhalten hatten.

„Verband steht still, Sir!“ meldete er. „Die Messungen laufen. Wenn Sie mich fragen: Ich würde lieber im Linearflug durch eine Sonne stoßen, als mein Schiff in diese schwarze Hölle steuern.“

„Ich auch“, erwiderte Rhodan. „Leider ist das dort keine Sonne, Oberst.“

Der Epsaler lachte.

„Wenn Sie nichts dagegen haben, möchte ich gern einige Moskito-Jets in die Randgebiete der Wolke schicken. Sie könnten dort Materieproben sammeln und die Möglichkeiten der Kommunikation und Peilung testen.“

„Das ist eine ausgezeichnete Idee!“ erwiderte Rhodan. „Ich werde selbst mitfliegen. Lassen Sie drei Moskito-Jäger startklar machen, Oberst!“

Nachdem der Epsaler verschwunden war, schüttelte Atlan vorwurfsvoll den Kopf.

„Wie alt mußt du eigentlich noch werden, um in den Genuß der Weisheit des Alters zu kommen?“

„Wahrscheinlich einige zehntausend Jahre älter“, entgegnete Rhodan abweisend. „John, Sie kommen bitte mit. Unterrichten Sie außerdem Tschubai, daß er an dem Einsatz teilnehmen wird. Ich möchte für den äußersten Notfall die Garantie haben, daß wir über einen lebenden Sender und einen lebenden Transmitter verfügen können.“

John Marshall bestätigte den Befehl und ging zum Interkom, um Ras Tschubai zu verständigen.

Atlan atmete auf.

„Ich bin direkt glücklich, daß du wenigstens alle Risiken einkalkulierst, Perry. Aber vielleicht solltest du außerdem Dr. Bysiphere mitnehmen – und Professor Tschu . . .“

Rhodan runzelte die Stirn.

„Bysiphere – ja. Ein Hyperphysiker findet eventuell noch etwas mehr über die Zusammensetzung der Wolke heraus. Aber Tschu . . .? Was soll ein Psychologe bei dem Unternehmen?“

„Er besitzt jenes Maß an Weisheit, das ich an dir oft vermisse“, entgegnete der Arkonide trocken.

Tschu Piao-Teh beobachtete die beiden anderen Moskito-Jäger, die neben der MC-3 auf den Schienen der Energieschleuder ruhten. Er konnte durch die Panzerplastkanzel der linken Jet den Kopf Perry Rhodans sehen und hinter ihm das Profil John Marshalls. In der Jet zur Rechten saßen Leutnant George Terminow als Pilot und Ras Tschubai als Kopilot. Mit dieser Besetzung konnte eigentlich überhaupt nichts schiefgehen.

Als der Startbefehl kam, klappten die Männer ihre Druckhelme zu. Sie trugen ausnahmslos die neuartigen schweren Kampfanzüge, obwohl niemand ernsthaft mit Kampfhandlungen rechnete. Für einen eventuell notwendigen Ausstieg würden die schweren Anzüge sie jedoch selbst unter extremsten Bedingungen schützen und lange genug am Leben erhalten, bis von der CREST Hilfe eintraf.

Die drei Fahrzeuge schossen in den Weltraum hinaus. Der optische Kontakt erlosch beinahe im selben Augenblick.

„Bei X minus hundertachtzig L-Manöver!“ erscholl Rhodans Stimme aus dem Helmkom. „Austritt nach zehn Minuten Maximalbeschleunigung. Erster Orientierungspunkt etwa zwei Lichtminuten vor dem Rand der Wolke. Ende!“

Tschu Piao-Teh bestätigte. Im Grunde genommen, war Rhodans letzter Befehl unnötig gewesen, denn die Flugprogramme liefen vorerst vollautomatisch ab und wurden von der Leitzentrale an Bord der CREST überwacht. Es war lediglich beruhigend, noch andere menschliche Stimmen zu hören als die eigene und die des Kopiloten.

Der Linearraum-Eintritt und das Austrittsmanöver verliefen denn auch völlig planmäßig.

Dennoch krampfte sich Tschus Magen unwillkürlich zusammen, als die gigantische schwarze Todeswolke nach dem L-Austritt unmittelbar vor dem Raumjäger auftauchte.

„Ausschwärmen nach Plan", meldete Rhodan sich wieder. „Sammelkoordinaten ansteuern. Funkkontakt in zwei Minuten. Ende!"

„Es geht los, Armond!" sagte Tschu grimmig.

„Immer hinein ins Vergnügen", murmelte Dr. Bysiphere. Der Klang seiner Stimme bewies jedoch, daß er den nächsten Stunden mit sehr gemischten Gefühlen entgegensah.

Der Kosmopsychologe lächelte versonnen. Die Steuerung der Moskito-Jet bereitete ihm keinerlei Schwierigkeiten, so daß er sich fast gänzlich der Betrachtung der näheren Umgebung hingeben konnte.

Da der Raumjäger mit Maximalwerten beschleunigte, waren die trennenden beiden Lichtminuten innerhalb von sechs Minuten Umrechnungszeit überwunden.

Tschu wunderte sich ein wenig, daß die Dunkelwolke das Fahrzeug nicht sofort verschlang. Zwar leuchtete der Hochenergie-Überladungsschirm in Fahrtrichtung auf, als er mit annähernd Lichtgeschwindigkeit auf die Staubpartikel stieß, aber die Sichtweite betrug immer noch einige hundert Kilometer.

Doch die Sichtweite nahm ziemlich rasch ab. In gleichem Maße verstärkte sich das Leuchten des HÜ-Schirms vor dem Raumjäger. Bald zuckten die ersten Entladungsblitze durch die Schutzbarriere aus fünfdimensionalen Überlagerungsfeldern.

„Rhodan an Piloten!" erscholl es im Helmkom. „Erbitte kurzen Lagebericht!"

„Kurs und Geschwindigkeit planmäßig", meldete Tschu. „Leichte Störungen des Hochenergiefeldschirms, aber noch keine bedrohlichen Symptome."

George Terminows rauhes Lachen ertönte.

„Mir war eben, als hätte ich Begriffe aus der psychologischen Terminologie gehört . . ."

„Oh, Sie können demnächst noch einige mehr hören, Leutnant", gab der Professor schlagfertig zurück. „Melden Sie sich nach Rückkehr bei mir zur Sonderuntersuchung!"

„Bitte, keine Privatgespräche!" mahnte Rhodans Stimme. „Melden Sie sofort, wenn der HÜ-Schirm die ersten Anzeichen des Rückschlags zeigt!"

„Jawohl, Sir!" murmelte Tschu.

Schon nach einer halben Minute schaltete er das Hochenergieaggregat auf höchste Leistung, dann meldete er die ersten Rückschlagserscheinungen.

Aber Perry Rhodan antwortete nicht.

„Was nun?" fragte Bysiphere.

„Wir halten den Kurs weiter", gab der Kosmopsychologe zurück. „Versuchen Sie, Ortungsreflexe von den anderen Maschinen zu erhalten – mit dem Hypertaster selbstverständlich."

Er schloß geblendet die Augen, als ein blauer Entladungsblitz das grüne Leuchten des HÜ-Schirms durchschnitt. Ein heftiger Schlag ging durch die Moskito-Jet. Tschu bekam alle Hände voll zu tun, um die Maschine auf dem vorgeschriebenen Kurs zu halten. Von da an folgte ein Energierückschlag nach dem anderen. Die Hüllentemperatur des Raumjägers stieg auf viertausend Grad Kelvin.

„Noch eine halbe Minute", murmelte Professor Tschu verbissen. „Hoffentlich halten wir es noch so lange aus."

„Tasterortung unmöglich", meldete Armond Bysiphere. Und wenige Sekunden später: „Impulswellenbündelverdichtung überschreitet Sicherheitsgrenze."

Sofort schaltete Tschu Piao-Teh das Triebwerk aus. Wenn die ausgestoßenen Impulswellenbündel erst einmal zurückschlugen, war es zu spät. Sie würden das Triebwerk beschädigen – wenn nicht der ganze Raumjäger zerrissen wurde.

Aber nachdem die Beschleunigung fortfiel, geriet der Raumjäger ins Schlingern. Die stabilisierende Wirkung des Triebwerksschubs fehlte. Mit den Korrekturtriebwerken allein vermochte Tschu die Kursabweichungen nicht auszugleichen.

Schon überlegte er, ob er umkehren sollte, da knackte der Lautsprecher der Hyperfunkanlage. Von zahllosen Störgeräuschen begleitet, drang Rhodans Stimme an die Ohren der Männer.

„Terminows Jet hat Triebwerksschaden. Das Fahrzeug treibt brennend in der Nähe des vorgesehenen Treffpunkts. Ras Tschubai kann ohne Orientierung nicht teleportieren. Wir müssen die Jet finden und auf Peilnähe herangehen. Bitte, bestätigen Sie. Ende!"

Der Psychologe schaltete den Sender des Hyperkoms ein.

„Nachricht empfangen. Hier Tschu. An Bord von MC-03 alles in Ordnung. Wir mußten vorübergehend das Triebwerk abschalten, sonst wäre die Energie zurückgeschlagen. Versuchen Terminow zu finden. Ende!“

„Das hätte Terminow auch tun sollen“, erwiderte Rhodan.

„Tut mir leid, Sir . . .“, erscholl schwach und schwankend die Stimme des Leutnants. „Ich wollte den Zeitplan ein . . .“ Die Lautstärke sank ab, so daß die letzten Worte unverständlich blieben.

„Dieser Terminow war schon immer ein Draufgänger“, schimpfte Bysiphere. „Kein Wunder, daß es ihn zuerst erwischt hat.“

„Auch er hat seine Qualitäten“, entgegnete Tschu. „Leider gehört die Geduld nicht dazu. Strengen Sie sich ja an, damit wir ihn finden, Armond!“

„Sagen Sie das dem Hypertaster!“ murrte der Hyperphysiker. „Auf dem Schirm erscheinen nur körnige Flecke. Wie soll man da ein winziges Raumschiff finden?“

Tschu Piao-Teh wußte, daß Armond recht hatte. In diesem Staubmeer konnten sie möglicherweise lächerliche hundert Kilometer an Terminows Raumjäger vorbeifliegen, ohne daß der Hypertaster ein typisches Echo hereinholte.

„Seltsam“, sagte Bysiphere nach einer Weile. „Voraus wird überhaupt nichts mehr angezeigt. Gibt es dort vielleicht ein Loch in der Dunkelwolke?“

Der Psychologe runzelte die Stirn. Er konnte keine Veränderung erkennen. Allerdings verdeckte der stark belastete HÜ-Schirm die Sicht nach vorn.

Tschu überlegte, ob sie es wagen könnten, den HÜ-Schirm für eine Sekunde abzuschalten, da sank das grelle Leuchten plötzlich zu einem schwachen, transparenten Flimmern ab.

„Was ist das?“ schrie der Hyperphysiker. „Ich bekomme überhaupt keine Tasterechos mehr.“

Tschu Piao-Teh spürte, wie sich sein Nackenhaar sträubte. Außerhalb der Kanzel war nichts mehr von der Staubmaterie zu sehen. Er schaltete den Relieftaster ein – und erstarrte.

„Wir befinden uns im Zwischenraum!“ rief er. „Sofort Kalupkontrolle vornehmen, Armond!“

„Kalup ist nicht aktiviert“, meldete Bysiphere kurz darauf.

Tschu starrte auf den Reliefschirm. Dieses Gerät erhielt seine Aktivierungsimpulse vom Relieftaster, der wiederum nichts anderes war als ein Gerät zur Erfassung von Normalraumstreustrahlung und deren Transformation in Bildimpulse. Dadurch wurde beim linearen Zwischenraumflug die Steuerung nach Sicht erlaubt.

Normalerweise nahm man eine Sonne als Orientierungsobjekt, weil deren paradimensionale Emissionen am stärksten waren. Planeten konnten nur auf geringe Distanz vom Relieftaster erfaßt werden. Andere Objekte sichtbar zu machen, galt als ausgeschlossen. Dennoch konnte Tschu Piao-Teh deutlich die Konturen eines schlanken Schiffskörpers ausmachen. Das hintere Drittel glühte in hellem Rot.

Der Kosmopsychologe wußte, daß dies nur die brennende Moskito-Jet von Leutnant Terminow und Ras Tschubai sein konnte. Doch obwohl der Raumjäger scheinbar zum Greifen nahe war, sah Tschu keine Möglichkeit, den Zwischenraumflug zu beenden. Einen nicht eingeschalteten Kalup konnte man eben auch nicht ausschalten.

Verzweifelt rief er über Hyperkom nach Terminow und Rhodan. Es war sinnlos, und er wußte das. Aber er mußte einfach irgend etwas tun, um nicht völlig untätig dazusitzen.

Das Reliefbild der Moskito-Jet wuchs sehr langsam. Auch das gab es praktisch nicht. Jedes im Linearraum befindliche Raumschiff mußte eine gewisse untere Geschwindigkeit einhalten, aber offenbar bewegte sich die MC-03 mit nur wenigen Stundenkilometern vorwärts. Genaue Daten darüber konnte Tschu natürlich nicht erhalten, denn eine Geschwindigkeitsbestimmung erforderte unter anderem genaue Fakten über die Ausströmgeschwindigkeit der Triebwerksimpulse, und das Triebwerk der MC-03 war desaktiviert.

Plötzlich – das Relieftasterecho erfaßte nur noch einen Ausschnitt der Moskito-Jet – wurde die Maschine schlagartig wieder von tintiger Schwärze umhüllt.

Professor Tschus Atem stockte. Er sah seinen Raumjäger bereits mit der Geschwindigkeit, die er vor dem aufgezwungenen Linearmanöver besessen hatte, in die Jet Terminows hineinrasen.

Einige bange Sekunden verstrichen. Allmählich schälten sich die Konturen eines Moskito-Jägers durch das Flimmern des HÜ-Schirms aus der Schwärze. Tschu schaltete den Schirm ganz aus. Nichts geschah. Beide Maschinen mußten nahezu fahrtlos durch die Dunkelwolke treiben.

Endlich besann sich Tschu wieder auf den Hyperkom. Er rief nach Terminow und erhielt umgehend eine klare, lautstarke Antwort. Wenig später mischte sich Ras Tschubai in die Unterhaltung ein.

„Ich kann Ihre Maschine erkennen“, sagte er. „Haben Sie Kontakt zu Rhodans Jet, Tschu?“

„Nicht mehr“, erwiderte der Psychologe. „Am besten teleportieren Sie sofort mit dem Leutnant herüber.“

„Es besteht keine Explosionsgefahr“, meldete Terminow. „Tschubai hat den Meiler sofort heruntergeschaltet, als er den Energierückschlag registrierte. Die Zelle kühlt bereits ab.“

„Aber Sie werden das Triebwerk nicht mehr benutzen können“, erwiderte Tschu. „Zögern Sie nicht länger. Ich weiß nicht, was mit Perry Rhodan los ist. Einen Moment, ich lasse nur den Kopilotensitz räumen!“

Er schaltete auf Interkom um und rief nach Bysiphere. „Kommen Sie nach vorn. Wir werden Terminow und Tschubai übernehmen.“

Gehorsam zwängte sich Dr. Armond Bysiphere in den vorderen Teil der Kanzel. Es wurde dort ziemlich eng, aber zur Not würde es gehen.

Der Kosmopsychologe sagte Terminow Bescheid, und wenige Sekunden später materialisierten Tschubai und er auf dem Kopilotensitz.

„Nun fehlen nur noch Rhodan und John“, meinte Tschubai. „Hoffentlich haben sie nicht ebenfalls Pech gehabt.“

„Notfalls rücken wir eben noch enger zusammen“, erwiderte Tschu, obwohl schon jetzt kaum Platz genug zum Atmen blieb.

Eine Viertelstunde lang warteten sie, ohne sich von der Stelle zu rühren. Der Hyperkom funkte beständig Peilzeichen – und endlich erhielten sie Antwort.

„Eine hyperenergetische Entladung hat die Feldsicherung unseres Telekoms zusammenbrechen lassen“, berichtete Perry Rhodan. „Diese Dunkelwolke scheint tatsächlich eine Menge Überraschungen für uns bereitzuhalten.“

Rhodan gab den Befehl zur Umkehr.

„Du willst trotz allem, was schon passiert ist, in diese schwarze Hölle hineinfliegen?“ fragte Atlan fassungslos, nachdem der Erkundungstrupp an Bord des Flaggschiffs zurückgekehrt war.

„Was bleibt uns anderes übrig?“ sagte Perry Rhodan. „Aber wenn du willst, kannst du auf das Posbischiff umsteigen. Ich beabsichtige nämlich, sowohl die BOX-13111 als auch ein Haluterschiff zurückzulassen. Sie werden uns bei der roten Doppelsonne erwarten, die wir in 1,3 Lichtjahren Entfernung erkannt haben. Das ist ein Markierungspunkt, der sich nicht verfehlen läßt. Da wir ohnehin blind fliegen müssen, können wir im Bedarfsfall Nachrichtensonden auf den Weg schicken. Ich werde sofort alle notwendigen Daten ausrechnen lassen."

Der Arkonide bedachte den Freund mit einem seltsamen Lächeln.

„So etwas hatte ich mir bereits gedacht, Perry. Die Daten liegen bereit. Desgleichen alle anderen Daten für den Blindflug. Während ihr fort wart, habe ich sämtliche Korvetten um die Dunkelwolke kreisen lassen und exakte Winkelmessungen erhalten."

Rhodan blickte ihn verblüfft an.

„Du hast . . .?" Er schluckte.

Atlan nickte.

„Und selbstverständlich komme ich mit. Jemand muß schließlich auf dich aufpassen."

Beide Männer brachen in ein befreiendes Lachen aus.

Anschließend setzten sich die vier Raumschiffe in Bewegung. Die CREST IV und Tolots Raumschiff flogen in die Dunkelwolke hinein; der Fragmentraumer und die zweite schwarze Kugel steuerten die rote Doppelsonne an.

Bereits nach kurzer Zeit erlosch der Funkkontakt. Auf Grund der Erfahrungen, die Perry Rhodan bei dem Erkundungsflug gesammelt hatte, versuchte er gar nicht erst, hohe Geschwindigkeiten innerhalb des Normalraums zu erreichen. Er ordnete an, die Kalups mit Maximalwerten im Leerlauf hochzufahren und aus geringer Anlaufgeschwindigkeit heraus in den Linearraum vorzustoßen.

Dieses Gewaltmanöver war ein Vabanquespiel. Jeder an Bord der CREST wußte das. Aber es gab keine andere Möglichkeit. Der Versuch mit den Moskito-Jets hatte bewiesen, daß der Reibungswiderstand der Staubpartikel bereits bei dreißig Prozent LG von den HÜ-Schirmen nicht mehr überwunden werden konnte.

Mit nur zehn Prozent LG wechselte die CREST IV vom Normalkontinuum in die Zwischenraumzone. Die gesamte Schiffszelle vibrierte. Der Kalup wurde bedrohlich überlastet. Als die Abschirmungen des Aggregats zusammenzubrechen drohten, ließ Perry Rhodan den Kompensationskonverter wieder abschalten. Das Risiko erschien ihm jetzt schon groß genug.

„Dreißig Lichtjahre", sagte er nachdenklich. „Und schon am Ende. So schlimm war es nicht einmal in der Hadeswolke von Andromeda."

„Die Arbeit der Kalups hat sich wieder stabilisiert, Sir", meldete Oberst Merlin Akran.

„Haben wir Kontakt mit Tolots Schiff?" fragte Atlan.

„Kontakt verloren", kam die Meldung aus der Funkzentrale.

„Das war zu erwarten", warf Dr. Armond Bysiphere ein. „Das halutische Schiff besitzt bei entschieden geringerem Durchmesser gleichstarke Schutzschirme. Sie können also schneller fliegen und brauchen ihr Linearaggregat nicht so stark zu überlasten wie wir."

Perry Rhodan dachte einige Sekunden nach, dann sagte er zu Akran:

„Anlauf nehmen zur nächsten Linearetappe, Oberst. Aber nicht mehr als dreißig Lichtjahre!"

Der Kommandant bestätigte den Befehl. Erneut nahm die CREST Fahrt auf. Diesmal war der Widerstand der Mikromaterie bereits etwas stärker als vor dem ersten Linearmanöver. Der HÜ-Schirm flammte gleich einer lodernden Fackel auf, bevor das Schiff in die rettende Zone zwischen den Dimensionen verschwand.

Wiederum wurden dreißig Lichtjahre zurückgelegt. Die Belastung des Kompensationskonverters blieb glücklicherweise gleich, da die Anlaufgeschwindigkeit sich nicht verringert hatte. Wie lange man den Übergang bei einem Zehntel LG durchführen konnte, war allerdings fraglich. Verringerte sich die Anlaufgeschwindigkeit, würde man keine dreißig Lichtjahre mehr mit einer Etappe zurücklegen können, denn je geringer sie war, desto größeren Energieaufwand mußte der Kalup bringen.

Nach dem dritten Linearmanöver ordnete Rhodan eine Pause an. Während dieser Zeit sollte der Kalup gründlich überprüft werden. Einige Abschirmungsprojektoren bedurften außerdem der Erneuerung.

Die Pause wurde von Rhodan zu einer Lagebesprechung genutzt. Wieder traf man sich im kleinen Konferenzraum.

Nachdem der Chefingenieur über die Schwierigkeiten mit dem Kompensationskonverter berichtet hatte, herrschte betretenes Schweigen.

Schließlich ergriff Roi Danton das Wort.

„Ich beurteile die Lage positiv, Messieurs!" rief er. „Bedenken Sie unsere Unsicherheit, was die Aussagen Olukhs betraf. Sie erschienen uns teilweise unglaubwürdig. Vor allem mußte es verdächtig wirken, daß Olukh behauptete, die Konstrukteure des Zentrums hätten diesen Raumsektor niemals erforscht.

Unsere Schwierigkeiten lassen die Angaben der Bestie glaubwürdiger erscheinen. Wer die genauen Koordinaten des Zentralsystems der Bestien nicht kennt, wird es niemals finden. Neunzig Lichtjahre wurden von uns bisher zurückgelegt. Und wieviel Energieechos von Sternen haben wir erhalten . . .?"

„Kein einziges", sagte der Chef der Ortungszentrale.

„Bitte!" rief Danton. „Dabei sind wir bestimmt ganz dicht an mehreren Sonnen vorbeigekommen, wie die Aufzeichnungen der automatischen Kurskorrektur beweisen."

Jemand lachte.

„Tatsächlich", warf Perry Rhodan ein. „Daran hat niemand von uns gedacht. Aus den Kursbeeinflussungen des Schiffes können wir einigermaßen feststellen, ob sich eine Sonne in unserer Nähe befindet. Meinen Glückwunsch, Monsieur Danton."

Der Freihändler verneigte sich mit einem ironischen Lächeln.

„Was ich sagen wollte, ist dies: Kein vernünftiges Wesen wird mitten in dieser Todeszone bewohnte Planeten vermuten – schon gar nicht Welten, auf denen sich intelligentes Leben hätte bilden können. Das hat mich auf einen weiteren Gedanken gebracht. Mit welchen Mitteln haben es die Bestien erreicht, einen Planeten in der Dunkelwolke bewohnbar zu machen?"

„Dusty Queen", murmelte Lordadmiral Atlan.

„Sire . . .?" fragte Roi, der nicht verstanden hatte, was Atlan meinte.

Der Arkonide lächelte.

„Dusty Queen – Königin des Staubes . . .! Wäre das nicht ein treffender Name für die Sonne, die den Zentralplaneten der Bestien bescheint?"

„Eigentlich heißt die exakte Übersetzung ‚Staubige Königin'. Aber ich finde auch, Sire, die freiere Übersetzung klingt besser. Wer könnte sich schon eine staubige Königin vorstellen!"

„Gut!" erklärte Perry Rhodan. „Nennen wir die Zielsonne Dusty Queen. Es klingt etwas makaber, aber wahrscheinlich trifft es den Kern."

Oberst Akran meldete sich. Er teilte mit, der Kalup hätte die bisherigen Überlastungen ohne Schaden überstanden und es wären zwölf Zusatzprojektoren in die Abschirmvorrichtung montiert worden. Dadurch könne der Flug im bisherigen Tempo fortgesetzt werden.

Perry Rhodan erhob sich. „Wir fliegen weiter, meine Herren."

Nach der fünften Linearetappe ging es nicht mehr.

Die Entladungen innerhalb der Hochenergie-Überladungszone erreichten ein Ausmaß, das selbst die Wirkungstreffer von Transformgeschützen in den Schatten stellte, so unglaublich das klingen mochte.

Zwei der Projektoren, die den HÜ-Schirm mit Energie versorgten, zerschmolzen zu unansehnlichen Klumpen weißglühenden Metalls. Oberst Akran bremste das Schiff mit Höchstwerten ab. Nachdem die CREST relativ zu ihrer Umgebung zum Stillstand gekommen war, normalisierte sich das energetische Gefüge des HÜ-Schirms wieder.

Merlin Akran wischte sich mit einer unwilligen Handbewegung den Schweiß von der Stirn und wirbelte mit seinem Kontursessel herum. Seine tiefliegenden Augen blickten Rhodan bedauernd an.

„Tut mir leid, Sir!" dröhnte die Stimme des Epsalers. „Aber wir sitzen fest. Offenbar hat sich die Zustandsform der Staubpartikel geändert. Ich habe veranlaßt, daß eine Probe genommen wird."

„Und wie wollen Sie die Probe nehmen lassen?" fragte Perry Rhodan skeptisch.

„Indem ich den HÜ-Schirm abschalte, Sir."

Rhodan erschrak.

„Sind Sie des Teufels, Akran! Wollen Sie uns das, was da draußen lauert, direkt auf den Hals hetzen?"

Der Kommandant zuckte die breiten Schultern.

„Der Auswertungsrobot der Ortungszentrale meldete ohnehin Bedenken gegen die weitere Aktivierung des HÜ-Schirms an. Er meinte, eine Ortung der Überlagerungsenergie wäre vielleicht doch möglich. Wir benötigen eine Materieprobe – und noch etwas, Sir: Solange der HÜ- Schirm aktiviert ist, dürfen wir nicht beschleunigen. Wir müssen praktisch auf der Stelle stehen, um die Konverter und Projektoren nicht gänzlich zu ruinieren."

„Das ist ein stichhaltiges Argument. Gut, Oberst, lassen Sie den

Schirm abschalten und eine Probe nehmen. Aber bitte unter Beachtung aller Vorsichtsmaßnahmen. Ich möchte nicht irgendwelche mikroskopischen Ungeheuer an Bord geschleppt wissen."

Eine halbe Stunde später rief die Sektion Kosmobiologie und Kosmobiochemie an und bat Rhodan, sich die Materieproben anzusehen.

Tschu Piao-Teh und Atlan begleiteten ihn.

Der Chefbiologe der CREST erwartete seine Besucher im Vorraum des Hauptlabors und bat sie, Isolieranzüge anzuziehen. Danach führte er sie in den saalartigen Raum des Hauptlabors. Vor einer drei Meter durchmessenden Energiesphäre blieb er stehen und deutete auf den Inhalt.

Perry Rhodan erblickte ein Gewimmel von Bewegung, ohne Einzelheiten erkennen zu können.

„Ich schalte eine Sektorlupe ein", teilte der Biologe mit.

In der Energiesphäre bildete sich eine energetische Linse. Dahinter erschienen plötzlich fadenartige Gebilde, die sich träge aneinander vorbeischraubten.

„Was ist das?" flüsterte Atlan.

„Sehen Sie bitte genau hin", sagte der Biologe. Er betätigte eine weitere Schaltung, und plötzlich fiel von oben eine faustgroße Metallkugel durch die Sphärenwand und glitt genau in den Vergrößerungsbereich der energetischen Lupe.

Schlagartig kam Unruhe in die trägen Bewegungen der Fäden. Sie wurden von der Metallkugel förmlich angezogen und bildeten darauf eine zuckende, schleimig-klebrige Masse, die das metallische Versuchsobjekt völlig einhüllte.

„Die Untersuchungen der Substanz dauern noch an", erklärte der Kosmobiologe. „Wir wissen bisher lediglich, daß es sich bei den fingerlangen Fäden um die algenartige Aneinanderreihung von Riesenmolekülen handelt. Dieser Teil der Dunkelwolke gleicht offenbar mehr der Uratmosphäre eines Planeten als dem Normalzustand des freien Weltraums. Wir haben die Temperaturen draußen gemessen. Sie liegen zwischen null und achtzig Grad Celsius."

„Aber das gibt es doch überhaupt nicht!" entfuhr es Atlan.

Der Biologe lächelte das nachsichtige Lächeln des Fachmanns gegenüber dem Laien.

„Warum eigentlich nicht, Lordadmiral? Sehen Sie, es gibt ja auch Planeten im Vakuum des Weltraums, und auf vielen Planeten entwickelt sich sogar Leben, obwohl anfänglich entweder überhaupt keine Atmosphäre vorhanden ist oder eine, die wir – auf unseren Metabolismus bezogen – als tödlich bezeichnen müssen. Hier hat sich nun das Leben nicht in Bindungen an die Kruste eines Planeten entwickelt, sondern gebunden an eine ungewöhnlich dichte interstellare gas- und staubförmige Materie.

Die große Dichte könnte durchaus die Eigenschaft der Wärmeleitung erzeugen. Wärme wiederum ist eine Form von Energie, und anorganische Materie benötigt nirgendwo etwas anderes als eine ausreichende Dichte und genügend Energie, um sich gesetzmäßig in organische Substanz zu verwandeln.

Wir haben es bei den Klebefäden mit einer protobiotischen Substanz zu tun – jedenfalls nach den bisherigen Untersuchungsergebnissen. Es könnte sich aber auch herausstellen, daß die ‚Protoalgen', wie wir sie nannten, alle Merkmale hochorganisierter Materie – also wirklichen Lebens – aufweisen. Vielleicht genügt dazu der letzte Anstoß eines Katalysators – wie beispielsweise der Metallkugel aus Radioterkonit, um die entscheidende Mutation auszulösen."

„Phantastisch!" sagte Professor Tschu. „Wenn ich mir vorstelle, daß diese Protoalgen eines Tages so hochentwickelt sein werden, daß sie zur Stabilisierung ihrer Zentralnervensysteme einen Psychiater benötigen . . ."

Plötzlich wurde Perry Rhodan blaß.

„Mein Gott!" flüsterte er. „Wir diskutieren hier über alle möglichen Dinge – und draußen fallen inzwischen Milliarden von Protoalgen über die ungeschützte Schiffswand her . . .!"

Tschu Piao-Teh wiegte den Kopf.

„Sie werden kaum harten Terkonitstahl angreifen können. Mit unseren technischen Möglichkeiten sollten wir dieser kleinen Belästigung Herr werden."

„Ja, natürlich", murmelte Rhodan nachdenklich. „Wir sind schon mit anderen Schwierigkeiten fertig geworden. Nur . . ." Er schüttelte den Kopf.

„Sprich dich ruhig aus, Perry", meinte Atlan.

„Ich frage mich, wie die Bestien einen Planeten mitten in diesem Fadendschungel besiedelt haben könnten . . ."

„Oh!" meinte der Arkonide. „Das ist ganz einfach. Dusty Queen wird von einer sogenannten Lebensblase umgeben – einem staub- und fadenfreien Raum innerhalb der Todeswolke."

Perry Rhodan runzelte die Stirn, und maß Atlan mit einem zweifelnden Blick von Kopf bis Fuß.

„Bist du Hellseher?"

„Aber nein! Olukh unterrichtete mich noch darüber, bevor er starb. Sagte ich es dir nicht . . .?"

Behutsam und ohne Schutzschirmaktivierung nahm die CREST IV wieder Fahrt auf. Die innenseitig angebrachten Hüllenprüfgeräte übermittelten ihre Meßwerte. Danach hatten sich bereits Quadrillionen von Protoalgen an die Außenhülle des Schiffes geheftet.

Nach einiger Zeit wurde es klar, daß die CREST dem Kern einer talwärts rollenden Lawine glich. Die Fadenschicht wuchs praktisch von Sekunde zu Sekunde, verdeckte die Schleusen, Geräteöffnungen und die Sichtkuppel im oberen Pol.

Bei einem Zwanzigstel der Lichtgeschwindigkeit kompensierte der Widerstand des Protoalgenmeeres die Schubkraft der Impulstriebwerke. Erneut mußte der Kalup in einem Risikomanöver über die Belastungsgrenze hochgefahren werden.

Nach acht Lichtjahren Linearflug schmorten sämtliche Abschirmprojektoren durch. Die CREST stürzte unfreiwillig in den Normalraum zurück, der allerdings alles andere als normal war.

„Wenn ich nicht wüßte, daß es Wirklichkeit ist", sagte Atlan, „würde ich dies alles für die Ausgeburt einer krankhaften Phantasie halten, Perry."

Rhodan lachte humorlos.

„Keine Phantasie kommt auch nur annähernd an die Wirklichkeit heran, mein Freund. Die Natur ist großartiger, als es sich ein Mensch vorzustellen vermöchte."

„‚Großartig' ist sehr hübsch gesagt, mein Lieber", erwiderte der Arkonide zynisch. „Wir ruinieren die CREST systematisch. Vielleicht lag das in der Absicht der Bestien."

Jemand räusperte sich hinter den beiden Männern.

Es war Roi Danton. Er kam in Begleitung Dr. Eileen Dacrans.

„Eileen . . . ich meine, Miß Dacran hat eine psychologische Analyse über die Absichten der Bestien erstellt, Grandseigneur", sagte Roi.

Selbst in dieser verworrenen und unheimlichen Situation legte er sein stutzerhaftes Getue nicht ab.

„Kommen Sie, Miß!" forderte Rhodan die Assistentin Professor Tschus auf.

Eileen Dacran folgte ihm und Atlan in den Wohnsektor des Lordadmirals.

„Die Bestien", begann Eileen bedächtig, „haben unter ziemlichem Aufwand den Kontakt mit uns gesucht. Sie nahmen es ohne offenen Groll in Kauf, daß wir – wenn auch unfreiwillig – die Ausschaltung des Molak-Systems herbeiführten, und sie betrachteten den Verlust ihrer Schiffe im Scintilla-System als tragbaren Preis für die Wiederherstellung des Kontakts. Das ist aber noch nicht alles. Der Pewl Olukh gab uns außerdem die genauen Koordinaten der Zentralwelt seines Volkes. Ich bin sicher, daß er offiziell dazu ermächtigt worden war. Man ermöglicht es uns also, ein System anzufliegen und kartenmäßig zu erfassen, das niemand ohne das Einverständnis der Bestien entdeckt hätte. Ich wage zu bezweifeln, daß die Bestien keine andere Möglichkeit sahen, mit uns in Kontakt zu kommen."

„Das sind auch meine Zweifel, Miß Dacran", sagte Atlan. „Ich vermute immer noch, daß man uns in eine Falle locken möchte. Wer eine Lebensblase für eine Sonne mit drei Planeten schaffen kann, der vermag auch ein Raumschiff wie die CREST festzuhalten."

„Einen Moment!" warf Perry Rhodan erregt ein. „Bisher habe ich noch nichts von drei Planeten gehört. Ist das wieder etwas, das du von Olukh erfahren und mir mitzuteilen versäumt hast?"

„Es tut mir leid, Perry. Olukh hat mir die Namen der drei Planeten von Dusty Queen genannt. Der erste Planet heißt Zootkohn, der zweite Pauper und der dritte Norvo. Mehr weiß ich allerdings auch nicht darüber."

„Wenn Sie gestatten, fahre ich jetzt mit meiner Theorie fort", erklärte die Psychologin. „Ich glaube nicht an eine Falle der Bestien. Sie werden natürlich gewisse Maßnahmen ergreifen, um uns an der Weitergabe der Informationen über ihr Zentralsystem zu hindern. Das hätten sie aber einfacher haben können, wenn sie uns zu einem anderen Treffpunkt bestellt hätten. Folglich . . .!" Eileen Dacran hob ihre Stimme. „Folglich brauchen sie uns auf ihrer Zentralwelt, weil sie ein Problem haben, das sie allein nicht lösen können. Kurz gesagt: Sie wollen, daß wir ihnen bei etwas helfen, und das muß von existenzieller Bedeutung für sie sein."

„Das leuchtet mir ein", erklärte Perry Rhodan. „Ich bin Ihnen sehr dankbar, Miß Dacran."

„Sollten wir nicht doch lieber umkehren?“ fragte Atlan zögernd. „Eine Gefahr, mit der die Bestien nicht fertig werden, könnte sehr leicht unser Untergang sein.“

„Ich sprach nicht ausdrücklich von einer Gefahr, Lordadmiral“, widersprach Miß Dacran, „sondern von einem Problem. Gäbe es eine akute Gefahr, mit der die Bestien nicht fertig würden, hätten sie das Dusty Queen System wahrscheinlich längst aufgegeben.“

14.

Für einige bange Sekunden glaubte die Besatzung der CREST, ihre letzte Sekunde wäre gekommen. Das war, als die Kugelzelle des Schiffes von einem harten Aufprall erschüttert wurde.

Kurz darauf materialisierte jedoch Icho Tolot im Transmitter der CREST. Er eilte sofort zur Zentrale und berichtete, Fancan Teik und er hätten ihr Schiff wie üblich auf der Polkuppel der CREST verankert.

Perry Rhodan ließ sofort den Alarm abblasen und teilte der Besatzung über die Rundrufanlage mit, was die Ursache des Aufpralls gewesen war. Anschließend beraumte er eine neue Konferenz ein.

„Wir befinden uns in unmittelbarer Nähe des Zentralsystems der Bestien“, berichtete der Haluter vor den versammelten Spezialisten und der Führungsspitze des Schiffes. „Nachdem wir den Funkkontakt zu Ihnen verloren hatten, stießen wir allein zu dem angegebenen Koordinatenpunkt vor. Nur dank unserer guten Ortungsgeräte verfehlten wir das Zentralsystem nicht. Die Anmessung wird nämlich zusätzlich durch einen starken Strahlungsdruck erschwert, der offenbar von der roten Sonne des Systems ausgeht und am Rand der Lebensblase eine Verdichtung der protobiotischen Fäden bewirkt.“

„Welchen Durchmesser besitzt die Lebensblase?“ fragte Perry Rhodan.

„Etwa hundert Millionen Kilometer“, antwortete Tolot. „Die Sonne, die Atlan, wie er mir vorhin berichtete, auf den Namen Dusty Queen taufte, wird von drei Planeten umlaufen, die relativ dicht beisammen stehen. Ihre Abstände untereinander betragen nur zwanzig Millionen Kilometer; die Umlaufbahnen sind fast genau kreisförmig. Alles weist auf eine umfassende Manipulation durch intelligente Lebewesen hin."

„Konnten Sie weitere Hinweise auf intelligentes Leben entdekken?" fragte Roi Danton.

„Nein. Keinerlei Energieechos. Doch das könnte seine Ursache in einer vollendeten Abschirmung haben. Wir sind auch nur ganz kurz ins System eingeflogen und haben lediglich den dritten, also den äußeren Planeten flüchtig abgetastet. Es handelt sich dabei um eine Welt, die ungefähr Ihrem solaren Mars gleicht, allerdings ohne Anzeichen einer Besiedlung. Offenbar besteht die Oberfläche nur aus einer Sandwüste. Die Schwerkraft von Nummer drei wurde mit 0,65 Gravos bestimmt, die Rotationsdauer auf 28,7 Stunden geschätzt. Die Atmosphäre ist dünn, dürfte aber auch für Terraner atembar sein. Das war alles, was wir herausbekamen. Wir flogen sofort wieder zurück und begannen mit der Suche nach Ihnen. Ohne eine Portion Glück wären wir dennoch aneinander vorbeigeflogen. Sie befanden sich nämlich bereits auf einem Kurs, der Sie knapp an der Lebensblase vorbeigeführt hätte . . ."

„Und unsere Instrumente haben nichts von der Lebensblase angezeigt", warf der Cheforter ein. „Es ist fast nicht zu glauben."

„Nun, unsere Ortungsgeräte sind ein wenig besser als die Ihren", erklärte der Haluter. „Zweifellos aber ist Dusty Queen das am besten getarnte Sonnensystem, das ich je gesehen habe."

Perry Rhodan hatte in grüblerischer Haltung dagesessen und anscheinend nur noch mit halbem Ohr zugehört. Jetzt erhob er sich. Das allgemeine Gemurmel verstummte. Alle sahen den Großadministrator erwartungsvoll an.

„Ich möchte einen Vorschlag zur Diskussion stellen, meine Herren", sagte Rhodan mit dünnem Lächeln. „Planet Nummer drei – oder Norvo, wie Olukh ihn nannte – dürfte kaum die Zentralwelt der Bestien sein. Gerade deshalb halte ich es für günstig, wenn wir zuerst Norvo gründlich erforschen, bevor wir uns näher an die übrigen Planeten heranwagen. Zu diesem Zweck schlage ich vor, eine der Space-Jets loszuschicken, die mit dem neuartigen Anti-Ortungsschirm der Freihändler ausgerüstet ist. Ich bitte um Diskussion."

Die folgende Debatte verlief sehr turbulent und endete damit, daß der Vorschlag des Großadministrators in vollem Umfang gutgeheißen wurde.

Perry Rhodan legte die Details vor, die er mit Hilfe der Bordpositronik ausgearbeitet hatte.

Die Space-Jet sollte normal bemannt werden. Zusätzlich wurden der Teleporter Ras Tschubai, der Telepath John Marshall, der Psychologe Tschu Piao-Teh und der Ertruser Melbar Kasom als Einsatzkommando bestimmt. Rhodan wollte die Expedition selbst leiten. Harl Dephins Paladin sollte ebenfalls teilnehmen. Da der gigantische Robotkörper sich jedoch nicht in den mit Einsatzmaterial gefüllten Laderäumen der Space-Jet unterbringen ließ, sollte er auf der Außenhülle magnetisch verankert werden.

Nach dem üblichen Protest Atlans gegen Rhodans unmittelbare Teilnahme an dem Risikoeinsatz und der üblichen Antwort darauf brachen die Konferenzteilnehmer auf.

Der Einsatz konnte beginnen.

Leutnant George Terminow steuerte die Space-Jet, was zu einigen ironisch gemeinten Anspielungen auf seine Panne im Randgebiet der Todeswolke führte. Der Leutnant ließ sich jedoch nicht aus der Ruhe bringen; er besaß ein dickes Fell.

Während die Space-Jet unter dem Ortungsschutz des neuartigen Schirmes den Rand der Lebensblase durchstieß und Kurs auf Norvo nahm, mußten sich die Expeditionsteilnehmer die Proteste und Verwünschungen Melbar Kasoms anhören.

Der Ertruser fand in den Normalsesseln der Kommandozentrale keinen Platz. Er hatte sich deshalb verkrümmt zwischen den Sesseln niedergelassen und die Beine unter die Sitzgelegenheiten gestreckt. Jedesmal, wenn ein Kontursessel zur Seite schwenkte, jammerte der Koloß über die Mißhandlung seiner Schienbeine und anderer Körperteile.

Ras Tschubai schlug schließlich vor, Kasom neben Paladin an der Außenhülle des Schiffes zu verankern. Daraufhin gab der Ertruser Ruhe.

Die Space-Jet hatte sich Norvo bis auf hunderttausend Kilometer genähert, als plötzlich die Energietaster ausschlugen.

„Also doch nicht ganz unbewohnt“, folgerte Rhodan. Er wandte sich an Marshall. „Empfangen Sie irgendwelche Geistesimpulse, John?“

Der Telepath schüttelte den Kopf. Sein Gesicht war schweißüberströmt, ein Zeichen dafür, wie angestrengt er bereits nach Denkimpulsen anderer Lebewesen gelauscht hatte.

„Nur unklare Schwingungen, wie sie von unintelligenten Lebewesen ausgesandt werden."

„Die sind bestimmt von einem Ertruser!" meinte Terminow scherzhaft.

Kasom brüllte vor Wut auf.

Marshall lächelte verkrampft.

„Dann müßten sie Heißhunger ausdrücken, Leutnant. Ich spüre aber nur Impulse von Haß, Angst und kreatürlicher Aggressivität. Seltsam, beinahe kommt es mir vor, als würde ich eine riesige Isolierstation voller tollwütiger Bestien espern . . ."

Tschu Piao-Teh wölbte die Brauen.

„Tollwütige Bestien . . .? Einen ganzen Planeten voll? Das gibt es nicht. Es sei denn, jemand hat seine Hände im Spiel . . ."

„Das würde mich nicht einmal wundern", bemerkte Rhodan. „Leutnant Terminow, fliegen Sie die Quelle der angepeilten Energiestrahlung an. Es ist gefährlich, aber es hätte keinen Sinn, an anderer Stelle nachzusehen."

George Terminow bestätigte.

Die Space-Jet hatte unterdessen die äußersten Ausläufer der Planetenatmosphäre erreicht. Terminow ließ sie mit der Unterseite aufprallen, wodurch sie hochgeschnellt wurde und in einer sanften Parabel mit desaktivierten Triebwerken allmählich in die dichteren Luftschichten eintauchte.

„Ein Gebäude!" meldete der Ortungsoffizier nach einer Weile. „Ziemlich groß."

„Definieren Sie es genauer!" befahl Rhodan verweisend. „‚Ziemlich' ist ein ziemlich verwaschener Ausdruck."

„Höhe des Gebäudes zweieinhalb Kilometer, Sir", ergänzte der Ortungsoffizier. „Grundflächendurchmesser etwa zwei Kilometer. Annähernde Halbkugelform mit elliptischer oberer Ausbuchtung. Material . . .", er blickte auf die Auswertungsanzeige des Massetasters, „ . . . teilweise hochwertiges Plastik und teilweise Naturstein. Energiequelle unterhalb des Gebäudes. Keine Anzeichen von Abwehrforts, Sir."

„Also haben wir es nur mit wilden Tieren zu tun", murmelte Rhodan. „Das erleichtert unsere Aufgabe."

Die Space-Jet schwankte etwas, als Terminow sie hart abbremste und verkantet durch ein Trogtal jagte. In einem weiten, von Gesteinstrümmern übersäten Talkessel brachte er sie zu Boden. Wenige Kilometer entfernt ragte das mächtige, hellgraue Bauwerk in den düsteren Himmel Norvos.

„Endstation!“ meldete Leutnant Terminow.

„Hoffentlich nicht“, erwiderte Rhodan.

„Ras, ich möchte Sie bitten, in das Bauwerk zu teleportieren und festzustellen, was sich darin befindet. Gehen Sie keinerlei Risiken ein. Ist das klar?“

„Ja“, erwiderte der Teleporter. Er schnallte sich los, stand sekundenlang reglos da – und verschwand, das charakteristische Geräusch ins Vakuum stürzender Luft hinterlassend . . .

Tschubai materialisierte auf einem Gelände, aus dem zahlreiche nadelförmige Erhebungen ragten. Gurgelnd und schmatzend öffnete sich neben ihm der Boden.

Hastig sprang der Teleporter zur Seite – zu seinem Glück, denn im nächsten Augenblick fiel von oben ein rüsselartiges Gebilde herab, pendelte über der Öffnung und stieß einen Schwall rötlichen Breis aus. Der Schwall verschwand unter glucksenden Geräuschen in der Öffnung, die sich verbreiterte. Der „Rüssel“ senkte sich tiefer und preßte weitere Breimassen in den seltsamen Schlund.

Ras mußte einer zweiten Öffnung ausweichen, die sich neben seinen Füßen auftat. Voller Entsetzen beobachtete er, wie sich der Vorgang mit dem „Rüssel“ hier wiederholte.

Ein Flimmern vor ihm warnte ihn gerade noch rechtzeitig, sonst wäre er in ein Energiefeld hineingelaufen.

Er begann zu ahnen, was hier vorging – und diese Ahnung ließ ihm kalte Schauer über den Rücken laufen. Mühsam zwang er sich zur Ruhe. Er nahm einige Messungen vor. Danach wußte er, daß das flimmernde Energiefeld nicht das einzige seiner Art war, und daß es sich dabei um außergewöhnlich starke Fesselfelder handelte.

Er rannte eine Strecke zwischen den nadelförmigen Erhebungen hindurch. Dabei merkte er, wie sich die Stacheln nach ihm reckten. Sie vermochten ihm jedoch nichts anzuhaben, da sie ihn um einige Meter überragten.

Ras konzentrierte sich auf eine Stelle neben der Innenwand der Halle und teleportierte.

Von seinem neuen Standort aus erfaßte er das Ungeheuerliche weit besser als von oben.

Er sah, daß er eben noch auf dem Rücken eines Monstrums gestanden hatte, das mindestens zwei Kilometer hoch sein mußte. Der gesamte Körper war mit Stacheln bewehrt, und überall öffneten und schlossen sich hungrige Mäuler. Es war ekelhaft anzusehen, wie der rötliche Nahrungsbrei hineingepreßt wurde. Das Ungeheuer stand oder hockte auf einigen Dutzend oder gar hundert starken, sehr kurzen Säulenbeinen. Die Haut glich verblüffend der eines Dolans.

Tschubai schüttelte sich.

In einem Anflug von Zynismus beschloß er, das Monstrum „Clara" zu nennen. Warum, hätte er allerdings nicht zu sagen vermocht. Es war einer jener spontanen, sachlich nicht beeinflußten Einfälle gewesen, wie sie schon so oft zu den skurrilsten Bezeichnungen geführt hatten.

Nachdem er gesehen hatte, daß sich außer „Clara" kein anderes Lebewesen in der Halle aufhielt, teleportierte er in die Space-Jet zurück.

Kaum hatte er seinen Bericht beendet, da erscholl mit großer Lautstärke Icho Tolots Stimme aus dem Lautsprecher des Hyperkoms.

Die Männer in der Zentrale blickten sich fassungslos an.

Es war absolute Funkstille vereinbart worden. Wenn der Haluter sie rücksichtslos brach, mußte etwas Bedrohliches geschehen sein.

Tolots Worte klärten sie schnell auf.

„Alarm!" schrie der Haluter. „Vom zweiten Planeten sind vor wenigen Sekunden zwei große schwarze Raumschiffe gestartet. Ihre Länge beträgt rund zwölfhundert Meter. Sie nehmen Kurs auf Norvo."

Er schwieg einen Atemzug lang. Schon wollte Perry Rhodan eine Frage stellen, als Tolot sich abermals meldete.

„Soeben starteten acht weitere Einheiten. Einen Moment . . .! Jetzt sind es schon zwanzig. Ich nehme an, es handelt sich um Raumschiffe der Bestien. Höchste Gefahrenstufe. Ich komme mit meinem Schiff zur Unterstützung. Starten Sie!"

George Terminow räusperte sich und sah Rhodan fragend an.

Dieser nickte, und Terminow legte die Hand auf den Starthebel.
Zu spät.
Mit furchterregendem Krachen und Knirschen sackte die Space-Jet um einige Meter ab. Die Teleskoplandestützen mußten zersplittert sein wie morsche Hölzer.
„Aussteigen!" schrie Perry Rhodan.
Er deutete auf die Termoplastkanzel der Kommandozentrale. Das transparente Material wurde plötzlich von einem gigantischen Schatten verdeckt. Schon begannen sich Risse in der Kanzel abzuzeichnen.
Melbar Kasom verließ die Kommandokanzel als letzter. Splitternd brach das Dach ein. Ein Bein, so dick wie Kasoms beachtlicher Körper, zwängte sich durch die Öffnung.
Der Ertruser hob in seiner Panik drei Sessel aus ihren Verankerungen, wich schreiend dem Fuß aus, der ihn zu zerstampfen drohte, und stürzte sich in den Liftschacht.
Draußen kämpfte unterdessen Major Dephins Paladin einen aussichtslosen Kampf gegen das größte Ungeheuer, das ein Terraner in M 87 jemals gesehen hatte – mit Ausnahme von Tschubai, der die Ähnlichkeit des Monstrums mit Clara betonte, aber auch sagte, daß dieses Tier bedeutend kleiner sei.
Allerdings war es immer noch groß genug, um aus der Space-Jet innerhalb kürzester Zeit einen nutzlosen Haufen zerbeulten Terkonitstahls zu machen.
Paladin deckte die Flucht der Terraner. Er feuerte pausenlos aus seinen vernichtenden Waffen auf das Ungeheuer, erzielte jedoch nicht die geringste Wirkung. Das Wesen kümmerte sich kaum um ihn. Nur gelegentlich schoß es blitzschnell zehn oder fünfzehn Meter vor und versetzte Paladin jedesmal einen so heftigen Stoß, daß er zurückgeschlagen wurde.
„Das darf nicht wahr sein!" stöhnte Perry Rhodan.
Er legte eine Miniaturrampe über seine Schulter und feuerte ein Dwarf-Geschoß auf Claras kleinere „Schwester" ab. Die atomare Glut hüllte das Ungeheuer ein. Aber als sie erlosch, war das Monstrum unversehrt geblieben. Lediglich Paladin hatte sich zurückziehen müssen.
Als von allen Seiten weitere Bestien herbeikamen, befahl Rhodan den endgültigen Rückzug. Die Männer schalteten die Aggregate ihrer Kampfanzüge ein und erhoben sich einige Meter über den Boden.

Einige kleinere Flugdrachen konnten von Paladin abgeschossen werden. Doch die viel größeren Exemplare, die plötzlich über dem Talkessel kreisten, erwiesen sich als immun gegen Energiebeschuß. Die Männer konnten von Glück reden, daß die Ungeheuer sich relativ abwartend verhielten.

John Marshall entdeckte schließlich in einem der steileren Berghänge eine Höhle. Daraufhin ordnete Perry Rhodan an, sich vorerst in der Höhle zu verbergen.

„Vielleicht beruhigen sich die Monstren wieder", sagte er.

„Hoffentlich", murmelte Professor Tschu skeptisch.

Erschöpft und niedergeschlagen hockten die Männer an der kalten Wand der Höhle, in der sie Zuflucht gesucht hatten. Melbar Kasom hielt vor dem Eingang Wache.

Tschu Piao-Teh stopfte seine Pfeife und zündete sie an.

Er blickte auf, als Perry Rhodan erschien.

„Soeben hat Icho Tolot sich gemeldet", erklärte Rhodan. „Die Raumschiffe der Bestien halten sich offenbar zurück. Sie haben orbitale Warteposition bezogen. Die Haluter wollen uns mit ihrem Schiff herausholen."

Tschu Piao-Teh erschrak.

„Sie wollen hierherkommen? Beordern Sie sie sofort zurück, Sir! Haben Sie nicht die riesigen Flugdrachen über dem Tal gesehen?"

Rhodan kniff die Augen zu schmalen Schlitzen zusammen und musterte prüfend das Gesicht des Psychologen.

„Wollen Sie mich zum besten halten?" fragte er verwirrt. „Nicht einmal tausend dieser Ungeheuer könnten Tolots Kampfschiff etwas anhaben."

Der Kosmopsychologe antwortete nicht darauf. Um seine Mundwinkel zeichnete sich ein Zug von Bitterkeit ab. Er lockerte die Waffe in seinem Gürtelhalfter und trat aus der Höhle heraus.

Rhodan folgte ihm und ließ sich auf dem Felsvorsprung nieder, auf dem Tschu Platz genommen hatte.

„Ich wollte Sie nicht beleidigen, Professor, aber . . ."

Tschu lächelte undurchsichtig.

„Schon gut, Sir. Ich habe es auch nicht als Beleidigung aufgefaßt."

Er deutete mit der Hand in den trüben Himmel.

„Da kommen unsere halutischen Freunde bereits. Wir sollten überlegen, wie wir ihnen helfen können.“

Perry Rhodan legte den Kopf in den Nacken und schirmte die Augen mit der Hand ab. Hoch oben im flimmernden Glast des Himmels tauchte ein kometenhaftes leuchtendes Gebilde auf: die ionisierten Luftmassen, die Tolots Schiff bei seiner Gewaltlandung verdrängte.

Das schwarze Kugelschiff verlor rasch an Geschwindigkeit, so daß es bald klar zu erkennen war. Perry Rhodan gab mit seinem Armband-Minikom Peilzeichen, damit die Haluter so nahe wie möglich an der Höhle landen konnten.

Plötzlich stieß Tschu einen erstickten Schrei aus.

Rhodan spürte, wie sein Herzschlag stockte.

Einer der größten Flugdrachen löste sich aus dem Kreis seiner Artgenossen und steuerte mit wuchtigen Flügelschlägen auf die schwarze Kugel der Haluter zu.

Erleichtert atmete Rhodan auf, als das Kugelschiff eine volle Breitseite auf das Ungeheuer abfeuerte. Doch dann erschrak er zutiefst.

Der Drache blieb unverletzt. Noch schlimmer. Er schien sich in der Energieflut zu baden, die ihn umwaberte.

Zum erstenmal konnte Rhodan ein solches Tier genauer betrachten. Es sah aus wie eine gigantische, sechseckige Flunder. Je tiefer es kam, desto mehr wurde seine wahre Größe erkennbar. Aus großer Entfernung hatte Perry Rhodan das Untier auf zweihundert Meter Flächendurchmesser geschätzt. Nun schien es ihm beinahe zehn Kilometer breit zu sein.

Die kugeligen Gebilde an den sechs Enden des Monstrums stießen eine gelbliche Flüssigkeit aus, die im nächsten Augenblick grell aufflammte. Raketengleich schoß der Drache auf das feuernde Haluterschiff zu.

„Ihr Handikap ist, daß sie hier keine Transformwaffen einsetzen können“, erklärte Tschu Piao-Teh sachlich. „Sie sollten lieber fliehen, anstatt eine Katastrophe zu riskieren, die niemandem helfen würde.“

„Sie haben recht“, gab Rhodan zu.

Er schaltete seinen Minikom ein und rief nach Tolot. Aber der Haluter meldete sich nicht. Anscheinend ließ ihm der Abwehrkampf keine Zeit dazu.

Mit einem besonders starken Schub seiner organischen Raketentriebwerke überwand der Drache die restliche Entfernung zu der schwarzen Kugel.

So schnell, daß die einzelnen Bewegungsabläufe für das menschliche Auge unsichtbar blieben, faltete sich das Ungeheuer über dem halutischen Schiff zusammen.

Die schwarze Kugel geriet ins Taumeln. Haltlos trudelte sie dem Boden entgegen.

„Zurück!" rief Tschu und versetzte Perry Rhodan einen Stoß vor die Brust, der ihn einige Meter weit in die Höhle hineintaumeln ließ.

Der Psychologe stürzte hinterher und warf sich über Rhodan, um ihn mit seinem Körper gegen die zu erwartende Explosion beim Aufschlag des Haluterschiffes zu schützen.

Als alles ruhig blieb, erhob er sich und eilte zum Eingang zurück.

Tolots Raumschiff stand etwa fünf Kilometer vom Fuß des Berghanges entfernt im Talkessel. Der Flugdrache hatte es völlig eingehüllt.

„Die Verbindung ist abgerissen", erklärte Rhodan tonlos und trat neben Tschu.

„Der Körper des Schirmdrachens wird nichts durchlassen", meinte Tschu Piao-Teh. „Wir werden versuchen müssen, den Halutern zu helfen."

Der Großadministrator lachte bitter.

„Wie denn?" Er deutete auf das Gebirge aus dolanähnlicher Substanz, das gleich einer kugelförmigen Wand vor ihnen in den Himmel ragte. „Dagegen ist Claras ‚Schwester' ein harmloses Spielzeug."

„Vielleicht", warf Tschubais Stimme ein. Der Teleporter war ebenfalls nach draußen gekommen. „Aber wir dürfen nicht zulassen, daß die Haluter auch noch von Clara selbst angegriffen werden . . ."

Rhodan und Tschu erstarrten, als sie das halbkugelförmige, stachelbewehrte Monstrum erblickten, das sich von dem Bauwerk her näherte und eine riesige Staubwolke aufwirbelte.

„Sie muß sich irgendwie aus den Fesselfeldern befreit haben", sagte Tschubai.

„Oder jemand hat sie auf uns gehetzt", warf Tschu ein.

„Sei es, wie es sei", sagte Perry Rhodan. Er hatte offenbar seine gewohnte Kaltblütigkeit wiedergefunden. „Wir werden uns etwas einfallen lassen müssen, um das Leben der Haluter und unser eigenes zu retten."

„Es sieht nicht gut aus, nicht wahr?“ fragte John Marshall.

„Was besagt das schon“, erwiderte Tschu Piao-Teh gelassen. „Es hat schon oft nicht gut für uns ausgesehen . . .“

„Eine raffiniert formulierte Untertreibung“, meinte Ras Tschubai sarkastisch. „Ich werde mir Clara einmal näher ansehen. Begleiten Sie mich, Professor Tschu?“

Der Psychologe lächelte rätselhaft.

„Mit dem größten Vergnügen.“

Er wandte sich an Rhodan.

„Sir, erlauben Sie, daß ich Tschubai begleite?“

Rhodan sah den Asiaten nachdenklich an. Dann warf er einen sehnsüchtigen Blick zum Himmel.

„Wir werden wieder dort hinaufkommen“, erklärte er und brachte sogar ein Lächeln zustande. „Tun Sie, was Sie können, Ras und Tschu. Wir werden uns hier ebenfalls betätigen.“

„Bis bald!“ erwiderten Tschubai und Tschu wie aus einem Mund.

Wenige Sekunden später waren sie verschwunden.

15.

Professor Tschu Piao-Teh erschrak, als er das zwei Kilometer hohe unförmige Lebewesen aus der Nähe sah. Die Rückenstacheln glichen riesigen beweglichen Stalaktiten, und die zahlreichen Mäuler auf der Oberfläche sahen aus wie lebende Tunnelöffnungen.

Ras Tschubai lachte unsicher.

„So etwas wie Clara haben Sie noch nicht gesehen, Professor, wie?“

Der Kosmopsychologe schluckte hörbar. Allmählich gewann er seine Fassung zurück.

„Sie werden es nicht glauben, Ras“, flüsterte er, „aber ähnliche Lebewesen gibt es seit Jahrmillionen auch auf der Erde . . .“

Tschubais Kopf ging hinter der spärlichen Deckung ein wenig tiefer. Der Teleporter wandte Tschu sein Gesicht zu. Hinter der Helmscheibe glänzte die ebenholzschwarze Haut des Afroterraners vor öligem Schweiß. Die Augen funkelten spöttisch.

„Wollen Sie sich über mich lustig machen, Professor?"

„Nein!" entgegnete Tschu. „Auf der Erde sind die Artgenossen Claras nur erheblich kleiner, nämlich so groß wie ein winziges Sandkorn. Man nennt sie Tardigraden oder Bärentierchen, weil sie unter dem Mikroskop plumpen, achtbeinigen Bären ähneln."

„Unter dem Mikroskop . . .?" hauchte Ras fassungslos. „Dann kann die Ähnlichkeit mit Clara wohl kaum besonders groß sein."

Tschu Piao-Teh lächelte verstehend.

„Welche Rolle spielt schon die Körpergröße! Schließlich zweifelt beispielsweise niemand daran, daß die siganesischen Zwerge Menschen sind. Nein, Clara erinnert mich tatsächlich an einen Tardigraden. Diese Wesen sind trotz ihrer Winzigkeit nicht etwa bloße amöbenähnliche Protoplasmaklumpen, sondern hochkomplizierte Lebewesen; sie haben Beine und Krallen, verhältnismäßig große Gehirne, weitverzweigte Nervensysteme, Schlunde, Verdauungsorgane und Augen. Sie leben von Pflanzenzellen, indem sie ihre Wände durchstoßen und den Inhalt aussaugen. Auch ihre Widerstandsfähigkeit dürfte sich relativ mit der von Clara messen können; bei minus 19 Grad Celsius und völliger Trockenheit leben sie immerhin noch zwanzig Monate und können wiederbelebt werden. Nach sieben Jahren Trockenheit hat man Tardigrade wiederbeleben können, obwohl sie zeitweise bis nahe an den Siedepunkt erhitzt worden waren."

„Erstaunlich!" sagte Tschubai.

„Wieso? Die Natur . . ."

„Ich meine nicht die Tardigraden, sondern Sie, mein lieber Professor. Sie und Ihre intellektuelle Betrachtungsweise. Clara ist schließlich kein ‚lebendes Sandkorn', und vor einigen Sekunden hat sie sich offenbar entschlossen, ihr Interesse uns zuzuwenden."

Professor Tschu richtete sich auf. Er spähte über den scharfkantigen Quarzblock hinweg, hinter dem Ras und er Deckung gefunden hatten. Der wandelnde Fleischberg hatte tatsächlich eine Wendung um neunzig Grad vollführt. Zielsicher strebte er auf seinen kurzen Säulenbeinen dem Versteck der beiden Terraner zu.

Der Psychologe schüttelte sich.

„Ich kann mich nicht damit abfinden, in dem Verdauungstrakt dieses Monstrums zu landen", murmelte er. „Rufen Sie Rhodan an, Ras. Sagen Sie ihm, wir setzen uns ab."

„Und wohin?" fragte der Teleporter düster.

„In die Energiezentrale von Claras ehemaligem Gefängnis. Vielleicht entdecken wir dort etwas, das uns weiterhilft. Momentan können wir gegen Clara ohnehin nichts unternehmen. Komischer Name übrigens für dieses Ungeheuer. Hat Sie vielleicht einmal eine Frau mit dem Namen Clara enttäuscht, Ras . . .?"

Der Teleporter lachte verlegen.

Ohne noch länger zu zögern, aktivierte er sein Armbandgerät und informierte Rhodan über ihr weiteres Vorgehen. Perry Rhodan schien nicht sehr begeistert davon zu sein. Er fand sich jedoch mit der Lage ab. Schließlich blieb ihm nichts anderes übrig, da er ebenfalls kein Patentrezept zur Rettung der Haluter nennen konnte. Vorerst würden Icho Tolot und Fancan Teik in ihrem Raumschiff unter dem Gigantenkörper des Schirmdrachens ausharren müssen . . .

„Verschwinden wir!" sagte Tschubai und ergriff Tschus Arm.

Die beiden Männer entmaterialisierten vor Claras „Augen" und rematerialisierten ohne Zeitverlust in der leeren Riesenhalle, in der Clara noch vor kurzem gefangen gewesen war.

Ras glitt auf einer fürchterlich riechenden Schicht aus und wäre gestürzt, hätte Tschu Piao-Teh ihn nicht festgehalten.

„Was ist das für ein Zeug?" schimpfte der Teleporter.

Tschu lächelte dünn.

„Dreimal dürfen Sie raten, mein Lieber . . ."

„Pfui Teufel!" murrte Tschubai und hielt sich die Nase zu. „Darin könnte sich ein ganzes Raumlanderegiment verstecken."

„Nur gut, daß wir keinem Raumlanderegiment angehören", erwiderte der Kosmopsychologe ironisch. „Aber sollten wir nicht ein anderes Thema wählen?"

Ras Tschubai blickte schaudernd auf die gelblich graue Masse, die im Zentrum der Halle einige Meter tief sein mußte, da sich der Boden schüsselförmig von den Rändern zur Mitte neigte.

„Bleiben Sie hier, Professor!" raunte er Tschu zu. „Ich teleportiere aufs Geratewohl ungefähr hundert Meter tiefer. Da feste Materie mich abstößt, kann mir kaum etwas passieren."

Bevor der Professor darauf antworten konnte, verschwand er bereits. Sekunden später tauchte er wieder auf.

„Glück gehabt!" teilte er atemlos mit. „Kommen Sie!"

Sie rematerialisierten in einer scheibenförmigen Halle von etwa zehn Metern Durchmesser. Die Wände waren transparent, und die Männer konnten von ihrem Standort aus zahllose Energieaggregate sehen. Die Funktionen waren ihnen allerdings unbekannt.

Der Teleporter setzte sich in seinem Kampfanzug in Bewegung und marschierte unbeholfen auf die einzige Öffnung in der Wand zu. Dahinter lag ein langgestreckter Gang, und der scheinbar starre Boden setzte sich automatisch in Bewegung, sobald die Terraner ihn betraten.

„Der Service hier ist nicht zu verachten“, murmelte Ras.

Tschu Piao-Teh lächelte ironisch. Er blickte an Tschubai vorbei und beobachtete aufmerksam das vor ihnen liegende Gangstück. Die Geschwindigkeit ließ sich nur schätzen, aber offenbar wuchs sie kontinuierlich an.

Der Psychologe überlegte, wohin das Transportband führen konnte. Der Bereich der Energiestation mußte eigentlich längst hinter ihnen liegen. Folglich gab es noch andere Energiestationen.

Er schob sich näher an den Teleporter heran.

Die Männer schwiegen einige Minuten, während das Transportband mit ihnen schneller und schneller durch den Stollen glitt.

Plötzlich tauchte weit vor ihnen wieder ein heller Schein auf. Ras Tschubai griff nach Tschus Arm. Doch ihre Befürchtungen, es könnte sich um eine Todesfalle handeln, waren unbegründet.

Der Lichtschein kam von einer leeren Halle. Das Transportband verringerte seine Geschwindigkeit. Tschubai und der Psychologe verließen das Band nicht, als es quer durch die Halle glitt. Es führte anschließend in einen weiteren Tunnel, der jäh nach rechts abschwenkte und spiralförmig in die Tiefe führte.

Ras Tschubai lockerte seinen Strahler. Tschu Piao-Teh konzentrierte sich lediglich stärker. Er rechnete nicht mit einer Falle, bereitete sich aber dennoch darauf vor.

Der schnelle spiralförmige Abstieg machte die Männer benommen. Sie schwankten unwillkürlich, als das Band wieder geradeaus führte. Nach wenigen Sekunden kam es zum Stillstand.

Sie standen in einer großen Halle, unzweifelhaft einer Schaltzentrale. Schaltpulte von über drei Metern Höhe zogen sich an den Wänden hin. Ein schwaches Summen lag in der Luft.

Und noch etwas war da!

Das Gefühl drohender Gefahr. Es schien, als beobachteten zahllose Augen aus dem Verborgenen das Tun der beiden Terraner.

Professor Tschu räusperte sich und ging auf die Überreste eines Skeletts zu, wie sie überall in der Halle verstreut umherlagen. Ras sicherte mit schußbereitem Strahler.

„Eindeutig das Skelett einer Bestie“, stellte Tschu sachlich fest. Er bückte sich und versuchte, das bleiche Gerippe anzuheben. Ächzend gab er es auf. „Schwer wie ein Roboter.“

„Ob die Bestien von Ungeheuern umgebracht worden sind?“ überlegte der Teleporter laut.

Tschu Piao-Teh antwortete nicht darauf. Er ging zu einem Schaltpult und zog sich daran hoch. Mit dem Fuß drückte er eine gelbe Schaltplatte nieder. Ein dumpfes Dröhnen erfüllte plötzlich den Saal.

„Machen Sie keinen Unsinn!“ warnte Tschubai.

Der Psychologe zuckte die Schultern. Sein Fuß senkte sich auf die nächste Schalttaste. Geblendet schloß er die Augen, als in der Wand vor ihm ein gewaltiger Sektor aufleuchtete. Mit einem Sprung kehrte er auf den Hallenboden zurück.

Aus etwa zehn Schritt Entfernung ließ sich das Bild am besten erkennen, denn es war ein Bildschirm, den Tschu aktiviert hatte.

Auf der etwa sechs mal sechs Meter großen Fläche stand das dreidimensionale Abbild einer metallisch schimmernden Kugel. Eine Seite der Kugel hatte sich facettenartig geöffnet, und der halbfertige Körper eines Monstrums hing heraus.

Jetzt erst wurde den beiden Männern klar, wie groß der kugelförmige Behälter wirklich sein mußte, denn das halbfertige Monstrum glich auf erschreckende Weise dem Ungeheuer Clara . . .

„Das erinnert mich an die Geschichte vom Zauberlehrling“, murmelte Tschubai. „Kennen Sie die?“

Der Professor schüttelte den Kopf.

Ras seufzte.

„Es ist ein ziemlich makabrer Vergleich. In der bewußten Geschichte versucht ein Zauberlehrling in Abwesenheit seines Herrn, einen Besen in einen Wasserträger zu verwandeln, um sich die Arbeit zu ersparen. Es gelingt ihm auch, denn er kennt den entsprechenden Zauberspruch. Doch als er seinem Geschöpf Einhalt gebieten will, fällt ihm diese Zauberformel nicht ein. Sein Geschöpf waltet unermüdlich weiter seines Amtes, und wäre nicht der Gebieter rechtzeitig zurückgekehrt . . .“

„Hier ist er offensichtlich nicht zurückgekehrt“, bemerkte Tschu trocken.

Nachdenklich betrachteten sie die Überreste der Bestien und das niemals fertig gewordene Ungeheuer. Die Tatsachen redeten eine deutliche Sprache.

Die Bestien hatten diese Anlage wahrscheinlich von den eigentlichen Erbauern übernommen, aber in ihrer Unwissenheit und Überheblichkeit hatte dann die Anlage etwas ganz anderes erzeugt als geplant.

Und jenes andere hatte sie umgebracht.

Tschu Piao-Teh schob seine Mini-Kamera wieder in die Außentasche des Kampfanzuges zurück.

„Das genügt, Ras. Sollen die Kybernetiker das Material auswerten. Ich denke mir, daß hier ursprünglich Dolans produziert wurden – und später hirnlose Monstren.

Kehren wir also zu unserem lieben Norvo-Tardigraden zurück."

„Ohne etwas erreicht zu haben?" fragte der Teleporter verblüfft.

„Was wollen Sie hier noch erreichen, Ras? Bestimmt nichts, das uns der Lösung unseres gegenwärtigen Hauptproblems näherbrächte."

Niedergeschlagen fand Tschubai sich mit den Realitäten ab. Wieder stellten die Männer den notwendigen körperlichen Kontakt her, dann teleportierte Ras Tschubai mit dem Psychologen an die Stelle zurück, an der sie Clara zuletzt begegnet waren.

Das Ungeheuer marschierte stur auf den Schirmdrachen los, der noch immer das Haluterschiff umhüllte. Tschu Piao-Teh fragte sich, was die beiden Haluter wohl denken mochten. Er hoffte, daß sie ihre Unvorsichtigkeit nicht mit dem Leben bezahlen mußten. Die Skelette der Bestien hatten bewiesen, welche mörderischen Fähigkeiten in den Ungeheuern steckten. Wer eine Bestie töten konnte, würde auch mit zwei Halutern fertig werden. Tolot und Teik wurden zwar im Moment noch durch die nahezu unverwüstliche Hülle ihres Raumschiffs geschützt. Aber wenn – wie die Erfahrung gezeigt hatte – sogar der relativ schwache menschliche Organismus fähig war, Ersatzorgane aus molekülverdichtetem Leichtstahl anzugreifen, dann erschien eine entsprechend stärker ausgeprägte gleiche Fähigkeit der Ungeheuer durchaus nicht absurd.

Ras Tschubai gab eine kurze Lagemeldung an Perry Rhodan durch. Danach wandte er sich dem Psychologen zu.

„Rhodan ist verzweifelt", berichtete er. „Er hat Paladin einen Angriff auf den Schirmdrachen führen lassen. Dabei wurde der Roboter beinahe vernichtet."

„Wir müssen eine Möglichkeit finden, Clara . . .“, Tschu grinste verstohlen, „. . . zu beeinflussen.“ Es schien, als wollte er noch etwas sagen. Aber er preßte die Lippen zusammen und schwieg.

„Hm . . .!“ machte der Teleporter gedehnt. „Ich konnte zwar bisher weder Augen noch sonstige Wahrnehmungsorgane bei Clara entdecken, aber mit irgend etwas muß sich die Dame schließlich orientieren . . .“

Unvermittelt teleportierte er.

Tschu Piao-Teh murmelte eine Verwünschung. Er fürchtete, Ras Tschubai könnte eine verhängnisvolle Unbesonnenheit begehen. Kurz entschlossen schaltete er das Flugaggregat seines Kampfanzuges ein und steuerte auf denjenigen Körperteil Claras zu, der sich in Marschrichtung befand; von einem Kopf im herkömmlichen Sinne konnte man bei diesem wandelnden Berg nicht sprechen.

Er entdeckte Tschubai, nachdem er Clara überholt hatte. Der Teleporter schwebte ebenfalls mit Hilfe seines Flugaggregats in etwa zweitausend Metern Höhe schräg über dem Vorderteil des Ungeheuers. Er vollführte ziemlich abrupte und unerklärliche Flugmanöver. Erst nachdem der Kosmopsychologe bis auf ungefähr hundert Meter herangekommen war, sah er die silbrig blinkenden, scheibenförmigen Objekte, die um den Teleporter kreisten. Die Gebilde waren kaum größer als terranische Schwalben, offensichtlich aber nicht so harmlos. Sie stießen immer wieder auf Tschubai herab. An den Entladungen in Tschubais Schutzschirm war zu erkennen, daß die Gebilde mit Energiewaffen angriffen.

Tschu Piao-Teh aktivierte ebenfalls seinen Individualschutzschirm und schwebte näher an den Teleporter heran. Dabei sah er weitere Gebilde über Clara kreisen. Es handelte sich sicherlich um Begleitroboter, die das seltsame Wesen schützen sollten. Der Psychologe fragte sich allerdings vergeblich, wovor das anscheinend unangreifbare Ungeheuer geschützt werden sollte – noch dazu von derartig winzigen Robotern.

„Achtung, Ras!“ rief er ins Mikrophon des Helmtelekoms. „Ich werde versuchen, den Mückenschwarm auf mich zu ziehen. Führen Sie aus, was immer Sie vorhaben.“

„Verstanden!“ gab Tschubai zurück. „Ich werde vorübergehend die Gefahrenzone verlassen.“

Das Pulsationstriebwerk in seinem Aggregattornister flammte auf. Raketengleich schoß Ras Tschubai in den düsteren Himmel. Die

Mikroroboter verfolgten ihn etwa zwanzig Meter weit, dann kehrten sie um.

Professor Tschu lächelte voller Selbstironie, als er seinen Kombistrahler zog, auf Desintegratorwirkung schaltete und Kurs auf das Vorderteil Claras nahm. Ausgerechnet er, der sich immer gegen physische Gewaltanwendung einsetzte, sah sich gezwungen, von einer Vernichtungswaffe Gebrauch zu machen. Wenn der Gegner nicht über Geist verfügte, konnte man ihm eben auch nicht mit geistigen Waffen beikommen. Außerdem handelte es sich nur um Maschinen.

Der Angriff der Roboter traf ihn nicht überraschend. Mit breit gefächertem Desintegratorstrahl zerstörte er auf Anhieb sechs der scheibenförmigen Maschinenwächter. Die anderen behielten ihren Angriffskurs unverändert bei. Sehr variabel war ihre Programmierung demnach nicht.

Tschu vergrößerte die Lücke in der Front der Roboter und stieß hindurch. Er flog rückwärts und beachtete den Schwarm nicht, der ihn von hinten unter Feuer nahm. Ein gewisses Risiko ließ sich nicht vermeiden.

Allmählich lockte er immer mehr Roboter vom Vorderteil des Ungeheuers fort. Nach einigen Minuten umgaben sie ihn wie eine silbrig schimmernde Wolke. Der Kosmopsychologe wehrte sich mit majestätischer Ruhe. Doch diese Ruhe war nur äußerlich, scheinbar von der Einsicht in die Unvermeidbarkeit der Gefahr bestimmt. Von Zeit zu Zeit vernahm er das bedrohliche Aufheulen der Umformerbank seines Energieaggregats. Auf die Dauer würde er nicht durchhalten können.

Er sah sich um. Die gesamte Roboterarmee schien sich auf ihn zu konzentrieren. Die vordere Hälfte Claras war von den Wächtern entblößt.

„Jetzt, Ras!" schrie er ins Mikrophon. „Viel Glück!"

„Wir beide können es brauchen", antwortete der Teleporter.

Aufatmend registrierte Tschu Piao-Teh, daß Tschubai den Deflektorschirm seines Kampfanzugs aktiviert haben mußte. Obwohl die Glut des Pulsationstriebwerks einmal kurz aufleuchtete, blieb der Teleporter unsichtbar.

Professor Tschu zog sich weiter zum hinteren Ende des Ungeheuers zurück. Er landete zwischen einigen hoch aufragenden Stacheln. Die Kleinroboter stießen sofort nach. Doch die Stacheln zwangen sie zu komplizierten Ausweichmanövern. Ihr Feuer wurde unkonzentriert, sporadisch und wirkungslos.

Tschu Piao-Teh atmete auf. Er schoß nur noch auf Ansammlungen mehrerer Roboter.

„Ich habe das Orientierungsorgan Claras entdeckt“, kam es aus dem Helmempfänger. „Ein kleines, linsenartiges Gebilde, kaum zu erkennen. Anscheinend ist es reizempfindlich für Wärmestrahlung. Möglicherweise auch für Individualimpulse. Ich versuche, mit meiner Helmlampe eine Reaktion zu erzeugen.“

Der Kosmopsychologe begriff, was das bedeutete. Um Lichtstrahlen von außen nach innen oder umgekehrt dringen zu lassen, würde Tschubai seinen Deflektorschirm desaktivieren müssen. Damit wäre er wieder sichtbar für die Roboter.

„Viel Glück!“ wünschte er Tschubai. „Hier geht alles nach Plan.“

Er biß die Zähne zusammen und schaltete sein Pulsatortriebwerk ein. Sogleich stieg er aus dem Bereich der Stacheln heraus. In zwanzig Metern Höhe bremste er ab, schaltete für kurze Zeit seinen Schutzschirm aus und schleuderte eine Desintegrations-Handgranate auf Claras Rücken.

Eine Wirkung auf die widerstandsfähige Körperhülle des Ungeheuers war nicht zu erkennen. Lediglich einige Roboter lösten sich in grünliche Gasschwaden auf.

Die anderen Wächter stürzten sich von drei Seiten zugleich auf Tschu. Ihre Waffenstrahlen belasteten die Umformerbank des Schutzschirmaggregats erneut bis an die Leistungsgrenze. Tschu konnte nur hoffen, daß der Teleporter bald einen wirksamen Erfolg erzielte, sonst würde er schließlich doch der Übermacht erliegen. Er wagte es jedoch nicht, sich wiederum in die Deckung der Stacheln zu retten oder auf eine Distanz auszuweichen, die außerhalb des Wachtbereichs der Roboter lag. Dadurch hätte er es den Wächtern nur ermöglicht, Ras Tschubai zu orten und anzugreifen.

Die rote Warnlampe über Tschus Augen flammte auf. Er sackte einige Meter ab, da die Sicherheitsautomatik zur Stabilisierung des Individualschirms dem Antigravaggregat Energie entzog. Unmittelbar über einem bedrohlich aussehenden Riesenstachel wurde der Sturz aufgefangen. Die Roboterwolke rotierte unablässig um den Psychologen. Von den Außenmikrophonen des Druckhelms wurde überdeutlich das Knirschen und Knacken der Entladungen innerhalb des Schutzschirms übertragen. Die ersten Strukturrisse entstanden.

So ist das also! dachte Tschu Piao-Teh. *Seltsam! Eigentlich glaubt man immer, der Tod wäre etwas, das nur anderen zustoßen könnte. Und plötzlich war es doch soweit.*

In instinktiver Auflehnung gegen das Schicksal senkte sich Tschus Hand auf die Antigravsteuerung. Ein paar Schaltungen, und er würde in die relative Sicherheit der Stacheln absinken . . .

Nein!

Der Psychologe versetzte seinen Körper durch kurze Impulsstöße aus dem Triebwerk in schnelle Umdrehung. Die auflösenden Strahlen des Desintegrators rissen Breschen in die Traube der Roboter. Aber immer neue Wächter füllten die Breschen wieder aus.

Die Warnautomatik des Kampfanzuges signalisierte Tod. Blendende Entladungsblitze zuckten aus dem Schutzschirm und erhitzten das Material des Kampfanzugs. Die Klimaanlage arbeitete wie rasend. Tschu verlor die Orientierungsfähigkeit.

Er wartete auf den Tod.

Doch der Tod kam nicht. Allmählich kühlte sich die Atmosphäre innerhalb des Anzugs auf normale Werte ab. Das schwindende Bewußtsein kehrte zögernd zurück.

Tschu Piao-Teh empfand zuerst Verwunderung, dann Bestürzung.

Der Rückzug der Roboter konnte nur bedeuten . . .

„Ras!“

„Alles in Ordnung, Professor!“ drang die Stimme des Teleporters in sein Bewußtsein. „Clara hört auf mein Kommando. Haben Sie gesehen, wie die verwünschten Roboter sich aus dem Staub machten?“ Tschubai lachte.

Tschu spürte grenzenlose Erleichterung.

„Meinen Glückwunsch, Ras!“ sagte er mit belegter Stimme.

Er schaltete das Pulsatortriebwerk ein und ließ sich fünfzig Meter höher tragen. Die blinkende, flirrende Silberwolke der Roboter tauchte soeben in die letzten Strahlen der Sonne ein. Dusty Queen färbte die Hüllen der Maschinenwächter blutrot. Von einer Sekunde zur anderen wurde es Nacht über diesem Teil des Planeten Norvo.

Tschu erschien die Finsternis schöner als der hellste Sonnenschein. Er schaltete seinen Handscheinwerfer an und steuerte auf das blinkende Licht am Vorderteil Claras zu.

„Es ist im Grunde genommen sehr einfach", erklärte Ras Tschubai, während er seine Helmlampe in unterschiedlichen Intervallen ein- und ausschaltete. „Clara reagiert auf Lichtreize besonders stark. Bestimmte Signale lösen bei ihr ganz spezifische Reaktionen aus. Dreimal kurz und zweimal lang zum Beispiel veranlaßte sie, die Roboter zu vertreiben."

„Wirklich sehr einfach", entgegnete Tschu Piao-Teh lächelnd. „So einfach, daß die Bestien von Norvo anscheinend nicht daraufkommen konnten. Sonst lebten sie nämlich noch."

„Ich hatte einfach Glück", sagte Tschubai. „Etwa zwölf verschiedene Kombinationen hatte ich erfolglos ausprobiert. Die dreizehnte . . . Na, das wissen Sie ja selbst."

Der Kosmopsychologe schwieg. Er mußte daran denken, was aus ihm geworden wäre, falls Tschubai weniger Glück gehabt hätte.

„Vorsicht!" schrie Ras.

Er stieß den Professor unsanft an. Tschu richtete seinen Scheinwerferkegel auf die Gebiete außerhalb des Reizorgans. Clara hatte zwei große Schlünde auf ihrer Oberfläche geöffnet. Die rosaroten wulstigen Ränder wölbten sich empor und formten zwei Rüssel, die pendelnd nach den beiden Männern tasteten.

Tschubai und der Psychologe stiegen einige Meter höher.

„Ich muß einen falschen Rhythmus geblinkt haben", bemerkte der Teleporter.

„Das erscheint mir auch so", gab Tschu lakonisch zurück.

Ras setzte seine Experimente fort. Nach kurzer Zeit zog das Monstrum die Rüsselgebilde wieder ein.

Der Wald von Stacheln auf seinem Rücken geriet in Bewegung. Es sah aus, als wüte dort ein Wirbelsturm. Unverhofft und ruckartig beschleunigte Clara die Gangart. Die Stummelfüße erzeugten dröhnendes Trommeln, das sogar noch in mehr als zweitausend Metern Höhe zu hören war.

„Sie läuft auf den Schirmdrachen zu!" rief Ras.

Die beiden Männer mußten ihre Triebwerke einschalten und beschleunigen. Clara hatte die Geschwindigkeit eines Prallfeldgleiters erreicht. Hinter ihr stieg eine Staubwand in den Himmel; die Quarzkörnchen glitzerten jedesmal wie eine Milchstraße aus Diamanten, wenn Tschus Scheinwerferkegel sie erfaßte.

Einige Male tauchten die schattenhaften Umrisse von kleineren Schirmdrachen auf Claras Weg auf. Sie wurden jedesmal auf geheimnisvolle, unerklärliche Weise vertrieben. Die von ihnen erzeugten Luftbewegungen reichten jedoch aus, um Tschubai und den Psychologen davonzuwirbeln.

In weitem Bogen flogen sie dem Monstrum nach. Der Weg, den Clara marschiert war, glich einem ausgetrockneten Flußbett. Das Gewicht ihres Körpers hatte die Bodenkruste eingedrückt.

Die Terraner durchstießen die Staubwolke. Ihre Scheinwerferkegel schnitten grelle Lichtbahnen in die Nacht. Vor ihnen ragten zwei Bergrücken auf. Der eine bewegte sich auf den anderen zu, erreichte ihn und begann, an ihm emporzuklimmen.

Tschu Piao-Teh hörte im Helmtelekom Rhodans Stimme, die nach Major Harl Dephin rief. Aber der Gefühlsingenieur meldete sich nicht.

Tschu änderte seinen Kurs, als Tschubai vor ihm scharf nach links abschwenkte. Nach wenigen Minuten landeten sie neben den Gefährten im Sand.

Die Stammbesatzung der Space-Jet hatte eine Igelstellung gebildet. Eine ziemlich sinnlose Maßnahme, denn gegen die Ungeheuer von Norvo waren terranische Strahlwaffen erwiesenermaßen machtlos.

„Ich kann nichts von den Thunderbolts wahrnehmen“, sagte John Marshall.

Perry Rhodan wandte sich den zurückgekehrten Männern zu.

„Haben Sie unterwegs etwas von Paladin gesehen oder gehört?“

Ras Tschubai schüttelte den Kopf.

„Nichts. Er ist hoffentlich nicht Clara über den Weg gelaufen.“

Rhodan und Marshall zuckten die Schultern. Sie schienen nichts zu wissen.

Ihre Aufmerksamkeit wandte sich wieder den beiden Giganten zu. Clara griff den Schirmdrachen offenbar an, denn dieses Nurflügel-Ungeheuer zuckte konvulsivisch. Jede Bewegung löste eine heftige Sturmbö aus.

„Achtung, der Drache!“ schrie Tschubai plötzlich.

Die Gesichter der Terraner wandten sich den beiden Ungetümen zu. Viel war nicht zu sehen. Nur zwei schemenhafte Gebirge wurden durch ihre Bewegungen erkennbar.

Die Bewegung schien sich vom Standort der Terraner zu entfernen. Und Sekunden später flammte es grell auf. Die Haluter mußten den Schutzschirm ihres Schiffes aufgebaut haben.

Rhodan schaltete seinen Helmtelekom ein und rief nach Icho Tolot. Der Haluter meldete sich sofort. Er teilte mit, daß das Schiff den Angriff des Ungeheuers heil überstanden habe. Rhodan bat ihn, zu starten und nach seinen Peilzeichen den Aufenthaltsort anzufliegen.

Einige Minuten später hob die schwarze Kugel der Haluter ab. Sie stieg auf wenige hundert Meter Höhe und näherte sich langsam.

Sanft setzte die Kugel in der Nähe der Terraner auf. Die Schleuse öffnete sich, und Icho Tolot stapfte heraus.

„Vielen Dank, Freunde!“ rief er. „Ohne Sie wären wir verloren gewesen. Wie haben Sie das geschafft?“

Tschu deutete auf Ras.

„Er hat das Ungeheuer gebändigt. Bedanken Sie sich bei ihm, Tolot.“

„Soeben empfange ich wieder Gedankenimpulse der Siganesen“, rief Marshall.

Kurze Zeit später nahte die massige Gestalt Paladins. Scheinwerferstrahlen richteten sich auf ihn.

„Wie sieht er nur aus?“ murmelte Tschubai. „Das Metall hat ja jeden Glanz verloren.“

Paladin hielt zehn Meter vor den Menschen an. Er schwankte.

„Was ist mit Ihnen los, Major Dephin?“ rief Rhodan. „Sind Sie nicht in Ordnung?“

Tschu Piao-Teh musterte den gelblich-grauen Überzug des Roboters genauer.

„Ich kann mir denken, was passiert ist“, erklärte er. „Lassen Sie Harl Dephin Zeit, Sir. Er muß sich von einem Schock erholen, der sein Selbstbewußtsein arg zerrüttet haben dürfte. Deshalb kann er die Gedankensteuerung zur Zeit nur ungenügend bedienen.“

Ein gedämpftes Stöhnen drang aus den Helmempfängern.

„Diese Schande!“ jammerte Harl Dephin. „Oh, diese Schande! Von einem Monstrum gefressen zu werden, ist schon schlimm genug. Aber dann auch noch mit Tonnen von Kot aus dem . . .“ Die Worte gingen in gemurmelte Verwünschungen über.

„Aha!“ bemerkte Tschu ironisch. „Der Superzwerg erholt sich bereits wieder.“

„Nur gut, daß SAC-Metall unverdaulich ist“, sagte John Marshall.

Perry Rhodan ordnete den Start an, nachdem der Roboter gesäubert worden war.

Sie stiegen in das Haluterschiff.

Die schwarze Kugel stieß in den Raum vor. Unterwegs ortete Fancan Teik zahllose Raumschiffe der Bestien. Sie standen in Kreisbahn-Position über Norvo und rührten sich nicht, als das kleine Kugelschiff an ihnen vorüberflog.

„Ich frage mich, was sie eigentlich hier gewollt haben“, sagte Leutnant Terminow.

„Wahrscheinlich wollten sie unsere Kampfkraft testen“, antwortete Tschu Piao-Teh. „Sie selbst – oder vielmehr ihre Vorfahren – haben gegen die Norvo-Ungeheuer nichts ausrichten können. Es dürfte die Bestien beeindruckt haben, daß wir entkommen konnten.“

Er lächelte versonnen und blickte auf den Frontschirm, auf dem sich die flimmernde Grenzzone zwischen Lebensblase und Dunkelwolke abzeichnete. Irgendwo dort in der Schwärze wartete die CREST, ihr Zuhause . . .

16.

Zwei Stunden nach der Rückkehr zur CREST IV, hatten die Terraner und die beiden Haluter den Plan gefaßt, mit den Bestien nun offiziell Funkkontakt aufzunehmen. Man rechnete mit einer Einladung auf ihre Zentralwelt, wollte jedoch nur mit einer Korvette nach Pauper fliegen. Wieder war es Atlan, der die Idee entwickelte, mit den Bestien ein neues Pokerspiel zu betreiben.

Warum, fragte der Arkonide, sollte man nicht versuchen, aus der Not eine Tugend zu machen und von den Bestien das zu bekommen, was die KdZ den Menschen so hartnäckig verweigerten. Niemand, auch Atlan nicht, glaubte daran, die Bestien so leicht bluffen zu können. Aber er wollte den Versuch wagen, von den Bestien zwei funktionsfähige Paratronkonverter zu fordern – gegen die Daten von Monol, die natürlich gefälscht sein würden.

Im Notfall konnte die CREST aus eigener Kraft rund fünf Millionen Lichtjahre zwischen sich und M 87 bringen. Wenn schon kein eigener Antrieb für den weiteren Heimflug vorhanden war, konnte und sollte versucht werden, mit den Haluterschiffen die restliche

Strecke zur Milchstraße zurückzulegen. Noch war dies ein Verzweiflungsplan, aber die Möglichkeit mußte ins Kalkül gezogen werden.

Nur – wie würden die Bestien sich verhalten?

Deshalb sah die Planung verschiedene alternative Manöver im Fall des Scheiterns dieser Mission vor. Eine der Alternativen war „Kommando Delta“. Zwei Teleporter sollten vor der Landung der Korvette abspringen und einen Wissenschaftler mitnehmen, der sich mit Aggregaten zur Erzeugung von Hyperenergie auskannte. Die anderen sollten abwarten, wie die Bestien reagierten. Im Fall eines Angriffs mußten der Teleporter und die Wissenschaftler die wichtigsten Energiezentralen auf Pauper ausschalten.

Während in der CREST noch die Details des Einsatzes ausgearbeitet wurden, drang Perry Rhodan selbst mit einer Space-Jet noch einmal in die Lebensblase ein, um den Funkkontakt mit den Bestien herzustellen, mit Aufzeichnung des Wortwechsels für spätere Analysen.

Kelly Ladd, ein junger Captain, Spezialgebiet Biotronik, entwikkelte unterdessen den Plan fast ganz allein weiter. Ladd, bisher kaum einmal hervorgetreten, hatte sich durch einige erstaunliche Initiativen zu einer Art Planungschef aufgeschwungen. Er trug einen „positronisch-biologischen Teampartner“ mit Namen Dschinny im Nakken implantiert, was ihm von mancher Seite schon die Bezeichnung „halber Cyborg“ eingebracht hatte.

Zum Schluß seiner Besprechung mit führenden Kräften der CREST, legte er einige Gegenstände auf den Tisch, die die typischen äußeren Merkmale einer Mikro-Atombombe aufwiesen. Der gespannte Gesichtsausdruck, mit dem der Biotroniker die Reaktion seiner Kollegen beobachtete, ließ jedoch Tschu darauf schließen, es müsse mit den „Bomben“ eine besondere Bewandtnis haben.

Armond Bysiphere merkte nichts davon. Er wich erschrocken zurück und musterte die „Bomben“, als wären sie giftige Vipern.

„Was soll ich denn damit?“ fragte er entrüstet. „Captain, ich bin ein friedliebender Mensch. Atombomben sind mir ein Greuel.“

Tschu grinste dünn, sagte aber nichts.

Kelly Ladd warf eines der gefährlich aussehenden Dinger in die Luft und fing es mit der Hand auf.

„Auch ich verabscheue die Gewalt, Armond“, erklärte er ernst. „Da ich jedoch noch nicht über Mittel verfüge, die es mir erlauben, auf jegliche Gewalt zu verzichten, kann ich nur versuchen, die

Anwendung physischer Gewalt zu vermeiden. Dazu dienen diese ‚Identitäts-Modulatoren', kurz Idmos genannt. Sie sind ein wesentlicher Bestandteil meines Plans."

Er erklärte den beiden Kollegen die Funktionsweise der Idmos. Die Geräte veränderten das Identitätsempfinden und stürzten die Betroffenen für einige Zeit in völlige geistige Verwirrung. Tschu Piao-Teh hörte interessiert zu. Was Captain Ladd da sagte, entsprach genau seinen Anschauungen. Zugleich vergrößerte es die Wahrscheinlichkeit für einen positiven Ausgang des Unternehmens.

Nach fünfeinhalb Stunden lagen die Details des Plans fest. Zur gleichen Zeit wurde den Wissenschaftlern über Interkom gemeldet, Perry Rhodan sei von einem Kontaktflug zurückgekehrt und würde die Aufzeichnungen des Funkgesprächs persönlich überbringen.

Kurz zuvor:

Perry Rhodan stieg selbst in die Space-Jet, mit deren Hilfe der Funkkontakt zu den Bestien von Pauper hergestellt werden sollte. Außer seinem Sohn Mike alias Roi Danton begnügte er sich mit der Stammbesatzung.

Diesmal beachtete er das turbulente Gewimmel der Protoalgen kaum noch. Es handelte sich um eine von zahllosen Lebensformen; das war alles. Zwar behinderte die hohe Dichte der Fadenwesen die Manöver eines Raumschiffs noch stärker als die gas- und staubförmige Mikromaterie in den Randzonen, aber es würde ja nur ein kurzer Flug werden.

Roi belächelte die Zornesausbrüche des Piloten. Der Mann hatte natürlich Ursache zum Schimpfen; von den zur Kursmarkierung ausgesetzten Signalbojen waren inzwischen mehr als die Hälfte unter Protoalgen begraben. Ihre Signale drangen nicht mehr durch.

Dennoch dauerte es nur knapp zehn Minuten, bis die Lebensblase erreicht war. Zuerst schimmerte ein seltsames silbriges Punktmuster am anderen Ende der Schwärze, dann glühte der Raum vor der Space-Jet rötlich auf – und im nächsten Augenblick schnellte der Raumaufklärer aus der Staubzone wie ein abgefeuertes Geschoß.

Dusty Queen glomm voraus gleich einem halb erblindeten, entzündeten Auge.

„Parbleu!" entfuhr es Roi. Michael Reginald Rhodan sah die

Lebensblase zum erstenmal direkt durch die transparente Polkanzel der Jet hindurch.

„Welche Energiemengen mögen dazu gehören, um den Staub und die Protoalgen Jahrhunderte oder Jahrtausende lang vom System fernzuhalten?“

„Rechnen Sie es mit Hilfe der Positronik aus, wenn wir wieder in der CREST sind“, erwiderte Rhodan.

Sobald Leute in Hörweite waren, die Rois wahre Identität nicht kannten, sprachen Vater und Sohn sich mit „Sie“ an.

„Hm!“ machte Roi. „Mich interessiert vor allem, ob der Sonnenprozeß, der den Strahldruck erzeugt, von Pauper aus manipuliert werden kann.“

Rhodan sah seinen Sohn prüfend von der Seite an.

„Und warum?“

„Die Neugier ist die Mutter der Weisheit“, wich der Freihändler aus.

„Der Spruch könnte von mir stammen“, gab Rhodan ironisch zurück.

„Bremsen Sie ab!“ befahl er dem Piloten. Und zum Funker gewandt: „Hyperkomrichtsendung nach Pauper vorbereiten!“

Nachdem die Space-Jet mit geringer Fahrt antriebslos durch den Raum trieb, setzte Rhodan sich selbst vor den Hyperkom. Er überprüfte überflüssigerweise die Justierung des Richtstrahlers und schaltete das Gerät ein.

Sobald die obere Leistungsmarke erreicht war, zog er das Mikrophon zu sich heran.

„Hier spricht Perry Rhodan! Ich rufe Pauper. Pauper, bitte kommen!“

Er ließ das Mikrophon an dem beweglichen Arm zurückschnellen und richtete sich auf eine längere Warteperiode ein. Auf eine Wiederholung des Spruchs verzichtete er absichtlich; er wollte den Bestien nicht die Anpeilung des Senders ermöglichen.

Doch kaum war das Mikrophon zurückgeschnellt, da krachten bereits die Lautsprecher des Empfangsteils.

„Pauper an Perry Rhodan“, erscholl es in einwandfreiem Interkosmo. Anscheinend hatten die Agenten der Bestien Unterlagen über die Verkehrssprache der terranischen Heimatgalaxis aufgetrieben. „Hier spricht Chappuy-Kitos. Ich habe Ihren Ruf klar empfangen. Bitte melden!“

„Hier Rhodan. Ich habe Sie verstanden, Chappuy-Kitos. Schalten Sie bitte Ihre Bildübertragung ein. Ende!“

Der Bildschirm des überlichtschnell arbeitenden Hyperkoms flakkerte unter der eingehenden Leistung, dann wurde das Bild klar.

„Wieder mal etwas anderes“, bemerkte Danton. „Tragen Sie Grün, Herrschaften!“

Perry Rhodan verzog sein Gesicht und sandte Roi einen verweisenden Blick. Er hielt den gegenwärtigen Zeitpunkt für absolut ungeeignet für dumme Witze.

Mit der Anspielung auf die Farbe Grün hatte Roi Danton allerdings nicht unrecht gehabt. Chappuy-Kitos’ Abbild zeigte eine etwa 4,50 Meter große Bestie mit grüner, geriffelter Panzerhaut. Ansonsten glich er Olukh sowie den anderen Bestien und den Zweitkonditionierten der Großen Magellanschen Wolke.

Chappuy-Kitos trug jedoch im Unterschied zu seinen Artgenossen keine Kampfkombination, sondern ein hauchdünnes Etwas, das wie ein zu kurzes Nachthemd aussah und seinen Rumpf nur knapp bedeckte. In krassem Gegensatz dazu stand der metallisch glänzende Helm mit dem verworrenen Symbol an der Vorderseite.

Rhodan bemerkte, daß die Bestie den rechten Handlungsarm ruckartig bewegte. Er entdeckte an Stelle der Hand nur eine trichterförmig auslaufende Verdickung. Insgeheim nahm er sich vor, diese Besonderheit genau zu prüfen, falls es zu einer persönlichen Begegnung kommen sollte.

„Ich sehe Olukh, unseren Abgesandten, nicht“, sagte Chappuy-Kitos. „Er hat sich hoffentlich nichts zuschulden kommen lassen . . .“

Da war sie, die peinliche Frage, auf die Rhodan schon gewartet hatte. Wie würden die Bestien reagieren, wenn sie von Olukhs Tod erfuhren? Würden sie den Angaben der Terraner trauen?

Perry Rhodan verzichtete auf eine Lüge, obwohl sich eine Menge Lügen vorstellen ließen, die glaubhafter als die Wahrheit wirkten.

Er berichtete sachlich und knapp, unter welchen Umständen Olukh sein Leben eingebüßt hatte.

„Es tut mir sehr leid“, erklärte er abschließend. „Wir hatten Schwierigkeiten dadurch. Ich hoffe, es wirkt sich nicht negativ auf unsere Beziehungen aus.“

„Olukhs Tod spielt dabei wirklich keine Rolle", antwortete Chappuy-Kitos gelassen. „Wir dachten uns bereits so etwas, als Sie Norvo besuchten, anstatt sofort Funkverbindung mit Pauper aufzunehmen. Sie werden bemerkt haben, daß wir Ihre Aktion beobachteten."

„Wir haben es bemerkt – und uns darüber gewundert. Woher wußten Sie, daß wir die Leute waren, die Sie erwarteten?"

„Weil nur Sie so verwegen sein konnten, mit einem einzigen Schiff in dieses System einzufliegen, Perry Rhodan. Ich denke, unsere friedliche Haltung hat Sie von der Aufrichtigkeit unserer Absichten überzeugt. Auf Pauper steht alles zu Ihrem Empfang bereit. Als Chef des Exekutiven Planungsrates bin ich ermächtigt, Sie persönlich zum Besuch unserer Hauptwelt einzuladen. Werden Sie kommen?"

„Viele Spuren führen in die Höhle des Löwen hinein, aber keine heraus", warnte Roi flüsternd.

Perry Rhodan runzelte die Stirn.

Sollte er die Einladung abschlagen?

Oder sollte er Chappuy-Kitos um eine Überlegungsfrist bitten?

„Bestien, ha!" machte Danton hinter ihm in englischer Sprache. „Versprich ihnen sonst etwas. Ob wir es einhalten, ist eine andere Sache."

„Wir werden kommen", sagte Perry Rhodan. „Kennen Sie unsere Zeitmaße?"

„Wir kennen sie", antwortete Chappuy-Kitos.

„Gut! In ungefähr zwölf Stunden komme ich. Bis später!"

„Ich danke Ihnen", erwiderte die Bestie. „Sie sind uns stets willkommen!"

Perry Rhodan schaltete den Hyperkom aus.

„Fliegen Sie zurück!" befahl er dem Piloten.

„Nun, was sagen Sie dazu?" fragte Rhodan den Captain, nachdem er den Speicherkristall mit dem Gespräch zwischen sich und Chappuy-Kitos in einem kleinen Konferenzraum der CREST IV abgespielt hatte.

Kelly Ladd zog die Knie an den Leib und stützte den Kopf auf die gefalteten Hände.

„Sehr aufschlußreich, Sir. Chappuy-Kitos zeigt eine Selbstbeherrschung, die kaum noch an die brutale, gewalttätige Mentalität einer

Bestie erinnert. Ich würde sagen, dieses Individuum besitzt die abgeklärte Weisheit des Alters, eine trainierte Intelligenz und die unterschwellig anklingende Psyche eines Fuchses."

Armond Bysiphere lachte schallend und verschluckte sich beinahe, als Rhodan ihn strafend anblickte.

Plötzlich summte der Türmelder.

Ladd betätigte eine Schaltung, und die beiden Türhälften glitten auseinander. Atlan betrat den Raum.

„Setz dich, Freund!" forderte Rhodan Atlan ungeduldig auf.

Atlan nahm Platz. Seine Miene wirkte verschlossen, allerdings nicht für den erfahrenen Kosmopsychologen. Der Arkonide schien das zu wissen, denn er warf Tschu einen kurzen, spöttischen Blick zu.

Perry Rhodan räusperte sich.

„Ihrer ersten Analyse entnehme ich, daß wir diesem Chappuy-Kitos nicht trauen dürfen. Habe ich recht, Captain?"

„Ja, Sir. Die Bestie scheint allerdings Wert auf Ihren Besuch zu legen. Demnach besteht keine unmittelbare Gefahr. Aber rechnen Sie niemals mit einer gütlichen Einigung. Bestie bleibt Bestie, und wenn sie noch so freundlich und hilfsbereit tut."

„Das klingt wie Musik in meinen Ohren", sagte der Lordadmiral. „Lassen Sie hören, junger Mann, welche Sicherheitsmaßnahmen Sie geplant haben."

Der Biotroniker erklärte ihm seinen Plan.

„Selbstverständlich kann niemand die Reaktion der Bestien detailliert vorhersagen", schloß er. „Deshalb habe ich meinen Plan so aufgebaut, als würden wir mit der Absicht auf Pauper landen, durch einen Handstreich die Machtmittel der Bestien zu vernichten – falls Sie nicht auf unsere Forderungen eingehen."

„Ich stimme Ihnen vorbehaltlos zu", erklärte Atlan. „Wissen Sie, anfangs fürchtete ich, Sie würden zu viele Skrupel haben."

Der Captain blickte ihn ernst an.

„Sie haben mich nicht verstanden, Lordadmiral. Ich sprach von einer Vernichtung der Machtmittel, nicht von der Vernichtung der Bestien. Das ist ein kleiner Unterschied."

Die KC-41 hatte selten so viel Leben um sich gesehen wie heute. Mindestens zweihundert Wartungstechniker und Ausrüstungsspezialisten wimmelten um, in und auf der sechzig Meter durchmessenden Korvette; dazu kamen noch etwa dreißig Spezialroboter.

Major Bob McCisom, Chef der fünften Korvettenflottille, war selten zu sehen, dafür aber um so öfter zu hören. Er überwachte die Arbeiten an dem Beiboot persönlich. Außerdem war er von Perry Rhodan dazu bestimmt worden, die Korvette während des Sondereinsatzes zu kommandieren.

John Marshall und Gucky materialisierten soeben auf der angefahrenen Ausrüstungsrampe. Sie winkten kurz zu Dr. Armond Bysiphere hinauf, der mit Tschu Piao-Teh und Captain Ladd auf der oberen Polkuppel saß.

Bysiphere winkte zurück. Danach lauschte er wieder den Erklärungen des Biotronikers.

„Vergessen Sie niemals", sagte Kelly Ladd eindringlich, „daß die Identitäts-Modulatoren auf ihre Weise ebenso gefährlich sind wie Mikro-Atombomben. Sie töten zwar kein Leben, aber Sie und die anderen Männer des Einsatzkommandos dürfen nie in den Wirkungskreis der Idmos geraten."

„Und die Bestien?" fragte der plophosische Hyperphysiker.

„Für die ist es nicht so schlimm. Sobald die Wirkung der Idmos nachläßt, finden sich die Bestien wieder unter ihresgleichen; ein beeinflußter Terraner aber verpaßt möglicherweise den Anschluß an die eigenen Leute und wird von den Bestien gefunden. Dadurch wäre er so gut wie tot. Klar?"

„Vollkommen, Captain."

Der Captain lächelte schmerzlich.

„Zu schade, daß ich nicht mitkommen darf. Ich hätte den Einsatz der Idmos gern selbst organisiert."

„Sie können sich ganz auf mich verlassen", erklärte Bysiphere. „Was ich einmal verstanden habe, das vergesse ich nicht wieder."

17.

Die KC-41 schoß aus der Dunkelzone hinaus in das trübe Leuchten der sogenannten Lebensblase. Die neunzehnköpfige Besatzung und ihr Kommandant verhielten sich schweigsam. Sie wußten, daß ihr Einsatz sich nur unwesentlich von einem Selbstmordkommando unterschied. Perry Rhodan hatte nicht versäumt, ihnen das ohne Beschönigung klarzumachen.

Immerhin sorgte allein seine persönliche Anwesenheit für einen kleinen Hoffnungsschimmer.

Tschu Piao-Teh sah von seinem Sessel aus interessiert zu Rhodan hinüber, der Gucky und Ras Tschubai letzte Anweisungen für ihren Separateinsatz erteilte. Dr. Armond Bysiphere stand wie unbeteiligt dabei.

Professor Tschu schnallte sich los und ließ sich vom Lift in einen der Lagerräume tragen. Hier erhielt der Paladin-Roboter von zwei Waffenspezialisten sozusagen den letzten Schliff. Der Lagerraum im untersten Deck des Metallgiganten war schon an Bord der CREST ausgeräumt worden. Anstelle der Nahrungsmittel, Ersatzteile und anderen normalen Ausrüstungsgüter erhielt er nun Waffen, Energiemagazine und Miniaturbomben, die für ein ganzes Einsatzkommando ausreichten.

Harl Dephin und seine „Besatzungsmitglieder" hüpften und liefen zwischen den Terranern umher und überprüften ihren Paladin zum x-ten Male. Sie mußten dabei ständig auf der Hut sein, um nicht versehentlich unter die Stiefel der Waffenspezialisten zu geraten, was das Ende ihrer Laufbahn bedeutet hätte.

Der Kosmopsychologe zuckte zusammen, als ihn jemand anbrüllte. Er konnte den Sprecher nicht sehen. Erst als er sich bückte, erkannte er einen Siganesen neben seinen Füßen. Den Rangabzeichen nach konnte es nur USO-Spezialist Major Harl Dephin sein. Dephin benutzte ein Megaphon, um sich verständlich zu machen.

Tschu Piao-Teh kannte die besondere Mentalität der kleinen Leute von Siga – und er respektierte sie.

Er salutierte zackig.
„Herr Major . . .?“
„Lassen Sie ruhig den Titel weg, Professor“, sagte Harl Dephin. Der Stolz darüber, vom Chefpsychologen mit seinem militärischen Rang angeredet zu werden, war dennoch deutlich aus seiner Stimme herauszuhören. „Ich wollte Sie nur fragen, ob Sie aus einem bestimmten Grund hier unten sind.“
„Aus einem bestimmten Grund . . .?“ echote Tschu. „Nun, zumindest nicht mit offiziellem Auftrag. Ich war nur der Meinung, ich wäre in der Zentrale überflüssig.“
„Aha!“ Dephin nickte. „Und da suchten Sie bei mir Trost. Ja, wir Siganesen sehen nicht einfach durch jemanden hindurch, wie viele zu groß geratene Terraner es tun. Heiß ist es hier, was?“
Der Psychologe ging in die Hocke, um Dephin beim Sprechen besser sehen zu können.
„Vor einem Einsatz wie diesem ist es einem immer heiß, Major. Nur gut, daß wir Sie und Ihren Paladin haben . . .“
Harl Dephin wölbte die winzige Brust vor und verlor fast das Gleichgewicht. Er wippte einige Male auf den Sohlen hin und her.
„Ja, auf Paladin können Sie sich verlassen. Er verfügt jetzt über einen neuartigen Schwingungsmodulator. Dieses Gerät strahlt die Hirnschwingungsimpulse eines Lebewesens aus. Unsere eigenen Hirnimpulse können von den groben Prüfgeräten der Bestien nicht aufgefangen werden.“
„Wirklich phantastisch!“ sagte Professor Tschu.
Er winkte und verließ hastig den Laderaum.

Die Korvette hatte die Entfernung zu Pauper mit einem kurzen Linearmanöver überwunden und war knapp hunderttausend Kilometer über der Oberfläche des Planeten in den Normalraum zurückgekehrt. Nun bremste sie mit der ganzen Kraft ihrer Impulstriebwerke ab.
„Schiff befindet sich im Schnittpunkt von neunzehn Impulstasterstrahlen, Sir!“ meldete der Ortungsoffizier. „Jedoch keine charakteristischen Zielpeilungsimpulse.“
Perry Rhodan nickte flüchtig.
Er hatte nichts anderes erwartet. Die Bestien legten Wert auf ihren

Besuch, also würden sie alles vermeiden, was die Terraner abschrekken könnte. Eine normale Ortungskontrolle durch die Bodenstationen dagegen war nicht ungewöhnlich.

„Gehen Sie bei Distanz zweihundert Kilometer in einen Orbit, Major McCisom!“ befahl er. „Die Oberfläche ist kartographisch zu erfassen und auf Quellen atomarer Energie zu untersuchen.“

Er warf einen Blick zu Gucky. Der Mausbiber saß in angespannter Haltung auf der Couch, die eigens für ihn in die Zentrale der KC-41 gebracht worden war. Er liebte die Bequemlichkeit. Seine Augen waren geschlossen, und wäre die angespannte Körperhaltung nicht gewesen, hätte man meinen können, er schliefe.

John Marshall saß in ähnlicher Haltung auf seinem Kontursessel.

Befriedigt wandte sich Rhodan der ultravergrößernden Sektorerfassung zu.

Soeben überflog die Korvette eine felsige Küste. Das Meer befand sich in heftiger Bewegung. Der Schreibsektor des Datenerfassers zeigte in chronologischer Reihenfolge alle angemessenen Daten an; er fungierte als Kommentator zur Bilderfassung.

Den eingehenden Daten zufolge war Pauper eine Sauerstoffwelt mit Terranorm-Bedingungen. Es konnten also auch Terraner bedenkenlos auf dem zweiten Planeten der Sonne Dusty Queen leben. Der Durchmesser betrug 13 920 Kilometer, die Schwerkraft an der Oberfläche im Mittel 1,12 Gravos. Das Temperaturmittel wurde mit 26,3 Grad Celsius angegeben; allerdings bezog sich dieser Wert lediglich auf eine Zeitspanne von wenigen Stunden. Die Schätzung der Rotationsdauer erfolgte dagegen bedeutend genauer: Pauper drehte sich in etwa 34,8 Stunden einmal um seine Achse.

Perry Rhodans Haltung versteifte sich etwas, als die KC-41 über einen der drei festgestellten Kontinente dahinflog und im Bildquadrat der Sektorvergrößerung eine ausgedehnte glasierte Bodenfläche mit kugelförmigen Schmelzprodukten erschien.

Tschu Piao-Teh trat neben seinen Sessel, um das Bild besser sehen zu können.

„Ob hier Bestien gegeneinander mit Atomwaffen gekämpft haben?“ flüsterte er.

Ein gewaltiger Krater wanderte durch die Bilderfassung. Die Ränder waren wulstförmig aufgewölbt.

„Hier sind schwere HHe-Bomben verwendet worden“, murmelte Perry Rhodan. Seine Stimme klang belegt, obwohl er doch während seines Lebens mehr als genug ähnliche Spuren eines atomaren Krieges gesehen hatte.

Die Randzone eines Gebirges schob sich in den Vergrößerungssektor. Rhodan verringerte mit einem Handgriff den Vergrößerungsfaktor.

Ein großer Teil des Gebirges wurde jetzt optisch wiedergegeben.

Eigentlich konnte von einem „Gebirge" nur noch posthum gesprochen werden. Es mußte einst mächtig gewesen sein, mit tiefen Tälern, tobenden Flüssen und himmelragenden Gipfeln.

Was die Furie des Atomkrieges hinterlassen hatte, glich zerlaufender und wieder erstarrter Butter, in die ein Riese hin und wieder seine Faust gedrückt hatte. Die maximale Höhe wurde mit hundertachtzig Metern über dem Meeresspiegel angegeben; die schüsselartigen Vertiefungen reichten bis zu zweihundertzehn Meter unter Meereshöhe und durchmaßen von Rand zu Rand alle über zehn Kilometer, einer sogar dreihundertvierzig Kilometer.

Tschu Piao-Teh schluckte krampfhaft. Er versuchte sich vorzustellen, daß hier einstmals Wohnstätten intelligenter Wesen gestanden hatten, mit Parks, Seen und Flüssen, Schulen und Fabriken.

„Wenn man das dort unten sieht, kann man es nicht glauben", murmelte der Psychologe.

Die Sektorvergrößerung zeigte jetzt die andere Seite des toten Kontinents. An der Küste wirkten die Konturen nicht mehr so glattgeschmolzen. Das Meer hatte die Spuren des Grauens angenagt. Eines Tages würden alle Spuren des Atomkrieges verschwunden sein, und das Leben würde in die Wüstenei zurückkehren.

„Anruf über normallichtschnellen Telekom, Sir!" meldete der Funkoffizier der Korvette. „Ein Chappuy-Kitos verlangt Sie zu sprechen."

„Durchstellen!" befahl Rhodan knapp.

Kurz darauf erschien das Abbild der grünen Bestie auf dem Bildschirm des Telekomgeräts.

„Seien Sie willkommen, Perry Rhodan!" sagte Chappuy-Kitos. „Ich erwarte Sie beim Raumhafen der Stadt Draghol. Sie erhalten einen Leitstrahl."

„Danke!" erwiderte Rhodan. Er fühlte sich jetzt außerstande, mit der Bestie ein langes Gespräch zu führen. „Wir werden uns nach dem Leitstrahl richten."

Abrupt unterbrach er die Verbindung.

„Leitstrahl kommt herein, Sir!“ meldete Major McCisom.
„Ignorieren Sie ihn vorläufig!“ befahl Perry Rhodan. „Wir werden uns erst noch die restlichen Kontinente ansehen.“
„Jawohl, Sir“, bestätigte der Kommandant. Zögernd fügte er hinzu: „Hoffentlich führt das nicht zu Komplikationen.“
„Komplikationen wird es so und so geben“, entgegnete Rhodan. Er wandte sich um und musterte Marshalls Gesicht.
„Was haben Sie bisher feststellen können, John?“
Der Telepath schlug die Augen auf.
„Starke Großhirnimpulse, Sir. Pauper ist zweifellos von einigen Millionen Bestien bewohnt.“
„Genau!“ fiel Guckys schrille Stimme ein. „Bist du sicher, daß du dort landen willst?“
„Deine Frage kam reichlich spät“, sagte Rhodan. „Außerdem wirst du früher dort unten sein als ich. Das beruhigt mich, Gucky.“
Er räusperte sich.
„Du und Tschubai, ihr werdet beide noch vor der Landung teleportieren. Ihr nehmt Dr. Bysiphere mit. Und vergeßt die Ausrüstung nicht.“
„Okay, Chef!“ sagte der Mausbiber in seiner saloppen Art. „Sollen wir sofort springen?“
„Wohin?“ fragte Rhodan spöttisch. „In den Ozean vielleicht? Hast du ein Bad so dringend nötig?“
Gucky schnappte nach Luft. Dann rümpfte er die Nase, ließ sich auf die Couch zurücksinken und drehte sich zur Wand.
Erneut widmeten sich die Männer der Beobachtung. Die Korvette überflog einen weiteren Kontinent. Auch dort gab es Spuren eines atomaren Krieges. Aber sie waren zum größten Teil von gigantischen Städten und Produktionsanlagen überwuchert. Dort konnten nur einige kleinere Bomben gefallen sein.
Der dritte Kontinent unterschied sich nur in Form und Größe vom zweiten. Die Besiedlung war eher noch stärker.
„Leitstrahl kommt vom gegenüberliegenden Rand einer großen Stadt, Sir“, meldete Kommandant McCisom. „Von der größten, die wir bisher auf Pauper beobachten konnten.“
„Das wird Draghol sein“, meinte Perry Rhodan. Er befahl dem Ortungsoffizier, sich vorübergehend auf die Suche nach einem Gelände zu konzentrieren, in dem ein kleiner Einsatztrupp sich verbergen konnte.

Bald darauf erhielt er genaue Unterlagen über ein Gebirge, das sich südlich der planetaren Hauptstadt sichelförmig um die gewaltige Fläche eines Raumhafens krümmte. Von diesem Raumhafen kam auch der Leitstrahl für die KC-41.

Aus dem Häusermeer von Draghol ragten turmartige Bauwerke empor. Höhen bis zu dreitausend Metern wurden gemessen. Für terranische Begriffe waren es alptraumhafte Auswüchse einer artfremden Architektur. Welchem Zweck sie dienten, war nicht zu erkennen. Dagegen fiel die Beurteilung der zahllosen Kuppelbauten rings um die Stadt und den Raumhafen einmütig aus: Es handelte sich einwandfrei um Abwehrforts mit großer Reichweite. Allein die angemessene Speicherenergie der Einzelwaffen erreichte eine Quantität, wie sie ungefähr von hundertfünfzig Ultraschlachtschiffen der Galaxis-Klasse aufgebracht wurde.

„Ohne Zustimmung der Bestien kommen wir hier nicht wieder weg", bemerkte Major Bob McCisom dazu.

„Abwarten!" sagte Rhodan. „Gehen Sie zum Landeanflug über. Gucky, Ras, Dr. Bysiphere! Fertigmachen zum ‚Absprung'. Zielgebiet ist das Südgebirge."

Der Mausbiber erhob sich. Er gab keine neuen provozierenden Worte zum besten, was bei einem Ilt im allgemeinen und bei Gucky im besonderen einiges heißen wollte.

Ras Tschubai und Dr. Armond Bysiphere überprüften ein letztes Mal ihre Spezialausrüstung. Dazu gehörten alle möglichen transportablen Kampfmittel und vor allem ein von Dr. Bysiphere entwickelter Hyperkom von der Größe eines Armbandes. Dieses Gerät zerlegte Mitteilungen in dreizehn Bruchstücke, die auf verschiedenen Hyperfrequenzen gesendet wurden und nur von einem gleichartigen Empfänger wieder rekonstruiert werden konnten. Selbst die beste Positronik würde mindestens achtundvierzig Stunden brauchen, um diese neue Art der Verschlüsselung herauszufinden. Das genügte für den geplanten Einsatz, denn der Hyperkom sollte nur verwendet werden, falls der telepathische Kontakt zwischen Gucky und Marshall aus irgendwelchen Gründen abriß.

Die grundlegende Besonderheit der Ausrüstung aber bestand in den Identitäts-Modulatoren von Captain Kelly Ladd . . .

Perry Rhodan nahm mit unbewegtem Gesicht die Meldung entgegen, daß ihr Landeplatz mitten zwischen über dreitausend Großkampfschiffen der Bestien lag.

Dann hob er die Hand.
„Hals- und Beinbruch!“
„Danke, gleichfalls!“ schrillte Gucky.
Die Teleporter nahmen Armond Bysiphere in die Mitte. Im nächsten Augenblick waren sie verschwunden. Fauchend stieß die Luft in das entstandene Vakuum.

„Kontakt!“ meldete John Marshall. Sein Gesicht überzog sich mit einem Schimmer freudiger Erleichterung. „Sie sind unentdeckt im Südgebirge angekommen und können von ihrem Versteck aus den Raumhafen beobachten.“
Perry Rhodan atmete auf.
Die erste Phase des Plans war erfolgreich abgerollt.
Nun kam die nächste Phase.
„Langsam niedergehen, Major!“ befahl er Kommandant McCisom.
„Sie und Ihre Besatzung haben auf gar keinen Fall das Schiff zu verlassen. Bleiben Sie auf Ihren Posten und beobachten Sie. Mit Sicherheit werden die Bestien das Schiff mit Fesselfeldern auf dem Landeplatz festhalten. Stören Sie sich nicht daran. Warten Sie meine weiteren Anweisungen ab.“
Bob McCisom nickte.
„Impulsmuster der CREST angemessen, Sir!“ meldete der Ortungsoffizier. „Schiff ist planmäßig in die Lebensblase vorgestoßen und nimmt Multitastung vor.“
„Danke!“ sagte Rhodan. Und an Tschu Piao-Teh gewandt: „Das ist sozusagen unsere Rückversicherung, Professor. Die kosmonautische Sektion der Positronik wird alle Daten über Pauper festhalten, die zu einem blinden Anflug notwendig sind.“
„Wozu das, Sir?“ fragte der Kosmopsychologe.
„Roi Danton hat es, glaube ich, Atlan eingeredet. Der Junge scheint etwas zu befürchten, von dem ich selbst nicht recht weiß, worin es bestehen könnte.“
Professor Tschu sah Rhodan prüfend an. Er konnte sich nicht vorstellen, daß dieser Mann seine Zustimmung zu einer Maßnahme gegeben hatte, deren Sinn ihm unklar blieb. Wahrscheinlich wollte Rhodan seine Befürchtungen nur nicht aussprechen.

Zehn Minuten später setzte die KC-41 sanft auf dem markierten Landefeld auf. Ringsum versperrten die Raumgiganten der Bestien die Sicht. Hinter dieser schwarzen Kulisse aber ragten die wolkengekrönten Türme der Stadt Draghol in den Himmel.

Kaum stand die Korvette, näherten sich drei Gleiter durch eine Gasse zwischen den Großkampfschiffen. Sie hielten außerhalb des Kreises, der von den Landebeintellern des terranischen Beiboots gekennzeichnet wurde.

Fünf Bestien in dunkelgrünen Kampfkombinationen stiegen aus.

„Wir müssen ebenfalls aussteigen", mahnte John Marshall. „Die Bestien werden sonst ungeduldig."

Rhodan gab den Befehl.

Tschu Piao-Teh bemerkte die besorgten Blicke der Korvetten-Besatzung. Vor allem Bob McCisom vermochte seine Erregung kaum zu bändigen. Alle schienen Angst um die vier Männer zu haben, die allein auf den Boden der fremden und feindlichen Welt hinaustraten.

Aber was machte es schon für einen Unterschied, sagte sich der Psychologe, ob wir vier Terraner oder vierhundert sind. Die Machtmittel Paupers könnten es sogar mit vier Millionen Terranern aufnehmen. Gerade in der zahlenmäßigen Schwäche liegt unsere einzige Stärke; sie wiegt den Gegner in Sicherheit.

„Keine Unbesonnenheiten, bitte!" warnte Perry Rhodan zum letztenmal. „Noch steht es nicht fest, ob die Bestien eine Hinterlist planen oder aufrichtig unsere Freundschaft suchen."

„Ich vertraue Atlans Meinung, daß die Bestien unverbesserlich und heimtückisch sind, Sir", erklärte Tschu.

„Und ich habe ein Faible dafür, alles selbst herauszufinden", widersprach Rhodan.

Der „Auftritt" war so genau geplant wie der Ablauf einer Filmszene. Und jede Bewegung erfüllte ihren bestimmten Zweck.

Zuerst verließ Perry Rhodan die Korvette. Er trug, wie die anderen Mitglieder des Kommandos auch, den unbequemen schweren Kampfanzug. Hinter ihm schritten Tschu Piao-Teh, John Marshall und Jean Beriot nebeneinander die Rampe hinab.

Die rotglühenden Augen der Bestien blickten ihnen entgegen. Tschu glaubte in ihnen eine Mischung aus Neugier und Verachtung zu erkennen, war sich seiner Sache jedoch nicht sicher.

Dann stapfte Paladin aus der Schleuse – und diesmal war die

Reaktion der Bestien eindeutig: Verblüffung, Erschrecken und achtungsvolles Interesse. Da der Paladin nicht als Roboter zu erkennen war, mußten sie ihn für ein artverwandtes Lebewesen halten. Und wenn den Bestien etwas imponieren konnte, so war es körperliche Kraft und Größe.

Harl Dephin und seine fünf Mitarbeiter genossen ihren Auftritt sichtlich. Paladin stampfte so hart auf, daß die stählerne Rampe dröhnend zu schwingen begann. Die Erschütterung übertrug sich sogar auf den festen Bodenbelag des Raumhafens und die Körper der fünf wartenden Bestien.

Nachdem Paladin hinter den vier Männern angehalten hatte, trat eine der Bestien vor und breitete die Handlungsarme zum Gruß aus.

„Chappuy-Kitos sendet mich, daß ich Sie zu ihm führe. Willkommen beim Hauptvolk, den Pelewon!"

Er stieß einen rauhen, krachenden Befehl aus. Ein flacher, langgestreckter Gleiter fuhr heran und hielt vor den Terranern. Der Sprecher der Pelewon schwang sich hinein und bat die Terraner, ihm zu folgen.

Tschu Piao-Teh unterdrückte mühsam ein Grinsen, als auch Paladin sich in den Gleiter schwang. Im nächsten Moment klammerte er sich krampfhaft am nächstbesten Halt fest. Der Wagen schlug mit dem Heck auf dem Boden auf. Jaulend wurde die Leistungsabgabe der Antigravaggregate erhöht. Als das Fahrzeug sich allmählich wieder vom Boden hob, bemerkte Tschu eine schnelle Bewegung Paladins. Krachend stieß eines der Roboterbeine durch die Wagenunterseite.

Die Bestien rannten gestikulierend und schreiend hin und her. Es war ihnen offensichtlich peinlich, daß ihr Ansehen ramponiert worden war.

Endlich fuhr ein größerer Gleiter vor. Die vier Männer und Paladin stiegen um, und das Fahrzeug setzte sich in Bewegung.

Neben den Großkampfschiffen hatten sich zahlreiche Besatzungsmitglieder aufgebaut. Die Bestien starrten schweigend auf den vorüberhuschenden Gleiter mit den Besuchern.

In den Randbezirken der Stadt Draghol verlangsamte der Gleiter seine Fahrt.

Tschu Piao-Teh beobachtete aufmerksam die kleineren Wohngebäude und die gewölbten Bauten der Pfortenhäuser, von denen man anscheinend in die subplanetarische Welt der Produktion gelangte.

Schon an Bord der Korvette hatten die Ortungs- und Meßgeräte Werften und Industrieanlagen unter der Oberfläche Paupers festgestellt. Teilweise lagen die Produktionsstätten dreitausend Meter tief. Die Energieechos waren verwirrend gewesen in ihrer Vielfalt. So hatte man lediglich die charakteristischen Echobilder von Werften identifizieren können.

Auch während der Fahrt war nicht mehr festzustellen. Die wichtigsten Anlagen befanden sich offenbar alle unter der Oberfläche.

Der Kosmopsychologe fragte sich, ob die Bestien diese Welt schon immer bewohnt hatten, ob sie sich hier als erste intelligente Lebewesen niedergelassen hatten oder ob die Spuren des Atomkrieges darauf hindeuteten, daß Pauper einst von einem anderen Volk bewohnt gewesen war.

Er fuhr auf, als Rhodans Ellenbogen ihn in die Rippen stieß.

„Schlafen Sie etwa? Wir sind da, Professor!“

Verwirrt blickte Tschu sich um. Der Gleiter befand sich nicht mehr auf der Straße, sondern stand in der von grünem Licht erfüllten Halle eines Gebäudes. Die Halle besaß die Form einer abgeflachten Halbkugel; dort, wo die Decke in den Boden überging, wurde sie von zahlreichen Torbögen unterbrochen.

Paladin stand bereits draußen. Der kuppelförmige Kopf des Roboters drehte sich hin und her.

Steifbeinig kletterte Tschu hinter Perry Rhodan aus dem Fahrzeug. John Marshall und Dr. Beriot standen dicht neben Paladin, als suchten sie dort Schutz. Ihre Gesichter waren blaß.

Die pelewonische Begleitmannschaft hatte sich im Halbkreis um die Terraner aufgestellt.

„Bitte, folgen Sie mir!“ sagte ihr Führer soeben.

Er stapfte voraus zu einem der Torbögen. Dahinter befand sich ein voluminöser Antigravschacht. Die Bestie trat einfach hinein, was die Terraner vom Funktionieren des Lifts überzeugte.

Tschu Piao-Teh beeilte sich, an die Spitze zu kommen. Paladin schloß die „Prozession“ ab. Dahinter folgte nur noch ein Pelewon. Die anderen blieben in der Halle zurück.

„Wir befinden uns in einem der großen Türme“, flüsterte Marshall dem Psychologen zu, während sie aufwärts schwebten. „Sie haben anscheinend geschlafen, als wir die Straße verließen.“

Professor Tschu lächelte.

„Nur nachgedacht. Es gibt . . .“

Tschu Piao-Teh kam nicht mehr zu einer Antwort, denn der Anführer der Pelewon streckte einen Handlungsarm aus, und im gleichen Augenblick wurde er von einem unsichtbaren Kraftfeld nach rechts gezogen. Den Terranern erging es ebenso. Sie kamen auf einer Plattform heraus, durchschritten einen neuen Torbogen und standen in einer weiteren Halle.

Auch hier gab es keinen Komfort. Aber an den Wänden befanden sich die Schirme einer Art Panoramagalerie. Darunter gab es konsolenartige Vorsprünge mit Schalttasten.

In der Mitte des Raumes aber stand eine Bestie mit grüner, gefurchter Panzerhaut. Der Beschreibung nach mußte es Chappuy-Kitos sein; nur trug er diesmal einen zusätzlichen Panzer aus bläulich schimmerndem Stahl. Deutlich war die Mehrzweckprothese zu sehen, die er anstelle des fehlenden rechten Handlungsarms trug. Sie lief in den Mündungen mehrerer Waffen aus.

Chappuy-Kitos wirkte gefährlicher als seine Artgenossen. Vielleicht wegen des Waffenarms.

Perry Rhodan erteilte einen knappen Befehl. Paladin setzte sich in Bewegung und baute sich in einem Meter Entfernung neben dem Pelewon auf. Damit deckte er Rhodan gegen den Prothesenarm. Es war eine Geste, nicht mehr. Aber sie drückte aus, daß die Terraner zu allem entschlossen waren.

Rhodan nickte. „Wir kennen uns, denke ich. Es tut mir leid, daß ich Ihnen Ihren Abgesandten nicht zurückbringen kann, aber wir konnten ihm nicht helfen."

Chappuy-Kitos starrte ihn an. Wahrscheinlich versuchte er in seinen Gesichtszügen zu lesen, was aber wohl ebenso schwer sein mußte, als wollte ein Terraner aus den Bewegungen der Kopfhaut einer Bestie auf deren Gedanken schließen.

„Würden Sie so freundlich sein, und noch einmal genau berichten, wie es zu Olukhs Tod kam?" forderte Chappuy-Kitos Rhodan auf.

In Perry Rhodans Augen blitzte Unmut auf. Doch dann berichtete er ausführlich, wie es zum Kampf im System der Okefenokees und zur Vernichtung der Bestien und ihrer Raumschiffe gekommen war, wie Olukh gefangengenommen und später durch Paladin befreit wurde, und wie der sogenannte Pewl schließlich an Bord der CREST an der Wirkung eines Mikro-Etatstoppers gestorben war.

„Die Okefenokees sind Ungeheuer!" war Chappuy-Kitos' einziger Kommentar.

Die Terraner schwiegen dazu, obwohl es eigentlich eine Menge zu erwidern gab. Aber sie waren hierhergekommen, um zu verhandeln und nicht, um sich zu streiten.

Anschließend steuerte Perry Rhodan auf sein Ziel los. Er deutete einige Möglichkeiten der Terraner an und nannte sofort seinen Preis: die Ausrüstung der beiden halutischen Raumschiffe mit geeigneten Paratronkonvertern.

Die Reaktion des Chefs der pelewonischen Exekutive fiel anders aus, als die Terraner es sich vorgestellt hatten – ganz anders. „Wir werden Ihnen weder Paratronkonverter liefern noch irgend etwas anderes!" erklärte Chappuy-Kitos eisig.

„So . . .!" machte Rhodan und versuchte, seine Bestürzung zu verbergen. „Aus welchem Grund suchten Sie dann den Kontakt mit uns? Wenn Sie unsere Hilfe brauchen, werden Sie auch uns helfen müssen."

„Natürlich brauche ich Ihre Hilfe", entgegnete Chappuy-Kitos kalt. „Ihre passive Hilfe allerdings nur. Beweisen Sie, daß Terraner anständig zu sterben verstehen und ekeln Sie mich nicht durch den Anblick von jammernden Feiglingen an!"

Paladins rechter Handlungsarm fauchte durch die Luft. Bestimmt hätte der Schlag ausgereicht, um Chappuy-Kitos' Kuppelkopf zu zertrümmern – wenn der Chef des Exekutiven Planungsrats von Pelewon sich nicht zurückgezogen hätte.

Zwischen ihm und den Terranern stand plötzlich ein flimmernder Energieschirm.

„Sie versetzen mich in Erstaunen", sagte Chappuy-Kitos gelassen. „Glaubten Sie wirklich, wir wären auf die Unterstützung durch Ihr armseliges Großraumschiff angewiesen? Wir wollen eine Galaxis erobern!"

Er wartete, bis Paladin sich davon überzeugt hatte, daß er die Energiebarriere nicht zerstören konnte. Dann fuhr er fort:

„Wir haben absolut nichts gegen Sie persönlich, Perry Rhodan. Aber es wäre unverantwortlich von mir, Sie wieder gehen zu lassen. Sie könnten auf den Gedanken kommen, zu den Konstrukteuren des Zentrums überzulaufen.

Deshalb muß ich Sie ausschalten – und dazu gibt es nur ein einziges dauerhaft wirkendes Mittel: Ihre Auflösung unter dem Intervallstrahler!"

In Rhodans Gesicht arbeitete es. Der Terraner sann offenbar krampfhaft über eine Möglichkeit nach, aus dieser Todesfalle herauszukommen. An einen Ausbruch dachte er anscheinend nicht; es wäre lächerlich gewesen zu glauben, Chappuy-Kitos hätte nicht auch gegen diese Möglichkeit vorgesorgt.

„Sie vergessen etwas, Chappuy-Kitos . . .!" erklärte er schließlich mit erzwungener Ruhe. „Am Rand der Lebensblase wartet mein Schiff. Es ist in der Lage, Pauper mit einem einzigen Feuerschlag aus der Umlaufbahn zu reißen und alles Leben darauf auszulöschen. Dazu kommen aber noch zwei schwerbewaffnete Spezialschiffe der Haluter und das gigantische Raumschiff einer intelligenten Roboterrasse. Falls uns etwas zustoßen sollte, verurteilen Sie sich und Pauper damit zum Tode."

Die Bestie erwiderte nichts darauf. Sie starrte Rhodan an, als mustere sie ein besonders interessantes Insekt, das sie ihrer Sammlung einverleiben wollte.

Nach einigen Minuten drehte sie sich um und sprach einen kurzen Befehl gegen die leuchtende Wand im Hintergrund.

Beinahe sofort wurde das Gebäude durch ein rhythmisches Vibrieren und Stampfen erschüttert. Das Dröhnen anlaufender Höchstleistungskraftwerke drohte den Verstand der Menschen zu zermürben.

Ein großer Bildschirm leuchtete auf.

Die Terraner erblickten den Ausschnitt des Raumhafens, auf dem die Korvette gelandet war. Jetzt hatte sich ein flimmerndes Feld ungeheuren Ausmaßes darüber gesenkt. Die KC-41 war manövrier- und kampfunfähig geworden.

Perry Rhodan klappte seinen Druckhelm zu. Die anderen folgten seinem Beispiel. Nun waren sie wenigstens vor dem nervenzerreißenden Dröhnen geschützt. Anschließend aktivierten sie ihre Schutzschirme. Die Energiewaffen glitten ihnen wie von selbst in die Hände.

„Wir können hier nicht schießen, Sir!" erscholl die verstärkte Stimme Major Dephins in den Helmempfängern. „Um uns liegt ein fünfdimensionales Energiefeld. Die Waffenenergie würde auf uns zurückschlagen."

„Rufen Sie Gucky an, Marshall!" schrie Jean Beriot. „Er muß uns mit Tschubai und Bysiphere helfen!"

„Zwecklos", antwortete der Telepath. „Wie Dephin schon sagte, sind wir in ein fünfdimensionales Energiefeld gehüllt. Weder telepathische Impulse noch Paladins Hyperkomsendungen kämen durch."

Tschu Piao-Teh hatte einen Blick nach oben geworfen. Dabei entdeckte er drei konische Metallgebilde, die sich an drei Stellen aus der Decke geschoben hatten. Gleichzeitig öffnete sich der obere Teil des Energieschirms millimeterweise.

Er machte Rhodan darauf aufmerksam.

Rhodan erschrak.

„Das sind Intervallkanonen! Unsere Schutzschirme sind zu schwach, um dagegen zu schützen."

Sie blickten zu Chappuy-Kitos hinüber. Der Pelewon stand neben einem Schaltpult und steuerte wahrscheinlich von dort aus die Intervallkanonen.

Plötzlich verschwand ein Stück der Hallenwand. Eine zweite Bestie erschien. Sie stieß Chappuy-Kitos an und deutete mehrmals auf die großen, noch schwarzen Bildschirme der Halle. Die Terraner aktivierten ihre Außenmikrophone.

Die beiden Bestien diskutierten. Worüber, war nicht zu erkennen. Aber der Neuangekommene schien seine Meinung durchgesetzt zu haben, denn Chappuy-Kitos legte plötzlich einen Hebel seines Schaltpults um.

Die Mündungen der Intervallkanonen schoben sich in die Decke zurück.

Dafür flammten die Bildschirme auf.

Die Außenmikrophone der Helme übermittelten den Terranern Kitos' Mitteilung.

„Sie drohten mit Ihrem Schiff, Perry Rhodan. Ich möchte Sie nicht in dem Wahn sterben lassen, Ihre lächerlichen Machtmittel würden Ihren Tod rächen. Sehen Sie sich an, was damit geschieht!"

Wieder durchliefen schwere Erschütterungen das Gebäude. Beriot taumelte und wäre fast gestürzt. Die Männer schalteten die Außenmikrophone wieder ab. Die Geräuschentwicklung war grauenhaft.

Auf einem der Bildschirme war die Sonne Dusty Queen zu sehen. Eben hatte sie noch trübrot geleuchtet, im nächsten Moment blähte sie sich auf. Danach zog sie sich wieder zusammen. In einem unglaublich schnellen Rhythmus setzte sich der Vorgang weiter fort.

Perry Rhodan räusperte sich. Den Blick immer noch auf die schnell pulsierende Sonne gerichtet, erklärte er dumpf:

„Roi Danton vermutete bereits, die Pelewon könnten von diesem Planeten aus den Strahlungsdruck von Dusty Queen steuern. Dies hier ist der Beweis."

Die Männer schalteten ihre Außenmikrophone wieder ein, als Chappuy-Kitos ihnen entsprechende Handzeichen gab. Das Dröhnen hatte sich beruhigt und war auf ein erträgliches Maß abgeklungen.

„Wie Sie wahrscheinlich erkannt haben werden", klang Kitos' unbeteiligte Stimme auf, „manipulieren wir den Strahlungsdruck der Sonne. Nur so konnten wir die Lebensblase mit unserem Sonnensystem aufbauen und konstant halten.

Wir nennen diesen Vorgang ‚Konstante Hochenergie-Expansion'. Augenblicklich erhöhen wir den Strahlungsdruck der Sonne, indem wir ihren Reaktionskern durch Pulsation zu höherer Abgabe hyperenergetischer Strahlungsenergie anreizen. Die Intervalle werden immer kürzer werden, bis eine gewaltige hyperenergetische Stoßwellenfront Ihr Schiff und das Ihrer halutischen Verbündeten erreicht und vernichtet."

Wie gebannt starrten die Männer auf die schneller und schneller pulsierende Sonne. Keiner von ihnen bezweifelte Chappuy-Kitos' Aussage.

Aber noch wollten ihre Gehirne nicht wahrhaben, daß es in wenigen Sekunden oder Minuten keine CREST und kein Schiff Icho Tolots mehr geben sollte . . .

18.

Atlan riß die Symbolfolie mit einer ungeduldigen Bewegung aus dem Schlitz der Positronik. Hastig überflog er die eingestanzten Symbole.

Roi Danton und Captain Ladd warteten neben ihm.

Der Arkonide stieß eine Verwünschung in Altarkonidisch hervor. Er streckte die Hand mit der Symbolfolie Roi entgegen.

„Lies . . . lesen Sie das!"

Er wankte zu einem Sessel, ließ sich hineinsinken und schlug die Hände vors Gesicht.

Dantons Lippen bewegten sich murmelnd, während er die positronischen Symbole mit äußerster Anspannung des Geistes direkt in menschliche Begriffe umsetzte.

„Manipulierung des Strahlungsdrucks von Dusty Queen notwendigerweise von Pauper aus möglich, da infolge schwankender Dichte und unvorhersehbarer Kontraktionen der Dunkelwolke Fernregulierungen stattfinden müssen."

Er ließ die Folie sinken.

„Neunundachtzig Prozent Wahrscheinlichkeit! Na bitte! Ich hatte es doch gleich gesagt!"

Atlan ließ die Hände sinken.

„Sehen Sie denn nicht, daß den Bestien damit eine Waffe zur Verfügung steht, gegen die keine Macht des bekannten Universums etwas auszurichten vermöchte? Glauben Sie ernstlich noch daran, die Bestien müßten in ihrem Verhalten Perry gegenüber Rücksicht auf irgendwelche Vergeltungsaktionen nehmen?"

Roi Danton ließ die Folie einfach fallen. Sie schwebte dem Boden entgegen, wurde von der Luftströmung eines Absaugkanals ergriffen und über die schrägen Kontrollpulte im Herzen der Bordpositronik gewirbelt.

Rois Lippen bildeten nur noch einen einzigen weißen Strich in einem fast ebenso weißen Gesicht.

„Wir müssen sofort angreifen!" sagte er tonlos. „Atlan, befehlen Sie dem Kommandanten und Tolot, unverzüglich in die Lebensblase vorzustoßen!"

Kelly Ladd räusperte sich.

„Halt, Sir. Wir kämen nicht in die Lebensblase hinein. Irgend etwas muß geschehen, und das wird die Herstellung der Fluchtbereitschaft sein, Lordadmiral. Ich empfehle Ihnen, die Energieerzeuger für den Kalup hochfahren zu lassen und Icho Tolot gleichartige Anweisungen zu geben. Im Falle von Gefahr müssen wir aus dem Stand heraus in den Zwischenraum gehen!"

„Sie sind verrückt", flüsterte Atlan. „Ja, Sie sind tatsächlich verrückt. Auf Pauper kämpft Perry vielleicht schon um sein Leben, und Sie empfehlen Flucht. Wissen Sie, was das ist? Wie ich das nennen muß, Captain . . .?"

„Bitte!" mischte Roi Danton sich beschwichtigend ein. „Selbst wenn Ladds Ratschlag nicht heldenhaft klingt, so müssen wir doch voraussetzen, daß er gut gemeint ist. Fallen Sie bitte nicht in die Anschauungsweise altarkonidischer Flottenadmirale zurück."

Der Lordadmiral starrte den Captain an. Offensichtlich focht er einen schweren inneren Kampf aus.

„Gut!" sagte er endlich matt. „Captain Ladd, ich erwarte Ihre Erklärungen."

Kelly Ladd bedankte sich mit einem angedeuteten Neigen des Kopfes.

„Falls die Bestien von Pauper verräterisch handeln, werden sie nicht vergessen, die potentielle Gefahr zu beseitigen, die nicht nur in unserer Anwesenheit existiert, sondern in unserer Möglichkeit, bei den Zentrumskonstrukteuren Verstärkung anzufordern. Wir bilden so lange eine Gefahr, wie wir existieren.

Also beseitigen sie uns. Ich kann mir denken, daß sie die Lebensblase durch Erhöhung des Strahlungsdrucks schlagartig erweitern werden. Welche Effekte das erzielt, läßt sich nur vermuten. Vielleicht würden unsere Schiffe mit hohen Werten in die Dunkelwolke hineingepreßt; vielleicht entstünde eine starke Hyperstrahlung, die uns tötet. Auf jeden Fall aber würden wir aufs höchste gefährdet werden.

Ich rechne damit, daß der Großadministrator sich und seine Leute auf Pauper vor dem Schlimmsten bewahren kann. Falls er sich erfolgreich wehrt, ergibt sich eventuell eine Möglichkeit, ihm zu helfen – wenn wir dann noch leben.

Deshalb empfehle ich Flucht vor der Gefahr. Was nützt dem Großadministrator eine zerstörte CREST und eine tote Besatzung. Das sollten Sie bei Ihrer Entscheidung bedenken, Lordadmiral."

Atlan schwieg noch einige Zeit, nachdem der Captain geendet hatte. Dann gab er sich einen Ruck.

„Sie haben recht, Captain Ladd. Ihre Meinung dazu, Roi!"

„Sie gleicht der Ihren aufs Haar", antwortete Danton lächelnd.

Der Arkonide nickte und bedeutete den Männern mit einer Handbewegung, ihm zu folgen. Sie durchschritten die Doppelschleuse und die Abwehrzone des Robotgehirns und betraten die Zentrale.

Atlan setzte dem Kommandanten Ladds Plan auseinander. Der Epsaler schien nicht davon begeistert zu sein, alles für die Flucht vorzubereiten. Er wies auf den HÜ-Schirm und die starke Bewaffnung der CREST hin.

Doch Atlan ließ sich in seinem Entschluß nicht mehr erschüttern.

Eine Minute später liefen die gewaltigen Strommeiler des Linearantriebs an. Zwischendurch meldete sich Icho Tolot und hieß den Plan des Biotronikers gut. Da wußte der Lordadmiral, daß seine Entscheidung richtig war.

Danach trat Ruhe im Schiff ein.

Auf den Bildschirmen der Panoramagalerie wirbelten Schwaden von Protoalgen vorüber. Ab und zu stach ein Scheinwerferkegel in die absolute Dunkelheit und zeigte das Gewimmel eines Raumes, wie es ihn nach allen wissenschaftlichen Erfahrungen nicht geben konnte: eine ungeheure Ballung von wärmeleitenden Staub- und Gaspartikeln, in der sich eine erste Lebensform entwickelt hatte . . .

Der Energieschlag kam völlig überraschend.

Eben hatten Roi Danton und Atlan noch überlegt, ob sie ihre Kräfte durch eine Ruhepause auffrischen sollten, da ging ein so heftiger Stoß durch das Schiff, daß jeder, der nicht gerade saß, haltlos davongewirbelt wurde.

Schmerzensschreie erschollen und wurden von den aufheulenden Alarmpfeifen übertönt. Die CREST verwandelte sich von einer Sekunde zur anderen in einen Hexenkessel aus Lärm, Erschütterungen und dem Stöhnen verletzter Männer.

Atlan und Roi Danton wurden von Oberst Merlin Akran aufgehoben und in die Reservesitze neben dem Kommandantensessel gehoben.

Der Epsaler hatte offenbar seinen Mikro-Gravitator abgeschaltet und konnte dadurch seine gewaltigen Kräfte voll einsetzen.

Captain Ladd kroch auf Händen und Knien zu Atlan. An der Seitenlehne eines Sessels zog er sich hoch.

„Starten Sie, Lordadmiral!“ keuchte er. Aus einer klaffenden Stirnwunde lief Blut über seine Augen. „Sir, das ist der Angriff!“

Doch der Arkonide zögerte noch.

Er hörte sich mit unbewegtem Gesicht die Meldungen an, die von einer Zusammenballung der Protoalgen rings um die CREST sprachen und von hyperenergetischen Stoßwellenfronten.

Sein Blick war auf die Bildscheibe des Interkoms gerichtet. Plötzlich erstarrte er. Die abdeckende Polyplastscheibe schien zu zittern. Klirrend lösten sich die weniger stabilen Gläser einiger Instrumente in Staub auf.

„Intervallbeschuß!“ schrie Kelly Ladd.

Atlan preßte die Lippen zusammen.

„Linearmanöver, Oberst!“ befahl er dem Kommandanten mit harter Stimme.

Oberst Akran preßte die Faust auf die Schaltplatte des Kalupschen Kompensationskonverters.

Das Dröhnen der Strommeiler wurde von einem ohrenbetäubenden Donnern übertönt. Grelle, meterlange Entladungsblitze schlugen aus den Sicherungsbatterien. Eine imaginäre Titanenfaust hämmerte auf die Schiffszelle ein.

Abrupt verschwand das Universum im Nichts . . .

19.

Perry Rhodans Augen waren weit aufgerissen in sprachlosem Entsetzen. Der zweite Bildschirm hatte zuerst das Haluterschiff gezeigt, in dem sich Tolot und Teik befanden. Obwohl der Kugelraumer in der Dunkelwolke stand, wurde er von den pelewonischen Ortungsgeräten klar erfaßt und abgebildet.

Die Männer hatten gesehen, wie das hundertdreißig Meter durchmessende Schiff von einer unsichtbaren Kraft gepackt und gleich einem Ball davongewirbelt worden war.

Danach war der dritte große Bildschirm aufgeflammt. Scharf zeichneten sich die Konturen der CREST ab. Plötzlich verschwammen die Konturen. Dunkle Schatten stießen von drei Seiten auf das Schiff zu und verschlangen es. Die neugeformte Ballung begann zu vibrieren, schneller und schneller, bis das Bild unscharf wurde.

Die Bildschirme erloschen.

Erneut erscholl Chappuy-Kitos' Stimme.

„Sie haben gesehen, welche Gewalten wir entfesseln können, Perry Rhodan. Es gibt kein Raumschiff, das dem etwas entgegenzusetzen hätte. Oder meinen Sie, vor Ihnen hätte niemand versucht, unser Zentralsystem zu finden!"

Die Bestie lachte dröhnend.

„Mehrmals gelang es fremden Schiffen, in die Nähe der Lebensblase zu kommen. Sie wurden vernichtet. Wir hätten auch Ihre Schiffe beim Anflug vernichten können. Sie kennen ja Intervallwaffen. Nun, unsere hyperenergetischen Stoßfronten wirken wie eine Intervallkanone von riesigen Ausmaßen . . ."

Rhodan setzte mehrmals zum Sprechen an, bevor es ihm gelang, Worte zu formen.

Er schaltete die Außenlautsprecher aus, um Chappuy-Kitos nicht mit anhören zu lassen, was er seinen Leuten über den Helmkom mitzuteilen hatte.

„Der Augenschein spricht dafür, daß die CREST und das Haluterschiff vernichtet wurden. Aber . . .“, er hob seine Stimme, und Tschu Piao-Teh schien es zu seiner grenzenlosen Verblüffung, als schwänge eine Spur spöttischer Verachtung darin mit, „ . . . ich glaube nicht eher daran, als bis ich die Überreste mit eigenen Augen gesehen habe!“ Er räusperte sich. „Das ist kein Wunschdenken. Aber ich kenne Atlan . . .“

„Sie meinen . . .“, begann John Marshall zaghaft.

„ . . . daß Atlan etwas Ähnliches vorausgesehen hatte“, beendete Rhodan den Satz. „Und er ist nicht der Mann, der sich mit bloßen Erkenntnissen begnügt.“

„Das kann uns auch nicht mehr retten!“ stieß Jean Beriot hervor. „Die Bestie läßt die Intervallkanonen wieder ausfahren.“

Sie legten die Köpfe in den Nacken und erblickten die todbringenden Mündungen über sich. Sie waren auf sie gerichtet.

Da trat Tschu Piao-Teh vor. Er stellte seinen Helmlautsprecher auf höchste Lautstärke und rief:

„Bevor Sie den Feuerknopf drücken, Chappuy-Kitos, hören Sie mich an!“

Die Bestie hatte ihre linke Hand bereits über eine rotglühende Schaltplatte gehoben. Mitten in der Abwärtsbewegung hielt sie inne.

Chappuy-Kitos wandte sich um.

„Wer hat zu mir gesprochen?“

Professor Tschu hob die Hand.

„Ich, Tschu Piao-Teh. Ich habe Ihnen etwas zu sagen.“

Die Bestie zögerte, dann trat sie vom Schaltpult weg. Dicht vor der Energiebarriere blieb Chappuy-Kitos stehen und starrte den Kosmopsychologen an.

„Was können Sie mir schon zu sagen haben, Terraner?“

„Etwas sehr Wichtiges. Olukh wußte davon. Schade, daß er Ihnen nicht mehr berichten kann.“

Chappuy-Kitos antwortete nicht sofort. Die Terraner hielten den Atem an. Jeder wußte, worauf Tschu Piao-Teh anspielte. Jetzt entschied es sich, ob sein Trumpf stach.

„Gut!“ erklärte die Bestie nach einer Weile. „Sprich, und dann stirb wie ein Held!“

Der Professor lächelte. Er ahnte, daß er so gut wie gewonnen hatte. Völlig gelassen erklärte er Chappuy-Kitos, daß Jean Beriot und ein Kommandotrupp die geheimnisvolle Ursprungswelt der Konstrukteure des Zentrums entdeckt hätten.

„Die Position von Monol ist bekannt“, schloß er. „Aber keiner der Anwesenden kennt die kosmonautischen Koordinaten. Wir haben sie vorsichtshalber auf dem Raumschiff der mit uns befreundeten Roboter zurückgelassen.“

„Also werde ich hinfliegen und sie mir holen“, erwiderte Chappuy-Kitos.

Major Dephin lachte.

„Versuchen Sie es“, entgegnete Tschu spöttisch. „Vielleicht können Sie das Schiff kampf- und manövrierunfähig schießen. Aber aus Robotergehirnen holen selbst Ihre besten Verhörspezialisten keine Informationen heraus.“

Wieder schwieg Chappuy-Kitos. Halb schien er überzeugt zu sein; dennoch zögerte er.

„Woher soll ich wissen, daß Sie mir kein Märchen erzählen, um Ihr Leben um einige Zeit zu verlängern?“ fragte er grollend.

„Ich besitze Aufzeichnungen über Monol“, sagte Jean Beriot und entnahm seinem Gepäck den Speicherkristall mit den entsprechenden Unterlagen. „Überzeugen Sie sich selbst.“

„Legen Sie den Kristall vor die Barriere und treten Sie wieder zurück!“ befahl Chappuy-Kitos.

Beriot blickte Perry Rhodan fragend an.

Rhodan nickte stumm.

Da legte der Wissenschaftler den Kristall unmittelbar vor die trennende Energiewand.

Kurz darauf entstand eine Öffnung in der Barriere, gerade groß genug, daß ein Saugstrahl den Kristall auf die andere Seite ziehen konnte.

Die Bestie schob ihn in eine Öffnung der Wand. Anscheinend rechnete sie mit einer Bombe und ließ erst den Inhalt prüfen.

Nachdem die Energiebarriere sich wieder geschlossen hatte, schaltete Rhodan die Außenmikrophone ab und bedeutete seinen Gefährten, es ebenfalls zu tun.

„Nun, John . . .?“ fragte er.

Der Telepath lächelte.

„Ich erhielt schwachen Kontakt mit Gucky. Dort ist alles in Ordnung. Der Mausbiber brennt darauf, uns herauszuhauen. Ich habe ihn kurz informieren können."

Perry Rhodan atmete hörbar auf.

„Das ist gut. Vielen Dank, Professor. Ich denke, die Bestien werden anbeißen."

„Sie müssen es, Sir", gab der Kosmopsychologe zurück. „Monol ist viel zu wichtig für die gesamte Galaxis M 87, als daß sie sich die geringste Chance entgehen lassen dürften, mehr darüber zu erfahren."

Er lächelte, als das fünfdimensionale Energiefeld erlosch und acht schwerbewaffnete Bestien die Halle betraten.

„Sie sind unsere Gefangenen", erklärte Chappuy-Kitos. „Was aus Ihnen wird, hängt von dem Wert der Informationen ab, die Sie uns freiwillig geben werden. Folgen Sie den Wachen!"

Die acht Wächter traten näher. Ihre Waffenmündungen glühten drohend. Perry Rhodan zuckte die Schultern und ging als erster zum Antigravschacht. Die drei anderen Männer folgten ihm. Paladin machte wieder den Schluß.

Vor dem Einstieg zum Liftschacht traten zwei Bestien nacheinander an die Männer heran und entwaffneten sie. Sie taten es mit der Gründlichkeit erfahrener Kämpfer. Nicht einmal eine Stecknadel wäre ihnen entgangen.

Welch ein Glück, daß sie Paladin nicht als Roboter identifizierten. So nahmen sie zwar auch ihm alle Waffen weg, die er am „Leibe" trug, aber das Arsenal in seinem unteren Deck fanden sie nicht.

Man brachte sie anschließend in einem gepanzerten Kettenfahrzeug zu einem anderen Teil der Stadt. Als sie ausstiegen, sahen sie sich in dem Innenhof eines Gefängnisses. Über dem wuchtigen Bauwerk aber wölbte sich die leuchtende Deckenkuppel einer Halle. Offenbar befanden sich die Verliese unter der Oberfläche des Planeten.

Tschu Piao-Teh verzog das Gesicht, als sie auf einem spiralförmigen Transportband zu ihrem Zellentrakt begleitet wurden. Überall in den Wänden lauerten Alarmeinrichtungen, schwere Säurestrahler und Vibrationswaffen. Ein Ausbruch auf normalem Wege mußte unweigerlich zur Katastrophe führen.

Diese Sicherheitsmaßnahmen erklärten auch, daß die Bestien es nicht für nötig hielten, sie in Einzelzellen unterzubringen. Man stieß die Menschen und Paladin in ein geräumiges Stahlverlies. Die Ruhelager an den Wänden waren fast komfortabel zu nennen: allerdings stellten sie die einzige Einrichtung dar. Das Licht kam aus der stählern-transparenten Decke.

Hinter ihnen glitt lautlos ein schweres Panzerschott herab. Mit dumpfem Schlag wurde die Verriegelung aktiviert.

Paladin schlug mit der Faust gegen die Wand.

„Da käme nicht einmal Clara durch“, sagte Major Dephin in einem Anflug von Zynismus.

John Marshall lächelte hintergründig.

Da wußten sie alle, daß ihnen ein Weg nach draußen geblieben war.

Der Telepath bestätigte es gleich darauf.

Flüsternd und auf englisch sagte er:

„Verbindung mit Gucky ist einwandfrei. Also gibt es keine überdimensionale Absicherung. Er könnte uns jederzeit herausholen.“

„Sagen Sie ihm, er soll sich weiterhin bereit halten, aber möglichst seine Kräfte schonen!“ befahl Perry Rhodan. „Wir werden uns hinlegen und schlafen.“

„Jetzt schlafen . . .?“ protestierte Jean Beriot schwach.

„Das ist ein Befehl!“ entgegnete Rhodan. „Aufgrund des obligatorischen Willenstrainings sind wir alle in der Lage, auch in widrigsten Umständen schnell einzuschlafen.“

„Notfalls helfe ich durch Hypnose ein wenig nach“, erbot sich Professor Tschu.

Es war nicht notwendig.

Wenige Minuten später lagen sie in tiefem Schlaf auf den Ruhelagern. Nur ein positronisches Element in Paladins Körper wachte über ihre Sicherheit.

Als sie erwachten, waren vierundzwanzig Stunden vergangen. Das positronische Wachelement Paladins weckte sie durch ein hyperenergetisches Schocksignal.

Tschu Piao-Teh fuhr von seinem Lager auf. Perry Rhodan stand bereits auf den Beinen. Er schien in sich hineinzulauschen. John Marshall und Jean Beriot rieben sich die Augen.

Aus dem Innern Paladins ertönte das Wimmern der internen Alarmgeber. Also eilten die Siganesen jetzt ebenfalls auf ihre Posten.

Was das Wachelement zu seinem Signal veranlaßt hatte, war nicht zu erkennen.

Bis Harl Dephin sich über Telekom meldete und sagte:

„Bewegung außerhalb der Zelle, Sir. Eine Bestie und zwei Roboter nähern sich."

Im nächsten Augenblick fuhr das Panzerschott nach oben. In der Öffnung erschien Chappuy-Kitos. Halb von ihm verdeckt, waren zwei seltsame Konstruktionen erkennbar: zwei halbkugelförmige, wenige Zentimeter über dem Boden schwebende Maschinen mit zahlreichen Öffnungen in der blanken Außenfläche.

„Ich hoffe, die Zeit ist Ihnen nicht zu lang geworden!" höhnte der Chef des Exekutiven Planungsrates.

„Wir haben Ihre Unterlagen sorgfältig geprüft. Zu Ihrem Glück lautet der Befund positiv. Einige von Ihnen waren also tatsächlich auf Monol."

„Ich sagte ja bereits, daß ich und ein Kommandotrupp die Kristallwelt aufsuchten!" spottete Jean Beriot.

Das hätte er lieber unterlassen sollen. Eine Bestie reizt man nicht ungestraft.

„Es freut mich, daß Sie es so bereitwillig bestätigen. Sie waren demnach der einzige von den Anwesenden, der Monol besuchte . . .?"

Perry Rhodan merkte, daß Harl Dephin im Begriff war, von seiner eigenen Anwesenheit zu berichten. Er winkte schnell ab.

Beriot schien unterdessen begriffen zu haben, worauf die Bestie abzielte. Er preßte die Lippen zusammen und schwieg.

Chappuy-Kitos gab den beiden Robotern einen Wink. Sie glitten lautlos herein, und einer schoß fadenähnliche Gebilde ab. Die Schnüre umschlangen Beriot so, daß er sich nicht mehr rühren konnte.

„Was wollen Sie von mir?" stammelte der Wissenschaftler.

„Nur einen ausführlichen Bericht, nichts weiter", erklärte Kitos. „Da ich die Verlogenheit von Terranern kenne, werde ich Ihrem Gedächtnis freien Lauf lassen. Ein technisches Hypnoseverhör wird die Schleusen Ihrer Mitteilsamkeit weit genug öffnen."

„Nein!" schrie Beriot. Seine Stimme kippte über. „Nein, nein! Nicht schon wieder das!"

Perry Rhodans Gesicht verwandelte sich in eine bleiche Maske. Nur die eisgrauen Augen sprühten Feuer.

„John!“ rief Rhodan mit klirrender Stimme. „Kommando Delta!“

Er hatte wiederum Englisch gesprochen, was Chappuy-Kitos zu einer Schimpfkanonade veranlaßte. Die Bestie wollte wissen, was Rhodan eben gesagt hatte.

Sie erfuhr es wenige Sekunden später . . .

Gucky erstarrte.

Er hob die Hand und forderte die Gefährten damit zu absoluter Stille auf.

„John gibt Kommando Delta!“ zischelte er. „Armond, du bleibst hier! Ras, wir springen! Faß mich an. Ich kenne das Ziel!“

Dr. Armond Bysiphere hatte noch nicht ganz begriffen, was überhaupt vorging, da waren die beiden Teleporter bereits verschwunden.

Im selben Augenblick materialisierten sie in der Zelle. Die beiden Mutanten verloren keine Zeit. Dazu kannten sie den Plan zu gut. Wenn Kommando Delta gegeben wurde, war rücksichtsloses Vorgehen geboten.

Chappuy-Kitos wurde von telekinetischen Kraftfeldern gepackt und über Rhodans Kopf hinweg in Paladins Arme geschleudert. Der Paladin-Roboter griff erbarmungslos zu. Das Schreien der Bestie ging in ein grauenhaftes Wimmern über. Stahlharte Knochen zerbrachen unter mechanischen Gewalten.

Die pelewonischen Roboter fuhren blitzschnell ihre Vibrationswaffen aus.

Zum Glück für Jean Beriot zogen sich die Fesselschnüre zurück, so daß der Wissenschaftler zurücktaumelte und bewußtlos zusammenbrach. Dadurch entging er dem ersten Schuß. Zu einem zweiten Schuß kam der Roboter nicht mehr. Gucky beförderte ihn telekinetisch auf den Gang hinaus und schleuderte ihn solange zwischen Decke und Boden hin und her, bis die metallene Körperkuppel krachend barst. Eine blauweiße Energieentladung zuckte aus dem Spalt und umwaberte Ras Tschubai.

Ein gellender Schrei ertönte.

Tschu Piao-Teh sprang vor, um Tschubai aus der Todeszone zu stoßen. Er wäre zu spät gekommen, wenn der Teleporter nicht instinktiv seine Parafähigkeit angewandt hätte.

Ras Tschubai verschwand.

Gleichzeitig erlosch die Entladung.

Der zweite Roboter wurde von einem Fußtritt Paladins außer Gefecht gesetzt. Chappuy-Kitos lag leblos und seltsam verrenkt auf dem Boden.

Zum gleichen Zeitpunkt schlug Ras Tschubai die Augen auf. Er war während der Notteleportation ganz kurz bewußtlos geworden.

Als er über sich das Gesicht einer Bestie erblickte, fuhr er hoch.

Starke Arme packten ihn und drückten ihn auf das Lager zurück, auf dem er erwacht war. Der Rachenmund seines Gegenübers murmelte beruhigende Laute. Zuerst verstand Ras wegen der Aufregung nichts, dann vernahm er Worte des Zentrums-Idioms.

Er wurde ruhiger und sah sich das Wesen genauer an.

Es zeigte plötzlich für ihn nicht mehr so starke Ähnlichkeit mit einer Bestie, sondern glich eher einem Haluter. Aber ein Haluter war es wiederum auch nicht, sondern eher ein Zwischending zwischen den Giganten von Halut und den Skoars . . .

„Skoarto . . .!" ächzte Tschubai.

Mit einemmal erkannte er das schwarze, wie Glaswolle glitzernde Fell, die vier gelblich leuchtenden Augen und die eigentümliche Bekleidung, die aus einer Art Hosenrock bestand.

Und vor allem sah er jetzt bewußt die achtzehn blau leuchtenden Steine auf der haarigen Brust des Wesens.

Kein Zweifel, das konnte kein anderer als der Skoarto sein, der ehemalige Kommandeur der Soldatenkaste von M 87.

Der Skoarto war den Terranern erstmals auf Truktan begegnet, wo ihn die Konstrukteure des Zentrums gefangengehalten hatten. Mit Rhodans Hilfe war er freigekommen, hatte sich jedoch später gegen die Terraner gestellt. Anschließend hatte man seine Spur verloren und ihn für tot gehalten.

„Sie sind der Skoarto!" sagte Tschubai.

„Ja, ich bin der Skoarto!" erwiderte das Wesen stolz. „Und Sie sind einer dieser Terraner, der gehen und kommen kann nach Belieben. Ich habe Sie offenbar schon einmal gesehen."

„Ja, auf Truktan", antwortete der Teleporter. „Aber wie kamen Sie nach Pauper?"

„Erholen Sie sich erst einmal“, gab der Skoarto zurück. „Sie haben Verbrennungen im Gesicht und an den Händen erlitten.“

„Darum kann ich mich jetzt nicht kümmern!“ widersprach Tschubai, dem schlagartig alles wieder einfiel, was zu seiner Notteleportation geführt hatte. „Perry Rhodan befindet sich in Gefahr.“

Der Skoarto ging nicht darauf ein.

„Ich habe einen unverzeihlichen Fehler begangen“, erklärte er. „Es wäre besser gewesen, euch Terranern zu vertrauen. Inzwischen glaube ich, daß ihr unfreiwillig in diese Galaxis verschlagen wurdet.“

„Aber wir . . .“, begann Ras.

Der Skoarto sprach einfach weiter, also hörte der Teleporter vorerst zu.

„Ich wollte die Ehre meiner gedemütigten Skoars retten“, fuhr der Skoarto fort. „Da die Zentrumskonstrukteure mir dabei niemals geholfen hätten, besorgte ich mir ein Kleinstraumschiff und flog nach Pauper.“

„Aber die Position der Bestienwelt ist doch unbekannt!“ wandte Ras ein.

„Ich allein besaß geheime Unterlagen“, erklärte das Wesen. Wieder war der ungebrochene Stolz aus seinen Worten herauszuhören. „Ich gelangte sogar auf diesen Planeten, indem ich die Rettungszelle meines Kleinstraumschiffes an der Außenhülle eines Bestienschiffes verankert hatte. Dadurch lernte ich auch den Planeten Zootkohn kennen. Er ist ebenfalls wichtig. Später müssen wir ihn aufsuchen.“

Wenn es ein „Später“ für uns gibt! dachte Tschubai.

„Nach der Landung auf Pauper konnte ich mich absetzen“, erklärte der Skoarto. „Aber natürlich fanden die Bodenmannschaften meine Rettungszelle an der Außenwandung des Schiffes. Man suchte nach mir. Dennoch hatte ich eine Chance. Ich entdeckte die Hauptsteuerzentrale für die Konstante Energie-Expansion. Wenn ich geahnt hätte, daß die Bestien mich längst entdeckt und beobachtet hatten, wäre ich sofort zur Tat geschritten. So aber glaubte ich, Zeit für genaue Untersuchungen zu haben. Die Bestien griffen zu, als sie meine Absicht erkannten, die KEE auszuschalten. Sie hatten mich auf die Probe stellen wollen, erklärten sie mir später.“

Tschubai benutzte die Sprechpause des Wesens, um sich von dem Ruhelager zu erheben. In ihm fieberte alles vor Ungeduld. Mit dem Wissen des Skoartos konnten sie die Bestien vielleicht empfindlich treffen – wenn Rhodan die Information rechtzeitig genug erhielt.

Als der Skoarto ihn wieder auf das Lager zurückdrücken wollte, benutzte Ras den körperlichen Kontakt zu einer Teleportation. Er sprang blind; allein sein Unterbewußtsein konnte ihn dorthin dirigieren, woher er gekommen war. Bei einer Notteleportation drang die betreffende Information nicht bis zum Bewußtsein durch.

Auf dem Gang vor der offenen Zelle rematerialisierten sie. Sofort richteten sich die Waffenmündungen Paladins auf sie.

Rhodan begriff die neue Lage zuerst.

Er schrie Harl Dephin einen scharfen Befehl zu. Der Paladin ergriff Tschubai und den Skoarto und zog sie in die Zelle. Gucky, der bereits telekinetisch vorgetastet hatte, aktivierte die Schottverriegelung. Kurz darauf dröhnten draußen die schweren Tritte nahender Bestien auf.

„Ich weiß, wo du gesteckt hast, Ras!“ schrillte der Mausbiber triumphierend und deutete auf eine Zellenwand. „Genau in der Zelle neben uns.“

„So ein Zufall“, murmelte Tschubai schwach. Er stöhnte unterdrückt, als Professor Tschu ihm die Brandblasen mit einer winzigen Silberbürste abschabte und anschließend Heilplasma auf das rohe Fleisch sprühte.

Plötzlich begann der Mausbiber zu zittern.

„Schnell!“ keuchte er. „Die Bestien versuchen, die Verriegelung zu öffnen. Ich kann nicht lange dagegen an, weil ich die Mechanik nicht optisch wahrnehme. Wir müssen weg!“

„Aber wohin?“ fragte Jean Beriot hoffnungslos.

„Der Skoarto kennt den Standort der Hauptsteuerzentrale für die Hochenergie-Expansion!“ stieß Tschubai hervor.

Perry Rhodan verstand und handelte beinahe im selben Augenblick.

„Gucky! Mit Paladin in die Steuerzentrale!“ befahl er. „Ras, Sie springen mit dem Skoarto voraus. Dann kann Gucky Sie telepathisch anpeilen!“

Ras Tschubai fragte nicht lange, sondern ergriff einen Handlungsarm des Skoarto. Das haluterähnliche Wesen überschüttete ihn mit einem Wortschwall.

Ras wandte sich an Gucky.

„Erst folgen, wenn du aus meinen Gedanken liest, daß wir am Ziel sind. Ich weiß nicht, ob wir sofort hinfinden!“

Er entmaterialisierte – und der Skoarto mit ihm.

„Und ich soll Paladin transportieren?" jammerte Gucky. „Diesen Metallklotz . . .!"

„Du mußt, Gucky!" befahl Rhodan hart.

Aus der Fersenschleuse Paladins kamen unterdessen die Ausrüstungsgegenstände für Rhodan, Marshall, Tschu und Beriot zum Vorschein. Die Männer bewaffneten sich wieder. Tschu Piao-Teh freute sich besonders über die Identitäts-Umformer. Mit ihrer Hilfe würden sie ihre Gegner ohne Kampf ausschalten können.

Gucky saß inzwischen auf Paladins Handlungsarmen. Der Mausbiber wirkte verloren und hilflos. Seine feuchte Nase zitterte.

Doch wenig später straffte sich seine Gestalt.

„Ras ist am Ziel!" wisperte er. „Macht's gut, Jungs!"

Seine schwarzen Knopfaugen traten fast aus den Höhlen, als er sich auf die Teleportation konzentrierte. Die Mitnahme des Robotermonstrums überstieg nahezu seine Kräfte.

Als er schließlich mit Paladin verschwand, sahen sich die vier Männer vielsagend an. Sie waren nun auf sich allein gestellt. Ihre einzige Hoffnung bestand darin, daß Paladin, der Skoarto und die Mutanten genügend Verwirrung stifteten, um ihnen Luft zu verschaffen. Vorläufig sah es allerdings gar nicht so aus.

Kaum war der Mausbiber verschwunden, knackte und knirschte es in der Schottverriegelung, und nach einer Galgenfrist von fünf Minuten schnellte das Panzerschott nach oben.

Rhodan, Beriot, Marschall und Tschu blickten in die glühenden Augen dreier Bestien.

Sie fanden Ras Tschubai und den Skoarto hinter einem Maschinenblock, eingekreist von bewaffneten Bestien.

Gucky rematerialisierte zusammen mit dem Paladin auf einem Schaltpult, das durch das Gewicht des Roboterkörpers augenblicklich in einen Trümmerhaufen verwandelt wurde.

„Fort!" schrie Major Dephin.

Gucky teleportierte zur gegenüberliegenden Seite der großen Schalterhalle. Er griff telekinetisch nach einer Bestie, bevor diese ihn überhaupt wahrnehmen konnte. Das Monstrum flog mit dem Schädel voran in ein anderes Schaltpult. Entladungsblitze hüllten seinen Körper ein. Im gleichen Moment erhellten sich die großen Bildschirme über den Schaltpulten.

Das Thunderbolt-Team ließ den Paladin rücksichtslos wüten. Es war tatsächlich die einzige Chance, die Ereignisse auf Pauper für die Terraner günstig zu beeinflussen. Die Alternative wäre passiver Selbstmord gewesen.

Der Skoarto nutzte die veränderte Lage sofort aus. Er kümmerte sich nicht weiter um die Kämpfenden, weil er als erfahrener Kämpfer erkannte, daß Paladin allein mit den wenigen Wachen in der Hauptsteuerzentrale fertig werden würde.

Der Exkommandeur der galaktischen Soldatenkaste lief von einem Schaltpult zum anderen. Wahllos betätigte er alle Schaltungen, die zufällig in die Reichweite seiner Handlungsarme gerieten. Tief unter der Steuerhalle brüllten Energieerzeuger auf. Irgend etwas ging mit dem großartigen Erzeugnis unbekannter Wissenschaftler vor.

Paladin trieb unterdessen die letzten Wachen vor sich her. Die Bestien zogen sich in panischer Flucht zurück. Wenige Minuten, nachdem Paladin die Schalterhalle verlassen hatte, erscholl aus den Tiefen der Anlage jedoch der Lärm eines erbitterten Kampfes. Paladin schien auf den Widerstand von Eingreifreserven zu stoßen.

Ras Tschubai hatte einen starken Hyperkom entdeckt. Gemeinsam mit Gucky brachte er die fremdartigen Zusatzschaltungen in Gang. Anschließend strahlte er mit maximaler Leistungsabgabe einen informativen Hyperspruch an Atlan ab. Falls der Arkonide oder sonstwer an Bord der CREST noch lebte und das Schiff nicht zu tief in die Dunkelwolke verschlagen worden war, würde der Spruch empfangen werden. Auf eine Anpeilung des Senders durch die Bestien brauchte man im gegenwärtigen Stadium keine Rücksicht mehr zu nehmen.

Plötzlich schrie der Skoarto auf.

Die beiden Mutanten fuhren herum.

Was sie sahen, ließ das Blut in ihren Adern erstarren.

Der große Bildschirm zeigte sowohl die Sonne Dusty Queen als auch einen Sektor am Rand der Lebensblase. Vielmehr hatte er dieses Bild noch vor kurzem gezeigt.

Jetzt schien die rote Riesensonne zusammenzuschrumpfen. Gigantische Protuberanzen schossen von ihrer Oberfläche in den Weltraum. Die Glut ihres Reaktionskerns verpuffte im Vakuum.

Ras Tschubai schluckte hörbar.

Er ahnte, was die Verwandlung der Sonne bedeutete. Wenn ihr im Verlauf des Schrumpfungsprozesses wertvolle Reaktionsstoffe verlorengingen, mußte unweigerlich die Energieversorgung der Konstanten Hochenergie-Expansion nachlassen.

Der Teleporter umklammerte Guckys Schultern. Der Mausbiber wurde von Entsetzen geschüttelt.

Aus unnatürlich geweiteten Augen starrte Ras auf das Randgebiet der Lebensblase. Was er erwartet hatte, trat ein. Die bisher ferngehaltenen Staubpartikel und Protoalgen der Dunkelzone schossen in die Lebensblase hinein. Es sah aus, als griffen die tiefschwarzen Fangarme titanischer Kraken nach der Sonne und den Planeten.

Bereits eine Minute später wurde Pauper von einem furchterregenden Grollen erschüttert. Bildschirme zerbarsten knallend. Der Boden wölbte sich der Decke entgegen. Auf einem noch intakt gebliebenen Bildschirm zeigte sich das Abbild eines Vulkanausbruchs – mitten in der Stadt Draghol.

Dann nahm der Schirm eine schwarze Färbung an, obwohl die Bilderfassung und -übertragung noch einwandfrei arbeitete. Neue Erschütterungen durchliefen das Gebäude.

Tschubai sah, wie Paladin durch ein offenes Tor zurückkehrte. Die Hülle aus Spezialstahl war teilweise freigelegt und glühte dunkelrot. Das Thunderbolt-Team mußte einen furchtbaren Kampf hinter sich haben.

Paladin blieb dicht hinter dem Tor stehen und sah sich um. Ein heftiges Beben schleuderte ihn von den Füßen. Aus der Decke über ihm brach ein tonnenschweres Stück heraus und prasselte auf den Roboter hernieder.

Doch Paladin kroch unbeschädigt aus dem Trümmerhaufen hervor.

„Sofort an die Oberfläche!“ schrie Major Dephin seinen Gefährten zu. „Hier sind wir nicht mehr sicher.“

Der Skoarto entriß dem Mausbiber die Strahlwaffe und ließ einen sonnenheißen Impulsstrahl über die Schaltpulte wandern. Zischend und brodelnd ging der Rest der Einrichtung unter.

Damit war die Hauptsteueranlage endgültig zerstört. Die Lebensblase konnte nicht mehr reaktiviert werden.

Ras Tschubai ließ Guckys Schultern los und trat auf den Skoarto zu, der blindwütig weiterfeuerte.

„Schluß!“ befahl er. „Jetzt müssen wir unser Leben retten!“

Der Skoarto ließ zwar die Waffe sinken, aber er starrte den Teleporter nur verblüfft an. Dann lachte er schallend.

Ras entriß ihm die Waffe und warf sie dem Mausbiber zu. Dann griff er entschlossen nach dem Arm des Exkommandeurs und teleportierte.

Gucky ließ sich von Paladin hochheben. Erneut sammelte er alle seine Kraft, um den schweren Roboter transportieren zu können.

Atlan atmete auf, als es Oberst Merlin Akran nach stundenlangen, vergeblichen Versuchen endlich gelang, die haltlos taumelnde CREST IV in die Gewalt zu bekommen. Bei dem gewaltsamen Linearmanöver waren wichtige positronische Steuereinheiten zu Bruch gegangen.

„Wie weit mögen wir uns vom Rand der Lebensblase entfernt haben?" fragte der Lordadmiral.

Merlin Akran schnaufte unwillig.

„Zwischen einigen Lichtjahren und einigen Kilometern vermutlich", antwortete er zornig. „Oder glauben Sie etwa, bei dem Gewaltmanöver hätte ein einziges Meßgerät noch exakte Anzeigen geliefert?"

„Das ist bitter", murmelte Atlan. „Wie sollen wir die einzige Stelle wiederfinden, von der aufgrund der gespeicherten Meßdaten ein Blindflug nach Pauper möglich ist?"

„Vorläufig sind wir erst einmal manövrierunfähig", wandte der Kommandant ein. Allmählich beruhigte er sich wieder. „Die CREST wird von einer zirka zwanzig Meter dicken Schicht komprimierter Protoalgen umhüllt. Wenn ich mehr als ein Prozent Schub auf die Triebwerke gebe, schlägt uns der Rückstau sämtliche Felddüsen kaputt."

„Was raten Sie, um die Behinderung zu beseitigen?" fragte der Arkonide.

„Behinderung ist gut!" lachte Akran grimmig. „Wir müssen einige Korvetten ausschleusen und die CREST unter Beschuß nehmen lassen. Ich weiß, daß wir zur Zeit keine einzige Hangarschleuse aufbekommen. Wir müssen ein paar Mannschleusen sprengen und zunächst einige Roboter hinausschicken, die ein Hangarschott freibrennen."

„Der Gedanke ist gut", erklärte Atlan. Nach etwa einer halben Stunde war die Aktion erfolgreich abgeschlossen.

Zwar trieben sofort neue Protoalgen heran, aber solange die CREST in relativer Unbeweglichkeit verharrte, blieb der Belagwuchs in erträglichen Grenzen.

Das nächste Problem bestand darin, den Punkt im Raum wiederzufinden, von dem aus das Ultraschlachtschiff eine Blindflugroute nach Pauper vermessen hatte. Ohne das Linearmanöver wäre das ebenfalls harte kosmonautische Arbeit gewesen. Jetzt aber mußte man zuerst feststellen, wo man sich befand – und in der Finsternis der Dunkelwolke und ohne die Möglichkeit, eine Sonne anzupeilen, war das so gut wie unmöglich.

Der Zufall half schließlich – wie schon so oft.

Die CREST hatte sich praktisch meterweise durch die Dunkelheit vorgetastet, als sie mit einem fremden Objekt kollidierte. Der Zusammenstoß wäre nicht einmal bemerkt worden, wenn nicht empfindliche Meßgeräte ihn registriert und weitergemeldet hätten.

Atlan schickte einen Suchtrupp nach draußen. Kurz darauf meldeten die Männer, sie hätten die Überreste einer jener eigenen Signalbojen gefunden, die früher versuchsweise ausgesetzt worden waren. Die Boje trug die Bezeichnung „Simeon-ZC-300". Sie hatte demnach einmal dreihundert Kilometer vom Standort der CREST entfernt gestanden. Ihre Oberfläche war durch starken Algenbelag vor den Auswirkungen der Stoßwellenfront geschützt worden.

Nachdem die Zentralpositronik des Schiffes über eine Stunde lang Werte verglichen, zueinander in Beziehung gesetzt und Berechnungen durchgeführt hatte, konnte die kosmonautische Spezialpositronik endlich einige Daten bekommen, mit denen etwas anzufangen war.

Beinahe vierundzwanzig Stunden vergingen noch, bis die CREST endlich jenen Punkt im Raum erreicht hatte, von dem die Blindflugmessungen durchgeführt worden waren.

Und wieder warfen sich schier unlösbare Probleme auf, denn der Punkt mußte sich innerhalb der Lebensblase befinden – und doch stand die CREST noch in der Dunkelwolke!

Die Kybernetiker und Kosmonautiker des Schiffes ließen Atlan toben. Anschließend wiesen sie nach, daß ihre Berechnungen stimmten.

Diesmal war es Roi Danton, der die Lösung fand. Er, der seinen Vater besser kannte als jeder andere – in mancher Beziehung vielleicht Atlan ausgenommen –, behauptete, es wäre Rhodan gelungen, die Steuerzentrale zur Errichtung der Lebensblase zu zerstören. Folglich hätte sich die Materie der Dunkelwolke schlagartig ins Dusty Queen-System ergossen.

Es erschien unwahrscheinlich, daß ein zahlenmäßig kleiner Einsatztrupp von Terranern die lebenswichtige Einrichtung der Bestien-Zentralwelt zerstört haben könnte. Aber es war die einzige Erklärung für den Widerspruch zwischen Berechnungen und Wirklichkeit.

Atlan ahnte, daß über alle Planeten des Systems eine Katastrophe hereingebrochen war oder hereinbrechen mußte. Er ordnete den sofortigen Start und den anschließenden Linearflug nach den Blindflugdaten an.

Es war ein Wagnis, ein Spiel auf Leben und Tod. Doch zugleich war es die einzige Chance, Perry Rhodan und seine Begleiter zu retten – wenn dies noch möglich sein sollte . . .

Auf Pauper war unterdessen die Hölle los. Die Kruste des Planeten wurde laufend vom Aufprall der dichten Dunkelwolkenmaterie erschüttert. Klaffende Risse zogen sich über ganze Kontinente hinweg. Magma brach tiefrot glühend hervor. Die Fluten der Ozeane ergossen sich in die Bruchstellen. Hochgespannter Wasserdampf schoß in den Himmel und kondensierte an den schweren Staubwolken. Schwarzer Sturzregen prasselte auf die geschundenen Kontinente. Flüsse traten über ihre Ufer oder versickerten in Erdspalten. Ein Drittel der Hauptstadt Draghol sank allmählich in die nachgebende Oberflächenkruste. Der Rest hielt teilweise den Beben stand.

Gucky, Tschubai, Paladin und der Skoarto irrten nach dem Sprung aus der Hauptsteuerzentrale an der Oberfläche umher. Das Bild hatte sich verändert. Die Orientierung wurde erschwert.

Endlich fand der Mausbiber Kontakt zu John Marschall.

Er sprang allein. Ras Tschubai mußte zusammen mit Harl Dephin warten.

Zu Guckys Verwunderung war es im Zellentrakt völlig ruhig. Nur John Marshall, Rhodan, Dr. Beriot und Professor Tschu hielten sich in dem Gebäude auf. Sie hatten bereits zwei Versuche unternommen, an die Oberfläche zu gelangen, waren aber immer wieder von den automatisch reagierenden Vibrationswaffen und Säuresprühern zurückgeschlagen worden.

Sie begrüßten den Mausbiber voller Erleichterung, denn schon waren einige Zellen eingestürzt, und die Bebenwellen ließen das Bauwerk schwanken.

Als Perry Rhodan einen Bericht forderte, winkte Gucky nur ab. Er stellte den körperlichen Kontakt zwischen sich und den vier Männern her und sprang an die Oberfläche.

Dort berichtete er in knappen Stichworten, was sich inzwischen ereignet hatte.

Perry Rhodan befahl, Funkkontakt zu Dr. Bysiphere aufzunehmen und gleichzeitig die Fesselfeldprojektoren zu zerstören, die die KC-41 voraussichtlich noch auf dem Gelände des Raumhafens festhielten.

Leider erwies sich Punkt eins als undurchführbar. Die Dunkelwolke mit ihrer Protoalgendurchsetzung begann praktisch direkt an der Oberfläche Paupers. Dadurch wurden die relativ schwachen tragbaren Funkgeräte nutzlos.

„Wir müssen zuerst zu Bysiphere", sagte Tschu Piao-Teh. „Die Teleporter könnten uns hinbringen, denn die Flugaggregate möchte ich lieber nur im äußersten Notfall benutzen. Bei diesen neuen Modellen schlägt das Triebwerksplasma schon in einer normalen Atmosphäre gern zurück. Hier würde es uns nach wenigen Sekunden in Fetzen reißen."

Der Mausbiber stöhnte, als er hörte, daß er schon wieder mit Paladin teleportieren sollte. Doch es half nichts.

Tschubai erbot sich, den Transport gemeinsam mit Gucky zu übernehmen. Dadurch würde der Mausbiber sich nicht restlos verausgaben und könnte ihm anschließend dabei helfen, die übrige Mannschaft ins Südgebirge zu bringen.

Perry Rhodan willigte ein, allerdings nur deshalb, weil John Marshall zurückblieb und somit eine telepathische Verbindung zwischen ihm und Gucky garantiert wurde.

Aber kaum waren die beiden Teleporter mit Paladin entmaterialisiert, da schrie Marschall entsetzt auf. Es dauerte einige Minuten, bis die anderen Männer den Telepathen soweit gebracht hatten, daß er sprechen konnte. Er hatte einen Schock erlitten.

„Gucky . . .", stammelte er, „entsetzlich!"

„Was ist mit Gucky?“ fragte Rhodan bebend. John Marshalls Andeutung ließ das Schlimmste befürchten.

„Sein Verstand hat sich verwirrt“, erklärte Marshall. „Es muß schon während der Teleportation geschehen sein, denn sein Geist schrie bereits, bevor der Körper richtig wiederverstofflicht war.“

„Sein Geist schrie . . .?“ dehnte Rhodan.

„Anders kann ich das einem Nichttelepathen schlecht erklären.“

„Und die anderen . . .?“ fragte Tschu Piao-Teh behutsam. „Tschubai und die sechs Siganesen . . .?“

Marshall zuckte die Schultern.

„Einmal war es mir, als hätte ich einen Gedankenimpuls Harl Dephins aufgefangen. Doch da muß ich mich geirrt haben, denn die Gedanken kreisten um einen saftigen Knochen, den ein anderer ‚Hund‘ ihm streitig machte.“

„Tja!“ sagte Tschu Piao-Teh. „Ich sehe keine andere Möglichkeit, als daß wir zu Fuß zum Südgebirge marschieren.“

„Mitten durch diese ägyptische Finsternis?“ erwiderte Rhodan sarkastisch. „Wir würden im Kreis herumirren.“

„Wir schwimmen“, meinte Marshall. Er lachte humorlos, als er die hastigen Atemzüge der Gefährten in seinem Empfänger vernahm. „Die Antigravaggregate der Kampfanzüge lassen sich gefahrlos benutzen. Folglich machen wir uns schwerelos und schwimmen nach Süden. Der Ausdruck ist etwas irreführend, das gebe ich zu, aber ‚gehen‘ möchte ich dazu nicht sagen.“

„Und Gucky?“ fragte Rhodan.

John Marshall seufzte.

„Wenn wir untätig warten, finden wir ihn nie. Außerdem müssen wir aus dem Stadtgebiet verschwinden. Oder sollen wir es darauf ankommen lassen, von einstürzenden Gebäuden begraben zu werden?“

Eine heftige Erschütterung unterstrich seine Warnung. Donnernd und polternd stürzte in der Nähe ein Bauwerk ein. Zu sehen war nichts, aber die Druckwelle, die gleich darauf die Männer zu Boden warf, zeugte vom Einsturz eines sehr großen Gebäudes, wahrscheinlich eines Turms.

Perry Rhodan stimmte Marshalls Plan zu.

Bald merkten sie, daß die Dichte der Dunkelmaterie auch gewisse Vorteile hatte. Zusammen mit der Atmosphäre verlieh sie den Männern sogar etwas Auftrieb. Nachdem sie die Eigenschwerkraft auf

Null herabgesetzt hatten, stiegen sie ungefähr fünfhundert Meter. Dort wurden sie von einer Strömung ergriffen und fast genau südwärts getragen.

Nach einer Viertelstunde meldete Marshall, er könne die Gedankenimpulse von Dr. Armond Bysiphere anpeilen. Bysiphere lebte noch und befand sich auf dem Marsch zum Raumhafen. Aus seinen Gedanken war zu entnehmen, daß die dort liegenden Bestienraumschiffe inzwischen gestartet waren. Offenbar hatten die Besatzungen es vorgezogen, sich in den Raum zu retten.

„Seltsam", murmelte der Telepath, „Bysiphere denkt immerzu an einen bestimmten Weg, den er einhalten muß. Ein Abweichen davon scheint gefahrvoll zu sein."

Professor Tschu stieß eine lautstarke Verwünschung aus.

„Was vermuten Sie?" fragte Rhodan sofort.

„Bysiphere muß selbständig gehandelt haben, als das Chaos über Pauper hereinbrach. Wir haben einen Fehler begangen, als wir ihn so lange im ungewissen hielten. Wahrscheinlich hat er die Besatzungen der Raumschiffe vertrieben und versucht nun, die KC-41 zu befreien. Auf den Bestienraumschiffen muß eine Panik ausgebrochen sein, als die Lebensblase zusammenbrach und es auf Pauper nicht nur ewige Nacht wurde, sondern auch Funk und Ortung versagten. Falls Bysiphere auf die Idee kam, mit Hilfe seiner ‚Bazooka' Identitäts-Modulatoren zu bestimmten Punkten des Raumhafens zu schießen, sind die Besatzungen in geistiger Verwirrung gestartet."

„Das ist die Lösung!" schrie Marschall. „Ich weiß, warum Gucky, Ras und die Siganesen nichts von sich hören lassen. Anscheinend streuen die Idmos auch im hyperstrukturellen Bereich. Die Teleportation führt aber durch den gleichen Bereich. Folglich sind Gucky und die anderen beeinflußt worden."

„Eben!" meinte Tschu trocken. „Aber daß ausgerechnet ein siganesischer Zwerg die Identität eines Hundes aufgepfropft erhält . . ."

Einige Minuten lang brachte keiner der Männer ein Wort hervor. Während dieser Zeit ließen sie sich von der Strömung treiben.

„Antigrav abschalten!" schrie Marschall plötzlich. „Ich spüre Streustrahlung von . . ." Er brach mitten im Satz ab. In der nächsten Sekunde lachte er schrill und unmotiviert. Tschu Piao-Teh riskierte es, sein Pulsationstriebwerk kurz einzuschalten und an Marshalls Seite zu steuern. Er schaltete dessen Antigravaggregat aus und hielt den Telepathen fest, während sie parabolisch dem Boden entgegenfielen.

Zehn Meter über Grund setzten die Tastergeräte der Kampfanzüge ein. Die Männer bremsten den Fall ab und landeten verhältnismäßig weich.

„Was ist mit Marshall?“ fragte Perry Rhodan.

„Wir befinden uns offenbar im Randbereich einer Idmo-Wirkungszone, Sir“, antwortete Tschu. „Als Telepath ist Marshall natürlich empfänglicher für geringe Streustrahlungen als wir. Es kann ihn jedoch kaum schlimm erwischt haben.“

„Mir hat es gereicht!“ stöhnte der Telepath und richtete sich auf. „Ich kann mich zwar dagegen wehren, aber der Einfluß kam zu überraschend für mich. Zur Zeit blocke ich ihn mühelos ab.“

„Welch ein Glück“, sagte Rhodan.

„Glück . . .?“ erscholl eine gedämpfte Stimme in ihren Helmempfängern. Der Sprecher mußte sich in unmittelbarer Nähe befinden, denn weit reichten die Helmkoms in der Dunkelmaterie nicht. „Was Sie Glück nennen, ist lediglich das Zusammenspiel von Technik und Menschengeist, Sir.“

„Bysiphere . . .!“ ächzte Beriot.

„Jawohl, Herr Kollege!“

Aus der Finsternis schob sich eine dunkle Gestalt heran. Die Helmlampen ließen wegen der Streuwirkung der Dunkelmaterie nur einen Schattenriß erkennen.

Perry Rhodan holte tief Luft.

„Bysiphere!“ sagte er, und alles, was er augenblicklich fühlte, wurde in dem einen Wort ausgedrückt. „Sie Unglücksrabe! Ahnen Sie nicht, was Sie mit Ihrer verflixten Spielerei angerichtet haben?“

Aber Armond Bysiphere ließ sich nicht einschüchtern. Er fühlte sich völlig im Recht.

„Kontakt mit Gucky!“ rief Marshall. „Alles in Ordnung. Sie müssen etwa drei Kilometer entfernt sein und wollen teleportieren.“

„Das bedurfte doch überhaupt keiner Frage“, grollte Armond Bysiphere. „Marshall hat die Ausstrahlung der Idmos überhaupt nicht abgeblockt, weil ich sie nämlich so geschaltet hatte, daß sie alle gleichzeitig desaktiviert wurden. Und das war zufällig zu dem Zeitpunkt, an dem ich Ihnen begegnete.“

Perry Rhodan murmelte etwas Unverständliches. Dann sagte er:

„Schluß jetzt! Noch sind wir auf Pauper, und wenn wir uns nicht beeilen, werden wir für immer hierbleiben müssen – oder vielmehr das, was von uns übrigbleibt.“

Gucky und Ras Tschubai mußten wieder die Hauptarbeit leisten. Sie teleportierten mit Paladin und dem Skoarto in die Abwehrforts des Raumhafens und kämpften die Besatzungen nieder.

Anschließend schalteten sie die Fesselfeldprojektoren aus. Dr. Bysiphere erhielt die Aufgabe, die KC-41 zu finden. Marshall und Gucky konnten die Gedankenimpulse der Besatzung zwar auffangen, aber infolge unbekannter Streuungseffekte den Standort nicht anpeilen.

Der Hyperphysiker baute zuerst eine energetische Schutzglocke über dem Areal des Raumhafens auf. Danach manipulierte er an den Schaltungen der Fesselfeldprojektoren, bis sie als ungeheuer starke Magnete wirkten. Sämtliche Dunkelmaterie innerhalb der Schirmglocke wurde eingefangen.

Das gewaltige Gelände lag übersichtlich im Licht zahlloser Scheinwerferbatterien. Darüber spannte sich scheinbar das Nichts.

Die Männer entdeckten nur zwei Bestienraumschiffe. Sie waren anscheinend unbemannt gewesen und deshalb zurückgeblieben. Die KC-41 stand unversehrt und im Schutz ihres HÜ-Schirms auf dem alten Platz.

Endlich funktionierte auch die Telekomverbindung wieder.

Nachdem Perry Rhodan mit Major Bob McCisom gesprochen hatte, trafen zwei Transportgleiter der Korvette ein und holten den Einsatztrupp sowie den Skoarto an Bord.

Mittels Fernschaltung desaktivierte Dr. Bysiphere die Energieglocke wieder. Anschließend startete die Korvette. Der Hyperkom strahlte ununterbrochen das mit Atlan und den Halutern vereinbarte Kodesignal ab.

Außerhalb der Atmosphäre war die Materiedichte geringer. Auf den Bildschirmen der Panoramagalerie konnte man die Sonne Dusty Queen sehen, wenn auch nur als dunkelrot glimmende Scheibe, über die beständig dunkle Schwaden dahinzogen.

„Was für ein Anblick!" sagte John Marshall.

Niemand erwiderte etwas darauf, denn es gab nichts zu sagen. Ihre Mission war gescheitert, was die vage erhofften Paratronkonverter anging. Sie hatten nur mit Mühe ihr Leben retten können. Die kommenden Minuten oder Stunden mußten erst zeigen, ob die Rettung endgültig gewesen war.

In anderthalb Millionen Kilometer Entfernung von Pauper war der Planet nicht einmal mehr mit den Hypertastern auszumachen. Kommandant McCisom steuerte die KC-41 praktisch blind. Nur die Sonnenscheibe gab ihm einen schwachen Anhaltspunkt. Er beschleunigte mit sehr geringen Werten – und das erwies sich als ihr aller Glück.

Plötzlich – von einer Sekunde zur anderen – raste aus achthunderttausend Kilometern Entfernung ein unbekanntes Objekt heran. Die Tasterschirme zeigten es als kugelförmigen, verwaschenen Reflex.

Major McCisom gab Katastrophenalarm. Überall in der Korvette krachten die Sicherheitsschotte zu. Die Besatzung verschloß ihre Raumanzüge.

Das fremde Objekt kam unheimlich schnell näher. Die Distanz war zu gering für ein Ausweichmanöver. Dennoch versuchte es McCisom. Er drückte die KC-41 um einige Winkelgrade aus dem bisherigen Kurs.

Doch auch auf dem anderen Schiff hatte man etwas gemerkt. In einer blendenden wabernden Lohe bremste es ab.

Zehn Kilometer voneinander entfernt kamen die beiden Raumschiffe zum relativen Stillstand.

Zu dieser Zeit wußten beide Besatzungen bereits, wen sie vor sich hatten. Das große Schiff war kein anderes als die CREST IV.

Die Mitteilung löste in der KC-41 einen Freudentaumel aus. Perry Rhodan verlor jedoch keine Zeit. Er besprach sich sofort mit Atlan. Die beiden Männer tauschten ihre Erfahrungen aus, und dabei erfuhr Rhodan, daß der Hyperkomspruch, den Gucky und Tschubai gesendet hatten, auf der CREST nicht empfangen worden war.

Danach begannen die Kommandanten mit dem Einschleusungsmanöver. Während dieser Zeit tauchten immer wieder die Ortungsreflexe von Bestienraumschiffen auf, die in großer Nähe vorüberflogen. Sie beachteten die Schiffe aber nicht.

Kurz vor Beendigung des Einschleusungsmanövers tauchte auch Tolots Raumschiff auf. Er berichtete, daß Fancan Teik und er den Angriff der Stoßwellenfront ebenfalls heil überstanden hätten. Auch sie waren gleich nach dem Angriff „aus dem Stand heraus" in den Linearraum gegangen.

Das schwarze Kugelschiff wurde wieder an der oberen Polkuppel der CREST verankert.

In der Kommandozentrale des Flaggschiffs trafen die führenden Männer zusammen. Der Skoarto versuchte immer wieder, Perry

Rhodan zu einem sofortigen Anflug des Planeten Zootkohn zu bewegen.

„Der ist wohl nicht ganz normal“, gab Gucky seinen Kommentar dazu. „Eben sind wir aus dem Schlamassel raus, da will er uns in den nächsten schicken! Noch dazu, ohne einen Grund für seine beharrlichen Forderungen zu nennen!“

„Vor allem müßte der Skoarto uns noch einige Informationen geben, bevor wir Zootkohn anfliegen“, erklärte Atlan. „Aus seinen Andeutungen geht klar hervor, daß er etwas weiß. Folglich haben wir es nicht nötig, ins Ungewisse zu fliegen.“

Das Thema wurde rasch gewechselt.

Die CREST IV stieß nach Pauper vor und schlug dicht über der Atmosphäre eine Kreisbahn ein. Mit Spezialgeräten waren die zahllosen Magmaausbrüche und Brände auf der Oberfläche zu erkennen. Aber immer mehr Staub und Protoalgen drangen aus dem Raum in die Atmosphäre ein und verwandelten sie in ein undefinierbares Gemisch von großer Dichte.

„Bald wird alles Leben dort ausgestorben sein“, sagte Perry Rhodan. „Schon jetzt kann man nur noch mit Hilfe von Raumanzügen leben und atmen.“

Es war ein Alptraum.

Und er war noch nicht zu Ende.

20.

Die riesige Kommandozentrale der CREST IV war voller Menschen, während sich das Schiff, gefolgt von Icho Tolots Raumer, dem ersten Planeten des Dusty-Queen-Systems entgegentastete.

Das Haluterschiff hatte sich abermals von der CREST gelöst, nachdem es auf Pauper nichts mehr zu beobachten gab.

Perry Rhodan hatte sich inzwischen doch entschlossen, dem Drängen des Skoarto nachzugeben und einen Vorstoß nach Zootkohn zu unternehmen.

Die riesige Positronik der CREST arbeitete auf Vollast; sie war es, die das Schiff dem Planeten Zootkohn entgegensteuerte. Dem Planeten und möglicherweise dem Verderben entgegen, denn Zootkohn würde zuerst zerstört werden, falls die Sonne detonierte.

Rhodan wußte, daß er ein schnelles tödliches Spiel mit hohem Einsatz gespielt und in den ersten Runden verloren hatte.

Er wußte ferner, daß diese Aktion hier ebenfalls Hasard war. Und dennoch flog die CREST mit nur etwas mehr als zweitausend Sekundenkilometern dem ersten Planeten des Dusty-Queen-Systems entgegen.

Rhodan schloß die Augen.

„Du denkst nach?“ fragte Atlan leise.

„Ja. Ich habe eine Menge von Entschlüssen umgestoßen. Es ist sinnlos, etwas zu tun, an das man nicht mehr glauben kann“, erwiderte Rhodan.

Perry Rhodan hatte sein ohnehin geringfügiges Vertrauen in die Zuverlässigkeit der Bestien endgültig verloren. Er hatte sich nach langen, qualvollen Stunden zu der Einsicht entschlossen, alles zu tun, um die Konstrukteure des Zentrums von seiner Loyalität gegenüber den vernünftigen und kontaktgewillten Völkern der Kugelgalaxis zu überzeugen. Das und das Problem der Heimkehr nach Terrania, ins heimatliche Sonnensystem, waren vordringlich wie nichts anderes. Alle anderen Probleme hingen an diesen beiden Dingen.

Und dazu kamen die Gedanken, daß keine taktische Überlegung, keine psychologisch ausgefeilte Handlungsweise und keine noch so listenreiche Verhandlungstaktik eines ersetzen konnte: Die Wahrheit. Die Echtheit der Beziehungen zwischen intelligenten Völkern. Jeder, der das Problem der vier Schiffe und der fünftausend Terraner kannte, würde helfen – wenn er helfen wollte. Oder konnte. Die Denker und Philosophen von Pompeo Posar waren in gewisser Hinsicht eine Enttäuschung gewesen . . . vielleicht waren sie aber nach ihrer Wiedererweckung – in anderer Gestalt, an anderer Stelle – wirklich die Freunde, die der CREST die Heimkehr ermöglichen konnten.

Rhodan blickte auf die riesigen Schirme der Panoramagalerie. Hinter dem Schiff glühte ein rotes Feuer: der Planet Pauper. Die Sonne, deren Protuberanzen tief in den Raum hineinschossen, war auf einem anderen Sektor der Schirme zu sehen. Rhodans Entschluß stand fest. Er würde den dringenden Bitten des Skoarto entsprechen und in diesem gefährlichen, dem Untergang geweihten System weiter nach der Erkenntnis der letzten Wahrheiten forschen. Er wollte sich später nicht auch noch den Vorwurf machen müssen, die vielleicht letzten Geheimnisse der Bestien und der Dunkelwolke nicht ergründet zu haben – trotz der weiterhin nur vagen Aussagen des Skoarto. Immerhin aber hatte dieser erklärt, die Bestien würden auf Zootkohn eine neue, geheime Vernichtungswaffe produzieren.

Er klappte den schweren Kontursessel nach vorn, stellte die Füße auf den Boden und schüttelte leicht den Kopf.

Auch Atlan stand auf und trat neben Perry Rhodan. Er beugte sich über die breite Schulter des Kommandanten und blickte abwechselnd auf die Lichtanzeigen und auf den Schirm, der die kosmische Landschaft in der Flugrichtung des Schiffs zeigte.

„Wir haben offensichtlich nur wenige Tage Zeit, Perry!" sagte er leise.

„Ich weiß. Es geht nicht schneller."

Zusammen blickten sie auf die Schirme, die meist verwaschene Umrisse und fehlerhafte Bilder zeigten. Die Lebensblase war vollends zusammengebrochen, und die energetischen Störungen nahmen zu.

Die CREST näherte sich Zootkohn . . .

„Wann gehen wir in den Linearraum, Oberst?"

Merlin Akran drehte sich halb zu Rhodan um und erwiderte:

„In genau sechshundertdreißig Sekunden, Sir."

Ein Lautsprecher sprang an.

„Hier Ortungszentrale. Konitzki. Die Ortung wird von Sekunde zu Sekunde schwieriger. Wir warten darauf, daß die Positronik den Sprung in den Linearraum einleitet. Wir können nicht mehr für einwandfreie Bilder garantieren – es ist wahrscheinlich, daß die Bildqualität und die Präzision in den nächsten Stunden so schlecht werden, daß keine Werte abgelesen werden können. Die Wolken der Protoalgen verkleben wieder die Oberfläche des Schiffes. Unsere Geräte können kaum mehr arbeiten. Ende."

„Danke", sagte Oberst Akran in sein Mikrophon. „Achten Sie auf das Signal. Wir gehen in wenigen Minuten in den Linearraum."

Rund vierzig hochqualifizierte Terraner und die Schiffspositronik arbeiteten zusammen, um das Schiff – und gleichzeitig das kleinere Schiff von Icho Tolot – sicher durch die Dunkelheit zu bringen. An eine Navigation, wie man sie aus anderen Bezirken des Alls gewohnt war, dachte längst niemand mehr.

„Setzen Sie einen Funkspruch an Tolot ab“, sagte Rhodan, nachdem er das Mikrophon in die Hand genommen hatte.

„Selbstverständlich“, erwiderte Major Wai Tong, der dreißigjährige Terrachinese.

„Teilen Sie ihm die genauen Daten mit, an denen die CREST in den Linearraum gehen wird. Wir werden vermutlich, wenn wir richtig gearbeitet haben, dreihunderttausend Kilometer vor dem Planeten wieder in das normale Kontinuum zurückkehren.“

„Sie können sich darauf verlassen, Sir“, erwiderte der drahtige, schlanke Chinese. „Obwohl wir mit stärkster Senderleistung nicht viel weiter als zweihundertfünfzig Kilometer kommen. Moment . . . ich erhalte eben eine Ortung: Das Schiff der beiden Haluter fliegt im Abstand von nur vierzehn Kilometern hinter uns her. Ich übermittle Ihre Nachricht, Sir.“

„Noch dreißig Sekunden . . .“, sagte Akran.

Staubmassen drangen noch immer in die Lebensblase ein, hochenergetisch aufgeladen; der leere Raum verdunkelte sich immer mehr. Es war, als flöge die CREST IV durch einen Sturm, der schwarzen Sand mit sich führte und ihn in peitschenden Wellen gegen den Schiffsrumpf warf.

„Noch zehn Sekunden“, sagte Oberst Akran.

Dann gingen die beiden Schiffe in den Linearraum.

Vor ihnen, ungewiß und drohend, bewegte sich irgendwo Zootkohn. Und dieses System befand sich kurz vor der endgültigen Vernichtung.

Die psychologische Abteilung an Bord war nicht groß, aber ausgestattet mit allem, was sie brauchte. Das Labor, im wesentlichen ein großer Raum mit einer Menge technischer Geräte und einer riesigen Fachbibliothek, befand sich in der Mitte zwischen zwei kleinen Wohnzellen. Der Skoarto saß auf einem wuchtigen Spezialsessel, und vor ihm, durch die Breite eines großen Schreibtisches getrennt, saßen Eileen Dacran und Professor Tschu. Magnetische Aufzeichnungsgeräte waren in Tätigkeit. Sie speicherten, was später in exakter Analyse ausgewertet werden konnte.

Neben der Tür standen zwei Soldaten.

„Kommen wir zu dem Problem, das noch vor uns liegt“, sagte Eileen Dacran. „Sie können uns endlich konkretere Auskünfte über den Planeten Zootkohn geben?“

Mit seinem kurzen Hals, der dem kugelförmigen Kopf geringe Bewegungen gestattete, nickte der Skoarto. Zwischen den Trägern seiner merkwürdig geschnittenen Hose leuchteten die achtzehn Steine, die organisch in seiner Haut befestigt waren.

„Ich weiß nicht genau, was für Waffen auf Zootkohn hergestellt werden. Ich weiß aber, daß es sich nicht um eine reine Industriewelt handelt, wie es bei Pauper der Fall war.“

„Wissen Sie das genau, oder sind dies Gerüchte?“ fragte der Professor halblaut. Das Streulicht der Lampe ließ seine Haftschalen aufblitzen. Sie bildeten zu den buschigen, ergrauten Augenbrauen einen starken Kontrast.

„Ich weiß es nicht genau“, erwiderte der Skoarto. „Wenn aber meine Informationen stimmen, dann geschehen auf Zootkohn ungeheuerliche Dinge. Unter anderem verfügt der Planet über eine eigentümliche Sicherheitszone. Zootkohn ist nur durch eine Einflugschneise zu erreichen.“

Der Professor lächelte mit schmalen Lippen und sah schnell hinüber zu Eileen.

„Eine Sicherheitszone?“

„Ja. Irgend etwas, das sich im Raum befindet und einer bestimmten Art von Lebewesen das Betreten Zootkohns verbietet. Mehr weiß ich allerdings wirklich nicht. Es tut mir leid – ich hätte es Ihnen gesagt.“

Tschu Piao-Teh neigte den Kopf.

„Wir glauben Ihnen“, versicherte er, obwohl er seine Zweifel hatte.

Dann hob er seinen Kopf wieder und starrte in die Augen des fremdartigen Wesens, das so viel Ähnlichkeit mit den Halutern hatte.

„Hören Sie gut zu, Skoarto“, sagte der Professor mit einer Schärfe, die seinem nachdenklichen, stillen Charakter zu widersprechen schien. „Ich frage Sie jetzt, ob Sie über dieses System und seine Eigenarten noch etwas wissen, das Sie uns nicht berichtet haben. Im Gegensatz zu Ihnen sind wir hier Fremde. Wir sind daher auf das angewiesen, was Sie wissen, ahnen oder gehört haben.

Ich habe Ihnen vorhin gesagt, daß wir Zootkohn anfliegen. Können Sie uns noch etwas sagen?"

„Nein", antwortete der Skoarto. „Ich weiß nichts mehr. Sollte mir noch etwas einfallen, werde ich Sie benachrichtigen."

„Gut. Wir danken Ihnen", sagte Tschu.

Eileen stand auf und betätigte zwei Schalter eines kleinen Pultgeräts vor ihr.

„Ich bin in einer Viertelstunde wieder bei Ihnen, Professor", sagte sie. „Ich gehe hinauf in die Zentrale."

Minuten später schwang sich Eileen in der Zentrale aus dem Antigravschacht. Sie blieb stehen und suchte nach Perry Rhodan. Sie fand ihn schweigend in seinem Sessel, als die CREST aus dem Linearraum kam.

Die Stimme Konitzkis erklang aus der Ortungszentrale.

„Dreihunderttausend Kilometer von der Oberfläche des Planeten Zootkohn entfernt. Wir bemühen uns, ein Bild des Planeten herzustellen, was unter den herrschenden Umständen sehr schwierig ist. Ich schalte dann auf Schirm alpha vier."

„Verstanden."

„Erneute Messung: Genau zweihundertneunundachtzigtausend Kilometer, der Planet liegt genau in der Anflugrichtung."

Eileen Dacran ging die wenigen Schritte bis zum Sessel Perry Rhodans und blieb davor stehen. Perry hob den Kopf und sah sie an, dann lächelte er kurz.

„Miß Dacran?" fragte er halblaut. Roi Danton kam wie zufällig näher und lehnte sich gegen die Armlehne eines zweiten Sessels. Eileen schien ihn nicht zu beachten, und Roi grinste unverschämt.

„Wir haben den Skoarto verhört", sagte sie. „Alles, was wir herausgefunden haben, ist, daß er eine Menge Gerüchte und Mutmaßungen kennt."

„Was sagte der Skoarto?" fragte Rhodan.

In einigen kurzen, präzisen Sätzen berichtete Eileen Dacran das Ergebnis der Sitzung mit diesem haluterähnlichen Wesen. Rhodan hörte schweigend zu, und die scharfen Kerben um seine Mundwinkel vertieften sich. Auch Roi schwieg und versuchte, aus den Fakten eine Analyse zu ziehen, aber diese Fakten waren zu dürftig. Die CREST flog noch immer durch den Raum, dem unsichtbaren Planeten zu. Ein starker, harter Ruck ging durch das Schiff, und einige lose Gegenstände rollten von den Pulten.

„Der Schirm, Sir!“ sagte eine Stimme. Sie gehörte einem der Männer an den Pulten.

Drei Köpfe fuhren herum und konzentrierten sich auf das Bild, das auf einem der Hauptschirme entstand. Die Männer in der Ortungszentrale versuchten, auch ein Echo des ersten Planeten zu bekommen, aber ihre Bemühungen waren noch umsonst.

Der Staub war so dicht, daß sich die Verwendung vorgeschalteter Filter erübrigte. Das Bild der roten Sonne Dusty Queen schälte sich aus der Dunkelheit des turbulenten Raumes. Die Sonne befand sich nach einem kurzzeitigen Schrumpfungsprozeß gegenwärtig in einer Phase unkontrollierbarer Ausdehnung; gewaltige gravitationelle Felder reichten tief in den Raum hinein und schlugen gegen die Schirme und Projektoren der CREST. Abermals ging ein harter, krachender Schlag durch die gewaltige Metallmasse, die mit allen Errungenschaften terranischer Technik vollgepfercht war. Fünftausend Menschen fühlten unter ihren Sohlen den stählernen Boden erzittern wie in einem Erdbeben.

„Verdammt“, sagte Roi. „Wir fliegen einem Inferno entgegen. Warum schalten wir nicht die Schirme ein? Es würde die Instrumente und Linsen entlasten.“

„Ich fürchte, daß der Raum von Schiffen der Bestien wimmelt“, sagte Rhodan. „Ich möchte alle Eventualitäten ausschalten.“

Die beiden Schiffe flogen in einigem Abstand vorsichtig an den Planeten heran. Zootkohn war nach wie vor nicht genau sichtbar; nur ein glühendes Bild auf den großen Schirmen der optischen Ortung.

„Die Reibungshitze wird zu groß“, sagte Merlin Akran laut. „Ich gehe mit der Fahrt herunter.“

Ein Blick auf die Geschwindigkeitsanzeiger ergab, daß der Epsaler die CREST mit fünfhundert Kilometer in der Sekunde flog.

„Hyperortung. Eine Meldung!“ dröhnte die Stimme aus den Lautsprechern. Sie traf mit einer weiteren Energiefront aus der Sonne zusammen, die das Schiff in ihrem erbarmungslosen Griff schüttelte.

„Wir stellen fest, daß unsere Geräte die Impulse von vielen Tausenden von Schiffen auffangen. Die Ortungsmöglichkeiten sind stark gestört, teilweise wegen der Protoalgen, teilweise wegen der Dichte des Staubes und dessen Energieemissionen. Diese Impulse deuten darauf hin, daß sich Tausende von Bestienschiffen innerhalb des Raumes der Lebensblase befinden. Ihre Kurse und die Größenverhältnisse sind nicht feststellbar.“

Rhodan fing einen nachdenklichen Blick von Roi Danton auf. Es hatte sich herausgestellt, daß er recht gehabt hatte, als er die Schirme nicht einschalten ließ. Die CREST IV wäre längst von den Bestien geortet worden, selbst unter diesen Verhältnissen.

„Unsere Echoimpulse sind verwaschen und abgelenkt, und wir können sie auf keinen Fall genau berechnen. Die Impulse, die von den Hypertastern ausgeschickt werden, schlagen zurück, aber sie sind verzerrt und in einigen Fällen nicht mehr zu hören. Genaue Echobilder zu bekommen, ist unmöglich."

Die Besatzung der Kommandozentrale arbeitete schweigend und mit der Zuverlässigkeit von Maschinen, gleichzeitig aber mit dem Einfühlungsvermögen von geschulten Spezialisten.

Der Planet kam näher, und das Bild vor ihnen wurde jetzt deutlicher. Sämtliche Ausweichsysteme zur optischen Erfassung waren aufgeschaltet und arbeiteten mit Höchstenergie. Positronische Verstärkerblöcke machten aus fast unmerklichen Impulsen starke Stromstöße, schufen die Illusion eines fast vollkommenen Bildes.

Die aneinanderstoßenden Facetten der Bildschirmgalerie, die den Raum umlief und die Illusion schuf, als könne man durch einen transparenten Streifen um den Äquator der CREST frei ins All blicken, zeigten Zootkohn. Der Planet besaß eine starke Eigenstrahlung, die aber nicht konstant wirkte.

Es war, als habe man das Bild mit einem Raster überzogen, und an den Knotenpunkten dieses Netzes leuchteten punktförmige Dinge mit ultraheller, selbst jetzt fast schmerzender Helligkeit.

„Entfernung, Oberst Akran?" fragte Rhodan ruhig.

„Zehntausend Kilometer über Atmosphäre", erwiderte der Mann von Epsal.

„Meiner Treu", sagte Roi Danton und legte seinen Arm leicht um die Schultern der Psychologin, zog ihn aber nach zwei Sekunden wieder zurück. „Was ist das für ein merkwürdiges Ding um diesen Planeten?"

Er meinte das strahlende Netz.

Weitere zehn Sekunden vergingen, dann drosselte der Oberst die Geschwindigkeit des Schiffes ein zweites Mal. Die CREST und das halutische Schiff krochen fast an Zootkohn heran.

Die Terraner starrten wie gebannt auf den Schirm, auf dem sich das Bild des rätselhaften ersten Planeten abzeichnete. Es war eine weitere Überraschung, auf die man nicht gefaßt war.

„Die psychologische Abteilung hat herausgefunden, daß der Skoarto keine genauen Fakten kennt. Wir wissen aber, daß das, was er uns berichtete, weitgehend richtig war. Er lügt also nicht, ist aber auch keine geeignete Quelle für detaillierte Auskünfte. Sehen Sie diese merkwürdige, kreideweiße Strahlung, Sir?“

„Natürlich, Miß Dacran“, sagte Rhodan.

„Das könnte diese Sicherheitszone um den Planeten sein, von der der Skoarto berichtet hat. Stoppen Sie das Schiff.“

Rhodan nickte; der Oberst hatte mitgehört.

„Wir gehen noch etwas näher heran“, sagte Merlin Akran kurz. „Dieses energetische Phänomen ist rund hunderttausend Meter von der Planetenoberfläche entfernt.“

Einige Kommandos gingen zu dem Haluterschiff hinüber.

Die CREST stoppte.

Gleichzeitig geschahen mehrere Dinge. Hintereinander erschütterten drei harte Stöße das Schiff. Die Wandungen ächzten, aber die natürlichen Toleranzen fingen die Schwingungen ab. Man hatte in den Werften gelernt, Schiffe bruchsicher zu bauen.

Die Ortungsgeräte entdeckten, daß die strahlenden Punkte, abgesehen von der übermäßigen Helligkeit, eine seltsame, deutlich zu erkennende Eigenstrahlung besaßen. Sämtliche Erfassungsgeräte richteten sich augenblicklich auf sie.

Plötzlich rief eine Stimme:

„Ortung spricht. Das Haluterschiff hat sich völlig unerwartet entfernt. Icho Tolot rast mit extrem hohen Beschleunigungswerten davon. Wir werden aber weder angegriffen, noch sehen wir andere Gefahren.“

Rhodan wirbelte herum und blickte auf die Schirme. Dort, wo noch vor zwei Sekunden der dunkle Punkt des Haluterschiffes zu sehen war, befand sich nur noch ein roter Fleck, verwaschen und rasch kleiner werdend.

„Warum flieht Tolot?“ fragte Eileen.

Sie bekam ihre Antwort, aber sie kam nicht aus der Kommandozentrale des Schiffes:

„Hier Wai Tong. Wir haben eine schwache, verstümmelte Funknachricht aufgefangen. Wir fahren das Band unter Einsatz von Verstärkern ab. Die Botschaft kommt von Icho Tolots Schiff.“

Die übersteuerten Lautsprecher klirrten und heulten.

„*An Perry Rhodan. Hier spricht Icho Tolot. Wir müssen flie-*

hen . . .", wieder ein Zischen und Knistern, das die Worte übertönte, „*. . . panische Angst. Die Strahlung, die von den Scheiben ausgeht, ist für . . . tödlich . . . greift unsere Zellgewebe an und zerstö . . . wir ergreifen die Flucht . . . versuchen, das Posbischiff zu erreichen . . . Flucht . . . Glück!*"

Ein letztes Mal pfiffen die Lautsprecher auf, dann endete der verstümmelte Funkspruch.

„Scheiben?" fragte Roi Danton laut. Er hatte den Blick eines Menschen, der über ein Problem so intensiv nachdachte, daß er die Umwelt vergaß.

Dann sagte er leise:

„Die beiden Haluter haben festgestellt, daß die leuchtenden Punkte Scheiben sind. Dann stellten sie fest, daß die Strahlung ihrem Zellgewebe schadet. Die Impulse wirken tödlich, sagten sie. Also muß jemand den Planeten Zootkohn für Wesen ihrer Art versperrt haben – der Skoarto hatte recht. Ein Sonderlob der psychologischen Abteilung, Miß Dacran. Das ist die Lösung."

Atlan und Rhodan blickten ihn schweigend an, dann nickte Rhodan ernst.

„Gut. Das ist eine Überlegung, die ich akzeptieren kann."

„Konitzki spricht", sagte eine Stimme. „Wir versuchen, die Natur der Eigenstrahlung zu testen. Bisher kamen wir zu keinem Ergebnis. Ich vermute aber, daß es eine starke, zellauflösende Strahlung ist, die metabolismusspezialisiert wirkt; ein Lebewesen wird von ihr betroffen, ein anderes nicht. Das spricht für dieses Denkmodell."

„Einverstanden", sagte Rhodan. „Ich danke Ihnen, Major! Versuchen Sie trotzdem, die Schwingungen zu enträtseln."

„Selbstverständlich."

Die CREST stand jetzt allein etwa hundertdreißig Kilometer über dem Oberflächenniveau des Planeten. Sein Bild wurde auf den Schirmen von dem strahlenden, tödlichen Leuchten überlagert. Die Ortungszentrale blendete auf einen Nebenschirm über und zeigte, daß sie das Kunststück vollbracht hatte, eine der von Tolot erwähnten Scheiben anzupeilen und abzubilden. Das Objekt war deutlich zu sehen; die übergeblendete Maßeinteilung bewies, daß die Scheibe nicht allzu groß war.

Durchmesser fünfzig Meter, Dicke fünf Meter.

„Wir errechneten ungefähr viertausend dieser Scheiben. Sie umlaufen den Planeten in konstanten Bahnen in einem Mittel von hunderttausend Metern Abstand über Höhe Planetenoberfläche. Die Strahlung hat keinen Abwehrcharakter, außer der vorhin erwähnten Einschränkung. Unser Schiff erscheint ungefährdet."

„Vorzüglich!" sagte der Arkonide.

„Wie darf ich das verstehen?" fragte Rhodan zurück.

„Irgend jemand hat diesen Planeten abgeriegelt. Er mußte oder wollte sicher sein, daß Wesen wie die Haluter und deren Nebenrassen diese Welt keinesfalls betreten. Also dürfte auch die These von den Einflugschneisen stimmen. Miß Dacran?"

Die schlanke Frau in der Borduniform drehte sich um und blickte Atlan an. Sie strich mit einer zögernden Bewegung ihr schulterlanges, kastanienfarbenes Haar zurück.

„Gehen Sie bitte wieder hinunter und berichten Sie dem Skoarto, was bisher geschehen ist. Fragen Sie ihn, was er für Schlüsse zieht. Wir wollen uns nicht kopfüber in ein gefährliches Abenteuer stürzen, wenn wir es durch vorsichtiges Handeln vermeiden können. Geben Sie mir bitte über Interkom Bescheid, was der Skoarto darauf zu sagen hat. Tun Sie mir den Gefallen?"

Sie nickte und ging.

Noch immer wartete die CREST, während zahllose Instrumente eingesetzt waren. Sie versuchten, die merkwürdige Strahlung zu testen und das Bild dahinter zu sehen – das Bild des Planeten Zootkohn.

„Was ordnen Sie an, Sir?" fragte Merlin Akran.

„Zehn Minuten warten", sagte Perry Rhodan. „Wir wollen wissen, was der Skoarto zu sagen hat. Dann werden wir handeln. Wie das vor sich geht, weiß noch niemand. Jedenfalls haben wir jetzt nicht einmal die Hilfe der Haluter. Wir sind wieder einmal allein."

Professor Tschu war noch immer mit dem Skoarto im Gespräch, und Eileen setzte sich wieder. Mit fünf langen Sätzen schilderte Eileen, was bisher festgestellt worden war. Sie beobachtete die fremdartigen Reaktionen des pelzigen Wesens sehr genau und dachte nach, während der Skoarto schwieg.

„Was haben Sie dazu zu sagen?" fragte der Professor.

„Nichts. Aber ich freue mich, daß ich die Wahrheit gewußt habe. Ich hörte andeutungsweise von dieser Einflugschleuse."

„Vorhin sagten Sie: Schneise."
„Schleuse! Es muß sich um eine technische Vorrichtung handeln, die das Betreten von Zootkohn gestattet. Sicherlich werden einige der Scheiben abgeschaltet."
Der Professor fragte scharf:
„Von einer Schaltstelle des Planeten aus?"
„Ich glaube es sicher", sagte der Skoarto. Seine vier Augen blickten etwas unsicher, verwirrt, und der breite Rachen öffnete und schloß sich.
„Sie glauben also, daß es in Ausnahmefällen Lebewesen wie den Halutern oder den Bestien gestattet wird, diese Schleuse zu durchfliegen und den Planeten zu betreten?"
„Das glaube ich."
„Wissen Sie, ob auch von einem anfliegenden Schiff aus diese Schaltung vorgenommen werden kann?" fragte Eileen. Wieder wurde aufgezeichnet.
„Ich weiß es nicht. Es ist sicher möglich, aber unwahrscheinlich."
Der Professor und Eileen wechselten einen raschen Blick miteinander, dann fuhr Tschu Piao-Teh fort:
„Glauben Sie, daß die sogenannten Bestien die Erbauer der Schaltanlagen des Planeten sind?"
Der Kopf bewegte sich in erschreckender Weise von links nach rechts und wieder zurück.
„Nein, das glaube ich nicht. Warum sollten sie sich vor sich selbst schützen müssen?"
Die Antwort war von lakonischer Logik.
„Gut", sagte der Professor. „Ich darf Sie wieder belästigen, wenn wir etwas anderes gefunden haben!"
Der Skoarto stand langsam auf und blieb auf seinen dicken, plumpen Beinen stehen.
„Natürlich. Ich helfe Ihnen gern, wenn ich kann."
Die beiden Soldaten und das fremde Wesen verließen den Arbeitsraum der Abteilung. Die beiden Psychologen waren unabhängig voneinander zu einer Analyse gekommen und sprachen sie leise durch.
Eileen drückte die Taste des Interkoms rechts neben ihrem Platz.
Das Bild der Zentrale erschien auf dem flachen Schirm.
„Bitte Lordadmiral Atlan oder den Großadministrator", sagte Eileen und lehnte sich zurück.

Sekunden später blickte sie das braungebrannte Gesicht des Arkoniden an.

„Sir“, sagte sie, „wir folgern aus den Vorkommnissen und den Auskünften des Skoarto, der sich inzwischen wieder in seinem Quartier aufhält, daß die sogenannten Bestien niemals die Erbauer der Anlagen dieses Planeten gewesen sein können. Was immer dort unten steht, es wurde von anderen Wesen erbaut – oder zumindest in der letzten Zeit kontrolliert. Diese Unbekannten haben auf Grund dieses biologisch wirkenden Abwehrschirms dafür gesorgt, daß die Bestien oder verwandte Rassen Zootkohn nicht betreten können. Oder nur dann, wenn es ihnen durch Einschalten einer Einflugschneise – also durch Desaktivierung einiger Scheiben – ausdrücklich gestattet wird.“

Atlan dankte und trennte die Verbindung.

Die CREST nahm Fahrt auf und ging näher an den strahlenden Abwehrschild des Planeten heran. Die Leuchtscheiben wichen auf dem Schirm nach den Rändern aus, dann sahen die verklebten Instrumente und Linsen hinunter auf die Oberfläche des Planeten.

21.

„Es ist ausgeschlossen, daß sich die Schiffe der Pelewon so nahe an Zootkohn heranwagen können, wie wir es bereits getan haben“, sagte Perry Rhodan. „Sie würden vernichtet werden. So, wie es die Haluter angedeutet haben – Icho Tolot flieht vor keiner Vermutung. Wir werden auf Zootkohn landen.“

Die rund zwanzig Personen in der Zentrale waren mit ihm einig.

Der Kommandant der CREST hob die Hand und deutete auf den Schirm über ihm. Dort war jetzt eine der merkwürdigen Scheiben zu sehen, die in unerträglichem Glanz leuchtete.

„Ich fliege noch etwas näher heran, Sir.“

Perry Rhodan nickte:

„Tun Sie das, Oberst.“

Er wandte sich an einen Ordonnanzoffizier, der neben ihm stand, und gab einige Anordnungen.

„Ich brauche Ras Tschubai und Gucky. Ferner sollen sich zwei Korvetten bereitmachen. Die KC-1 und die KC-41. Die psychologische Abteilung wird benötigt, und wir werden uns in den schweren Kampfanzügen dort hinunterbegeben. Die Positronik hat errechnet, daß uns nach terranischer Zeitrechnung noch knappe sechs Tage von der endgültigen Zerstörung dieses Systems trennen. Innerhalb dieser Zeit müssen wir Zootkohn seine Geheimnisse entreißen."

Der Offizier ging zum nächsten Interkom, um die Anordnungen weiterzugeben.

Rhodan drehte sich um und griff nach dem Mikrophon auf Akrans Pult. Er blickte auf das deutliche Bild und sah auf der Marke eines der Instrumente, daß sich die CREST nur einen Kilometer vor einer der Scheiben befand. Trotz der schlecht arbeitenden Linsen war das Bild stechend scharf, aber die Ränder waren ungenau.

„Ortung!" sagte er leise ins Mikrophon. „Gibt es Anzeichen dafür, daß jemand an Bord diese Strahlung nicht verträgt? Haben Sie die Impulse einordnen können?"

Die Antwort kam augenblicklich.

„Die Annäherung an die Scheiben der planetaren, spezifizierten Verteidigung ist nach unseren Erfahrungen absolut ungefährlich, Sir. Die zweite Frage muß ich negativ beantworten. Wir haben die Werte gespeichert, aber wir können nicht sagen, welcher Natur sie sind. Das wird erst eine abschließende Untersuchung klären können."

Niemand spürte etwas von den Strahlungen, von denen die Haluter in die Flucht geschlagen worden waren. Der Entschluß, mit zwei Korvetten und unter strengster Beachtung aller Sicherheitsmaßnahmen auf Zootkohn zu landen, stand unverrückbar fest. Die Spannung, die der Einsatz mit sich brachte, griff auf die Männer über.

Die beiden Mutanten erschienen übergangslos in der Zentrale.

„He, Kleiner", sagte Roi. „Du bist einmal wieder Versuchsperson. Sieh mal nach, ob auf Zootkohn Mohrrüben wuchern!"

„Ihr müßt versuchen, hinunter auf die Oberfläche des Planeten zu springen", erklärte Rhodan. „Die Anzüge, sehe ich, habt ihr bereits an. Schließt die Helme und haltet euch fünf Minuten dort auf. Ein schneller Rundblick, nicht mehr."

Perry Rhodan nahm den Helm von Guckys Anzug und klappte ihn nach vorn, direkt über das entrüstete Gesicht des Mausbibers. Atlan lächelte, bückte sich und drückte den kleinen Schalter der Außenverbindung. Er sagte:

„Gleichzeitig ist es ein Test wegen dieser Sperrscheiben um Zootkohn."

Die beiden Mutanten konzentrierten sich. Sie hatten es nicht allzu schwer, denn auf dem Schirm stand jetzt das Bild des Planeten; die Ortungsabteilung hatte ein kleines Meisterwerk vollbracht.

Dann geschah etwas, das nicht programmgemäß war.

Atlan sah, wie Ras Tschubais Gestalt zu flimmern begann. Dann verschwand sie, flimmerte wieder und wurde stabil. Ras stand da, etwa eine halbe Sekunde lang, dann fühlte Atlan, wie eine eiskalte Hand nach ihm griff. Der Teleporter schwankte, sein Gesicht war schmerzverzerrt, und ein hohes, gellendes Wimmern war plötzlich zu hören. Atlan begriff augenblicklich – das Wimmern drang aus dem Außenlautsprecher Guckys. Beide Mutanten wälzten sich zitternd, mit den Armen um sich schlagend, auf dem Boden der Zentrale. Einer der Offiziere riß die Tür des Erste-Hilfe-Kastens auf.

Roi sprang vorwärts.

Er ging neben Gucky auf die Knie, riß den Helm herunter und klappte ihn nach hinten. Guckys Kiefer waren geschlossen wie eine Stahlkammer, und zwischen ihnen drang der Schrei nach außen. Er folterte die Trommelfelle und wurde nur langsam schwächer. Der Offizier, die Hochdruckinjektionsspritze in der Hand, versuchte zweimal, sie anzusetzen. Einige Männer richteten Ras Tschubai auf.

„Was war das?" fragte Rhodan ruhig.

Ras hatte die Augen geschlossen, sein Atem ging schwer und stoßweise. Er zeigte die Erscheinung eines Mannes, der von einem starken Stromstoß getroffen worden war.

„Das war ein mißlungener Versuch", flüsterte Gucky. Er blinzelte und sah dann Atlan an, der neben ihm kniete.

„Wir wurden noch innerhalb der CREST zurückgeschleudert. Es muß diese Strahlung sein, die von den Scheiben ausgeht."

„Ras?" Perry wandte sich an Tschubai.

„Er hat recht", murmelte Ras und schüttelte den Kopf, als könne er dadurch die Schmerzen vertreiben.

„Wie war es?"

„Diese metabolismusspezifische Strahlung . . .", Gucky hatte Schwierigkeiten das Wort zu artikulieren. „Sie muß in ihrer energetischen Natur mit dem Impuls verwandt sein, den wir brauchen, um eine Teleportation einzuleiten. Eine Schwingung, die es sonst nur in unseren Hirnen gibt."

Aus dem nächstgelegenen Schott kamen zwei Medorobots mit schwebenden Bahren. Gucky protestierte und winkte ab, aber die Anordnung Rhodans wurde befolgt.

„Ihr laßt euch in die Krankenstation hinunterbringen, laßt euch untersuchen und steht erst dann auf, wenn ihr euch wieder restlos wohl fühlt! Das ist ein Befehl! Verstanden, Kleiner?"

Gucky sah zu, wie die Männer Ras Tschubai auf die Bahre halfen und schüttelte den Kopf. In seinem Gesicht erschien gleichzeitig mit dem Nagezahn ein schüchternes Grinsen.

Immerhin ersparte er sich etwaige Widerworte und fügte sich, nachdem er versichert hatte, daß seine Telepathiefähigkeit nicht gelitten habe.

Die Robots verschwanden im Antigravschacht. Rhodan blieb stehen und sah auf die Uhr.

„Wir werden zwei Mannschaften bilden, die nach Zootkohn starten. Major Hole Hohle und Bob McCisom. Dazu die psychologische Abteilung, John Marshall, Doktor Beriot. Sie, Roi führen eine Gruppe an, ich die andere. Atlan, dich bitte ich, wieder an Bord der CREST abzuwarten, was geschieht. Ich muß mich darauf verlassen können, daß schnell geholfen oder eingegriffen wird."

Atlan stimmte zu. Er wußte, daß die CREST wichtiger war als alles andere. Die gewaltige Metallkuppel war ihre letzte Bastion.

„Los!" sagte Rhodan. „In genau zehn Minuten in den Schleusenräumen neben den Korvetten."

Die Situation war weniger klar als vorher.

Nach Auskunft des Skoarto produzierten die Bestien auf Zootkohn ihre geheime Vernichtungswaffe, mit der sie ihre Großoffensive gegen die Macht in M 87 einleiten wollten.

Gleichzeitig war es den Bestien unmöglich gemacht, diesen Planeten zu betreten . . .?

Die optische Bilderfassung arbeitete wie besessen.

Das Bild auf dem Schirm wurde immer klarer. Es wurde festgestellt, daß der Planet eine sehr heiße Welt war. Eine mittlere Temperatur von plus achtundfünfzig Grad Celsius herrschte. Offensichtlich waren die grünen Flecken auf dem sich schärfenden Bild Dschungel.

Die Durchsage der Ortungsabteilung erfolgte über die Interkomanlage des Schiffes und erreichte jeden Terraner gleichzeitig. Rhodan und seine Teammitglieder hörten sie, als sie sich ausrüsteten.

Sehr viel Wasser war vorhanden, aber keine Großkontinente, sondern nur Hunderttausende kleiner und größerer Inseln. Diese Eilande waren meist mit einem Dschungelgürtel umgeben, aber inmitten der grünen, dampfenden Kreisringe standen große Bauten. Man sah die Schlagschatten.

Eine Fernanalyse ergab eine atembare Sauerstoffatmosphäre.

Durchmesser Zootkohn: Äquatorebene 14 439 Kilometer. Die Anziehungskraft war um ein Zehntel stärker als die Terras. Der Planet rotierte in siebzehn Stunden und zwölf Minuten einmal um dreihundertsechzig Grad.

Abschließend projizierte die Abteilung das Bild Zootkohns auf sämtliche Schirme. Sieben Minuten waren vergangen, als die erste Gruppe sich an Bord der Korvette begab.

Sie blieben stehen und betrachteten den Schirm. Es war wichtig, zu sehen, was sie dort unten erwartete.

Überall waren die Dschungel kultiviert worden; das bedeutete praktisch, daß ihre Ränder eingefaßt wirkten. Die viereckigen und runden Bauten waren kaum zu verkennen – eindeutig Industrieanlagen. Alles blieb nach wie vor unsicher, gefährlich und geheimnisvoll.

In der Zentrale standen die Männer des Einsatzkommandos unter Rhodans Leitung. Sie waren gespannt, und doch boten sie das Bild äußerster Ruhe.

Der Skoarto hatte darauf bestanden, mitgenommen zu werden.

Dr. Jean Beriot und der Paladin waren ebenfalls dabei.

Rhodan blickte auf die Uhr, drehte sich dann langsam um und sah auf die Anzeigen des Pultes.

„Fertig?“ fragte er leise.

Major Bob McCisom nickte kurz.

„Ausschleusen!“

Die KC-41 erhob sich mit ihren Antigravprojektoren und begann zu beschleunigen, als sie die Schnittlinie des Hangartores hinter sich hatte. Für Rhodan begann das Abenteuer Zootkohn. Als er sich wieder umdrehte, stand Gucky vor ihm. Auch der Mausbiber war in seinen Spezialanzug gekleidet.

Schweigend blickte Rhodan ihn an. Die Lippen waren zusammengepreßt. Gucky hatte die Bordklinik verlassen und sich hierhergeschlichen.

Er blickte mit schiefgelegtem Kopf treuherzig hoch und piepste:

„Ich fühle mich wirklich ausgezeichnet, Perry. Es war nur eine vorübergehende Schwäche! Wirklich! Ich könnte vor lauter Kraft die Säulen des Herkules knicken."

Rhodan verzichtete auf eine Antwort.

Gucky watschelte bis zu einem leeren Sessel und sprang hinein. Dort saß er nun, sah mit unschuldigen, schwarzen Knopfaugen auf den Schirm vor sich und auf das Bild des Planeten, das auseinanderfloß wie ein Teig aus verschiedenen Farben und mit differenzierter Oberflächenstruktur.

Als sich Rhodan umdrehte und das Bild des Schlachtschiffes suchte, entdeckte er die zweite kleine Kugel. Die KC-1 unter dem Kommando von Major Hole Hohle.

Die beiden Korvetten jagten dem Planeten entgegen.

Plötzlich rief der Skoarto in höchster Erregung:

„Vernichten Sie den Planeten, Großadministrator! Mit den stärksten Waffen, über die das Schiff verfügt. Ohne Warnung, plötzlich und ausschließlich! Ich weiß, daß dort ungeheure Gefahren schlafen. Noch schlafen sie . . ."

Rhodan sagte: „Auf keinen Fall, bevor wir nicht wissen, was wirklich auf Zootkohn lauert. In einigen Minuten werden wir landen, dann sehen wir mehr."

„Sie warten also noch?" fragte der Skoarto.

„Ich warte. Sie sind bei mir, und Sie werden dasselbe sehen wie ich. Gedulden Sie sich also noch etwas. Schließlich sitzen wir alle in einem Boot. Wörtlich gemeint."

Gucky und John Marshall konnten während der letzten Anflugphase Millionen der verschiedenartigsten Gehirnimpulse orten. Darunter waren auch jene charakteristischen Impulse, die unverwechselbar waren – Gucky kannte sie. Er machte einen mutigen Versuch, sich bei Rhodan wieder einzuschmeicheln und versicherte, daß dies nur die von Gefühlen gesteuerten Hirnimpulse wären.

„Welche Impulse?" fragte eine dröhnende Stimme.

Der Paladin stand in der Zentrale, da kein Sessel groß genug war, den mächtigen Körper aufzunehmen und stark genug, die Belastung auszuhalten.

John Marshall gab die Antwort.

„Es sind die Zellstrahlungsprodukte der Dolans. Die Körper also, die wir als biologisch-technische Kampfraumschiffe kennen."

„Also könnte Zootkohn eine Brutstation dieser Dolans sein."

Marshall bestätigte. Er hockte angespannt in seinem Sessel und hatte die Augen geschlossen. Er wirkte angestrengt, und auf seiner Stirn waren Schweißtropfen zu sehen.

Unter den beiden Korvetten leuchtete jetzt die Wasserfläche des riesigen Ozeans, in den die Inseln eingebettet waren. Die beiden Kugeln wurden abgefangen und rasten dicht über der Wasseroberfläche dahin. Mit wenigen Worten hatten sich die beiden Kommandanten nach einer Anordnung Rhodans über das Ziel geeinigt. Der bisher unbeobachtet gebliebene Anflug erfolgte in Richtung auf einen Inselkomplex, der durch schmale Landbrücken miteinander verbunden war. Wenigstens sahen die Bilder auf den Schirmen so ähnlich aus. Nur noch Minuten trennten die beiden Kommandos von der Landung inmitten der unsichtbaren Gefahren.

Die beiden Kleinraumschiffe näherten sich schnell, aber vorsichtig in geradem Flug dem Inselkomplex, von dem die stärksten Energieemissionen geortet worden waren. Die flackernde Sonne hing über der Landschaft aus Wasser, Land und Dschungeln, und die schweren atomaren Kraftwerke, die man vermutete, würden ebenso zum Untergang verurteilt sein, wenn Dusty-Queen detonierte, wie alles andere innerhalb der zusammengebrochenen Lebensblase.

Die Antigravgeräte wurden eingeschaltet, die Fahrt nahm ab. Beide Boote flogen zweihundert Meter voneinander entfernt auf den Dschungelring zu, der sich um eine der vorgeschobenen Inseln legte. Dann landeten sie. Alles passierte nun in rasender Geschwindigkeit. Sechs Personen verließen die KC-41, und vier Gestalten rannten über den federnden Dschungelboden aus der KC-1 heraus. Sie trafen sich in der Mitte zwischen den beiden Korvetten.

Perry Rhodan sagte:

„Wir stoßen von hier aus vor. Die beiden Korvetten bleiben in permanenter Funkverbindung, und jede Gruppe bleibt in Verbindung mit ihrem Schiff. Major McCisom wird sich hier verbergen, und Sie, Roi, starten wieder mit der KC-1 und lassen sich uns genau gegenüber absetzen. Auf diese Weise ist ein Höchstmaß an Informationsmöglichkeit mit einem großen Sicherheitsfaktor gegeben. Klar?"

Roi nickte.

„In Ordnung. Ich bestätige dann nur die Landung."

Er lief zurück; seine drei Begleiter hatten sich bereits umgedreht und rannten nur noch wenige Meter vom Schiff entfernt. Als Roi in der Schleuse verschwand und einen kurzen Blick zurückwarf, sah er, wie die Gruppe mit Rhodan sich verkleinerte. Zuerst verschwand der Skoarto, dann Rhodan, schließlich Gucky. Die Männer hatten die Deflektorschirme eingeschaltet.

Major Hohle flog mit offener Schleuse und ausgefahrenen Stützen einen Halbkreiskurs und landete drei Minuten später, dicht über den kleinen Wellen der verschiedenen Strandgebiete und Lagunen dahinhetzend, am entgegengesetzten Ende des Inselsystems. Er drehte sich blitzschnell um und streckte die Hand aus.

„Viel Glück, Danton", sagte er. „Passen Sie ein wenig auf Leutnant Tarayna auf. Er ist gut, aber jung."

„Natürlich, Hohle. Ich hoffe, daß Sie nicht werden eingreifen müssen."

Sie tauschten einen kurzen, kräftigen Händedruck aus, dann warf sich Roi in den Antigravschacht und fühlte noch während des Schwebevorgangs, wie sich die Kugel ebenfalls in den Sichtschutz des Dschungelstreifens begab. Die Landestützen schoben sich ineinander, und als die vier Personen sich in der Bodenschleuse trafen, berührte deren unterer Rand fast die niedergedrückten Urwaldpflanzen. Heiße, stickige Luft schlug Roi entgegen.

Roi half Tschu und Eileen aus der Schleuse.

„Wir werden feststellen, ob sich auf dieser Welt tatsächlich Dolans befinden", sagte er kurz. „Dazu ist es notwendig, daß wir mehr als vorsichtig handeln. Wir werden fliegen und werden die Deflektorschirme einschalten. Wir schließen die Helme und verkehren per Funk miteinander. Wir versuchen, unentdeckt zu bleiben. Gleichzeitig heißt das, daß wir viel beobachten müssen und versuchen werden, aus allem Schlüsse zu ziehen."

„Mister Danton?"

Roi blickte in das schmale Gesicht des jungen Leutnants, der schwerbewaffnet in seinem Kampfanzug zwischen Eileen und Tschu stand.

„Ja, Dave?" fragte er.

„Ich werde die Funkverbindung mit Major Hohle aufrechterhalten."

„Gut. Tun Sie das. Wir folgen zunächst dem Kompaß. Im Norden, von hier aus gesehen, liegen die Kraftwerke. Ich habe hier einen kleinen Energietaster, der uns darauf gestoßen hat." Roi deutete in die Richtung, in der man Mauern und Türme sah.

Sie schalteten zuerst das Antigravaggregat ein, dann den Deflektorschirm, der sie unsichtbar für die Augen der meisten Lebewesen machte, schließlich die Triebwerke. Mit einem mächtigen Satz überflogen die vier Gestalten den lebenden, grünen Wall und landeten dahinter.

Und als sie auf dem glatten, weißen Boden standen, sahen sie deutlich die Gebäude.

Sie schienen ausnahmslos von einem Gigantomanen entworfen zu sein.

Roi schaltete für zwei Sekunden die Deflektoranlage aus und sagte:

„Wir gehen hintereinander. Leutnant Tarayna sichert nach hinten. Und – Vorsicht!"

„Natürlich."

Langsam, aber zielstrebig, bewegten sie sich auf einen Einschnitt zwischen den zwei nächstgelegenen Bauten zu, einer schmalen Gasse zwischen zwei Mauern, die ohne Vorsprung und kristallweiß schimmernd mindestens hundert Meter in die Höhe ragten. Es gab kein Geräusch, keinen Ton. Hundert Meter wurden schnell zurückgelegt. Roi ging an der Spitze und blieb stehen, drehte sich um und folgte den Ausschlägen einer dünnen Nadel die inmitten eines Feldes zitterte. Sie näherten sich immer mehr der Energiezentrale, die in dem Gewirr weiterer Bauten vor ihnen lag.

Sie gingen schweigend zehn Minuten lang.

Dann begann eine Sirene zu schrillen. Der Ton zerfetzte die träge Stille wie eine Explosion.

Roi Danton sagte kurz:

„Zweihundert Meter geradeaus. Wir treffen uns unter der breiten Rampe dort, genau an dem Dreieck aus Schatten und Licht."

Dann rannte er los.

Etwa zehn unförmige Gestalten rannten aus einem flachen Eingang hervor, versammelten sich und schienen auf etwas zu warten. Dieses Etwas erwies sich als ein schwerer, schwarzer Gleiter, dessen Seitenwände glatt waren und gepanzert schienen. Auf einem gerundeten Bügel über den Sitzen befand sich ein drehbares Geschütz. Ein Tor schob sich auf, der Gleiter brummte heran, und die Gestalten kletterten in fliegender Eile in die Sitze. Zwei von ihnen schwangen sich hinter die Steuerung, ein dritter schnallte sich hinter dem Blendschirm des Geschützes fest, als der Gleiter bereits beschleunigte und schräg über den Platz raste.

Roi Danton nahm das Glas von den Augen.

„Bestien!" sagte er.

„Ich habe nichts erkennen können", erwiderte Eileen Dacran schnell. „Sie sagten: Bestien?"

„Ja. Die psychologische Abteilung scheint sich geirrt zu haben. Es sind unzweifelhaft Pelewon. Aber das läßt sich auch anderweitig feststellen. Major Hohle bitte, Dave."

Blitzschnell schaltete der Leutnant seinen Minikom um. Roi konnte jetzt auf der Normalfrequenz mit dem Raumschiff sprechen.

Noch während er sprach, fegte der zweite Gleiter aus einer anderen Ecke des großen Platzes in die gleiche Richtung, in der das erste Fahrzeug verschwunden war.

„Ich verbinde Sie", sagte der Kommandant der KC-1.

„Großadministrator", sagte Roi Danton. „Wir haben soeben zwei Dinge entdeckt. Einen Alarm, der vermutlich den beiden gelandeten Korvetten gilt, und Pelewon. Eindeutig. Wie sind Ihre Beobachtungen?"

Über drei Schaltverbindungen war Rhodans Stimme zu hören, klar und deutlich.

„Obwohl uns die Psychologen versichert haben, daß dieser Planet nicht von den Bestien betreten werden kann, haben wir ebenfalls große Mengen gesehen. Es ist etwas merkwürdig, aber leider Tatsache. Bis jetzt sind die Korvetten noch nicht angegriffen worden."

„Der Dschungel liegt zwischen den Angreifern und den Schiffen. Und dazu der Abstand von den zentralen Plätzen."

„In Ordnung, Roi. Machen Sie weiter."

„Halt!" sagte plötzlich eine helle Stimme.

„Miß Dacran?" fragte Rhodan.

Atemlose Erregung klang aus ihren Worten.

„Sir, ich habe eben gesehen, daß die Pelewon dicke, unförmige Schutzanzüge tragen. Die Lebensbedingungen auf Zootkohn aber schließen Schutzanzüge aus. Warum also tragen die Bestien diese schweren, plumpen Anzüge? Vermutlich doch deswegen, weil sie sich gegen etwas schützen müssen. Wogegen? Ich halte an der Theorie fest, daß sie sich gegen die Strahlung aus den Scheiben des Sperrgürtels schützen müssen."

Die ruhige Stimme von Professor Tschu unterbrach die Rede.

„Sir, es scheinen wirklich sehr schwere Spezialanzüge zu sein. Eben raste ein Gleiter an uns vorbei, und ich habe einen langen Blick auf die Ausrüstung werfen können. Mir ist klar, daß die Bestien im Laufe langer Jahre, wenn nicht Jahrhunderte, herausgefunden haben, auf welche Weise man sich gegen die Strahlung schützen kann. Sie muß auch hier unten tödlich wirken. Nur auf diese Weise kann die planetare Oberfläche betreten werden – nur so können sich Pelewon hier bewegen."

Rhodan erwiderte:

„Dringen Sie weiter vor. Untersuchen Sie alles, was der Beachtung wert zu sein scheint. Vermutlich werden wir die Korvetten, werden sie wirklich angegriffen, starten lassen müssen."

„Verstanden", sagte Roi. Der Platz wirkte verlassen, ausgestorben, im Schein der flackernden Sonne. Die Atmosphäre selbst war noch immer frei von kosmischen Staubteilchen – vielleicht wurden sie durch die strahlenden Scheiben abgewehrt.

Als unter dem grellen Heulen der Sirenen ein dritter Gleiter über den Hof jagte und ebenfalls nach Süden abschwenkte, schaltete Roi kurz seinen Schutzschirm aus, um seinen drei Begleitern eine Orientierungsmöglichkeit zu geben. Dann sagte er:

„Unser nächstes Ziel ist der runde, hohe Bau dort drüben, etwa zweihundert Meter entfernt. Wir fliegen bis auf den Sockel des Aufgangs neben den breiten Türen. Links. Dort treffen wir uns wieder."

Er deutete kurz auf das Ziel und machte sich unsichtbar.

Sein Triebwerk heulte auf.

Sechs Personen standen vor dem breiten, wuchtigen Geländer aus Stahlbändern, das sich wie eine Galerie um eine riesige Halle zog. Dahinter lag ein fünf Meter breiter Gang, an dessen Wänden Sichtschirme, Kontrollinstrumente und merkwürdig geformte Apparaturen in schmalen Konsolen bis zur Decke angeordnet waren. In vier verschieden hohen Ebenen standen und arbeiteten tief unter den sechs Gestalten Pelewon an mächtigen Maschinen. Glas, Stahl und andere Metalle, breite Leiterelemente, Transportbänder und ein verwirrendes System von Röhren aller Durchmesser erfüllten die Halle. Über allem lag ein gleichmäßiges Brummen, wie es nur schwerste Maschinen erzeugen konnten.

Fünf der Gestalten wurden unsichtbar, aber eine von ihnen blieb voll sichtbar: Dr. Jean Beriot.

Er sagte halblaut in das Mikrophon seines Helmes:

„Wenn ich die Anzahl der Bauten zusammenrechne und überschlägig schätze, dann komme ich – da ich das Verhältnis innerhalb dieser Halle zugrunde gelegt habe –, auf rund eine halbe Million Pelewon, die hier auf Zootkohn tätig sind."

Er wurde unsichtbar.

Unhörbare Stimmen sprachen miteinander, unsichtbare Beobachter konzentrierten sich auf die Vorgänge unter ihnen. Ein Pelewon stapfte heran, hielt sich an der linken Seite des Metallstreifens und las die Instrumente ab. Hin und wieder betätigte er einen Schalter und drehte an Handrädern.

Dicht neben ihm, nur durch einen Meter Abstand getrennt, sagte Perry Rhodan über Funk:

„Wobei ich glaube, daß sie lediglich eine gewisse Überwachung durchführen. Wir haben gesehen, wie sie die Maschinen regulieren, aber wir haben noch nichts entdeckt, das auf eine wirkliche Produktion schließen läßt."

Der Skoarto sah eine Bestie auf sich zukommen und wich im letzten Moment aus.

„Verdammt!" stöhnte ein Offizier aus der Besatzung der KC-41. „Das hätte eben ins Auge gehen können."

„Ins Hühnerauge", piepste Gucky. „Ehe mich einer dieser Elefanten zertrampelt, Perry, schlage ich vor, wir gehen wieder hinaus in die Sonne."

„Einverstanden", sagte Rhodan. „Wir ziehen uns vorsichtig zurück. Treffpunkt ist die Verteileranlage hinter der Rampe, von der aus wir hier eingedrungen sind. Hoffentlich kommt niemand auf den Einfall, Ortungsgeräte einzusetzen. Sonst sind wir die längste Zeit unsichtbar gewesen."

Sie vermieden Zwischenfälle wie den eben erfolgten und zogen sich zurück.

Dann standen sie, noch immer in den Schutz der Deflektorschirme gehüllt, auf einer kreisrunden Fläche von dreißig Metern Durchmesser, auf die verschiedene schiefe Ebenen hinaufführten. Eine Anzahl von breiten, teilweise geraden, zum Teil spiralig gekrümmten Schrägflächen, wie überdimensionale Bänder geformt, führten von dem Verteiler weg.

„Nach unten", sagte Rhodan.

„Hier rechts!" brummte der Skoarto.

Sie bewegten sich wie Mikroben in einem unsagbar fremden Organismus. Schweigend schwebten sie hinunter. Überall waren sie von gelbem Licht umgeben, und das Band führte steil in einer weitgeschwungenen Rechtskurve in die Kavernen unterhalb des Bauwerks.

Wie eine technische Melodie schlugen verschiedene Tonfolgen gegen die eingeschalteten Außenmikrophone.

Ein helles, fast an der Hörschwelle tanzendes Wimmern. Tiefe, abgehackte Summertöne. Ein unterirdisches Grollen.

Und dazwischen einige unverständliche Kommandos, die aus mächtigen Lautsprechern zu kommen schienen.

Rhodan wußte, daß seine Gruppe und er das Äußerste wagten.

„Major McCisom?" fragte er und ließ seinen Finger auf dem Schalter.

„Hier. Wer spricht?"

„Rhodan. Sind Sie angegriffen worden?"

„Noch nicht. Wir haben auch niemanden geortet."

„Dann muß die Aktivität der Bestien der anderen Korvette gelten", erwiderte Rhodan, während er mit der anderen Hand die Steuerung des Triebwerkes bewegte. „Fragen Sie bitte nach. Ich warte mit eingeschaltetem Gerät."

Er sah, wie die Nadel an dem Energietaster wild zu tanzen begann.

„Major Hohle bemerkte, als er ein Linsensystem am Pol der Korvette einschaltete, insgesamt fünf Gleiter, die sich von den Zentrumsbauten des Inselsystems aus nähern. Er rechnet damit, unter Beschuß genommen zu werden."

Rhodan unterdrückte einen Fluch.

Er hatte natürlich damit gerechnet, daß man früher oder später die beiden Schiffe orten würde. Jetzt würde auch die Suche nach abgesetzten Kommandotrupps beginnen, und die Unsichtbarkeit konnte nicht länger ein Schutz sein.

„Hohle soll Roi verständigen, in den Raum starten und Atlan berichten, was vorgefallen ist. Sie halten sich ebenfalls bereit, denn wir brauchen John Marshall als Ersatz für ausgefallenen Funkverkehr. Wir haben ja Gucky bei uns. Sie starten, aber erst dann, wenn man auch Ihre Korvette angreift. Klar, Major?“

„Verstanden, Sir.“

Sie schwebten weiter.

In Dantons Helm leuchtete ein Lämpchen auf, und er drückte einen Schalter nieder. Eine harte, befehlsgewohnte Stimme drang aus den Lautsprechern.

„Hier Major Hohle. Wir werden angegriffen. Nach Order von Perry Rhodan werde ich jetzt starten. Ich bleibe weiterhin mit Leutnant Tarayna in Funkverbindung, und außerdem wird die Funkbrücke Gucky – Marshall – CREST funktionieren. Viel Glück, Mister Danton.“

„Danke“, sagte Roi.

„Wir gehen weiter und richten uns nach den Ausschlägen des Energietasters. Vermutlich treffen wir am Ende auch mit der anderen Kommandogruppe zusammen.“

Eine Stunde verging ohne dramatische Ereignisse.

Die vier Menschen drangen methodisch und noch immer unbemerkt vor. Sie gingen über hochliegende Straßen, studierten das Gelände unter sich und verschwanden in breiten Korridoren. Steuereinrichtungen und Transportanlagen bewiesen, daß hier eine gigantische Fabrikationsanlage lief. Die Bauten schienen unter dem Ansturm einer mächtigen Energie, die aus den Tiefen Zootkohns kam, zu beben. Ein dumpfes Summen hing in der trägen, heißen Luft.

Einmal rannte eine Gruppe von Pelewon auf sie zu.

Die Wesen waren sonst schnell und wendig, aber die schweren Schutzanzüge behinderten sie. Eine fatale Situation entstand. Mit einigen Sätzen und eingeschaltetem Triebwerk brachten sich die vier

Teammitglieder in Sicherheit, während dicht unter ihnen die Pelewon vorbeistapften.

Weiter nach Norden . . .

Hallen voller merkwürdiger Maschinen und Transportbänder, die stillstanden. Vereinzelte Pelewon, die sich zu besinnen schienen oder auf Stimmen innerhalb ihrer Helme hörten. Robotwagen, die mit unidentifizierbaren Lasten aus Querstollen fuhren und einen nicht feststellbaren Kurs fuhren oder schwebten.

Plötzlich ein Funkruf:

„Hier Gruppe Danton“, sagte Roi. „Wer ruft?“

„Rhodan. Ich habe eben angeordnet, daß auch die zweite Korvette starten soll. Sie wurde angegriffen. Verbindung mit dem Schiff über die beiden Mutanten.“

„Klar. Ich habe einen wilden Verdacht.“

Sie blieben vor einem riesigen Fenster stehen. Dahinter befanden sich die undeutlichen Umrisse einiger Pelewon, die zu einem breiten Bildschirm hinaufstarrten. Auf dem Schirm war zu sehen, wie sich fünf der schweren Gleiter durch den Dschungel kämpften und zwei andere dicht über der Meeresoberfläche schwebten. Sie hatten das Feuer auf die KC-41 eröffnet. Das Schiff hatte den Schirm aufgebaut und startete senkrecht nach oben. Roi nickte grimmig.

„Welchen Verdacht?“ wollte Rhodan wissen.

„Vielleicht haben wir hier die Keimzelle der heutigen Erscheinungsform der Bestien gefunden. Ich kann meine Theorie nicht genau belegen, aber unsere einmalig tüchtige Psychologin hat den Verdacht bestätigt.“

Dr. Beriot erwiderte anstelle Rhodans.

„Wir sind unabhängig von Ihnen zu der gleichen Überzeugung gelangt. Bis jetzt ist nichts geschehen, sehen wir von dem Notstart der Korvetten ab. Weder Sie noch unsere Gruppe sind geortet und angegriffen worden – aber wir vermuten, daß ab jetzt nach uns gesucht wird. Geben Sie also acht. Wo befinden Sie sich?“

Roi sagte schnell:

„Gerade Linie vom Landeplatz der Korvette nach Norden. Etwa sechshundert Meter Luftlinie. Die Nadel des Energietasters spielt verrückt.“

„Dann bewegen wir uns direkt aufeinander zu“, sagte Rhodan kurz.

„Einige Inseln und Landstreifen stehen noch dazwischen.“

„Das sind keine echten Hindernisse."

„Gut", erwiderte Roi Danton. „Da wir sonst wichtige Zeit versäumen, werden wir den Vormarsch etwas beschleunigen." Er schaltete ab.

Die Sonne stand im Nachmittag, und die Schatten wurden länger. Die Mitglieder beider Kommandoeinheiten hatten die Helme geschlossen und die Anlagen der Anzüge in Tätigkeit gesetzt, um nicht die feuchte, stinkende Luft des Dschungels einatmen zu müssen. Während Rhodan im Zickzack vorging, erfolgte der Vorstoß der Gruppe Danton geradlinig.

Innerhalb von fünfzehn Minuten legten sie fliegend eine Strecke von siebzig Kilometern zurück. Sie sahen nichts grundlegend Neues. Alles bot das Bild trügerischer Ruhe. Verlassene Plätze unter den stechenden Sonnenstrahlen, der Geruch der wuchernden Pflanzen, die Bewegungslosigkeit der Szene. Es war wie eine Zeitbombe mit glänzender Hülle und lautlos ablaufendem Uhrwerk. Jede Sekunde konnte die Detonation bringen.

Das wußten die zehn Personen, und deshalb blieben sie unsichtbar und mißtrauisch – und schweigsam. Abgesehen von dem harmlosen Beschuß der zwei Korvetten war noch nicht einmal eine Waffe berührt worden.

Bauten verschiedener Höhen. Dichte Dschungelstreifen, die zwischen einzelnen Bezirken wuchsen, Straßen und Gleiterpisten. Vereinzelte Fahrzeuge mit nur zwei oder drei Pelewon Besatzung. Zwanzig Meter über der geraden, weißen Piste schwebten die vier Menschen nach Norden. Sie beobachteten scharf und schwiegen meistens . . . und waren noch immer nicht entdeckt worden. Diese Stille und die trügerische Ruhe zerrten an den Nerven der Leute.

Danton hob sein Handgelenk und blickte auf die Nadel.

Sie schlug wild aus, und der Zeiger deutete in einen Bereich, der nur noch geringfügig überschritten werden konnte. Das bedeutete nichts anderes, als daß das Zentrum der Energieerzeugung in unmittelbarer Nähe sein mußte.

„Wir werden uns teilen müssen", sagte Danton.

„Wie soll ich das verstehen?" fragte der Psychologe halblaut.

„Dort drüben, rechts, sehen Sie? Dort befinden sich einige große, schlanke Bauten. Sie haben Fenster und scheinen im Gegensatz zu den Fabrikhallen Wohnhäuser zu sein. Leutnant?" Unsichtbar flogen die Leute nebeneinander.

„Sir?“ fragte Dave Tarayna kurz.

„Dave. Sie fliegen mit dem Professor geradeaus und versuchen, zur Gruppe Rhodan zu stoßen. Miß Dacran und ich werden nach rechts fliegen und versuchen, die Bewohner dieser reizenden Dschungelsiedlung zu interviewen, ohne daß sie es merken. Bei Gefahr Funkanruf. Gilt auch für besondere Beobachtungen. Klar?“

„Geht in Ordnung.“

Der Professor und der Leutnant flogen nebeneinander geradeaus weiter. Vor ihnen, etwa in eintausend Metern Entfernung, war eine Anzahl von Gebäuden zu erkennen, denen der Charakter einer Zentrale anhaftete. Abgesehen davon, daß die Insel, auf der sie lagen, fast das Zentrum des Systems bildete, bewirkten Bauweise, Höhe und Anordnung, daß sie wie das Zentrum einer Stadt wirkten. Eileen und Roi bogen nach rechts ab.

Vor ihnen wurden die Wohnhäuser größer, und die Scheiben begannen im Sonnenlicht zu funkeln.

„Dort unten sehen Sie, Verehrteste, Wachstationen mit allerlei schweren Geschützen“, sagte Danton. „Daneben und darin sind Pelewon in Schutzanzügen. Sie schirmen die Wohnsiedlung nach außen ab.“

Zehn riesige, schlanke Wohntürme mit rundem Grundriß standen hier in einem Dreiviertelkreis. Zwischen ihnen war der Dschungel kultiviert worden, und ebenso viele kuppelförmige Bauten, durch eine Mauer verbunden, schirmten die Wohnzone gegen die Außenwelt ab. Innerhalb der Mauer sahen Roi und Eileen drei oder vier Gruppen zu je zwei Pelewon, die schwere Waffen in den Handlungsarmen trugen.

„Patrouillen!“ stieß Eileen hervor.

„Was haben sie zu verbergen?“ erwiderte Roi.

Sie überflogen in fünfzig Metern Höhe den Dschungel und die geschlossene Verteidigungslinie und blieben, als sie neben den breiten Fenstern eines der Wohnhäuser waren, in der Luft stehen. Beide starrten sie durch die Scheiben. Als sich ihre Augen an die Helligkeitsunterschiede gewöhnt hatten, schwiegen sie überrascht, fast erschrocken.

„Skoars!“ sagte Roi halblaut. „Verdammt! Ausgerechnet hier!“

Sie blickten in große Zimmer, fast Säle hinein, in denen reihenweise Skoars lagen. Einige von ihnen saßen lethargisch auf den Lagerstätten.

„Sie irren sich nicht, Roi. Es sind tatsächlich Skoars. Wir hatten bis zu dieser Sekunde angenommen, sie hätten in M 87 ausgedient."

Roi räusperte sich kurz und knurrte:

„Da ist selbst die Hälfte der psychologischen Abteilung überrascht, nicht wahr?"

„In der Tat, Majestät!" sagte Eileen. „Was tun wir jetzt?"

„Das gleiche wie vorhin und bisher. Wir informieren Rhodan und fliegen zu dem angegebenen Treffpunkt im Zentrum der größten Insel."

Sie drehten sich in der Luft um, aktivierten die Triebwerke erneut und schwebten langsam und fast vollkommen geräuschlos davon.

Was hatten die Skoars hier zu suchen?

Warum wurden sie von den Bestien bewacht?

Was bedeutete das alles?

Während Roi und Eileen zurückschwebten und hoch über der schnurgeraden Gleiterpiste in nördlicher Richtung Rhodan entgegenflogen, schaltete Roi sein Funkgerät auf den Sammelkanal von Rhodans Kommandoeinheit um und sagte:

„Hier Danton. Ich rufe Perry Rhodan."

„Rhodan hier."

„Wir haben hier eben zehn Wohnbauten voller Skoars gesehen. Ich schätze etwa zehntausend. Aber eben macht mich meine reizende Begleiterin darauf aufmerksam, daß ein zweites, weitaus größeres Wohngebiet in Sicht kommt. Es können hunderttausend oder mehr sein."

„Ich habe verstanden – hunderttausend Skoars! Was werden wir hier noch finden!" rief Rhodan aus. Es war nicht festzustellen, ob er wütend war oder niedergeschlagen. Seine Stimme klang aufgeregt.

„Wir stehen jetzt kurz vor dem Zentrum. Hier laufen unzweifelhaft und sehr deutlich atomare Großkraftwerke von phantastischer Größe. Der Skoarto hat uns gesagt, es sei zu vermuten, daß sämtliche Anlagen dieses Planeten von einer Schaltstelle neben diesen Großkraftwerken aus gesteuert werden. Hier verbirgt sich tief im planetaren Innern eine gigantische Kontrollstation. Ich weiß nicht, ob es stimmt, aber der Hinweis klingt an sich logisch. Eben sind der Leutnant und der Professor zu uns gestoßen. Wir warten hier auf Sie, Roi!"

Drei Minuten später schalteten sie die Triebwerke und die Antigravprojektoren aus und wiederum einige Sekunden später die

Deflektorschirme, auf einer kleinen Lichtung inmitten der grünen, feuchtheißen Dschungel.

Noch immer schwieg rings um sie alles.

„Ich werde noch wahnsinnig“, sagte Dr. Beriot und sah sich vorsichtig um. Er sprach sehr leise, fast flüsternd. „Diese verdammte Ereignislosigkeit zerrt an meinen Nerven. Also . . . tauschen wir unsere Theorien aus.“

22.

Roi Danton sah die abgespannten Gesichter der Männer und das bleiche Gesicht von Eileen. Er streichelte Gucky über den Kopf und wußte, daß die Nerven aller Wesen – denn man konnte den Skoarto und den Paladin schwerlich als Terraner bezeichnen – angespannt waren wie nie zuvor.

„Dieses entzückende, kluge und gleichzeitig kratzbürstige Geschöpf namens Eileen und ich werden hier an Ort und Stelle die technischen Kavernen des Planeten Zootkohn ergründen“, sagte Roi in die beklemmende Stille hinein. „Einverstanden?“

Danton wandte sich an Rhodan.

„Ja. Bleibt aber weiterhin unsichtbar, und laßt euch in kein Gefecht ein.“

Roi prüfte die Ladekontrolle seiner Waffen, sah seinen Vorrat durch und nahm dann Eileen bei der Hand.

Beide klappten sie die Helme nach vorn. Die Funkanlagen wurden aktiviert.

Dann schalteten sie die Schwerkraftneutralisatoren ein und schwebten einige Handbreit über dem Boden. Die Pulsatortriebwerke brummten auf, dann erhöhten Eileen und Roi die Leistung des Neutralisators. Senkrecht stiegen sie aus dem Dschungel hoch, und in gleicher Höhe mit den Baumwipfeln schalteten sie die Deflektorschirme ein.

„Wohin, Roi?“ fragte Eileen leise.

Roi orientierte sich.

„Wir sind in der Nähe riesenhafter Atomkraftwerke. Versuchen wir, unter die Erde zu kommen. Machen wir den Anfang, indem wir dort drüben die Rampe anfliegen, die nach unten führt."

„Einverstanden."

Sie jagten über den Dschungelstreifen, gingen tiefer und flogen knapp über das Dach einer riesigen Halle, tauchten dann hinab zwischen die gläsernen Fronten zweier Bauten, die innen voller technischer Anlagen waren, und gingen in eine leichte Rechtskurve. Über ihnen schloß sich eine riesige Deckenplatte mit eingebauten Leuchtelementen. Sie waren auf einer Rampe, gebaut für schwerste Maschinen oder sehr breite Lasten, die in einer weit ausholenden Kurve schräg nach unten führte.

„Eileen – die Pulsatoren ausschalten!"

„Jawohl", gab sie leise zurück.

Sie waren dicht nebeneinander; sie packten sich gegenseitig an den Handgelenken. Jetzt sanken sie hinunter auf die Fahrbahn, langsam und mit der Leichtigkeit gasgefüllter Ballons.

„Schwerkraftneutralisator auf ein Drittel stellen!"

Jetzt wurden ihre Schritte in den schweren Kampfanzügen sehr erleichtert durch eine vorgetäuschte geringere Schwerkraft. Mit langen Schritten, fast schon Sprüngen, wie auf dem Mond oder dem Mars, bewegten sie sich lautlos vorwärts. Niemand war ihnen begegnet. Die Nadel an Rois Handgelenk schlug jetzt nicht mehr aus – sie verharrte unbeweglich auf der Höchstmarke. Das bedeutete, daß sie sich unmittelbar in der Nähe der schweren Kraftwerke befanden.

Weitere hundert Meter . . .

Die Bahn hatte jetzt einen Kreis von fast dreihundertsechzig Grad geschlossen und mündete in einen runden Verteiler, von dem sechs riesige Eingänge abzweigten. Über den sechs Fahrbahnen sah Roi die flimmernden Linien einer Feldsperre; sie bestand nicht vor einem kleine Bezirk ganz rechts. Dort konnten sie ungehindert und unentdeckt eindringen. Roi zog Eileen mit sich.

„Wir gehen systematisch vor. Der erste Eingang."

Roi wisperte unwillkürlich, obwohl durch die Anzüge kein Laut nach außen drang.

Wieder eine schräge Rampe, die abwärts führte. Roi schätzte, daß sie jetzt etwa fünfzig Meter unter dem Planetenniveau waren. Alles lag verlassen da, nur hin und wieder befanden sich in den Wänden Schaltelemente und stumpfe Bildschirme.

„Niemand hier!" stellte Eileen beunruhigt fest.

„Halt!" rief Roi plötzlich scharf. „Da, links!"

Vier Pelewon in ihren unförmigen Schutzanzügen kamen links aus einer mehr breiten als hohen Tür. Als sich die weiße Platte zur Seite schob, sahen die beiden Terraner dahinter einen Schleusenraum. Stechendes, merkwürdig flirrendes Licht erlosch eben in diesem Moment. Ultraviolette Strahlung? Die Wände und der Boden waren ebenfalls weiß. Der Vergleich mit einer Sterilisationsanlage drängte sich auf. Roi blieb wie erstarrt stehen und sah zu, wie und an welcher Stelle die Pelewon die Tür schlossen.

„Los, zurück!" flüsterte er.

Die vier Gestalten bewegten sich unbeholfen auf die beiden unsichtbaren Terraner zu. Roi und Eileen wichen aus und gingen schräg nach vorn, dann blieben sie wieder stehen und sahen zu, wie die Pelewon in einem Lift verschwanden.

„Wir kennen jetzt auch die Liftanlage des Planeten", sagte Roi. „Trefflich!"

„Hinter dieser Schleuse liegen Räume, die offensichtlich geschützt werden müssen. Sehen wir nach!" schlug Eileen vor.

Vor ihnen tauchte die Platte zurück, und sie traten ein. Roi zog seinen Strahler und entsicherte ihn. In der Decke leuchteten verschiedene runde Leuchten auf und überschütteten die beiden Terraner mit einem Hagel von Strahlungen aller Arten. Die Nadel des Energietasters begann so stark zu zittern, daß Roi befürchtete, sie würde sich verbiegen. Dann erloschen die Strahler, und eine zweite Platte zog sich dicht vor ihren Augen zurück.

Sie betraten einen riesigen Raum, der in Weiß gehalten war. Die Decke war eine einzige, zusammenhängende Schicht, die gelblich leuchtete. Das Licht schmeichelte den menschlichen Augen; vielleicht empfanden die Pelewon anders. Die Anlage, die diese Halle ausfüllte, war ebenfalls längsorientiert und bestand aus einer Vielzahl von Bändern, durchsichtigen Transportanlagen, Schränken und Brutöfen, den bekannten Einheiten von selbsttätig arbeitenden Positroniken und deren Ausführungselementen und unzähligen Dingen, von denen weder Roi noch Eileen etwas verstanden.

Sie kletterten die Treppe hoch und befanden sich nun auf einem breiten stählernen Band, das ohne Geländer von einer Kopfseite der Halle bis zur anderen reichte.

Dann blickten sie hinunter und versuchten, den Zweck der Anlagen zu erkennen.

„Hier werden unzweifelhaft biologische Experimente durchgeführt“, sagte Eileen.

„Woran sehen Sie das?“ fragte Roi und betrachtete die Einzelheiten der Anlage. Hier, ganz vorn bei ihnen, hatte der Prozeß seinen Anfang. Alles bewegte sich von ihnen aus gesehen nach links. Hier war ein breites Band mit Vertiefungen, das aus einer Art riesigem Vorratsschrank kroch und unter einem Satz von Strahlern verlief. In regelmäßigen Abständen transportierte das Band weiße, ovale Gegenstände.

„Das sind Eier!“ sagte Eileen. „Ich glaube nämlich noch an den Osterhasen.“

Sie lachte kurz auf.

„Und, so wie ich die Weltfremdheit von Wissenschaftlern einschätze, auch noch an den Klapperstorch!“ erwiderte Roi. „Das sind Eier, und da wir die offensichtlich gefangenen oder zumindest kasernierten Skoars gesehen haben, halte ich die Frühstücksfrüchte für Erzeugnisse dieser bedauernswerten Wesen.“

„Skoareier?“ fragte Eileen und sagte dann: „Das könnte möglich sein. Oder sogar sehr wahrscheinlich!“

Wieder rückte das Band um ein geringfügiges Stück vor.

„Diese eingeschlechtlichen Skoars müssen ihre Eier opfern. Sie, die Eier nämlich, werden hier in diesem wuchtigen Schrank aufbewahrt, dann werden sie herausgeholt und unter die Sätze von Strahlern transportiert. Diese Strahler verändern etwas im Innern der Eier. Was?“

„Es sieht so aus, als hätten Sie recht, Roi“, sagte Eileen und ging einige Meter nach links weiter, um die Sätze der dicht über dem Band und den Eiern angebrachten Strahlanlage zu sehen. Verschiedenfarbiges Licht badete die Eier dort.

„Also doch ein Bioexperiment!“

Die Bestien, die offensichtlich auch hier nur nach einem Programm vorgingen und die Anlagen funktionsfähig erhielten oder winzige Korrekturen durchführten, waren also für die Bioexperimente verantwortlich. In den Eiern wurden die Gene verändert, das war klar. Vermutlich wurde auch die Reifezeit beschleunigt. Die Terraner verfolgten den Weg der Eier über vierhundert Meter hinweg und stellten fest, daß jenes Band – später abgelöst durch andere Transportanlagen – die Eier in eine zweite Station hineintransportierte.

„Hier – die Maschine durchsticht die Hülle!“ sagte Roi.

Winzige Instrumente fuhren von verschiedenen Richtungen an ein Ei heran, versenkten haarfeine Nadeln, die im Licht aufblitzten, ins Innere. Die Anlage war unter einer riesigen Glaskugel verborgen, in die das Band hinein- und wieder hinausführte.

Jede der Anlagen war an eine wuchtige Positronik angeschlossen.

„Roi – ohne jeden Spaß: Wir sind dem Geheimnis von Zootkohn auf die Spur gekommen. Was geschieht mit den Eiern der Skoars, wenn sie diese biophysikalische Streßanlage passiert haben? Was wird aus ihnen schlüpfen?“

„Wenn es nicht zu riskant wäre, den Deflektorschirm auszuschalten, würden Sie jetzt die kummervollen Falten in meinem einzigartig hübschen Gesicht sehen“, erwiderte Roi ohne jeden Spott. „So muß ich mich beschränken, Ihnen zur Antwort zu geben, daß ich abermals keine Ahnung habe. Aber wir können nachsehen.“

Sie wanderten die vierhundert Meter auf dem Band entlang, sahen die arbeitende Anlage und vermochten einzelne Stationen klar zu identifizieren. Alles verlief wie in einem ähnlichen Prozeß, den jedes Ei durchmacht, wenn es seinen natürlichen Zweck erfüllt.

Zuerst wurden die Gene verändert, dann führte man vermutlich lebensstärkende Substanzen ein, die das Wachstum des Embryos beeinflußten . . . vermutlich stark beschleunigten. Temperaturen und Bäder, deren Spurenelemente durch die poröse Schale sickerten, folgten abwechselnd. Am Ende der Halle entdeckten sie eine Apparatur, die ebenfalls automatisch gesteuert wurde und eine Kreuzung zwischen einem Portalkran und einem höchst diffizilen System von Kugelgelenken darstellte. Roi und Eileen sahen fassungslos zu, wie dieser Arm mit gepolsterten Greifern ein Ei erfaßte, es in die Höhe hob, eine Anzahl Bewegungen in rechten Winkeln durchführte und schließlich vor einer Platte anhielt, die eine von ungefähr dreihundert war.

Die gesamte weiße Rückwand des Saales bestand aus solchen Elementen. Sie waren wie ein Schachbrettmuster angeordnet. Die Klappe fuhr auf, und das Ei wurde darin abgelegt. In dem kurzen Augenblick konnten sie erkennen, daß die Vorderfront dieses würfelförmigen Raumes transparent war.

Eileen klammerte sich an Rois Arm und stammelte:

„Es . . . es sind Brutkammern!“

Grimmig erwiderte Roi Danton:

„Wenn wir die nächste Halle betreten, werden wir sehen können, was sich in diesen Kammern befindet. Zweifellos reißt dort die Eierschale auf, und das heranwachsende Wesen wird sichtbar. Und am Ende dieses komplizierten Prozesses sehen wir dann das ausgewachsene Exemplar von irgend etwas."

Er löste mit schnellen Bewegungen einige schachtelförmige Elemente von den gekreuzten Brustgurten seines Energietornisters. Vorsichtig zog er einen Handschuh aus und stellte auf einer Skala und durch Betätigen einiger winziger Schalter etwas ein.

„Was tun Sie da?" fragte Eileen nervös.

„Ich gehe sicher", erwiderte er. „Ich stelle die Funkformel dieser hochexplosiven Dinger ein und aktiviere den Zündsatz. Vielleicht kommen wir in die Lage, uns wehren zu müssen. Dann kann die Anlage hier vernichtet werden. Ein einfacher Funkbefehl genügt."

Er ließ Eileen stehen und huschte mit drei, vier Sprüngen die zweite Treppe hinunter. Die Bomben, die so lange harmlos waren, wie der Funkbefehl nicht ergangen war, trugen an ihrer Oberfläche eine dicke Schicht selbstklebenden Kunststoffes. Roi Danton verbarg sie an vier verschiedenen Stellen. Einmal war es die positronische Steuerautomatik, ein zweites Mal die Vorratsbehälter der biologisch stimulierenden Substanzen, dann die Steuerung für die Transportanlagen und die letzte Bombe befestigte Roi an der Unterseite der hochkomplizierten Anlage, die fertig behandelte Eier in die Brutschränke transportierte.

Dann lief er an die Rückwand der Halle zurück, suchte und fand etwas.

Eine Schaltanlage, die ein schweres Schott öffnete.

Roi schaltete für drei Sekunden die Deflektoranlage aus, sagte: „Hier herunter, Eileen!" und breitete die Arme aus. Sekunden später stand Eileen neben ihm.

Vor ihnen klappte, von einem schweren Motor geschoben, ein Panzerschott auf. Dahinter war wieder ein weißer Raum. Gleichzeitig mit der zuklappenden Platte schalteten sich die Strahlersätze an, die Roi und Eileens Anzüge abermals von Bakterien und Sporen reinigten. Drei Minuten lang überschütteten zahlreiche Strahlenschauer die Anzüge, dann klappte das gegenüberliegende Schott auf. Die beiden Terraner sprangen heraus, noch immer durch die geringe Schwerkraft ihrer Antigravaggregate unterstützt, liefen einige Meter in eine ähnliche Halle hinein und drehten sich dann um.

Vor ihnen ragte eine Wand auf. Sie war von oben bis unten durchsichtig; nur leuchtende Trägerelemente überzogen die Front der Brutkästen mit einem Netzwerk.

Die Blicke konzentrierten sich auf eine Kammer in der Nähe des Schotts.

Mit spröder Stimme sagte Eileen Dacran:

„Das hätte ich nicht im kühnsten Traum für möglich gehalten."

Was sie sahen, erfüllte sie mit einem an Entsetzen grenzenden Abscheu. Hinter dem Glas erkannten sie die Formen eines jungen Lebewesens, das vor geraumer Zeit aus dem zersplitterten Ei gekommen sein mußte.

Es war kein Skoar.

Aus der Höhe, in der sie jetzt flogen, war die Struktur des Inselkomplexes klar zu erkennen.

Eine annähernd runde Insel, etwas sechs Kilometer im Radius, befand sich in der Mitte. Zu einem Kreis aus neun anderen Inseln, teilweise an den Rändern ausgebaut, teilweise in natürlichen Formen, führten schmale, weiße Bänder. Es waren Gleiterpisten, in die man vermutlich die Kabelstränge und die unsichtbaren Transporteinrichtungen eingebaut hatte. Etwa fünf Kilometer Wasser trennten den Ring vom Zentrum. Ein zweiter Wasserstreifen von mehr als sieben Kilometern Breite schied den zweiten vom ersten Inselring; von insgesamt vier Inseln führten Brücken hinüber, die anderen waren durch Verbindungen, die nicht streng radial gebaut waren, miteinander vernetzt. Dann kam die offene See; sehr weit am Horizont waren erst andere Eilande sichtbar. Die Sonne hing über der Kimm . . . es wurde Abend.

Man hatte, da auch die anfliegenden Korvetten nicht geortet worden waren, für kurze Zeit die Deflektorschirme ausgeschaltet. Zwischen Rhodan und Dr. Beriot flog der Mausbiber.

Leise Gespräche wurden geführt.

Über die Lautsprecher drang jetzt die Stimme von Harl Dephin, der unter der SERT-Haube saß und seine Instrumente kontrollierte. Was der Siganese sagte, war wichtig genug, so daß alle anderen schweigend zuhörten.

„Als wir direkt über der zentralen Insel waren, haben wir es nicht gemerkt. Jetzt, seit einigen Minuten, können wir es genau feststellen. Ein Schirm, der ähnlich wirken muß wie die Strahlung der planetaren Sperre, liegt über einem Großteil der zentralen Insel."

„Sie haben es angemessen, Harl?" fragte Rhodan.

„Nicht ich. Eben hat Spezialist Drof Retekin die entsprechende Meldung durchgegeben. Wie gesagt: Der Schirm ist für uns Terraner ungefährlich, aber die Pelewon oder die Haluter würden von ihm getötet werden. Seine Intensität ist dreimal so hoch wie die der Sperrscheiben um Zootkohn."

Sie hatten sich entschieden, zuerst dem Hinweis des Mausbibers nachzugehen; Roi Danton würde tun, was er konnte. Rhodan konnte sich auf seinen Sohn verlassen.

„Das zeigt uns erneut, wohin wir uns wenden werden, wenn wir die Nebeninsel abgesucht haben", sagte Dr. Beriot.

„Sie haben recht", erwiderte Rhodan. Sie näherten sich jetzt einer großen Insel, die genau im Westen lag.

Rhodan musterte die Insel, die in der überall herrschenden trügerischen Ruhe unter ihnen lag, mehr als einen halben Kilometer. Hier, so behauptete Gucky immer wieder, mußte es Lebewesen geben, deren Zellschwingungen denen von Dolans sehr stark ähnelten, wenn nicht gar völlig identisch waren. Diese Überlegung und die offensichtliche Unruhe des Skoarto bewogen Perry Rhodan, übervorsichtig zu sein.

Die Kommandoeinheit ging tiefer, schwebte über einige Dächer und schwirrte wie eine Kette unsichtbarer Seifenblasen zwischen den Bauten umher. Schließlich landeten sie auf einem Dach. Es war neben einem Turm aus Glas angebracht und wie eine Aussichtsplattform eingerichtet. Auch hier wieder Schalter, deren Funktion nicht erkennbar war, und Bildschirme. Perry Rhodan und Leutnant Ainsley öffneten ein Schott, kletterten vorsichtig eine Treppe hinunter und standen in einem Raum, der an der Wand, dicht unter der Oberkante einer gigantischen Halle, angebracht war. Ein Halbrund aus Glas ließ den Blick frei in die Halle durch.

Die Halle war gut eineinhalb Kilometer lang und ebenso breit.

Das war an sich nichts Besonderes – in Terrania gab es größere Hallen. Ein stechendes Licht erfüllte die Halle, und es spiegelte sich, vielfach gebrochen, auf den Rundungen der riesigen Körper, die hier standen. Fünfzehn der schwarzen Kugeln von hundert Metern Durchmesser lagen in einer Reihe, und es gab fünfzehn Reihen.

Leutnant Ainsley brach das lähmende Schweigen.

„Dolans, Sir“, flüsterte er.

„Zweihundertfünfundzwanzig Dolans“, erwiderte Rhodan. „Jetzt wissen wir, was sich auf diesem Planeten verbirgt. Der Skoarto hatte recht – es sind ungeheuerliche Dinge.“

Sie blieben schweigend stehen und beobachteten weiter.

Die Halle war von fieberhaftem Leben ausgefüllt. Über und zwischen den mächtigen schwarzen Kugeln schwebten Gleiter mit Besatzungen. Stets waren es Pelewon in ihren plumpen Anzügen, aber ein einziger Blick genügte, um zu zeigen, welcher Vorgang hier eingeleitet wurde. In jeder Gleiterbesatzung befand sich ein Pelewon, der über seinem Schutzanzug einen Kampfanzug trug oder eine Einrichtung, die diesem Zweck entsprach.

„Es sind die zukünftigen Kommandanten, die an Bord gehen.“ Der Leutnant keuchte erstickt auf.

Rhodan schwieg und blickte genauer hin, dann erwiderte er schnell:

„Noch nicht. Vermutlich werden die biologisch-technischen Synthesewesen mit den Individualschwingungen ihrer Kommandeure bekannt gemacht. Es ist die Vorstufe des endgültigen Einsatzes. Aber grundsätzlich haben Sie recht, Leutnant.“

„Wir haben mindestens zwanzig solcher Hallen gesehen, verteilt auf einige der umliegenden Inseln“, sagte der Leutnant ernst. „Das ergibt allein hier eine Anzahl von viereinhalbtausend Dolans!“

„Bemannt mit Bestien, mit Pelewon!“ fuhr Rhodan fort. „Gehen wir – wir haben genug gesehen.“

Sie erreichten innerhalb einer Minute das Dach und informierten die anderen über ihren grausigen Fund.

Rhodan sagte hart:

„Gucky! Du mußt versuchen, Kontakt mit Marshall zu bekommen. Sage ihm, Atlan soll uns Verstärkung schicken. Vierzig Korvetten, dazu fünfzig Space-Jets, schwer bewaffnet und an Bord der Korvetten Kommandos von hochwertigen Robots. Marshall soll berichten, was wir festgestellt haben und sofort handeln.“

„Selbstverständlich, Chef!“ sagte Gucky und: „Ich habe Kontakt!“

Sie warteten schweigend einige Minuten, dann schaltete sich Gucky wieder in das Funknetz ein.

„Erledigt. Die bestellten Waren werden in Kürze eintreffen. Atlan murmelte etwas von fünfundzwanzig Minuten oder so. Zufrieden?“

„Völlig, Kleiner“, sagte Rhodan.

Sie wußten alle, was es zu bedeuten hatte. Sie waren, mehr oder minder durch einen Zufall, auf die neue Offensivwaffe der Bestien gestoßen. Zusammen mit den Schiffen der Pelewon waren die Dolans eine fürchterliche Waffe. Rhodan schätzte, daß nicht nur diese drei Inseln mit ihren viereinhalbtausend Dolans auf Zootkohn existierten, sondern unter Umständen Tausende solcher Zuchtanstalten. Zehntausende dieser Hallen, in denen die Kampfschiffe ausgerüstet wurden.

„Wenn die Bestien über die Völker von M 87 herfallen, gibt es eine kosmische Katastrophe, gegen die Novae oder ähnliche Dinge harmlos sind“, sagte Dr. Beriot leise. „Die Folge wäre, daß diese synthetischen Schöpfungen einer unbekannten Wissenschaft die absolute Macht in dieser Galaxis ergriffen.“

Ein Signalton klang auf.

„Hier spricht Atlan“, sagte die vertraute Stimme des Arkoniden. „Ich lasse soeben vier Flottillen ausschleusen. Dazu genau fünfzig Space-Jets und dreihundert Kampfrobots. Wir haben eben von Paladin einen Impuls auffangen können, der uns zeigte, wo wir euch finden. Ich bleibe weiterhin in der CREST, neben mir steht Marshall. Die telepathische Brücke funktioniert also hervorragend, selbst wenn der Funk ausfallen sollte. Ende.“

„Danke, Atlan!“ sagte Rhodan. „Ende.“

„Ich nehme an, daß wir jetzt ganz in der Nähe von Roi Danton die zentrale Schaltstation suchen werden, Sir?“

Es war wieder die Stimme des Gefühlsmechanikers unter der SERT-Haube des Paladins.

„Sie haben richtig vermutet“, sagte Rhodan.

Die acht Mitglieder des Kommandos schalteten ihre Maschinen ein und flogen mit rasender Eile zurück zur Zentralinsel. Sie entfernten sich von den Hallen, in denen eine fürchterliche Gefahr sich anschickte, akut zu werden – Tausende von Dolans. Das Team überflog gerade, einer der schmalen Brücken folgend, den innersten Wasserstreifen, als sich Atlans Stimme wieder in den Lautsprechern bemerkbar machte.

Drängende Sorge sprach aus der Stimme des Arkoniden. Man konnte sich vorstellen, wie er in der Zentrale der CREST saß und die Schirme beobachtete, mit seinen Männern sprach und die Meldungen der verschiedenen Ortungs- und Funkzentralen hörte.

„Die Scheiben, die bisher den Planeten umrundeten, verändern sich, Perry!“

Rhodan erschrak und fing sich rasch wieder.

„Auf welche Weise?“

„Bisher haben sie ultrahell gestrahlt, jetzt beginnen sie in einem heftigen Rhythmus zu pulsieren. Die Strahlungsintensität ist nach wie vor unverändert. Innerhalb einer Sekunde gibt es zwei Helligkeitsspitzen. Und . . .“

Der Arkonide schien den Text einer Meldung zu hören.

Atemlose Spannung griff nach den acht Teammitgliedern. Sie schwebten jetzt der Mitte des letzten Inselrandes zu, vor ihnen erhob sich unsichtbar der biologisch aktive Todesschirm in Form einer Kuppel, also von einem Halbkugelprojektor erzeugt.

„. . . eben erhalte ich eine Ortung. Gefahr, Perry! Mehrere tausend Schiffe der Pelewon rasen heran. Sie versammeln sich an einer Stelle, etwa eintausend Kilometer vom Schiff entfernt. Sie sind noch nicht durch den Energieschirm hindurchgeflogen, aber sie scheinen zu erwarten, daß sich die Einflugschleuse öffnet.

Wir haben verwaschene Ortungen von etwa dreitausend Einheiten. Unsere Korvetten verlassen gerade jetzt die CREST, und die Jets sind bereits unterwegs. Ich schalte ab und melde mich wieder!“

„Danke“, sagte Rhodan und bewegte die Hebel der Steuerung.

Das Team sank noch tiefer und befand sich jetzt in etwa hundertfünfzig Metern Höhe, also auf gleichem Niveau wie die Spitzen der meisten Bauten. Jetzt war die Gefahr akut geworden. Der Planet gab eines seiner Geheimnisse nach dem anderen preis, und die Terraner begannen zu kombinieren.

„Lassen Sie die Dolans angreifen, Sir?“ fragte Leutnant Tarayna, der vom Team Dantons herübergewechselt war.

„Ja. Ich warte noch zehn Minuten“, sagte Rhodan.

Sie landeten auf dem flachen Dach eines Hochbaus.

Unter ihnen arbeiteten die mächtigen Maschinen, unter ihnen jagten Eileen und Roi dem Geheimnis nach, und über ihnen näherten sich die Truppen der Terraner. Über diesen gruppierten sich Pelewon-Schiffe um die Öffnung in der planetaren Sperre und warteten offensichtlich auf einen Schaltimpuls, der die Einflugschleuse öffnete.

Das Pulsieren der Sperrscheiben bedeutete entweder, daß die Pelewon auf der Oberfläche des Planeten Hilfe benötigten – das war etwas unwahrscheinlich, da bisher außer den beiden Korvetten nichts geortet worden war.

Oder es bedeutete ein regelrechtes Signal. Dann mußte das Flakkern als Teil eines wohlüberlegten Planes gedeutet werden. Noch wußte es niemand.

Perry Rhodan gab seine Anweisungen:

„Für die Korvetten gilt folgendes: Angreifen, wo immer ein Dolan zu sehen ist. Bitte achten Sie besonders auf die Hallen, in denen Öffnungen von mehr als hundert Metern Durchmesser sind. Dies sind die Flugschleusen der Dolans.

Fliegen Sie auch einzelne andere Inseln an – dort können sich ebensolche Zuchtanstalten befinden. Bei Feindkontakt sofort zurückschießen und keinesfalls todesmutige Aktionen einleiten. Immer darauf achten, daß wir Terraner in der Überzahl sind.

Die Space-Jets unterstützen diese Aktionen.

Eine Korvette wartet auf meinen Abruf. Ich brauche dreißig Kampfroboter. Wo, weiß ich noch nicht genau. Ich melde mich dann."

Er schaltete ab.

Sofort meldete sich der Skoarto.

„Rhodan", sagte er, und er verbarg seine Wut nur mühsam. „Ich sehe jetzt etwas klarer. Hier, ganz in der Nähe, muß eine riesige Transferanlage sein, auf der man bis ins absolute Zentrum vordringen kann. Ich werde sie identifizieren können, wenn ich sie sehe. Wo sie sich befindet, weiß ich nicht."

„In Ordnung", sagte Rhodan. „Wir folgen Ihnen. Ich brauche nur noch die Meldung von Roi Danton."

Innerhalb von fünf Minuten erreichten sie Danton und hörten, was er zu sagen hatte.

Rhodan fühlte, wie ihn erneut eisiger Schrecken überfiel. Die Entdeckung von Danton und Miß Dacran war so phantastisch, daß sie schon fast unglaubwürdig erschien. Während hoch über den acht Eindringlingen der erste Lichtblitz bewies, daß sich terranische Schiffe näherten – die Sonne war unter den Horizont gesunken, und ihre Strahlen erreichten nur noch die äußersten Spitzen der Bauten und jeden Gegenstand, der sich über ihnen befand –, während Rhodan wußte, daß die Stunde der Entscheidung sich näherte, geschahen noch andere Dinge.

Mitten in das Aufheulen, mit dem eine Jet über die Zentralinsel raste, mischte sich die Stimme des Arkoniden.

„Atlan an Rhodan und an die Schiffe innerhalb der Lufthülle Zootkohns. Innerhalb weniger Minuten werden Sie alle vermutlich in schwere Kämpfe verwickelt werden. Offensichtlich hat die Landung der beiden Korvetten einen größeren Alarm ausgelöst, als wir alle glaubten, und vielleicht sind die beiden Kommandogruppen geortet worden, was, wie wir wissen, nicht grundsätzlich unmöglich ist. Eine Anzahl von Scheiben hat aufgehört zu leuchten und zu pulsieren. Ich habe einen Moskitojäger unter ‚Sir' Stephen auf einen Aufklärungsflug geschickt und empfange das Bild, das er aufnehmen kann. Raumschiff nach Raumschiff schiebt sich durch die Lücken im Sperrgürtel. In den Schiffen sitzen offensichtlich Pelewon, die überdies mit Schutzanzügen ausgerüstet sind. Die anderen, an die Schleuse grenzenden Scheiben haben die Strahlungsintensität nicht eingestellt. Bisher wurden rund hundert Schiffe gezählt, die den Planeten anfliegen werden. Wenn neue Unterstützung gebraucht wird, bitte melden!"

„Verstanden, Atlan", sagte Rhodan und hörte mit, wie die einzelnen Korvettenkommandanten ihre Bestätigung durchgaben. All dies geschah mit der Disziplin der Männer, die wußten, daß die Verwirrung schon einen halben Sieg kosten konnte. Über der Insel, als rotleuchtender Blitz, schwebte fast bewegungslos eine Korvette. Sie enthielt die dreißig Kampfmaschinen, die Rhodan angefordert hatte.

„Trefflichste aller Psychologinnen", sagte Roi Danton, während er in der dritten Halle seinen letzten Sprengkörper an die Innenseite eines positronischen Handlungselementes klebte, „wir sind gerüstet. Wir haben gesehen, daß hier ein biologisches Verbrechen galaktischen Stils durchgeführt wird, dessen Produkte uns gefährlich werden können. Nur ein Knopfdruck, und diese Eierfabrik produziert Spiegelei mit Speck!"

„Ich glaube nicht, daß mir Ihre Art, derart fürchterliche Dinge mit dummen Bemerkungen abzutun, wirklich gefällt."

Danton richtete sich auf und hütete sich, das winzige Funkgerät zu berühren.

„Werte Miß Dacran", erwiderte er ernst. „Ich bin nicht einmal zu einem Jota eines Moleküls für das verantwortlich, was die Pelewon aus den harmlosen Skoareiern machen. Mich widert das alles ebenso an wie Sie. Ich fürchte nur, daß ich zutiefst gerührt werde, und gerade das möchte ich vermeiden. Mein Image würde abblättern."

Sie schwieg.

Sie drehte sich um und betrachtete schweigend die ausgewachsene Bestie, die in der dritten Phase der Brutkammer hockte und offensichtlich mit Medikamenten halb bewußtlos gehalten wurde.

Die Pelewon hatten aus Skoareiern, die künstlichen Mutationen unterworfen worden waren, Bestien gezüchtet. Unverwechselbar – Bestien!

„Wir haben hier genug gesehen", sagte Roi. „Zurück zum Lift."

Sie machten sich für einen kurzen Moment sichtbar und hielten sich wieder an den Händen. Hinter ihnen blieb die leere, vollautomatisch arbeitende Fabrik für Bestien zurück. Als vor wenigen Minuten Rhodan gerufen hatte und erfuhr, was Roi und Eileen gesehen hatten, war er sprachlos gewesen.

Roi und Eileen durchquerten mit riesigen Sätzen die Halle, blieben in den sterilisierenden Schleusen stehen und befanden sich schließlich draußen auf dem breiten Korridor, kurz vor der Tür des Lifts.

Hier erreichte sie Rhodans Funkspruch.

„Roi?" fragte er halblaut.

„Können Sie, ohne sich zu gefährden, die Anlage zerstören?"

Roi nickte flüchtig und antwortete:

„Selbstverständlich. Aber zuerst muß ich hinauf an die Oberfläche."

„Stoßen Sie zu uns. Wir befinden uns auf dem Dach des Gebäudes . . ."

Es folgte eine schnelle, genaue Beschreibung des Platzes, an dem die acht Teammitglieder warteten.

„In Ordnung."

Roi Danton zog seine Waffe, entsicherte sie und drückte den viereckigen großen Schalter. Hier schienen die Bedienungsknöpfe ausnahmslos auf die dicken Handschuhe der Pelewon-Anzüge umgearbeitet worden zu sein, was sonst nicht der Fall war. Daraus war zu schließen, daß die Pelewon seit langen Jahren hier arbeiteten und ihre verbrecherischen Pläne ausführten. Ein Kontrollicht brannte, und Sekunden später schob sich die stählerne Platte zur Seite.

„Vorsicht!" schrie Roi und stieß Eileen zur Seite.

Vor ihm, genau drei Meter, standen zwei Pelewon. Sie trugen kurze, plumpe Waffen in den dicken Händen, und die anderen Gliedmaßen hielten ein Gerät, das ebenso merkwürdig geformt war. Roi sah kurz vor sich einen violetten Schimmer, der die Umrisse des Deflektorschirms nachzeichnete und wußte, daß er entdeckt war. Einen Sekundenbruchteil später fauchte sein Strahler auf. Zweimal.

Roi rief nach Eileen, nahm eines der Geräte an sich und drückte ein zweites Mal auf einen Knopf. Der Lift, offensichtlich für schwere Lasten eingerichtet, bewegte sich langsam aufwärts.

Eileen schwieg erschüttert. Ihr war der Tod erst einige Male entgegengetreten, und sie wußte noch nicht, daß in Situationen wie der eben erlebten eigene Gesetze herrschten.

Der Lift hielt.

„Wenn ein Pelewon auf Sie zielt, sobald sich die Tür öffnet", sagte Roi hart, „dann schießen Sie augenblicklich. Er wird Sie ebenso ohne jedes Zögern umbringen."

Sie nickte.

Die Tür fuhr auf, aber niemand stand davor.

Roi zog sie mit sich hinaus, ging zwanzig Meter weit auf den freien Platz hinaus und sah in dem dunklen Himmel über sich den Lichtblitz der wartenden Korvette. Dann nahm er das winzige Funkgerät, aktivierte es und drückte den einzigen Knopf hinein. Sekunden später erreichte eine winzige, kaum wahrnehmbare Erschütterung seine Sohlen.

„Perry Rhodan?" fragte Roi und verstaute das Funkgerät wieder.

„Hier! Wir warten."

„Die Eieranstalt ist mit Spezialbomben vernichtet worden."

„In Ordnung. Kommen Sie jetzt."

Roi visierte das Dach des Gebäudes an, das sich gegen den dunklen Himmel gerade noch abhob, und hörte das vielstimmige Aufheulen von Sirenen, das von allen Seiten zu kommen schien. Den Pelewon war es offenbar gelungen, nach Jahrzehntausenden den Herstellungsprozeß der Bestien wieder in Gang zu bringen und sich Zuchtmaterial zu beschaffen. Sie raubten irgendwo die Skoars und führten die Fabrikation weiter. Daß diese Bauten auf Zootkohn von den Pelewon selbst hergestellt und eingerichtet worden waren, daran glaubte niemand. Und jetzt hatten die Detonationen in der Zuchthalle einen Großalarm ausgelöst.

Sekunden später flammten Hunderte von Scheinwerfern auf . . .

Die Insel glich plötzlich einem Lichtermeer, und die beiden Terraner landeten neben der Gruppe Rhodans.

„Wir suchen mit Hilfe des Skoarto den Eingang zu der riesigen Transferstraße. Sie führt ins Zentrum, also auch ins Zentrum aller Geheimnisse", sagte Rhodan. „Noch können uns die Deflektorschirme schützen."

Sie flogen zum zweiten, stärkeren Biosperrschirm und näherten sich erneut dem Zentrum, diesmal aber aus einer anderen Richtung.

Unter ihnen brach die Hölle los.

23.

Scheinwerfer badeten die Zentralinsel in kalkweiße Lichtkaskaden. Die leeren Plätze bevölkerten sich mit Gleitern und mit Gruppen von Pelewon, die zu dem leuchtenden Punkt hoch über ihnen hinaufstarrten. Hinter zahllosen Fenstern vieler Bauten erschien Helligkeit, und das Wimmern von Sirenen in verschiedener Tonhöhe vereinigte sich zu einem Toninferno, das seinesgleichen suchte. In einer Kette flogen die Terraner bis in die Nähe des Schirmes, und sie sahen, daß die Pelewon davor haltmachten.

„Dort ist die Schaltstation!" keuchte der Skoarto erregt.

Ein rundes Gebäude, mit dunklen Platten verkleidet, fensterlos und hundertfünfzig Meter hoch, bildete den Mittelpunkt der Insel. Fünfzehnhundert Meter davor bildeten Lichter und schräge Schlagschatten ein interessantes Muster: Hier begann in sanfter Steigung eine breite Rampe.

„Die Transferstraße!" stieß der Skoarto hervor.

„Wir dringen ein!" entschied Perry Rhodan.

Die Kette der Unsichtbaren durchstieß den Schirm und senkte sich bis in die Nähe des Eingangs.

„Ich brauche die Kampfmaschinen!" sagte Rhodan.

„Ich sende ein Peilzeichen, Sir", schloß sich der Paladin an. Die sechs Siganesen in den verschiedenen Decks der Metallkonstruktion machten sich bereit.

Plötzlich fiel, anscheinend ohne jede Kontrolle, die Korvette aus dem Himmel. Dann erwachten die Triebwerke. Aus dem schwach rot leuchtenden Punkt wurde ein feuriges Kugelgebilde, das sich absenkte, eine runde Schleuse öffnete und daraus dunkle Punkte schleuderte. Dreißig schwerste Kampfroboter schwebten herunter und nahmen geraden Kurs auf Perry Rhodans Gruppe, deren Mitglieder jetzt ihre Antigravaggregate, Deflektorschirme und die Pulsatortriebwerke ausgeschaltet hatten. Eine halbe Minute später landeten die Roboter und gingen in Verteidigungsstellung.

„Wir dringen entlang dieser Bahn vor“, sagte Rhodan laut. Er hatte sein Gerät auf die einjustierte Frequenz der überschweren Kampfmaschinen eingestellt und sah, wie sich die Waffenarme bewegten und die Linsen der Maschinen aufleuchteten.

Die Gruppe von vierzig Gestalten begann zu laufen. Hinter ihnen zeigte ein letzter Blick, wie die Pelewon vor dem unsichtbaren Bioschirm haltmachten und warteten. Das erste Schiff der Bestien tauchte über der Insel auf, und augenblicklich war es in ein Gefecht verwickelt. Zwei Korvetten umkreisten es in wendigen, schnellen Manövern und hämmerten mit den Geschützen gegen die Bordwände. In der Lufthülle entbrannte zwischen den Pelewon und den Terranern eine wütende Schlacht.

Teilweise über der Tagseite Zootkohns, teilweise über der Hälfte, die in der Dunkelheit des Schlagschattens lag. Die Pelewon, die sich überall zusammenrotteten, sahen ein farbensprühendes Schauspiel von tödlicher Bedeutung. Eine Menge schwerbewaffneter Pelewon in ihren plumpen Anzügen und in gepanzerten Gleitern versammelte sich unter dem Gellen der Sirenen.

Sie umstanden den Schirm in einem großen Ring, mehrere Glieder tief.

Und das Kommando Perry Rhodans drang auf der Transferstraße ein. Sowohl die zehn Gestalten in ihren schweren Kampfanzügen als auch die dreißig Roboter hatten jetzt wieder die Flugaggregate eingeschaltet und hatten eine größere Geschwindigkeit. Sie rasten dicht über der Oberfläche der hellerleuchteten Piste dahin, die eine gewaltige Linkskurve beschrieb und dabei stetig fiel. Rechts und links der weißen Fläche zweigten riesige Schotte ab, schwere Tore und kleine Schleusen. Nicht ein einziger Pelewon war zu sehen. Bis hier herunter war das Heulen der Warninstrumente zu hören.

„Hier sind die Großkraftwerke eingebaut“, sagte der Skoarto, der jetzt plötzlich viel mehr wußte, als er vorher zuzugeben bereit gewesen war. „Es sind die Stollen, die rechts abzweigen. Teilweise arbeiten die Maschinen unterirdisch, teilweise ragen die Anlagen von hier bis über die Oberfläche auf."

„Verstanden", sagte Rhodan.

Vor ihnen tauchte etwas auf – Rotlicht warnte sie.

„Anhalten!" schrie Roi Danton.

„Was soll der Unsinn?" grollte die Stimme aus dem Rachen des Paladin. Die Siganesen hielten die Sperre aus Rotlicht offensichtlich für ein Kinderspiel.

Quer durch den Gang leuchtete eine dicke Barriere aus rotem Staub, wie es schien. Diese Materie wirbelte in Kraftfeldern durcheinander, in Schlieren und atemberaubenden Wirbeln. An breiten Vertiefungen in Wänden, Decke und Boden war zu sehen, daß diese Barriere durch Projektoren erzeugt wurde.

„Gehen wir kein Risiko ein", sagte Rhodan. „Harl Dephin?"

„Sir?"

„Beseitigen Sie bitte das Hindernis. Nach Möglichkeit schnell."

„Das", sagte der Paladin laut, „ist unsere Spezialität."

Leutnant-Spezialist Dart Hulos, mit einhundertacht Siga-Jahren ein Jüngling, Gesamtgröße nicht ganz hundertfünfzig Millimeter, erfaßte nach einem Kommando seine Ziele, schaltete die Fluganlage aus und ließ den Paladin absinken. Mit beiden Säulenbeinen stand die wuchtige Metallmasse fest auf dem Boden. Das erste Deck fuhr aus dem Kopf einen Raketenwerfer aus, justierte ihn mit den blitzschnellen Reaktionen der Siganesen ein und begann zu feuern.

Hintereinander verließen dreißig winzige Raketen den Lauf.

Sie kreischten mit beträchtlicher Rauchentwicklung durch den Schacht und schlugen ein. Der Spezialist bewegte während der dreißig Schußintervalle die Zieleinrichtung, so daß die Geschosse nebeneinander in die Leisten der Projektoren schlugen. Sekunden später, als unsichtbare Exhaustoren den Dampf und die Explosionswolken abgesogen hatten, war die Barriere zusammengefallen.

„Weiter – schnell!" drängte Rhodan.

Die Schutzanzüge hielten die Radioaktivität zurück, und die Phalanx arbeitete sich weiter vor. Hundert Meter . . . zweihundert . . . dreihundert. Atemlose Spannung erfüllte die Gedanken. Was würden sie hier finden? Wo würden sie es entdecken? Lauerten weitere Gefahren auf sie?

„Links."

Der Skoarto schien am Ende seiner Nervenkraft zu sein.

Links von ihnen sahen sie ein Portal aus Glas und Stahl. Viereckige Scheiben liefen in breiten stählernen Schienen, und einige Lichteffekte gaben der Anlage den Charakter des Außergewöhnlichen.

Roi schwebte nach vorn, schlängelte sich zwischen drei Robotern hindurch und verharrte vor den Scheiben. Was er sah, verschlug ihm den Atem.

„Wir haben unzweifelhaft die Steuerung entdeckt", sagte er. „Roboter vor!"

Fünf Roboter bildeten eine Linie, nahmen Anlauf und flogen geradeaus auf die Glasflächen zu. Ein ohrenbetäubendes Klirren und Krachen erfüllte den Tunnel, als die Konstruktion in Trümmer sank. Die fünf Maschinen schwebten weiter, als wären sie durch Seidenpapier geflogen, blieben dann stehen und sicherten das Vordringen der anderen ab.

Hinter der haluterähnlichen Stahlmasse des Paladins schwebten die Männer durch den Eingang, während zehn Roboter sich in zwei Gruppen aufstellten und ihre Ortungsorgane und die Waffenarme nach rechts beziehungsweise links ausrichteten. Die Maschinen bildeten eine breite, stählerne Mauer, die zudem durch starke Abwehrschirme verstärkt wurde.

Vor den Männern erstreckte sich jetzt ein Steg etwa einen Kilometer weit in eine riesige Halle hinein, deren Höhe etwa fünfzig Meter betrug. Von beiden Seiten dieses Steges gingen Ausläufer weg, die in Treppen und glatten Schrägflächen endeten. Diese Wege führten hinunter auf den Hallenboden.

„Was ist dies für eine Anlage?" fragte Professor Tschu halblaut.

„Vermutlich, soweit ich es identifizieren kann, eine riesige Schaltzentrale. Sehen Sie hier die einzelnen Abteilungen?"

Roi Danton hatte ihm die Antwort gegeben. Er hielt noch immer Eileen Dacran an der Hand und deutete jetzt mit der Rechten hinunter.

Aus den Wänden der rechteckigen Halle kamen dicke Stränge. Schwere Isolatoren hingen, standen und schwebten. Ein Geruch nach Ozon erfüllte die Luft; Roi und Eileen hatten ihre Helme geöffnet. In einzelnen Kreisen standen die Verteilerstationen; alle waren aktiviert und schickten die in unmittelbarer Nähe erzeugte Energie an alle Teile des Planeten.

„Hier ist niemand zu sehen", sagte Leutnant Ainsley laut. „Nicht einmal Pelewon in noch dickeren Anzügen."

„Das ist noch nicht das absolute Zentrum!" keuchte der Skoarto. „Wir müssen weiter!"

Rhodan schwieg und blickte sich um. Zehn Roboter waren inzwischen mehrere Handbreit über dem geriffelten Belag des Steges vorwärtsgeschwebt; ohne auf Gegenwehr zu stoßen, gelangten sie bis an das jenseitige Ende der Halle. Überall arbeiteten die Anlagen vollautomatisch und unberührt, gleichzeitig war zu sehen, daß sie nicht verlassen zu sein schienen – nirgends lagen Staubspuren.

„Diese Halle", warf der Psychologe ein, „ist nach einem hier klar erkennbaren Schema angelegt. Nehmen wir die Transferstraße, die wir eben verlassen haben, als Kreis mit einem noch nicht entdeckten Mittelpunkt, dann ist die Halle zum Mittelpunkt hin orientiert. Der Kreis hat einen geschätzten Durchmesser von drei Kilometern, diese Halle ist tausend Meter lang – ungefähr –, und bis zum Mittelpunkt wären es also noch fünfhundert Meter. Ich bin dafür, entlang dieses Steges vorzustoßen. Dahinter gelangen wir eindeutig zu dem Mittelpunkt, den der Skoarto zu suchen scheint."

Die Gruppe flog weiter. Die Spitze bildeten zehn Roboter, dann kamen die Terraner, der Paladin und der Skoarto. Zwanzig Roboter sicherten am Schluß und an den Seiten.

„Dort vorn scheint es Widerstand zu geben", sagte Roi.

„Öffnet den Durchgang!" befahl Rhodan den Robotern.

Die zehn Roboter, die den Durchgang dieser Halle zu einer anderen Anlage erreicht hatten, sahen sich Kollegen gegenüber. In den Wänden bewegten sich aus halbrunden Kuppeln schwere Projektoren und begannen zu feuern. Die Energie prallte an den Schirmen der Maschinen ab, verbrannte einen Teil des Steges und verbreitete Hitze und Vernichtung über die Wände. Mit einem nachhallenden Krach brach eine Falltür herunter, die wirkungslos bleiben mußte, da die Flugaggregate eingeschaltet waren. Gleichzeitig schob sich aus Boden und Decke je eine dicke Stahlplatte – die beiden Sperren trafen sich in Augenhöhe.

Ein greller Lichtblitz knallte aus einem der Projektoren.

Zwei Roboter hatten ihre vier Waffenarme auf einen anderen Projektor einjustiert und schmolzen ihn förmlich. Rotlichter zuckten durch die Halle, und irgendwo schrie eine helle Stimme Befehle in schneller Reihenfolge. Niemand verstand sie.

Mitten in dem Inferno meldete sich eine Stimme.

„Hier ist die Korvette, die über der zentralen Insel kreist. Wir werden pausenlos angegriffen. Sowohl vom Boden als auch durch die Pelewon-Schiffe. Wir warten auf Anordnungen, Sir."

Mit einem Krachen, das das Dach anzuheben imstande war, mit einem Lichtblitz, der die gesamte Breite der Halle durchmaß und in einem Isolator endete, mit blauweißen Funken und einem Lichtbogen zum Ende des Stegs brannte der zweite Projektor aus.

Er stank und rauchte.

„Helme zu!" schrie Danton. „Alors!"

„Korvette, bleiben Sie, wo Sie sind", rief Rhodan. „Wir haben einen kleinen Aufenthalt hier. Weichen Sie aus und halten Sie sich zu unserer Verfügung. Es kann sein, daß wir in rasender Eile werden fliehen müssen."

Roi sah zu, wie die Maschinen ein Loch durch die zwei stählernen Platten brannten. Weißglühendes Metall floß an den Platten herunter, sinterte wirre Muster in den Boden und verbreitete dichten, ätzenden Rauch. Blasenwerfend wölbte sich der Fußboden, und von der Wand lösten sich schwere große Flächen, hingen einen Moment bewegungslos in Schräglage und kippten dann ab. Weiße Staubwolken wirbelten von den kostbaren Energieschaltbänken auf. Flammen züngelten aus zerfetzten Instrumenten und krochen über die Pulte, wie brennende, winzige Schlangen.

Die beiden durchgebrannten Stahlplatten lösten sich mit kreischenden Tönen aus den Halterungen. Die Terraner warfen sich vorwärts und schwebten durch den Rauch und die Trümmer, vorbei an Glas, Stahl und den ausgebrannten Resten der Abwehranlagen.

Ein Krächzen kam durch die Lautsprecher, durchsetzt von kosmischen und atmosphärischen Störungen. Fast gleichzeitig drehten Roi Danton und Rhodan an den Lautstärkereglern am breiten Instrumentengürtel.

„ . . . spricht Atlan", sagte die verzerrte Stimme des Arkoniden. „Ich muß euch warnen. Trotz unserer gestörten Ortung haben wir ziemlich exakt zehntausend Pelewon-Schiffe ausmachen können. Sie befinden sich innerhalb der Dunkelwolke und streben der Öffnung der Sperre zu. Etwa zweihundert Schiffe sind bereits durchgeschlüpft. Unsere Korvetten befinden sich bisher ohne Ausfälle in schwersten Kämpfen. Diese riesige Armada scheint jedoch nicht daran interessiert zu sein, auf Zootkohn zu landen. Wie die positronische Hochrechnung ergeben hat, scheinen sie zusammen mit den Dolans eine Offensive zu planen. Die Dolans werden jedoch von uns planmäßig vernichtet. Offensichtlich sind sie noch nicht genügend eingerichtet, denn die Gegenwehr ist mäßig. Ich empfehle einen schnellen Rückzug, Perry. Ende."

Perry sah sich um, starrte durch die Sichtscheibe der Helme von Roi und Eileen. Um seine Züge lag ein leichtes Lächeln. Er wirkte wie ein Mann, der nicht gewillt war, kurz vor dem endgültigen Ziel zu resignieren. Das Lächeln verstärkte sich, wurde zwingender und blieb, als er langsam erwiderte:

„Wir stehen dicht vor der Entdeckung der zentralen Schaltstelle von Zootkohn. Noch brauchen wir nicht zu fliehen. Aber ich bitte, trotzdem eine Korvette in der Nähe zu halten und weitere Meldungen durchzugeben. Uns trennen nur noch wenige hundert Meter von dem endgültigen Geheimnis. Ende."

Er schaltete ab.

Der folgende Raum war kreisrund und geformt wie eine Kugel mit einem Bodendurchmesser von rund hundertneunzig Metern. In der Mitte erhoben sich lauter schwarze Würfel, deren Flächen glitzerten, als wären sie mit Diamantstaub überpudert. Auf einem langgestreckten Pult glommen in wirren Rhythmen Lämpchen auf, Farbstreifen bewegten sich nach rechts und wieder zurück.

„Eine riesenhafte Positronik! Wir sind ganz nahe!" schrie der Skoarto fast wimmernd.

Sie durchrasten den Saal binnen einiger Sekunden. Die Roboter, die an der Spitze flogen, warfen sich wie metallene Meteore durch eine Konstruktion aus dickem Panzerglas und Stahl. Wieder erfüllte der nervtötende Laut berstenden Materials die Lautsprecher und marterte die Trommelfelle.

Gerade als Rhodan, hinter sich den Mausbiber, durch die Trennwand schoß, geschahen zwei Dinge gleichzeitig.

Gucky schrie:

„Halt! Ich orte etwas. Ganz eindeutig, Perry!"

Die Lautsprecher knackten, und eine militärisch abgehackte Stimme sagte, ohne auf Antwort zu warten:

„Hier Oberleitung des Korvetteneinsatzes. Wir haben starkes Abwehrfeuer vom Boden aus bekommen. Unsere Geschütze schlagen zurück. Der Ring der Pelewon, der sich um den inneren Bioschirm gebildet hat, löst sich auf. Sie fliehen nach außen, zu den schweren Geschützen, und ...“, eine schreckerfüllte Pause entstand, „... sie sind eben mit einem Gleiter durch den Schirm gerast. Einige der Bestien scheinen diesen Schock mit dem Leben bezahlt zu haben, man kippt sie einfach aus dem Gleiter.

Ein zweiter Gleiter rast durch den Schirm. Vermutlich sind alle tot, denn der Gleiter ist mit wahnwitzigem Tempo gegen eine Mauer gerast, dicht neben der Transferstraße. Der erste Gleiter ist verschwunden. Wir verstärken Schirme und Abwehrfeuer.“

„Verstanden“, knurrte Rhodan und sah vor sich die Mauer der Roboter, die stehengeblieben waren. Hinter ihm und neben der Gruppe standen die Maschinen und sicherten nach außen. Hin und wieder röhrte einer der überschweren Strahler auf.

„Gucky ... was hast du orten können?“ fragte Rhodan beinahe schmeichelnd.

„Es sind zahlreiche Lebewesen, die auf keinen Fall mit Dolans, mit Skoars oder mit Pelewon identisch sein können. Etwas Vertrautes schwingt mit, eine überlegene Geisteshaltung, ein hochorganisierter Impuls, der irgendwie gehemmt wird. Es sind mehr als fünfzig verschiedene Individuen, Perry.“

„Wo sind sie, Gucky? Schnell, es eilt!“ warf Roi ein.

Gucky schien aus der Versunkenheit aufzutauchen und deutete mit dem kurzen Arm seines speziell angefertigten Anzugs nach oben.

„Dort oben.“

Der Skoarto schrie plötzlich:

„Hier ist ein Lift. Dies ist eine untergeordnete Schaltanlage der Hauptpositronik!“

Mitten in der Halle, dicht zwischen den Würfeln der Positronik, ragte eine nahtlose Glasröhre nach oben und setzte sich durch die Decke fort.

„Gut“, sagte Rhodan. „Hinauf.“

Der Lift bot ungefähr fünf Personen Platz. Mit einem Satz schwang sich der Paladin hinein. Rhodan, Gucky und Roi und Eileen folgten. Automatisch setzte sich die runde Plattform in Bewegung, beschleunigte mit Höchstwerten und erreichte binnen drei Sekunden die Decke, durchstieß sie und bremste mit gewaltiger Verzögerung ab. Die Gruppe warf sich aus der Öffnung, verteilte sich zu einem lockeren Halbkreis und blieb stehen. Vier Strahler und die Waffentechnik des Paladin waren einsatzbereit.

Aber niemand schoß.

„Das – das ist unglaublich!“ sagte Rhodan leise und ging einige Schritte vorwärts.

„In der Tat!“ sagte Roi. „Sehr merkwürdig.“

„Und jetzt weiß ich auch, warum mir die Impulse so vertraut vorkamen. Sie sind mir schon aufgefallen . . .“ Gucky ließ den Satz unvollendet. Er hüpfte vorsichtig bis an die Seite von Rhodan, zupfte ihn an dem schweren Ärmel und piepste:

„Wie passen sie hierher?“

Sie alle, auch die Siganesen in den Decks der stählernen Kampfaggregate, kannten diese Wesen.

Es waren regenerierte Okefenokees!

Roi begann zu zählen . . .

„. . . sechzig, zweiundsechzig. Zweiundsechzig hochgewachsene und gutaussehende Philosophen und Denker. Sie gleichen aufs Haar den Lebewesen, die wir nach der biophysikalischen Hyperregenerierung auf Monol kennengelernt haben.“

Der Lift hielt abermals hinter ihnen an.

Die beiden Leutnants, der Professor, Dr. Beriot, der Skoarto und einer der Robots liefen in die Nähe der Personen, die sich immer näher an die arbeitenden Okefenokees herantasteten. Eine ungewohnte Stille lag über dem Raum, der von einem riesigen technischen System erfüllt war. Ein schneller Überblick schuf den Eindruck, daß hier mehr Maschinen beherrscht und gesteuert wurden als von den Hauptzentralen zweier Ultraschlachtschiffe terranischer Bauweise aus. Also folgerte man, daß ein Mehrfaches an aufgewendeter und kontrollierter Energie durchfloß und modifiziert wurde. Überall warfen Lichter und Uhren, Skalen und seltsam leuchtende Knöpfe und Schalter Reflexe und Lichter über die kleinen Männer, die in Sesseln hockten, herumgingen und keine Notiz von den Terranern nahmen.

„Wir haben in den bisherigen Untersuchungen vieles gehört“, sagte der Professor. „Eine erste Analyse vergleichender historischer Forschung ergab eine Zahl von siebzigtausend Jahren, die wir zugrunde legen müssen.“

„Wie meint Er dies, Psychologe?“ erkundigte sich Roi.

„So, wie er es sagt“, erwiderte Tschu Piao-Teh und lächelte Roi zu. „Es kann mit an Sicherheit grenzender Wahrscheinlichkeit gesagt werden, daß auch diese gigantischen Anlagen auf Zootkohn siebzigtausend Jahre alt sind. Das würde bedeuten . . .“

Rhodan lachte kurz und grimmig.

„Es würde bedeuten, daß die Okefenokees vor dieser Zeit das hier alles, wodurch wir uns in der letzten halben Stunde einen Weg gebahnt haben, geschaffen hätten. Das halte auch ich für sehr wahrscheinlich.“

Dr. Beriot drängte sich vor und wandte ein:

„Sie waren es also, die in ihrem Drang, künstliche Lebewesen zu erschaffen, die ersten Experimente mit genverformten Eiern durchführten. Sicher auch schon damals mit den Eiern der Skoars! Sie erschufen die Bestien!“

„Ja! Aber nicht diese zweiundsechzig Okefenokees hier. Ihre Vorfahren!“

Der Skoarto brüllte auf wie eine Schiffssirene.

„Natürlich. Aber warum sind dann diese Wesen hier? Was tun sie? Wozu unternehmen sie diesen Frevel mit den Eiern?“

„Diese Okefenokees stehen unzweifelhaft unter einer Art hypnotischer Beeinflussung“, sagte Eileen Dacran. „Hier sind sie zweifelsohne nicht als Denker und Philosophen, sondern als Kontrolleure, meinetwegen als Wissenschaftler. Und kein Wissenschaftler würde ruhig zusehen, wie eine derart multiple Gesellschaft wie wir hier eindringt, unter starker Rauch- und Geräuschentfaltung. Die Wesen stehen unter fremdem Zwang.“

Roi ging schnell auf einen der arbeitenden Okefenokees zu und starrte ihm ins Gesicht. Der Zwerg sah durch ihn hindurch.

„Sie werden also gezwungen, die uralten Schaltanlagen ihrer Ahnen zu bedienen. Neu zu bedienen und das alte Programm zu steuern. Sie waren es, die die Schaltstation auf Zootkohn wieder in Betrieb setzten.“

Ein urweltliches Brüllen ertönte.

In dieser Stille, nur von dem Ticken der Instrumente erfüllt, war es ein Laut, der das Blut in den Adern gefrieren ließ. Die Köpfe der Männer fuhren in die Richtung des Lifts, aber dort standen nur regungslos sechs Roboter, die ihre Waffenarme mit den tödlichen

Projektoren gesenkt hatten. Als Rhodan handeln wollte, war es schon zu spät. Das Entsetzliche geschah . . .

Der Skoarto warf sich zur Seite, riß seinen schweren Strahler hoch und begann zu schießen. Nicht auf die Okefenokees, sondern auf die Instrumente. Die Glutbahn aus seinem Strahler erfüllte den Raum mit Hitze und einem seltsam brennenden, hellroten Licht. Überall barsten Abdeckungen, verschmolzen Schutzhüllen und schlugen Sicherungen durch. Meterlange Blitze fuhren knallend durch den Raum.

Die Okefenokees arbeiteten dennoch ruhig weiter, und die Strahlen pfiffen über ihre Köpfe, schlugen neben ihren Beinen ein und zerstörten die Anlage.

Roi warf sich vorwärts, hängte sich an den Arm des Wütenden und riß ihn herunter. Ein furchtbarer Schlag mit der Handkante, durch das Material des Anzugs verstärkt, zerfetzte beinahe das Griffstück der Waffe. Polternd fiel sie auf den brennenden und qualmenden Boden.

„Was war das, Skoarto?" fragte Rhodan und richtete die Mündung seiner Waffe auf das Wesen.

„Sie sind an allem schuld! Ich wußte es . . .", heulte der Skoarto auf. „Diese Verbrecher!"

„Die Okefenokees scheinen aus ihrer hypnotischen Lethargie aufzuwachen!" rief Eileen. „Professor, da!"

Tschu Piao-Teh stand neben ihr.

Sie sahen, wie sich die maskenhafte Starre der Gesichter löste, wie die gut geformten Gesichtszüge ihre Angespanntheit verloren und wie ein lebendiger Glanz in die großen Augen kam. Die Hände, die eben noch in der Nähe von zerstörten Schaltern gelegen hatten, zogen sich zurück. Und die Wesen erkannten, daß ihre Zentrale von Fremden besetzt war.

„Dort, Roi – die Projektoren!"

Gucky hatte nur gewispert, aber Roi hatte ihn deutlich verstanden. Er sah in die Höhe.

An der Decke, dort wo sich eine breite, schwarze Bahn verkohlter Materie hinzog, quer über den gesamten großen Raum, befanden sich unzweifelhaft Geräte, die eine eminent kurzwellige Strahlung verstärkten. Offensichtlich hatte diese Anlage die Aufgabe, die Okefenokees zu beeinflussen, verloren. Die Prokjektoren waren zerstört – aber nicht alle.

Ein Teil der ehemaligen Philosophen befand sich noch in ihrer maskenhaften Starre.

Augenblicklich, noch ehe man klare Gedanken fassen konnte, erfolgte ein Funkanruf. Die Stimme war klar, also mußte er von der Korvette kommen, die über der Zentralinsel kreiste.

„Wir rufen den Großadministrator!“ schrie jemand.

„Ich höre!“ rief Rhodan zurück. „Was gibt es?“

„Die Bestien greifen zu den letzten Mitteln. Sie rasen mit den Gleitern in irrsinnigem Tempo auf den Schirm los und durchstoßen ihn. Wer nicht dadurch getötet wird, klettert auf andere Gleiter, die in die Transferstraße eindringen. In Kürze haben Sie dort unten einen Kampf, Sir.“

„Schon möglich. Was tun Sie?“

„Wir legen eine Zone aus Sperrfeuer quer über den Eingang zur Transferstraße. Trotzdem gelingt es immer wieder einzelnen Gruppen unter schwersten Verlusten vorzudringen. Sollen wir neue Kampfroboter ausschleusen?“

Rhodan überlegte kurz, dann sagte er:

„Ja. Lassen Sie so schnell wie möglich sechzig Robots kommen. Sie werden ihre Partner anhand der abgestrahlten Impulse entdekken. Ansonsten – bleiben Sie, wo Sie sind, und decken Sie uns weiterhin die Rückzugsmöglichkeit.“

Er wandte sich an die sechs Roboter.

„Los, schnell – hinunter an die Eingangsbarrieren zur letzten Halle. Um jeden Preis einen Angriff abwehren und zurückschlagen. Nur defensiv arbeiten, nicht offensiv.“

Mit robotischer Präzision gehorchten die Maschinen. Sie verließen den großen Raum mit dem Lift. Die Schutzschirme flirrten, und die Waffenarme hoben sich.

Roi Danton stand zwischen den Okefenokees und dem Skoarto und hatte seinen Fuß auf die Waffe gestellt. Seine Hände umklammerten die Rechte des fremden Wesens. Bedauernd schüttelte Roi den Kopf, als er die hemmungslose Wut in den Augen des Skoarto entdeckte.

„Keine Emotionen bitte!“ murmelte er.

„Aber sie sind schuld an allem!“ beharrte der Skoarto.

„Möglich. Aber Sie sind kein Richter, mein Freund“, sagte Roi hart.

Als der Skoarto die Ruhe und Besonnenheit im Gesicht Dantons sah, lockerte er seine angespannten Muskeln und blieb stehen. Roi ließ ihn los und hob die Waffe mit einer schnellen, fast gleitenden Bewegung auf. Rhodan, der ihn zufällig ansah, wußte, welche geballte Kraft dazu nötig war, sich in einem schweren Kampfanzug so gewandt zu bewegen.

Drei der Okefenokees, die noch immer unter Hypnose standen, begannen sich schneller zu bewegen. Offensichtlich hatte die Zerstörung einer Anzahl von Hypnosuggestoren bewirkt, daß ein Signal die Bestien angelockt und in helle Wut versetzt hatte – und ein zweites Signal, unerkennbar für die Terraner, trieb drei Okefenokees aus dem Raum.

Sie entfernten sich in ruhiger Haltung auf einer Wendeltreppe und verschwanden schließlich in einem Raum oberhalb der strahlenden Decke.

„Was sagen Sie zu dieser Entwicklung?“ fragte der Psychologe den Skoarto.

„Ich sehe wieder, daß die Gerüchte, die ich hörte, restlos der Wahrheit entsprechen. Ich zögerte, Ihnen zu gestehen, daß ich mehr vermutete, aber jetzt kann ich meine Vermutungen aussprechen.“

„Ich bitte Sie darum“, sagte Tschu Piao-Teh sarkastisch.

Die anderen Mitglieder der Kampfgruppe hörten zu und blieben stehen.

„Eben werden die Roboter ausgeschleust. Sie haben das Ziel klar erfaßt und dringen im Schutz von Sperrfeuer und der eigenen Feldschirme vor. Ende der Meldung.“ Der Funkanruf war deutlich zu hören.

Rhodan nickte schweigend.

Der Paladin drehte sich um, bestieg die Liftplattform und schwebte abwärts. Vermutlich wollte Harl Dephin die Roboter empfangen oder unterstützen. Von sehr weit drang der Lärm von Schüssen und zerknallenden Vakuumröhren an die Außenmikrophone.

„Den Bestien muß es gelungen sein, die Transmitterverbindung zwischen dem Planeten Monol und dem unbekannten Zielort der wiedererweckten Okefenokees anzuzapfen“, sagte der Skoarto.

„Dabei müssen diese Okefenokees aus dem Transmitterstrahl herausgeholt worden und hier in die Gefangenschaft der Bestien geraten sein. Sie können Zootkohn natürlich ungefährdet betreten, wie auch Sie und ich. Es muß sich um Wissenschaftler und Fachkräfte gehandelt haben, deren latente Fähigkeiten auf dem Erweckungsplaneten erweckt worden sind. Erweckt oder sogar erst hergestellt, injiziert sozusagen. Das weiß ich nicht genau. Und schließlich hypnotisierte man sie und zwang sie, in diese Räume hier einzudringen. Sie waren den Bestien streng verboten und unmöglich gemacht durch den schweren Bioschirm. Hier und vermutlich dort, wo die drei Okefenokees hingegangen sind, ist die absolute Zentrale dieses gesamten Komplexes zu suchen. Zerstört auch die restlichen Projektoren, und die Wissenschaftler werden mit euch reden und euch bestätigen, was ich eben sagte!"

Das schien richtig zu sein.

Die Bestien, die merkten, daß sich die fremden Eindringlinge in der Zentrale befanden, fürchteten sich mehr vor einem Mißlingen des Projekts der modifizierten Skoareier als vor dem Tod und griffen an wie die Lemminge. Blind und zu allem entschlossen.

Wüster Lärm drang durch den Liftschacht. Rhodan wußte, daß sich die angreifenden Pelewon zwischen zwei Fronten von terranischen Kampfmaschinen befanden, die ihrerseits durch den unvergleichlichen Paladin mit seinen verheerenden Waffen unterstützt wurden, und blieb daher einigermaßen ruhig.

„Mir nach!" rief Roi Danton, nahm Eileen bei der Hand und zog seine Waffe. Mit dem schweren Strahler winkte er Perry Rhodan. Sie rannten auf die spiralige Treppe zu und enterten sie, so schnell es die Anzüge zuließen.

Sie standen in einem kuppelförmigen Raum. Dunkelheit empfing sie. In dieser Dunkelheit waren einige leuchtende Flecke verteilt. An insgesamt sechs Punkten, dort, wo die runde Kuppel in den planen Boden überging, befanden sich eingeschaltete Bildschirme.

Auf dem ersten Schirm waren Flammen zu sehen, die weißen Relikte ausgebrannter, stählerner Streben und Verbände. Auf dem zweiten Schirm waren Gruppen von Robotern zu erkennen, die versuchten, mit einem schwarzen Schaum diese Glut zu ersticken. Dieser Schirm zeigte auch, wie die Roboter von dem Atombrand aus Roi Dantons Bomben erfaßt und vernichtet wurden. Mit der positronisch gesteuerten Sturheit der Maschinen verübten sie pausenlos weiterhin Selbstmord.

Der dritte Schirm zeigte eine Masse von Leibern, die sich einem Ausgang zuwälzten, der weit hinten im Bild zu sehen war. Es handelte sich hier um halbtote Bestien, die aus Skoareiern herangezüchtet worden waren und wie ein riesiger Zug von Würmern aussahen.

Der nächste und der übernächste Schirm zeigten Kämpfe zwischen Pelewon und Robotern, die hier irgendwo stattfanden, in unmittelbarer Nähe. Der letzte Schirm zeigte ein unverständliches Diagramm, dessen Farben sich ständig abwechselten, dessen rechteckige Linien sich ständig in andere Richtungen bewegten. Es konnte ein schwer lesbares Produktionsschema sein.

Perry Rhodan hob die Waffe, zielte kurz und hämmerte einige schnelle Schüsse in die jetzt klar erkennbaren Projektoren an der Decke. Sie hingen dort spinnenähnlich wie stählerne Insekten und zwangen den kleinen Denkern den fremden Willen auf.

Die Okefenokees erwachten aus ihrer Starre.

„Endlich!“ sagte Rhodan. „Wo sind die Roboter, Leutnant?“

Leutnant Ainsley gab einige Kommandos, dann sagte er:

„Die ersten kommen gerade aus dem Lift.“

„Sehr schön. Befehl: Jeder der neuangekommenen Roboter soll einen Okefenokee nehmen, ihn unter dem Schirm schützen und wenn möglich mit eingeschaltetem Deflektor zurückrasen. Sorgen Sie dafür, daß die Korvette genau in dem Moment landet, in dem die Roboter sich dort draußen befinden. Alle Schleusen auf, blitzschnelle Energie. Sie fliegen mit den Robotern mit und starten sofort von Zootkohn weg. Wenn noch Zeit bleibt, soll sich die Korvette in die CREST einschleusen lassen. In dem Fall erstatten Sie Lordadmiral Atlan einen detaillierten Bericht.

Wenn Sie die CREST nicht mehr erreichen, fliegen Sie mit den Okefenokees von Zootkohn weg. Der Kommandant kennt die Koordinaten der roten Doppelsonne, eins Komma drei Lichtjahre von der Wolke entfernt. Dort ist allgemeiner Sammelpunkt. Randar Runete soll es an alle Verbände durchgeben.“

„Jawohl, Sir.“

Eine Neurose braucht lange Zeit, um akut zu werden. Sie wuchert wie ein Krebsgeschwür, lange, langsam und unerkannt. Und wenn sie akut wird, geschieht es meist ohne Warnung. In diesem Fall war eine Warnung erfolgt, aber man hatte sie nicht eindeutig erkannt.

Der Skoarto wurde endgültig, unwiderruflich und in einer gewalttätigen Form wahnsinnig.

Er schwang sich, eine schwere Waffe in der Hand – er hatte sie dem Professor aus den Fingern gerissen –, aus dem Geländerabschluß der Wendeltreppe. Er schrie unartikuliert und sinnloses Zeug in einer Sprache, die niemand verstand – exotische Flüche zu einer unbekannten Gottheit. Seine Waffe sprühte Feuer und Vernichtung, und er zerstörte zwei Schirme und zwei riesige Pulte, ehe Roi Danton über ihm war. Die beiden rangen lautlos und unerbittlich, aber ein Hebelgriff schleuderte Danton gegen Rhodan. Beide schlugen schwer gegen das Geländer, bogen die stählernen Streben und suchten nach Halt.

Und dann erfüllte sich das Schicksal.

Eine Wächterapparatur war nicht zerstört worden. In einer milchigweißen Halbkugel im Scheitelpunkt der Kuppel zeigte sich ein Spalt, und ein plumper, roter Isolator schob sich hervor, wie der Stachel einer Mordwespe.

Violette, harte Strahlen zerfetzten den Skoarto. Er starb im Bruchteil einer Sekunde. Ein Treffer ließ seinen Energietornister detonieren, schmolz den Boden und vergaste den Beton darunter. Dann schloß sich der Spalt wieder, das Rohr hatte sich zurückgezogen.

Roi zog Eileen an sich. Die drei Okefenokees begriffen langsam, aber sie schienen jetzt zu wissen, was geschah und wo sie sich befanden.

„Seit dreiundvierzig Jahren . . .“, murmelte einer von ihnen.

Rhodan, der sich durch Hypnoschulung die Sprache der Okefenokees hatte lehren lassen, verstand.

Drei Roboter erschienen fast übergangslos, geleitet von den präzisen Befehlen des jungen Leutnants. Sie schwebten heran, schalteten die Schirme aus und griffen nach den Okefenokees. Die kleinen Wesen schrien und protestierten, aber der plastikgeschützte Stahl hielt sie fest wie eine Fessel.

Dann schlossen sich die Schirme wieder, und lautlos, wie sie gekommen waren, flogen die Roboter wieder hinaus. Als sie in der Nähe des heftig umkämpften Durchgangs waren, schalteten sie die Deflektorschirme ein.

Eine unsichtbare Kette von zweiundsechzig Maschinen, deren Zweck nicht Kampf, sondern Rettung war, schwebte entlang der Transferstraße nach draußen. Mitten durch die Kämpfe, durch die Massen vordringender Pelewon, mitten durch das Feuer aus zahlreichen Waffen.

An der Spitze flog, unsichtbar, Leutnant Ainsley.

Seine Kommandos waren klar und ein Musterbeispiel für planmäßiges Vorgehen. Er sah, als er aus der Transferstraße auftauchte, wie drei Space-Jets in beinahe selbstmörderischen Sturzflügen aus dem

Nachthimmel herunterstießen und mit den Geschützen einen Kreis rings um einen genau bezeichneten Punkt säuberten. Die Bestien stoben auseinander, und fast unsichtbar senkte sich die Korvette. Als sie mit fauchenden Landestützen aufsetzte, erhellten sich schlagartig die offenen Schleusen.

Wie Habichte umkreisten die Jets das kleine Raumschiff. Die Roboter wußten, was zu tun war. Sie schalteten die Flugeinrichtungen auf höhere Leistungen und schossen hinauf, hinein in die Schleusen. Eine schnelle Zählung ergab zweiundsechzig, nachdem die Deflektorschirme abgeschaltet worden waren. Der Leutnant ging an Bord, als sich schon die Zentralschleuse schloß und das Schiff mit Höchstwerten beschleunigte. Geschützt durch einen HÜ-Schirm startete die Korvette senkrecht in die Lufthülle, umschwirrt von den Jets.

Eine andere, die auf Rhodans Mannschaft wartete, schwebte ein und bezog eine Warteposition hoch über der Insel.

Die Korvette hetzte durch die Nacht, stieß unaufhaltsam in den Weltraum vor und näherte sich binnen Minuten dem Sperrgürtel. Sie durchstieß ihn, wechselte einen Funkspruch mit der CREST und wurde eingeschleust. Nach kurzer Zeit stand Leutnant Ainsley, schwitzend und erschöpft, aber glücklich, vor Atlan.

Dann berichtete er.

24.

Die übriggebliebenen Roboter unter der Führung des Paladins sammelten sich und zogen sich zurück. Sie bildeten vor und hinter dem Eingang zu der ersten Halle, in der man auf die Okefenokees gestoßen war, eine undurchdringbare Kette. Drei von ihnen waren im Feuer der Pelewon vernichtet worden. Der Paladin setzte sein gesamtes Waffenarsenal ein und kontrollierte den langen Steg und den Saal dahinter.

Das Unvorstellbare war geschehen . . . Bestien waren durch den Bioschirm gedrungen und in die Halle der Zentralen Positronik eingedrungen.

Siebzigtausend Jahre lang war die Schaltung aktiv geblieben. Sie war die letzte Möglichkeit der Erbauer dieser gigantischen Anlagen. Die Positronik, die jeden einzelnen Vorgang bisher beobachtet hatte, sah ein Bild, das sich mit dem Programm nicht vereinbaren ließ. Eine kleine, aber wirkungsvolle Positronikeinheit begann zu arbeiten.

Was war geschehen?

Gegen den Willen und die feste Absicht der Erbauer, die sich mit verwirrenden Systemen dagegen abgesichert hatten, waren künstlich erzeugte Lebewesen in die Schaltstellen eingedrungen. Die Zerstörung war zu beseitigen, aber der Einfluß der Kreaturen durfte nicht geduldet werden.

Die Sicherheitsschaltung ordnete in diesem Fall an, daß die Anlagen zu vernichten seien.

Impulse, seit siebzigtausend Jahren gespeichert, verließen die positronische Zentrale. Sie rasten um den gesamten Planeten und setzten in jeder Station, jeder Halle, jedem Kraftwerk und jeder Kontrolleinheit eine Energie frei, die diese Maschinen vernichtete.

Die Vernichtung eines atomaren Meilers mit einigen Hunderttausend Kilowatt Normleistung, ein Drittel mehr in den Spitzenbelastungen, löst zwangsläufig eine atomare Explosion grauenhaften Ausmaßes aus.

Das geschah gleichzeitig an sämtlichen neuralgischen Punkten Zootkohns, des ersten Planeten der Sonne Dusty Queen.

Genau in dem Augenblick, in dem der letzte Roboter den kleineren Saal, also den absoluten Mittelpunkt der planetaren Anlagen verlassen hatte und mit seiner kostbaren Last hinausschwebte zur rettenden Korvette, wechselte das Bild des letzten Sichtschirms.

Gesicht und Körper eines hochgewachsenen, regenerierten Okefenokees erschienen.

Perry Rhodan konnte seine Worte verstehen.

„Ich warne alle Angehörigen meines Volkes, die diese Warnung empfangen können. Sie läuft über sämtliche Kommunikationseinrichtungen und wird nicht wiederholt . . .“

Rhodan übersetzte Wort für Wort sehr laut.

„Unser Programm ist fehlgeschlagen. Die Kreaturen haben unsere Einrichtungen gestürmt. Somit ist dieses Programm sinnlos, und es wird gelöscht. Der Planet wird aufgelöst. Frist: Fünfzehn Minuten.“

Das Gesicht verschwand, der Schirm wurde dunkel. Gleichzeitig erloschen ausnahmslos sämtliche Instrumente und Anzeigen, die noch unversehrt waren.

„Haben Sie auch mitgehört, Harl!“ schrie Rhodan.

„Natürlich, Sir.“

Ein wütender Schlag schien den gesamten Planeten zu erschüttern. Die Blöcke der Schalteinrichtungen wankten und ächzten, und Rhodan, der der Wendeltreppe am nächsten stand, schaltete sein Flugaggregat ein und schwebte hinunter, während er sagte:

„Los! Allgemeiner Rückzug. So schnell wie es geht. Zootkohn explodiert.“

Roi und Eileen folgten, den Schluß bildete der Psychologe. Sie rasten durch den größeren, tiefer liegenden Saal und preßten sich in den Lift. Sekunden später stießen sie zu der restlichen Gruppe, die sich bei Rhodans ersten Worten schon zurückgezogen hatte. Sie waren vollständig.

Rhodan blieb stehen.

„Dephin. Der Plan beginnt anzulaufen, sobald ich den Funkspruch beendet habe. Zuerst ein Feuerschlag, dann die Deflektorschirme an! Bei Erreichen des Schiffes meldet sich jeder.“

„Einverstanden.“

Sie wußten, wie Rhodan vorgehen wollte.

„Hier spricht Rhodan. Ich rufe Major Runete“, sagte dieser laut, nachdem er den Rufknopf für den speziellen Kanal gedrückt hatte. Von Störungen stark überlagert, meldete sich der Inder.

„Hier Runete, Sir. Was ordnen Sie an?“

„Eine Korvette landet, um unsere Gruppe aufzunehmen. Der Planet wird in wenigen Minuten explodieren. Alle anderen ziehen sich zurück – und zwar mit größter Geschwindigkeit. Verständigen Sie Atlan. Die CREST soll den Sammelpunkt anfliegen.

Sämtliche Jets und Korvetten sammeln die ausgeladenen Truppen und Roboter wieder ein und starten durch. Ziel: Die rote Doppelsonne; jeder kennt die Daten. Dort treffen wir uns.“

Ein erneuter Schlag unterbrach ihn.

Die Kruste des Planeten schien sich gegeneinander zu verschieben und in kleine Stücke zu zerbrechen wie eine Eierschale.

„Generalbefehl: Alles setzt sich ab, so schnell es geht. Eine überstürzte Hast ist, wenn die Maschinen in der Luft sind, unnötig. Ich bin in Kürze auf der Oberfläche. Viel Glück. Ende."

„Ende", bestätigte der Inder.

„Los!" sagte Rhodan laut.

Zehn Personen war die Kommandogruppe stark, als sie hier eindrang. Leutnant Ainsley war gestartet, der Skoarto tot. Dazu waren dreißig Roboter gestoßen, von denen sechs inzwischen zerstört waren.

Sechzig weitere Maschinen waren gelandet – zweiundsechzig Roboter hatten die Okefenokees in Sicherheit gebracht. Während sich die wenigen Mannschaften, die mit den Robotern ausgeschleust worden waren, mit Hilfe der Fluganzüge in die Jets und Korvetten zurückzogen, gleichzeitig an allen Teilen des Planeten, auf denen gekämpft wurde, schlug den Pelewon in der Halle dreißigfaches konzentriertes Feuer entgegen.

Dann schalteten die acht – sechs Terraner, Gucky und der Paladin – ihre Deflektorschirme ein und schossen zwischen den Robotern hervor. Zwölf der Roboter folgten in der gleichen Sekunde. Die restlichen zehn deckten den Rückzug.

Fast unbemerkt erreichten sie das jenseitige Ende der riesigen Halle.

In der Korvette über ihnen begann der Kommandant vor Nervosität und Spannung an den Nägeln zu kauen, ohne es zu merken. Zehn scharfe Linsen waren auf den Platz neben dem Eingang der Transferstraße justiert und lieferten ein scharfes Bild auf das Pult des Kommandanten.

Ein zweiter Feuerschlag, wahllos gefächert, schlug in die Halle.

Dann folgte ein Roboter nach dem anderen. Der letzte, der voll sichtbar und feuernd dicht über dem fast vollständig zerstörten Steg zum Ausgang flog, wurde ein Opfer des konzentrierten Beschusses der Pelewon.

Die Unsichtbaren rasten mit Höchstwerten durch den gebogenen Tunnel der Transferanlage.

„Korvette – landen!" schrie Rhodan.

Er flog an der Spitze und erreichte jetzt den Ausgang.

„Oberst Akran – wir starten. Zurück zur roten Doppelsonne!"

Atlan stand hinter dem Kommandanten und hatte seine Hand auf der Schulter des Mannes liegen. Vor Erregung sickerte das Augensekret über die Wangen, und die hellroten Augäpfel des Arkoniden schienen zu glühen. In dem Inferno unter dem Schiff befanden sich Rhodan und sein Sohn und andere Männer, die ihr Leben wagten.

„Warten wir nicht auf Perry Rhodan?"

„Er gab den Startbefehl. Alle Jets sind bereits wieder eingeschleust. Die Korvetten sind in der Lage die Dunkelwolke zu durchfliegen. Wir treffen uns dort. Die Haluter und die BOX-13111 warten auf uns."

„Gut. Ich leite ein."

Langsam nahm die CREST Fahrt auf und entfernte sich vom Planeten.

Drei Korvetten waren nahe genug gewesen und eingeschleust worden; mit dem Schiff, das die Okefenokees brachte, waren es vier. Sechsunddreißig fehlten also noch.

Sämtliche Einheiten der Terraner waren jetzt wieder in der Luft. Sie beschleunigten unaufhörlich und jagten durch die Lufthülle, den strahlenden und pulsierenden Scheiben entgegen.

Plötzlich wurden die Scheiben stumpf und dunkel. Ein ungeheurer Vulkan öffnete sich nahe dem Südpol des Planeten und begann, einen Teil dieser Welt zu verdunkeln.

Die Korvette fiel wie ein Stein, fing sich ab und landete.

Sämtliche Schleusen glitten weit auf. Die Unsichtbaren schwebten höher und warfen sich in die Innenräume.

„Roi Danton und Eileen Dacran an Bord."

Jeder hörte die Meldung. Roi schaltete sein Funkgerät aus und näherte sich, jetzt ohne jedes technische Hilfsmittel, mit müden Schritten der kleinen Personenpforte der Schleuse.

„Tschu Piao-Teh."

„Beriot an Bord."

„Hier Gucky!"

„Harl Dephin und das Thunderbolt-Team!"

„Leutnant Tarayna."

Eine lange Pause, dann: „Rhodan", sagte der Großadministrator.

Hinter ihnen kamen die Roboter.

Krachend schlossen sich die Schleusentore, während der Ringwulst zu einem Bündel von Strahlen wurde. Die Korvette raste fast als letzte in den Raum hinaus, ließ die Oberfläche des Planeten hinter sich und flog zwischen den Scheiben hindurch, die nur noch als undeutliche Ortungsschatten zu sehen waren. Der Planet unter ihnen schien sich zu öffnen. Rote Glut leuchtete überall, breite Spalten zuckten über die Kruste. Das Meerwasser strömte ein. Dampfwolken von ungeheuren Ausmaßen bildeten sich, und über allem lag die Fackel der pulsierenden Sonne Dusty Queen.

Rhodan stand, am Rande der Erschöpfung, neben dem Kommandanten. Er sah auf die Schirme, die noch funktionierten, obwohl sich die Korvette anschickte, in den Linearraum zu gehen.

Zootkohn detonierte.

„Diese Vernichtungsschaltung . . . die alten Okefenokees, die hier die ersten Bestien aus Skoareiern züchteten, und denen ihre eigenen Kreaturen über den Kopf wuchsen, haben sie siebzigtausend Jahre konserviert . . . heute ist sie wirksam geworden", sagte Perry Rhodan fast flüsternd.

„Das gesamte System war und ist zum Untergehen verurteilt, Sir", vollendete der Kommandant ebenso leise. „Die Sonne war im Stadium der Pränova."

25.

Die CREST IV stand inmitten der gigantischen Sternenfülle der Kugelgalaxis M 87. Nicht weit von ihr entfernt hing der Posbi-Fragmentraumer BOX-13111 scheinbar unbeweglich im Raum. Die beiden Kugelraumer der Haluter hatten wie üblich die Fernsicherung übernommen. Sie hielten sich jedoch immer in der Nähe der großen, roten Doppelsonne auf, die eins Komma drei Lichtjahre von den Ausläufern der riesigen Dunkelwolke entfernt stand.

Perry Rhodan wendete sich von dem Panoramaschirm ab, den er bisher beobachtet hatte. Er sah Atlan direkt in die Augen.

„Die von uns befreiten Okefenokees – ob sie wissen, wer sie in

Wirklichkeit sind? Ich bin fest davon überzeugt, daß sie mit den Konstrukteuren des Zentrums identisch sind – oder doch zumindest sein würden, wenn der Transportvorgang an ihr unbekanntes Ziel nicht unterbrochen worden wäre."

Atlan setzte sich.

„Ich glaube nicht, daß sie eine Ahnung davon haben. Die Zwerge haben bis jetzt immer ihre Toten auf diese seltsame Weise bestattet, sie wußten nicht, was mit ihnen geschah. Nur wir haben erfahren können, daß die fliegenden Särge auf Monol landen und die Toten dort hyperregeneriert werden. Ich bin fest davon überzeugt, daß die Konstrukteure auf diese etwas merkwürdige Art ihre Nachkommenschaft sichern. Vielleicht sind sie selbst zur Reproduktion unfähig. Ich habe übrigens eben mit John Marshall und Gucky gesprochen. Als Telepathen sind sie in der Lage, die Okefenokees ständig zu belauschen. Es haben sich bisher keine Differenzen zu dem ergeben, was sie bereits aussagten. Sie wissen wirklich nicht, was mit ihnen geschehen ist, und warum sie von den Bestien gefangengenommen wurden. Sie haben überhaupt keine Ahnung von den letzten Ereignissen in M 87. Sie starben – und dann wurden sie in der Gefangenschaft wieder wach. Das ist alles."

Rhodan stand auf und ging unruhig in der Zentrale auf und ab. Dann setzte er sich wieder.

„Wir haben sie befreit, und sie sind unsere Gäste, nicht unsere Gefangenen. Einer von ihnen hat zweifellos eine führende Rolle inne. Es handelt sich um einen Wissenschaftler namens Eynch Zigulor. Ich habe mich vor einer Weile mit ihm unterhalten. Er beharrte darauf, daß wir mit unserer kleinen Flotte das Zentrum anfliegen und Funksprüche aussenden. Ich habe ihn gefragt, warum er darauf besteht, und die Erklärung klingt recht logisch. Er kennt unser Problem, und er ist mit uns der Meinung, daß nur die Konstrukteure des Zentrums uns zu helfen vermögen. Ich weigere mich jedoch, so einfach seinem Wunsch nachzugeben. Ich hoffe, du verstehst das . . .?"

Atlan nickte.

„Natürlich verstehe ich das, Perry. Es wäre sinnlos, völlig unvorbereitet in das Zentrum von M 87 zu fliegen und zu versuchen, Verbindung mit den Konstrukteuren aufzunehmen. Die wissen schon längst, daß wir existieren und welche Probleme wir haben. Wenn sie also wollten, hätten sie den Kontakt bereits hergestellt. Sie warten auf etwas, aber ich kann dir beim besten Willen nicht sagen, worauf.

Wir haben nun oft genug bewiesen, daß wir unbeabsichtigt in diese Galaxis gekommen sind und nichts sehnlicher wünschen, als in die unsere zurückzukehren. Das aber können wir nur mit ihrer Hilfe. Sie werden auch bald erfahren, daß wir die Hauptwelt der Bestien zerstört und die von Zootkohn ausgehende Gefahr durch die restlose Vernichtung aller Dolans beseitigt haben. Wenn sie das nicht überzeugt, dann weiß ich mir wirklich keinen Rat mehr."

Rhodan gab keine Antwort. Er blickte wieder auf den Bildschirm, als wolle er die nur eins Komma drei Lichtjahre entfernte Dunkelwolke mit den Augen durchdringen. In ihrer Umgebung wirkten die vielen tausend Sterne noch heller als sonst. Eingebettet in dieser Lichthülle lag sie da, ein gefräßiges Ungeheuer, das auf Opfer wartete.

Völlig unerwartet erschien in diesem Augenblick Gucky in der Kommandozentrale. Er kam ganz normal durch die Tür, die sich automatisch wieder hinter ihm schloß. Er zwinkerte einigen Offizieren vertraulich zu und marschierte dann geradewegs auf Rhodan und Atlan zu. Die beiden Männer machten ihm bereitwillig Platz, so daß er zwischen ihnen auf dem Kontrolltisch Platz nehmen konnte.

„Ganz schlau werde ich aus diesen verwandelten Zwergen nicht", eröffnete er das Gespräch. John Marshall und er hatten sie abwechselnd telepathisch zu überwachen.

„Tut mir leid, es gibt nichts Neues. Die Brüder denken daran, Kontakt mit den Konstrukteuren des Zentrums aufzunehmen. Sie wollen wissen, was gespielt wird. Außerdem beschäftigen sich ihre Überlegungen damit, uns ihre Dankbarkeit zu beweisen. Ich hoffe, das beruhigt euch."

„Das tut es allerdings", gab Rhodan zu. Er sah auf, als einer der Offiziere aus der Funkzentrale kam und ihm eine Folie überreichte. „Von wem?"

„Von den Halutern, Sir."

Rhodan las die Meldung durch und reichte sie Atlan.

„Das werden die Schiffe der Pelewon sein, die der Vernichtung entgingen. Sie haben die Verfolgung aufgenommen. Es wird also Zeit, daß wir von hier verschwinden. Dreitausend Einheiten – das ist eine ganz schöne Menge. Sie kommen aus dem Bereich der Dunkelwolke."

Atlan, der die Meldung inzwischen durchgelesen hatte, fügte hinzu:

„Icho Tolot bestätigt, daß die rote Sonne Dusty Queen zu einer Nova geworden ist. Damit können wir sicher sein, daß die drei zugehörigen Planeten vernichtet wurden. Wenn nur dreitausend Schlachtschiffe der Bestien dem Chaos entgangen sind, können wir noch froh sein."

„Im Schutz der roten Doppelsonne werden sie uns kaum orten können", beruhigte ihn Rhodan.

Einer der in der Kommandozentrale anwesenden Offiziere näherte sich der Gruppe. Er wartete ab, bis Rhodan ihn aufforderte, zu sprechen.

„Leutnant Bolard Husinger möchte Sie sprechen, Sir."

„Husinger? Wer ist das?"

„Ein Leutnant des Einsatzkommandos, Sir. Er war in einer der Korvetten, die auf Zootkohn landeten."

„Lassen Sie ihn hereinkommen."

Während sie warteten, traf eine neue Meldung vom Haluterschiff ein. Icho Tolot teilte mit, daß die dreitausend Schiffe sie aller Wahrscheinlichkeit nach noch nicht entdeckt hätten. Sobald sie wieder auf Verfolgungskurs gingen, würde er Bescheid geben.

Leutnant Bolard Husinger war ein noch junger Offizier. Er stellte sich kurz vor, dann reichte ihm Rhodan die Hand und bot ihm einen Sessel an.

„Ich bin gespannt, was Sie mir mitzuteilen haben, Leutnant", sagte Rhodan ruhig.

„Vielleicht habe ich einen Fehler begangen, Sir, als ich direkt zu Ihnen kam. Auf dem Planeten Zootkohn übergab mir ein Kampfroboter, der aus dem Einsatz zurückkehrte, einen Behälter. Ich untersuchte ihn an Ort und Stelle und entdeckte einige seltsam geformte Kassetten, die ich für Mikrofilme hielt. Dieser Verdacht hat sich inzwischen bestätigt. Ich habe die Kassetten mitgenommen und den Kommandanten des Einsatzkommandos um Erlaubnis gefragt, sie mit an Bord der CREST zu nehmen. Zuerst hielten wir den Fund für nicht besonders wichtig, aber dann schaltete sich Dr. Bysiphere ein. Er erklärte sofort, daß es sich um Mikrofilme handele. Er bat mich, Sie zu unterrichten. Er ist noch dabei, eine Projektion der Filme zu versuchen. Eynch Zigulor hat seine Hilfe zugesagt. Er behauptet, daß die Erbauer der Versuchsanlage auf Zootkohn diese Filme angefertigt haben. Wenn ihm die entsprechenden Geräte zur Verfügung gestellt werden, kann er uns die Filme vorführen."

Der Chefwissenschaftler Eynch Zigulor war etwa einen Meter sechzig groß. Er hatte rotbraunes, kurzgeschnittenes Haar und wirkte wegen seiner Schlankheit relativ hochgewachsen. Zusammen mit Dr. Bysiphere hatte er alles für eine Projektion der erbeuteten Mikrofilme vorbereitet. In dem kleinen Raum waren noch andere Wissenschaftler versammelt, die sich von ihren Plätzen erhoben, als Rhodan, Atlan und Leutnant Husinger eintraten. Unbemerkt schlüpfte auch Gucky in den Saal und nahm in der hintersten Reihe Platz.

Der Okefenokee deutete eine Verbeugung an.

„Es ist mir eine Freude, Ihnen behilflich sein zu können. Um Ihnen Zeit zu ersparen, haben wir uns die Filme bereits angesehen. Bis auf einen behandeln sie Dinge, die im Dusty-Queen-System geschahen.

Sie sind für uns relativ uninteressant, da dieses System nicht mehr existiert. Ein Film jedoch ist meiner Meinung nach unserer Aufmerksamkeit wert. Wenn Sie gestatten, möchte ich Ihnen jetzt diesen Film vorführen."

Rhodan bedankte und setzte sich. Atlan nahm neben ihm Platz. Leutnant Husinger ging zu Dr. Bysiphere und setzte sich neben ihn, um sich leise mit ihm zu unterhalten.

Die ersten Aufnahmen zeigten Ausschnitte aus dem Sternengewimmel der Kugelgalaxis M 87. Der Film war farbig und vollkommen plastisch. Die Wiedergabe wirkte so echt, daß sie meinten, sie stünden in der Beobachtungskuppel der CREST und sähen hinaus ins Weltall.

Während die Bilder wechselten, erklärte Eynch Zigulor, daß es sich seiner Meinung nach um vor Urzeiten, vielleicht 70000 Jahren, angefertigte Aufnahmen handle, die das Auffinden der seinerzeit wichtigsten Forschungsstützpunkte der Okefenokees zeigten.

Als die Hälfte des Films abgelaufen war, sagte Eynch Zigulor:

„Aufpassen! Jetzt kommt es!"

Rhodan beugte sich vor. Wieder zeigte das Bild einen Ausschnitt der Galaxis, dann rasten die Sterne, wie von einer ungeheuer leistungsfähigen Gummilinse herangeholt, auf den Zuschauer zu. Dieser Vorgang dauerte so lange, bis nur mehr ein einziger Stern in der Mitte des Bildschirms stand. Es war ein blauer Riese, der von einem kleinen, grünen Planeten umlaufen wurde. Gleichzeitig erschienen auf der rechten Seite des Bildes Schriftzeichen und Zahlen.

Eynch Zigulor übersetzte. Dann sagte er:

„Wir haben alle Angaben schon bei der ersten Vorführung durch die Positronik errechnen lassen. Demnach handelt es sich bei dem grünen Planeten um eine sehr wichtige Forschungsstation meiner Vorfahren. Dieser Stützpunkt ist fünftausendzweihundertachtzehn Lichtjahre in Richtung der Dunkelwolke vom Zentrum entfernt. Der Name der Sonne lautet Bourjaily. Sie wird von einem einzigen Planeten umkreist, der den Namen Ednil trägt. Dieser Planet ist der Stützpunkt.

Weitere Daten werden nicht angegeben. Es ist jedoch anzunehmen, daß dieser Planet bewohnbar ist. Er muß schon vor undenkbaren Zeiten von meinen Vorfahren als Stützpunkt aufgegeben worden sein."

Die Kamera ging noch näher an den blauen Riesen heran. Erst jetzt sah man, daß es sich um eine Doppelsonne handelte. Der blaue Stern begann sich zu teilen, und der Begleiter, ein kleiner grüner Stern, wurde deutlich sichtbar. Er hatte fast die gleiche Farbe wie der Planet, der nur dank der großartigen Aufnahmetechnik auf so große Entfernung sichtbar gemacht wurde.

Eynch Zigulor begann wieder zu sprechen.

„Wir dürfen nicht vergessen, daß wir von dreitausend Schiffen der Bestien verfolgt werden. Es besteht durchaus die Möglichkeit, daß sie diese Filme kennen und sich zu dem Stützpunkt Ednil zurückziehen.

Ich möchte Sie dennoch bitten, das System aufzusuchen. Vielleicht gibt es dort einen Hinweis zur Lösung aller Geheimnisse, die wir bisher nicht enträtseln konnten. Und vielleicht liegt dort ein weiterer Schlüssel, der das Tor zu Ihrer endgültigen Heimkehr in Ihre Heimatgalaxis öffnet."

„Also gut", sagte Rhodan. „Wir werden diesen Stützpunkt anfliegen und uns dort umsehen."

Ohne eine Entgegnung abzuwarten, verließ er den Raum und erreichte wenige Minuten später die Kommandozentrale der CREST. Über den Interkom nahm er Verbindung zu den Schiffen der Haluter auf. Um den Fragmentraumer brauchte er sich nicht zu kümmern, denn er wurde weiterhin vom Schiff Pinar Altos aus ferngesteuert.

Noch ehe die vier Raumschiffe von den Bestien geortet werden konnten, gingen sie in den Linearraum und nahmen Kurs auf die blaue Riesensonne, die irgendwo im Gewimmel des äußeren Zen trums stand. Nach fünf Linearetappen, die nur unter größten Schwierigkeiten durchgeführt werden konnten, kehrten sie in einen Sektor des Normalraums zurück, der von der angegebenen Position der Doppelsonne nur noch zehn bis zwanzig Lichtjahre entfernt sein konnte.

In der Astronomischen Abteilung der CREST liefen die Berechnungen an. Mit Hilfe der zur Verfügung stehenden Daten und den neu eintreffenden war man in der Lage, die genaue Position der Doppelsonne Bourjaily festzustellen. Da es sich bei dem in Frage kommenden Sektor nur um einen relativ kleinen handelte, war Rhodan davon überzeugt, daß die Bemühungen der Astronomen sehr bald von Erfolg gekrönt sein würden. Trotzdem bat er Icho Tolot, der in seinem Schiff zweifellos über die leistungsfähigeren Instrumente verfügte, um eine Fernerkundung. Der schwarze Kugelraumer nahm sofort Fahrt auf und verschwand bald darauf im Linearraum.

Während die befreiten Okefenokees in den ihnen zugewiesenen Aufenthaltsräumen blieben, hielt sich Eynch Zigulor fast ständig in der Nähe Rhodans auf. Er tat es jedoch mit solcher Zurückhaltung, daß seine Begleitung nicht aufdringlich wirkte. Rhodan konnte die Besorgnis des Wesens verstehen, wenn er sie auch nicht teilte. Es wäre ein unwahrscheinlicher Zufall gewesen, wenn die überlebenden Bestien ausgerechnet das Bourjaily-System als neuen Stützpunkt ausgewählt hätten.

Während die Haluter auf Fernerkundung gingen, arbeiteten die Ortergeräte der CREST auf Hochtouren. Auch die Instrumente des zweiten Haluterschiffes suchten nach dem Bourjaily-System und nach der Flotte der Bestien.

Die Haluter waren kaum eine halbe Stunde weggewesen und dann zurückgekehrt. Icho Tolot erschien auf dem Bildschirm.

„Ich glaube, wir haben Glück gehabt. Eine riesige blaue Sonne mit einem kleinen grünen Begleiter. Das dürfte das Bourjaily-System sein. Wir waren nicht nahe genug heran, um den Planeten mit Sicherheit orten zu können. Alle Messungen wiesen jedoch auf einen kleinen, nicht strahlenden Körper hin, der den Schwerpunkt der beiden Sonnen umläuft. Darf ich alle verfügbaren Daten an die Astronomische Abteilung weitergeben?“

„Selbstverständlich, Icho Tolot. Ich danke Ihnen sehr. Sonst noch etwas?“ fragte Rhodan.

„Nein. Von der Flotte der Bestien haben wir nichts bemerken können. Ich glaube nicht, daß wir uns darum zu kümmern brauchen.“

Der Bildschirm erlosch.

Rhodan sah den Okefenokee an.

„Bald werden wir wissen, inwieweit Ihre Vermutungen stimmen.“

Der Fragmentraumer und das zweite Kugelschiff der Haluter unter dem Kommando von Pinar Alto blieben außerhalb des Systems zurück. Sie drosselten ihre Geschwindigkeit, bis sie in bezug auf die riesige Doppelsonne bewegungslos im All standen. Während Pinar Alto sich in seine Kabine zurückzog, beobachtete Hisso Rillos die Instrumentenanzeige der Ortergeräte. Er übernahm die Fernüberwachung, damit es keine Überraschung geben konnte.

Das zweite Haluterschiff begleitete die CREST. Mit geringer Fahrt näherten sich die beiden Schiffe dem System und drangen in es ein.

Immer deutlicher wurde der Planet Ednil auf den Bildschirmen sichtbar. Die vorher grünliche Albedo verwandelte sich in ein milchiges Weiß, was auf eine dichte Atmosphäre schließen ließ. Die Analytische Abteilung der CREST begann zu arbeiten. Sie sammelte alle nur möglichen Daten über den fremden Planeten, verarbeitete sie und gab die Resultate in die Kommandozentrale weiter. Dort wurde sie von einem Forscherteam zusammengestellt und aufeinander abgestimmt. Bereits eine halbe Stunde später konnte sich Rhodan ein ziemlich genaues Bild von der Welt machen, die vor ihnen lag.

Die Festlandechos deuteten darauf hin, daß es sich hauptsächlich um eine Wasserwelt handelte, die von einer relativ undurchsichtigen Wasserdampfatmosphäre umgeben war. Dieser dichten Atmosphäre war es zu verdanken, daß auf der Oberfläche unerträgliche Temperaturen herrschten, die ohne die Kühlaggregate der Spezialanzüge nicht kompensiert werden konnten. Die Messungen hatten ergeben, daß die durchschnittliche Temperatur fünfundsechzig Grad Celsius betrug. Der Verdampfungsfaktor war sehr hoch. Die gesamte Oberfläche war mit einem ziemlich flachen Meer bedeckt, aus dem nur wenige Inseln hervorragten. Diese Inseln wiederum trugen dichte

Dschungelwälder, und die Infrarotaufnahmen deuteten darauf hin, daß es keinerlei Zivilisation auf dem Festland gab. Neunzig Prozent von Ednil bestand aus Ozean.

Auf Anweisung Rhodans blieb Icho Tolot nun mit seinem Schiff zurück, um Nahortung und Rückendeckung innerhalb des Systems zu übernehmen. Rhodan selbst ging mit der CREST näher an den Planeten heran und stieß langsam in die Wasserdampfatmosphäre vor. Während der Umkreisung von Ednil sank die CREST langsam und stetig tiefer.

Wenige Kilometer über der Oberfläche wurde die Sicht plötzlich klar. In einer Höhe von nur zweitausend Metern zog die CREST dahin und umrundete den Planeten mehrere Male. Die Bildaufzeichnungsgeräte liefen, und in Spezialabteilungen wurden die Sichtdaten gesammelt und ausgewertet.

Die erste Auffassung, daß die Welt Ednil unbewohnt und ohne Leben sei, schien sich zu bestätigen. Auf den Inselgruppen gab es weder primitives noch intelligentes Leben. Bis zu den sandigen Ufern waren die Inseln mit einer wuchernden Vegetation bedeckt, deren Wachstum von niemandem behindert wurde. In dem flachen Meer waren die zahllosen tieferen Stellen deutlich zu erkennen. Oft lagen die Inseln Hunderte von Kilometern voneinander entfernt, aber mit Hilfe von Lotmessungen wurde festgestellt, daß das Meer nur an wenigen Stellen tiefer als dreihundert Meter sein konnte.

Nachdem die CREST den Planeten viermal umrundet hatte, ließen sich die beiden Telepathen John Marshall und Gucky in der Kommandozentrale melden.

„Etwas Neues?“ erkundigte sich Rhodan. „Hat die telepathische Überwachung etwas ergeben?“

„Deshalb sind wir hier. Wir konnten zahllose Individualimpulse verschiedenartiger Identität empfangen. Die Skala reicht von primitivsten Schwingungen bis zu intelligenten Ausstrahlungen. Die Theorie, daß Ednil unbewohnt ist, stimmt also nicht. Ednil *ist* bewohnt. Und zwar von mindestens zwei verschiedenen Lebensformen unterschiedlichen Intelligenzgrades. Das Erstaunliche dabei ist, daß alle Impulse aus dem Meer kommen, nicht aber vom Festland. Wir haben uns ganz besonders auf die größeren Inseln konzentriert, konnten aber keinerlei Impulse feststellen. Es läßt sich jedoch nicht sagen, ob es sich um eingeborene Lebewesen handelt, oder nur um solche, die hier landeten und Stützpunkte errichteten.“

Eynch Zigulor hatte der Unterhaltung beigewohnt. Nach einigem Zögern übersetzte ihm Rhodan, was er soeben gehört hatte. Die Reaktion des ehemaligen Zwerges kam nicht unerwartet. Er sagte:

„Meine Vorfahren haben also auf diesem Planeten Stützpunkte und technische Einrichtungen auf dem Grunde des Ozeans angelegt. Ich bin davon überzeugt, daß es sich hauptsächlich um Forschungslaboratorien handelte. Ich bin aber mittlerweile ebenso davon überzeugt, daß die Anlagen inzwischen von den Bestien in Besitz genommen und in Betrieb gesetzt worden sind. Die Impulse also, die ihre Telepathen jetzt empfangen haben, stammen von den Bestien."

In geringer Höhe überflog die CREST noch einmal die gesamte Oberfläche des Planeten. Rhodan wies Gucky und Tschubai an, sich für einen Teleportereinsatz bereit zu machen. Durch ständige Aufzeichnungen stellte sich heraus, daß die Masse- und Energietaster hauptsächlich in der Nähe des äquatorialen Kleinkontinents anschlugen, der zugleich die größte Insel des Planeten bildete. Durch die Unterwasserorter erfuhr Rhodan, daß sich die Küstenränder des Kontinents in sanfter Neigung weit in das warme Meer hineinschoben. Gerade an diesen Hängen wurden besonders viele Metallortungen gemessen.

Es war selbstverständlich auch möglich, daß die Metallortungen lediglich reiche Erzlager anzeigten, aber die an diesen Stellen ungemein starke Energieortung ließ auch andere Schlüsse zu. Man konnte durchaus vermuten, daß es sich um technische Anlagen handelte, die unter der Wasseroberfläche verborgen lagen.

Rhodan ordnete eine abermalige Umrundung des Planeten in geringster Flughöhe an.

Wieder über dem kleinen Kontinent angekommen, an dessen Küste die Ortungen erfolgt waren, stieg die CREST bis zu einer Höhe von zehn Kilometern auf und hielt an. Die Teleporter Gucky und Ras Tschubai hatten sich bereits in der Kommandozentrale eingefunden. Sie trugen die terranischen Kampfanzüge, die auch unter Wasser genausogut funktionierten wie in einer giftigen Atmosphäre oder im freien Raum. Rhodan unterrichtete sie über seine Vermutungen und gab ihnen die letzten Anweisungen. Er schloß:

„Es handelt sich lediglich um ein Erkundungsunternehmen. Deine neue Jugend in allen Ehren, Gucky, aber du darfst nichts riskieren. Bringe Ras nicht unnötig in Gefahr. Die Gedankenimpulse, die du empfangen hast, geben keinen endgültigen Aufschluß über die Vorgänge auf Ednil. Es genügt uns nicht allein, zu wissen, daß es da unten Leben gibt, wir wollen auch wissen, um welche Art von Leben es sich handelt. Dringt also nur unter die Wasseroberfläche vor und stellt fest, was es dort gibt."

„Sie können sich auf uns verlassen", versprach Ras Tschubai. „Ich werde schon dafür sorgen, daß unser Kleiner nicht übermütig wird."

„Eine Unverschämtheit!" stellte Gucky entrüstet fest, packte Ras Tschubai am Arm, konzentrierte sich auf die Küstenlinie des unter der CREST liegenden Kontinents – und die beiden Teleporter entmaterialisierten.

Sie hatten den Sprung ziemlich genau berechnet. Als sie wieder rematerialisierten, standen sie am sandigen Ufer des flachen, warmen Urmeeres. Die regelmäßig verlaufende Küstenlinie verriet, daß es auf dieser Welt kaum Stürme und keine Gezeiten gab. Die angeschwemmten und von der Doppelsonne getrockneten Algen bildeten eine fast gerade Linie. Erst einhundert Meter vom Wasser entfernt begann die Vegetation.

Sie verzichteten auf jede weitere Teleportation und gingen einfach ins Wasser hinein. Erst nach fünfzig Metern wurde es so tief, daß sie schwimmen mußten. Sie hielten sich noch eine Weile an der Oberfläche, dann regulierten sie die Gravo-Geräte derart, daß sie langsam in die Tiefe sanken.

Durch die Helme hatten sie Sicht nach allen Seiten. Das Wasser war ungemein klar, und sie konnten zwei- bis dreihundert Meter weit sehen. Der unter ihnen liegende Meeresboden war deutlich zu erkennen. Silberne Fische schossen hin und her und bildeten ganze Schulen, die vor den Eindringlingen in ihr Reich keine Furcht zu kennen schienen. Zwar stoben sie im ersten Augenblick davon, kehrten aber nach einer Weile wieder zurück, um Gucky und Ras Tschubai neugierig zu beobachten. Gucky hatte inzwischen den Interkom eingeschaltet und auf geringe Leistung gestellt.

„Wir sollen feststellen, woher die starken Metall- und Energieortungen stammen", sagte Ras. „Ich habe die Lage genau im Gedächtnis. Wir müssen uns weiter links halten."

Ras Tschubai beobachtete alle Veränderungen des Meeresbodens. Er war immer noch sandig und unbewachsen. Erste Felsenriffe brachten Abwechslung in das Einerlei. Die ersten größeren Fische tauchten auf, und dann gab es urplötzlich Vegetation. Es waren große, an Grasbüschel erinnernde Pflanzen, deren Fangarme mit der kaum merklichen Strömung spielten, um Beute einzufangen. Sie bedeuteten keine Gefahr, aber die beiden Taucher wichen ihnen trotzdem aus. Sie mochten jetzt in etwa fünfzig Meter Tiefe sein. Das Wasser war immer noch so klar wie an der Oberfläche und so hell, daß die Sicht in keiner Weise behindert wurde. Ras Tschubai nahm seine Kontrollinstrumente zu Hilfe, beobachtete sie eine Weile und deutete dann nach vorn.

„Dort muß es sein, Gucky. Es kommen starke Echos. Das sind Kuppeln – metallene Kuppeln unterseeischer Gebäude. Ich glaube, daß wir gefunden haben, was wir suchen. Eine Stadt unter dem Meer. Von dort kamen auch die Gedankenimpulse, die John und du geortet habt. Wollen wir mehr herausfinden, oder kehren wir um?"

Ras Tschubai konnte deutlich die ungeduldige Bewegung sehen, die Gucky machte.

„Natürlich kehren wir noch nicht um, Ras. Außerdem empfange ich wieder zahllose Individualimpulse. Sie müssen von Lebewesen unterschiedlichen Intelligenzgrades stammen. Zu sehen allerdings ist nichts."

Sie verringerten das Tempo. Unter ihnen erstreckte sich eine Art Riff, das fast dreißig Meter in die Tiefe abfiel. Dahinter lag eine sandige Ebene, aus der die metallen schimmernden Kuppeln emporragten. Die größte von ihnen hatte einen Durchmesser von etwa fünfzig Metern, und sie lagen so dicht beieinander, daß die eine die andere fast berührte. Es konnte kein Zweifel daran bestehen, daß sie miteinander verbunden waren. Es gab auch Kuppeln, die fünfzig oder hundert Meter voneinander entfernt lagen. Wahrscheinlich bestanden zwischen ihnen unterirdische Verbindungen.

„Das reicht", sagte Ras. „Wir kehren um."

Sie warfen einen letzten Blick auf die seltsame Stadt unter dem Meer. So weit die Sicht reichte, reihte sich Kuppel an Kuppel, und es mochten etwa zweihundert Stück sein, die sie erkennen konnten. Aus vielen dieser Kuppeln drang Licht nach außen. Schon begannen Gucky und Ras Tschubai zur Küste zurückzuschwimmen, da hielt der Mausbiber plötzlich an. Sie schwebten etwa zwanzig Meter über dem Riff, das sie schon vorher überquert hatten.

„Gedankenimpulse, Ras. Mindestens zehntausend, wenn nicht hunderttausend Gedankenimpulse, die Panik, Angst und Schrecken verkünden. Sie müssen von den Bewohnern der Kuppeln stammen. Und sie drücken nichts als Furcht aus."

Sie schwammen jetzt weiter auf die Küste zu. Gucky achtete nicht mehr auf seine Umgebung, sondern konzentrierte sich ausschließlich auf die Gedankenimpulse, die sein Gehirn unaufhörlich empfing. Ihm war, als hätte er die gleichen Gedankenmuster schon einmal irgendwo empfangen.

26.

Nach der Rückkehr und dem Bericht der Teleporter zögerte Rhodan nicht lange mit der Entscheidung, einen Amphigleiter zu der geheimnisvollen Unterwasserstadt zu entsenden. Zum einen mußte er wissen, wer die Fremden waren und wieso sie Gucky so bekannt vorkamen. Zum zweiten konnte man ihnen vielleicht helfen und auf eine Gegenleistung hoffen. Rhodan wollte selbst mit von der Partie sein. Kurz Zeit später waren er und seine Mannschaft aufbruchbereit.

In seiner äußeren Form glich der Amphigleiter einer Linse. Seine Länge betrug fünfzig Meter, und an der breitesten Stelle hatte er einen Durchmesser von dreißig Metern. An der dicksten Stelle war er zwanzig Meter hoch. Auf dem Mittelteil des elliptisch gewölbten Rumpfes befand sich ein schlanker, ausfahrbarer Turm wie bei einem U-Boot.

Kommandant dieses Spezialfahrzeuges war Captain Rimar Duster, der eine Besatzung von fünfzehn Mann befehligte.

Bewegte sich der Amphigleiter über Land, so glitt er auf energetischen Prallkissen dahin und wich allen kleineren Hindernissen aus. Unter Wasser wurde die Fortbewegung durch ein Strahltriebwerk gewährleistet. Das angesaugte Wasser wurde in atomarer Glut verdampft und mit hohem Expansionsdruck aus dem Heck wieder ausgestoßen. So konnte der Gleiter auch unter Wasser eine erstaunliche Geschwindigkeit erreichen.

Es handelte sich um eine Spezialkonstruktion für Forschungsaufträge, und wenn der Amphigleiter sich auf dem Land genauso gut wie auf dem Wasser bewegen konnte, so war er doch nur in begrenztem Maße flugfähig. In erster Linie war das Fahrzeug zum Gebrauch unter Wasser entwickelt worden.

Rhodan hatte Atlan und Roi Danton die letzten Anweisungen gegeben. In der Schleuse traf er mit Gucky, Ras Tschubai, Dr. Bysiphere und einigen seiner Kollegen zusammen. Captain Rimar Duster meldete den Amphigleiter startbereit und sagte:

„Der Roboter Paladin ist bereits an Bord des Amphigleiters, Sir."

Rhodan nickte den Wartenden zu.

„Dann kann es losgehen, meine Herren." Er sah auf seine Uhr. „In genau fünf Minuten wird die CREST fast die Wasseroberfläche berühren. Das ist der Augenblick, in dem der Amphigleiter ausgeschleust werden soll. Sie wird dann wieder auf tausend Meter steigen und dort im Schutz ihres Energieschirmes abwarten."

Sie gingen an Bord.

Die Kommandozentrale des Amphigleiters befand sich im vorderen Teil des Rumpfes. Sie war oval geformt und mit einer durchsichtigen Kuppel bedeckt. Die Sicht war nach allen Seiten frei, und der unter dem Rumpf gelegene Teil wurde durch raffiniert angebrachte Vorrichtungen abgetastet und auf Bildschirmen wiedergegeben.

Als die letzten Sekunden der vereinbarten Frist verstrichen waren, öffnete sich die Schleuse der CREST. Sie lag etwa fünfzig Meter über der kaum bewegten Wasseroberfläche, und auf ein Zeichen Rhodans schaltete Captain Duster die energetischen Prallfelder ein. Sofort setzte sich der Amphigleiter in Bewegung und glitt aus der Schleuse. Nach wenigen Metern war seine Geschwindigkeit bereits so hoch, daß er einen großen, flachen Bogen beschrieb, ehe er das Wasser berührte. Noch während die CREST mit donnernden Triebwerken wieder nach oben glitt, versank der Gleiter in den glasklaren Fluten.

Die Meerestiefe betrug hier etwa achtzig Meter. Trotzdem war es nicht notwendig, die Scheinwerfer einzuschalten. Bis fast zu einhundertfünfzig Metern war die Sicht gut. Dann ging alles in ein ungewisses Blaugrün über. Langsam nur sank der Meeresboden weiter ab. Er bestand in der Hauptsache aus Sand, der nur hin und wieder von einzelnen Felsenriffen unterbrochen wurde.

Mit einem Griff schaltete Captain Duster alle an Bord befindlichen Meßgeräte ein. Die Position der von den beiden Teleportern entdeckten unterseeischen Stadt war bekannt. Der Amphigleiter hielt genau darauf zu. Die Entfernung betrug noch etwa drei Kilometer.

Rhodan drehte sich um.

„Wie ist die Verbindung mit Marshall, Gucky? Habt ihr Kontakt?"

Der Mausbiber grinste und nickte.

„Wir haben Kontakt, Perry. In der CREST ist alles in Ordnung."

Die Unterwasserstadt mußte noch zweitausend Meter entfernt sein, der Meeresgrund lag bei etwa einhundertzwanzig Meter Tiefe, und die Sicht reichte noch immer mindestens hundert Meter, als Gucky plötzlich rief:

„Dort sind sie! Ich kann das Schimmern deutlich erkennen. Das sind die Kuppeln. Wir sollten anhalten."

Nun sahen es auch die anderen. Das ungewisse Blau des unendlichen Horizonts wurde durch ein Leuchten aufgehellt, das zweifellos von den Kuppeln stammte, die die beiden Teleporter festgestellt hatten. Trotzdem schien irgend etwas nicht zu stimmen, denn Ras Tschubai sagte plötzlich:

„Die Kuppeln kommen jetzt besser in Sicht, aber mir scheinen sie etwas verschwommen zu sein. Beim ersten Besuch schimmerten sie heller und deutlicher. Ich verstehe das nicht."

Gucky stand ganz nahe an der Plastikkuppel des Amphigleiters und sah hinaus. Die metallenen Halbkugeln, die auf dem Sand des Meeresbodens lagen, waren näher gekommen. Er drehte sich um.

„Ras hat recht. Die Kuppeln lagen vorher frei im Wasser. Dies hier sind andere Kuppeln. Und sie sind deshalb nur so undeutlich zu erkennen, weil sie wiederum von einer völlig transparenten Kuppel umgeben sind. Damit ist anzunehmen, daß sie im Trockenen liegen, wenn auch mehr als hundert Meter unter der Wasseroberfläche."

„Die Stadt unter einer Plastikkuppel", murmelte Rhodan und nickte. „So habe ich es mir vorgestellt. Dann handelt es sich bei den Bauwerken, die ihr beobachtet habt, um kleine Stützpunkte, die außerhalb der Kuppel liegen. Nun, wir werden es herausfinden."

Langsam schwebte der Gleiter näher an die Wasserstadt heran. Die durchsichtige Kuppel warf alle Orterechos zurück. Es mußte sich demnach um ein reflexionssicheres Material handeln, das äußerst stark war. Das allein wurde schon dadurch demonstriert, daß es einen Wasserdruck von mehr als zehn Atmosphären pro Quadratzentimeter auszuhalten hatte.

„Das dort", meinte Dr. Bysiphere plötzlich und deutete hinaus, „würde ich für eine Schleuse halten. Wie wäre es, wenn wir sie benutzten?"

Das Gelände um die Stadt war ein wenig unübersichtlich geworden, was dem Amphigleiter nur zugute kam. Überhängende Felsen boten genügend Raum für ein vorübergehendes Versteck. Rhodan wies Captain Duster an, ein solches Versteck anzusteuern und den Gleiter an den Felsen zu verankern.

„Ich werde den Gleiter mit zehn Mann verlassen", erklärte er. „Wir werden versuchen, durch die Wasserschleuse in die Stadt einzudringen. Später, wenn wir von der Gefahrlosigkeit eines Betretens der Stadt überzeugt sind, würde ich Doktor Bysiphere bitten, mit seinen Kollegen nachzukommen. Ras Tschubai, auch Sie bleiben hier an Bord, um im Notfall eingreifen zu können. Lediglich Gucky kommt noch mit. Sorgen Sie dafür, Captain, daß zehn Ihrer Leute die Kampfanzüge anlegen. Ich bin in zehn Minuten bei der Ausstiegsschleuse."

Um sie herum war nichts als das unheimliche Schweigen des Meeres. Während Perry Rhodan und Gucky vorausschwammen, übernahmen die zehn Männer die Seiten- und Rückendeckung. Von dem Amphigleiter war nichts mehr zu sehen. Er lag unter Felsüberhängen versteckt und wartete auf das Einsatzkommando Rhodans. Sie glitten an die große Wasserschleuse der unterseeischen Stadt heran. Es war nichts zu bemerken, und Gucky empfing nur hin und wieder die unverständlichen Gedankenimpulse, die Angst und Panik verrieten.

Die äußere Schleuse war geöffnet. Dahinter befand sich ein mit Wasser gefüllter Raum, der den zwölf Personen ausreichend Platz bot. Ohne zu zögern, schwammen sie hinein. Hinter der zweiten Trennwand, bei der es sich ebenfalls um transparentes Material handelte, lag eine Art Unterwasserhafen. Torpedoförmige Fahrzeuge von nur geringer Größe lagen an verschiedenen Stellen verankert. Das Wasser, so stellte Rhodan fest, stand innerhalb der Stadt höchstens zehn Meter hoch. Aber es bedeckte die Straßen und zum Teil auch die obersten Stockwerke der kleineren Kuppeln. Es sah ganz so aus, als sei das Wasser unbeabsichtigt in die Stadt eingedrungen und niemand habe es wieder hinausgepumpt.

Die Terraner verriegelten die äußere Schleusentür, und dann begannen Pumpen zu arbeiten. Das war völlig sinnlos, denn beim Öffnen der Tür würde das Wasser in der Stadt wieder in die Schleusenkammer eindringen. Damit war bewiesen, daß die Stadt ursprünglich wasserfrei gewesen sein mußte. Wenn sie jetzt noch bewohnt wurde, dann nicht mehr von den ursprünglichen Erbauern.

Die innere Schleusentür öffnete sich. Wie erwartet, füllte die Kammer sich wieder mit Wasser. Aber das störte die Terraner nicht. Die Kampfanzüge führten einen Luftvorrat für viele Stunden und Tage mit sich.

Innerhalb der Stadt tauchten sie zur Wasseroberfläche empor und stellten fest, daß die Luft innerhalb der riesigen Kuppel atembar war. Die größeren Kuppeln ragten aus dem Wasser empor. Der größte Teil der Stadt jedoch, so mußten die Terraner abermals feststellen, lag unter Wasser.

Sie tauchten wieder zum Grund hinab. Die Lautsprecher des Helmkoms blieben stumm. Wenn es in dieser Stadt Lebewesen gab, und wenn sie sich untereinander verständigten, dann auf keinen Fall durch Funk. Oder sie benutzten eine Wellenlänge, die den Terranern unbekannt war.

Rhodan gab Anweisung, die geringste Sendestärke einzustellen. So reichten die Funkwellen des Telekoms nicht weiter als hundert Meter. Die Gefahr einer Entdeckung war somit auf das geringste Ausmaß herabgeschraubt worden.

„Gedankenimpulse, Gucky?“

„Immer noch dasselbe. Eine Kollektivausstrahlung schrecklicher Angst.“

Rhodan deutete auf einen besonders großen Kuppelbau, der stadteinwärts den Weg versperrte.

„Das Ding werden wir uns von innen ansehen. Ich bin sicher, daß wir einige wertvolle Hinweise finden werden.“

Es war nicht schwierig, in den Kuppelbau einzudringen. Die Antigravlifts deuteten darauf hin, daß er früher einmal nicht mit Wasser gefüllt war. Jetzt waren diese Lifts nutzlos, wenn sie auch immerhin den Zweck erfüllten, die Verbindung von einem Stockwerk zum anderen herzustellen. Aber nicht nur die Antigravlifts, sondern auch andere Einrichtungen bewiesen einwandfrei, daß diese Stadt von hochstehenden Lebewesen erbaut worden war. Daß die Stadt nur halb unter Wasser stand, war außerdem der Beweis dafür, daß die einstigen Erbauer längst nicht mehr lebten und die Stadt von Lebewesen übernommen worden war, denen das Leben unter Wasser eine Selbstverständlichkeit war.

Sie atmeten erleichtert auf, als sie wieder im Freien schwammen. Gucky nahm Verbindung mit John Marshall in der CREST auf, und er wunderte sich ein wenig darüber, daß die telepathischen Impulse einwandfrei durchkamen. John Marshall berichtete, daß alles in Ordnung sei und sich in der Zwischenzeit nichts verändert habe.

Allmählich wurden die Kuppelbauten niedriger, bis sie schließlich vollständig mit Wasser bedeckt waren. Und dann gab es plötzlich keine Kuppelbauten mehr, sondern richtige Häuser und villenähnliche Gebäude, von Unterwassergärten umgeben.

Da sie noch immer keine Spuren vorhandenen Lebens bemerken konnten, drangen sie in eines der villenähnlichen Gebäude ein und untersuchten es. Die Räume selbst boten sich als farbenprächtiges Panorama verschiedenartigster Wasserpflanzen dar. Sie wirkten wie überdimensionale Aquarien, in denen sogar kleinere Fische nicht fehlten.

Gucky schwamm näher zu Rhodan heran und berührte ihn mit der Hand.

„Die kollektiven Individualimpulse haben sich verändert. Zwar strahlen sie noch Angst aus, auch Panik und Furcht, aber auch eine Warnung. Ja, ich irre mich nicht, es ist eine Warnung. Sie kann nur uns gelten. Was sollen wir tun, Perry?"

„Abwarten, Gucky. Wir wissen nicht, ob sie uns vor einer Gefahr warnen, die auch ihnen gilt, oder ob sie uns nur aus der Stadt scheuchen wollen. Das müssen wir herausfinden, und dann wissen wir, ob sie uns freundlich gesonnen sind oder nicht."

Rhodan, Gucky und die anderen acht Mann blieben noch eine Weile im Haus, dann schwammen sie wieder ins Freie. Ungehindert durchsuchten sie noch andere Häuser, ehe sie die Grenzen der Stadt erreichten. Die transparente Kuppel mußte tief in den Meeresboden hineinreichen, aber wahrscheinlich war sie an irgendeiner Stelle undicht geworden. Es bestand aber auch die Möglichkeit, daß die Nachfolger der Ureinwohner das Wasser mit Absicht hatten eindringen lassen. Um so unerklärlicher schien es, daß sich immer noch eine Luftblase in der Kuppel befand.

An der transparenten Wand entlang schwammen sie zum Ausgangspunkt ihres Unternehmens zurück. Kurz darauf nahm der Amphigleiter sie wieder auf.

Atlan erfuhr durch John Marshall von den Geschehnissen auf Ednil.

Nach einer kurzen Besprechung mit ihm und Roi Danton nahm John Marshall dann wieder Verbindung mit Gucky auf. Er teilte ihm mit, daß man von der CREST aus versuchen würde, die Position der georteten Metallkuppel zu errechnen. Sonst sei alles in Ordnung.

Der Kontakt wurde wieder unterbrochen.

Ehe John Marshall etwas sagen konnte, kamen zu gleicher Zeit zwei Offiziere in die Kommandozentrale gestürzt. Einer von ihnen verrichtete Dienst in der Funkzentrale, der andere bei den Ortungsgeräten.

„Eine dringende Funkmeldung von Icho Tolot", kam der Offizier aus der Funkzentrale seinem Kollegen zuvor. Hastig legte er Atlan die Folie mit der Meldung auf den Tisch und verschwand wieder, ohne eine Antwort abzuwarten.

Atlan las die Meldung durch und blickte dann den Offizier der Orterzentrale erwartungsvoll an.

„Wir haben ein größeres Echo festgestellt. Es kann sich nur um ein fremdes Raumschiff handeln, das sich dem System nähert. Es muß den Fragmentraumer und das zweite Haluterschiff bereits passiert haben."

Atlan nickte. Er deutete auf die Meldung, die der Nachrichtenoffizier überbracht hatte.

„Sie haben recht, Leutnant. Die Haluter haben das Schiff ebenfalls geortet. Sie teilen mit, daß es sich um ein Schiff der Bestien handelt. Es hat Kurs auf diesen Planeten und dürfte in etwa fünf Minuten eintreffen, wenn es die Richtung nicht ändert." Mit schnellem Griff schaltete er die Interkomanlage der CREST ein. „Achtung! Höchste Alarmstufe! Feuerleitzentrale einsatzbereit! Wir steigen auf zehn Kilometer und warten den Angriff des eben gemeldeten Schiffes ab."

Was nun folgte, war so oft geprobt und im Ernstfall durchgeführt worden, daß es nur mehr Routine war. Die Orter ließen das heranrasende Schiff der Bestien nicht mehr aus ihrer Zieloptik. In der Feuerleitzentrale war man bereit und wartete auf den entsprechenden Befehl. Zwischendurch gab Icho Tolot noch einmal die Position des fremden Schiffes bekannt und teilte mit, daß er dem Angreifer den Rückweg abschneiden würde, falls dieser einen Fluchtversuch wagen sollte.

Die Walze mit den kegelförmigen Enden durchstieß die obersten Schichten der Atmosphäre und steuerte genau jenen Punkt an, an dem die unterseeische Stadt lag. Es war völlig ungewiß, ob das Schiff der Stadt einen Besuch abstatten oder sie vernichten wollte. Aber das spielte für Atlan keine Rolle mehr. Er erteilte den Angriffsbefehl, als das Schiff noch einhundert Kilometer entfernt war.

Zwar eröffneten die Bestien zuerst das Feuer, aber die durch eine Transformkanone in das Innere des Schiffes transferierte Kernbombe zerriß es in Tausende von Einzelteilen. Der Kampf war vorüber, noch ehe er richtig begonnen hatte. Weit von der Unterwasserstadt entfernt regneten die Trümmer ins Meer und versanken.

Der Amphigleiter glitt über eine Landschaft dahin, die ihresgleichen suchte. Das Wasser war an dieser Stelle nur fünfzig Meter tief. Es ließ die Sonnenstrahlen fast ungehindert bis zum Meeresboden durchdringen. Weiß schimmernde Sandflächen wechselten ab mit Vegetationsansammlungen, die an exotische Gärten erinnerten. Die Wissenschaftler, die an der Expedition teilnahmen, konnten sich nicht darüber einigen, ob es sich bei den farbenprächtigen Blüten um Tiere oder Pflanzen handelte. Rhodan, der neben Captain Duster bei den Kontrollen saß, hörte mit halbem Ohr hin. Aufmerksam beobachtete er die Wasserwelt und ließ auch die Geräte nicht aus den Augen. Das Echo auf ihnen, das die genaue Position der riesigen Kuppel kennzeichnete, wurde langsam, aber stetig größer. Erste Berechnungen ließen vermuten, daß es nur der oberste Teil einer noch gewaltigeren Kuppel war, die aus dem Meeresboden herausragte. Die genauen Abmessungen ließen sich nicht feststellen, aber die nach und nach eintreffenden Kalkulationen ließen darauf schließen, daß die tief im Felsen eingelassene Kuppel an ihrer Schnittfläche einen Durchmesser von mindestens zwanzig Kilometern haben mußte.

Captain Duster beugte sich plötzlich vor und deutete auf die Kontrollen.

„Die Energietaster, Sir! Sie zeigen ein Hindernis an. Entfernung noch etwa fünf Kilometer."

Rhodan nickte, gab aber keine Antwort. Es war klar, daß ein so mächtiges Bauwerk wie die Kuppel nicht einfach schutzlos auf dem Meeresboden liegen würde. Die Meßergebnisse der Energietaster deuteten darauf hin, daß sie von einer starken Energiesperre umgeben war. Es war sehr gut möglich, daß sie sich als unüberwindliches Hindernis für ein weiteres Vordringen des Amphigleiters erwies.

Durch Gucky erfuhren sie von dem Abschuß des Raumschiffes der Bestien. Da keine weiteren Angreifer geortet wurden, bestand für Rhodan kein Anlaß, die Expedition des Amphigleiters zu unterbrechen. Die vermutete Energiesperre lag noch eintausend Meter entfernt. Unmittelbar dahinter befand sich die Kuppel.

Und dann kam sie in Sicht.

Im Schutz eines Felsens hielt der Amphigleiter an, um in aller Ruhe noch einmal genauere Messungen vornehmen zu können. Die alten Ergebnisse wurden lediglich bestätigt.

Zu sehen war natürlich nur der winzige Teil der Kuppel, der aus dem Meeresboden ragte. Sie wurde von einer zweiten, fast transparenten Kuppel umgeben, die nicht aus Materie, sondern aus reiner Energie bestand. Die Expeditionsteilnehmer konnten beobachten, wie Fische gegen das Hindernis stießen und mit kurzem Aufflammen vernichtet wurden.

„Eine Art Hyperenergie“, stellte Dr. Bysiphere mißmutig fest. „Und das noch unter Wasser! Ein normaler Energieschirm könnte hier überhaupt nicht errichtet werden. Es muß sich somit um Energie handeln, die vom Wasser nicht abgeleitet werden kann. Wir müßten die Natur der Sperre erforschen, und das nimmt Zeit in Anspruch. Aber vielleicht findet sich eine andere Lösung.“

Er ahnte noch nicht, wie recht er hatte.

Es war Gucky, der plötzlich aus seiner schweigsamen Bewunderung für die Unterwasserwelt erwachte. Er stand auf und kam nach vorn zu Rhodan. Ohne eine Aufforderung abzuwarten, setzte er sich in einen der freien Kontrollsessel.

„Gedankenimpulse, Perry. Diesmal aber ganz anderer Art. Leider kann ich wieder nur emotionelle Impulse feststellen. Keine verständlichen Symbole. Der kollektive Angstschrei ist immer noch vorhanden, aber er wird von brutalen und herrischen Impulsen überlagert. Sie müssen von Bestien stammen, da bin ich sicher. In dieser Kuppel sind Bestien. Und sie haben uns bemerkt und werden angreifen.“

Aus der Mitte der kleinen Kommandozentrale meldete sich eine helle, piepsige Stimme. Es war der Siganese Major Harl Dephin, der ohne die Lautsprecheranlage seines Roboters Paladin ein wenig hilflos wirkte. Da er nur fünfzehn Zentimeter groß war, bückte sich Rhodan, nahm ihn auf und setzte ihn auf den Kontrolltisch.

„Was sagten Sie, Major?"
Jetzt war Harl Dephins Stimme besser zu hören.
„Ich sagte, Sir, daß Sie nun endlich das Einsatzkommando für Paladin geben können. Das Thunderbolt-Team dürfte jetzt die einzige Antwort auf Ihre Fragen sein. Wir werden mit den Bestien leicht fertig."
„Mit den Bestien schon, mein lieber Major, aber kaum mit der Energiesperre."
„Sehr richtig. Aber solange es diese Energiesperre gibt, können wir auch nicht angegriffen werden. Folglich müssen die Bestien die Energiesperre abschalten, wenn sie uns was tun wollen. Ist doch ganz logisch, Sir, nicht wahr?"
Rhodan verbiß sich das Grinsen über die Spitzfindigkeiten des kleinen Siganesen.
„Sie haben völlig recht, Major", sagte er ernst. „Ich würde Ihnen also raten, Paladin einsatzbereit zu machen. Wo stecken Ihre Leute?"
„Die warten nur noch auf mich. Gucky soll sich ebenfalls bereit machen. Er muß mit uns teleportieren, denn die Wasserschleuse ist ja zu klein."
Gucky seufzte und warf dem Siganesen einen vorwurfsvollen Blick zu.
„Wenn das so weitergeht, entwickle ich mich noch zum Transportarbeiter. Aber was tut man nicht alles für seine lieben Freunde . . ."
Genau zwei Minuten später verkündeten die Energietaster, daß die zweite transparente Kuppel nicht mehr existierte. Der Energieschirm der fremden Station war erloschen – und gleichzeitig erfolgte der Angriff der Bestien.
Der Kampf um die Kuppel begann.

27.

Es waren etwa zweihundert Bestien, die aus der Kuppel stürmten. Sie trugen keine Schutzanzüge, denn dank ihres erstaunlichen Metabolismus waren sie in der Lage, sich auch unter Wasser mühelos und ohne Hilfsaggregate bewegen zu können. Sie taten es mit einer Schnelligkeit, die Rhodan und seine Freunde in Erstaunen versetzte. Sie bewegten sich durchaus nicht wie Taucher unter Wasser, sondern wie Lebewesen in der Atmosphäre eines Planeten.

Rhodan beobachtete die näher kommenden Bestien. Dann sagte er: „Paladin kann sich ebenfalls im Wasser genauso gut bewegen wie auf dem Land. Außerdem ist er in der Lage, Strahler anzuwenden, ohne sich selbst und die Siganesen zu gefährden. Die Angreifer sind nur mehr hundert Meter entfernt. Eile ist geboten. Ich würde vorschlagen, daß Gucky Paladin jetzt hinausbringt."

Gucky verlor keine Sekunde.

Als der Roboter wie aus dem Nichts gezaubert plötzlich auf dem Meeresboden vor dem Amphigleiter stand, stockte der Angriff der Bestien.

Mit einer fast beschwörenden Geste hob Paladin die beiden oberen Arme und breitete sie aus, als wolle er damit den hinter ihm schwebenden Amphigleiter schützen. Gleichzeitig bedeutete diese Geste aber die Bitte um Kontaktaufnahme. Der Versuch war reine Zeitverschwendung.

Es waren Harpunen mit Sprengpfeilen, die gegen die Terraner und Paladin eingesetzt wurden. Mindestens fünfzig dieser Pfeile glitten mit unheimlich wirkender Langsamkeit, aber zielsicher abgeschossen, auf den Roboter zu. Während Captain Duster die Ultraschallkanone des Amphigleiters in Aktion setzte, wich Paladin den herangleitenden Geschossen aus. Wirkungslos detonierten die Sprengköpfe der Pfeile. Wenn es Druckwellen gab, so waren diese vom Gleiter aus nicht zu beobachten. Wahrscheinlich waren sie viel zu schwach, um das Fahrzeug auch nur einen Millimeter zur Seite zu drücken.

Rhodan deutete auf den Bildschirm. Deutlich war zu erkennen, wie sich die Angreifer aufteilten und versuchten, den Amphigleiter und Paladin einzukreisen. „Aufpassen, Captain Duster. Wir dürfen sie nicht zu nahe heranlassen und niemals aus den Augen verlieren.“ Er beugte sich ein wenig vor und drückte auf den Knopf des Telekoms, der die Verbindung mit Paladin herstellte. „Major Dephin, können Sie mich verstehen?“

„Laut und deutlich, Sir“, ertönte die Stimme des Siganesen aus dem Lautsprecher des Amphigleiters.

„Sehr gut. Dann zeigen Sie mal, was Ihr Roboter kann. Vertreiben Sie die Angreifer und nehmen Sie keine Rücksicht. Die Bestien tun es auch nicht. Außerdem sprengen Sie den Eingang zur Kuppel, aus der Tausende von Panik erfüllte Gedankenimpulse kommen. Wir müssen wissen, wer da gefangengehalten wird.“

Nur Sekunden später erlebten die Zuschauer vor dem Panoramaschirm ein kleines technisches Wunder. Das Hecktriebwerk des Roboters wurde zum Unterwasserantrieb und ließ ihn mit einer Geschwindigkeit dahinschießen, die man normalerweise für unmöglich gehalten hätte. Harl Dephin setzte dabei rücksichtslos die Impulsstrahler ein. Die Isolierung Paladins verhinderte, daß abgleitende Energiestöße den Siganesen oder dem Mechanismus schadeten. Die Bestien hingegen waren den heranflutenden Energiewellen schutzlos ausgeliefert.

Noch während der Kampf tobte, meldete sich Atlan aus der CREST. Rhodan unterrichtete ihn über die Geschehnisse. Atlan versprach sofortige Hilfe. Er sagte nicht, was er plante, aber er riet Rhodan, sich etwa hundert Meter vom jetzigen Standpunkt zu entfernen. Paladin könne bleiben, wo er sei.

Ehe Rhodan weitere Fragen stellen konnte, unterbrach Atlan die Verbindung. Captain Duster steuerte den Amphigleiter etwa hundertfünfzig Meter seitwärts, wo einige Felsen ausgezeichnete Dekkung gaben. Er legte den Gleiter auf Grund und schaltete den Antrieb ab.

Dann wurden die Männer vor den Bildschirmen Zeugen eines zweiten technischen Wunders . . .

Die CREST sank fast bis zur Wasseroberfläche hinab und hielt an. Mit Hilfe starker Antigravitationsfelder und gewaltiger Druckstrahler wurde der Ozean an dieser Stelle regelrecht geteilt und die Wassermassen beiseite gerissen. Es entstand eine riesige Schlucht, eine Art Talkessel, dessen Wände aus aufgestauten Wassermassen bestand. In der Mitte dieses mit technischen Mitteln erzeugten Wunders war der obere Teil der Kuppel deutlich zu erkennen.

Etwa die Hälfte der angreifenden Bestien waren von den Wasserfluten weggerissen worden. Paladin, der sich in der Nähe des Amphigleiters aufgehalten hatte, blieb unter Wasser. So konnte er sich um die Bestien kümmern, die unter vollem Einsatz ihrer Waffen versuchten, zurück in die Kuppel zu gelangen. Er schnitt den Überlebenden den Rückweg ab.

Zwischen dem Roboter und den etwa vier Dutzend Bestien entspann sich ein erbitterter Kampf auf Leben und Tod.

Es dauerte jedoch keine fünf Minuten, und der Kampf war zugunsten Paladins entschieden. Keine der Bestien erreichte die Kuppel.

Den Rest besorgte Atlan mit der CREST. Er manövrierte das riesige Schiff derart, daß es genau über der Kuppel zum Stillstand kam. Damit wurde die Unterwasserstation zum genauen Mittelpunkt des trockenen Talkessels, der mitten im Ozean entstanden war. Das Meer war an dieser Stelle etwa fünfzig Meter tief.

Es hatte nur wenige Sekunden gedauert, bis die hundert Bestien, denen die Flucht zurück ins Wasser nicht geglückt war, ihre Überraschung überwunden hatten. Sie eröffneten ein sinnloses Feuer auf das gigantische Schlachtschiff der Terraner. Atlan hielt es nicht einmal für nötig, den Schutzschirm einzuschalten. Mit den kleinen Desintegratorgeschützen feuerte er auf den oberen Teil der Kuppel, um für Rhodan und seine Leute im Amphigleiter einen Eingang zu schaffen. Gleichzeitig erhielten die Spezialkampfroboter, die bereits programmiert worden waren, ihren Einsatzbefehl. Es handelte sich um Spezialkonstruktionen für Land und Wasser. Über Telekom nahm Atlan Verbindung zu Rhodan auf und unterrichtete ihn über seine Maßnahmen. Von dieser Sekunde an arbeiteten beide Einheiten wieder koordiniert.

Vielleicht war es die Panik, vielleicht war es aber auch nur Zufall. Jedenfalls rannten die überlebenden Bestien genau in das Feuer der CREST hinein, das der Stationskuppel galt.

Atlan atmete erleichtert auf, als alles vorüber war. Auf dem Bildschirm konnte er deutlich erkennen, daß eine riesige Bruchstelle in der Kuppel klaffte. Er sah, daß die ersten Kampfroboter dort eindrangen, und rief Rhodan.

„Ich werde mich mit der CREST wieder auf zwei Kilometer Höhe zurückziehen. Das bedeutet, daß der Amphigleiter wieder voll manövrierfähig wird. Das Wasser wird zurückfluten. Von jetzt ab halten wir wieder telepathische Verbindung durch Gucky und Marshall. Wenn Hilfe benötigt wird – ich bin in der Nähe."

„Wir werden jetzt in die Kuppel eindringen, Atlan."

Rhodan warf Captain Duster einen Blick zu. Dann sagte er:

„Manövrieren Sie den Amphigleiter so nahe wie möglich an die Kuppel heran. Ich werde mit den zehn Männern, die mit mir in der Stadt waren, in die Kuppel eindringen. Gucky und Ras Tschubai werden uns begleiten."

Der Amphigleiter glitt auf die Kuppel zu.

Nachdem der Energieschirm um die Kuppel zusammengebrochen war, empfing Gucky die Gedankenimpulse noch stärker und intensiver. Er war sogar in der Lage, einzelne Impulse zu unterscheiden. Es konnte nun kein Zweifel mehr daran bestehen, daß er den Lebewesen, von denen die Gedankenmuster ausgingen, schon einmal begegnet war. Kein Zweifel, die Sache wurde immer spannender.

Etwa zwanzig Meter von der Kuppel entfernt legte Captain Duster den Amphigleiter wieder auf Grund. In den von der CREST gewaltsam geschaffenen Eingang war Wasser eingedrungen. Der unregelmäßige Spalt war dunkel, absolut lichtlos. Das machte keinen sehr vertrauenerweckenden Eindruck. Rhodan, Ras Tschubai, Gucky und zehn Mann der Besatzung des Amphigleiters verließen durch die Schleuse das Fahrzeug und näherten sich vorsichtig der Kuppel. Sie erwarteten jeden Augenblick einen neuen Angriff der Bestien, der jedoch ausblieb. Die totale Niederlage, die sie eben erlitten hatten, hatte sie anscheinend dazu bewogen, vorsichtiger zu sein. Das konnte nur von Vorteil sein, denn Rhodan wollte weiteres Blutvergießen, soweit es möglich war, vermeiden.

Das Wasser war nicht mehr so klar wie zuvor. Das war kein Wunder, denn die zurückflutenden Wassermassen hatten den Sand aufgewirbelt. Dennoch war alles relativ deutlich zu erkennen.

Rhodan hatte die Mitnahme von Ultraschallwaffen angeordnet. Er selbst trug einen starken Kombistrahler. Die Isolierung seines Kampfanzugs war so gearbeitet, daß sie die abgeleitete Energie mit Leichtigkeit auffangen konnte.

Über den Helmkom sagte Rhodan:

„Wir vereinigen uns mit den Kampfrobotern der CREST und dringen gemeinsam ein. Ich bin davon überzeugt, daß man uns erwartet. Also Vorsicht!"

Ehe seine Leute den Eingang erreichten, waren bereits zahlreiche Roboter im Innern der Kuppel verschwunden. Das hatte den Vorteil, daß man nun etwas sehen konnte, denn die Roboter hatten ihre Scheinwerfer eingeschaltet. Es erfolgte kein Angriff.

Das Innere der Kuppel war voller Wasser. Der Schwemmsand, der den Boden bedeckte, war frisch.

„Die Impulse werden immer stärker", sagte Gucky. „Von wem immer sie auch stammen mögen – sie haben Angst. Schreckliche Angst."

„Es sind Gefangene, daran kann kein Zweifel bestehen." Rhodan verharrte und ließ einer Robotergruppe den Vortritt. Vor einer Wand machten sie halt. Von einer Tür war nichts zu sehen. Einige der Roboter machten sich daran, die Wand aufzubrechen.

Einer begann mit Impulsstrahlern zu arbeiten. Und schon Sekunden später entstand ein Loch. Der erwartete Sog blieb aus. Das bedeutete, daß der Raum hinter der Halle ebenfalls mit Wasser gefüllt war. Rhodan atmete erleichtert auf. Wenn überall gleiche Verhältnisse herrschten, würde das Eindringen in die Kuppel leichter sein. Er gab den Befehl zum Weitermarsch.

Inzwischen war auch Paladin zu ihnen gestoßen. Der Robot setzte sich an die Spitze und übernahm Rhodans Schutz. Captain Duster gab bekannt, daß keine weiteren Bestien mehr aufgetaucht wären. Das Wasser hätte sich so weit beruhigt, daß die Sicht klarer geworden wäre. Außer großen Fischschwärmen sei nichts zu sehen, berichtete der Kommandant des Amphigleiters.

Gucky und Ras Tschubai hielten sich dicht hinter Rhodan. Ihnen folgten die zehn Männer des Einsatzkommandos. Den Abschluß bildeten wieder einige Kampfroboter.

Der Korridor, den sie betraten, war breit und hoch. An den Wänden und aus der Decke drang diffuses Licht, das den Gang notdürftig erhellte. Auch er war mit Wasser gefüllt. Und auch hier sah es so aus, als sei das der normale Zustand innerhalb der riesigen Kuppel. Gucky ging ein wenig schneller, bis er neben Rhodan war. Er sagte:

„Die Gedankenimpulse werden wieder stärker. Sie stammen von Lebewesen, denen wir schon einmal begegnet sind. Aber da sind noch andere Impulse, die ich nicht näher identifizieren kann, obwohl sie sehr intensiv sind. Ich bin sicher, daß sie nur von einem einzigen Lebewesen stammen. Soweit ich das beurteilen kann, handelt es sich jedoch um ein primitives Wesen. Aber es sendet Mentalimpulse aus, die von Angst und Schmerzen zeugen. Es ist so, als würde dieses Lebewesen ohne Unterlaß gequält."

Rhodan mußte erkennen, daß die Lage immer rätselhafter und verworrener wurde.

„Wir werden es herausfinden, Gucky, was hier gespielt wird. Gib sofort Bescheid, wenn eine Änderung eintritt."

Gucky nickte.

In regelmäßigen Abständen zweigten Gänge von dem Korridor ab. Alle führten schräg in die Tiefe, der Form der Kuppel angepaßt. Rhodan gab Anweisung, vorläufig auf dem Hauptkorridor zu bleiben, bis man vielleicht einen Lift entdeckte, der senkrecht in die Tiefe führte. Es war ihm klar, wie sinnlos es sein würde, die einzelnen Gänge zu durchsuchen. Wenn es in diesem Stützpunkt eine Zentrale gab, so lag sie tief im Innern der Kuppel unter dem Meeresboden.

Die Außengeräte des Amphigleiters zeigten eine gewaltige Masse an, die sich langsam, aber stetig dem Standort des Gleiters näherte. Die Materietaster verrieten, daß es sich nicht um einen metallenen Gegenstand handelte. Wenn man den Ortergeräten trauen wollte, hatte das Ding einen Durchmesser von mehr als fünfhundert Metern. Die Bewegungen waren merkwürdig, und das war es, was Captain Duster besondere Kopfschmerzen bereitete.

Die Generalrichtung war auf den Amphigleiter zu, aber dabei bewegte sich der Gegenstand ständig auf- und abwärts.

Dann hielt Captain Duster es nicht mehr aus. Er drehte sich um und sagte zu Dr. Bysiphere:

„Irgend etwas kommt näher. Es ist aber so groß, daß es uns hier nicht gefährden kann, denn das Meer ist nur fünfzig Meter tief. Das Ding aber hat einen Durchmesser von einem halben Kilometer. Es kann also nicht bis hierher kommen. Ich möchte aber trotzdem wissen, was es ist."

Der Hyperenergetiker erhob sich und ging zu den Kontrolltafeln.

„Fünfhundert Meter Durchmesser? Und das Meer ist etwa fünfzig Meter tief? Da stimmt doch etwas nicht."

Captain Duster deutete auf die Kontrollen.

„Es ist mehr als zwanzig Kilometer von hier entfernt. Es kann durchaus sein, daß das Meer dort tiefer ist. Vielleicht ein- oder zweitausend Meter. Wir können ja mal bei der CREST anfragen, ob die etwas bemerkt haben." Mit wenigen Handgriffen stellte er die Verbindung her. Atlan meldete sich. „Etwa zwanzig Kilometer von hier entfernt, in etwa nordöstlicher Richtung, muß etwas sein, Sir. Können Sie es von der CREST aus orten?"

Nach etwa drei Minuten kam die Antwort.

„Organische Materie, Captain Duster. Die Materietaster besagen das einwandfrei. Organische Materie – und ziemlich groß. Es hat jetzt die Richtung geändert, denn das Meer wird zu flach. Es schwimmt in östlicher Richtung weiter. Wollen Sie nicht einmal nachsehen?"

„Ich habe vom Großadministrator den Auftrag erhalten, hier vor der Kuppel zu warten. Ich kann meinen Posten leider nicht verlassen."

„Machen Sie sich deshalb keine Sorgen, Captain. Ich werde Rhodan unterrichten. Wir müssen unbedingt wissen, was auf dieser Welt vor sich geht. Und ein so riesiges Lebewesen, wie Sie es jetzt geortet haben, ist sicherlich einer näheren Betrachtung wert. Verfolgen Sie es, gehen Sie aber nicht zu nahe heran. Sollte es angreifen, treten Sie sofort den Rückzug an. Lassen Sie sich auf kein Abenteuer ein."

Der Offizier starrte unentschlossen auf die Kontrollen. Dr. Bysiphere klopfte ihm auf die Schulter.

„Nun, worauf warten wir noch? Schließlich hat Atlan uns die Erlaubnis erteilt. Das ist genauso, als käme der Befehl von Rhodan. Nun machen Sie schon!"

Für den Hyperenergetiker war das natürlich wieder einmal eine Gelegenheit, auf eigene Faust zu forschen. Stundenlang in dem Amphigleiter sitzen und warten – das hätte er nicht ausgehalten.

Langsam hob der Gleiter vom Meeresboden ab und glitt in nördlicher Richtung davon. Er schwebte über die Kuppel hinweg, deren Einstiegsöffnung deutlich zu erkennen war. Dann versank sie unter dem Heck des Fahrzeuges in der ungewissen Bläue des Meeres. Captain Duster ließ den Kampfstand besetzen und konzentrierte sich ganz auf die Navigation. Auf dem kleinen Orterschirm war das Ding, das sie verfolgten, zu erkennen, wenn auch in der Form eines Echos. Demnach mußte es rund sein. An einigen Stellen waren Auswüchse oder Tentakel zu erkennen. Es bewegte sich immer noch in dem merkwürdigen Auf- und Abwärtsrhythmus.

Das Meer wurde schnell tiefer. Bald schwamm der Amphigleiter dreihundert, und dann fünfhundert Meter unter der Meeresoberfläche dahin. Das Wasser war völlig schwarz. Captain Duster hatte die Bugscheinwerfer eingeschaltet, die eine Sicht bis zu dreihundert Metern erlaubten. Eine unheimliche und unwirkliche Landschaft tat sich vor ihnen auf. Gigantische Felsen ragten aus dem Boden und strebten steil nach oben, der Sonne entgegen. Dazwischen lagen enge Schluchten und – wie es schien – bodenlose Abgründe.

Hinter einem riesigen Plateau fiel das Meer bis zu einer Tiefe von zwei Kilometern ab. Mit Hilfe der Massetaster stellte Captain Duster fest, daß dieser Graben etwa fünfzig Kilometer breit war und sich genau von Westen nach Osten zog. Das riesige Lebewesen schwamm jetzt etwa acht Kilometer vor ihnen in nordöstlicher Richtung. Der Amphigleiter nahm Kurs darauf.

Perry Rhodan empfing Atlans Mitteilung, daß der Gleiter ein riesiges Lebewesen im Meer entdeckt habe und auf Erkundungsfahrt gegangen sei. Die CREST schwebte jetzt in knapp fünfhundert Metern Höhe über der Meeresoberfläche, zum sofortigen Eingreifen bereit, falls es sich als notwendig erweisen sollte. Rhodan billigte Atlans Handlungsweise und gab bekannt, daß sie nun weiter vordringen würden.

Hundert Meter weiter entdeckten sie den senkrecht nach unten führenden Schacht. Für Major Harl Dephin schien es selbstverständlich zu sein, daß sein Roboter die Führung übernahm. Ehe Rhodan es verhindern konnte, trat Paladin vor und ließ sich in die Tiefe sinken. Einige Kampfroboter folgten. Die anderen warteten ab und überließen Rhodan und seinen Begleitern den Vortritt.

Wie vorher der Korridor, so war auch der Schacht mit einem ungewissen Licht erfüllt. Weit unten in der Tiefe jedoch leuchtete es hell und intensiv. Die Länge des Schachtes war schlecht abzuschätzen. Aber Major Dephin konnte trotzdem Auskunft geben, dank der Ortungsgeräte seiner Kampfmaschine.

„Tiefe etwa dreihundert Meter, Sir. Wir sinken schneller, als das unter normalen Umständen der Fall wäre. Die Erbauer des Stützpunktes haben ein künstliches Schwerefeld angebracht, das die natürliche Schwerkraft unterstützt. Die Fallgeschwindigkeit beträgt einhundert Meter pro Minute. Wir werden also in drei Minuten unten sein."

Der Schacht endete in der gewölbten Decke einer riesigen Kuppel, und sie fielen noch weitere fünfzig Meter, ehe sie endlich auf dem Boden standen. Die Kampfroboter schwärmten sofort aus, um die Kuppelhalle nach Gegnern zu durchsuchen. Rhodan und seine Leute blieben in der Mitte stehen, weil sie von hier aus die beste Übersicht hatten und jeden Angriff rechtzeitig erkennen konnten.

„Nun, Gucky, wie sieht es aus?"

Der Mausbiber schien sich seiner Sache nicht ganz sicher zu sein.

„Die Gedankenimpulse kommen zum erstenmal aus genau waagrechter Richtung. Jene Wesen, die sie aussenden, müssen sich also in gleicher Höhe mit uns befinden. Wenn die ganze Kuppel tatsächlich mit Wasser gefüllt ist, dann muß es sich um Wesen handeln, die auch unter Wasser leben können. Es sei denn, es gibt noch Hohlräume, von denen wir nicht wissen. Auch die Mentalimpulse des einzelnen Lebewesens, das Schmerz empfindet, sind auf gleicher Höhe, kommen jedoch aus einer anderen Richtung. Ich kann auch die Gedanken von Bestien empfangen, aber die kommen aus größerer Tiefe."

Rhodan nickte. „Mehr brauchen wir im Augenblick nicht zu wissen. Wir kümmern uns selbstverständlich zuerst um diese Intelligenzen. Später versuchen wir dann das Einzellebewesen zu finden, das die Schmerzimpulse aussendet. Nun, was ist?"

Diese Frage galt Major Dephin, der Paladin mit ziemlich hoher Geschwindigkeit an den Wänden der Halle entlangsteuerte und nun zurückkehrte.

„Nichts, Sir. Es führen Korridore in verschiedene Richtungen. Die Gedankenimpulse, die Gucky meint, kommen von dort." Er deutete auf eine hohe, rechteckige Gangöffnung, vor der sich zwei Kampfroboter postiert hatten. „Gehen wir."

Wieder übernahm Paladin die Führung. Die Wände des Korridors waren mehr als achtzig Meter hoch.

Aber nach zweihundert Metern endete er vor einem Gitter.

Es war ein Metallgitter, aber von einer solchen Stärke, wie Rhodan es noch nie gesehen hatte. Die Stäbe glichen Säulen mit einem Durchmesser von zwanzig Zentimetern. Der Korridor, der sich zu einer kleinen Halle erweitert hatte, war etwa dreißig Meter breit. Genauso breit war auch das Gitter. Die Zwischenräume der einzelnen Säulen betrugen knapp zehn Zentimeter. Ein menschliches Wesen konnte auf keinen Fall da hindurch.

Der Paladin brauchte knapp zehn Minuten, um das Gitter mit seiner Impulskanone durchzuschmelzen. Langsam drangen die Terraner weiter vor.

Das Innere der Kuppel verlor nun völlig den Charakter eines Stützpunktes. Es war eine regelrechte Unterwasserlandschaft, die sich vor den Augen der Terraner ausbreitete. Sie war offensichtlich künstlich angelegt worden, wenn auch die Wände zum Teil aus natürlich gewachsenem Fels bestanden. Die Decke verlor sich im Blau des Meeres. Da aber auch von dort Licht in die Tiefe drang, war anzunehmen, daß sie dicht unter dem Meeresboden endete und Leuchtquellen besaß.

Paladin war stehengeblieben. Harl Dephin gab bekannt:

„Lassen Sie sich nicht vom ersten Eindruck täuschen, Sir. Wir halten uns noch immer innerhalb des Stützpunktes auf. Das Meer ist an dieser Stelle nur fünfzig Meter tief. Wir aber befinden uns bereits mehr als vierhundert Meter unter der Oberfläche. Das bedeutet, daß man die Kuppel tatsächlich in den Meeresboden hineingebaut hat. Hier befinden sich keine technischen Anlagen, sondern nur eine künstliche Wasserwelt. Da sie durch Gitter abgeschlossen wurde, dürfte es sich dabei um den Aufenthaltsort der Gefangenen handeln, deren Gedankenimpulse seit Stunden von Gucky empfangen werden. Wir finden sie sicher."

„Was ist mit den Impulsen? Wo kommen sie jetzt her?"

„Aus allen Richtungen, Perry. Ich würde sagen, wir weilen im Augenblick mitten unter den Gefangenen. Ich habe aber noch keinen sehen können."

Rhodan gab Paladin ein Zeichen, und der Roboter setzte sich wieder in Bewegung.

„Dort drüben!" rief Ras Tschubai plötzlich und deutete nach vorn.

„Dort drüben – was ist das?“

Sie sahen in die angegebene Richtung. Etwa zweihundert Meter von ihnen entfernt waren verschwommen einige Formen zu erkennen, die vorerst nicht identifiziert werden konnten. Gucky wurde plötzlich sehr lebhaft.

Jetzt war das Lebewesen, das von dem Amphigleiter verfolgt wurde, nur noch fünf Kilometer entfernt. Es bewegte sich nur mit geringer Geschwindigkeit und konnte leicht eingeholt werden. Dr. Bysipheres Aufregung wuchs von Minute zu Minute.

Captain Duster beschleunigte die Fahrt des Amphigleiters, der nun mit unheimlicher Geschwindigkeit durch die Meerestiefen schoß. Die Energietaster sorgten dafür, daß er allen Hindernissen auswich und rechtzeitig in die Höhe stieg, wenn es einen Durchschlupf durch die Felsen gab. Der Meeresboden wurde immer ebener und das Meer selbst tiefer. Die Materietaster verrieten, daß das Objekt nur noch wenige hundert Meter von ihnen entfernt war. Es bewegte sich immer noch sehr langsam.

Und dann geriet es in den Bereich der beiden Bugscheinwerfer.

Dr. Bysiphere, Captain Duster und den fünf anderen Männern stockte der Atem.

Das, was sie nun sahen, konnte es nicht geben.

Als sie eine halbe Stunde später wieder neben der Stützpunktkuppel auf Grund gingen und Verbindung zu Atlan aufnahmen, waren sie sich noch immer nicht darüber einig, was sie eigentlich gesehen hatten.

Paladin hielt an, als die schattenhaften Umrisse deutlicher geworden waren. Es konnte nun kein Zweifel mehr daran bestehen, daß es sich um Gebäude handelte, die in mannigfacher Form verstreut in der unterseeischen Parklandschaft herumstanden. In einigen dieser Gebäude brannte Licht, und hinter den großen rechteckigen Scheiben waren Bewegungen zu erkennen. Die Gebäude waren bewohnt.

„Jetzt weiß ich, woher ich die Gedankenmuster kenne, Perry“, sagte Gucky aufgeregt. „Ich wußte doch, daß wir ihnen schon einmal begegnet waren. Und zwar in der Großen Magellanschen Wolke.

Dort nahmen sie eine führende Stellung ein und waren erbitterte Gegner der dortigen Intelligenzen. Sie arbeiteten mit den Zweitkonditionierten, den Schwingungswächtern, zusammen. Diese wiederum, Abkömmlinge der hiesigen Bestien, stammen aus M 87. Ich glaube, uns steht eine Überraschung bevor. Ich glaube nämlich, daß auch die Perlians aus M 87 stammen. Vielleicht befinden wir uns jetzt auf ihrer Ursprungswelt."

Rhodan gab nicht sofort Antwort, so überrascht war er.

Die Perlians! Er konnte sich noch gut an sie erinnern.

Bei den Perlians handelte es sich um etwa zwei Meter große, überschlanke Lebewesen mit einer silbrigen, feinschuppigen Haut. Wenn sie zwischen einer Lichtquelle und dem Beschauer standen, war ihr ganzer Körper semitransparent. Ohne Schwierigkeiten konnte man die Umrisse von Eingeweiden und Organen erkennen. Sie besaßen zwei Arme, zwei Beine und sechsgliedrige Hände und Füße. Die Köpfe wirkten wie dreißig Zentimeter große Glaskugeln. Infolge des transparenten Aussehens war das Gehirn deutlich zu erkennen. Zwei kleine und starr blickende Facettenaugen erweckten einen fast insektenhaften Eindruck.

Das seltsamste und bemerkenswerteste Kennzeichen eines Perlians hingegen war ein dunkler, pulsierender und rot leuchtender Gewebeklumpen in Stirnhöhe, der einen Durchmesser von knapp zehn Zentimetern hatte. Dieser Gewebeklumpen war das sogenannte Zeitauge. Es versetzte jeden Perlian in die Lage, eine Zehntelsekunde in die Zukunft zu schauen. Das wiederum gab ihnen eine erstaunliche Reaktionsfähigkeit, die schon manchem Angreifer zum Verhängnis geworden war.

In erster Linie waren die Perlians Kiemenatmer, besaßen jedoch auch Lungen, mit denen sie auch auf der Oberfläche einer Welt leben konnten. Wenn möglich, hielten sie sich jedoch im Wasser auf.

Als die Perlians von Rhodan in der Großen Magellanschen Wolke entdeckt wurden, fungierten sie als Hüter und Wächter der dortigen Hypnokristalle. Durch den Schwingungsalarm hatten sich diese Kristalle in Howalgonium verwandelt und waren somit unwirksam geworden. Auf dem Planeten Monol in der Kugelgalaxis M 87 war das Neo-Howalgonium entdeckt worden.

„Bist du sicher, Gucky? Ich meine, bist du sicher, daß du dich nicht irrst? Warum hast du die Perlians nicht früher erkannt?"

Gucky zuckte mit den Schultern.

„Die Impulse sind noch nie so klar gewesen wie jetzt. Ich kann sogar einzelne Gedanken auffangen und verstehen. Das, was ich vorher empfangen konnte, war nur ein Konglomerat an Gefühlen und Mentalimpulsen. Sie waren unmöglich zu identifizieren. Jetzt ist das anders. Man hat uns übrigens entdeckt und kommt uns entgegen. Man weiß allerdings noch nicht, ob wir Feinde oder Freunde sind. Nun gut, ich kann ihre Gedanken verstehen, aber die Frage ist die, ob sie auch die meinen auffangen können. Wie sollen wir uns mit ihnen verständigen?“

„Soweit ich mich erinnern kann, geschah das in der Großen Magellanschen Wolke durch Gedankenprojektoren mit Hilfe von Kontakthauben. Die stehen uns hier selbstverständlich nicht zur Verfügung. Vielleicht haben sie jedoch technische Hilfsmittel, um Gedankenimpulse aufzufangen, zu verstärken und auf ihre Symbolschirme zu projizieren. Wir werden ja sehen.“

Es war eine Gruppe von etwa einem Dutzend Perlians, die plötzlich aus dem nächsten Gebäude kamen und auf die Terraner zuschwebten. Sie trugen keine Waffen. Über den Impulsgeber gab Rhodan seinen Kampfrobotern den Befehl, sich passiv zu verhalten. Paladin hatte sich versteckt, um nicht sofort gesehen zu werden. Da er rein äußerlich einem Haluter, und damit einem Zweitkonditionierten, ähnelte, schien es Rhodan besser zu sein, daß Paladin vorerst nicht in Erscheinung trat. Er hatte nämlich allen Grund zu der Annahme, daß die Perlians nicht gut auf die haluterähnlichen Wesen zu sprechen waren.

Die Perlians trugen ein schwer aussehendes Gerät mit sich, dessen Gewicht aber vom Wasser kompensiert wurde. Sie trugen es mit einer Leichtigkeit, die erstaunlich wirkte. Die Vorderseite des Gerätes bestand aus einem Bildschirm. An der Oberseite ragten einige Antennen hinaus, die in kugelförmigen Auswüchsen endeten. Als sie noch etwa zwanzig Meter von den Terranern entfernt waren, setzten sie das Gerät ab und stellten sich dahinter im Halbkreis auf.

„Was denken sie jetzt?“ erkundigte sich Rhodan bei Gucky.

„Sie wollen, daß wir mit ihnen reden. Der in der Mitte, der mit dem roten Zeitauge, ist ihr Anführer. Ist dir übrigens schon aufgefallen, daß die anderen kein Zeitauge haben?“

So war es in der Tat. Nur einer der Perlians besaß das mysteriöse Zeitauge, während bei den übrigen nicht einmal ein Ansatz dazu erkennbar war.

„Versuche, Kontakt mit ihnen aufzunehmen, Gucky."

Der Mausbiber ging. Unterwegs empfing er bereits die Gedankenimpulse des Anführers. Er empfing sie so klar und deutlich, als spräche das seltsame Lebewesen direkt mit ihm.

„Ihr seid in unser Gefängnis eingedrungen und habt unsere Feinde getötet. Ihr seid also unsere Freunde. Wir heißen euch willkommen."

Fünf Meter vor dem Gerät blieb Gucky stehen. Er fixierte die kugelartigen Antennen und versuchte, seine Gedanken konzentriert und gezielt auf das Gerät abzustrahlen. Wenn seine Vermutung stimmte, dann mußten seine Gedanken in verständlichen Symbolen auf dem Bildschirm sichtbar werden. Und so dachte er:

Wir sind Freunde. Wir sind gekommen, um euch zu befreien. Aber zuvor müßt ihr uns berichten, was auf dieser Welt geschehen ist. Wie kommt ihr hierher? Warum seid ihr die Gefangenen der Bestien? Wie kommt ihr in die kleine Galaxis, die wir die Magellansche Wolke nennen?

Gucky sah die Symbole auf dem Bildschirm, aber es war schwer für ihn, ihre Bedeutung zu erkennen. Die Perlians aber, und das las er in ihren Gedanken, verstanden sie. Die Antwort erfolgte ebenfalls über den Bildschirm, aber sie war in Guckys telepathischem Gehirn viel klarer.

„Dies ist unsere Heimatwelt. Wir haben hier gewohnt, solange wir zurückdenken können. Und auch unsere Vorfahren haben hier gewohnt. Einige von uns wurden vor vielen tausend Jahren verschleppt, und wir haben nie gewußt, wo sie geblieben sind. Du hast es uns gesagt. Wir kennen diese Magellansche Wolke nicht, die du erwähnt hast. Wir wissen aber, daß unsere Feinde uns zu Zwecken benutzen, die wir nicht kennen. Aber das ist schon lange her. Seitdem werden wir hier gefangengehalten, und ab und zu werden einige von uns abgeholt. Wir sehen sie nie wieder. Wer seid ihr?"

„Ich betonte bereits, daß wir Freunde sind", sagte Gucky laut, so daß auch Perry Rhodan und die anderen ihn hören konnten. „Doch bevor wir euch alles erklären, möchte ich euch warnen. Es ist jemand unter uns, dessen äußere Erscheinung euch erschrecken mag. Es handelt sich um einen Roboter, der äußerlich einer Bestie nachgebildet wurde. Er stammt nicht aus dieser Galaxis und hat mit jenen, die euch gefangenhalten, nichts zu tun. Erlaubt ihr, daß er sich zeigt?"

„Wir haben Vertrauen zu dir, kleines Wesen. Wenn es so ist, wie du sagst, haben wir keine Angst."

„Dann erlaubt, daß ich mit meinen Freunden spreche. Danach werden wir euch alles erklären."

Der Kontakt war hergestellt. Wenig später kam Paladin aus seinem Versteck, und da die Perlians auf sein Erscheinen vorbereitet waren, gab es keinen Zwischenfall. Trotzdem war Harl Dephin klug genug, den Roboter im Hintergrund zu halten. Ihm genügte es, daß er sich ungestört bewegen konnte, ohne Panik oder Schrecken zu verbreiten.

Von nun an übernahm Rhodan die Verhandlungsführung. Er tat es mit Hilfe von Gucky, der die zum Teil unverständlichen Bildsymbole übersetzen konnte, weil er ständig die Gedankenimpulse der Perlians auffing.

In groben Zügen erläuterte Rhodan die gigantischen Zusammenhänge. Für ihn war es klar, daß es für die Perlians schwer sein mußte, dies zu verstehen. Dafür gelang es ihm, die Zusammenhänge in großen Zügen zu begreifen.

Der Kreis begann sich zu schließen.

Durch die Perlians erfuhr Rhodan, daß der Stützpunkt von nur etwa dreihundert Bestien besetzt war. Mehr als die Hälfte von ihnen war tot. Diese dreihundert Ungeheuer hatten es verstanden, die Wasserbewohner einer ganzen Welt zu versklaven. Innerhalb der riesigen Kuppel, die sich in Form von Hohlräumen in gewachsenem Felsen fortsetzte, befanden sich mehr als einhunderttausend gefangene Perlians. Nur wenige von ihnen besaßen das rote Zeitauge.

Nachdem Rhodan nun ziemlich alle Zusammenhänge klargeworden waren, blieben nur noch wenige Dinge zu klären. Die bisherigen Beobachtungen wiesen einwandfrei darauf hin, daß den Perlians das Zeitauge nicht von Natur aus gewachsen war. Als er eine diesbezügliche Frage stellte, erhielt er eine merkwürdige Antwort. Sie lautete etwa so:

„Das Zeitauge wird uns eingepflanzt. Tatsache ist, daß man damit um den Bruchteil einer Zeiteinheit in die Zukunft schauen kann. Ich weiß nicht, warum unsere Peiniger auf den Gedanken gekommen sind, uns mit diesem Organ zu versehen. Warum pflanzen sie es nicht sich selbst ein? Sie benutzen uns als ihre Diener und Sklaven, das stimmt. Wozu aber dann dieses Organ, das uns eine gewisse Überlegenheit verschafft?"

Rhodan versuchte, es den Perlians zu erklären.

„In jener fernen Galaxis, die wir die Große Magellansche Wolke nennen, sind die Perlians offenbar die Verbündeten der Abkömmlinge der Bestien. In einem solchen Fall kann das Zeitauge nur von Vorteil sein. Je fähiger ein gehorsamer Sklave ist, desto besser für seinen Herrn. Ich nehme an, das sind die Grundüberlegungen der Bestien, wenn sie Ihnen das Zeitauge einpflanzen. Es müßte sich feststellen lassen, ob es sich um ein künstliches oder natürliches Organ handelt. Ich würde eher auf letzteres tippen. Aber es bleibt mir unverständlich, woher es stammen soll."

„Es gibt Gerüchte", sagte der Anführer der Perlians. „Aber sie sind sehr unbestimmt und vage. Sie lassen sich nicht nachprüfen. Sie müssen wissen, daß wir nur wenig Verbindung mit unseren Artgenossen haben, die in anderen Teilen dieser Festung, oder gar in anderen Stützpunkten gefangengehalten werden. Einigen von uns ist sogar schon die Flucht gelungen, aber sie hat ihnen wenig genützt. Sie sind von einem Gefängnis ins andere geraten – denn unsere ganze Heimatwelt ist zu einem einzigen Gefängnis geworden. Wir sind sehr glücklich darüber, daß Sie gekommen sind. Vielleicht können Sie uns helfen."

„Wir werden alles tun, was in unseren Kräften steht", versprach Rhodan.

„Dann töten Sie die restlichen Bestien und befreien Sie uns. Geben Sie uns unsere Welt wieder. Die Bestien haben nichts an sich, was sie als zivilisierte Wesen kennzeichnen würde. Sie sind ein Unglück für diese Galaxis, und vielleicht sind sie auch das Unglück Ihrer Heimatgalaxis, wenn Sie zögern sollten, unseren Rat zu befolgen."

„Wir werden Ihnen helfen", wiederholte Rhodan, dann versuchte er Verbindung zur CREST aufzunehmen. Er mußte feststellen, daß der Telekom versagte. Die Perlians erklärten ihm, daß ionisierte Wasserschichten daran schuld waren.

Er gab Paladin den Befehl, sich mit einem Perlian auf den Weg zu machen und sämtliche absperrenden Säulengitter zu vernichten.

Fünf Mann des Einsatzkommandos befahl er, sich nach oben und zurück zum Gleiter zu begeben, um von dort aus die CREST zu rufen. Atlan sollte erfahren, daß alles in Ordnung war. Er ahnte nicht, daß ihm die größte Überraschung noch bevorstand.

28.

Seit einiger Zeit hatten sie keine Spuren mehr von Rhodan und seinen Leuten gefunden. Dr. Bysiphere hatte es sich nicht nehmen lassen, mit den zehn schwerbewaffneten Männern des Einsatzkommandos in die Kuppel einzudringen. Atlan hatte die Männer von der CREST heruntergeschickt, nachdem der Kontakt zu Rhodans Gruppe abgebrochen war.

Dr. Bysiphere, von Natur aus sensibler als die Männer des Einsatzkommandos, konnte sich eines merkwürdigen Gefühls drohender Gefahr nicht erwehren. Er hätte sein Gefühl nicht definieren können. Es war einfach da und warnte ihn. Es warnte ihn vor einer Gefahr, die genau vor ihnen lag.

Er folgte den zehn Männern und überlegte krampfhaft, was da vorne im Innern der riesigen Kuppel auf sie wartete.

Nach kurzer Zeit ging es wieder steil nach unten. Immer tiefer gelangten sie hinein in den natürlich gewachsenen Fels des kleinen Kontinents, auf dessen Oberfläche es so harmlos ausgesehen hatte.

Dr. Bysiphere spürte, wie die Gefahr näher kam.

Leutnant Hendriks, der Führer des Kommandos, war stehengeblieben. Er deutete in die ungewisse Dämmerung des Ganges, der sich erheblich verbreitert hatte.

„Da vorne ist etwas“, sagte er. Seine Stimme klang nicht mehr so sicher wie vorhin. „Ich kann es nicht erkennen, es ist zu dunkel. Sieht aus wie eine gewaltige Höhle, in der sich etwas bewegt. Das Licht ist so schlecht . . .“

Plötzlich war es Dr. Bysiphere, als habe er das alles schon einmal erlebt, und zwar vor sehr kurzer Zeit. Er drängte sich vor, bis er vor dem Leutnant stand.

„Wo?“ fragte er heiser. Aber der Leutnant brauchte ihm nicht zu antworten. Er sah es jetzt selbst.

Seine Augen hatten sich an das Dämmerlicht gewöhnt. Der Gang endete in einem Ringkorridor, der eine Höhle von mehr als dreihundert Metern Durchmesser umschloß. Wie alles andere innerhalb der

Festung war auch diese Höhle mit Wasser gefüllt. Die fast zwanzig Zentimeter dicken Stäbe reichten von der gerade noch sichtbaren Decke bis hinab in die unergründliche Tiefe. Und dieses Gitter war es, das die Männer des Einsatzkommandos und Dr. Bysiphere nicht sofort in wilder Panik die Flucht ergreifen ließ. Denn das Gitter schützte sie.

Es schützte sie vor dem Monstrum, das leicht pulsierend mitten in der Höhle schwebte.

Es gehörte der gleichen Spezies an, der sie draußen im Meer begegnet waren. Nur war dieses Exemplar ein wenig kleiner. Sein Durchmesser betrug höchstens zweihundertfünfzig Meter. Auf den ersten Blick erinnerte es an eine gigantische Qualle.

„Das ist doch nicht möglich", sagte der Leutnant schaudernd. Mit vor Entsetzen weit aufgerissenen Augen starrte er auf das Wesen. „Was ist das?"

Dr. Bysiphere hatte sich schnell von dem Schrecken erholt. Er entsann sich, daß Gucky draußen im Meer starke Gedankenimpulse empfangen hatte, als sie das Ungeheuer verfolgten. Er entsann sich auch, daß es keine bösartigen Gedanken gewesen waren. Das beruhigte ihn.

„Es ist eine Qualle. Eine Riesenqualle. Sie wird hier gefangengehalten. Aber fragen Sie mich nicht, warum. Ich weiß es nicht. Von ihr müssen die Gedankenimpulse stammen, die Angst und Schmerz ausdrücken. Ich glaube daher mit Sicherheit sagen zu können, daß wir nicht einen Gegner vor uns haben, sondern einen Gefangenen. Sehen Sie nur die warzenförmigen Gebilde, die den ganzen Körper bedecken. Einige von ihnen scheinen regelrecht verstümmelt zu sein. Es scheint sich um absichtlich herbeigeführte Verletzungen zu handeln. Ob das der Grund ist, warum man sie hier gefangenhält?"

Noch ehe der Leutnant auf sofortige Umkehr drängen konnte, spürten sie alle einen leichten Wasserdruck, und dann materialisierte Gucky mitten unter ihnen. Mit ausgestreckten Händen ging er auf den Wissenschaftler zu und begrüßte ihn mit überschwenglicher Freude.

„Da sind wir ja, lieber Doc. Ich konnte plötzlich deine Gedankenimpulse klar und deutlich empfangen. Zwar wurden sie durch die Schmerzimpulse, die aus dieser Höhle hier stammen, überlagert, aber ich konnte sie trotzdem anpeilen."

Erst jetzt bemerkte er, wo er sich befand und was hinter den

Gitterstäben in der Höhle schwamm. Unwillkürlich wich er einen Schritt zurück.

„Was ist denn das? Ein Berg? Von ihm stammen übrigens die Schmerzimpulse. Ich empfange sie deutlich. Das ist ja vielleicht ein Apparat!“

Gucky, der aus der hellen Wasserhöhle der Perlians kam, hatte sich erst an das herrschende Dämmerlicht gewöhnen müssen. Aber dann, als er die Riesenqualle deutlicher erkennen konnte, wurde er plötzlich sehr aufgeregt.

„Ja, das muß es sein! Die Impulse, die Qual und Angst und Schmerz ausdrücken! Die Bestien halten das arme Ding hier gefangen und quälen es seit Jahrtausenden. Es muß doch möglich sein, eine Verständigung herbeizuführen. Aber es wird besser sein, wenn wir erst Rhodan von unserem Fund berichten.

Ich werde zu ihm teleportieren und Dr. Bysiphere mitnehmen. Dann kehre ich mit Ras Tschubai zurück, und wir holen die anderen. Und schließlich . . .“, er warf einen Blick auf die Riesenqualle, „. . . werden wir uns um das hier kümmern.“

Er nahm Dr. Bysipheres Hand und teleportierte zu Rhodan zurück.

Es war Paladin gelungen, einen Teil der Säulengitter zu zerstören. Bei der Gelegenheit stellte sich heraus, daß es nicht nur dieses eine Gefängnis gab. Es waren eine ganze Menge, und die Gefangenen hatten kaum Verbindung miteinander. Es gelang Rhodan, eine Gruppe von Perlians aufzuspüren, die von den Bestien zu Hilfsdiensten herangezogen worden waren. Auch sie begrüßten die Terraner und hießen sie auf ihrer Heimatwelt herzlich willkommen.

Paladin, der inzwischen auch die Zugänge zu der Quallenhöhle freigelegt hatte, kehrte zu Rhodan zurück und berichtete. Das war der Augenblick, in dem Gucky vorschlug:

„Wir sollten uns um die Qualle kümmern. Du hast sie noch nicht gesehen. Dir werden einige Lichter aufgehen. Ich weiß jetzt, was die Bestien mit ihr gemacht haben. Die Perlians sind sehr gastfreundlich und können sich um die zurückbleibenden Leute kümmern. Es gibt genug Räume und Gegenden, die nicht vom Wasser überflutet sind. Dort sollen sie auf uns warten. Wir aber, du, Dr. Bysiphere, einige

Perlians und ich werden der Qualle einen Besuch abstatten. Vor wenigen Stunden dachten wir, der Kreis habe sich geschlossen. Ich muß dich korrigieren: Der Kreis hat sich nur fast geschlossen. Er wird sich erst dann schließen, wenn du die Qualle gesehen hast und ihre Funktion kennst. Also – worauf warten wir noch?"

Sie nahmen Paladin mit, um vor Überraschungen geschützt zu sein. Nach Aussagen der Perlians mußte es noch etwa zwanzig Bestien in der Festung geben. Gucky empfing zwar ihre Gedankenimpulse, aber er hatte jetzt keine Zeit, sich darum zu kümmern. Inzwischen war es auch gelungen, Verbindung zur CREST herzustellen. Atlan schleuste ein weiteres Einsatzkommando von fünfzig Terranern aus, die von Kampfrobotern begleitet wurden. Sie hatten die Aufgabe, die restlichen Bestien aufzuspüren und unschädlich zu machen. Erst dann würde die Befreiungsaktion für die Perlians beendet sein.

Als sie die Höhle betraten, schaltete Paladin seine Scheinwerfer ein. Rhodan stockte der Atem, als er die Riesenqualle erblickte. Aber es war nicht die Größe des Tieres, die ihn erschreckte, es waren vielmehr die warzenförmigen Auswüchse, die plötzlich eine Erinnerung in ihm weckten, die nicht gerade angenehmer Natur war. Die Perlians und ihr Zeitauge! Auch es war rot, hatte einen Durchmesser von zehn Zentimetern und pulsierte.

Es pulsierte genauso wie die Warzen der Riesenqualle, die ebenfalls rot leuchteten.

Diese Warzen mußten mit den Zeitaugen identisch sein. Die Perlians, die sie begleiteten, bestätigten das. Mit Hilfe von Gucky berichteten sie:

„Wir nennen dieses Wesen eine Gigantqualle. Es ist primitiv und harmlos. Die Spezies lebt in einigen wenigen Exemplaren seit Urzeiten in den Meeren unserer Welt. Sie erkennen die kleinen Organe, die Sie als Warzen bezeichnen. Diese sogenannten Warzen sind Gefahrentaster, die von dem Tier nach Belieben ausgefahren und wieder eingezogen werden können. Es handelt sich um organische Gebilde, die das Tier in die Lage versetzen, eine kurze Zeitspanne in die Zukunft zu sehen. Damals, als die Bestien hier landeten und uns versklavten, entdeckten sie die Fähigkeit dieses Riesentieres. Sie fingen es ein, und ernteten die Gefahrentaster ab. Die Qual der Gigantqualle wurde dadurch vermehrt, daß sie die Fähigkeit besaß, diese abgetrennten Organe mit der Zeit nachwachsen zu lassen. Das war den Bestien sehr bald bekannt. Sie gingen mit äußerster Brutalität vor, denn sie kennen kein Mitleid. Und es blieb nicht aus, daß die erste gefangene Gigantqualle starb. Sie wurde durch eine neue ersetzt – und dann wieder durch eine neue – unablässig, über Jahrtausende hinweg. Die abgetrennten Gefahrentaster, also die Zeitaugen, wurden unseren Vorfahren eingepflanzt. Das befähigte nun auch sie, eine Zehntelsekunde der Gegenwart vorauszueilen. Unsere Vorfahren wurden von den Bestien verschleppt. Und erst heute haben wir durch Sie erfahren, wohin man sie gebracht hat. Diese Welt hier war ein unerschöpfliches Reservoir für die Bestien.

Hier züchteten sie uns, ihre Sklaven. Und hier ernteten sie die Gigantquallen ab und machten uns zu sehr brauchbaren Sklaven. Soweit wir es beurteilen können, steht diese Gigantqualle kurz vor dem qualvollen Tod. Nichts mehr kann sie retten. Es sind bereits Kommandos der Bestien unterwegs, eine neue Qualle einzufangen. Wir müssen das verhindern, denn es kann nur mehr sehr wenige dieser Tiere geben."

Rhodan und seine Begleiter kehrten betroffen schweigend zu den Perlians zurück. Vorher hatte der Paladin die sterbende Gigantqualle durch Strahlenbeschuß von ihrem Leiden erlöst.

Von den Perlians selbst jubelnd begrüßt, ordnete Rhodan an, daß sie die Kuppelstation evakuieren und in ihre leeren Städte zurückkehren sollten. Er nahm die Einladung der von Natur aus gutmütigen Wesen an, mit seinen Freunden einige Tage ihr Gast zu sein.

Wie es schien, war das Abenteuer auf der Wasserwelt Ednil zu Ende.

Es blieb Rhodan ein Rätsel, wie sich die Perlians über große Entfernungen hinweg verständigen konnten. Gucky behauptete steif und fest, das geschehe durch drahtlose Gedankenbild-Übertragung, die mit Hilfe der schon einmal beobachteten Geräte vorgenommen wurde. Noch während überall auf Ednil die befreiten Perlians ihre Gefängnisse verließen und in ihre Städte zurückkehrten, unternahmen von der CREST aus Sonderkommandos Vorstöße, um die letzten der Bestien in ihren Kuppeln aufzustöbern und zu vernichten. Gleichzeitig landeten die beiden Schiffe der Haluter auf dem Kontinent. Die Verbündeten Terras ließen es sich nicht nehmen, an der

Befreiungsaktion teilzunehmen. Nachdem die Perlians die Hilfsbereitschaft Paladins erlebt hatten, empfingen sie auch die Haluter als ihre Freunde, obwohl sie ihren Unterdrückern verzweifelt ähnlich sahen.

Das große Befreiungsfest, wie die Perlians es nannten, sollte in einer Unterwasserstadt im nördlichen Flachmeer stattfinden. Diese Stadt lag auf einem riesigen Unterwasserplateau, auf dem die CREST landen konnte, ohne überflutet zu werden. Das Meer war hier so niedrig, daß es kaum die ausgefahrenen Landestützen bedeckte.

Nur der Fragmentraumer der Posbis umkreiste weiterhin das Bourjaily-System. Seine empfindlichen Ortergeräte und Relaisstationen würden die Annäherung eines feindlichen Schiffes sofort melden.

Die Stadt, die auf dem Plateau unter dem Meer lag, war nur zum Teil überflutet. Der höher gelegene Teil war frei von Wasser, und die Luft wurde durch die transparente Kuppel gehalten. Eine automatische Anlage sorgte dafür, daß diese Atemluft ständig erneuert wurde. Die unterschiedlichen Bauwerke lagen in einer paradiesischen Landschaft, die von einem grünen Dämmerlicht erhellt wurde. Durch die Kuppel und die Luftblase war die Sonne deutlich zu erkennen. Überall wimmelte es von Perlians, die ihre Befreier herzlich willkommen hießen. Rhodan gewährte der Besatzung der CREST schichtweise Urlaub. Er wußte, daß seine Männer es verdient hatten, die Enge des Schiffes zu verlassen und sich die Beine zu vertreten. Der Fragmentraumer und die Haluter sorgten für die notwendige Sicherheit. Auf sie war Verlaß.

Atlan war zur Berichterstattung in die Unterwasserstadt gekommen. In seiner Begleitung befanden sich John Marshall und der Okefenokee Eynch Zigulor, der sich von der Harmlosigkeit der Bewohner dieser Welt zu überzeugen gedachte. Sie trafen Rhodan, Dr. Bysiphere, Ras Tschubai und Gucky vor einem Haus an, das einem führenden Wissenschaftler der Perlians gehörte.

Atlan setzte sich auf einen kunstvoll geschliffenen Stein, der als Sitzgelegenheit diente. Er sagte:

„Die Suchkommandos haben weitere Kuppeln entdeckt. Sie konnten eindringen und die Besatzung, die ausschließlich aus Bestien bestand, unschädlich machen. Ein harter Kleinkrieg, und er bereitete mir keine Freude, Perry.“

„Mir auch nicht, Atlan. Aber sollen wir davonfliegen und die wehrlosen Perlians ihrem Schicksal überlassen? Sollen wir es riskieren, daß sie noch einmal versklavt werden? Wir haben sie befreit – und sie sollen frei bleiben. Das habe ich ihnen versprochen."

„Das können wir ihnen niemals garantieren. Sobald wir diese Welt verlassen haben, kann genau das eintreten, was Eynch Zigulor längst befürchtet. Die Bestien könnten hier landen, weil sie Stützpunkte vermuten, oder sogar davon wissen. Wenn sie entdecken, was hier geschehen ist, werden sie sich an den Perlians furchtbar rächen. Und soweit ich orientiert bin, besitzen die Perlians keinerlei Waffen."

Eynch Zigulor, der bisher geschwiegen hatte, meldete sich zu Wort.

„Es gibt nur eine Möglichkeit, die Bestien daran zu hindern, noch einmal einen Stützpunkt auf Ednil zu errichten. Sie, Perry Rhodan, müssen die Position dieses Planeten an die Konstrukteure des Zentrums durchgeben. Ich kann Ihnen garantieren, auch wenn ich die Konstrukteure des Zentrums noch nicht persönlich kenne, daß sie für einen sicheren Schutz der Perlians sorgen werden. Damit hätten Sie alle Schwierigkeiten und Probleme beseitigt, und der Kampf hier war nicht umsonst."

Rhodan betrachtete den Okefenokee aufmerksam. Er warf Gucky einen kurzen Blick zu, der die Gedanken des ehemaligen Zwerges überwachte. Der Mausbiber nickte. Also sprach Eynch Zigulor die Wahrheit.

„Ich danke Ihnen für Ihren Rat. Ich werde ihn befolgen. Die Frage ist nur, ob die Konstrukteure des Zentrums meinen Funkspruch auch empfangen werden. Können Sie mir dafür auch eine Garantie geben?"

„Natürlich kann ich eine solche Garantie nicht geben, Perry Rhodan. Aber ich bin sicher, daß die Konstrukteure oder ihre Beauftragten Ihre Funksignale auffangen werden. Sie besitzen Geräte, von deren Arbeitsweise Sie sich keine Vorstellungen machen können. Die Perlians werden in Zukunft davor sicher sein, abermals versklavt zu werden. Sie werden künftig in Frieden auf dieser Welt leben dürfen."

Rhodan unterrichtete die Perlians von seinem Entschluß, die Herrscher von M 87 über die Vorkommnisse auf Ednil zu unterrichten und sie um Hilfe für die Wasserbewohner zu bitten. Abermals war der Jubel über die Hilfsbereitschaft der Terraner groß.

Nach den Festlichkeiten auf dem Planeten der befreiten Perlians war Rhodan froh, wieder auf die CREST zurückkehren zu können.

Als das Riesenschiff startete, von den beiden Halutern begleitet, warfen Rhodan und Atlan einen letzten Blick auf die Wasserwelt, die laut Eynch Zigulor bald unter dem sicheren Schutz der Konstrukteure stehen würde. An vielen Stellen zeigte sich Bewegung im Meer, und mancher Arm wurde zum letzten Gruß emporgereckt. Dann versank Ednil im Sternengewimmel von M 87.

Zehn Minuten später verschwanden alle vier Schiffe im Linearraum.

Ihr Ziel war die noch unbekannte Welt, auf der die Konstrukteure des Zentrums residierten und eine Galaxis beherrschten.

29.

NOTIZ ATLAN

Einundzwanzigster August 2436, Standardzeit. Die CREST IV steht zur Zeit dreißigtausend Lichtjahre vom Zentrum der Kugelgalaxis M 87 entfernt auf Warteposition. Wir werden unablässig gejagt und verfolgt. Bei einem Gefecht mit versprengten Bestien-Raumern verlor die BOX-13111 in zwei Kalup-Räumen insgesamt acht Kompensationskonverter. Durch diesen Zwischenfall wurden unsere geheimsten Hoffnungen begraben. Es sei der späteren Geschichtsschreibung überlassen, ob wir falsch oder richtig gehandelt haben. Meiner Meinung nach gab es für uns keinen anderen Weg, als nach allen gemachten Erfahrungen die hier herrschenden Machtgruppen gegeneinander auszuspielen.

Unser Problem besteht nach wie vor darin, die Milchstraße wieder zu erreichen. Das Katz-und-Maus-Spiel, seit Monaten von uns praktiziert, hat erneut begonnen. Die CREST befindet sich so nahe an einer roten Sonne, wie es gerade noch verantwortet werden kann. Die Besatzung, obwohl an starke körperliche und geistige Belastungen gewöhnt, steht kurz vor dem Zusammenbruch. Wir haben die Wartezeit benutzt, um den fast ausgebrannten Kalupschen Kompensationskonverter Nummer eins auszuwechseln. Die CREST verfügt somit wieder über vier fabrikneue Geräte, die ihr eine Reichweite von vier Komma acht Millionen Lichtjahren geben.

Aber das reicht nicht. Es hilft kein Rechnen und Planen mehr. Aus eigener Kraft werden wir unter keinen Umständen die Heimatgalaxis erreichen können. Also bleibt uns nur noch die Wahl zwischen dem Aufgeben und dem direkten Vorstoß – zu den Konstrukteuren des Zentrums. Wenn wir noch eine Chance haben, dann mit den beiden Haluterschiffen, diese Erkenntnis hat sich inzwischen auch bei jenen durchgesetzt, die sich immer noch an die Hoffnung klammerten, der lange Weg nach Hause könne mit einer entsprechend umgerüsteten CREST IV geschafft werden.

Was wir nun brauchen, sind zwei für die Haluterschiffe geeignete Paratronkonverter für den Dimetransflug von Galaxis zu Galaxis. Abmessungen, Anschlüsse und Leistungen müssen auf Gewicht, Masse und Konstruktionsdetails der nur hundertdreißig Meter durchmessenden Raumer zugeschnitten sein. So etwas müßte es in den Arsenalen der KdZ geben. Wir haben die Beherrscher von M 87 endlich davon zu überzeugen, daß es auch für sie auf alle Fälle besser ist, uns die beiden Konverter zu überlassen. Das Psychospiel mit den Bestien ist vorbei. Wir haben vielleicht Fehler gemacht, aber nun verfügen wir über ein Wissen über die KdZ und das, was sie selbst vor 70000 Jahren getan haben, das unseren Forderungen zusätzlichen Nachdruck verleiht. Wir haben die Gefahr durch die Bestien und ihre Dolanproduktion gebannt. Wir kennen Monol und seine Bedeutung. Das sind Trümpfe in einem Spiel, das sich jetzt endlich entscheiden muß – so oder so.

Es gibt noch einen Weg nach Hause. Es kommt nur darauf an, ihn mit den denkbar besten Schuhen zu beschreiten.

Major Hohle schaute an dem blondhaarigen Hünen hinauf, als gälte es, in Konitzkis Gesicht interessante Einzelheiten zu entdecken.

Hole Hohle reckte seinen untersetzten Körper, holte tief Luft und erkundigte sich empört:

„Bist du betrunken, oder spinnst du nur? *Wohin* soll ich mich setzen?“

Major Owe Konitzki winkelte den linken Ellenbogen an und tippte mit dem Zeigefinger auf eine rotbeschriftete Armbinde.

Konitzki war eineinhalb Köpfe größer als Hole Hohle. Außerdem galt er von Gemüt als bärbeißig und hartschädelig.

„Kannst du lesen?“

„Wäre ich sonst Kosmonaut und Flottillenchef geworden?“ fragte Hohle grinsend.

„Deine Lehrer taugten nichts“, stellte Konitzki fest. „Also, paß auf: In diesem Bordstadion, das in erster Linie ein beachtlich großes Schwimmbecken enthält, finden zweitausendfünfhundert Mann Platz. Mehr war nicht drin, denn auf einem Kampfschiff wird jede Ecke ausgenutzt.“

„Phantastisch. Du bist mir trotzdem noch immer unsympathisch. *Wo* soll ich mich hinsetzen? Korrigiere dich, und ich werde dich Bruder nennen.“

Konitzki war unerschütterlich. Das Gelächter der umstehenden Männer überhörte er.

„Zweieinhalbtausend Mann deshalb, weil die Hälfte der Besatzung ohnehin immer Dienst hat. Jetzt aber sind alle hier. Demnach habe ich als diensthabender Ordnungsoffizier, eh – kannst du lesen . . .?“

Konitzki tippte erneut auf die Armbinde. Hole Hohle schüttelte den Kopf.

„. . . als Ordnungsoffizier die Pflicht, den organisch lebenden Überschuß irgendwo unterzubringen. Klug wie ich bin, habe ich an den künstlich veränderten Aggregatzustand des Wassers gedacht. Man sagt auch ‚Eisfläche‘ dazu. Da du laut Personalakte von einem terranischen Volk abstammst, das man ehemals Eskimos nannte, mußt du mit Eis vertraut sein. Also wirst du dein wohlproportioniertes Hinterteil gefälligst auf das Eis pressen, oder darauf stehen. Wichtig ist, daß du weder erfrierst, noch einbrichst, oder sonstwie aus dem Leben scheidest. Darf ich bitten? Die anderen Herren auch.“

Es war schwierig, Hole Hohle aus der Fassung zu bringen. Owe Konitzki hatte es geschafft.

Hohle stapfte wortlos an dem blonden Hünen vorbei, setzte sich auf den Rand des großen Schwimmbeckens und ließ die Stiefelsohlen über das Eis gleiten. Die Männer seiner Flottille folgten seinem Beispiel. Ihre Verwünschungen waren in dem allgemeinen Stimmengewirr nicht zu hören.

Die Besatzungen der Zweiten Flottille unter Major Pandar Runete wurden angewiesen, auf dem Sprungturm, den beiden Sprungbrettern und auf einer langgestreckten Heißluftanlage Platz zu nehmen.

So geschah es, daß die Sporthalle der CREST IV, auch „Stadion" genannt, plötzlich einer überfüllten Konservendose glich.

Links des Schwimmbeckens gab es eine Art Loge. Sie wurde immer dann benutzt, wenn Bordwettkämpfe ausgetragen wurden. Diesmal saßen jedoch nicht die gewählten Unparteiischen dort, sondern die führenden Offiziere und Wissenschaftler des terranischen Flottenflaggschiffes.

Die vier Haluter und die beiden Ertruser Kasom und Masut hatten sich vor der Brüstung zusammengedrängt. Gucky hockte mit Ras Tschubai auf dem Installationssteg einer Bogenlampe. Er hielt sich an dem Geländer fest und schaute nach unten.

„Generalprobe für den Ernstfall, nur wissen sie es noch nicht. Du meine Güte, die Helden schwitzen jetzt schon."

Ras Tschubai war ernst. Er nickte nur.

„Das verschlägt dir die Sprache, was?" meinte der Mausbiber. „Wir gehören nämlich auch zu den Sardinen, zu denen man uns machen will."

Tschubai suchte sich einen besseren Halt.

„Teleportieren und zehn Meter über einer stahlharten Eisfläche sitzen, sind zweierlei", beschwerte er sich. „Wenn man da hinunterfällt und für einen Augenblick seine Gabe vergißt, hmm . . .!"

„Du hast Atlans Plan doch zugestimmt, oder?"

„Ich muß vorübergehend von Sinnen gewesen sein."

Gucky verzog die Nase.

„Nur vorübergehend? Schön, schön, vergiß es. Nur nicht handgreiflich werden, ja! Die Sache ist ernst. Ho, die Siganesen sitzen unter dem Schwenkmikrophon auf dem Pult. Die haben es gut."

„Sie *werden* es gut haben!" berichtigte Ras bedeutungsvoll. „Ruhe jetzt, Perry hat soeben einen schwerwiegenden Entschluß gefaßt. Ich möchte nicht in seiner Haut stecken."

Ab und zu warf Perry Rhodan einen Blick auf die Bildschirme, die an der hinteren Wand der Sporthalle angebracht waren. Auf einem Schiff von der Größenordnung der CREST gab es überall Möglichkeiten, die Überspielungen der Ortung zu beobachten.

Rhodan hatte sich zu einem Schritt entschlossen, der in der Flotte ungewöhnlich, vielleicht sogar revolutionär war.

Hinter ihm saß Oberst Merlin Akran. Er hatte sich mit Rhodans Anweisung abgefunden, eine Mannschaftsversammlung einzuberufen, um die kommenden Maßnahmen klarzulegen.

Eine Klarlegung war für einen im Dienst ergrauten Mann wie Akran noch akzeptabel, nicht aber eine Abstimmung, die gegen jede militärische Gepflogenheit sprach. Merlin wußte sehr genau, was ein Befehl war. Weniger ausführlich war er mit politischen Spielregeln vertraut.

Rhodan hatte sich dazu entschlossen, hinsichtlich der bevorstehenden Schwierigkeiten jedermann um seine Meinung zu fragen. Er sprach betont gelassen. Er verzichtete auf demagogische Tricks oder psychologische Winkelzüge. Er berichtete offen von den Tatsachen.

„. . . sind unsere halutischen Freunde mit guten Ergebnissen zurückgekommen. Es steht auf Grund ihrer Fernerkundung fest, daß die Konstrukteure des Zentrums riesige Flottenverbände in das Dusty-Queen-System und zum Wasserplaneten Ednil beordert haben. Icho Tolot hat überdies zwei fliegende Festungen geortet. Sie dürften von Stützpunktingenieuren kommandiert werden. Es ist daher mit absoluter Sicherheit anzunehmen, daß die Beherrscher dieser Galaxis bereits wissen, wer das Geheimnis der Dunkelwolke enthüllt und die Rätsel der drei Planeten aufgeschlüsselt hat. Das waren wir."

Rhodan legte eine Pause ein. Die Männer und Frauen standen und saßen dichtgedrängt in der Sporthalle. Niemand sprach ein Wort. Rhodans Erklärungen waren gut zu verstehen.

„Ob die KdZ den Begriff Dankbarkeit kennen, ist fragwürdig. Wir sollten uns nicht darauf verlassen. Dagegen baue ich auf die Logik der Fremden. Sie sollten allmählich begreifen, daß wir nicht gegen sie eingestellt sind. An Bord dieses Schiffes befinden sich zweiundsechzig Okefenokees, die wir aus der Gefangenschaft befreit haben. Ihr Sprecher, Eynch Zigulor, hat mir im Auftrag seiner Gefährten zugesichert, uns in jeder Beziehung behilflich zu sein. Das steigert unsere Chancen. Die Geretteten sind, wie Sie alle wissen, regenerierte Okefenokee-Zwerge. Durch die korrekte Neuanordnung des körperlichen Atomskeletts sind aus den degenerierten Zwergen wieder Lebewesen geworden, wie sie vor etwa siebzigtausend Jahren Standardzeit ausgesehen haben. Wir wissen mit fünfundneunzigprozentiger Sicherheit, daß die Konstrukteure des Zentrums mit biologisch hyperregenerierten Okefenokees identisch sind. Das ist ein

Trumpf, der folgerichtig eingesetzt werden kann. Die letzten Erkenntnisse gewannen wir im Dusty-Queen-System. Wir dürften in dieser riesenhaften Galaxis wohl zu den ganz wenigen Lebewesen gehören, die über die Identität der KdZ informiert sind.“

Rhodan schob das Mikrophon zur Seite und nickte Atlan zu. Ehe der Arkonide aufstand, gab Rhodan eine weitere Erklärung.

„Lordadmiral Atlan wird Ihnen nunmehr seinen Plan vortragen. Ich halte es für fair, jedermann an Bord des Flaggschiffes zu unterrichten, daß ich ihn nahezu für undurchführbar halte. Eine winzige Chance ist zwar gegeben; aber die vielen unbekannten Faktoren können mich nicht befriedigen. Entscheiden Sie sich nach eigenem Ermessen, ob Sie zustimmen wollen oder nicht. Diese Versammlung dient zur freien Meinungsbildung. Niemand wird es Ihnen verübeln, wenn Sie bei der anschließenden Abstimmung ablehnend eingestellt sind. Sollte die Mehrheit gegen Atlans Vorhaben sein, werden wir den Plan fallenlassen. Die Abstimmung erfolgt schriftlich und geheim.

Zur Erklärung sei noch gesagt, daß die ungewöhnliche Maßnahme durch die Umstände gerechtfertigt wird. Das wäre alles, vielen Dank. Atlan . . .!“

Fünftausend Männer und Frauen, hochspezialisiert, tausendfach geprüft, waren fassungslos. Man kannte Rhodan. Man wußte, daß er nie blinden Kadavergehorsam verlangt hatte. Es war in der Flotte auch selbstverständlich, daß man eine eigene Meinung haben und sie zur Geltung bringen konnte. Viele Befehle waren schon aus Gewissensgründen abgelehnt worden.

Eine Abstimmung war jedoch in der Tat außergewöhnlich. Auf einem Kampfschiff, das sich mitten im Einsatz befand, war sie sogar fast undenkbar.

Atlan überflog die ungewöhnliche Versammlung mit einem Blick.

„Ich werde Ihnen unser Vorhaben vorerst in großen Zügen erläutern. Einzelheiten kommen später bei der Diskussion. Ich bin der Meinung, daß man vor einer derart wichtigen Entscheidung Fragen stellen und Antworten erteilen sollte. Wenn wir schon ungewöhnlich handeln, so sollten wir uns auch nicht vor der Konsequenz scheuen.“

Es war wieder still geworden. Einige Männer, die sich auf dem Eis des Schwimmbeckens niedergelassen hatten, erhoben sich.

Atlan fuhr sehr ernst fort:

„Wie die meisten von Ihnen noch nicht wissen können, sind auf dem Posbiraumer während eines kurzen Gefechts mit plötzlich aufgetauchten Bestienschiffen zwei Kalupräume zerstört worden. Damit ist ein Heimflug aus eigener Kraft endgültig ausgeschlossen.

Wir benötigen daher zwei Paratronkonverter für die Raumschiffe unserer halutischen Freunde. Die CREST damit auszurüsten, ist wegen der fehlenden Einbau- und Anschlußmöglichkeiten nicht durchführbar.

Die Haluterschiffe sind dafür eingerichtet. Wir fliegen mit ihnen nach Hause. Die Paratronkonverter holen wir uns bei den Konstrukteuren des Zentrums. Wir wissen, daß der Kristallplanet Monol für die KdZ unersetzlich ist. Von dort aus gelangen die hyperregenerierten Zwerge über die Transmitterbrücke zu einem Ort, den wir bald kennenlernen werden. Wir bringen die geretteten Okefenokees nach Monol, setzen sie ab und warten, bis das Robotgehirn von Monol ihre Identität erkennt und sie über die Brücke abstrahlt. Da fädeln wir uns mit der CREST und den anderen Schiffen ein. Wir haben ermittelt, daß der Energiestoß hoch genug ist, um selbst größere Einheiten befördern zu können. Die Mutanten und unsere Meßgeräte werden den Einschleusungszeitpunkt ermitteln.

Wir werden irgendwo ankommen. Von da an beginnt das Spiel mit dem unbekannten Faktor. Wir erwarten, die sicherlich hervorragend versteckte Hauptwelt der KdZ zu finden. Sie dürfte nahe dem blauen Zentrum liegen. Fragen Sie mich nicht, was uns dort bevorsteht. Jedenfalls werden wir nach dem Eindringen in den direkten Lebensbereich der KdZ sofort alle Beiboote ausschleusen. Major Tschai Kulu, der mit seiner Korvette KC-21 in eine Sonne raste, um die Besatzung der CREST nicht mit tödlichen Erregern zu infizieren, wird noch eine bedeutende Rolle spielen. Niemand außer uns weiß, daß er nicht mehr lebt. Er wird zur Fiktivfigur im Hintergrund. Die KdZ wissen von dem Stützpunktingenieur Agen Thrumb, daß wir fünfzig Korvetten an Bord haben. Eine wird fehlen. Sie wird nach unserer Erklärung in einem sicheren Versteck auf weitere Befehle warten. Es bleibt dahingestellt, ob man es glaubt oder nicht. Die Korvette kann auch bei den Ereignissen in der Dunkelwolke vernichtet worden sein. Ich werde dazu die geretteten Okefenokees einschalten. Sie wissen, daß wir *keine* Verluste erlitten! Also könnte es glaubhaft sein, daß die KC-21 mit sämtlichen Geheimdaten über die Kristallwelt Monol, die KdZ, die Entstehung der sogenannten Bestien durch Experimente der KdZ vor 70000 Jahren und vielen anderen Erkenntnissen irgendwo stationiert ist, um diese Unterlagen notfalls an die Retortenwesen auszuliefern. Es kommt auf die Verhandlungen mit den KdZ an.

Wir können in einem einzigen Feuerschlag vernichtet werden. Man kann die CREST in das blaue Zentrumsleuchten reißen und sie darin verglühen lassen. Man kann uns auf tausend Arten vom Leben zum Tode befördern. Unsere Chance ist klein. Wir brauchen jedoch zwei Paratronkonverter für die Haluterschiffe."

Atlan legte eine Pause ein. Er sah in reglose Gesichter.

„Ich habe Sie mit Theorien überschüttet, die ich nur zum Teil belegen kann. Die zweite Möglichkeit besteht darin, das Feld zu räumen, einen guten Planeten weit draußen in den Randzonen zu suchen und dort den Rest unseres Lebens zu verbringen. Es kann versucht werden, unsere Art zu erhalten."

Atlan sprach noch zwei Stunden. Die anschließende Diskussion dauerte noch drei Stunden länger. Während dieser Zeit rasten vier verschiedenartige Raumschiffe um die fremde Sonne.

Gegen zwanzig Uhr Bordzeit gaben fünftausend Personen ihre Stimme ab, einzeln und geheim an überall verteilten Eingabeeinheiten. Die Auswertung besorgte die kleine Vielzweckpositronik im Nebenrechenraum der Zentrale.

Siebenundneunzig Prozent aller Besatzungsmitglieder stimmten für Atlans Plan. Drei Prozent waren für einen Rückzug zu einem geeigneten Siedlungsplaneten.

Die Plasmagehirne des Posbiraumschiffes hatten mit *ja* gestimmt. Die vier Haluter ebenfalls.

Die Entscheidung wurde gegen Mitternacht Bordzeit bekanntgegeben. Zwei Stunden später nahmen die CREST IV, die BOX-13111 und die beiden halutischen Raumschiffe mit tosenden Triebwerken Fahrt auf. Ziel war der geheimnisvolle Kristallplanet Monol, dessen kosmonautische Position durch Hole Hohles Erkundungsflug bekannt war. Die Terraner hatten sich entschieden.

Jedermann an Bord wußte, wie schwierig die Navigation im engeren Bereich des Zentrums war. Die Sonnendichte nahm ständig zu. Flammende Riesen stellten sich den aus dem Linearflug zurückkehrenden Schiffen mit solcher Plötzlichkeit in den Weg, daß kaum noch an ein Ausweichmanöver gedacht werden konnte.

Für die Kosmonauten der CREST war die Reise ein Alptraum. Der Planet Monol war nach den positronisch gespeicherten Unterlagen etwas über achtundzwanzigtausend Lichtjahre vom letzten Sammelpunkt des Verbandes entfernt.

Die kosmonautischen Positionsangaben stammten von Major Hole Hohle, der sie wiederum seiner Aufzeichnungspositronik verdankte. Schwierig war die Tatsache, daß die KC-1 bei der Verfolgung der fliegenden Särge von Pompeo Posar aus gestartet und auch wieder dorthin zurückgeflogen war.

Die CREST benutzte einen weit entfernten Abflugspunkt. Als Folgeerscheinung ergaben sich Winkel- und Hochenergiedriftberechnungen, die die große Bordpositronik an den Rand der Funktionsfähigkeit brachte.

Nach der vierzehnten Etappe wußte noch niemand genau, ob man die Kristallwelt Monol jemals erreichen würde.

Vier Tage nach Antritt der gefährlichen Reise zweifelten bereits fünfzig Prozent aller Besatzungsmitglieder am Erfolg. Atlans Plan schien schon daran zu scheitern, daß man einfach nicht in der Lage war, Monol wiederzufinden.

Sehr erschwerend wirkte sich dabei die Tatsache aus, daß dieser Planet keine eigene Sonne besaß. Er erhielt seine Wärme vom nahen Zentrumsleuchten.

Was das eigentlich war und was man sich physikalisch darunter vorzustellen hatte, war noch weniger gewiß.

Nach der dreißigsten Etappe standen alle vier Schiffe im sogenannten Plus-Minus-Sektor. Das war der Raumwürfel, in dem Monol unbedingt stehen mußte. Wenn man den Planeten hier nicht fand, dann konnte er nie mehr entdeckt werden.

Die beiden halutischen Raumschiffe hatten ein kompliziertes Anlegemanöver geflogen. Wenn sich jemals eine Möglichkeit ergeben sollte, die CREST in den fünfdimensionalen Transportstrom der monolschen Goldreiftransmitter einzuschleusen, so konnte man es nicht mehr auf eine Zerstreuung des Verbandes ankommen lassen.

Icho Tolot und Hisso Rillos hatten es daher vorgezogen, ihre relativ kleinen Raumfahrzeuge auf der Oberfläche des Flottenflaggschiffes zu verankern.

Die unangenehmste Folge dieser Maßnahme war, daß die Haluter als Fernerkunder ausfielen. Rhodan konnte nicht das Risiko eingehen, beide Schiffe abfliegen zu lassen, um sie dann im entscheidenden Augenblick wahrscheinlich nicht mehr schnell oder exakt genug verankern zu können. Mit einer dynamisch unwuchtigen Riesenmasse von den Abmessungen der CREST IV war auf keinen Fall eine gute Manöverleistung zu erzielen.

Es gab niemanden mehr, der nicht seine ganz speziellen Sorgen und Aufgaben gehabt hätte. Die Psychologen stellten daher mehr oder weniger erleichtert fest, daß die Nervenanspannung unter den Männern nachgelassen hatte. Die von Professor Tschu empfohlene und von Rhodan verordnete Arbeitstherapie bewährte sich.

Die Plus-Minus-Zone erstreckte sich auf einen abzusuchenden Raum in der Größenordnung eines Kubiklichtjahrs.

Das hätte für die hyperschnellen Ortungstaster des Flaggschiffs normalerweise kein Problem bedeutet; aber hier wurde es äußerst schwierig.

Endlose Schwärme von nahezu lichtschnell heranrasenden Spendern, den dreißig Zentimeter durchmessenden Energiekugeln, erschwerten eine hyperschnelle Echoauswertung in solchem Maße, daß man oftmals noch keine Lichtstunde weit in den Raum vordringen konnte.

Die optische Bilderfassung funktionierte in diesem Chaos aus hochenergetischen Wechselfeldern und plötzlich entstehenden Ausgleichsentladungen zwischen dichtgeballten Sonnengruppen noch am besten. Entweder man sah relativ viel, oder man sah überhaupt nichts.

Wenn man aber etwas vernahm, dann waren es verschiedenfarbig leuchtende Sonnen, die mit steigender Entfernung den Eindruck erweckten, als klebten sie aufeinander.

Also blieb keine andere Wahl, als nach dem errechneten Suchprogramm vorzugehen und den Raumwürfel zu durchfliegen.

Acht Stunden nach der Ankunft im Zielsektor hatte Perry Rhodan trocken erklärt:

„Ich habe A gesagt, also muß ich jetzt B sagen. Einen Raumsektor von den Abmessungen eines Kubiklichtjahrs mit den Normaltriebwerken abzusuchen, ist ein kosmonautischer Wahnsinn. Meine Herren Flottillenchefs, machen Sie Ihre Korvetten klar zum Ausschleusen. Die Großpositronik wird jedem Beiboot spezielle Daten überspielen. Dorthin fliegen Sie im Linearflug und sehen sich um. Die CREST bleibt im Schnittpunkt des Suchwürfels auf Warteposition stehen, damit Sie uns wiederfinden. Das ist hier nämlich gar nicht so einfach. Noch etwas: Wir sind der Auffassung, daß die Konstrukteure des Zentrums ebenso wie wir einen Planeten aus reinem Neo-Howalgonium für einmalig halten. Dr. Bysiphere behauptet außerdem, nur dort wäre eine biologische Hyperregenerierung der Okefenokee-Zwerge möglich. Somit wird Atlans Behauptung glaubhaft und auch beweiskräftig. Er nimmt an, daß die KdZ eine beachtlich große Dumfrieflotte über Monol stationiert haben. Unersetzliche Güter beschützt man gemeinhin. Wenn Sie also mit Ihren Energietastern Fremdschwingungen auffangen, können Sie sicher sein, daß dort eine massierte Schlachtflotte steht. In diesem Fall haben Sie automatisch Monol entdeckt. Lassen Sie sich auf keine plangefährdende Abenteuer ein, sondern kommen Sie sofort zur CREST zurück."

So kam es, daß die restlichen neunundvierzig Korvetten ausgeschleust wurden und mit den verschiedenartigsten Zielen in das Sterngewimmel der Kugelgalaxis M 87 hinausrasten.

Captain Galyb Punerzer, Kommandant der Korvette KC-45, unterstellt der 5. Flottille unter Major Bob McCisom, gehörte zu dem Typ junger Terraner, die einen Befehl zwar korrekt ausführten, nebenbei aber bemüht waren, noch etwas aus eigener Initiative zu tun.

So geschah es, daß Punerzer nach dem planmäßigen Absuchen seines Sektors zu der Auffassung kam, noch eine Ballung von drei blauen Riesensternen anfliegen zu müssen. Ihre Position lag genau auf einer positronisch ermittelten Grenzlinie seines Sektors.

Punerzer führte seine Korvette in Manuellsteuerung. Er hatte insgesamt vierundvierzig sehr kurze Linearflüge durchgeführt und jedesmal kein Ortungsergebnis erhalten. Monol schien ihm allmählich wie etwas, das mit List und Tücke bemüht war, den forschenden Terranern aus dem Wege zu gehen.

Doch dann geschah es.

Alarmsirenen gellten durch das Schiff. Die zehn Männer der Freiwache fuhren aus ihrem Erschöpfungsschlaf hoch.

„Sergeant Rabsch, was ist?" schrie der Erste Offizier, Primo Enasto.

„Geringfügig, Sir", meldete der Ortungsoffizier. „Höchstens fünftausend Großkampfschiffe. Und wir fliegen genau darauf zu."

Augenblicke später begannen die Triebwerke der KC-45 im Bremsmanöver zu toben. Kommandant, Erster und Zweiter Offizier hingen auf Rabschs breiten Schultern und sahen sich die wirren Zackenlinien auf den Echoschirmen der Fremdenergietaster an.

Es waren *mehr* als nur fünftausend Raumschiffe. Sie waren hinter der Sonnenballung aufgetaucht und schienen dicht gestaffelt zu stehen. Die Entfernung zwischen der terranischen Korvette und den fremden Einheiten betrug noch knapp eine Lichtstunde.

Rabsch war unerschütterlich. Das Gewicht der Offiziere hielt er, ohne mit der Wimper zu zucken, aus.

Captain Galyb Punerzer bewies, daß er ein junger Terraner mit Phantasie und viel mehr Erfahrung war, als man es seinen fünfundzwanzig Lebensjahren zugetraut hätte.

„Absetzen, klar bei Schleichfahrt. Maschine, alles drosseln, was eine Hyperstreustrahlung verursachen könnte. Wenn *wir* die ausmachen, können sie uns vielleicht auch orten. Ich hoffe nur, daß diese Phalanx wesentlich stärker strahlt, als wir es jemals tun können. Wenn nicht, sind wir einmal gewesen.

Funkzentrale – klar bei Raffernotspruch. Peilen Sie die Position der CREST an. Klar bei Automatiksendung. Wenn wir aussteigen, muß der Spruch abgehen. 1.O. – programmieren Sie die Linear-Streuautomatik auf Rückflugkoordinaten. Achtung, an alle: Wenn wir angegriffen werden, verlassen wir augenblicklich das Schiff. Alle Beiboote haben dem Gegner höchstmögliche Echowerte zu bieten. Die KC-45 muß unbeschadet in Robotsteuerung abfliegen können. Von hier aus kommen wir mit einem Notruf nicht durch. Astrogation – überspielen Sie unsere Standortdaten in die Positronik. Weiterleiten an Funkzentrale. Funk – Daten in den Rafferspruch aufnehmen."

Punerzer gab noch einige hundert Kommandos, bis es ihm schließlich gelungen war, sein Schiff mit Hilfe schwächster Schubstöße auf einen Ausweichkurs zu bringen.

Als die fremden Schiffe danach noch immer auf ihrer Abfangposition stehenblieben, nahm Punerzer ganz allmählich Fahrt auf, bis er die für diesen Fall zutreffende Eintauchgeschwindigkeit von zehntausend Kilometern pro Sekunde erreicht hatte. Das nervenzermürbende Manöver dauerte drei Stunden. Danach verschwand die terranische Korvette im Linearraum.

Nur eine Stunde später wußte Perry Rhodan, wo der Planet Monol zu suchen war.

Die Funksprechkonferenz mit den drei kommandierenden Plasmagehirnen des Posbifrachters war beendet.

Die hochintelligenten Plasmakonzentrationen hatten Perry Rhodan den Vorschlag unterbreitet, auf Grund der von Captain Punerzer ermittelten Sachlage die Planung etwas zu ändern.

Die Gehirne hielten es für ausgeschlossen, daß sie nach der wahrscheinlich sehr abenteuerlichen Reise im Impulsstrom eines fremdartigen Materietransmitters die CREST wiederfinden könnten. Und wenn – dann bestimmt nicht schnell genug, um noch rechtzeitig eingreifen zu können.

Zusätzlich zu dieser Konferenz war unter den Wissenschaftlern und Technikern der CREST ein gewisser Sinneswandel eingetreten. Atlan hatte damit gerechnet.

Man wußte, daß es keinen anderen Weg mehr gab, um nach Hause zu kommen. Alle Experten, die Atlans Vorhaben bisher als hellen Wahnsinn bezeichnet hatten, stellten sich nun voll und ganz in den Dienst der Verzweiflungsplanung. Anders konnte man nicht dazu sagen.

Rhodan ließ den Steuergehirnen des Posbiraumers die genauen kosmonautischen Daten eines Treffpunkts überspielen. Er lag nahe dem Parjar-System und war als Jetstrom-Kompensationspunkt bekannt geworden. Dort sollte die BOX-13111 auf das Flottenflaggschiff warten.

Falls es sich nicht mehr melden sollte, waren die Gehirne gebeten worden, aus eigener Kraft den Heimflug zur Galaxis zu versuchen. Es fehlte dazu eine Reichweite von zwölf Millionen Lichtjahren; aber die Steuerelemente hielten es dennoch für richtig, diesen Weg einzuschlagen. Ein unwahrscheinlicher Zufall konnte vielleicht noch zu einer Nachrichtenübermittlung führen. *Wie* das allerdings jemals zustande kommen sollte, konnte niemand sagen.

Nach der Klärung dieser Dinge nahmen die beiden Großraumschiffe Fahrt auf.

Ziel war die Sonnenballung, die Captain Punerzer entdeckt hatte. Die blauen Riesen waren etwa vier Lichtmonate von der Warteposition des Flaggschiffes entfernt.

Die BOX-13111 schloß sich vorübergehend an, um die Ereignisse beobachten zu können. Die beiden Haluterschiffe klebten gleich dicken, schwarzen Warzen auf der mächtigen Außenhülle der CREST.

Es gab nicht mehr viel zu besprechen. Die Daten lagen fest. Rhodan hielt es für ratsam, die zweiundsechzig geretteten Okefenokees über den bevorstehenden Beginn des eigentlichen Unternehmens zu informieren. Derart gewappnet, stießen die beiden Riesenschiffe in den Raumsektor vor, wo mindestens achttausend Dumfrieeinheiten auf das erneute Auftauchen eines terranischen Schiffes warteten.

Die Tatsache, daß sie auf Hole Hohles kurzfristiges Erscheinen Mitte Juli 2436 derart reagiert hatten, bestärkte Rhodan und Atlan in ihrer gemeinsamen Auffassung, die Kristallwelt Monol könne gar nicht wichtig genug genommen werden.

Für Atlan stand nun unumstößlich fest, daß der Trick mit der angeblich zurückgelassenen KC-21 unter Major Tschai Kulu seinen Zweck erfüllen würde; immer vorausgesetzt, es gelang überhaupt, mit den KdZ in Kontakt zu treten.

Als die CREST aus dem Linearraum hervorstieß und sofort den Ortungsschutz einer der zahllosen Sonnen aufsuchte, glänzte die Dreisternballung auf den Bildschirmen der optischen Fernaufnahme.

Tausende von Energieechos kamen herein. Viele davon waren variabel. Das bewies, daß die Dumfries auch Patrouillen in genau abgegrenzten Zonen flogen.

Die Masse der Kampfverbände stand jedoch im Rotsektor der Sonnenballung. Dort mußte also die Position von Monol sein.

Genaueste Vergleichsmessungen mit den alten Daten der KC-1 bewiesen die Richtigkeit der Annahme.

Die Kosmonauten der CREST hatten es geschafft, nach einem Fernflug von fast dreißigtausend Lichtjahren und nach der Durchquerung einer unbekannten galaktischen Zentrumszone einen sonnenlosen Planeten anzufliegen und ihn nur um vier Lichtmonate zu verfehlen.

30.

Hole Hohle hatte es nicht für nötig gefunden, zum Empfang seiner Gäste eine Extrauniform anzulegen. Seine Korvette KC-1 stand generalüberholt im Hangar. Äußerlich funkelte sie nicht mehr so makellos, wie das normalerweise selbstverständlich war.

Das Sechzigmeterschiff gehörte zu den Beibooteinheiten, die am stärksten strapaziert worden waren.

Hole Hohle sah deshalb nicht ein, daß er besser aussehen sollte als seine KC-1.

Breitschultrig, untersetzt, die leichte Dienstmütze in den Nacken geschoben und seine Augen etwas verkniffen, stand er in der unteren Mannschleuse.

Die zweiundsechzig Okefenokees waren bereits an Bord. Wo man sie untergebracht hatte, war dem Kommandanten ein Rätsel, aber in dieser Beziehung verließ er sich auf seinen Ersten Offizier.

Diese Männer waren unter anderem dafür da, sich um derartigen Kleinkram zu kümmern.

Im Hintergrund des Schleusenraums begann jemand zu schimpfen. Eine Robotstimme plärrte dazwischen. Der Mann mit der tiefen Stimme brüllte daraufhin, doch der offenbar gemaßregelte Roboter machte sich nichts daraus.

„Jawohl, Sir!“ hörte Hole Hohle die Maschine antworten. „Ausführung sofort, Sir.“

Ein herkulisch gewachsener Afroterraner wurde im hellen Schleusenlicht erkennbar. Es war Captain Numa Katra, der geplagte Erste Offizier. Schnaufend kam er neben Hole Hohle an und blickte nach draußen.

Hohle wandte den Kopf und schaute zu dem schweißbedeckten Gesicht empor.

„Hallo, Nubier! Schwierigkeiten?“

„Jede Menge. Du könntest mir deine prähistorische Eskimoharpune leihen, damit ich die Okefenokees in ihren Quartieren festnageln kann.“

„Verboten!“ grinste Hohle. „Und außerdem riskant. Bei Hyperregenerierten kann man nie wissen, ob ihnen bei einem Stich nicht die Luft ausgeht. Oh, jetzt kommen die Genies. Also dann, verehrter Freund, hüte deine scharfe Zunge. Wo ist deine Bordmütze?“

Der Afroterraner lachte spöttisch.

„Bei den Okefenokees. Sie wollten Wasser. Da in dem Trubel kein Gefäß zu finden war, habe ich meine Mütze geopfert. Was soll's!“

„Gemütsmensch. Ich – guten Morgen, Sir. Willkommen an Bord.“

Hole Hohle tippte an die Mütze. Atlan stieg die ausgefahrene Kunststoffleiter empor. Innerhalb des Hangars wurde auf die Verwendung eines Antigravfeldes verzichtet.

Der Arkonide trug einen modernen Kampfanzug. Nur das Sonnensymbol auf dem Brustteil und die Rangabzeichen des USO-Lordadmirals unterschieden ihn äußerlich von all den anderen Männern.

Er nickte Hole zu. „Alles klar, Major?“

Hole Hohle bestätigte. Nach Atlan stiegen Dr. Armond Bysiphere und Dr. Jean Beriot ein.

Das Außenschott schloß sich, noch ehe die Männer den Lift zur Zentrale erreicht hatten.

Hole Hohle hatte in Atlans Auftrag die zweiunddreißig Transmittersärge verfolgt und bis zur Landung auf Monol begleitet. Es war selbstverständlich gewesen, daß ihm von Rhodan die Durchführung des ersten Teilplans übertragen worden war. Nur Hole Hohle wußte aus Erfahrung, wie er sich im Schwerefeld des Planeten zu verhalten hatte. Es gab da einige besondere Tricks. Einer davon war die Überwindung der herrschenden Gravitation allein mit den Triebwerken. Die auf fünfdimensionaler Basis arbeitenden Schwerkraftneutralisatoren hatten auf Monol versagt.

Hochenergiewaffen hatten zwar funktioniert, aber sie hatten keinerlei Wirkung erzielt. Gegen die Landung, die Hole Hohle nun nach Atlans Vorhaben durchzuführen hatte, war sein erster Monolanflug eine harmlose Sache gewesen. Damals hatte es über dem Planeten noch keine Schlachtflotte der Dumfries gegeben.

Atlan hatte sämtliche Besatzungsmitglieder der KC-1, mit dem Kommandanten zwanzig Mann, sowie die beiden Physiker und drei der geretteten Okefenokees in die Zentrale gebeten.

Die Korvette stand mit echoloser Schleichfahrt nur noch eine halbe Lichtstunde von den vorgeschobenen Dumfriesverbänden entfernt. Die Fremdpeilungsortung, die jeden auftretenden Impuls, gleichgültig von welcher Frequenz und dimensionaler Zugehörigkeit, einwandfrei ausmachen und nach der Einfallstärke seine ungefähre Laufzeit berechnen konnte, zeichnete keinerlei bedenkliche Ergebnisse auf.

Die vielen schweren Schiffe erzeugten selbst so enorme Streufelder, daß sie sich gegenseitig störten. Das mußte sich jedoch ändern, sobald die Korvette Fahrt aufnahm und noch näher kam. Dann konnte ihre Eigenstrahlung die Streuung überlagern.

Atlan sah sich um. Sein Blick traf Eynch Zigulor, den Sprecher der geretteten Okefenokees.

„Sind Sie noch immer bereit, uns in der besprochenen Form zu helfen? Sie wissen aus zahlreichen Aufzeichnungen, Situationsberichten und Ihren eigenen Erlebnissen auf Zootkohn, daß wir nie die Absicht hatten, in die politischen Machtkämpfe dieser Galaxis einzugreifen. Alles, was geschah, wurde uns durch das unverständliche Verhalten Ihres Volkes aufgezwungen."

Der Hyperregenerierte, der dreiundvierzig Jahre lang Sklavendienste verrichtet hatte, nickte. Seinen großen Augen schien nichts zu entgehen.

„Ich darf Ihnen versichern, daß wir zu unserem Wort stehen. Wir werden alles tun, um Ihnen die Heimkehr zu ermöglichen. Sie kennen allerdings unsere Bedenken."

Atlan schaute auf den Detailplan nieder. Er antwortete nicht. Zigulor fuhr fort:

„Wir bezweifeln, daß die Konstrukteure des Zentrums, wie Sie das herrschende Volk nennen, mit biologisch wiedererweckten Okefenokees identisch sind. Das ist der schwache Punkt in Ihrer Gesamtplanung."

Atlan runzelte die Stirn. Ein ironischer Blick traf den Fremden.

„Oh, ich danke für das Kompliment. Meiner Meinung nach ist das nur einer von sehr vielen schwachen Punkten."

Der Okefenokee musterte den Arkoniden bewundernd.

„Ja, ich weiß. Nehmen wir also als gegeben an, daß aus uns Auserwählten das beherrschende Volk entstanden ist. In diesem Fall ist ein Teilerfolg sicher. Wenn Sie uns auf Monol absetzen können, was wir hinsichtlich der Wachflotte ebenfalls anzweifeln, ist es ganz sicher, daß wir von dem eigentümlichen Kristallgehirn des Planeten augenblicklich als rettungswürdige Lebewesen eingestuft werden. Das Robotgehirn von Monol scheint den Befehl erhalten zu haben, jeden hyperregenerierten Denker meines Volkes unverzüglich in Sicherheit zu bringen. Wo die Transmitterbrücke endet, ist uns allerdings unbekannt."

„Uns auch", bestätigte Dr. Bysiphere trocken. „Machen Sie sich nichts daraus. Sie sind von den Pelewon . . ."

„. . . den Bestien!"

„Schön, Sie sind also von den Bestien aus dem Transportstrahl herausgefischt und somit entführt worden. Wir gedenken den Vorgang umzukehren und die CREST einzufädeln. Ich kenne die Transportkapazität der Goldringe. Uns kommt es darauf an, Ihre voraussichtliche Abstrahlung zu einem unbekannten Ziel so exakt vorauszuberechnen, daß wir im entscheidenden Augenblick mit der CREST in der Nähe stehen. Unsere Mutanten werden den größten Teil der Ortungsarbeit zu leisten haben. Zusätzlich werden noch alle Taster laufen. Wenn es Ihnen gelingt, den Transportvorgang etwas zu verzögern, wäre das eine große Hilfe. Mir kommt es darauf an, daß nicht alle Geretteten auf einmal auf die Reise geschickt werden."

Zigulor nickte geduldig. Bysiphere war ein gründlicher Mann.

„Wir haben verstanden. Es wird uns gelingen, zwei, vielleicht sogar drei Gruppen zu bilden."

„Ausgezeichnet. Wir gehen das Risiko ein, nicht schon beim ersten Sendeimpuls loszufliegen. Ich brauche ihn noch für die Überprüfung meiner früheren Messungen. Bei der zweiten Gruppe wird es aber soweit sein. Sie haben nichts anderes zu tun, als das Schiff zu verlassen, sich von den garantiert auftauchenden Kristallrobotern identifizieren und retten zu lassen, um anschließend das Robotgehirn zu überlisten. Sie *dürfen* nicht auf einmal abgestrahlt werden."

„Das wissen wir allmählich, Doc", unterbrach Atlan. „Schön, Eynch, wir bedanken uns für Ihre Hilfsbereitschaft. Dazu darf ich Ihnen nochmals versichern, daß wir sehr glücklich sind, in Ihnen Lebewesen getroffen zu haben, die für unsere verzweifelte Lage Verständnis aufbringen. Wir müssen nach Hause, verstehen Sie! Wir werden von den Nachkommen der hiesigen Bestien angegriffen. Bitte, legen Sie nach Ihrer Ankunft am Zielpunkt den Konstrukteuren nochmals dar, daß man unsere Absichten generell verkannte. Wir sind gegen unseren Willen in diese Galaxis verschlagen worden.

Wir bitten um zwei Paratronkonverter in der Ausführung, die Ihnen in schriftlicher Form mit allen technischen Daten mitgegeben wird. Versuchen Sie, die Konstrukteure von unserer Loyalität zu überzeugen. Das Solare Imperium ist gerne zu jeder Hilfeleistung bereit. Wir müssen aber erst einmal unsere eigene Galaxis erreichen. Sprechen Sie mit Ihren Leuten, Eynch; reden Sie und reden Sie nochmals. Überzeugen Sie! Unsere Freunde, die vier Haluter, haben mit den hiesigen Bestien lediglich das Äußere und den Metabolismus gemein. Daran sind Sie aber nicht ganz unschuldig, denn Ihre Vorfahren haben schließlich diese Giganten aus harmlosen Skoars geschaffen. Sprechen Sie mit Ihren Artgenossen, Eynch! Sprechen Sie!"

Der Okefenokee lauschte auf den beschwörenden Unterton in Atlans Stimme. Er war noch nachdenklicher geworden als bisher.

„Sehen Sie dieses gewaltige Zentrumsleuchten? Dort irgendwo werden wir ankommen."

Der Fremde schaute auf die Bildschirme. Das alles überlagernde blaue Glühen schien eine Warnung zu flüstern. Hole Hohle räusperte sich.

„Sir, es wird Zeit. Wir empfangen einige Tasterimpulse."

Atlan raffte seine Papiere zusammen und reichte sie Dr. Beriot.

„Fertig, Major. Es ist gleichgültig, wann Sie starten. Der Zeitplan läuft erst nach der Landung unserer Freunde an. Fliegen Sie die KC-1 in Manuellsteuerung. Wir haben keine Zeit für langwierige Programmierungen."

Der Kalupsche Kompensationskonverter der terranischen Korvette lief mit Minimalleistung. Die somit erreichte Überlichtgeschwindigkeit hätte für einen Fernflug nicht ausgereicht.

Hier aber war sie angebracht. Der Planet Monol wirkte infolge seiner völlig kristallinen Oberfläche wie ein Riesenspiegel. Da diese Kristalle aus Neo-Howalgonium bestanden, waren sie Hyperstrahler.

Man hatte es nur diesem günstigen Umstand zu verdanken, daß Monol mit dem Zielstrahltaster der Linearflugautomatik ausgemacht werden konnte. Normalerweise konnten nur Sonnen als Bezugspunkt verwendet werden.

Hole Hohles Manöver grenzte an den Flug eines irrsinnigen Kosmonauten, der anderen Geistesgestörten beweisen will, daß man mit einem Sechzigmeterschiff schneller manövrieren kann als mit einem Einmannhubschrauber.

Die Besatzungsmitglieder trugen terranische Kampfanzüge. Die Helme waren geschlossen. Die Verständigung erfolgte über Helmfunk mit einer gedrosselten Sendeleistung von 0,2 Watt.

Hole Hohle hatte Monol vorerst im Instrumentenblindflug angeflogen. Hinter der Kulisse der Sonnenballung war er weder optisch noch hypertechnisch auszumachen gewesen.

Die Meßdaten hatten sich als exakt erwiesen. Dennoch war Hohle gezwungen gewesen, nach Erreichen der Peilposition kurzfristig den Linearraum zu verlassen und in das Einstein-Universum einzutauchen.

Zu diesem Zeitpunkt stand die KC-1 mitten in der Wachflotte und nur noch zwei Lichtstunden von Monol entfernt. Der Kristallplanet war auf den Schirmen der Außenbordaufnahmen deutlich zu sehen.

Infolge seines enormen Rückstrahlungsvermögens glänzte er zwischen der Vielzahl fremder Sonnen in einem besonders intensiven Silberton. Wenn man die Vergrößerung hochschaltete, schien ein riesiger, irrlichternder Kristall in die Bildschirme hineinzufallen.

Bei noch stärkerer Vergrößerung, die bereits Oberflächenausschnitte zeigte, veränderte sich der Farbton. Monol konnte dann als Studienobjekt für Spektralanalytiker angesehen werden. Das Licht der Sterne brach sich in sinnbetörendem Feuer, das schauerartig zurückgeworfen und in den Raum abgestrahlt wurde. Die Augen schmerzten, wenn man ohne Filtervorsätze die dreidimensionalen Farbbilder begutachtete.

Die KC-1 war vor drei Sekunden aus dem Linearraum gekommen. Ihre Fahrt betrug nur eintausend Kilometer pro Sekunde. Mit dieser Geschwindigkeit sollte auch das zweite Linearmanöver eingeleitet werden. Das bedeutete für den Kalup einen Energieaufwand bis zur gerade noch verantwortbaren Grenze. Hole Hohle fragte sich jedoch, was bei dem Unternehmen eigentlich überhaupt noch verantwortbar war. Auf eine technische Sünde mehr oder weniger kam es nicht mehr an. Entscheidend war der Erfolg. Die Okefenokees mußten abgesetzt werden.

Seit Beginn des Anflugs herrschte an Bord größte Stille. Der Kommandant mußte jederzeit mit jedermann in Verbindung treten können. Hörfehler waren lebensgefährlich. Die Sammelfrequenz der Helmfunkgeräte durfte nicht überlagert werden.

„An Ortung. Beginn Distanzmessung für Zielanflug. Dreifachwert einholen. Plus-Minus-Schwankung nicht größer als eintausend Kilometer. Andernfalls Wiederholung. Ausführung."

„Tasterpeilung läuft. Eins und zwei abgeschlossen. Drei kommt herein. Klare Echos. Überspielung auf Bordgehirn beendet."

Die Sekunden vergingen in quälender Ungewißheit. Während die Positronik noch die Laufzeit der drei ausgeschickten, von Monol reflektierten und wieder aufgefangenen Hyperimpulse berechnete und sie in einem komplizierten Verfahren von nahezu unmeßbaren 5-D-Werten in normaluniverselle Zeitbegriffe umwandelte, sprachen die Außenmikrophone der Kampfhelme an.

Aus den Lautsprechern der Fremdimpulstaster drang ein helles Zirpen. Es klang wie ein langgezogenes „Piiiing", nahm in der Lautstärke ab und wurde dann wieder besser hörbar.

Nur zwei Sekunden später war aus dem Einzelton ein Prasseln geworden. Atlan drehte am Lautstärkeregler seines Außenempfanges. Er unterbrach für einen Moment das Sprechverbot.

„Sie haben uns. Beeilen Sie sich, Hole. Frage an Ortung – nehmen die Dumfrieeinheiten Fahrt auf?"

„Ein Pulk von etwa dreißig Schiffen beschleunigt, Sir. Hoher Wert. Lebhaftes Energieecho. Die Hecktriebwerke strahlen wie kleine Sonnen. Die haben es eilig."

Wieder wurde es still an Bord. Nur das verhaltene Rumoren der auf Leerlauf geschalteten Kraftwerksreaktoren und Umformer erreichte die Ohren der Männer. Die Triebwerke schwiegen ohnehin. Die KC-1 befand sich im freien Fall, um sowenig wie möglich als Peilobjekt zu dienen.

„Ortung an Kommandant. Positronik gibt Blauzeichen. Resultat wird jede Sekunde erwartet."

Die Auswertung kam, als der anfliegende Dumfrieverband bereits auf Schußentfernung aufgeschlossen hatte. Eindeutig erkennbare Kodezeichen klangen aus den Lautsprechern der Hyperfunkanlage. Die Dumfries verlangten wahrscheinlich ein Erkennungssignal.

Die Entfernungsmessung war mit einem Toleranzwert von plusminus *vierhundertachtzig* Kilometern erfolgt. Genauer ging es nicht mehr.

Ehe die Dumfries das Feuer eröffneten, begann Hole Hohle zu schalten. Plötzlich dröhnte es in den vorher so stillen Räumen der Korvette. Der Kalup lief mit voller Notleistung an.

Gleichzeitig begannen die Ringwulsttriebwerke Feuer zu speien. Jählings anspringende Strombänke brüllten ihr donnerndes Lied. Ihr Arbeitsstrom wurde nun dringend zur Speisung der Andruckneutralisatoren benötigt. Die positronisch gesteuerte Synchronisationsanlage fuhr die Impulstriebwerke erst dann auf Maximalleistung hoch, als die Anti-Andruckfelder standen und eine absolut tödliche Ballung der Körpermoleküle vermieden werden konnte. Dies geschah durch eine gefahrlose Aktivierung des elektrischen Potentialhaushalts jeder organischen Zelle und jedes nichtorganischen Moleküls. Das Anti-Ballungsfeld verhinderte die gefährliche Komprimierung, die man in den Anfangszeiten der Raumfahrt als Beharrungseffekt gefürchtet, in der tatsächlichen Ursache aber nicht erkannt hatte.

Die KC-1 raste mit der *sechshundertfachen* Anfangsgeschwindigkeit einer soeben abgeschossenen Schiffsgranate des zwanzigsten Jahrhunderts davon. Die hyperfrequenten Strahler der Dumfries fanden kein Ziel mehr.

Die Schußbahnen breiteten sich ihrer Eigenart entsprechend kegelförmig aus, verloren somit an Energie und erloschen dann irgendwo in den Tiefen des Raumes.

Hole Hohle hatte seinen Anflugplan in Sekundenbruchteilen korrigiert. Er wußte, daß man sein kleines Schiff geortet und als terranisches Erzeugnis erkannt hatte.

Hole Hohle dachte an seinen Kalup, den er noch dringend brauchte. Er sah daher nicht ein, daß er die Maschine unnötig belasten sollte.

Die Korvette raste mit einer Beschleunigung von 650 km/sec^2 davon; genau auf eine deutlich erkennbare Abfanglinie der Dumfries zu.

Dreißig Sekunden lang ließ der Terraner seine Triebwerke brüllen. Unterdessen wurde die Linearflugautomatik programmiert.

Vor einer halben Stunde hatte Hole Hohle noch nahezu alle Zeit der Welt gehabt. Jetzt kam es auf Mikrosekunden an. Das Linearmanöver konnte nur noch von der Automatik mit erforderlicher Genauigkeit durchgeführt werden. Die Korvette sollte möglichst dicht über Monol in den Einstein-Raum zurückkehren, die Fahrt stoppen, dabei jedoch bereits mit dem Einflug in die Atmosphäre beginnen.

Wenn die Automatik nur eine undenkbar kurze Zeitspanne zu spät schaltete, würde das Schiff auf der Oberfläche zerschellen.

Reagierte sie zu früh, war an eine gefahrlose Landung nicht mehr zu denken. Dann würden die Dumfries früher an Ort und Stelle sein.

Die Landung war aber erforderlich, weil die zweiundsechzig Okefenokees nicht mit flugfähigen Kampfanzügen aus großer Höhe abspringen konnten. Auf und dicht über Monol funktionierte kein auf hyperenergetischer Basis beruhendes Gerät. Also mußte Hole Hohle landen und die Schleusentreppe ausfahren.

„Probleme sind dazu da, gemeistert zu werden!" sagte der Major, als die Automatik schaltete und die KC-1 aus dem Einstein-Universum verschwand.

Es war an alles gedacht worden, sogar an die Positions- und Anflugberechnung des Zielpunktes. Er war mit dem unübersehbaren Kristallgebirge identisch.

Die Linearautomatik hatte um den Bruchteil einer Mikrosekunde zu spät geschaltet. Wahrscheinlich lag der Fehler in der überhasteten Fahrtaufnahme, die den Manöverzeitpunkt zwangsläufig verändert hatte. Obwohl die Positronik in tausend anderen Fällen ihre Zuverlässigkeit bewiesen hatte, war es gerade in diesem Falle zu einer Unstimmigkeit gekommen. Normalerweise war sie so winzig, daß man sie mit ruhigem Gewissen vernachlässigen konnte. Nun aber wurde sie beinahe die Ursache für eine Katastrophe.

Die KC-1 war in den höchsten Luftschichten in den Einstein-Raum zurückgekehrt. Hole Hohle hatte das plötzliche Aufglühen der Außenzelle auf den Beobachtungsschirmen verfolgen können. Ohne darüber nachzudenken, hatte er gewußt, daß die Eintauchgeschwindigkeit von etwa zehntausend Kilometer pro Sekunde noch genug war, um sogar die äußerst dünnen Gasschichten – eigentlich nur vereinzelte Moleküle – einen Reibungseffekt erzeugen zu lassen, der für die Korvette den Untergang bedeuten konnte.

Nach dem Abschalten der Linearautomatik mußte der Kommandant die Schiffsführung wieder in Manuellsteuerung übernehmen. Die Griffe waren ihm in Fleisch und Blut übergegangen.

Mit dem Einschalten der Schutzschirme hatte er nichts zu tun. Das war eine Angelegenheit der Situationsautomatik, die unter allen Umständen erkennen mußte, daß der Flugkörper durch die Luftreibungswärme zu verglühen drohte. Also hatte sie ohne jedes menschliche Zutun die Kraftwerke auf Volleistung zu bringen und die Abwehrschirme aufzubauen.

Das geschah auch; nur erfolgte es um eine Zehntelsekunde zu spät. Als die Umformer aufbrüllten und der Stromfluß die Außenpole erreichte, glühte die Zelle der KC-1 bereits in Weißglut. Die Vielschicht-Thermoisolierung verhinderte zwar eine Überleitung der thermischen Energie auf die Ringwulsttriebwerke und Innenräume, aber es konnte nicht vermieden werden, daß fünfzig Prozent der Außenbordoptiken zerschmolzen.

Die Korvette wurde halbseitig blind. Die Bildübertragung fiel teilweise aus. Hinter dem Schiff bildete sich ein glühender Gasstreifen und außerdem ein Vakuum, in das die verdrängten Gasmassen donnernd einfielen und gewaltige Turbulenzen erzeugten.

Hole Hohle dachte nicht daran, die Korvette mit voller Schubleistung hochzureißen und sie somit in den freien Raum zu bringen. Er wußte, wer dort auf sie lauerte.

Atlan schien seine Gedanken erahnt zu haben.

„Unten bleiben!" schrie er über Sprechfunk. „Laßt die Außenzelle ausglühen. Schubumkehr. Vollast. Gehen Sie runter, Hohle, egal wie."

Vor dem rasenden Schiff ballten sich hochkomprimierte Gasmassen in ultraheller Glut. Die Schirme standen. Jetzt fiel auch noch der grüne HÜ-Schirm ein. Damit hatten die Reibungsgewalten ihren Schrecken verloren, aber die Ortungsgefahr war ums Hundertfache gestiegen.

Hohle und Numa Katra schalteten gleichzeitig.

Die Impulstriebwerke brüllten wieder auf. Beide Kosmonauten riskierten es, trotz der stehenden Abwehrschirme mit Vollschub zu bremsen und die Gefahr eines Impulsrückschlages auf sich zu nehmen.

Er kam auch! Er kam mit solcher Gewalt, daß die noch nachglühende Außenwand erneut bis zum Verformungspunkt des Terkonitstahls erhitzt wurde. Schwerste Erschütterungen ließen die Verbände des kleinen Schiffes wie gequälte Lebewesen ächzen.

Ehe die KC-1 von den eigenen Korpuskularströmen zerfetzt werden konnte, war die Eintauchgeschwindigkeit so weit abgesunken, daß es Katra wagen konnte, die als Reflektoren wirkenden Energieschirme auf schwächste Leistung zu schalten. Er schlug mit der Faust auf den hellroten Notschalter, der alle Automatikfunktionen außer Betrieb setzte.

Nun konnten die Triebwerke ungestört arbeiten.

„Stärker werdende Erhitzung“, gab die Ortung durch. „Höhe hundertachtundzwanzig Kilometer über Grund. Reibungswärme steigt. Zellentemperatur außenbords neuntausendvierhundert Grad Celsius. Isotherm-Zwischenschichten halten. Kein Temperaturanstieg innenbords.“

„Na also!“ sagte Hole Hohle.

Der Anflug war trotz der Schwierigkeiten so genau, daß auf den wenigen noch intakten Bildschirmen nach einer halben Planetenumkreisung das Kristallgebirge auftauchte. Niemand dachte in diesen Augenblicken daran, daß es mit dem seltsamsten Roboter identisch war, den man jemals entdeckt hatte.

In nur zwanzig Kilometer Höhe brauste Hohle auf das Gebirge zu. Die starken Hochenergieschirme waren endgültig abgeschaltet worden. Es lief nur noch das bugwärts ausgerichtete Ionisationsfeld, das nun völlig ausreichte, die elektrisch leitfähig gemachten Gasmoleküle abzustoßen. Allerdings lag die Fahrt auch nur noch bei der zwanzigfachen Schallgeschwindigkeit.

Jemand meldete sich über Helmfunk.

„Leutnant Sigath, Chef Transportkommando. Die Okefenokees sind zum Ausschleusen bereit. Ich bringe sie . . .“

„Noch nicht“, unterbrach Atlan. „Warten Sie damit, bis das Schiff aufgesetzt hat. Ich möchte keinerlei Verletzungen riskieren.“

Die KC-1 kam zehn Kilometer vor dem fast ebenso hohen Gebirge zum relativen Stillstand. Das traf allerdings nur auf die Horizontalgeschwindigkeit zu. Der Fall wurde davon nicht betroffen.

Die Korvette begann bei der notwendigerweise schubstarken Fallbremsung um die beiden Hauptachsen zu gieren. Katra fuhr schleunigst die Landebeine aus, die sich vorteilhaft auf den erwünschten Tiefenschwerpunkt unterhalb der Äquatorebene auswirkten.

Das Schiff kam knapp hundert Meter über der Oberfläche zum Stillstand. Da er sämtliche Ablenkfelder ausgeschaltet hatte, schlug der Partikelstrom mit ungehemmter Wucht auf den Boden.

Jede andere Materie wäre in Weißglut zerschmolzen; nicht so das Neo-Howalgonium! Es absorbierte die auftreffenden Thermoenergien und verfärbte sich lediglich etwas.

Als die KC-1 aufsetzte und mit nachgebenden Hydraulikbeinen zum Stillstand kam, betrug der Neigungswinkel der Polachse nur dreieinhalb Grad. Das Tosen der Triebwerke verstummte. Die kaskadenartig zurückschlagenden Partikelströme verschwanden.

„Großartig, Hole, ganz großartig!“

Atlan sprang aus dem Sessel. Weit unter ihm arbeitete bereits Leutnant Sigath.

„An Zentrale. Ich habe eine Fernmessung durchgeführt. Das Gelände ist auf etwa fünfzehnhundert Grad erwärmt. Die Kristalle strahlen wie ein Hitzeschild. Ich benutze Ausschleusungsplan zwei. Ende.“

Atlan stand bereits im mechanisch betriebenen Notaufzug. Die Antigravlifts funktionierten nicht. Niemand außer ihm und Leutnant Sigath verließ seinen Platz.

„Klar Schiff zum Gefecht“, hörte er die Stimme des Kommandanten. Ausführungsbestätigungen kamen durch. Also hatte sich Hole Hohle jetzt doch entschlossen, den sicherlich auftauchenden Gegnern die Stirn zu bieten. Eine Transformsalve konnte unter Umständen so viel Verwirrung stiften, daß ein Entkommen in den Linearraum erleichtert wurde.

Atlan kam in der großen Bodenschleuse an. Sigaths Gebrüll war nicht zu überhören.

„Aufsitzen. Tempo. Verdammt, so beeilen Sie sich doch. Der Roboter tut Ihnen nichts. Wollen Sie vielleicht über ein fünfzehnhundert Grad heißes Gelände laufen? Aufsitzen.“

Die ersten zwanzig Spezialroboter rannten bereits die ausgefahrene Nottreppe hinunter. Sigath, ein hochgewachsener Mann, hob einige Okefenokees hoch und setzte sie auf die Rückenteile der Roboter. Die Maschinen liefen sofort los.

„Die Leute haben Angst“, rief er Atlan zu. „Tun Sie etwas, Sir. Wir verlieren Zeit.“

Atlan sah die einzige Rettung im sofortigen Zugreifen. Ohne auf die Angstrufe der Fremden zu achten, griff er zu und warf sie mehr, als daß er sie setzte, auf die Rückenteile der Maschinen.

„Eynch – Eynch Zigulor!“

Der Ruf erreichte den Sprecher der Okefenokees. Er drehte den Kopf. Sein Roboter wartete. Atlan rannte mit weiten Sprüngen zu ihm hinüber.

„Wir starten sofort. Die Roboter setzen Sie vor dem Gebirge ab. Haben Sie Ihr Funkgerät? Gut. Denken Sie daran, bei Beginn des Transmittertransportes auf den roten Knopf zu drücken. Der Sender arbeitet mit einer Spezialfrequenz, die von den Kristallen kaum gestört wird. Alles Gute. Wir sehen uns bald wieder.“

„Hoffentlich. Ich bewundere Sie. Ihr Volk hat es verdient, Sie und . . ."

„Abmarsch!" schrie Sigath dazwischen. „Alles raus hier. Zum Teufel, meine Fußsohlen beginnen zu jucken. Die Dumfries stehen über Monol. Nun lauf schon."

Der letzte Roboter sprang aus der Schleuse, rannte die Treppe hinunter und schlug dann ein atemberaubendes Tempo ein. Die anderen Okefenokees waren inzwischen mitsamt ihren Trägermaschinen verschwunden.

Sigath fuhr die Schleusentore ein. Atlan verstand seinen Wink. Jedes weitere Wort war überflüssig.

Er sprang in den offenstehenden Lift. Als er auf dem Hauptdeck ankam, begannen die Triebwerke zu donnern. Atlan erreichte gerade noch die Zentrale, ehe der gefechtsmäßige Verschlußzustand begann.

„Was ist los? Sind die Dumfries da?"

Hole Hohle verzog wie angewidert das Gesicht.

„Und ob, Sir. Tausend Schiffe langen nicht. Die Echoschirme platzen bald. Machen Sie sich auf etwas gefaßt. Ortung – wie weit sind die Okefenokees mit ihren Robotern entfernt?"

„Sicherheitsabstand ist erreicht."

Hole Hohle zögerte nicht mehr. Die Beobachtung der davonhastenden Fremden war Sache der beiden Physiker. Sie hatten festzustellen, ob die zweiundsechzig Wiederbelebten von den Kristallungeheuern des Planeten empfangen wurden oder nicht.

Die KC-1 hob in einer zurückschlagenden Flut aus ultrahellem Feuer ab. Einen Augenblick schwebte sie dicht über der Oberfläche. Die Schutzschirme standen wieder in voller Stärke.

Dann war noch ein maßloses Aufbrüllen zu hören. Hole Hohle beschleunigte, als befände er sich im freien Raum.

Atlan bemerkte einen ungeheuren Feuerball. Die Korvette durchstieß die dichte Atmosphäre mit einer Anfangsgeschwindigkeit, die normalerweise zur sofortigen Dienstenthebung des Kommandanten geführt hätte. Hier war es notwendig.

Innerhalb von zwei Sekunden hatte das Schiff die Atmosphäre verlassen. Als es in den freien Raum vorstieß, wimmelte es dort von Schlachtschiffen. Sie begannen sich soeben zu formieren.

Allein diese Tatsache rettete das kleine Schiff und seine Besatzung.

Hole Hohle ging auf Vollschub. Gleichzeitig schrie er vor Freude.

„Schafskopf von einem Dumfrie-Befehlshaber. Der Kerl ist noch sturer als unsere stursten Taktikpauker. Wenn der seinen Kommandanten freie Jagd erlaubt hätte, wären wir jetzt schon eine ausglühende Gaswolke. Nurma – klar zum Linearmanöver."

Tausende von Waffenstrahlen zuckten an dem Punkt vorbei, wo die KC-1 soeben noch gestanden hatte. Die Korvette war im Linearraum verschwunden.

31.

Die CREST IV und die BOX-13111 hatten sofort nach Hole Hohles Rückkehr ihre Position gewechselt. Monol war nur zwei Lichtstunden entfernt. Man hatte den galaktischen Spiegel mit den starken Teleskopen der astronomischen Station eingefangen und ihn auf die Bildschirme projiziert.

Die Triebwerke waren klar zum Alarmstart. Jedermann saß oder lag auf seiner Manöverstation. Die vier Haluter hatten sich nach der Besprechung in ihre eigenen Raumschiffe zurückgezogen, um sie notfalls sofort von der Oberfläche der CREST lösen zu können.

In den Rechen- und Ortungsabteilungen des Ultraschlachtschiffes herrschte Hochbetrieb. Die Hyperphysiker Bysiphere und Beriot hatten zur Anflugberechnung drei verschiedenartige Sicherheitsfaktoren eingebaut.

Erstens lauschten die Mutanten mit ihren paranormalen Sinnen auf die Entstehung eines Transmitterfeldes. Es war in seiner Struktur so typisch, daß besonders die Teleporter Gucky und Ras Tschubai einen sofortigen Kontakt bekommen mußten.

Die beiden Wellensprinter Tronar und Rakal Woolver lauschten auch in das Nichts hinaus. Sie konnten einen anlaufenden Transmitter ebenfalls sehr gut orten.

Der zweite Alarmfaktor war das Funkgerät, das Eynch Zigulor beim ersten Transportvorgang einschalten wollte. Man rechnete mit dem Eingang eines gut hörbaren Rafferimpulses.

Der dritte Faktor war mit vielen Ortungsgeräten der CREST identisch. Sie waren wahrscheinlich am zuverlässigsten. Weder den Strukturtastern noch den Energiepeilern konnte das plötzliche Entstehen einer so starken, hyperstrahlenden Kraftquelle entgehen.

Zu diesen drei Hauptfaktoren gab es noch eine Reihe anderer Möglichkeiten, die Ereignisse auf Monol zu verfolgen. Man wußte, daß die dortigen Transmitter vor der Arbeitsaufnahme riesenhafte Abstrahlfelder schufen, die wie goldene Ringe aussahen. Wenn sie entstanden, mußten sie gesehen werden. Die Feldspiegelteleskope der CREST erlaubten im luftleeren Raum millionenfache Vergrößerungen.

Weder Atlan noch Rhodan zweifelten an der Zuverlässigkeit der verschiedenen Beobachter. Wesentlich bedeutungsvoller war die Frage, ob es der CREST gelingen würde, schnell genug an Ort und Stelle zu sein. Sie konnte nur dann nach dem festliegenden Programm eingefädelt werden, wenn die Transmitter mit voller Kraft arbeiteten.

Rhodan sah zu den Bildschirmen hinüber. Sein Gesicht wirkte verschlossen.

„Wir sollten nochmals die Angelegenheit ‚KC-21‘ durchsprechen. Doc, errechnen Sie neue Daten und verwenden Sie Ihre Erkenntnisse als feststehende Grundlagen. Wir nehmen das Risiko auf uns. Wenn wir jemals mit den KdZ in direkten Kontakt kommen, muß unsere Behauptung, die KC-21 würde mit den geheimsten Unterlagen aller Art irgendwo im Raum stehen, unwiderlegbar sein. Dazu müssen wir nachzuweisen versuchen, daß wir schon *vorher* alles über die KdZ gewußt haben. Die Sache ist riskant, aber ich glaube an einen Erfolg.“

„Wir werden sie bluffen!“ behauptete Bysiphere.

Fünf Beobachtungsstellen meldeten gleichzeitig das Entstehen eines Transmitterfeldes.

Drei Sekunden später wurde die Besatzung der Funkzentrale munter. Major Wai Tong meldete sich.

„Hyperimpuls von Monol ist eingelaufen. Lautstärke schwach, Raffertext stimmt jedoch mit unserem Wortlaut überein.“

„Fälschungsmöglichkeit . . .?“ rief Rhodan in das nächste Mikrophon.

„Ausgeschlossen, Sir. Der Text ist exakt. Darauf kommt kein vernünftiger Mensch, geschweige denn ein Dumfrie.“

„Wortlaut?“

„Die rote Badehose schillert cocktailgrün in der eisigen Hitze tiefster Hochseeströmungen.“

„Wer ist für den Text verantwortlich?“

„Die Galaktopsychologin Dr. Eileen Dacran.“

Atlan lachte schallend. Er lachte auch noch, als die CREST wild anruckte, Fahrt aufnahm und mit einem materialzermürbenden Manöver in den Linearraum ging. Das Programm lief.

Während des kurzen Überlichtfluges wurde mit Hilfe des Halbraumspürers festgestellt, daß der Posbifrachter entgegen jeder Absprache dem Flottenflaggschiff folgte.

Atlan wurde ernst. Er sah den grünen Punkt auf dem Spezialschirm.

„Was hat *das* zu bedeuten?“

Rhodans Stimme klang brüchig. Er ahnte etwas.

„Genau das, was ich erwartet hatte. Die Posbis fühlten sich plötzlich überflüssig. Ihnen sind zwei Kammern mit insgesamt acht Kalups zerstört worden. Jetzt wissen sie, daß der Einsatz läuft. Sie werden sich hinter uns setzen und bis zum bitteren Ende versuchen, uns den Rücken freizuhalten. Das verstehen sie unter einem Freundschaftsdienst.“

Die Frage war, ob ein aus Neo-Howalgoniumkristallen bestehendes Robotgehirn Panik empfinden konnte oder nicht.

Die Frage war, ob es durch uralte Befehle und ständig wiederholte Kontrollprogrammierungen in einen Zustand halborganischer Hilfsbereitschaft und Dienstwilligkeit hineingesteigert worden war.

Die Frage war, ob es die biologisch hyperregenerierten Denker vom Planeten Pompeo Posar als einen Teil von sich selbst ansah oder nicht.

Die dreißig Transformkanonen der Backbordbreitseite hatten vor fünf Minuten das Feuer eröffnet.

Es kam nicht darauf an, die heranrasenden Schiffe des Gegners zu vernichten, sondern sie lediglich am Weiterflug zu hindern. Außerdem war es noch wichtig, die Zielerfassung der Dumfries zu zerstören und ihre Waffenstrahlen verpuffen zu lassen.

Der Erste Feuerleitoffizier der CREST, Major Joe Waydenbrak, machte seinem Ruf als bester Gunneroffizier der Flotte alle Ehre.

Er dachte nicht daran, planlos in die fremden Verbände hineinzuhalten.

Er hatte sich zu diesem Entschluß durchgerungen, nachdem er zu seiner Überraschung festgestellt hatte, daß seine schweren Transformkanonen eine wesentlich größere Reichweite besaßen als die Waffen der Dumfries.

Dabei handelte es sich um Hochenergiestrahler, die mit den Intervallkanonen der Zweitkonditionierten artverwandt waren. Man nannte sie „Malmstrahler", weil sie bei Wirkungstreffern ebenfalls einen Körper zerdrückten.

Seit einigen Minuten stand aber fest, daß die wirkungsvolle Schußweite dieser Waffen bei bestenfalls drei Millionen Kilometer lag. War ihr Ziel weiter entfernt, wurde der Energieschwund durch die Kegelausdehnung so groß, daß qualitativ hochwertige Schutzschirme die Restenergie ohne Schwierigkeiten abwehren konnten.

Also kam es Waydenbrak darauf an, die gut regulierbare Feuerdistanz seiner eigenen Waffen zu wahren. Das bedeutete, daß der Gegner etwa sechs Millionen Kilometer entfernt gehalten werden mußte.

Das ließ sich nach Waydenbraks Erfahrungen am besten verwirklichen, wenn man mit schnellem Salventakt eine Feuerwalze aus künstlichen Atomsonnen vor die vorausberechnete Flugbahn des Gegners legte. Natürlich würde er Ausweichmanöver versuchen; aber damit rechnete man an Bord aller terranischen Schiffe. Man war darauf vorbereitet.

Bis jetzt war es erstaunlich gut gelungen, mindestens viertausend Dumfrieeinheiten fernzuhalten. Das unablässige Dröhnen der Transformkanonen störte in diesen Minuten niemand. Solange sie noch feuerten, so lange lebte man noch; so lange bestand noch Hoffnung auf die Durchführung eines verwegenen Plans mit zu vielen Unbekannten.

Die BOX-13111 hatte sich drei Millionen Kilometer von der CREST abgesetzt. Der riesige Fragmentraumer stand in Feuerluv, also genau zwischen dem Flaggschiff und den tiefer im Raum explodierenden Transformbomben.

Es war klar, daß die Posbis die Reichweite-Schwäche des Gegners ebenfalls erkannt hatten. Sie hielten sich gerade noch außerhalb der gefährlichen Distanz. Dennoch mußten ihre Defensivwaffen wesentlich mehr leisten als die Schirme der CREST.

„Das geht nicht lange gut!“ hatte Waydenbrak behauptet. Bis jetzt schienen die Posbis seine düstere Prognose zu widerlegen.

Sie feuerten mit einem erstaunlichen Tempo und verwendeten ebenso wie die CREST ausschließlich die stärksten Kaliber von zweitausend Gigatonnen.

Sechs Millionen Kilometer von Monol entfernt hatte sich ein ineinander verschmelzender Ring aus atomaren Gluten gebildet. Durchbrechende Dumfrieverbände wurden durch eine Feuerverlegung sofort darüber belehrt, daß Terraner und Posbis wachsam waren.

Über Monol war einer der schon früher erkannten Goldreiftransmitter entstanden. Der leuchtende Ring umschloß ein blauschwarzes Zentrum mit einem Durchmesser von etwa zweihundert Kilometern. Die gemessene Energieleistung war stark genug, um fünf Raumschiffe vom Range der CREST entstofflichen und transportieren zu können.

Weshalb ein so hoher Aufwand betrieben wurde, konnte man sich nicht erklären. Zur Abstrahlung der zweiundsechzig Okefenokees war er durchaus nicht erforderlich.

Gerade deshalb war die Frage nach der Eigenart oder Zuverlässigkeit des Robotgehirns von Monol aufgeworfen worden.

Der erste Transportvorgang war beendet. Die Mutanten behaupteten, es wären höchstens zwanzig Körper abgestrahlt worden. Außerdem war ein weiterer Funkimpuls von Eynch Zigulor aufgefangen worden. Das bewies, daß er sich noch auf der Kristallwelt befand.

Auf der CREST liefen sämtliche Ortungsgeräte und Auswertungspositroniken. Gucky und John Marshall war es sogar gelungen, die Okefenokees telepathisch zu belauschen. Daraus ging hervor, daß es Eynch Zigulor verstanden hatte, seine Gefährten in drei Gruppen aufzuteilen. Er hatte das Gehirn zur dreifachen Abstrahlung gezwungen.

Somit ließ sich die Theorie einer totalen Unterwürfigkeit des Kristallroboters ableiten. Zigulor hatte nicht mehr getan, als sich gegen einen Sammeltransport zu sträuben.

Die Erkenntnis hatte die Hyperphysiker bewogen, Rhodan zu raten, den zweiten Transport auch noch abzuwarten und erst den dritten und letzten Vorgang zur Einfädelung zu benutzen.

Der Goldreiftransmitter war knapp einhunderttausend Kilometer entfernt. Die Daten für einen kurzen Linearsprung lagen fest und waren programmiert worden. Die CREST konnte im Zeitraum von zwei Sekunden im Zentrum des Ringes auftauchen. Eine Sekunde der Gesamtzeit diente für den erforderlichen Minimumanlauf mit den Normaltriebwerken.

Die Strukturtaster rumorten erneut. Im Donnern der Geschütze war ihr Arbeitsgeräusch kaum zu hören.

Der Transmitter wurde in knapp fünf Sekunden auf volle Abstrahlleistung hochgefahren. Der Transportschock selbst war so kurz, daß er kaum meßbar war. Die CREST mußte demnach im Ringzentrum stehen, ehe die Entmaterialisierung einsetzte. Das konnte zu Komplikationen führen.

Der zweite Schock kam. Weitere zwanzig Okefenokees waren auf die Reise geschickt worden.

Da meldete sich Icho Tolot aus seiner Schiffszentrale. Seine Erklärung war so abenteuerlich, daß Rhodan der Atem stockte.

„Icho Tolot spricht. Zweite Messung ist beendet und bereits ausgewertet. Mein Verdacht bewahrheitet sich. Das blaue Zentrumsleuchten dieser Galaxis ist identisch mit einer aktiven Supersonne, die mindestens sechstausend Lichtjahre durchmißt. Ich wiederhole: mindestens sechstausend Lichtjahre!"

Rhodan hielt sich an dem schwenkbaren Mikrophon fest. Sein Gesicht verzerrte sich für einen Augenblick. Dann hatte er sich wieder in der Gewalt.

„Tolot, mein Freund, irren Sie sich nicht?"

Auf dem Bildschirm erschien das monströse Gesicht des Haluters. Die rotglühenden Augen drückten seine innere Verzweiflung aus. Man mußte nur darin lesen können.

„Leider nicht. Fancan Teik, Hisso Rillos und Pinar Alto bestätigen meine Messungen. Es handelt sich um eine Übergigantsonne vom Umfang und von der Sternenmasse einer kleinen Galaxis. Sie kennen doch die neuen Forschungsergebnisse der irdischen Astronomie und Astrophysik? In letzter Zeit sind viele dieser Gigantsonnen an der Sichtbarkeitsgrenze der Teleskope entdeckt worden."

„Ja, ja, natürlich. Ich bin informiert."

„Das Zentrum von M 87 *ist* ein derartiger Überriese. Es wird nun klar, warum M 87 schon immer ein so starker Radiostrahler war. Das ist der Menschheit ebenfalls schon Jahrhunderte bekannt. Der berühmte Hochenergie-Partikelstrahl, der diese Sterneninsel durcheilt, wird von der Zentrumssonne erzeugt. Besondere physikalische Verhältnisse scheinen der Riesensonne hohe Energiewerte an nur einem Punkt ihrer Oberfläche abzuzapfen. Das muß eine natürliche Ursache haben. Selbst wenn wir annehmen, daß die Konstrukteure mit der Sonne experimentiert haben, muß beachtet werden, daß der blaue Strahl seit mindestens zweiunddreißig Millionen Jahren existieren muß, oder er hätte auf der ebensoweit entfernten Erde niemals beobachtet werden können."

Rhodans Stimme wurde noch tonloser.

„Ja, ich verstehe vollkommen."

„Wir vermuten jedoch, daß die ursprüngliche Intensität des Strahls vor einigen zehntausend Jahren erheblich gesteigert worden ist. Das kann man auf der Erde noch nicht wahrnehmen, denn das Licht benötigt mindestens zweiunddreißig Millionen Jahre, um im Sol-System einzutreffen. Wir glauben, daß die Vorfahren der heutigen KdZ zu dem Zeitpunkt, als die sogenannten Bestien ausbrachen und die hiesige Zivilisation angriffen, mit der bereits existenten Supersonne experimentiert haben. Als Folge davon entstand die Hyperfalle für Raumschiffe mit einem energieverwandten Dimetransantrieb."

„Bitte, Icho, bitte hören Sie auf!"

Die drei Augen des Haluters glühten in einem intensiven Rot.

„Ich kann es nicht. Da gibt es noch ein Rätsel. Haben Sie bemerkt, daß die beiden Transportvorgänge dicht vor der Supersonne kurzfristig gestoppt wurden? Dort erfolgte eine Wiederverstofflichung. Nur fünf Sekunden später kam eine zweite Schockwelle sehr dicht vor der Sonne. Was halten Sie davon?"

Rhodan drehte sich rasch herum.

„Bysiphere . . .!"

Der Plophoser stand wie erstarrt mitten in der Zentrale. Seine bräunliche Haut zeigte eine ungesunde Färbung.

„Bysiphere . . .!"

„Ich höre, Sir. Nein, wir haben diesen Vorgang nicht geortet. Die Haluter haben die besseren Geräte. Ich glaube jedoch jedes Wort. Es tut mir leid, Sir."

Rhodan wandte sich wieder dem Bildschirm zu. Atlan stand neben ihm. Er sprach nichts. Nur seine Augen waren verkniffen.

„Icho, haben Sie noch weitere Hiobsbotschaften?"

„Nein, keine mehr. Wir stellen mit fünfundneunzigprozentiger Sicherheit fest, daß der gesuchte Geheimplanet der hiesigen Machthaber entweder sehr nahe der Sonne oder gar *in ihr* stehen muß."

„Sind Sie verrückt geworden?“ schrie Rhodan außer sich. „Tolot, das ist unmöglich! Die Strahlungskapazität des Riesensterns reicht aus, um Monol zu erwärmen. Und der steht fünfeinhalbtausend Lichtjahre entfernt. Jeder Himmelskörper, der näher als zwei bis drei Lichtmonate vor der Ursonne steht, muß verglühen. Und da behaupten Sie noch, ein Planet könne sogar *in* diesem Giganten existieren, *in – hören Sie – in* dieser Titanensonne? Icho, da mache ich gedanklich nicht mehr mit!“

Atlan meldete sich, ehe der Haluter antworten konnte. Die Stimme des Lordadmirals klang sehr ruhig.

„Willst du nach Hause kommen oder nicht? Das Kristallgehirn von Monol weiß, weshalb es seine kostbarsten Schätze dorthin abstrahlt. Wenn dort Okefenokees leben, so können wir das auch.“

Rhodan stemmte die Hände auf die Einfassungsleiste. Da kam die Meldung durch, auf die jeder einzelne Mann im Schiff schon mit größter Besorgnis gewartet hatte.

„Major Konitzki spricht, Sir, der Posbifrachter ist soeben im konzentrierten Beschuß eines vorstoßenden Dumfriegeschwaders explodiert. Der fremde Verband wurde bei der spontanen Kernreaktion aller Posbiwaffen mit ins Verderben gerissen. Es – es tut mir sehr leid, daß gerade ich die Nachricht durchgeben muß.“

Rhodan schluckte krampfhaft. Niemand sprach ein Wort. Icho Tolot stieß einen Laut aus, der wie das Weinen eines Kindes klang. Die CREST wurde immer noch von der Rückstoßwucht ihrer Transformkanonen erschüttert. Ihre Fahrt war nur gering.

Konitzki sprach zögernd weiter:

„Sir, wir orten mehrere starke Verbände in Feuerlee. Dazu noch andere Geschwader in Überhöhungsposition. Die können wir nicht mehr durch einen Sperriegel am Vordringen hindern. Sir, es wird allerhöchste Zeit!“

Atlan überprüfte die Schaltungen seines Kampfanzuges.

„Wie sieht es aus, Terraner? Wählst du den Weg der Vernunft, also die sofortige Flucht, oder den Weg der Unvernunft, nämlich die Einfädelung in den nächsten Transport?“

Rhodan fuhr herum. Seine Hände krallten sich in die Kombination des Arkoniden und schüttelten ihn. Atlan sah in zwei entschlossene Augen.

„Den Begriff ‚Flucht‘ hättest du nicht aussprechen sollen! Wir *werden* flüchten, aber nach vorn, verstehst du!“

Dort, wo die CREST soeben noch gestanden hatte, kreuzten sich etwa fünfhundert Schußbahnen. Die Dumfries trafen erneut ins Leere.

Sie hatten den Feuerring umflogen oder überflogen. Jetzt stießen sie von allen Seiten auf das einsame terranische Raumschiff zu.

Die Triebwerke der CREST liefen mit nur geringer Leistung. Sie beschleunigte genau eine Sekunde lang mit einem Wert von 180 Kilometer pro Sekundenquadrat. Dann schaltete die programmierte Automatik. Von da an war alles entschieden und nichts mehr rückgängig zu machen.

Der Linearflug dauerte ebenfalls eine Sekunde. Beim Wiedereintauchen in den Einstein-Raum befand sich das Schiff am Innenrand der Transmitterzone. Das war erforderlich, damit der Ultrariese nicht aus dem Entmaterialisierungsgebiet herausschoß.

Sofort nach dem Eintauchen donnerten die Triebwerke mit vollster Bremsschubleistung. Sie reichte gerade aus, um die CREST nach der Durchquerung des zweihundert Kilometer durchmessenden Innenringes zum Stillstand zu bringen.

Ein Kurzschub in entgegengesetzter Richtung genügte, um das Zentrum zu erreichen.

Das Manöver mußte bei den Dumfries größte Verblüffung oder Entsetzen hervorgerufen haben. Sie waren hochintelligent und reaktionsschnell.

Sicherlich begriffen jetzt einige hunderttausend Wesen ihrer Art, warum das terranische Schiff so lange über dem Kristallplaneten gestanden und die Phalanx der Dumfries durch einen atomaren Feuerriegel am schnellen Vordringen gehindert hatte.

Vielleicht wurde dem Kommandeur der Wachflotte auch klar, daß die Terraner keine Sekunde lang daran gedacht hatten, den unersetzlichen Howalgoniumplaneten zu vernichten, obwohl sie genug Zeit dafür gehabt hätten.

Es wurde plötzlich so vieles klar; aber für Gegenmaßnahmen war es zu spät. Nur eine halbe Sekunde nach dem Auftauchen des Terraschiffes in der aktivierten Transmitterzone kam der Sendeimpuls. Der Kristallroboter von Monol konnte oder wollte die Abstrahlung nicht mehr stoppen.

32.

Man wußte jetzt, daß die früher ermittelte Entfernung zwischen Monol und dem Zentrum von M 87 irreführend war. Die Distanzmessung hatte nicht einen relativ kleinen Punkt einbezogen, sondern man hatte die Atmosphäre einer etwa sechstausend Lichtjahre durchmessenden Sonne angepeilt. Das war ein Unterschied. Immerhin änderte das nichts daran, daß Monol nach wie vor 5618 Lichtjahre von dem Riesenstern entfernt stand.

Daran dachte Rhodan, ehe ihn die Gewalten des Transmitterfeldes erfaßten. Der Schock war kaum spürbar. Aus der Anfangszeit der überlichtschnellen Raumfahrt kannte man wesentlich heftigere Entmaterialisierungsschmerzen.

Der Rematerialisierungsschock war ebenfalls kaum spürbar. Nur ein leichtes Ziehen in den Gliedern bewies, daß überhaupt ein fünfdimensionaler Vorgang abgelaufen war.

Die CREST war wieder Wirklichkeit geworden. Fünftausend Menschen und einige Nichtmenschliche bemerkten das Phänomen zur gleichen Zeit. Icho Tolots Meßergebnisse waren einwandfrei gewesen.

Dicht vor dem Schiff, anscheinend greifbar nahe, wölbte sich eine Energiewand von so ungeheuren Ausmaßen, daß von ihr nur noch ein winziger Ausschnitt gesehen werden konnte. Das mußte die Supersonne von M 87 sein.

Lohende Protuberanzen von fürchterlicher Gewalt schossen aus der noch heißen Randzone hervor. Ein ultrahelles Gleißen, so stark, daß alle Filter durchdrungen wurden, strahlte von den Bildschirmen nieder.

Seltsamerweise herrschte im Schiff größte Ruhe. Es wurde weder von expandierenden Gaszungen durchgeschüttelt noch von zerstörenden Hitzewellen überflutet. Selbst die Strahlungsmesser sprachen nicht an.

Atlan, Rhodan und die anderen Männer der CREST stellten es in Gedankenschnelle fest. Wenn Tolot weiterhin kein Fehler unterlaufen war, hatte man nun fünf Sekunden Zeit bis zur nächsten Etappe. Anscheinend war es technisch erforderlich, so dicht vor der Gigantsonne eine Pause einzulegen.

Warum das so war, bemerkte man sofort nach dem Wiedererwachen aus der Entstofflichung. Es war verblüffend. Die Sinne sträubten sich, den Eindruck der Augen folgerichtig zu verarbeiten.

Jemand schrie mit gellender Stimme. Sie war nicht zu überhören. Es war Bysiphere.

„Vorsicht, das ist eine *Hohlsonne*. Tolot hat recht. Eine *Hohlsonne*! Daher die Pause vor der Durchschleusung. Das ist niemals natürlich entstanden. Sehen Sie den Materieriß? Genau voraus, etwa drei Grad überhöht. Wir befinden uns in einer paratronähnlichen 5-D-Blase, die Schutz vor der Sonne . . ."

Der zweite Transportvorgang hatte tatsächlich nicht länger als nur fünf Sekunden auf sich warten lassen.

Atlan bemerkte auf den großen Panoramaschirmen einen dunklen Spalt. Die grell strahlende Sonne öffnete sich an einer Stelle, die dem Paratronkäfig fast genau gegenüberlag.

Der Spalt erweiterte sich, nahm an Größe zu und klaffte dann in einer Länge von mindestens tausend Kilometern und zu einem Drittel in die Breite.

Das hatte Bysiphere noch bekanntgegeben. Ehe weitere Worte gesprochen werden konnten, wurden Schiff und Menschen erneut entstofflicht und mit hoher Energieleistung durch den Materieriß abgestrahlt.

Wieder gab es keine meßbare Zeitspanne. Weiter als sechstausend Lichtjahre konnte man jedoch von Monol nicht entfernt sein. Das bot einen befriedigenden Anhaltspunkt zur Orientierung.

Die CREST materialisierte in einem energetisch völlig neutralen Raum, in dem das wilde blaue Zentrumsglühen von M 87 so gemäßigt war, daß es sehr angenehm wirkte.

Niemand hatte jedoch Zeit, das Wunder zu begutachten oder Theorien darüber aufzustellen. Die Ortung gab Vollalarm.

Das Heulen der Sirenen riß die Männer aus den zurückgeklappten Kontursesseln ihrer Manöverstationen.

Das Schiff war im Goldreiftransmitter der Empfangsstation angekommen. Peinlich war nur die Erkenntnis, daß dieser rasch verblassende Reif dicht über einem Planeten wüstenhaften Charakters stand. Die CREST war akut gefährdet.

Oberst Merlin Akran, der epsalische Kommandant, schaltete bereits mit der ihm eigenen Schnelligkeit.

Die Stromreaktoren und Umformerbänke der zwölf Hauptkraftwerke liefen donnernd an. Der HÜ-Schirm legte sich soeben schützend über die Außenwandungen, als die Besatzung des Empfangsplaneten bereits zu reagieren begann. Wahrscheinlich handelte es sich um Roboter, oder die Abwehr hätte niemals so schnell eingesetzt.

„Weg hier!“ schrie Rhodan in sein Helmmikrophon. „Merlin, Alarmstart!“

Der erste Schuß vom etwa merkurgroßen Planeten peitschte in den HÜ-Schirm des Ultraschlachtschiffes. Es wurde durchgeschüttelt, aber das Feld hielt der Belastung stand.

Zu einer kompletten Salve kamen die planetarischen Forts nicht mehr. Die CREST raste mit einer Beschleunigung von 650 km/sec^2 los und entfernte sich so rasch, daß die nachgeschickten Malmschüsse nur noch vereinzelt den HÜ-Schirm streiften.

Der Planet verschwand in den Tiefen eines Raumes, der in seiner Struktur so ungeheuerlich war, daß selbst Männer wie Dr. Armond Bysiphere den Kopf schüttelten.

Wenige Minuten nach der Fahrtaufnahme war die CREST in Sicherheit – wenigstens in *relativer* Sicherheit.

Während der Flucht vor der so plötzlich aufgetauchten Gefahr prägte Atlan bereits verschiedene Begriffe, die von da an Gültigkeit haben sollten.

So nannte er den merkurgroßen Wüstenplaneten *Alpha-Schleuse*, weil er annahm, daß es noch mehrere Sende- und Empfangsstationen dieser Art geben mußte.

Der Arkonide gehörte auch zu den ersten Männern der CREST, die die Existenz einer Sonnenhohlwelt von riesigen Ausmaßen akzeptierten.

Einmal geistig darauf eingestellt, fiel es nicht mehr so schwer, sich mit dem normalerweise Unfaßbaren vertraut zu machen.

So taufte er die Zone innerhalb einer hochaktiven Sonnenschale „Internraum“. Später sagte man auch *Spenderglocke* dazu, denn nun wußte man ganz sicher, wo der rasende Flug der Myriaden Spenderkugeln endete.

Sie kamen aus allen Richtungen und verstärkten noch den Energiehaushalt der Gigantsonne im genauen Mittelpunkt der Galaxis M 87.

Die früher beobachteten Energieplaneten und Transformationsstationen hatten ebenfalls keinen anderen Zweck, als den entarteten Superstern zu speisen. Die Konstrukteure des Zentrums schienen größten Wert auf ein einwandfreies Funktionieren ihrer Raumschiffsfalle zu legen. Offenbar rief der blaue Abgasstrahl enorme Kraft- und Masseverluste hervor, die wieder ersetzt werden mußten. Dafür diente die Energie von vielen Milliarden Sonnen, die man zu beinahe unerschöpflichen Spendern gemacht hatte.

Rhodan hatte die CREST stoppen lassen. Sie stand dicht vor der unübersehbaren Wölbung der inneren Sonnenschale; auf alle Fälle so dicht, daß sie normalerweise hätte verbrennen müssen.

Nichts dergleichen geschah. Im Internraum schienen Ruhe und Frieden oberstes Gebot zu sein. Das verhaltene blaue Leuchten war allgegenwärtig. Es unterschied sich kraß von der gewohnten Schwärze des Universums.

Seit der Ankunft waren erst einundzwanzig Minuten vergangen. Trotzdem hatte man sich mit dem Gedanken vertraut gemacht, sich im Innern einer Sonne zu befinden.

Rhodan hatte eine Blitzkonferenz einberufen.

Icho Tolot und Hisso Rillos waren an Bord gekommen. Sie besaßen – wie üblich – die besten Auswertungsergebnisse.

Tolots mächtige Gestalt überragte sämtliche Schalteinheiten der Zentrale. Er versuchte, sich verständlich auszudrücken.

„*Internraum* ist eine gute und zutreffende Bezeichnung. Auch der Begriff *Alpha-Schleuse* dürfte richtig sein. Ich bin überzeugt, daß es mehr als eine Möglichkeit gibt, die Schale der Hohlsonne zu durchdringen. Wir schätzen die Dicke dieser Schale auf etwa fünf Millionen Kilometer. Bei ihrem Umfang, ihrer Stärke und ihrer Dichte beinhaltet sie die Sonnenmasse einer Galaxis. Was das bedeutet, können Sie sich vorstellen."

„Eben nicht", gestand Perry Rhodan. „Sie konfrontieren mich hier mit Dingen, die sogar einen Aktivatorträger mit großer Erfahrung umwerfen. Tolot, wo, um Himmels willen, sind wir eigentlich gelandet?"

„Ich sagte es schon: In einem energetisch völlig neutralen Internraum der von einer Riesensonne schalenförmig umschlossen wird."

„Dann sollten wir so nahe der inneren Wandung verbrennen", warf Dr. Beriot erregt ein. „Die Oberflächentemperatur der Zelle beträgt jedoch nur hundertelf Grad Celsius. Wie erklären Sie sich das? Draußen, jenseits des Internraumes, tobte ein unvorstellbar gewaltiges Energiegewitter. Und hier . . .? Nichts!"

„Es ist sicher, daß die Hohlsonne künstlich erschaffen wurde. Wesen, die mit den Gewalten der Natur derart manipulieren können, finden auch einen Weg zur einseitigen Energieabstrahlung. Wir sind überdies sicher, daß der blaue Jetstrahl eine Art Ausgleichsventil zur Erhaltung des inneren strukturellen Reflektorschirmes ist. Der Aufbau dieser Sonne muß vor etwa siebzigtausend Jahren Ihrer Zeitrechnung geschehen sein."

„Als die Retortenwesen munter wurden, wie?" warf Roi Danton spöttisch ein. Tolot neigte den Kopf. Er wußte, daß er von diesen „Retortenwesen" abstammte. Roi entschuldigte sich hastig.

Tolot hob beschwichtigend die Handlungsarme.

„Sie haben die Wahrheit gesagt. Die damaligen Okefenokees waren auf dem höchsten Stand ihrer Wissenschaft angelangt. Sicherlich hatte man schon lange vor dem Entstehen der ersten Bestien – *ich* darf den Begriff ruhig gebrauchen! – Sonnenexperimente durchgeführt. Hier muß es eine gewaltige Zentrumssonne gegeben haben. Sie wurde künstlich zur Nova aufgeheizt. Der expandierende Stern verschlang alle in der Nähe stehenden Nachbarsonnen, wahrscheinlich viele Millionen. Somit gewann er an Energie und Masse. In dem Internraum gibt es keine einzige Sonne mehr. Planeten, die sich hier befinden, müssen *nach* der technisch herbeigeführten Stabilisierung der Gigantnova durch Struktur- oder Materierisse der bekannten Art in den Hohlraum transportiert worden sein. Fragen Sie mich nicht, wie man eine zur Explosion angeregte Supernova in ihrer natürlichen Ausdehnung anhalten und sie dazu bringen kann, einen Hohlraum zu bilden.

Technisch-wissenschaftliche Leistungen von einem derart überragenden Format sind bei allen Völkern, die ich kenne, überwiegend auf die Furcht vor einem drohenden Unheil zurückzuführen. In solchen Fällen läßt man jede Hemmung fallen und stellt Mittel für Forschungszwecke zur Verfügung, die in Zeiten der Ruhe und Ordnung nie und nimmer bewilligt werden würden.

Wir stehen einem Phänomen gegenüber. Die damaligen Okefenokees, sicherlich das herrschende Volk in M 87, suchten Schutz vor dem Ergebnis ihrer Bio-Experimente. Sie hatten gegen ihre Feinde die ideale, lebende Kampfmaschine erschaffen wollen. Es gelang ihnen, aber die übermächtigen Wesen entzogen sich der Kontrolle. Zu der Zeit ist dieses Versteck entstanden. Kein Raumschiff kann die fünf Millionen Kilometer dicke Sonnenschale jemals durchdringen, es sei denn, man transportiert es mit einem Spezialtransmitter. Für die Täuschungsplanung mit der KC-21 dürfte es enorm wichtig sein, die von mir erwähnten Daten noch in die Verhandlungsunterlagen einzubauen. Wissen ist in unserem Falle mächtiger als hundert Schlachtflotten."

„Veranlassen Sie das, Doktor", unterbrach Rhodan. Bysiphere nickte nur. Er ließ seinen Bandaufzeichner laufen.

Hisso Rillos, der die Brutstation im Hyperraum entdeckt und schließlich den Weg in die Kugelgalaxis M 87 gefunden hatte, meldete sich.

„Logischerweise sollte es in einem mit solchem Aufwand erschaffenen Sicherheitsversteck auch gute Wohnmöglichkeiten für die Schutzsuchenden geben, also für die regenerierten Okefenokee-Zwerge.

Mein Rat: Warten Sie die Lösung der vielen Rätsel in Ruhe ab. Suchen Sie nach Planeten, die nach der Stabilisierung der explodierten Ursonne in den ungefährlich gewordenen Internraum eingeschleust wurden. Ich an Ihrer Stelle würde besonders an den genauen Mittelpunkt der Sonnenhohlkugel denken. *Ich* hätte meine Wohnwelt dort verankert!"

Rillos hatte noch nicht ausgesprochen, da meldeten sich Gucky und Ras Tschubai. Der Mausbiber erschien auf einem Bildschirm.

„Der Planet Alpha-Schleuse aktiviert einen Goldreiftransmitter. Ein Irrtum ist ausgeschlossen. Ich nehme an, daß die letzten zweiundzwanzig Okefenokees nun genau zu dem Planeten abgestrahlt werden, von dem Hisso soeben gesprochen hat. Wahrscheinlich mußte man den Leuten nach den beiden Transportvorgängen eine Stunde Erholung gönnen. Jetzt geht es weiter. Vorsicht – der Transmitter steht. Jetzt wird er auf Leistung hochgefahren."

Fünf Sekunden später schlugen die Strukturtaster der CREST an. Der Transmitter hatte gesendet.

Das Ortungsergebnis war eindeutig: Die abgestrahlten Körper waren im Mittelpunkt des Internraumes von einer Empfängerstation aufgenommen worden.

Rhodans Devise lautete jetzt nur noch: Keine Zeit verlieren, die Überraschung ausnutzen.

Die CREST nahm Fahrt auf, noch ehe die beiden halutischen Kommandanten Zeit fanden, auf ihre eigenen Schiffe zurückzukehren. Ziel war das Zentrum des Internraumes.

Die CREST flog mit höchster Abschirmleistung eines Kalupkonverters. Dennoch war sie wesentlich langsamer als der Transportstrahl des Goldreiftransmitters.

Rhodan wußte, daß es auf jede Sekunde ankam. Noch während des Linearflugs begab sich Atlan an Bord der KC-1. Alle neunundvierzig Korvetten waren klar zum Alarmstart. Die Piloten und Orter der fünfhundert Moskito-Jets saßen ebenfalls abflugklar in ihren Maschinen. Atlan war mit dem Oberbefehl über die außenbords operierenden Streitkräfte betraut worden.

Auf dem Zielschirm der Linearflugautomatik zeichnete sich ein großer Planet ab. Er mußte somit ein Hyperstrahler sein.

Als die CREST ankam und in den Einstein-Raum eintauchte, betrug ihre Normalfahrt nur zehntausend Kilometer pro Sekunde. Während des Fluges hatte sich die absolute energetische Neutralität des Internraumes bewiesen. Die Verhältnisse glichen jenen in den sternärmsten und energetisch ruhigsten Zonen der Heimatgalaxis. Es war ein gefahrloses Fliegen in allen Dimensionsbereichen möglich.

Sofort nach dem Eintauchmanöver begann die Ortung zu arbeiten. Jedermann erblickte ein künstlich angelegtes und formiertes Planetensystem, das während der Reise im Zwischenraum nicht bemerkt werden konnte.

Der vorher schon ausgemachte Planet bildete den korrekten Mittelpunkt eines aus acht Planeten bestehenden Rades. Der Durchmesser dieses Planetenringes betrug einhundert Millionen Kilometer.

Der als Radnabe dienende Zentralplanet war ein Methan-Ammoniak-Gigant mit einem Durchmesser von 146000 Kilometern und einer Schwerkraft von 3,86 Gravos.

Atlan wartete die sofort beginnenden Fernmessungen nicht ab. Ihm genügte es, zu wissen, daß die KdZ nach dem Ausbau der Sonnenhohlkugel neun große Planeten eingeschleust und im Zentrum des Internraumes verankert hatten.

Rhodan taufte die Ansammlung der Himmelskörper auf den Namen *Wheel-System*. Den als Nabe dienenden Ammoniakgiganten bezeichnete er mit *Wheel-Center*.

Die erste Auswertung kam über Funk durch, noch ehe die erste Korvette aus den Hangars schoß.

„An Atlan, Ortung spricht. Keiner der Planeten beschreibt eine Umlaufbahn um Wheel-Center. Das gesamte System steht absolut still. Die Planeten rotieren lediglich um ihre Polachsen. Achtung – hier die zweite Auswertung. Wheel-Center, die Nabenwelt, ist ein ungeheurer Hochenergiestrahler. Es wird mit Gewißheit festgestellt, daß dort wichtige Schaltanlagen untergebracht sind. Wir nehmen an, daß der Riese die Schlüsselwelt in dem künstlichen System ist. Ende."

Die vollpositronische Sofortauswertung hatte knapp zwei Minuten gedauert. Während dieser Zeitspanne waren die fünfhundert Moskito-Jets bereits ausgeschleust worden.

Die Korvettenflottillen verließen gleichzeitig das Ultraschlachtschiff. Nach nur fünf Minuten hatte die CREST die Beiboote entlassen.

Nochmals drei Minuten später lösten die beiden Haluter die Verankerung und stießen zu Atlans Kampfverbänden vor.

Als die Haluter ablegten, stand die CREST noch dreihundert Millionen Kilometer vom Wheel-System entfernt.

Für die KdZ mußte das Auftauchen des Ultraschlachtschiffes eine Überraschung ersten Ranges bedeuten. Sie hatten wahrscheinlich erst davon erfahren, als der Empfangsplanet Alpha-Schleuse die Ankunft eines unbekannten Körpers gemeldet hatte.

Rhodan und der Lordadmiral hatten ihren Plan in wenigen Minuten auf die überraschenden Gegebenheiten eingestellt. Viele der unbekannten Faktoren hatten sich von selbst aufgelöst. Nun konnte man sie berechnen und in das Vorhaben einbeziehen.

Atlan versäumte keine Sekunde. An Bord der KC-1 befanden sich die Mutanten Gucky und Ras Tschubai. Sie standen in voller Kampfausrüstung in der Zentrale und hörten sich Atlans letzte Anweisungen an.

„Bitte genau aufpassen. Uns kommt es darauf an, einen zweiten Trumpf in die Hand zu bekommen; diesmal aber einen echten Trumpf. Wir stoßen ganz allein in das Wheel-System vor und erscheinen unverhofft über dem Zentralplaneten. Bysiphere und die Haluter behaupten, daß die sogenannte gesteuerte Spiegelreflexion der Hohlschale von Wheel-Center aus beherrscht wird. Falls man diese Welt zerstört, dürfte es im Internraum zu einem energetischen Chaos kommen. Das nutzen wir aus. Hole Hohle wird die Korvette so dicht über dem Riesenplaneten zum Stillstand bringen, daß ihr gefahrlos teleportieren könnt. Jeder von euch besitzt eine Miniatur-Arkonbombe neuester siganesischer Produktion. Eure Bomben greifen Ammoniak und Methan an. Das neue Prinzip besteht darin, die programmierten Elemente so schnell zur Kernreaktion anzuregen, daß der Atombrand im Zeitraum von vier Stunden eine umfassende Vernichtung herbeiführt. Die Bomben besitzen chemische Langlaufzünder, die nicht geortet werden können. Das Abschirmprinzip ist ebenfalls neu und hundertfach getestet. Die Waffen können auf keinen Fall mit irgendwelchen Spürgeräten ausgemacht werden. Sie besitzen nicht die geringste Eigenstrahlung. Wenn ihr also die beiden Arkonbomben an möglichst unzugänglichen Punkten ablegt, sind sie so gut wie unauffindbar.

Sucht euch einen guten Platz und kehrt sofort zur KC-1 zurück. Ihr habt drei Minuten Zeit. Ehe ihr zurückspringt, drückt ihr die Zünder. Sie laufen genau *zweiundsiebzig* Stunden. Wenn die Bomben bis dahin nicht durch einen einfachen Vorgang entschärft werden, ist der Zentralplanet nicht mehr zu retten. Wir hoffen aber zuversichtlich, daß wir den KdZ vorher den Lageort bekanntgeben können. Merkt euch daher sehr genau, wo ihr eure Bomben versteckt. Sie müssen gefunden werden können! Die Drohung mit diesen Waffen wird entscheidend für unsere Verhandlungen mit den KdZ sein. Alles klar?“

Major Hole Hohle entwickelte sich zum Spezialisten für Risikoanflüge. Er jagte sein kleines Schiff durch die Halbraumzone und kam so dicht über der Atmosphäre des Riesenplaneten heraus, daß die Gasmassen schon wieder in Weißglut aufleuchteten.

Diesmal war es nebensächlich. Da die Ortungsgefahr jede Bedeutung verloren hatte, tauchte die Korvette im Schutz ihres grünen Hochenergie-Überladungsschirmes auf. Der davor tobende Glutorkan wurde bedeutungslos.

Gucky und Ras Tschubai sprangen gleichzeitig. Im Moment ihres

Verschwindens liefen die Stoppuhren an. Die Teleporter hatten drei Minuten Zeit, keine Sekunde länger.

Atlan glaubte nach wie vor an das Überraschungsmoment. Wahrscheinlich hatten die KdZ mit dem Erscheinen der CREST und des ausgeschleusten Verbandes gerechnet. Nun aber erschien lediglich ein kleines Einzelschiff.

Hole Hohle riß die Korvette mit hoher Schubleistung aus der Gasschicht heraus und stieß wieder in den Raum vor. Die Positronik lief. Sie würde das Bremsmanöver einleiten, das Boot stoppen und es genau nach drei Minuten wieder zum Startpunkt der Mutanten zurückbringen.

Atlan lauschte auf das Donnern der Triebwerke. Auf den Bildschirmen schrumpfte Wheel-Center zusammen.

„Bereiten Sie sich auf einen heißen Empfang vor", sagte er zu Hohle. „Wenn wir wieder auftauchen, dürften die fraglos vorhandenen Abwehrforts des Planeten eingerichtet sein."

„Sicher, Sir. Bei der Überlegung frage ich mich, wo hier die Wachflotte ist. Oder haben Sie etwa ein Dumfrie-Raumschiff geortet? Ich nicht!"

Atlan hatte längst über das zweite Phänomen nachgedacht und eine Lösung gefunden.

„Ein Volk, das sich mit derart extremer Geheimhaltung von der Außenwelt absondert, wird sich hüten, zahlreiche Untergebene einzuweihen. Hier dürfte es nie eine Flotte, ja nicht einmal ein vereinzeltes Kampfschiff gegeben haben. Die Sonnenschale und der komplizierte Einlaßvorgang genügten. Das wird sich aber ändern, verlassen Sie sich darauf! In wenigen Stunden wird man sich dazu durchgerungen haben, das jahrzehntausendealte Tabu aufzuheben. Vorsicht, wir beginnen mit dem Bremsmanöver. Feuern Sie auf jedes Abwehrfort, das Sie mit Ihrer Energieortung ausmachen können. Die Stationen dürften robotgelenkt sein."

Ras Tschubai hatte seine Aufgabe erfüllt. Seine Arkonbombe lag in einer Bodenspalte. Er hatte sich die Position genau gemerkt.

Gucky hatte noch schneller gehandelt. Sein Sprengkörper ruhte in einem engen, aber tiefen Hohlraum auf der Spitze eines Berges.

Zu diesem Zeitpunkt kehrte die KC-1 zum Aufnahmepunkt

zurück. Jenseits des Horizontes, kaum noch wahrnehmbar, schossen glühende Energiebahnen in die Luft. Gucky sprang.

Fast gleichzeitig mit Ras Tschubai erreichte er die Zentrale.

„Habt ihr die Liegeorte eurer Bomben genau festgehalten?" fragte Atlan.

„Gefilmt, in die Pläne eingezeichnet und überdies im Kopf behalten."

Atlan nickte Ras zu.

„Ausgezeichnet. Auf der CREST wird man bereits Karten angefertigt haben. Die Positionen müssen exakt markiert werden. Wenn die KdZ aus unerfindlichen Gründen jede Todesdrohung mißachten, werden wir ihnen in letzter Sekunde die Positionen bekanntgeben. Es wäre sinnlos, dieses wundervolle System zu vernichten, ohne damit die Heimkehr erzwingen zu können."

33.

„Es kommt immer so, wie es kommen muß", erklärte Roi Danton mit einem tiefen Seufzer. „Und was nun, meine Herren Genies? Ich möchte den Begriff ‚fatal' gebrauchen, Grandseigneur."

Rhodan hörte nicht auf die Worte. Er sah nur noch auf die Echoschirme der energetischen Ferntaster.

„Mindestens fünftausend Einheiten", erklärte Merlin Akran. „Kann mir jemand verraten, wie man das meiner Obhut anvertraute Flaggschiff der Solaren Flotte ungefährdet durch die Sonnenschale bringen kann? Ich möchte nämlich, wenn Sie gestatten, türmen gehen!"

Danton runzelte die Stirn, führte seine Lorgnette vor die Augen und schaute den Epsaler an.

„Herr Oberst sind erstaunlich offen. Sie haben meine eigenen Gefühle ausgedrückt. Zwar etwas vulgär, aber immerhin . . .!"

Atlan meldete sich über normallichtschnellen Bildfunk. Seine Kampfverbände standen in Abschirmpositionen über und hinter der CREST.

„Ihr werdet die durch eine Transmitterschleuse einfliegenden

Dumfries ebenfalls geortet haben. Es wird Zeit. Phase drei läuft an. Gibt es noch Fragen?“

„Nein“, sagte Rhodan schwer, „keine mehr, denn alles, was wir tun, ist ohnehin fraglich. Merlin, klar für Phase drei. Stoßen Sie zum Wheel-System vor. Entweder wir bluffen sie, oder . . .!“

Er unterbrach sich und wandte sich von den Bildschirmen ab.

Die Triebwerke der CREST begannen wieder zu donnern. Sie nahm Normalfahrt auf, ging kurzfristig in den Linearraum und erschien nur eine Million Kilometer vor einem jener Himmelskörper, die in ihrer Gesamtheit das Planetenrad des Internraumes bildeten.

Die hohe Eintauchfahrt wurde aufgehoben. Gleich darauf schwenkte das Flaggschiff in eine weite Kreisbahn ein, die im Laufe der Zeit um das Wheel-System herumführen mußte.

Noch vor dem Anflug hatte man die acht Welten des Rades fernanalysiert. Es handelte sich ausschließlich um blühende Planeten mit einer gut atembaren Sauerstoffatmosphäre. Keiner war kleiner als die Erde. Fünf davon besaßen einen größeren Umfang, jedoch eine geringere Dichte. So ergab sich ein konstantes Schwereverhältnis von 1,04 Gravos im Mittel. Die Temperatur betrug unveränderlich 32,5 Grad Celsius.

Trotz ihrer Eigenrotation gab es auf keinem Himmelskörper eine Tagundnachtgleiche. Das allgegenwärtige Licht der inneren Sonnenschale traf die planetarischen Oberflächen, wo immer sie sich im Verlauf ihrer Drehung befanden.

Es stand fest, daß die acht Himmelskörper des Rades in Wohn-, Fabrikations- und Bedarfsgutwelten eingeteilt waren. Hier hatten sich Mächtige, denen die Geheimnisse der Natur bis zu den Grenzbereichen bekannt waren, ein hervorragend ausgestattetes Domizil erschaffen. Einer der Planeten glich einer dampfenden Dschungelwelt. Es wurde vermutet, daß die Konstrukteure dort verschiedenartigen Jagdvergnügen oder sonstigen abenteuerlichen Erlebnissen nachgingen.

Seit einer Stunde schon war ein nahezu hektischer Funkverkehr zwischen den einzelnen Planeten aufgefangen worden. Auch Transmitterverbindungen waren ausgemacht worden.

Alpha-Schleuse war allein mindestens zwanzigmal per Hyperfunkrichtstrahl angerufen worden. Die Entzifferung des verwendeten Kodes war noch nicht gelungen.

Nachdem Alpha-Schleuse geantwortet hatte, waren die Dumfries erschienen. Der riesige Strukturspalt in der Sonnenkugel war über dreitausend Lichtjahre hinweg einwandfrei zu sehen.

Beim Einflug der Dumfries war zu Bysipheres Verblüffung festgestellt worden, daß es sich *nicht* um einen Transmittervorgang handelte. Die Schiffe flogen mit eigener Kraft durch den kosmischen Atomofen hindurch. Selbst die Haluter konnten sich nicht vorstellen, wie man eine fünf Millionen Kilometer dicke Sonnenschale dazu zwingen konnte, vor einem Kampfverband einfach ein Tor zu öffnen. Es war ungeheuerlich und nahezu unfaßbar.

Der Durchmesser des exakt kugelförmigen Internraumes war mittlerweile auch festgestellt worden. Die lichte Weite betrug genau 6620 Lichtjahre. Also war Tolots von außen erfolgte Messung bemerkenswert richtig gewesen.

An all diese Dinge mußte Rhodan denken, als er nun in eigentümlich steifer Haltung durch die Zentrale schritt. Vor ihm öffneten sich die transparenten Panzerschleusen der Funkzentrale.

Major Wai Tong, klein, dunkel und drahtig, war die Ruhe selbst. Er begrüßte Rhodan und sagte:

„Die von den KdZ verwendeten Frequenzen stehen in beiden Dimensionsbereichen fest, Sir. Ich möchte Ihnen vorschlagen, wegen der für Normalimpulse zu großen Entfernung den Hyperfunk anzuwenden. Wir setzen eine Rundstrahlsendung mit hunderttausend Kilowatt Leistung ab. Das genügt, um die anfliegenden Dumfries mithören zu lassen."

„Sehr schön. Und warum legen Sie Wert darauf?"

Wai Tong sah sich nach den Männern seiner Zentrale um. Er zögerte.

„Sir, wir haben etwas mitgedacht. Der Kommandeur der Dumfries scheint recht labil zu sein."

„Sind Sie denn sicher, daß es sich um den gleichen Befehlshaber handelt, dessen Flotte über Monol stand?"

Rhodan wirkte plötzlich interessiert. Neue Aspekte zeichneten sich ab.

„Ganz sicher, Sir. Das sind genau die Verbände, die nahe der Alpha-Schleuse standen. Einer meiner Funker hat einen Kollegen auf der anderen Seite an seinem typischen Durchgaberhythmus wiedererkannt."

Rhodan zwang sich zu einem Auflachen.

„Ich gratuliere. Es sind also die gleichen Dumfries, die wahrscheinlich zum ersten Male in ihrer Geschichte das Wunder des Internraumes sehen dürfen. Die KdZ haben um Hilfe gerufen. Erstaunlich, welche Aufmerksamkeit man einem vereinzelten Terraschiff schenkt. Was haben Sie nun vor? Sprechen Sie ganz offen, bitte. Ich bin für die Mitarbeit jedes tüchtigen Mannes dankbar."

Wai Tong lächelte maskenhaft.

„Der Dumfriekommandeur wird wegen der erwiesenen Gnade innerlich beben. Es hat es nicht gewagt, Hole Hohle bis auf die Monoloberfläche zu verfolgen. Er hat auch andere Fehler gemacht. Wenn Sie nun mit den KdZ sprechen, wird es fraglos zu einer gewissen Überlappungspause kommen. Schließlich haben wir etwas zu bieten. Ich möchte gerne, daß der Dumfriekommandant mithört. Wenn der das geringste Schwanken seiner gottähnlichen Meister bemerkt, wird er wahrscheinlich sehr spät, oder überhaupt nicht auf seine Feuerknöpfe drücken. Das ist eigentlich alles, Sir."

Rhodan ging wortlos davon. Roi blinzelte dem Chef der Funkzentrale zu. Dann wurde es still. Jedermann wollte Rhodans ersten offenen Funkanruf mithören.

Die Sendung wurde auch auf Atlans Kampfeinheiten verfolgt; sicherlich aber auch auf den Dumfrieschiffen, die soeben nach einem schnellen Linearflug im Normalraum auftauchten.

Atlan hörte Rhodans Anruf aus den Lautsprechern klingen. Dann begann der Lordadmiral zu lächeln.

Rhodans Stimme klang durchaus nicht mehr rauh und aufgeregt. Sie war hart, fordernd und entwickelte hier und da einen ironischen Unterton.

„Er ist immer noch der Terraner von damals! Nur weiter so."

„. . . rufe Sie nicht noch ein drittes Mal an! Ich wiederhole: Hier spricht Perry Rhodan, Großadministrator des Solaren Imperiums und Oberbefehlshaber der Solaren Flotte. Ihre Hilfseinheiten gehen auf Angriffsposition. Ich bitte Sie dringend, dem Dumfriebefehlshaber sofort Anweisung zur Wahrung eines Waffenstillstandes zu geben. Warum melden Sie sich nicht? Ich weiß, wer Sie sind. Ich kenne das Geheimnis des Kristallplaneten, und ich bin auch über Ihre hyperbiologische Regenerierung informiert. Ein Beiboot meines Flaggschiffes, die KC-21, steht außerhalb Ihres Internraumes auf

Warteposition. Wenn wir nicht zurückkehren, wird es nach einem bestimmten Zeitpunkt einen uns bekannten Stützpunkt der Bestien anfliegen und sämtliche Geheimdaten über Sie ausliefern. Sie haben mich durch Ihr intolerantes Verhalten zu der Vorsichtsmaßnahme gezwungen.

Falls Sie die Dumfries dennoch angreifen lassen, weil Sie vielleicht der Meinung sind, ich würde Sie belügen, so darf ich Ihnen versichern, daß der Zentralplanet Ihres künstlichen Radsystems von einem unlöschbaren Atombrand vernichtet werden kann. Es wird uns außerdem gelingen, noch mindestens vier der fünf Ringplaneten in Atomsonnen zu verwandeln. Bitte, melden Sie sich! Sie kennen meine Bitte um die Überlassung von zwei Paratronkonvertern. Ich bin bereit, Sie gebührend zu entschädigen. Allerdings muß ich auch noch die Garantie für einen ungestörten Heimflug erhalten. Melden Sie sich . . .!"

Atlan entschloß sich zum Eingreifen. Perry Rhodans Gesicht war auf allen Bildschirmen zu sehen. Es war sicher, daß die Okefenokees die Sendung ebenfalls empfingen.

Atlan wandte sich an die Zentralebesatzung der KC-1.

„Wundern Sie sich nicht, wenn ich jetzt den bösen Mann spiele. Ich bluffe. Hole, schalten Sie mich in die Sendung ein."

Rhodan sah auf einem zweiten Bildschirm Atlans Gesicht auftauchen. Das weißblonde Haar des Arkoniden glänzte wie Silber. Sein Gesicht war unbewegt.

„Lordadmiral Atlan, Chef der USO, spricht. Ich schalte mich in das Gespräch ein. Ich . . .!"

Atlan verstummte, kaum daß er begonnen hatte. Die Energietaster schlugen aus. Über dem Riesenplaneten Wheel-Center war unverhofft ein planetenumspannendes Energiefeld entstanden. Es erlaubte keinen optischen Durchblick mehr. Die Meßergebnisse bewiesen, daß es sich um einen 5-D-Schirm von der Art des terranischen HÜ-Feldes handelte.

Atlan begriff blitzschnell den Sinn der Maßnahme. Rhodan ebenfalls, aber der Arkonide sprach schneller.

„Wir bemerken Ihren Energieschirm über der Zentralwelt. Sie glauben, wir müßten die von uns abgelegten Sprengkörper funktechnisch fernzünden. Das ist ein Irrtum! Die Anregungsbomben besitzen chemische Zeitzünder, die bereits seit zwei Stunden laufen. Ihr Energiefeld ist zwecklos. Sie werden unterdessen verstanden haben, weshalb ich mit einem kleinen Raumschiff allein vorstieß. Der Anflug hatte lediglich den Zweck, die Bomben durch unsere Mutanten ablegen zu lassen. Das zu Ihrer Information. Ich rufe Perry Rhodan. Achtung, Sondernachricht. Die sogenannten Konstrukteure des Zentrum können mithören. Perry, bitte melden . . .!"

„Anruf verstanden. Bitte . . .?"

„Ich mache von meinen Vollmachten Gebrauch. Die zwecklose Verhandlungsführung mit offenbar verständnislosen Lebewesen zwingt mich, mit meinen Verbänden die Front zu verlassen. Ich greife an."

„Das wirst du nicht tun!" gab Rhodan offenbar erregt zurück.

Das Psychospiel hatte in letzter Phase begonnen. Atlan zwang sich dazu, den Freund anzubrüllen.

„Ich lasse mich nicht länger hinhalten", schrie er. Sein Gesicht verzerrte sich. „Wir sind durch diese Leute ununterbrochen in Schwierigkeiten geraten. Ehe ich untergehe, werden diese Planeten explodieren. Meine Moskitojäger werden ein Wort mitsprechen. Mir genügt es, wenn von fünfhundert Einheiten acht Jäger die Feuermauer der Abwehr durchbrechen. Ich würde dir raten, meinem Beispiel zu folgen. Ende.

Achtung, an alle Besatzungen der Beibootverbände: Greifen Sie an nach Planung Cäsar, ich wiederhole – Angriff nach Planung Cäsar. Die Anweisungen des Großadministrators sind ab sofort nicht mehr zu befolgen. Ausführung, Absetzen vom bisherigen Abfangkurs."

Hole Hohle schaltete ab. Er schwitzte.

„Ob die das glauben, Sir?"

„Egal, wir riskieren es. Absetzen."

Fünfhundert Moskitojäger ruckten plötzlich an. Sie schossen mit flammenden Triebwerken auf vertikalem Ausweichkurs davon. Die Korvetten rasten mit Überhöhungskurs von fünfundvierzig Grad auf das System zu. Die beiden Haluter verschwanden überraschend im Linearraum und tauchten hinter der sichelförmig und in der Höhe gestaffelten Dumfrieflotte wieder auf.

Rhodan ging auf das Spiel ein. In offenen Hyperfunksprüchen schrie er Befehle hinter den abfliegenden Kleinverbänden her. Niemand antwortete.

„Die Dumfries erreichen in einer Minute die Schußentfernung für ihre Malmstrahler", meldete die Ortung.

Rhodan umkrampfte die Armlehnen des Sessels. Genau in diesem Augenblick klang eine tiefe, volltönende Stimme aus den Lautsprechern des Hyperkoms.

„Die *Neundenker* weisen den Kommandeur der in bester Pflichterfüllung anfliegenden Dumfries an, den Kurs zu ändern, auf einen weiten Sicherheitsabstand einzuschwenken und bis auf weiteres auf die Eröffnung der Feindseligkeiten zu verzichten. Bestätigen Sie die Anweisung."

Es war ein klarer Befehl der Unbekannten. Der Dumfriekommandant meldete sich sofort. Er sprach ebenfalls offen im Zentrumsidiom.

„Ich habe verstanden, Druitor. Ich werde auf einen Angriff verzichten."

Rhodan beherrschte sich mustergültig. Nichts verriet den in ihm aufbrandenden Jubel. Atlans anscheinend unbeherrscht hervorgebrüllte Drohungen hatten gewirkt.

Perry Rhodan wußte, daß er die Konstrukteure des Zentrums völlig überrumpelt hatte.

Auf den Bildschirmen war ein überraschend hochgewachsener Okefenokee zu sehen. Sein Gesicht wirkte wie versteinert. Neben ihm stand Eynch Zigulor. Die beiden hyperregenerierten Okefenokees trugen die Tracht ihrer Heimatwelt Pompeo Posar: weite, wallende Gewänder von veränderlicher Leuchtkraft und Farbtönung.

Zigulor sprach.

„Die Neundenker haben ihre vorbereitenden Beratungen abgeschlossen. Wie Sie vernommen haben, wurden die Dumfries zurückgeschickt."

„Ja, vielen Dank. Es war Zeit. Der Lordadmiral hätte sich nicht länger hinhalten lassen."

„Das gab ich zu bedenken. Ich kenne ihn. Entspricht Ihre Behauptung den Tatsachen?"

„Welche, bitte?"

„Die Entstehung eines Atombrandes auf der Energiewelt."

Aus Zigulors geschickter Andeutung über Atlan hatte Rhodan bemerkt, daß der Wissenschaftler richtig gehandelt hatte. Wahrscheinlich war es seinem Drängen zu verdanken gewesen, daß sich die Neundenker zu einem schnellen Abblasen des schon begonnenen Angriffes entschlossen hatten. Die Drohung mit der Vernichtung Wheel-Centers schien aber eine noch größere Rolle zu spielen.

„Sie ist richtig. Es ist dem Lordadmiral gelungen, durch zwei Mutanten Arkonbomben auf der Zentralwelt abzulegen. Die Zünder laufen genau zweiundsiebzig Stunden unserer Standardzeit. Die Bomben können leicht entschärft werden. Voraussetzung dazu ist, daß man sie vorher findet. Ich bin bereit, Ihnen die sehr genau registrierten Lageorte bekanntzugeben. Bitte, bestätigen Sie den Regierungsmitgliedern, daß wir parapsychisch begabte Lebewesen an Bord haben, die tatsächlich in der Lage sind, zwei Anregungskörper zur Erzeugung eines Atombrandes abzulegen. Richten Sie auch ferner aus, daß der Versuch, die Bomben zu finden, zwecklos ist. Sie entwickeln keine Eigenstrahlung und können nicht geortet werden."

Der hochgewachsene Okefenokee schloß für einen Moment die Augen. Man vernahm seinen tiefen Atemzug. Zigulor bestätigte Rhodans Behauptung. Er kannte die Mutanten.

Ein Offizier schob Rhodan einen beschriebenen Zettel zu. Er stammte von den Galaktopsychologen. Rhodan las:

„Eine erstaunliche Reaktion! Die Drohung mit der KC-21 ist für die KdZ zweitrangig. Dagegen ist es sicher, daß die Vernichtung der Energiewelt den Untergang des Internraumes bedeuten würde. Sehen Sie die KC-21 bitte ebenfalls als sekundäre Verhandlungsgrundlage an."

Rhodan nickte den Wissenschaftlern zu. Die Auffassung war richtig.

Der unbekannte Okefenokee rang sich zu einem Entschluß durch. Endlich sprach er die ersten Worte. Es war der Mann, der den Rückzugsbefehl an die Dumfries gegeben hatte.

„Ich bin Baloon Recizan, der Sprecher der Neundenker. Ihre Entscheidungen und Maßnahmen, die Sie seit Ihrem Erscheinen in unserer Galaxis getroffen haben, beweisen, daß wir es mit Denkern der Klarheit zu tun haben. Sind Sie militärisch oder kraft Ihrer Persönlichkeit noch in der Lage, Lordadmiral Atlan von gewissen voreiligen Handlungen abzuhalten?"

Rhodan antwortete mit gebotener Verbindlichkeit:

„Ich kann dafür garantieren, Druitor."

Der Neundenker war die Beherrschung in Person. Er war fraglos ein kluger und gefährlicher Verhandlungspartner.

„Wir haben Ihre Erklärung zur Kenntnis genommen. Wie uns berichtet wird, fordern Sie von uns zwei Paratronkonverter mit genau bezeichneten Konstruktions- und Leistungsdaten?“

„Ich *bitte* darum, Druitor. Deshalb sind wir in Ihren Internraum eingedrungen. Es war nicht besonders schwierig, nachdem wir Ihre Geheimnisse erkundet hatten.“

Baloon Recizan überging den versteckten Hinweis auf die KC-21, die mit diesen Daten irgendwo draußen in M 87 warten sollte.

„Ihre Bitte ist unerfüllbar. Sie können von uns nicht verlangen, zwei Raumschiffe der Bestien damit auszurüsten.“

Rhodan wurde etwas härter.

„Sie verwechseln die Begriffe. Unsere halutischen Freunde stammen zwar fraglos von jenen Lebewesen ab, die Sie ‚Bestien‘ nennen, aber sie haben mit ihnen weder politisch noch ethisch etwas zu tun. Haluter gehören zu den friedfertigsten und hilfsbereitesten Lebewesen unserer Heimatgalaxis.“

„Das bezweifeln wir. Niemand kennt die Diabolik der Retortenzöglinge besser als wir.“

„Sicherlich nicht. Sie haben sie vor siebzigtausend Jahren unserer Zeitrechnung biologisch konstruiert. Das war Ihr Fehler. Seltsamerweise sind die heutigen Haluter nach einem anfänglich sehr grausamen Vorgehen – das muß ich bestätigen – aus dem von Ihnen angenommenen Schema ausgebrochen.“

Der Druitor wirkte erstmals interessiert. Sein Gesicht spannte sich.

„Können Sie mir erklären, wodurch die Umwandlung herbeigeführt wurde? Wir halten sie für wissenschaftlich undurchführbar.“

Rhodan zögerte nicht mit der Antwort. Sie gehörte zur Generalplanung.

„Exakte Daten besitzen weder wir noch die Haluter. Es steht jedoch fest, daß sie als Modifikationen oder gar Mutationen der von Ihnen erzeugten Lebensform anzusehen sind. Die Umwandlung ihrer seelischen Einstellung erfolgte vor etwa fünfzigtausend Jahren. Wodurch es geschah, ob gewollt oder zufällig, werden wir nach unserer Heimkehr feststellen. Ohne die Hilfe unserer halutischen Freunde wären wir bereits heute den Nachkommen Ihrer Bio-Experimente unterlegen. Eynch Zigulor dürfte Ihnen berichtet haben, wie grausam die sogenannten Zweitkonditionierten mein Volk angreifen.“

Der Neundenker zögerte. Schließlich erklärte er:

„Wir sehen uns dennoch außerstande, Ihnen die beiden Konverter zu liefern."

Rhodan lehnte sich in dem Sessel zurück.

„Darüber sollten Sie nochmals nachdenken, Druitor. Die Zeitzünder unserer Bomben laufen bereits seit acht Stunden. Sie haben nur noch vierundsechzig Stunden Zeit! Ich kann Ihnen zu meinem größten Bedauern den Lageort nicht eher bekanntgeben, bis wir den Internraum wieder verlassen haben. *Mit* den Konvertern, die ich an Bord meines Schiffes nehmen und irgendwo in die halutischen Raumfahrzeuge einbauen möchte. Die Übernahme erfordert Zeit, und die besitzen Sie nicht mehr. Beachten Sie ferner, daß der Kommandant meines Beibootes handeln wird, wenn wir nicht unbeschadet zurückkehren. Sie dürften an einer Vernichtung des Kristallplaneten kaum interessiert sein."

Vor einer Stunde hatten die Neundenker die zweite Phase ihrer Verhandlungstaktik eingeleitet. Sie hatten Perry Rhodan und all seinen Besatzungsmitgliedern angeboten, auf einem eigens für sie geräumten Planeten zu landen und dort ihr Lebensende in größtem Luxus und jeder denkbaren Bequemlichkeit zu beschließen.

Die Raumschiffe sollten ausgeliefert und von den KdZ in Verwahrung genommen werden. Den Terranern war überdies volle Bewegungsfreiheit auf sämtlichen Welten des Internraumes zugesichert worden.

Rhodan hatte abgelehnt. Die KdZ schienen sich nur schwer vorstellen zu können, daß jedermann darauf brannte, nach Hause zu kommen. Sie schienen auch trotz ihrer philosophischen Einstellung, oder gerade deswegen, nicht folgerichtig zu begreifen, daß sich Rhodan und fünftausend andere Menschen um ihr Volk sorgten.

„Sie könnten durch Ihre Anwesenheit die Vernichtung Ihres Volkes auf keinen Fall aufhalten!" hatte Baloon Recizan erstmals erregt zu bedenken gegeben. „Die Bestien, die Sie Zweitkonditionierte nennen, sind mit Ihren Hilfsmitteln auf keinen Fall zu besiegen. Selbst wir waren gezwungen, zur Vermeidung einer Großinvasion den Internraum zu erschaffen. Ohne ihn wären wir schon vor langer Zeit ausgerottet worden."

Rhodan war entschieden anderer Meinung gewesen. Abschließend hatte er etwas spöttisch gesagt:

„Druitor, Sie sollten die Terraner eigentlich besser kennen! Wir haben Ihrer geballten Macht getrotzt, ein Zentralsystem der Retortenwesen gefunden, alle Rätsel aufgeklärt, und nun sind wir überdies noch in Ihren als unbezwingbar geltenden Lebensraum eingedrungen. Wir *müssen* nach Hause kommen! Die Menschheit *wird* die Zweitkonditionierten schlagen, verlassen Sie sich darauf. Sie sollten schneller handeln. Die Zeitzünder laufen immer noch."

Daraufhin hatte der Neundenker abgeschaltet. Die terranischen Raumschiffe verfolgten im freien Fall ihren Kurs.

Die Einladung zur Landung auf Wheel III, einer wundervollen Sauerstoffwelt mit parkähnlichen Landschaften, war vor zwei Stunden gekommen. Unterdessen hatten die Spezialisten der CREST die bisherigen Verhandlungsergebnisse ausgewertet.

Rhodan hatte seinen Besuch zugesagt. Bei ihm befanden sich die Hyperphysiker Bysiphere und Beriot. Die Mutanten Ras Tschubai, Gucky, Tronar und Rakal Woolver hielten sich bereits an Bord der KC-1 auf.

Rhodan betrat die Zentrale der Korvette. Major Hole Hohle meldete sein Schiff startklar.

Als Atlan durch die vordere Schleuse ebenfalls in die Zentrale kam, stutzte Rhodan.

„Nanu . . .!"

Atlan trug eine schwarze Kampfkombination veralteter Konstruktion. Sie stammte noch aus arkonidischer Fertigung, besaß stählerne Arm- und Beingelenke, sowie einen halbrunden Druckhelm mit großen Antennen.

Der Arkonide wirkte darin wie ein gepanzerter Ritter der terranischen Geschichte. Ein blutroter Schulterumhang, bis zu den Füßen reichend, erzeugte einen Kontrast, der den drohenden Eindruck verstärkte. Atlans Gürtel enthielt einen schweren Kombi-Waffenstrahler.

„Ich scheine zu wirken, wie?" amüsierte sich der Lordadmiral. „Fein, das wollte ich. Für die Okefenokees ist Schwarz die Farbe des Unheils. Ich habe es von Eynch erfahren. Blutrot liebt man auch nicht. Da ich nun als böser Mann gelte, habe ich mich entschlossen, diese Meinung noch etwas zu untermauern. Ich werde den unbeugsamen Mann spielen, der argwöhnisch und zum Zuschlagen bereit um sich starrt. Mein Verhalten wird entsprechend sein. Einverstanden, Terraner?"

„Einverstanden. Woher stammt die Kombination?"

„Sie ist sehr alt. Ich trug sie bereits auf meinem arkonidischen Flottenflaggschiff TOSOMA. Wie wirke ich auf schöngeistige Gemüter?"

„Bedrückend", lachte Rhodan. „Fliegen Sie los, Hole. Das Ziel ist Planet Nummer drei. Noch etwas . . .!"

Rhodan sah sich um. Gucky lag auf einem Andrucksessel; Tschubai saß auf der Lehne.

„Seid ihr beiden sicher, daß man euch den Lageort der Bomben nicht durch irgendwelche parapsychischen Mittel entlocken kann? Die KdZ dürften damit ausgerüstet sein."

Gucky winkte betont lässig ab.

„Längst daran gedacht. Wir sind wachsam. Außerdem werden wir auch auf der Wohnwelt zwei Bomben verstecken. Besser ist besser. Bei der geringsten Gefahr verschwinden wir."

„Merkt euch ja die Lageorte. Mir gefällt das nicht."

„Es spielt keine große Rolle mehr", warf Atlan ein. „Wenn wir unser Ziel nicht erreichen, kommen die KdZ eben in den Genuß, vier Arkonbomben entschärfen zu dürfen. Glaube mir, Freund, Druckmittel kann man in unserer Situation niemals genug haben. Außerdem werden die neuen Bomben zwölf Stunden länger laufen als die auf der Zentralwelt. Zündversager kann es keine geben. Wir sollten nicht länger auf uns warten lassen."

Die KC-1 nahm Fahrt auf. Sie überwand die vier Millionen Kilometer bis zu Wheel III in einem linearen Kurzmanöver, tauchte vor dem erdgroßen Planeten in den Normalraum ein und leitete den Landeanflug ein.

Vor dem Bugprallschirm begannen die verdrängten Luftmassen zu heulen. Diesmal flog Hole Hohle so, wie es sich gehörte.

Der zugesagte Leitstrahl wurde aufgefangen. Die Automatik schaltete sich ein und übernahm das Schiff.

Hole drehte sich zu Rhodan um.

„Sir, halten Sie es wirklich für richtig, sich in die Gewalt der KdZ zu begeben?"

Rhodan betrachtete aufmerksam die vorüberhuschenden Landschaften.

„Schön, wunderschön. Eine reine Wohnwelt mit allen erdenkbaren Annehmlichkeiten. Ja, Hole, ich halte es für richtig. Entweder wir gewinnen, oder es ist ohnehin alles verloren. Roi Danton hat den Befehl über den Verband übernommen. Falls uns etwas zustoßen sollte, wird er bis kurz vor dem Zündzeitbeginn Manöver fliegen und dann die Position der Bomben bekanntgeben. Anschließend wird er kapitulieren. Ohne den guten Willen der KdZ kommen wir nicht mehr aus dem Internraum heraus. Das sind die Tatsachen."

Die KC-1 landete auf einem weiten, von blühenden Parklandschaften umschlossenen Landefeld, das man kaum als Raumhafen ansprechen konnte.

Die Maschinen verstummten. Würzige, ausgezeichnet atembare Luft drang durch die aufgleitenden Schleusen.

Atlan und der Ertruser Melbar Kasom sonderten sich planmäßig von Rhodan und seinen Begleitern ab. Kasoms mächtige Gestalt war ebenfalls in einen schwarzen Kampfanzug gehüllt. Sein Gesicht wirkte noch starrer als das seines Chefs.

Eynch Zigulor erschien mit einem großen Bodenfahrzeug. Es glich jenen Gleitern, die auch auf Pompeo Posar verwendet wurden.

Zigulor war nervös. Er vermied es, die Terraner in vertraulicher Form anzusprechen. Er konnte auch offensichtlich keine näheren Auskünfte über den Verlauf der Verhandlungen geben. Rhodan nahm an, daß die Gespräche abgehört wurden.

„Ich bin beauftragt worden, Sie und Ihre Begleiter in die Halle der Beratung zu bringen. Die Neundenker haben auf eine Eskorte verzichtet. Darf ich bitten?"

Die Halle der Beratung war eine elegant geformte, freitragende Konstruktion, deren Überdachung auf irisierenden Antigravitationsfeldern ruhte. Die Energieströme glichen geschwungenen Säulen.

Die Neundenker waren anwesend. Es handelte sich um neun hyperbiologisch regenerierte Okefenokees von anscheinend höchstem Geistesstand. Baloon Recizan war wieder der Sprecher.

Das Innere der Halle erinnerte sehr stark an das Vorbild auf Pompeo Posar. Die Regierungsmitglieder saßen auf einer Mittelpunkt-Empore. Mindestens zehntausend Okefenokees gruppierten sich auf Schwebelogen und in der Höhe variablen Rängen. Hier waren also seit einigen Jahrzehntausenden alle wichtigen Entscheidungen gefallen.

Ganz im Hintergrund der Empore bemerkte Rhodan einen alten Bekannten. Es war der Druisant Kibosh Baiwoff, der mehr als einmal versucht hatte, die CREST zu vernichten. Das Gesicht des Chefs der Stützpunktingenieure war so ausdruckslos wie man es erwarten konnte. Auf seiner Brust glänzten die zweiundzwanzig blauen Steine des Zentrumsleuchtens.

Rhodan dachte an die Auswertung der Mediziner und Biologen. Nach einer eingehenden Untersuchung des durch einen Zufall ebenfalls hyperregenerierten Wissenschaftlers Dr. Jean Beriot stand fest, daß er unfruchtbar geworden war.

Wenn das auf die Okefenokees ebenfalls zutraf, mußten sie zur Erhaltung ihrer Art auf einen ständigen Nachschub vom Zwergenplaneten Pompeo Posar angewiesen sein. Dies zu wissen, war psychologisch wertvoll.

Eynch Zigulor wurde offenbar als Kontaktperson zwischen den Terranern und den Neundenkern eingestuft. Er bot Plätze an, regulierte die Schwerkraftfelder der dicht über dem Boden schwebenden Sessel und bemühte sich auch sonst um die Gäste. Sein Verhalten drückte in unauffälliger Form aus, daß die Neundenker verhandlungsbereit waren.

Atlan lehnte das Platzangebot schroff ab. Er blieb breitbeinig rechts von Rhodan stehen. Der Ertruser flankierte den Großadministrator auf der anderen Seite.

Rhodan schaute ostentativ auf die Uhr.

„Sie haben sehr viel wertvolle Zeit versäumt. Die Bomben explodieren in siebenundfünfzig Stunden. Darf ich ohne lange Umschweife fragen, wie Ihre Entscheidung lautet?"

Ehe er eine Antwort bekam, sprach sein Armbandgerät an. Hole Hohle erschien auf dem winzigen Bildschirm.

„Kommandant der KC-1 an Perry Rhodan: Die Teleporter haben das Schiff verlassen. Es wurde versucht, eine parapsychische Suggestivblockade aufzubauen. Der Angriff richtete sich ausschließlich gegen die offenbar exakt angemessenen Hirnwellenmuster der Mutanten, die sich von unseren erheblich unterscheiden. Die Teleporter führen soeben den Befehl des Lordadmirals aus."

Recizan erhob sich aus seinem Schwebesessel. Er war erregt.
„Darf ich fragen, was . . .“
„Nichts dürfen Sie fragen!“ erklärte Atlan übermäßig laut und mit äußerster Schärfe. „Ihren Versuch habe ich vorausgesehen. Die Mutanten unterstehen meinem Befehl. Sie haben gegen unser Abkommen gehandelt und versucht, die Lageorte der beiden Bomben aus dem Erinnerungsvermögen meiner Untergebenen zu erfahren. Mein Befehl bekam somit Gültigkeit.“
„Welcher Befehl?“ fragte Rhodan dazwischen.
„Seit einer Minute gibt es auf der Wohnwelt dieses Systems ebenfalls zwei Arkonbomben mit einer Laufzeit von zweiundsiebzig Stunden. Das ist alles. Ich lasse mich nicht an der Nase herumführen.“
Rhodan registrierte die aufbrandende Erregung mit gebotener Sachlichkeit. Es dauerte eine Weile, bis die Neundenker die Sachlage begriffen hatten. Atlan schien zu einer Art Respektsperson geworden zu sein.
Baloon Recizan kam auf die Terraner zu. Rhodan fühlte, daß die Verhandlung bereits beendet war, noch ehe sie begonnen hatte. Der Schachzug der KdZ hatte eine vernünftige Unterhaltung unmöglich gemacht.
Rhodan erhob sich und schaute erneut auf die Uhr.
„Ich bedaure, Ihre Gastfreundschaft nicht länger beanspruchen zu können. Bitte, versuchen Sie nicht, mich und meine Freunde zu inhaftieren. Selbst bei dem schärfsten Suggestivverhör könnten Sie von uns nicht erfahren, wo die Bomben zu finden sind. Wir wissen es nämlich nicht. Die Positionsdaten sind allein einigen Fachwissenschaftlern an Bord meines Flaggschiffes bekannt. Sie sollten uns nicht ununterbrochen so grenzenlos unterschätzen.“
Die Neundenker wurden noch nervöser. Eynch Zigulor stand als stiller Beobachter etwas abseits.
Atlan wartete eine halbe Minute. Dann entschloß er sich zum letzten Psychoangriff.
„Meine Herren, Ihre Unterhaltung interessiert mich nicht. Hier sind meine Forderungen, die Sie bitte genau anhören wollen:
Nach meinen Berechnungen benötigen wir zur Funktionskontrolle und Übernahme der beiden Paratronkonverter dreißig Stunden. Der Flug zur inneren Sonnenschale und das Durchdringen der Spenderglocke dauern zehn Stunden. Das sind zusammen vierzig Stunden. Anschließend brauchen wir nochmals eine Stunde, um einem Ihrer

Beauftragten die Positionen der Bomben bekanntgeben zu können. Das sind einundvierzig Stunden!

Sie werden mindestens zehn Stunden benötigen, um die Bomben aufzuspüren und sie zu entschärfen. Zusammen also ein Zeitaufwand von einundfünfzig Stunden.

Da die Zünder der beiden ersten Bomben in siebenundfünfzig Stunden reagieren, haben Sie noch knapp *sechs* Stunden Zeit, um endlich zu einem Resultat zu kommen. Mit der Überlassung der Paratronkonverter geben Sie keine technischen Geheimnisse preis. Unsere halutischen Freunde bauen diese Maschinen in gleicher Qualität wie Sie.

Ihr berühmtes Zentrumsleuchten mit all seinen Effekten interessiert mich ebenfalls nicht. Ich bin in einer anderen Galaxis zu Hause. Nichts liegt mir ferner, als Ihre Geheimnisse an die Bestien auszuliefern, es sei denn, Sie zwingen mich dazu. Ich verlange zwei geeignete Paratronkonverter."

Atlan hatte die letzten Worte fast geschrien. Die Neundenker lagen wie erstarrt in ihren Schwebesesseln.

„Dazu kommt noch etwas, meine Herren! Glauben Sie ja nicht, wir ließen uns mit präparierten und demnächst explodierenden Maschinen abspeisen. Die Anwesenheit Ihres Stützpunktingenieurs Kibosh Baiwoff verrät mir alles. Ich verlange zusätzlich zu meinen anderen Forderungen, daß die beiden Konverter vor der Übernahme in die Laderäume der CREST von Sachverständigen überprüft werden können. Unsere halutischen Freunde werden also landen und die Maschinen kontrollieren. Wir haben Ihre aus panikartiger Furcht entspringende Heimtücke ausreichend kennengelernt. Nochmals – entweder Sie liefern die Konverter und lassen die Überprüfung zu, oder Sie vergehen in der zusammenbrechenden Hohlsonne Ihrer Internwelt. Denken Sie auch daran, daß wir für die Haluterschiffe zwei Ihrer geheimen Absorbergeräte benötigen. Wir möchten nämlich vom Parjar-System aus zur Milchstraße starten. Das geht wegen Ihrer Dimetransfalle bekanntlich nur dann, wenn die Sogwirkung Ihrer Absoluten Bewegung durch Spezialabsorber beseitigt wird.

Wir werden nun gehen. Die Zeit läuft. Eynch Zigulor, darf ich um den Wagen bitten!"

Die Menschen gingen. Niemand hielt sie zurück.

Die Neundenker hatten lange benötigt, um die Unabwendbarkeit der Geschehnisse einzusehen.

Nach sieben Stunden traf endlich die Genehmigung zur Übernahme der beiden Paratronkonverter ein. Die Haluter erhielten ebenfalls Landeerlaubnis.

Es kam wieder einmal auf jede Minute an.

Die Haluter verankerten ihre Schiffe erneut auf der CREST. Anschließend wurden sie zusammen mit einem technischen Kommando unter der Führung von Chefingenieur Dr.-Ing. Bert Hefrich auf einem Planeten mit der Bezeichnung Wheel V abgesetzt. Die Hyperphysiker waren ebenfalls dabei. Die CREST und die anderen Beiboote standen mit feuerklaren Geschützen über dem großen Industrieplaneten, dessen Fabrikationskapazität dreifach höher eingeschätzt wurde als die des irdischen Mondes.

Die Haluter brauchten fünfzehn Stunden, um die beiden Paratronkonverter eingehend zu überprüfen. Die Probeläufe waren einwandfrei. Es sah so aus, als hätte man diesmal keine Vernichtungswaffen eingebaut.

Nach der Überprüfung landete die CREST mit weitgespreizten Landebeinen. In den großen Laderäumen der unteren Polkuppel herrschte Hochbetrieb. Sämtliche Arbeitsroboter waren zur Entfernung jener Versorgungsgüter eingesetzt worden, die man vorher mühevoll von der BOX-13111 übernommen hatte.

Ein Paratronkonverter der passenden Größen- und Leistungsordnung war eine kesselartige Konstruktion von zwanzig Metern. Die Energieabgänge und Speisungspole befanden sich auf der Oberseite des leicht gewölbten Abschlußdeckels.

Die CREST nahm beide Geräte mit ihren schweren Traktorstrahlern an Bord. Als sie unter Erzeugung eines verheerenden Wirbelsturmes startete, türmten sich an der Landungsstelle die über Bord geworfenen Ausrüstungsgüter aller Art. Geheimgeräte waren vorher durch Desintegratorbeschuß vernichtet worden.

Es war höchste Zeit, den Internraum zu verlassen. Die Neundenker hatten mitgeteilt, es würde sich für die CREST eine Strukturschleuse in der Sonnenwandung öffnen.

Rhodan nahm alle ausgeschleusten Beiboote wieder an Bord und ging sofort in den Linearraum. Über dem Planeten Alpha-Schleuse kam das Flottenflaggschiff heraus.

Kibosh Baiwoff, anscheinend die ausführende Persönlichkeit, wartete über dem Schaltplaneten mit einem kleinen Schiff. Er rief Rhodan über Funk an.

„Wir haben unsere Verpflichtungen erfüllt. Wieviel Zeit bleibt noch?"

„Nur noch achteinhalb Stunden. Ihre Herren und Meister konnten sich ja nicht entscheiden. Öffnen Sie bitte die Sonnenschleuse. Vorher aber noch eine Erinnerung, Druisant."

„Ich höre."

„Wir müssen den Kompensationsknotenpunkt des Parjar-Systems benutzen, um mit den Dimetranstriebwerken unbeschadet aus M 87 abfliegen zu können. Ich werde vorher einen einsamen Planeten aufsuchen, dort die Konverter in die Haluterschiffe einbauen lassen und dann zum Parjar-System kommen. Ist das ganz klar? Keine Irrtümer?"

„Völlig klar. Die beiden Absorbergeräte zur Ausschaltung der Zentrumsdrift werden Ihnen von mir übergeben, sobald Sie vor den drei roten Riesensonnen eintreffen. Sie werden die Geräte allerdings nie erhalten, wenn Sie mir falsche Positionsdaten über den Lageort der Bomben geben."

Atlan ergriff das Wort. Er stand neben Rhodan vor der Aufnahme.

„Wir sind keine Selbstmörder. Terraner halten ihr Wort, was von Ihnen nicht behauptet werden kann. Sie kennen mein letztes Versprechen, Baiwoff! Die KC-21 mit den geheimen Daten über Monol und den Internraum wird erst dann zum Flaggschiff zurückkehren, wenn wir von Ihnen die beiden Drift-Absorber erhalten, sie kontrolliert und eingebaut haben. Dann rufe ich die KC-21 herbei. Die Besatzung geht über Transmitter an Bord der CREST. Das Beiboot wird atomar gesprengt. Wir brauchen es nicht mehr. Damit werden auch alle Unterlagen vernichtet, die sich darin befinden. In gleicher Sekunde starten wir mit den beiden Haluterschiffen zum Heimflug. Wir müssen die CREST ebenfalls aufgeben. Bleiben Sie also in gehöriger Entfernung, denn wir werden alle Kernwaffen zünden. Sind wir uns da einig?"

„Völlig!" entgegnete der Druisant ausdruckslos. „Ich werde mit einem Schiff auf Ihre Rückkehr warten. Wer garantiert mir, daß die Geheimdaten Ihrer KC-21 nicht doch noch an die Bestien ausgeliefert werden?"

„Mein Wort!" erklärte Rhodan auffahrend. „Sie sollten sich an unsere Aufrichtigkeit gewöhnen. Es gibt keine andere Möglichkeit, Sie an einem Verrat zu hindern. Da wir Ihnen nicht vertrauen können, müssen Sie wohl oder übel auf unsere Forderungen eingehen. Kann die Schleuse nun aufgebaut werden?"

Die Verbindung wurde unterbrochen. In der leuchtenden Sonnenschale entstand ein dunkler Spalt. Er verbreiterte sich, bis er eine Durchflugschneise von zweihundert Kilometer Breite bot.

Der Druisant flog voran. Die CREST folgte mit hoher Beschleunigung. Die Terraner erlebten das Phänomen, eine fünf Millionen Kilometer dicke Sonnenschale ohne die geringsten Schwierigkeiten durchfliegen zu können.

Dann rasten die beiden Schiffe in den Energieorkan der Außenzone hinaus. Sie gingen nach Absprache in den Linearraum und trafen sich fünfhundert Lichtjahre entfernt nahe einer charakteristischen grünen Doppelsonne. Dort erhielt Kibosh Baiwoff die genauen Unterlagen über den Lageort der Bomben. Als er zurückraste, hatte er nur noch sieben Stunden Zeit.

In der CREST heulten die Alarmsirenen. Es war jedoch nur ein Manöveralarm. Die Männer standen längst auf ihren Posten.

Atlan schwang sich neben Rhodan in einen Kommandeursessel. Auf den Schirmen der Echotaster waren einige hundert Schiffe der Dumfries zu sehen. Sie blieben jedoch in respektvoller Entfernung.

„Nichts wie weg!" sagte Rhodan aufatmend. „Merlin, klar zum Linearmanöver. Kurs auf den Südrand der Galaxis. Wir brauchen eine Welt, die den KdZ unbekannt ist. Wir werden sie finden."

Die überall im Schiff aufbrandenden Gespräche verstummten plötzlich, als über die Rundrufanlage die Stimme des Kommandanten hörbar wurde. Er sagte das, worüber man gerade diskutiert hatte.

Merlin Akran wandte sich zögernd an Rhodan.

„Sir, die Sache mit der Rückkehr zum Parjar-System gefällt mir nicht. Bisher mußte man uns ungeschoren fliegen lassen. Die Bomben drohten. Es hat alles geklappt, aber für den Abflug aus dem Kompensationspunkt sehe ich schwarz."

Rhodan lächelte still vor sich hin. Atlan hüstelte belustigt.

„Ich auch, Oberst, ich auch! Kibosh Baiwoff ist noch weniger zu trauen als seinen Herren und Meistern."

Der Epsaler kniff die Augen zusammen.

„Sir, dieses Lächeln kenne ich! Sie haben doch noch einen Trumpf in der Hand?"

„Und ob. Ich denke nicht daran, jemals zum Parjar-System zurückzukehren, um dort durch eine Heimtücke vernichtet zu werden. Baiwoff wird vergeblich warten! Er wird auch nie eine KC-21 sehen."

„Aber – aber, Sie haben doch . . .!"

„Beruhigen Sie sich", fiel Atlan ein. „Sehen Sie, Merlin, wenn wir nicht noch zusätzliche Forderungen gestellt und so getan hätten, als gäbe es für uns gar keine andere Möglichkeit, als mit Hilfe der Absorbergeräte und der drei roten Riesensonnen M 87 zu verlassen, hätte es zu Komplikationen kommen können; und zwar genau in dem Augenblick, in dem wir die Lageorte der Bomben bekanntgegeben hatten. Das wollten wir vermeiden. Wir werden mit der CREST in den Leerraum vorstoßen und mit ihr vier Komma sieben Millionen Lichtjahre weit fliegen. Nach dem Ausbrennen des letzten Kalups steigen wir auf die beiden Haluterschiffe um. Sie werden nochmals im Linearflug vordringen, bis wir die bekannte Sicherheitsentfernung von fünf Millionen Lichtjahren erreicht haben. Dort ist das Zentrumsleuchten nicht mehr wirksam, es sei denn, man flöge mit einem Dimetranstriebwerk in Richtung M 87. Aber das wollen wir ja nicht, oder?"

Während die CREST in den Linearraum ging und endgültig verschwand, schauten sich die Terraner betreten an.

Hole Hohle meinte düster:

„Fünftausend Mann in zwei winzigen Haluterschiffen! Welcher Ungeist hat mir geraten, Kosmonaut in der Solaren Flotte zu werden? Wenn das so weitergeht, braten die noch den Teufel in seiner eigenen Hölle. Also denn, meine Herren, fertigmachen zum Konservenbüchsentraining. Fühlen Sie sich als Sardinen!"

Aber es ging nach Hause.

Perry Rhodan-Buch Nr. 42

Das Zeitkommando

erscheint im Mai 1992
